陕西文学六十年作品选（1954—2014）

长篇小说卷

（五）

陕西出版传媒集团
陕西人民出版社

目　录

采桑子

（节选）

叶广芩

谁翻乐府凄凉曲

别馆接莲池　谱来杨柳双声　古乐府翻新乐府

故乡忆梅事　听到鹧鸪一曲　燕王台作越王台

——某戏台楹联

一

我老想跟谁说说我大姐金舜锦的故事，却又总是犹豫，毕竟这是个很陈旧、很一般、很平淡，又很不值得一提的故事，让人觉得除了老生常谈的重复以外似并没有什么新意，当然更谈不上深刻的现实意义。现在之所以把这个引不起别人兴趣的话题贸然提起，是因为我知道，我不道出，她的故事便永无人再道，连她那划过夜空的刹那灿烂，也将随着岁月的流逝逝于记忆的沉沉黑暗。

她走得远了，太远了。

现今年纪大些的老北京人当中，或许还有人能记得 40 年代那次很轰动的名媛京剧义演，或许还记得演程派青衣的金舜锦，记得那个美妙动人的女子。彼时，金舜锦以其精湛的表演赢得了观众，报上登了她的大照片，电台请她去清唱，总之，她非常的有名，非常的红火，成为票友界一时的骄傲。而对金舜锦以后的情况，知之者就甚少了。一代名票，有始无终，难免让人觉得遗憾，让人觉得不完美、不满足。出于手足之情，我有责任将她的结局道出，以给喜爱过她的人们一个完整。她无儿无女，没有后人；她有过短暂的辉煌，有过属于她自己的充实；她追求过，奋斗过，也失望过。倘若活在今天，她应该是一个造诣精深的艺术家，一个慈祥善良的老祖母，中国戏曲舞台上应该有她亮丽的一笔，金氏大家族里应该有她的一席之地。但是，什么也没有。没有。动人的音律已经散尽，六合之内再无处寻觅，留给我们的只有空白。

她是我的亲姐姐，虽然我们非一母所生，虽然我们年龄的差距太大，大得我们在金家只是擦肩而过，但那血脉终究是连着的，拆也拆不开。

在金家偶然的一次腾房过程中，我在厢房拾到了一本残旧的戏本，是一出老旧的《锁麟囊》，七哥舜铨说，这是大格格的东西，烧了吧，她在那边说不定还有用。我则有些舍不得，将这个发黄的已被蠹虫侵蚀大半的戏本拿到窗前细看，发现里面不少地方都做了圈点记号，标了工尺。从那娟秀的一丝不苟的小楷可以推测出，这当是大格格的手迹，近六十年前的手迹。

书上手痕诗里字，点点行行，总是凄凉意。

翻看中，一股清香飘来，说不清是来自窗外还是来自书中。抬头望，窗下几棵榆叶梅花瓣已经凋落，海棠的新绿已经泛起，蜜蜂的嗡嗡声让人的胸臆间荡起一股淡淡的思念。故乡忆梅事，古乐府翻新乐府。乐府翻开，那凄凉之曲娓娓溢出，红雨纷飞中，袅袅婷婷走来了韵秀哀婉的金家大格格金舜锦。

二

在说大格格之前，应该先说说我们家。

我们的祖先曾经跟着皇上打过江山，老先祖科尔哈赤是努尔哈赤的胞弟，他们的祖父觉昌安是宁古塔贝勒之一。1583 年的时候，老贝勒和儿子，也就是努尔哈赤们的父亲死于兵火，我们的老先祖和他的哥哥努尔哈赤为报父祖之仇，起事于五月，以“兵不满百，遗甲十三”攻打图伦城，兄弟俩与敌众艰苦卓绝一场血战，大获全胜，从此，努尔哈赤开始了统一女真各部的大业。先祖与努尔哈赤一起，为争取刚哈部落、计杀诺密纳、收编萨尔浒，立下了汗马功劳，成为其兄的得力臂膀。1593 年，在反击九部联军时，先祖为掩护其兄，左颊中箭，壮烈牺牲，时年三十一岁。先祖在世时，被赐封正白旗主和硕贝勒，参与玫事，与其他七位旗主“共治国政”。这道“汗谕”，《满文老档》里有记载，保存至今。顺治入关，我的祖先科尔果摧坚陷阵，直入中原，更是战功赫赫，康熙十四年，在平定三藩叛乱中，懋建功勋，被封为郡王，世袭罔替，一脉相承。到我祖父，尚有镇国公头衔，镂花金座红宝石的顶子，片金海龙绣蟒的朝服，威棱显赫，难以言尽。彼时，大清江山虽然已经风雨飘摇，国势衰颓，再难提得起来，但祖父的俸禄是一点儿也不少的，因为有公爵衔，岁俸银是八百八十两、米八百八十斛。当时朝廷正一品官员内阁大学士的岁银不过一百八十两、米一百八十斛，与祖父相比竟低至若此。为了保障满洲宗室和八旗世爵的利益，看来皇家宗室与一般官员的差距之大，实在是难以服众了。

我的父亲生于光绪十七年，祖父死时，父亲二十四岁，当时他正在国外留学，按清朝例制，承袭爵位，代降一等，为镇国将军。但溥仪小朝廷的册封已经没有任何权威了，在国外的父亲听到此信，连回也没回来。辛亥革命以后，我们这个爱新觉罗的家族改姓金，因为家底殷实，父亲属社会名人，在政府又有职务，所以家道并未见怎样败落。

父亲一生娶过三房夫人，生养过十四个子女，男女各半，取名以舜字排辈，以“钅”字旁赐名，比如大哥、二哥、三哥、四哥就是舜铻、舜镈、舜锳、舜镗，大姐、二姐、三姐、四姐就是舜锦、舜镅、舜钰、舜镡等等。父亲给我们取的名字太复杂，又拗口，家里人管儿子们一律呼之为老大、老二、老三……将女儿们唤作大格格、二格格、三格格……这样一来倒也很简单明了，好记又上口，而且轻易不会搞错，特别是对我那个稀里糊涂的父亲来说。因为母亲有三个，所以孩子们的生日并不像一般人家儿的孩子那样起码相差一年，我们家的兄弟姐妹常常有相差三五个月甚至三两天的，说谁是谁的哥哥，也可能他只比那个弟弟大几天。

至于母亲们，我在这里不想多说，她们跟我父亲的恩恩怨怨、是是非非，不是三言两语就能说得清楚的。我们管父亲的嫡妻叫额尼，其实两个字的发音一样，是 nène，大概是满族话。额尼姓瓜尔佳氏，她的父亲即我阿玛的老泰山，是朝廷责任内阁的成员之一，“掌参与密务，朝夕论思，并审议洪疑大政”，是个炙手可热的人物。那权势自然要传递到女儿身上，因此瓜尔佳氏母亲在金家是个说一不二的人物，不苟言笑，派头很大，就是跟我父亲说话，她也有一副降贵纡尊的劲头。孩子们都怕她，不亲近她，包括她自己生的老大、老五和大、三两位格格。二娘张氏是安徽桐城人，世家出身，文采极佳，规矩也不少。一个大家闺秀何以做了父亲的妾，其中隐情当然也很曲折。张氏母亲我小时见过，一年四季不出房门，脸色苍白肿胀，老是歪在炕上大口地喘气，老是咳嗽吐痰，老是说她要死了。上她的屋里去必须要给她请双安，逢到特定的日子还要磕头，而她特定的日子又特别多，包括一些八竿子打不着的文人们的祭日，老太太都记着。自己尚顾不过命来还要惦记着别人，真难为了她。三娘陈氏是我的母亲，用我父亲的话说，母亲生于北京齐化门外的穷杂之地，是南营房的穷丫头。母亲的小家出身，注定了她的亲切与随和，注定了她的善良与善解人意，这正是大宅门儿里严重缺少的东西。我想父亲之所以娶母亲，大概是因了她的美貌，因了她的活泼、年轻，她比我的父亲小了近二十岁。这在外人看来实在是件不太好办的事情，特别是我的舅舅，一直为母亲捏了一把汗。好在大格格金舜锦并没有因父亲与我母亲年龄的相差而对母亲有所怠慢，当着人的面，她也将我的母亲叫作娘，礼数周到得让人说不出什么。背地里，她对我母亲却是连正眼看也不看的，那种冷漠与不屑毫不掩饰地全挂在那张难得有笑模样的脸上。大格格长得并不难看，她有着旗人姑娘的清俊与修长，我们家至今还有不少她当年的照片，面庞清秀，身段苗条，凤目轻盈，隆准圆润，在金家的女孩子当中别有一番风韵。

大格格是我父亲的第一个孩子，是金氏一门的长女，自然得到全家人的惯纵，加之满族人家里最重的是女孩儿，姑奶奶的权威高于一切，所以我这位大姐的性情就有些孤傲，有些不合群，在宗亲中是位没有人气儿的格格。跟憷她的母亲一样，大家也憷大格格。实话说，大格格也并没有跟谁怎么过不去，但大家不知怎的，就是怕。下人们说，金家大姑奶奶只要往院里一站，连正跑着的叭儿也吓得钻了沟眼。她那个势太压人，有点儿像西太后。

像西太后的大格格没有什么其他的喜好，就是爱唱戏。她的青衣真是唱得绝妙极了，只要我们家的子弟们在家演戏，唱大轴儿的从来都是大格格，别人上谁也压不住阵。亲戚们来家里，听不到大格格唱《锁麟囊》里“春秋亭”一段决不离开，这似乎已成惯例，足见大格格的唱功好。谁都知道，有事求大格格，十回有十回得碰钉子，唯独求她唱戏，十回有十回答应，从不推诿。也只有在这个时候，大格格才变得笑容可掬、平易近人，才成为她下面十几个兄弟姐妹的可亲的大姐。

其实也不单是大格格爱唱，我们家上上下下的人都爱唱，而且唱得都相当不错。我们的家里有戏楼，戏楼的飞檐高挑出屋脊之上，在一片平房中突兀耸出，迥然不群。我们住的这条胡同叫戏楼胡同，胡同的名称当和这座招眼的美轮美奂的建筑有关。我们这个戏楼胡同与京城雍和宫东墙的戏楼胡同不同，那个戏楼是指雍正幼时所住的王府中的一个建筑，后来因战火而被焚毁。我们家的戏楼较之那座潜龙邸的戏楼和宫里的漱芳斋什么的戏楼，规模要小得多，但前台后台、上下场门，一切均按比例搭盖，飞檐立柱、彩画合玺，无一不极尽讲究。特别是头顶那个木雕的藻井，五只飞翔的蝙蝠环绕着一个巨大的顶珠，新奇精致，在京城绝无仅有。据说，整个藻井是由一块块梨花木雕成，层层向里收缩，为的是拢音，音响效果不亚于北京有名的广和楼室内舞台。这个木雕的藻井 1958 年在拆除西跨院时被文化馆的人卸走了，从此再没见它在世间出现过。

清末和民国年间的风气，宗室八旗，无论贵贱、贫富、上下，咸以工唱为能事。有人形容其情景说：

子弟清闲特好玩，出奇制胜效梨园。
鼓镟铙钹多齐整，箱行彩切俱新鲜。
虽非生旦净末丑，尽是兵民旗汉官。

这首诗我读着好像中间少了两句，少便少，不影响意思的完整。它说的是社会上的旗人子弟“效仿梨园”达到的一种轰轰烈烈的演出效果。而我们家的“效梨园”则又效出别一番模样来。

金家的人无论干什么都要讲究一个字——“像”，用现在的话说就是“到位”。别的到位均不很难，唯这戏曲的“到位”却是不容易。它一讲的是艺术功底，二讲的是头面行头，缺了哪样也不行。金家从高祖就喜欢京戏，那时家里养着从高阳乡下买来的孩子，即家班子，有正旦一人，生三人，净一人，丑一人，衣、柔、把、金锣共四人，场面五人，掌班教习二人，锣鼓家伙，铠甲袍蟒，无不齐全，在东城也是数一数二的班子。逢有谁的生日、满月，喜庆节日，家里都要唱戏，邀请亲戚朋友来观赏。亲戚们也都是爱戏懂戏的，往往借了各种由头来我们家看戏。那时候我们家里永远是高朋满座，永远是轰轰烈烈。

戏班的孩子们都是从小练的，功底很扎实，戏也演得很有水平。道光时候，皇上崇尚节俭，大减开支，将宫里掌管演戏的南府改为升平署，连戏班都撤了。皇上如此，下头自然纷纷效法，且凡是效法都是有过之无不及的，听说各王公大臣为了表示自己也谨身节用，争先恐后地穿起打了补丁的旧朝服，一时皇上上朝，丹墀上一片叫花子般的破衣烂衫，成了道光年间的一景。我的祖先是否也鹑衣百结地夹在众臣之中山呼舞蹈，不便考证，反正从道光七年以后我们家就再不豢养戏班了。家班子里那些唱戏的孩子们或遣散回家，或留下听差，也有卖与外头戏班后来成了角儿的。那些留下来的孩子们在金家代代相传，至我们这辈，家里还有不少会唱皮黄的老妈儿，能打旋子的听差，传带得我们家也从上到下都能唱、能演，那一招一式，都非常的规矩，跟科班训练出来的一个样儿。

到了我哥哥们这个时候，把戏又演出了新花样，青出于蓝而胜于蓝，他们打破了京戏的传统剧目，在传统的基础上尽性发挥，常常是现编现演，或古或今，牛头不对马嘴，把好好儿的一出戏闹得不伦不类，面目皆非，诡谲不足信，荒诞不可闻。参与这些胡闹的也有我的父亲，这大概与我父亲多年留洋海外，颇具民主意识有关，只要是演戏，金家的一切尊卑、上下就全乱了套，变作了混搅的一锅粥。甭管演什么戏，父亲出台，爱用唢呐大开门，奏的是诸葛亮升帐的曲牌，以壮阔场面，大布雄威。初时大家都很严肃，父亲迈四方步走出，精神抖擞，弟兄们龙套配场，煞有介事，看来是要演一出正戏、大戏，不知是《群英会》还是《金锁镇》。大家正在威武雄壮之时，台侧一通小锣，急促的碎锣声中不知怎的跑出了老五。老五穿着大格格的女黄蟒，黄蟒短，只到他的膝盖，看上边很庄严，看下边两条腿却光着，白丝袜上蹬着三接头皮鞋，见大家笑，他索性把黄蟒一张，露出里面的大裤衩来。后头父亲威严的一声“嗯！——”，他吓得赶紧把蟒袍掩了，钻入后台。母亲在下头说，这个老五，又是他捣乱，乱七八糟地胡穿，怎么把大格格的衣裳穿出来了！瓜尔佳母亲说，老五也不是胡穿，戏里男角儿穿女蟒的也大有人在，《水帘洞》里的猴王，还有程咬金，都穿女黄蟒，一来为扑打方便，二来也说明他们不是正经帝王。我母亲唯有点头称是的份儿。

我父亲除了演老生，有时还反串花旦，常演的是《拾玉镯》里的孙玉娇。与孙玉娇相配的那个风流公子傅朋，则由看门的老张担任。老张演傅朋的时候已经六十二了，牙都没了，说话漏风，颤颤巍巍，走道都不稳，还要张罗着演俊小生，任谁替换也不让贤。没办法，只好由这个六十多的老小生去和孙玉娇调情，也很有意思。父亲唱着唱着忽然冒出一句真嗓儿，插白说：你们的妈让我出东直门给她雇驴去，她说了，今天雇不来驴就骑我，让我趁这机会赶紧跟着小傅朋顺房上跑了呗！下头一阵哄笑，有人叫好儿，父亲越发得意，极尽扭捏之能事，下头也越发笑得厉害。瓜尔佳母亲说，难为他说得巧，赏两大枚。就有人将两个铜板扔了上去，那时两大枚只能买一个烧饼，瓜尔佳母亲的参与更是带了戏谑成分在其中。父亲欣喜若狂地将钱捡了，向下一道万福说，谢太太赏。下头又是笑，夹杂着弟兄们的怪声叫好儿。

父亲真正拿手的是正牌老生，他学的是谭派，认为谭鑫培的唱儿悠远绵长，有云遮月的韵味，跟他的嗓子很对路。父亲似乎没怎么下功夫，就把戏唱得很好了，有一回他在后园吊嗓子，招得隔壁沈致善扒着墙头往这边看，还以为真是谭老板上我们家来了呢。姓沈的是袁世凯的亲信，有戊戌的结怨，我们家很是看不起他，虽住邻居，彼此素无来往。沈家几次递话，要过来拜访，要过来听戏，都被父亲很坚决地挡了。父亲说那种溜须拍马、辜恩背义的人，金家人不想沾惹，怕的是有朝一日也被送到菜市口，跟谭嗣同一样掉了脑袋。而那天，因为沈致善称赞了父亲的戏，父亲竟破例向他拱了拱手，给了个笑脸，不过从此以后父亲再也不在后园吊嗓子了。

我大哥舜锘也是唱老生的，他不如父亲唱得好，常常跑调，使拉胡琴的老七舜铨很为难。老大的调儿，唱着唱着就走了，他能从二黄导板“听谯楼打初更玉兔东上”一下蹦到四平调去，而且一遍跟一遍唱得绝不一样，害得老七很被动地跟着他跑，有时就不拉了，由着他自己去发挥，去瞎唱。只要他一张嘴，他的母亲就要离席，说是怕岔了气，不如及早回避。父亲说老大唱戏不走心，说他唱外头的流行歌曲《三轮车上的小姐》唱得倒很准，一点儿也不走调，父亲说流行歌曲比《打渔杀家》差远了。老大和三格格一样，热衷于政治，两人是一对水火不相容的冤家对头。三格格对戏是外行，分不出青衣和花旦，搞不清西皮和二黄，对家里动辄就吹拉弹唱十分反感，说现在的时局都成什么了，日本人都打进北平了，金家院里一帮男女却还要涂脂抹粉、粉饰太平，真是“商女不知亡国恨”，没出息极了。老大则不然，老大不喜欢戏，但大面上很能应酬得过来，他蜻蜓点水似的演唱谁都看得出那只是一种即兴的敷衍、一种性格的遮掩，不能不说这是他处世的老练。三格格一针见血地指出，她大哥在笨拙浑然的背后是深不可测的诡计多端，实话说，他不是个好东西。老大和三格格舜钰是一母同胞的兄妹，张氏母亲说他们俩的八字相克，不是两败俱伤，就是一个灭了一个。真让这位母亲说着了，没有几年，在蒋介石对共产党“戡乱”动员令下达以后，所杀数千中共党员和进步人士中，金舜钰的名字首当其冲，国民党具体负责此项工作的就是金家老大金舜锘。

老二舜铸擅长老旦，稳重老辣，不瘟不火，韵味纯正，浑厚动听，很有李多奎的做派。他母亲二娘张氏生日那天，他登台为母亲献艺祝寿，张嘴一句二黄原板“叫张义我的儿啊，听娘教训”，竟招得台下不少老太太们掏出了手绢。二娘张氏在屋里炕上隔着玻璃说，这个老二啊，他就不能唱点喜庆的吗？……我母亲在旁边说，老二的《钓金龟》今日唱再合适不过了，您听听，“丁蓝刻木、莱子斑衣、孟宗哭竹、杨香打虎”，说的都是儿子行孝的典故，老二的心思全在您身上呢，有这样的孝顺儿子您该知足了。二娘却说，《钓金龟》里那个张义终归还是让他兄长给害死了，听这段唱儿我怎么总觉着娘儿们就要分手似的？母亲让二娘再不要胡思乱想，好好儿听戏，给老二多包点儿赏钱。现在想来，二娘的预感没有错，二十多年后，老二在这座院里用一根绳子结束生命的时候，追查元凶，罪魁祸首正是他的弟兄们。

老三舜錤的铜锤花脸是金家的精彩，他和老二合作的《赤桑镇》可以拿出去与戏园子里的角儿媲美。行家说，花脸宁美勿媚，花旦宁媚勿美。老三的花脸就美得很有讲究。他演的曹操与众不同，一般人演曹操，多勾一个大白脸，再在脸上加几道黑纹，吊死鬼一样地在台上晃来晃去，只让人厌恶。我们家的老三是个有文化的人，文人眼里的曹孟德自然跟一般艺人眼里的曹孟德不一样。老三说，曹操在历史上是个人物，才华绝代，光彩照人，其气魄之大，无论孙权还是刘备都无法相比，要不人家也不会统一了江山。所以，老三扮演曹操，在勾脸的时候非常讲究，他在白粉里加了鸡蛋清儿，画出来的脸清爽明亮，透着一股活气。生活中的老三是个很善于钻研的人，于学问上很有建树，他和老二同出于张氏母亲，两人的性情却大相径庭。在弟兄们中间，父亲最喜欢的大概就是这个老三了，父亲说他决事如流，应物如响，不轻诺，不二过，心胸坦荡，有长者风，将来必定为金家的中坚。

老四舜镗擅长演青衣，人长得五大三粗，一脸壮疙瘩，演戏却很温柔细腻。他扮的苏三、虞姬、杨贵妃什么的，往往要比外头戏班同类角色大一号。他在台上一走，瓜尔佳母亲就要说，苏三这腰粗得像水桶，真难为了王三公子，怎么搂得过来！但是老四唱得好，他学的是梅派，梅派的大气优雅，雍容舒展，老四学得惟妙惟肖。你若是闭着眼睛听他唱，在那曼妙轻歌中，你一定会想起“有美一人，轻扬婉兮”“娉娉袅袅十三余，豆蔻梢头二月初”这些很美好的句子来 ，但你千万不能睁眼。

老五舜镕小生唱得好，他专门拜过当时的名小生程继仙为师，认真学过戏。演小生是他的看家本事，受大家公认的还是演丑，在金家的戏台上，他演丑的机会多于演小生。此位兄长在家里从来不是个安分角色，提笼架鸟熬大鹰，吃喝玩乐逗蛐蛐，干不出一件正经事情。唯独唱戏，他却很正经，把个《苏三起解》里的老丑崇公道演得活灵活现。他的蹚步可以与专业水平比美，功夫不在当时名角之下。跟外头戏班丑角地位最高的规矩一样，在金家的戏班里，老五的地位也最高，在后台，他不先勾脸，别人不许动，哪怕他的戏在最后，他也得象征性地画两笔，老大老二们才敢上妆。只要是在后台，要演戏，我父亲见了老五也得打千儿，老五也只有在这个时候才人五人六的敢在我父亲跟前晃悠。一卸了妆，他哧溜一下就钻了，怕父亲训他，因为他干的坏事太多。老五唱戏上瘾，一门心思下海干专业，遭到家里反对，我们家的原则是当票友行，怎么折腾怎么闹都行，就是不许进梨园行。瓜尔佳母亲说，唱戏是下九流的，谁家有唱戏的，往下数三代都不许进考场，下贱极了，不能去唱戏，就是街头的叫花子也比唱戏的有身份。老五的理想不能实现，心里就窝着火，整天在外头瞎胡闹，纠着一帮大宅门儿的阔少爷，净干些出圈儿的事。他是瓜尔佳母亲最小的儿子，他母亲对这个末生儿子偏爱有加，含在嘴里都怕化了，舍不得管教训斥。老太太的原则是，你只要不下海唱戏，其他一切百依百顺。但是老五偏偏就要唱戏，不想干别的，所以娘儿俩老别扭着。你不是说唱戏的下九流，没叫花子有身份吗？我就给你当个叫花子，丢你们金家的人。时不常的，老五就要披挂一番，破衣烂衫地走出家门，专门找大栅栏、前门这些热闹地方去讨要。公子哥儿要饭，看新鲜的很多，他要饭，身后头总要跟着一帮起哄架秧子的有钱子弟，有时闹得警察都出动了。有人把外头的情景向瓜尔佳母亲诉说，他母亲气得心口疼，从此落下病，后来就死在这病上。依着老五的意思是，你们只要答应我下海唱戏，我就不装要饭的。但是他的母亲也很坚定，我宁可让你装要饭的，也不能让你下海唱戏。

老七舜铨不会唱，会拉胡琴，我们家能整出整出拉戏的也就他一个人。老七的琴是很有名的，如果说金家这几位爷只能在院里折腾的话，人家老七却是干到外头去了。他给程砚秋、孟小冬都操过琴，有些名媛唱戏也特意托人来请金七爷，这其中老七琴拉得好固然是一个方面，但也不乏他名气身份的因素。老七当时在京城就是有名的画家，他的花鸟画清新秀逸，追崇自然，跟恭亲王的孙子溥心畬并称“王孙画家”。唱戏有王孙画家来操琴，那当然又是别有一番情致了。逢有人来请，老七大部分都推辞，他是个好静的人，不愿意去凑那个热闹。老七在金家老实本分，从不多言，干什么都很认真，就是给这帮胡闹的爷们儿伴奏，那琴一送一递也是绝不含糊的。大家唱得高兴，就近找乐子，往往就爱拿坐在台边的敦厚的老七开涮。老大在台上有板有眼地唱“八月十五月光明”，唱得很有味儿，也没有跑调，赢得了台下以厨子老王为首的一片叫好。他母亲说，还行，今儿个这门儿还把住了。但是下头一句就不对了，老大唱道“金老七在月下拉胡琴哪”，他母亲说，这就不对了，应该是“薛大哥在月下修书文”，怎么扯上老七了？老大接着唱：“我问他好来，他不好；再问他安宁，他也不安宁……”猛地后台冒出一句嘎调：老七他跑肚拉稀啦！接着蹿出一只贼眉鼠眼的黄鼠狼来，那是老五，于是《武家坡》变作了《红梅岭》，文戏变作了猴戏，悠悠清唱变作蹿毛儿开打，一切均围绕着老七不离主题：《老七大闹盘丝洞》《老七夜战风洞山》《老七三打陶三春》……台上神鬼乱出，妖魔毕露，人兽混杂，乱作一团。弟兄父子争相献丑，姊妹妻妾共相笑语，锣鼓喊叫之声传于巷外，一直要闹到半夜。这些玩笑于老七似毫不相关一般，他只是一味地拉琴伴奏，不受任何影响。母亲感于老七的老成憨厚，说，还是老七好，不似这帮爷，只知道疯闹。

到末了，大格格一出场，一切就静下来了，这就预示着金家的戏曲晚会到了尾声。别处的晚会是以高潮结尾，我们家的晚会一向以沉静结尾，这都是因了大格格。大格格着青衫，拂水袖，款款上台，容华舒展，清丽无限，未曾张嘴，便碰了迎帘好儿，一时将那些群魔乱舞的爷全比下去了。带头喊好儿的是厨子老王，老王别的本事没有，就会喊好儿，也是在金家待得时间长了，耳濡目染，他一个山东人竟把个京戏爱得不行。山东人的粗门大嗓，山东人的豁然豪放，都汇集在一声“好”上，短促而有力，点在拍节上，恰到好处，与那唱腔浑成一体，成为演出的一部分。老王的好儿喊得很投入，他喊好儿从不顾身边有谁，哪怕你总理大臣、王公显贵也好，文雅公子、太太小姐也好，他照喊他的，不脸红，不畏惧，那眼里分明只有台上的角儿和他自己。二娘张氏说，这是一种物我两忘的境地，看戏跟读书是一样的，如入无穷之门，似游无极之野，情到真处，击节叫好，无不心旷神怡，宠辱皆忘。桐城张氏母亲能从老王的叫好儿上读出老庄的《在宥》来，这不能不让人佩服，到底是世家出身，跟别人就是不一样。

今晚看大格格这扮相，是要唱《武家坡》了，这是一出王宝钏和薛平贵严丝合缝的唱功戏。老七见状，赶紧调弦，拉出二六，准备接王宝钏的“手指着西凉高声骂，无义的强盗骂几声”。正好老大揶揄“金老七在月下拉胡琴”的薛平贵戏装还没有下，也凑上去充任角色，可尚未张嘴，便被大格格轰下台来。

这下老七迷惑了，他不知大格格要唱哪一出。大格格指着头上的蓝巾说，看不出来吗？也亏你拉了这些日子琴。老七还在犯蒙，瓜尔佳母亲在下头对大格格说，你就给他提个醒儿。大格格不吭声，只在台口站着，成心寒碜老七。还是厨子老王冒出一嗓子，先倒板后回龙！老七这才明白他的大姐今日不唱王宝钏要唱秦香莲，就又慌忙改弦更张，拉出漫长的二黄倒板过门儿，接下来秦香莲就要唱“这一脚踢得我昏迷不醒”，然后换回龙“秦香莲未开言珠泪淋淋……”。孰料，老七拉完过门儿却不见“秦香莲”出声儿了，抬头一看，台上已经空无一人，人家“秦香莲”早赌气下去了。

老七被干在台上不知如何是好，连角儿的扮相也看不出，这无疑是他的错。他的嘴笨，也说不出什么，就知道发窘。瓜尔佳母亲说，还不赶紧去叫！早有刘妈过来说，大格格说了，今儿不唱了。瓜尔佳母亲就让老七去赔不是。老七下了台要往东院去，被父亲拦住了。父亲说，算了吧，唱戏凭的是兴致，她这样，你让她上台也唱不好。

老五对他母亲说，也就是她敢在金家这样吧，这都是您惯的，要是换了我们，您得把我们吃了！瓜尔佳母亲说，这话是怎么说呢？我惯谁了？手心手背都是肉，你们这一帮浑打浑闹的都是我的心尖子，我对谁都是一样的，你以为你就是省油的灯么，你到外头整天地装疯卖傻，我说你什么了？老大说，马上是要出门子的人了，还使小性儿，就这样到了婆家，只有吃亏受气的份儿，闹不好连命都没了。瓜尔佳母亲听了，说，谁敢给我闺女气受，我派人把他的家砸了！

大家就都不说话了。在场的人都知道，大格格未来的婆婆是有名的母老虎，那位北平警察总署署长宋宝印的太太，脾气大得出奇，据说她的房间里永远备着枪，那枪不是为了防身，是为了发脾气用的，动辄拉过枪来就放几下，也不管跟前有谁。说是有一回把宋署长的肩膀穿了一个窟窿，再往上一点儿，署长的脑袋就飞了。至于署长宋宝印，逸闻更是不少。该人昏庸暴戾，集腐恶之大成，胸无点墨却爱攀附风雅。宋被北平某学校推为名誉校长，前往致辞曰：我宋宝印学没上过几天，大字不识几个，就认得东西南北中发白，×他姐，今天也轮到我当校长了，我很高兴。既然大家看得起我，我也绝对得起大家，往后谁要欺负你们，就是欺负我的孩子，我就×他妈，×了他妈还不答应他，还要×他姥娘！……这亘古未有的训词使学校师生哗然一片，堪称当时风化一绝，在北平的教育史上留下了一段生动的“佳话”。

说到大格格的婆家，大家都觉得有些丧气，不欢而散，各自回去睡觉了。

三

大格格的这门婚事是我们家舅老爷给说的。所谓的舅老爷就是瓜尔佳母亲的哥哥，是北京罗素学说研究会的骨干。关于这个罗素学说研究会，我一直闹不明白是怎么个学会，问过不少人都说没听说过，所以很长时间我也没搞清它究竟是研究文艺的还是政治的还是科学技术的。前不久听党校一位教授说起这个学会，才知是一个很“无产阶级”的学会，是社会主义学说的一个派别，这里面牵扯到了基尔特社会主义的理论问题，有个叫罗素的外国人来中国做过讲演，影响很大。令我遗憾的是，我的舅老爷研究的是基尔特社会主义理论，他没有研究马列社会主义理论，数字之差竟使他和我们的命运有了巨大改变。我想，倘若他老人家研究的是马列的社会主义，那当是中国参与共产主义运动的先驱了，至少他不会那样碌碌无为，晚景凄凉，作为后代的我们，也不会是今日这般模样。命运的安排真是阴差阳错极了。

研究基尔特社会主义的舅老爷到后来不知怎的跟警察搅到了一起，而且是日伪时期的伪警察署长，称兄道弟、勾肩搭背之外，就是把自己的外甥女说给了警察的三公子宋家驷。这位三公子是北平德国医院的副院长，留学德国，医术精湛，品貌端庄，我的舅老爷就是看上这技术这人品，才把大格格说给人家的。初时瓜尔佳母亲还不同意，认为宋家行伍出身，祖上是东北完达山里的胡子，杀人越货，粗劣不堪，是提不起来的人家儿。但舅老爷不这么看。舅老爷说他看的是人，说无论世事怎样变，技术是最要紧的，只要有了技术，人就有了知识，有了知识就有了档次，就上了规格，这样的人就是社会的中流砥柱。让舅老爷这么一说，瓜尔佳母亲不再坚持，她相信她哥哥的眼光大概是不会错的。舅老爷说，别犹豫了，人家德国医院的阔大夫，是多吃香的行当啊，多少名媛追还追不上呢！金家的几位爷倒是世家出身，可有几个又是像人家宋三公子那样有真本事的？吹拉弹唱倒是行，能当饭吃吗？

舅老爷说得有道理，大格格的亲事很快就定下来了。

我父亲的那位未来的东床快婿也上我们家来过几回，很文静，很拘谨，跟我这一群疯哥哥们比，就像是一只柔弱的小洋狗混到了一群土著的黄狗黑狗中间，显得那么扎眼，那么不合群，倒像我们的祖先是土匪，人家的祖先是皇亲似的。瓜尔佳母亲对这个文弱的女婿基本满意，就是嫌他身上药水味儿太大，不知她的女儿将来能不能受得了。大格格跟宋三公子出去了几次，回来也没提什么药水味儿的问题，瓜尔佳母亲也就不说什么了。但在她心里还是不放心那位会使枪的亲家，担心公子他妈的火暴脾气。

亲家母知道瓜尔佳母亲爱听戏，就请瓜尔佳母亲到吉祥剧院去听马连良的《甘露寺》。人家选这样的戏，挑这样的地方，是表示对这门亲事的认可，是希望金宋两家就跟吴蜀两国似的，联合起来，共图大业。其实宋亲家这笔账是算错了。瓜尔佳母亲认为，首先他们不能把自个儿跟刘备比，他们一个完达山的土包子，跟皇亲国戚是搭不上一点儿界的，硬以皇叔自居，未免不自量。其二，刘备在东吴招亲的时候，家中已经有了甘、糜二位夫人，这个皇妹孙尚香再嫁过去算作老几呢，似乎也并没有给正宫的名分。由此瓜尔佳母亲拒绝去听戏，她跟我母亲说她要跟那个警察的粗娘们儿坐在一个包厢里实在是太高抬了她，尤其是不能听《龙凤呈祥》这类的戏，谁是龙，谁是凤呀，咱们心里得有谱，金、宋结亲，明摆着宋家在高攀金家，搁过去，皇家的格格怎能下嫁给一个汉人警察的儿子？门儿也没有！当然，这些话瓜尔佳母亲并没有当众说出来，对方不管怎么说也是她大女儿的婆家，她得为她的女儿维护点儿面子，她对送请帖的人只是说不习惯上戏园子听戏，宋太太要是爱马连良的戏，可以上金家来听，把马连良叫到家里来唱比在戏园子里听得真。

谁想，瓜尔佳母亲一句推托的客气话，宋家那位太太还真就来了。时间就定在五月二十，人家也不知从哪儿打听来这天是大格格生日，很热情地要过来祝贺。按金家本意，大格格今年的生日是不过的，今年是大格格的本命年，太岁当头，一切都不便张扬，还是收敛平静些为好。现在，大格格的婆婆提出在未来儿媳妇的生日这天过来，就不能不另做准备了，对宋太太这种上赶着的热沾皮做法，大家都觉得缺少矜持．可一想她是警察的太太又觉得情有可原。为宋亲家的到来，金家特意请马连良来唱《甘露寺》，但宋太太又说不听马连良，单要听金家兄弟们的演唱，说这样才有意思。

我的几个哥哥在瓜尔佳母亲房里听到这个消息时，一时竟没人说话，大家你看我，我看你，面面相觑，各自挂了一脸苦笑。老二说他最近在闹嗓子，连喝水都困难，更别说唱戏了，到时嗓子拉不开栓，难免扫贵客的兴；老大说他的野调无腔，登不了大雅之堂，在家自己玩玩儿可以，拿出去让人笑话；老三不吭声，只是跟炕上卧着的花猫较劲，把那根猫尾巴绕来绕去，逗着让猫去咬；老四说他那天另有应酬，要随着洵贝勒府的小九上二闸去放鹰，怕伺候不了这差事；老五说那天白云观有庙会，他跟武道长约好了，要研讨“采战”之术，就有几个人捂着嘴哧哧地笑。老大说，五兄弟倒也直率得可爱，连“采战”这样的话也敢拿到妈跟前儿来说。老四说，他这是倚小卖小，故意在妈跟前儿撒娇。老五说，撒娇也轮不到我，下头还有老七呢，我是姥姥不疼舅舅不爱的主儿，不比你们……

老五的话音未落，只见瓜尔佳母亲把眼一瞪，脸一下就沉了下来，厉声说，你们不要跟我耍贫嘴，五月二十那天谁也不许给我出门儿！大家一见老太太翻了脸，都垂手而立，再不敢说什么了。这个家里只有老五敢跟他妈顶，老五说，不让出门儿也不唱戏，我们哥儿几个堂堂大老爷们儿，犯不着给一个傻娘们儿逗乐。瓜尔佳母亲说，放肆！谁是傻娘们儿，你是说我吗？老五见老太太动了真格儿的，赶紧解释说他说的是姓宋的，他是想金家的爷们儿为一个警察唱戏太掉价儿。瓜尔佳母亲说，我们演戏绝不是冲着宋家，而是为了大格格，她一个当大姐的，过个生日，图的就是个喜庆热闹，她是马上就要出阁的人了，走出金家门儿想听你们唱也听不着了，你们当弟弟的，难道就不能为姐姐卖卖力气，博她个高兴？再说，那天你们的姥姥家也要来人，大格格的同学们也要来，人家都知道你们唱得好，有老祖传下来的功底，都憋着要看呢，你们总不能一个个地打了退堂鼓吧？

瓜尔佳母亲这样一说，大家便没了话，这时一直在一边抽烟的舅老爷站起身来说：你们的妈说得对，演戏就是助兴，让大家都觉得愉快，甭管他是谁，从人格来说都是平等的，这点你们的阿玛就比你们强，你们的阿玛就不像你们这样爱端架子。其实人家宋家的儿子也是有学问、有身份的人，人家有自个儿的专用汽车，还雇了洋司机，用洋人给自己当差，人家的派儿比你们几个大多了，你们也就是耗子扛枪——窝里横罢了，还装得挺清高。老大说，我们不是清高，我们也不是耍猴的，要我们唱也行，宋家的儿子也得上台。大家都说这主意好，要唱大家一块儿唱，唱都唱，要不大家都不，不唱都不唱。

依着哥儿几个的想法，那个姓宋的三公子是绝不敢上台的，宋家的儿子不上台，金家的儿子自然也就不上台，谁也别挑谁的眼，从外头叫几个角儿来凑一台堂会，把那个警察和他老婆打发了也就算了。

没想到，不几日，由宋家传过话来，说宋家的三个公子将跟大伙儿一起登台献艺，为金家大格格祝寿。这样一来，就把我的几个哥哥将到这儿了，他们不上也得上了。

五月二十这天，家里来了不少人，戏台前搭了棚，园子里摆了二十几个大桌，桌上铺着白桌布，上头有中西点心、水果、糖果和一瓶瓶的香槟、葡萄酒，这一切都是舅老爷的安排。舅老爷说宋家公子是新派儿人物，所以咱们也不能显得太陈旧、太中国了，得让人家看看，我们金家的老爷子也是留洋回来的先辈，在观念和做派上一点儿也不落后。二娘张氏对这些很不满意，她说，这叫什么呀，白嚓嚓地铺了一院子，没点儿热乎劲儿，哪儿像是过生日……

平日耀武扬威惯了的北平警察总署署长宋宝印，这日也变得极为谦和，为了向金家靠拢，特意穿了长袍马褂，在胡同口就把警卫打发回去了，自己只带着太太和儿子们进入金家，怕的是金家人看见穿警服的反感。随同宋家人进门的还有四抬礼盒和一百盆玫瑰，玫瑰是宋三公子给大格格的生日礼物，红艳艳的花朵将戏台围了几个圈，一时园子里立即花团锦簇地火爆起来。宋家的三个儿子一律的西装革履，腰板笔直，没有洋场恶少的影子，倒很有德国党卫军的做派，使不少前清遗老们眼界大开。三位英俊倜傥的青年在院里一出现，立时就把我那一群吊儿郎当的哥哥们比得没了颜色。二娘直纳闷儿，他一个破警察怎的就能生出这般齐整的三个儿子？父亲说，老倭瓜也有串秧儿的时候，何况是人！舅老爷很得意，说这一切只能说明他的眼力好，以后他所有外甥女的婚事都由他包了，他命中注定就该是外甥女们的月老。亏得我们的舅老爷没有活得地久天长，否则我们的下场都将和大格格一样。还是我母亲说得对，有时候好心不一定能干出好事。

瓜尔佳母亲和爱打枪的宋太太坐在主桌，寿星老儿大格格是今日主角儿，被安排在她母亲和宋太太中间。宋太太短而胖，一脸的横肉，一身的珠光宝气，大约是怕金家看不起她，所以把值钱的真货都披挂出来了，坐在瓜尔佳母亲和大格格旁边光芒四射，整个儿的一个喧宾夺主。宋太太为了表示自己快乐，就不住地大声笑，主动地跟瓜尔佳母亲说话，一口响亮的东北腔在人群中飘荡，无论你走到哪儿都能听到她的声音。瓜尔佳母亲很有分寸地应酬着，礼貌地保持着距离，这样一来反显得有些木讷呆板，有些不知所云的被动。宋太太将大格格使劲儿往身边拉，攥着手不放，嘴里不住地夸赞大格格是三春的牡丹、月里的嫦娥。这些俗不可耐的比喻，清雅的格格怎受得了，只说是还要去扮戏，借故从宋太太身边走脱了。有人看见，大格格离开宋太太的时候，手上多了个镶着巨大绿翠的戒指，也有人看见大格格没走到后院，就把那个戒指给了厨子老王。那天，厨子老王为大格格喊好儿就分外的卖力。

父亲和警察署长及舅老爷在另一桌。警察无话，只在那里赔着笑，倒是舅老爷一个人在不停地说，说他的基尔特社会主义，说国家的无阶级性，应该和平地用基尔特社会主义代替资本主义剥削制度，说社会中应该有两个平行的组织，以便施行产业民主和产业自治……没人听得懂，却又不得不听，还是父亲不耐烦了，催促着快开戏。

请的是外头的小班子来演，没有名角儿，为的是别压了金家弟兄们的戏。戏班班主拿来戏单让瓜尔佳母亲点戏，瓜尔佳母亲让宋太太先点，两人推让了半天，瓜尔佳母亲就点了一出《状元媒》。《状元媒》说的是宋代新科状元吕蒙正出面做媒，将皇室成员柴郡主下嫁给武将杨六郎的故事。瓜尔佳母亲点这出戏可谓用心良苦，既说明了我们的身份，又抬举了舅老爷，也没扫了宋家的面子。轮到宋太太点时，宋太太把戏单在手里揉来揉去，只说是爱听诸葛亮的唱，却又说不出是哪一出。警察在一边提醒说，诸葛亮就是《空城计》嘛，下边还有《斩马谡》，把马谡的小脑袋咔嚓一下就……看大家都在看他，警察突然意识到什么，猛地打住了，大家都有点儿不自在。戏班的班主很聪明，说太太点的就是《失街亭》《空城计》《斩马谡》了，可惜这几出今天我们没备下，您就着戏单上的点，想听哪一出都行。戏单上的戏都是头一天我们家管事的和戏班班主商量好了的，因为是带有相亲性质的做寿，挑选的都是《凤还巢》《诗文会》《四郎探母》一类的吉庆戏，像“失、空、斩”这类又打又杀的戏一般都应该避讳。宋太太不懂礼数，张嘴就是《空城计》《斩马谡》，实在是让戏班为难了，这是得罪主家的事情，人家就是备了，也不敢演哪！宋太太拿出了署长太太的身份，拉着长声问道，怎么叫没备下呢？班主说，行头没带过来，角色也不齐。宋太太说，我们的车子就在胡同口等着呢，让你的人坐车回去拿一趟不就得了吗？气氛有些僵，班主看看瓜尔佳母亲。瓜尔佳母亲说，既然亲家爱听诸葛亮，也不必麻烦戏班子了，家里的孩子们就能演，给亲家太太凑一台“失、空、斩”也不难，只是孩子们的玩意儿您看得别太认真，权当逗个乐子吧。当下就着人告诉老大老二们扮戏。一会儿，管事的过来悄悄对瓜尔佳母亲说，大格格听说待会儿要演“失、空、斩”，在后台闹气呢。瓜尔佳母亲朝父亲使了个眼色，父亲站起身对警察抱了抱拳说，失陪了，我得到后头招呼一下去，这出戏没我不行。警察惊奇地说，怎么还得劳动您的大驾？父亲说，我们家老大演不下这出戏来。宋太太见金家当家的也上台了，就很兴奋，抬起身子大声说，家驹、家骝、家驷，你们也来凑一出啊！

只见三匹“马”应声而出，走上台去。大“马”从小匣子里拽出个葫芦样的东西来，架在脖子底下，试了几下，声音很好听。瓜尔佳母亲没见过这乐器，也没听过这声音，正疑惑间，宋太太凑过来说，拉琴的是老大，那个琴是他从国外带回来的玩意儿，叫作小提琴，他们家老大在外国学的就是这个。瓜尔佳母亲很奇怪，还有让孩子出国学吹鼓手的？这样的事大约也只有宋家这样没有根底的家庭才做得出来。瓜尔佳母亲朝台上望了望，古老的中式戏台上，出将入相的缎子戏帷子前头，站着三个油光水滑的西式人物，很像天桥拉洋片里头的景致，只让人想起滑稽二字来，瓜尔佳母亲赶紧用手绢将嘴捂了。宋大公子拉了一段曲子，二公子、三公子就开始唱了，他们唱的是外国歌，是分两个声部的二重唱，那词儿一句也听不懂。唱完了，下头竟然掌声热烈，鼓掌的多是大格格的同学们，年轻人喜欢这个歌，有懂英文的对瓜尔佳母亲说，三位公子唱的是英吉利民歌，说的是青年男女的爱情故事。瓜尔佳母亲噢了一声，没说什么，很礼貌地拍了几下巴掌。三位公子一下来，就被年轻人围住了，被一帮人拥到后园子的假山石边，有说有笑。瓜尔佳母亲注意了一下那群人，发现里头没有大格格。

戏班演的戏平平，接下来就该金家子弟们上场了。

这天是老大的马谡，老二的王平，老三的司马懿，老五的赵云，老四和看门老张的二老军，老七胡琴，打杂的茂林司鼓，四格格月琴，阵容十分整齐，挑大梁的当然是父亲，他演诸葛亮。这次的戏演得很有水平，众弟兄碍着大格格的面子，没有胡来，马谡的唱不多，也不存在跑调不跑调的问题，总之很为金家争了脸。戏班的班主不住声地说，遇上了真把式，算是开了眼，以后再不敢来金家唱戏了。宋太太为诸葛亮拍红了巴掌，警察为了捧场，不断喊好儿，每每遭到厨子老王的白眼，因为警察喊得不是地方，瞎喊。宋家三位公子不懂戏，对京戏也没有兴趣，坐在那儿一碗接一碗地喝茶，跟一帮女孩子们调侃。

还好，大格格没有因为不高兴而撂挑子，她的压轴戏唱的是《宇宙锋》“金殿装疯”一折。《宇宙锋》是说秦二世胡亥荒淫无道，见宠臣赵高女赵艳容貌美，欲纳为妃，女矢志不从，装疯哭闹，胡亥纳妃之意乃罢。戏里面有大段的唱和大段道白，以疯女之口痛骂欲娶她的胡亥。大格格在今天这种场合选择了这出戏，在金家不少人的心里投下了不祥的阴影。席间，看得高兴的只有警察夫妇，他们没见过还有小媳妇在台上疯说疯闹的，“将乌云扯乱，抓花容脱绣鞋扯破了衣衫，倒卧在尘埃地信口胡言”，一反青衣的端庄静雅，而变得披头散发，癫狂无羁。大格格演得实在是好，那段大段道白：“哦，我笑得你的无道！列位大人老哥听了……我想这天下，乃人人之天下，并非你一人之天下，我看你这江山，未能长久了！”说得更是声情并茂，字正腔圆，一句一句喷发而出，博了个满堂彩。

宋太太不明白为什么连说话也要得好儿，舅老爷解释说，大格格这口韵白极好，甜而丽中有一股深沉的辛辣，给人一种不可言说的细腻，典雅而传神，美极了！宋太太问什么是韵白，舅老爷说，就是戏里头的道白，说开了就是一种糅合了京腔与吴语或其他地区方言的新国语，不是贫而碎的京片子，那京片子让人一听就厌恶、肉麻，上不了大雅之堂。宋太太说，我觉得你们家的女孩儿说话跟外头的不一样，敢情就是这韵白的缘故？瓜尔佳母亲说，平时说话怎能用韵白，那样不把人家的肚子笑疼了？我们家孩子们说的是官话，这也是有来头儿的。在康熙年间皇上就要求所有官员必须说官话，宗室子弟也都要讲官话的，当年金家的老祖母领着孩子们进宫给皇太后请安，也得讲官话，绝不能带进市井的京片子味儿。在宫里，皇后太妃们讲话用的是近乎官话的京腔，只有太监才用纯北京话说话。看一个人家儿有没有身份，从说话就能听出来。

宋太太的东北腔一下低了下去。

我没有亲耳听见过瓜尔佳母亲有关官话的论述，但我相信她的话是没有错的，我们家是老北京人，却至今无人能将北京那一口近乎京油子的话学到嘴，我们的话一听就能听出是北京话，而又绝非一般的“贫北京”“油北京”，更非今日的“痞北京”，这与家庭的渊源或许有关——这是题外话了。

四

下面就说到了四十年代初期北平的名媛义演。义演参与者多为大家闺秀：有清朝大官端邡的女儿；有名誉九城的春山馆主，她也是名门望族之后，是当时国务参赞周令山之妹；还有个叫臧玉凤的，据说是驻欧洲某大使之女……我们家大格格也在其中，她的积极支持者就是她的婆婆，那个根本不懂戏的警察太太。

以我现在的思想来分析，宋太太支持大格格到社会上去演出，绝不是出于对京剧的喜爱或是对大格格爱好的赞许，她完全是从自己出发，是一种很自私很狭隘的沽名钓誉，她企图用大格格的社会活动，用大格格的名气来提高他们宋家的地位身价，以改变人们对于他们的偏见和挑剔。警察的家族，在力争向文明靠拢，向进步靠拢。

大格格为义演准备的剧目是拿手的《锁麟囊》，为“春秋亭”那一场新婚的装束，宋家特意着人从苏州购来绣着花卉禽鸟的红帔。试装那天，大格格着上那红装，做了一个身段，盈盈少妇，绝代风华，真如同一个美妙的、画上走下来的人儿。当时宋家公子也在场，三公子为大格格的光艳所倾倒，竟激动地说出“得此美人，不枉此生”一类的话来。

《锁麟囊》这出戏说的是登州富女薛湘灵出嫁之日遇雨，在春秋亭避雨时与另一贫女赵守贞的花轿相遇，赵女因贫穷而啼哭，薛女仗义相助，将装有奇珍异宝的锁麟囊相赠，双方未通姓名各自离去。若干年后，登州大水，薛湘灵无家可归，到赵守贞所嫁的卢家做佣人，再见锁麟囊，百感交集，薛、赵重新相见，大团圆结尾。整出戏薛湘灵全是主角，配角人物不过是三两句唱，金家子弟完全可以胜任，那个调皮捣蛋又刁又势利的丫环就由老四来担任。男角演丫环配俊小姐，不但能起到很好的陪衬烘托作用，也可以插科打诨，增加些噱头，有着女角达不到的效果。为大格格的演出成功，金家全力以赴，投入到紧锣密鼓的排练中，宋太太没事就过来，端把椅子坐在一边看大家排演，久而久之，竟把戏也记得滚瓜烂熟，很有点儿把场的资格了。

令人担忧的是大格格和老七舜铨老是配合不好，若是在家随便演演，倒也没什么，这可是拿到社会上去表演，出不得一点儿差错的，稍不在意就砸了。人们看名媛演戏，比对角儿的要求还严格。角儿一旦有了些资历和名气以后，就可以演得很随意、很自由，不受任何限制。有位名老生，唱到半截忽然咳嗽不止，台下观众竟不以为然，后来也学他的，唱到这儿也咳嗽，真是地道的东施效颦了。而名媛们演戏，带有玩票的意思，跟她们配戏的又多是名角儿，往往这些角儿又爱耍弄这些小姐们，既博观众一乐，又可衬托自己的洒脱，这样一来就常常让小姐们提心吊胆，开戏如临大敌一般，想想也真是可怜。当时社会上流传着一段故事，有位叫陶默庵的女士，请马连良跟她配戏，演的是《武家坡》。这个马连良大概就像我的大哥拿老七开涮一样，也拿这位女士开涮了，他唱完“八月十五月光明”，张口就问人家小姐“昨天晚上打麻将手气怎么样啊？”把小姐问得站在台上回不过神来，于是台下大乱，叫倒好儿的大有人在，人们不是哄马连良，是哄那位小姐，其实小姐有什么错？另一名小姐跟杨宝森唱这出戏也遭到类似情景，杨在末尾的收腔故意又加上了个“哇”，这就占了人家小姐的板槽，让人家张不开嘴了。观众大概想看的就是这样的乐子，就巴不得名角儿们玩点儿花活，让小姐们当场出丑，当场下不来台。也有有根底、有经验的小姐，有兵来将挡、水来土掩的本事，上得台来不慌不乱，在气势上和那些角儿一般齐，唱腔好，扮相好，身段好，做派好，这样的女票友观众就很捧。中国的男人捧女戏子是天经地义的，捧唱得好的名媛则高雅又神圣了，为名媛叫好儿，更当花力气，花精神。有许多人来戏园子不是为了听戏，纯粹是为了来喊几嗓子的，说这样可以疏肝泄郁，荡气回肠，是极好的养生之道。我想，那时中国是因为没有足球，这就不得不逼得一些老爷们儿把精力和热情都扔到戏园子，扔在那些可怜的戏子们身上，在某种意义上说，昔日的戏子与今日的球员真有着异曲同工之妙。试想，今日的万千球迷在某一天都进了剧院，那真是没有唱戏的活头了。但那时候的“球迷”们，的确就都凑在戏园子里，在戏场小天地、天地大戏场中极力抒发着他们的热情。

大格格的担心不是配角成心晾她，是担心老七的琴出纰漏，大格格唱的是程派青衣，而老七对程派是极为陌生，使得大格格常常有跟不上趟儿的感觉。眼看演出时日将近，大格格忧心忡忡，连饭也吃不下了，父亲到外面聘请名琴师，一时却又寻不到合适的，全家都很着急。

不想，这日宋太太领来个瘦弱青年，来者穿着破衣衫，夹着把旧胡琴，被胖太太推到众人跟前。宋太太说，这人姓董，叫董戈，是德国医院的杂役，专干些为病人跑腿送信、买东西的杂活，有时也为太平间的死鬼穿穿老衣，替丧家联系联系杠房什么的。大家不明白宋太太为什么要领这么一个人来，宋太太解释说，有一天家驷听见他在太平间拉胡琴，拉得有板有眼的很流畅，就想起大格格这边的事儿来了，让我把他带来，拉一拉让金家的爷们儿听听，成与不成先试试。大家听了，都觉得宋三公子办事太唐突，把个杂役弄来给大格格操琴，这不是开玩笑嘛！再看这人这没伸展开的模样，穷门倒相的，料也不是什么高手。

那个叫董戈的青年站在众人当间，敛目低眉，任着人们的目光在身上审视扫荡，没有任何表情。老四说，亲家太太，您趸来这宝也会拉胡琴？宋太太说，我不是说过了嘛，让他试试。老五说，扮相不错，我上前门要饭，跟我搭伴儿倒挺合适。老三绕着来人转了一圈，哼了两声没说什么。老二问来人，您会定弦吗？被叫作董戈的人低声说会。老七说，拉一段让大伙儿听听。父亲也说，对，拉段儿听听。于是有人给董戈拿来了凳子，董戈调弦，屏气，拉了一段二黄回龙，也没见怎样高明。老七说，你拉的是反二黄。董戈赶紧站起来回答说本来二黄该用正工，他用的是小工，因为调低，所以上下宽度大，有五度的跌宕。父亲说，听你拉的也罢了，还不如我们老七。董戈又低头不语。老七问董戈是跟谁学的，董戈说是跟父亲。老七问他父亲是干什么的，董戈说是乐亭说书的，父亲已死，眼下只有他和他母亲在北平。老五说，倒是个苦出身，还会拉胡琴，难为了你。父亲说，这你就不明白了，看来他的祖上才是真正的票友。大家问何以见得，父亲说，清入关以后，曾编制唱本，宣传清朝制度多么优越，皇上多么清明，然后派滦州、乐亭一带的说书人学唱，学好后，经官场考试合格，发给薪水，派往各地演唱，出京时给龙票一张，所到各处由县中供给吃穿，这就是票友的来由。眼下两地的许多说书人，都是当年票友的后代，世代相传，很有些真人在其中。老五说，阿玛您别扯远了，依您说这个人算不算真人呢？父亲说，这个嘛……宋太太说，要是不行咱们打发他回去就是了。父亲说，给点车钱，让人家走吧。姓董的听了如释重负般，给我父亲请了个安，就要告退，刚走到门口，只听大格格说，回来，我让你走了吗？大家都看大格格，大格格说：这个人，我留下了。

这个董戈就成了大格格的琴师，也说不上是师，就是为大格格操琴罢了。谁也不知大格格看上了他的哪一点儿，满说留就给留下来了。大格格让他搬到金家来住，董戈说不行，说他每天得回去照看他的母亲，他要是不回家，他妈会担心。董戈住在城南，我们家在城东，董戈每天天不亮就得赶到我们家，为大格格吊嗓子，天黑才走，天天是两头不见太阳。为了他的母亲，他刮风下雨也往家赶，他的辛苦让金家的母亲们看了感动，说我们家七个儿子，抵不上人家一个孝顺，董家老太太不知烧了什么高香，得了这么个好儿子。

董戈早晨到金家来的时候，往往大格格还没有起床，大格格有睡懒觉的毛病，要是这天没事，她能睡到中午去。但是自从留下了董戈，她就睡不成懒觉了，每每还在睡梦中就被丫头叫醒，告之操琴的董先生来了。大格格说，来了就来了，让他等着去吧！翻过身来就接着睡了。董戈也不说什么，就在窗户外边死死地站着。大格格又睡了一觉，想起吊嗓子的事来，在被窝里懒懒地问，那个姓董的走了吗？丫头说还在院里傻站着呢。大格格一边嘟囔着这人死心眼儿一边慢腾腾地穿衣服。梳洗完了吃完早点就到了十一点，这才叫进琴师董戈。董戈已经在太阳地儿里晒成了红虾米，进来的时候还不住地冒汗。大格格看了有些不落忍，对丫头说，给董先生倒碗凉茶来。董戈说，茶倒不必，大格格赶快抓紧时间练唱儿吧。大格格让董戈明天晚点来，别这么打更似的吵人。董戈说不行，要想人前拔份儿，就得背后受苦，这是他爹生前反复教导他的。大格格说，你的爹又不是我的爹，你不能把你爹的教导用在我身上，再说了，我们又不是科班出来的，不是专门吃这碗饭的，我们能唱就已经很不错了，何必那么认真！董戈说，科班也罢，玩票也罢，面对的观众可是一样的。大格格说，我的嗓子先天条件好，用不着天天吊。董戈说，嗓子必须天天吊，好嗓子是吊出来的，不是天生的，不常吊，唱腔里那些偷腔换气、抑扬顿挫、拖板抢板及脑额鼻咽颊膛等等的共鸣是运用不好的。这样一来，反倒把大格格弄得没话说了。自此，董戈每天清晨四点准时来到大格格的房前，先是轻轻地咳嗽一声，告之他来了，就在外面等。久之，大格格的懒觉就睡不成了，外头一咳嗽她准醒，再也睡不着了，睡不着就得起来，起来除了吊嗓子没别的事干。后来，董戈不但将大格格拽起来吊嗓子，还要拉到东直门外的护城河去吊，说这样吊出来的嗓子带水音儿。

从我们家到东直门，这段不近的路程每天大格格都是和那个董戈一路小跑跑去的。董戈夹着琴在前头，大格格小步紧捯在后头，后边是丫环坐着洋车跟着。以往，我那个娇贵的大姐就是上两站地外的姥姥家，也要坐车的，现在她好像让这个姓董的给治住了。许多年以后，我的母亲说什么是缘分哪，董戈和大格格就是缘分，她就是听他的。为什么，什么也不为。到最后人们也闹不明白，那个寒酸的穷小子到底有什么魅力使骄纵的大格格百依百顺地听他的，有人说是爱情，但大格格在临死前明确地否认了这一点，说她和董戈来往正大光明，没有丝毫的暧昧成分在其中；也有人说是活力，是另一种陌生的生活对于陈旧的吸引，而这种吸引是不可抗拒的。但话又说回来，为什么不吸引别人，偏偏吸引大格格呢？还是老七总结得好，老七说，什么也不为，就为了一个字：戏。

东直门外的护城河边，烟霞蒸蔚，旷寂无人。在这里，大格格彻底将嗓子放开了，从慢板《三娘教子》中的“王春娥坐草堂自思自叹”开始起吊，循序渐进，一直吊到《女起解》那句高亢响亮的“苦哇——”。大格格与董戈，唱随切磋，日日如此，从不懈怠，成为护城河边的常客。

名媛义演，广和楼的戏码已经排出，大格格排在第三，前边两位分别是关静仪和秦蓝薇两位女士，唱的是《四郎探母》和《贵妃醉酒》。不知谁从哪儿打听到，这两位，一个是梅兰芳的高徒，一个跟着尚小云学过三年戏，论水平不亚于科班。本来程派唱腔在旦角行当中就极不易叫好，学唱难，会欣赏者不多，如今又排在第三，使得平时果敢自信的大格格这时也有些犹豫了。演戏最怕的就是怯场，为了这个，家里人轮流给大格格鼓劲儿，好像都不太奏效。宋三公子几次约大格格出去，逛北海，吃西餐，以减轻心理压力，大格格还是觉得信心不足，甚至有了打退堂鼓的念头。

这天练完唱，董戈对大格格说，您唱得很不错了，完全没必要犯怵，也别把那些角儿们看得太神圣了，从清末数，唱出名儿来的有几个是科班出身的，大部分还不都是半道出家的票友？拣有名的说吧，与程长庚齐名的张二奎，下海前是前清的官员，是工部水司的经丞；名老生张子久是张二奎的车夫；连编带演的卢胜奎，在早不过是个下人；再有，灯笼程是北京廊房头条做牛角灯的，汪笑侬是拔贡知县，许荫裳是齐化门外粮店的伙计，张雨庭是眼镜铺的掌柜，冰王三是夏天卖冰的，刘鸿生是卖剪子的，麻穆子是卖私酒的，红极一时的名老旦龚云甫也是玉器行的工人出身。所以，您千万别迷信什么科班不科班的，与科班比，票友有票友的优势，特别是像您这样有学问、有文化的大家小姐，不一定就比那些角儿们差。当然，票友是不如科班徒弟学得扎实，但科班出来的不一定有那个艺术感觉，京戏其实是一门很高的艺术修养，它所要求的各方面知识不是一两日就能积累得起来的，即便是科班出身，艺术的感觉跟不上，说白了只是个表演的傀儡罢了。既然是艺术，就不是靠学力所能成功的，它靠的是六分修养、两分天才、两分勤奋。北京的富连成班，前后四五十年，培养出来的徒弟在千名以上，唱出名来的不也就有数的几位吗？这么一想，您还怵它什么呢？

不能说平日沉默寡言的杂役董戈的这番话说得没水平，就是在今天，细细品味，他的话也是很耐人寻味的。在我们强大的文学队伍中，真正靠大学培养出来的作家占的比例毕竟不多，所谓的中文系是作家们再进修的场所，而绝不是作家的摇篮。大学中文系培养不出作家，大概就和富连成培养不出真正的戏曲艺术家一样，这里面有个严酷的艺术规律在其中，这个道理出自几十年前一个医院杂役之口，则不能不让人吃惊了。这些话在当时对我大姐的触动想必也是很大的。能出此深切之语的，绝非一般人。大格格问过董戈有过怎样的经历，董戈低眉含颦，面色惨淡，似有难言的家世之悲。既然不便说，也不便再问，琴师董戈的身世对金家来说一直是个谜。

自此，大格格精神饱满，勤奋练习，面孔红润，神采焕发，从我们家跑到东直门，半道不歇，到地方停下脚步张嘴就唱，音域宽阔，底气十足，让人听来没有一点儿急促大喘气的感觉，这就是功夫了。我父亲说过，唱戏的必须有边舞边唱的功底，倘若你舞得很带劲儿，张嘴唱不出声或是哈哈地喘，那就倒观众的胃口了，闹不好就有被轰下台的危险。大格格的精神状况、体力状况都让人满意，这当是董戈的功劳。瓜尔佳母亲说得好好谢谢人家，不能让人家白白出力，让管事的给些赏钱。管事的说给过了，姓董的不要。瓜尔佳母亲说，这就怪了，他一个穷小子，难道就不见钱眼开吗？让管事的去问，管事的回话说，董戈说了，他虽然在金家拉琴，但在医院的薪水照拿，宋院长还给加了薪，给了车马费，他拿了那边的，就不能再拿这边儿的了，两头拿很不合适。瓜尔佳母亲说，这孩子还挺仁义，别看是个下人，家教却不错，那边的老太太想必也是个通情达理的。

瓜尔佳母亲包了一大包穿不着的衣裳，让董戈带回去给他的母亲。第二天董戈特意到上房给瓜尔佳母亲请安，替他的母亲道谢。传他母亲的话，说那些衣裳都是上好的衣裳，让大夫人这样破费实在是不安，董家小门小户，能进金家干差事已经是有脸面的事了，儿子有什么不周到的地方请大夫人多多担待，待她身子好利落了，亲自到府上来请安。瓜尔佳母亲问董家老太太有什么病，董戈说：痨病。瓜尔佳母亲说，这可是个累不得的富贵病，营养一定要跟上去。瓜尔佳母亲让丫头把她的几听美国奶粉给董家老太太带去，董戈对此也没有过度推辞。事后大家都夸董戈是个孝子，瓜尔佳母亲也常拿董戈的例子来教育我的那些混账哥哥们。

五

演出这天，父亲调动了金家的全部实力，组成了阵容强大的啦啦队，除了领衔叫好儿的厨子老王以外，还以每人一块大洋的价儿雇了些戏混子，并明确告之，只许给《锁麟囊》叫好儿，其余剧目不许出声，当然也不许起哄。彼时，名媛唱戏，与角儿们不同，叫好儿的是五花八门，好似唱戏的不是正规军，叫好儿的自然也不必正经一样。故而，逢有这样的演出，一般都要在剧场四处贴上“禁止怪声叫好儿”的纸条。父亲为雇叫好儿的花了二百大洋，也就是说，在那天的剧场里，至少有二百个人是专为捧我大姐而来的，其中还不包括金宋两家的亲眷和署长调动来的大批警察。后台的一切由舅老爷照料，后台老板自然要打点到，给银圆二十封，每封二十。上下场挑帘的也得送大洋，你总不能让角儿自己掀开门帘钻出来，再起范儿演唱吧，那样还不让下头乐死？所以挑帘的也很重要，也不敢怠慢，也得给钱。除此以外，打鼓的、弹琴的、饮场的、看门的、跑堂的、扔手巾把儿的、管电的，无不得一一送礼，落下一个，保不齐就得出点儿什么事。其实，在这众多人里，舅老爷忘了一个最最重要的人物，那就是操琴的董戈。在前台后台，在哗哗的大洋声中，董戈一直抱着琴默默地坐在后台不起眼的角落里，充任着可有可无又必不可少的角色。也不是舅老爷没想起他来，是舅老爷觉得这个医院的杂役绝没有撂挑子、使坏的勇气，懂得“社会主义”的舅老爷看人看得准极了。

鼓乐响起，头场关静仪女士的《四郎探母》唱得不错，到底是梅兰芳的弟子，一招一式、一腔一调，酷似她的老师，那段铁镜公主与杨四郎的对唱更是炉火纯青，两人一个上句一个下句，唱腔速度越来越快，情绪呼应越来越紧，盖口处严丝合缝、滴水不漏，场内好声大起，就连父亲雇的那些“不许喊好儿”的人也情不自禁叫起好儿来了。可不嘛，好戏人人听着过瘾，甭管是不是拿了人家的钱。

铁镜公主刚唱完，下边还有杨四郎的唱，就有人端着个小茶壶上台，给关女士饮场了。杨四郎很有激情地在唱，他的媳妇在旁边端着茶壶喝水，这从情节上说总有点儿荒诞，但那时就是这么个风气，有身份的角儿都要饮场，并不是为了渴，也不是为了润嗓子，就是为了一种派，唯此才算够份儿。不但喝水，有时还要擦脸，武生打着打着突然架住，有人送上手巾，抹一把，接着打。这大约是三四十年代北京演戏的风气，一些与剧情毫无关联的人可以在戏台上自由地走来走去，越是名角儿，伺候饮场的越爱上去捣乱，以向众人炫耀他是谁谁的人。那个时代北京的观众对这些也是极宽容、极有耐心的，这就是看戏人的好脾气了。搁现在恐怕不行，现在甭说在台上换裤子，就是换布景也得把大幕拉上再说话。

听我母亲说，那位唱得很好的关女士，砸就砸在她的饮场上，她的老师是梅先生，梅先生演的是青衣，本人却是个男的，他在台上饮场，怎么对着小茶壶喝茶都是不足为怪的，而关女士就不同了。关女士是女的，女的在台上当众嘴对嘴地嘬茶壶，台下就是哄笑一片，怪声一片，有放浪子弟尖叫着大喊：小乖乖别撒嘴！……当下把关女士闹了个大红脸，连那个演杨四郎的也为此而笑场，唱不下去了。我也是从那儿才知道女孩子是不能对着茶壶嘴喝水的，为什么，小的时候不明白，大了以后才知道。

第二出是秦蓝薇女士的《贵妃醉酒》，演得雍容华贵，行头好，扮相也好，举手投足都很到家，但也是要饮场，只见她唱一句“这才是酒入愁肠人易醉”，喝一口水；唱一句“平白诓驾为何情”，又喝一口水。只让人感到这贵妃一会儿是酒，一会儿是水，怕要灌成大肚子蝈蝈了。所幸，这位女士没用小茶壶，用的是金边细瓷小碗，还没有引起下头哄场。但是，随着贵妃上台的还有一个小木桌，上面摆满了各样化妆品和一个很时髦的藤皮暖壶，贵妃喝一口壶里的水就要扑一次粉，抹一回口红，台上就老有两个穿大褂的人在一群花花绿绿的宫女中穿来绕去，将唐朝和民国紧密地联系起来。后来，有眼尖的人看见，藤皮暖壶上竟然还写着“参汤”的字样，便知秦女士喝的不是茶而是参汤了。演戏如此摆谱显阔，当也该入梨园之最。不过作为女士的身份和贵妃的角色，或许尚不失之太远，倘若是要演《荒山泪》，演那位逃奔山野的贫妇，不知道是否也得喝人参汤？演得虽然好，终归是使人分神、别扭，以致气沮，弄不清是来看戏还是来淘神。

这时，董戈在后台找到已扮好戏的大格格，对大格格说，待会儿您上去了，千万别饮场。大格格说，后台邱老板把负责饮场的人都给我预备下了。董戈说，预备下了也别饮，您听我的没错。大格格说，万一我的嗓子要是干了，提不上去了呢？董戈说，绝没这事儿，您每天上东直门护城河也没饮场，不也唱得很滋润？唱得好不好，绝不在这会儿喝不喝这口水，全在平时的练习。大格格还有些犹豫，董戈说，您放心，万一有什么，我的琴给您兜着呢！大格格便对邱老板说她待会儿上去不饮场，让把那人撤了。邱老板伸着大拇哥说：金格格，您懂戏！

大格格演的是《锁麟囊》“春秋亭”避雨一折。当薛湘灵穿着大红嫁衣，坐着绣有双凤的红轿一出场，那红色的喜庆加之我大姐的美丽立即将台上台下的气氛烘托起来，人们的眼睛为之一亮，不待唱，便举座欢呼，得了一片迎帘好儿。厨子老王兴奋地说，咱们家的大格格没得比，就是没得比，瞧，用不着我领头，会听戏的都捧她。父亲的心却是一直提到嗓子眼儿，他一来担心操琴的，那个医院的杂役能不能把这出难度很大的戏一点儿不出差错地拉下来，二来担心大格格不要中途闹脾气，若那样，金家真是砸面子砸得狠了。

悠悠的胡琴声中，大格格缓缓地唱出了西皮二六：

> 春秋亭外风雨暴，何处悲声破寂寥。
> 隔帘只见一花轿，想必是新婚度鹊桥。
> 吉日良辰当欢笑，为何鲛珠化泪抛。
> 此时却又明白了，世上何尝尽富豪。
> …………

歌一出喉，四座皆奇，互相打问，确认是金家大小姐，方有始识庐山真面目之感。父亲听了大格格的唱腔一时也蒙住了，经过一段时间的练习，大格格的嗓音、唱法竟然大变，变得宽阔婉转、深沉凝重，实实地托出了角色的富足、沉稳、多情、善良。大格格圆润的嗓音，那些裹腔包腔的巧妙运用，一丝不苟的做派、华美的扮相，无不令人心动。加之那唱腔忽而如浮云柳絮，迂回飘荡，忽而如冲天白鹤，天高阔远；有时低如絮语，柔肠百转，近于无声，有时又奔喉一放，一泻千里，石破天惊；真真地让下头的观众心旷神怡，如醉如痴，销魂夺魄了。董戈那琴也拉得飘洒纵逸，音清无浊，令人叫绝，有得心应手之妙。琴声拖、随、领、带，无不尽到极致，如子规啼夜，迂曲萦绕；如地崩山摧，激越奔放。琴与唱相糅，声中无字，字中有声，如风雨相调，相依相携；如水乳交融，难离难分，感人至深，使人如入化境。父亲说，没想到董戈拉得这样地道，以前真小瞧了这小子！瓜尔佳母亲说，大格格唱得也出奇的好，像换了一个人儿。老七说，关键是两个人配合得默契，难怪我大姐不让我拉。厨子老王说，这水平，名角儿也比不过！宋家太太一会儿站起，一会儿坐下，东张西望，向周围关注，以让人们知道台上的美人儿是她未来的儿媳妇。至于那位警察，则只张着大嘴，目不转睛，死盯着台上，清音袅袅中，那魂魄整个儿地走了。

整折戏没有饮场的干扰，一气呵成，连贯完整，不拖泥带水，使人觉得干净利落，极富艺术感染力。演出完毕，掌声雷动，喝彩不绝，盛况空前。宋家公子送上一对大花篮，摆在台口，艳丽夺目，大格格谢场三次，观众仍不让下。有人说，金家小姐谦恭谨慎，敬重角色，也敬重观众，不似有的人只知在台上撒娇摆阔，极尽显摆之能事，人家这才是大家风范，才是真正的有谱儿！大格格听了这话，心里不禁感激董戈，四下寻找董戈，却已不知所去。回家时，剧场外观众皆欲一睹大格格之风采，人头攒动，骈肩接踵，途塞不能举步，多亏有那些警察维持秩序，持枪荷弹，蹚开一条人胡同，才使我的大姐得以进车。

当日宋家在万国饭店为大姐举行庆祝酒会，金家的人除了瓜尔佳母亲和有病的二娘张氏以外都去了。瓜尔佳母亲还是不能和那个暴发的警察家族一起在大庭广众当中平起平坐，她那傲慢独尊的禀性是轻易不会向任何人退缩的，特别是对宋宝印这样在官运上正走红的“无名鼠辈”。

酒会上，宋家太太在众人的夸赞中连干数杯，面色红润，说大格格为他们老宋家可是争了脸面，又说还要给大格格置两套上好行头，以备下回再演出。大格格让这位太太闹得坐亦不是，站亦不是，恨不得找个缝隙钻进去。席间不少人是为听戏而来，大家让大格格再唱一曲。拗不过众人情面，大格格只好强提精神，再润歌喉，待要开唱，才发现操琴的董戈并没有跟来。警察大怒，让两个手下去家里拽，父亲说算了，说来饭店开庆祝会本来就没叫人家，何苦又到人家家里去兴师问罪？归根结底还是我们不对。警察说，他是个打杂的，他得随时伺候着，哪有跑不见影儿的道理！×他姐，明天就打折了他的腿！

听到警察这粗俗的叫骂，这不讲理的犯浑，我的大姐脸色一时变得煞白，眼泪在眼眶里直打转，当下就要走，被我母亲悄悄拉住，说怎么也得给我父亲和儒雅的宋公子一个面子，她这唱主角的走了，下边的戏让别人怎么唱呢？大格格想想，留下了。接下来是让老七操琴，她有一搭没一搭地唱了一段《女起解》，就算应了差事。谁都听得出来，大格格的这段戏唱得真不怎么样，连那个不懂戏的警察也听出不是味儿来了，他用惊异的眼光看着大格格，大格格的脸越发变得难看。偏偏这时不谙世事的老七又多了一句嘴说：还是要董先生来拉才好，董先生熟悉我大姐的路数。警察对他的儿子大声说，明天把那个姓董的给我开了，他好大的架子，我让他的脑袋还在肩膀上长着就是很便宜他了！宋三公子诺诺，看了一眼大格格，没说什么。

那天晚上，大格格回来得很晚，回来后照直回到自己的房里就睡了。第二天，她母亲问她晚上干什么去了，她说去了南城。瓜尔佳母亲说，你是去了董戈那里？大格格说是。瓜尔佳母亲看着女儿，叹了口气，娘儿俩就愣愣地在屋里坐着。半天，大格格说她从来没见过那么困难的人家儿，穷成那样，还能把心搁在琴上……瓜尔佳母亲说，其实人活得都不容易，像咱们这样不愁吃不愁穿的人家儿，不多。大格格说，往后董先生再来咱们家，咱们得按钟点给钱，不能亏了人家。瓜尔佳母亲说，只怕他不要，以前也给过，他说不能拿双份儿。大格格说，他医院的差事让那个警察给蹬了，他现在是走投无路了。

六

后来，董戈就隔一天来我们家一回，大格格问他前一天去做什么了，他不说。很长时间以后大家才知道，他是到崇文门里的麻家杠房去给人做吹鼓手了，挣俩吃俩，挣仨吃仨，以维持娘儿俩的生计。吹鼓手的生涯是很凄惨、很低贱的，为世人所看不起，董戈隐瞒他的行径也情有可原。他到我们家来拉琴，从来都是穿长衫，从来都是把自己收拾得干净利落，将前一天的风尘扫荡得不见一丝儿痕迹，看得出那长衫都是前一天压平了的，想必是他母亲帮他做的。厨子老王爱听他的琴，也爱听大格格的唱儿，拾掇完了饭就蹭到大格格院里来听戏。有一回他包了几个剩馒头，想让董戈拿回去给他们家老太太，又怕董戈面皮薄，寒碜了人家，在院里出出进进几趟，不知怎么办好。我母亲见了出主意让老王在没人的时候偷偷塞给他就是了，老王照我母亲说的做了，董戈果然没再推辞。这往后，老王把爱戏的心都放在救济董戈上，在他的权限范围内，米面油盐什么都送，有时还故意把饭往多里做，肉包子一蒸蒸十笼，全家人吃两天也吃不完，明摆着是要送董戈的。对此，我父亲和母亲们都睁一只眼闭一只眼。大家知道，董先生是个孝子，对于孝子，怎么着都不过分。

董戈来了，几乎没有多余的话，也不提他和他母亲的事情，只是拉琴练唱，神情圣洁而专注。他把与大格格练唱看作是一种艺术享受，一种对严酷现实的逃避，一种神思独驰的追求。董戈的到来对大格格来说也不啻是一个节日，大格格只有在董戈到来之后才快活，才能找到自己，才觉得充实酣畅。看得出他们彼此深深地依恋着对方，这种依恋诚挚而痴迷——谁是琴，谁是董戈，哪个是戏，哪个是大格格，分不出来了。他们已经没有了现实，艺术的唯美性在他们之间表现出来的深刻共识与和谐，实在是一种诗化了的感受，这让每一个艺术家着迷的同时也蕴含着悲剧的到来。

大格格到东直门吊嗓，时间长了，那些在戏院里睹不上名媛风采的追星族们就早早地候在城门洞里，等我大姐一过来，哗啦一下就围过来，有让签名的，有点名听唱儿的，有专为看美人的，赶也赶不散。这时候，董戈就成了保镖，他拨拉开众人，领着大格格一路“杀”出重围。也或许大格格的名声太大了，没有多久，社会上就传出金家大格格和她的琴师有些说不清道不明的话来。

这些流言蜚语我们家当然是不知道的，即便知道了也不会很当回事，大格格和董戈，相差毕竟太远，一个是大宅门的格格，一个是南城的吹鼓手，风马牛不相及。宋家太太来我们家问过董戈的事情，当她得知在医院丢了差事的董戈还继续在我们家做琴师时，对我们家的做法就有些很不以为然了。她说，北平会拉胡琴的人有的是，不一定就是一个姓董的，外面已经很有些说法了。瓜尔佳母亲问有什么说法。宋太太支支吾吾也没说出个所以然，只让我们家把董戈辞了。瓜尔佳母亲说，怎好说辞就辞了，您不是也说让大格格还参加下次的义演吗？没董戈，大格格怕是唱不了的。宋太太提出了不日将大格格娶过门的话，瓜尔佳母亲强调说大格格从小在金家娇纵惯了，过了门必须要另立门户，不能跟公公婆婆住在一处。不能说这个条件提得不苛刻，从瓜尔佳母亲来说，还是怵宋家人的脾气，既然咱们看上的是宋家的三公子，那就只和三公子过，跟那一帮流氓加混蛋们不掺和。没想，宋太太却一口答应，说他们宋家是极开明的，人家国外儿子们结了婚从来都是分出去另过，没有和父母亲待在一起的，她这个婆婆也尊重儿媳妇的意思，要出去单过就出去单过，小两口和和美美的自成一家也很好。

对方答应很痛快，并很快在阜成门顺城街买了一院房，修缮一新，让金家的人前去过目。瓜尔佳母亲再提不出什么，就通过舅老爷商定好日子，准备嫁女出门。

对这些，我的父亲从来都是不管不问的。我现在想，我的父亲除了他的事业和他的玩乐以外，对我们这个家其实并没有担起一家之主的责任。应该说，他对于他的妻子——我们的几个母亲——和他众多的孩子，没有起到一点儿丈夫和父亲的实际作用，对于金家，他不过是个点缀，一个辉煌的点缀，这大概也是八旗子弟的共同之处。倘若父亲以他的聪明才智，以他的博学见识对大格格的婚姻稍有干预，命运的棋子也会有所改变，一切或许不会像实际的结局那样让人揪心。淡漠于事态的糊涂父亲，推波助澜的偏执舅老爷，刚愎自用的瓜尔佳母亲，加上沉湎戏曲的懵懂大格格，就这样稀里糊涂地摽在一起，向着未来迈步了。

娶亲时日定下来以后，大格格还在唱戏，我们家也还在歌舞升平，《状元媒》《春秋配》《贵妃醉酒》照旧在金家上演不衰。太阳照旧东升西落，日子没有任何改变。

这天是重阳，是董戈该来的日子，天刚亮大格格就起来了，推开房门，并未见琴师在庭院等候，便独自舞了一会儿剑，寻寻觅觅地来到前院。前头管事的和看门的老张正在忙碌，在验看才送来的一套金丝楠木家具。老张见了大格格，赶紧请了个安，说是给格格道喜了。大格格问道什么喜，老张说，格格忘了么，下月的今天就是格格出阁的日子呀，是舅老爷和太太挑的好日子。管事的也说，这套家具是大格格的陪嫁之一，特意从南边办来的，下个月将跟大格格一起被抬到阜成门。大格格听了竟没什么表情，只是问董戈来了没有。老张说，他一大早就候着门，没见董先生进来。大格格说，这就怪了，都这时候了，怎么就不见来呢？管事的说，董先生保不齐是觉得大格格这几天忙，不便打扰，就不来了。大格格说，我忙什么，这套楠木家具与我有什么相干？前天董先生跟我说好了，今天要排《梅妃》那段二黄慢板……说着大格格边舞边唱地在院里做起了即兴演出。老张小声对管事的说，您听见了没有，她说这套楠木家具和她有什么相干……到现在了她还不知道她在哪儿呢！

董戈一天没有来，大格格一天失魂落魄。

又过了一天，董戈还是没有露面。大格格已经待不住了，两顿饭没吃，一双眼有点儿发直。瓜尔佳母亲心疼女儿，让老五到南城跑一趟，说无论如何也要讨个实信儿回来。瓜尔佳母亲安慰大格格说，准是董家老太太有了什么闪失，那老太太岁数大了，又是个病秧子，董戈是孝子，他哪儿离得开！……等几天，事过去了，他董戈还得来不是？大格格听不进她母亲的劝慰，一味地催老五快去，说戏搁了几天，已经生得很了。

老五走了以后，大格格一直在她母亲的房里等，瓜尔佳母亲让她吃也不吃，让喝也不喝，在屋里一刻不停地走来走去，外头稍一响动，就以为是老五陪着董戈来了，赶紧出去迎。瓜尔佳母亲说，孩子，你这样怎么行，你得记住，世间没有不散的宴席，你和董戈这个架子早晚得拆，你不可能跟他这么厮混着在一块儿唱戏，你得过日子……

那天老五在外头疯玩了半夜才回来，大格格就在她母亲的房里一直等到半夜。

迷迷瞪瞪的老五被瓜尔佳母亲叫到房里的时候，已经忘了让他出门的初衷，他问他母亲，半夜三更为什么叫他来。瓜尔佳母亲一听这话，伸手就抽了老五一个耳光说，就为这个叫你来！大格格顾不得许多，急切地问，你没上董家去？老五这才想起早晨那档子事来，捂着脸说，去了，董家没人。大格格说，怎么叫没人？老五说，没人就是没人，还怎么叫没人？瓜尔佳母亲问，门锁着？老五说，门开着。瓜尔佳母亲问，董家老太太呢？老五说，没见着。瓜尔佳母亲说，搬了？屋里还有没有手使的家具？老五说好像都在。瓜尔佳母亲问，你没问问街坊？老五说，周围没街坊。这下瓜尔佳母亲没话了。老五问还有什么事。瓜尔佳母亲看了一眼失望的大格格，对老五说，这大半天你上哪儿了？不忙着回来报信儿，害得你姐姐在家里着急。老五说他上安定门茶馆听大鼓去了。瓜尔佳母亲说，你又是去找那个唱“王二姐思夫”的赵粉蝶了吧？我跟你说多少回了，让你远离那个妖精，你就是不听。老五说，我就爱听那妖精唱，她一唱，我浑身舒坦。瓜尔佳母亲气得踹了老五一脚，老五借机滚出去了。瓜尔佳母亲回头再看大格格，大格格的神情整个儿着了魔怔了一般。瓜尔佳母亲不安地说，孩子……咱们明天让老七去找，老七比这个畜生靠得住……

那天半夜，大格格突然使劲敲老五的门，把老五硬从睡梦中拽起来。大格格站在院中，冻得有些哆嗦，她问老五到董家看没看到琴。老五问什么琴。大格格说是胡琴，就是董戈老不离身的那把胡琴。老五想了半天，也不敢肯定胡琴是在还是不在，他说他的心思在找人上，没在找琴上。大格格说，要是琴在人不在，就是董家出事了，要是人琴都不在，就是走了……老五坦诚地说他真没留神琴的事，过几天不妨再去看看，说不定董戈就回来了呢。大格格自言自语地说，回什么呀，已经没了好几天了……

后来，老七舜铨陪着大格格去过一趟南城，已代董家而居的是一户卖炒肝的小买卖人家。大格格进院的时候，那家的一家老小正围着一个绿瓦盆翻肠子，黏兮兮一盆腥汤，臭烘烘一地脏水，让人掩鼻。对于原来的住户，翻肠子的人家是一问三不知，并说他们搬进来的时候这房子空空如也，别说家具，连耗子也没有一只。大格格又问有没有琴，那家人说，耗子都没有，怎会有那东西？我们来的时候，这屋里连炕席都给揭了。这一切让大格格想不通，她不相信把戏看得比命还重的董戈会扔下心爱的玩意儿一走了之；她也不相信一对配合默契的搭档就能这么莫名其妙地分道扬镳了。大格格颓然地坐在那肮脏的台阶上，迈不开步了，风扬起地上的灰尘，向她扑打过去，将她那张失望的脸埋藏在昏荡沉暗之中。一只老鸹落在院里枯叶落尽的枣树上，枣树枝颤了两下，终于托住了那份沉重。沉重的树枝衬着背后初冬阴惨惨的灰云，那里是一片虚空……

老七从台阶上拽起大格格的时候，只感到她浑身发僵，轻飘飘的身体好像只剩下了一个躯壳。

董家母子就这么消失了，在以后的几十年内，再没有出现过，也没有过他们的一点儿消息。事后有人分析，说这一切当跟警察有关，那个警察完全不用自己出面，他只要借日本人的手，想让谁消失谁就可以消失，一切都会不留任何痕迹……但谁也没有凭据，不能妄说。

大格格恍恍惚惚地嫁到宋家去了，那天临上轿，还在问董先生来没来。

七

婚后的大格格，每天早晚照旧到护城河去吊嗓练唱，这已成习惯，所不同的是将东直门的护城河换作了阜成门的护城河。她对董戈仍抱有希望，她对戏也仍抱有希望。之所以能日日坚持，是坚信有一天董先生来了，她能以最佳状态迎接那至真至妙的胡琴，以精熟完美的唱腔面对她的琴师。诚然，现今的大格格没有琴师护驾，也没有那些驱之不散的追星族，红粉凋零，青衣憔悴，一切都变得很是惨淡凄凉。但大格格感受不到那凄凉，她心灵的情调永远为她的戏曲，为那激扬的胡琴所感动着，鲜活而充沛。这是她人生的根，是她幸福的核心。那时候的阜成门外，还没有立交桥，没有这些鳞次栉比的高楼大厦，我想象不出来，一个温婉持重的少妇，面对一条凝滞的护城河，一片迷蒙的烟树，背靠厚重沧桑的城墙，悠悠唱起“明日里洛川前将君来等，莫迟疑休爽约谨记在心”，该是一种什么样的情景……

宋三公子在与大格格结婚以前与医院的德国护士有染，后来女护士回国，三公子原以为娶了大家闺秀以后可以填充空隙，孰料，大宅门的格格竟是这般风景，感情平平淡淡，生活虚无缥缈，说得好听是超脱，说得不好听是神经。这也怪不得公子抱琵琶另有别弹，三公子很快联络上昔日旧好，毫不留恋地丢下了已经有了一个儿子的大格格，丢下了国内的一摊儿，独自一人上德意志去了。

没有多久，日本投降，日伪警察总署头目宋宝印自然在劫难逃，作为铁杆汉奸，他接受了国民政府的审判，在河北被处以极刑。那位以暴躁和肥胖著称的宋太太也病死狱中，宋家的一切财产均被视为逆产而被官方没收。树倒猢狲散，大格格在阜成门的一院房，只剩下了西屋两间属于她自己，每日蜷缩其中，艰难度日。其时，瓜尔佳母亲已死，金家几次欲将大格格接回来住，都遭到大格格拒绝。她说顺城街幽静清寂，是绝好的栖身养性之所，说娘家离护城河毕竟太远，她已经跑不动了，还是顺城街好，练唱方便。我母亲看不过眼，就常把大格格的儿子，一个叫作宁馨的小男孩领到家里来，那孩子应该是我们金家的嫡外孙，但那个外孙长得獐头鼠目，尖嘴猴腮，细脖大脑袋，走道打晃，也不知道像谁。宁馨每回到我们家来的时候，模样都跟小叫花子差不多。两个乌黑的脚后跟老在外头露着，袜子和鞋老是破的；头发擀了毡一般，乱糟糟长得盖住了眼睛；破了的衣裳不补，用线捆一个结，将窟窿揪住；裤裆极大，裤脚毛着边儿，仔细一看，是用宋三公子的礼服呢西装裤改的，所谓“改”也不过就是将裤子剪短了，让孩子直接穿罢了。宁馨一见了姥姥家的饭，就如同饿狼一般，什么都是好吃的，问他在家都吃些什么，他说他母亲给蒸一锅窝头，他饿了就拿一个，什么时候拿完了，他母亲又再蒸一锅……问有菜没有，宁馨摇头。二娘张氏听了直掉眼泪，在场的人也无不为之动容，说大格格还会蒸窝头，这搁前几年真是想也不敢想的事。大家问宁馨他的母亲平时都干些什么，宁馨说唱戏，除了唱戏他母亲什么也不干。宁馨的确没有瞎说，后来我母亲见到那院里的邻居，邻居们也说，宋太太每天打扮得齐齐整整，穿了长旗袍，化了妆，到城河边去唱戏，一天早晚两回，雷打不动，孩子也不管，每天放羊似的捎带着喂喂，小小孩子，饥一顿饱一顿，到天冷了还穿着夹袄，比个外头的叫花子还不如，你们家这位大姑奶奶该不是有病？母亲只有给邻居说好话，说给人家添麻烦了，请人家多多关照一类的客气话。母亲说我们家大姑奶奶没有病，就是太喜欢戏了，喜欢得有些过。邻居说，这就是戏痴了，跟花痴似的，还是一种病。

我的大姐没有活在现实，她是活在了戏里。

这个论断也表现在了她儿子的死上面。她那个豆芽菜般的儿子在一个春天死于猩红热加营养不良，也没见做母亲的大格格怎样的悲哀，她在房门外的腊梅树下浅浅地用小煤铲挖了个坑，就把孩子搁进去，用土掩了。邻居为此事不答应，找到了我们家，家里就派老四料理此事。老四来到阜成门，看到树下半掩半露的死外甥，只是有气，问他的大姐为何如此草草处理。大格格说，梅花树下是绝好的安息之地，只怕她将来没有她儿子这样的福气。《红梅阁》里的李慧娘，《江采萍》里边的梅妃，《牡丹亭》里的杜丽娘，死后都是埋在梅树下的，“索坐幽亭梅花伴影，看林烟和初月又作黄昏”，多好的意境啊……老四不睬大格格，刨出死孩子，装进火匣子（一种专装小孩的棺材），着人夹到城墙根儿埋了。老四回来后说，咱们的大姐，你说她是明白还是糊涂哇，埋宁馨的时候，她还在一边唱哪。母亲问唱了什么，老四说唱的是《黛玉葬花》。母亲说，唱个《失子惊疯》还差不多，怎么会想起《黛玉葬花》来？老四说，她整个人都有点儿不着调了……那天，老四的眼圈红红的，想必是为了他早夭的外甥和神情痴迷的姐姐伤心。二娘念及大格格到底是金家的大姑奶奶，就让身边的刘妈过去伺候，让账房月月拨过些钱去。

对此，大格格也没说什么感激的话。

娘家的周济毕竟有顾不到的时候，那个刘妈是二娘自己从安徽带来的，她只对二娘忠心，对别人却不肯下功夫，加之大格格脾气古怪，往往相处不好。刘妈今天去，明天不去，说是伺候大格格，其实大部分时间还是在金家。大格格从来不为生活上的事情向家里张嘴，不是她不肯张嘴，是她就想不起张嘴。多么清苦的日子对她来说好像都不苦，她就这么餐风饮露般地活着。这使人觉得，嗜好一种事物，一旦到了一往情深不能自拔的痴迷程度，那么这个人多半已经不是这个世界的人了。

那一年，我三岁，阜成门那边有人带过话来说大格格已经落了炕，怕是撑不了多少时候了。母亲就抱着我去了，同去的还有老七。本来应该叫上大格格一母同胞的姊妹，但检点所存，竟找不出一人：老大为“党国的事业”呕心沥血，奔窜西南，不知所终；老五在北平后门桥一头栽倒，直奔了黄泉之路；三格格应该是最亲的妹妹，却也因共产党罪名在德胜门外惨遭活埋。瓜尔佳母亲所出的四个儿女一个一个都匆匆地走完了他们的人生之路，走出了他们的生命，思之让人惨然。

对于和这位大姐的短暂相见，我已经没有丝毫印象，那是我们唯一的一次见面，也是最后的一次见面。她是金家女孩的打头，我是金家女孩的末尾，头与尾的相接在阜成门顺城街破旧的西屋里围成了一个完整的圆。大格格或许对此感到欣慰、兴奋，在那间阴惨暗淡的小屋里，她挣扎着伸出骨瘦嶙峋的手抚摸着我的脸蛋说，这个妹妹长得像我……将来可以唱青衣……找个好琴师……

我自然是以哭来抗拒的，母亲嫌我碍事，将我提出，撂在院中的树下，自己又进屋去了。我后来想，那一定就是埋葬过宁馨的那棵梅树了，也就是说，我与我那位外甥曾经在同一棵树下待过，这怕就是我们唯一的缘分了。

母亲、老七和大格格在房间里说了些什么，我不知道。在我三岁的不完整的记忆里，在那棵散着清香的梅树下，我好像听到过轻轻的、断断续续的吟唱。但那吟唱绝对被我无遮无拦、肆无忌惮的哭号所压倒，也就是我那倾其全力的哭，成为金家大格格上路之时最完美的挽歌。我敢说，在金家，我的任何一位手足辞世，都再没有接受过我的那种感心动肺、惊天动地的哭了。

曲终人散，事过境迁，十几年后，有一天我和老七在母亲的房里喝茶，由外头盛行的样板戏说到了过去的老戏。我问老七，大格格在我号啕的时候是不是唱了什么。老七想了想说是，是唱了，但已经听不清楚。我问是不是《锁麟囊》，老七点头又摇头。母亲说，弥留之际，她已经什么都不知道了，魂魄早已走了，还说什么唱不唱的话。老七说，怕是在董戈走的时候就已经跟着去了。我说，大格格魂魄一直在，临死还在，嵌在戏里……

八

1998 年夏天，中国京剧院来西安演出，其中有《锁麟囊》剧目，主演是程派青年演员张火丁。当演员在台上唱出后半部的大段唱词时，我仿佛突然感觉到了什么，我也料定，我的大姐在临终时所唱应该正是这一段：

一霎时把七情俱已味尽，参透了酸辛处泪湿衣襟。
我只道铁富贵一生铸定，又谁知人生数顷刻分明。
想当年我也曾撒娇使性，到今朝哪怕我不信前尘。
这也是老天爷一番教训，他叫我收余恨、免娇嗔、且自新、改性情、休恋逝水、苦海回身、早悟兰因。
可怜我平地里遭此贫困，我的儿啊——
把麟儿误作了自己的宁馨。

“众里寻他千百度，蓦然回首，那人却在，灯火阑珊处。”台上演员且歌且舞，那已不是什么张火丁，分明是我的大姐。

是的，我的大姐应该如此清丽，如此辉煌！

再看操琴的琴师，是一个英姿飒爽的小伙儿……

风也萧萧

一

“君子矜而不争，群而不党”，这是金家历代祖宗对子弟们的要求。是要求便成了一种理想化的约束，博之以文，约之以礼，想的是后代能“内圣外王”“明体达用”，为国为家成就一番修身齐家治国平天下的大事，能成为一批克己复礼的正统人物。但事实似乎与老祖宗的要求反其道而行，特别是到了我们这一辈，到了金家舜字辈的弟兄之间，“内圣外王”已经彻底发生了变化：内不圣，外便不王；体不明，用则不达；不但争，而且党——争得脸红脖子粗，兄弟反目，有如路人；党得身陷囹圄，花样翻出，死去活来。

兄弟七人中，尤以老二、老三、老四为甚，这三位爷从40年代到70年代，直闹得金家近半个世纪不得安生。及至他们各自成了家，搬出了金家旧宅，那战争也未停止。仗当然都不愿意在自家打，就像日本与俄国打仗把战场选在中国一样，稀里哗啦打完了，拍拍屁股走人，自有人出来收拾烂摊子，赔偿损失，双方不过在别人的地盘上过了场战瘾。三位兄长的战斗，一般都在戏楼胡同的老宅里进行。既是战争就必定动武，于是随着感情的激发，逮着什么摔什么，光是条案上二尺高的胆瓶就摔过七个，反正不是自己屋里的，摔起来得心应手，毫无顾忌。“战神们”借助那脆亮的粉碎声得以增加勇气、显示豪壮、获得快感，使战争气氛向更高层次发展，以至于只要老二、老三、老四中的任何两人同时在家里出现，母亲就叫我赶快收拾东西，连八仙桌底下的铜痰盂也要藏到卧室去，免得成为壮威的铜鼓。

“战神们”所使的茶碗都是特制的，是从东直门外土窑里趸来的粗瓷，屋后存了一筐，随时伺候，随时补充。曾经有一度，我和老七舜铨承担过茶碗的专买工作，半年时间里，我们俩三出东直门，去顺福的窑上买碗。

那时东直门的城楼还没有拆，那门洞高大敞亮，有股飕飕的穿堂风。每回从门洞里穿过，我都要大喊几声，为的是听那回音，人在洞里无论喊什么，声音都显得特别亮。我跟老七坐着三轮出城，一进门洞我就冲着那高高的拱形砖顶喊：“驴肉——肥呀！”拱顶上就蹦出许多“驴肉肥呀”的合唱。老七就扯着我坐下，说留神闪下去，女孩儿，出门儿得斯文些，这不是在家里。蹬三轮的回过头来说，您这闺女挺开通，什么都不怵。舜铨说，她不是我闺女，是我妹妹，七妹妹。蹬三轮的不信，直摇脑袋，但是后来当他知道我们家有十四个孩子的时候，就直夸我的父母有福气，说我们祖上一定是积了阴德，这兴兴旺旺一大家子人不是一世两世能修来的。我想，蹬三轮的要是知道我和老七出城是为买粗碗供那哥儿几个做不炸人的手榴弹用，一定不会再说我们的祖宗是积了阴德这样的话了。

几十年前，东直门外东坝河那儿还是荒郊野地，以大宅门儿的坟地居多。据说北部燕山自西而来，至此远远地回了一下头，平川行龙之地，回头必定聚气，内中定有真龙结穴，有神鬼不测之妙。我们家坟地在坝河以东一个叫太阳宫的地方，离城不远也不近。我跟老七下了三轮得雇驴，靠我们俩的两条腿到天黑也到不了顺福那儿。东直门外路北永远聚集着许多小驴儿，有黑的，有灰的，晃着大脑袋傻乎乎地站在那儿。这些驴是专供城里人出城踏青、上坟驮脚用的，我之所以一进城门洞便“驴肉肥呀”地吆喝，与这些驴不无关系。我一见那些驴就很激动，挣开老七的手朝它们跑过去，拍拍这个，摸摸那个，仿佛它们都是我熟识的兄弟一般。驴们对我也有表示，有的龇龇牙，有的仰仰脖儿，有的咴儿咴儿叫两嗓子，有的索性撒一泡热尿。驴群中所有的雇主都在和驴主砍价，但老七舜铨不会跟驴主砍价，往往人家说多少就给多少，驴主牵过哪头就骑哪头。我则不然，我得挑驴，我爱骑小黑驴儿，就像在庙会上见到的那种要“跑驴”的小媳妇骑的那种驴，白肚皮，白嘴唇，白眼圈，大眼睛，长耳朵，那样的驴有人气儿。挑好驴，驴主拿条花格褥子往驴屁股上一搭，把我抱上去，看我坐稳了，一拍驴屁股，小驴儿就自个儿乖乖地走了。小驴儿通人性，不胡闹也不偷懒，更不欺生，赶驴的有时跟着，有时不跟着，无论跟与不跟，小驴儿都低着头一声不吭走自己的道儿，绝不会错。两头驴之外还得雇一头驮碗的驴，那头驴虽然闲着身子，也很自觉地跟着我们，一步不落，像个小伙计。驴给我的印象颇佳，我认为驴是世界上最通人性的畜生。我爱驴。

骑驴走出六七里地，路边上有个冒烟的小土窑，那就是我们家看坟老刘的侄子办的窑场。老刘的侄子叫顺福，不爱种地专爱烧碗。他烧的碗又笨又粗还不圆，烧碗的土是他的把兄弟由门头沟山里给运来的，从京西到京东，百十里地一通儿折腾，费人力又费财力，实在是赚不了几个钱。舜铨问顺福为什么不把窑搬到门头沟去，顺福说还是这儿好，窑址接着地脉，天地定位，山泽通气，风雨不相驳，水火不相射，烧窑的讲这个。可是后来我听我们家老四舜镗说，顺福之所以要在死人堆里烧窑自有他不可告人的秘密。他和一批掘坟的串通好了，那些人掘出的财宝不但他有份儿，连那骨头他也要，他把死人骨头研成粉，搀到土里去，烧成各式盆碗，名曰骨灰瓷。正因如此，那些盆碗摔起来便格外脆亮，非景德镇的薄胎细瓷能比。所以由顺福窑里出来的家伙，指不定哪件晚上就会说话。老四的话使我对顺福做出的那些黑不黑、灰不灰的茶碗很有戒备，不敢轻易去触碰哪一个，生怕一伸手碰着哪个死鬼，让我帮它去打官司。舜铨见了就劝我别怕，说这都是老四舜镗故意编出来的，老四是受了京戏《乌盆记》的影响，分不清现实和戏了。《乌盆记》这出戏我看过，说的是一个生意人让人杀了，那人把他烧成了乌盆，那盆就鸣冤叫屈，直上了包公的大堂。

其实顺福烧窑也是后来的事，在早他当过警察，当然是旧社会的警察，腰里别着枪，打着绑腿，挺神气。他的局子在东城，离我们家不远，老进出我们家。父亲不欢迎他，嫌他的打扮扎眼，母亲却喜欢他，说他憨厚老实。他就管我母亲叫表姑，父亲不高兴了，说一个看坟的侄子，终归是下人，怎能跟金家攀亲。母亲就劝父亲不必那么较真儿，说有个穿警服的进出金家，也给金家拔壮了，三教九流都维着，不会有坏处。就这也不能说服父亲，每回他来，父亲都不给他好脸色。但顺福很大度，不计较这些。

顺福当警察那会儿，跟老二舜镈和老四舜镗关系最好。舜镈是个对一切新鲜事物都很上劲儿的青年，也是个崇尚洋派儿的人。不似下边几个兄弟，老穿着长衫，走道儿老低着头，他老二是要穿西服扎领带的，白衬衣每天换，还要用米汤浆，以达到今日高温定型的效果。他能容忍顺福是因了顺福的那支枪。顺福一来，他便要了那枪去，骑在房脊上瞄家雀儿。穿西服的金家二爷在高房上舞弄手枪，四处比画，街坊四邻都害怕，怕那没准头儿的枪关照到自己，所以只要老二一上房，各院大人就悄默声儿地把孩子拢到山墙后头藏了，以防不测。

后来顺福的警察差事丢了，薪水没了，就回家烧碗了，以现在话说是受了开除公职的处分。究其原因，据说是受别人所累。而且是属于那种没吃着鱼还沾了一身腥的瞎掰，开除的处分于他实在是太冤枉了。

每回跟老七去买碗，我都为顺福那穷苦的生活而揪心。不大的土屋里除了一摞摞的大糙碗以外连条像样的被子也没有，一帮孩子，小猪崽一样缩在一堆破絮里面，见我和舜铨来了，越发往里钻得深，只露着几双眼睛怯怯地随着我们转，任人怎么喊也不出来，不出来的原因是都是光屁溜儿，没穿裤子。顺大奶奶人虽穷但却胖——虚胖，老喘，脸肿得没了人形，见着我们就淌眼泪。她身上的衣裳从里到外都是我母亲的，那些衣裳穿在我母亲身上还是件衣裳，到了顺大奶奶身上却都走了样，有些不伦不类的滑稽了。我和舜铨说是去买碗，不如说是去送钱送东西，最让我看不惯的是顺福接受钱物时那份从骨子里渗透出来的卑微之相。他捧着那些东西，将金家的人一个个问遍，包括女猫黄儿和胖狗阿利，提及最多的自然是我的母亲：问三太太好，替我跟坠儿他妈给三太太请安，盼三太太硬硬朗朗的……这时，顺福已不再管我的母亲叫什么表姑了，他很知道形势的变化。问遍的金家人中顺福唯独不提老二舜铸、老三舜锳和老四舜镗，那三位爷的不睦，似乎与他有着直接的关系。临走，我必定要传达母亲的嘱咐，让顺福来家吃春饼。母亲别的饭做不了，唯有烙春饼那是无人能比的，烫面加香油烙成双合，配以甜面酱和葱丝儿，卷酱肘子、小肚儿、摊黄菜、炒黄花粉、炒菠菜、炝豆芽等等。只那豆芽讲究便很多，必须用桶菜第二层的“二菜”或盆泡的豆芽。其余掐头去尾的老豆芽是绝不能上桌的。吃时将各式菜用双合饼卷成卷儿，吹喇叭般，咬起来不散不流，才算会吃的。这饼是金家哥儿几个和顺福最爱吃的，每逢哥儿几个和顺福一聚齐，就得让我母亲烙春饼。听到我母亲请吃春饼的邀请，顺福一连声地答应着，被烟熏得烂红的眼里似乎有泪光在闪，说真难为三太太还记着他爱吃春饼的事儿。但实际上，烧碗的顺福一次也没上金家来过，更没吃过什么春饼，尽管我的母亲一次次邀请他。

回到家我常跟老四舜镗谈到去买碗的情景，老四说甭提东坝河那个顺福了，他是五百年前的黄鼠狼。我不明白顺福怎么是黄鼠狼，又去问舜铨。舜铨说老四又进戏了。清末俞派名剧《金钱豹》里，红梅山前铁板桥下有只修炼千年的豹子，有一天，金钱豹西朝王母娘娘回山，见到一位美佳人后魂魄乱飞，方寸大乱，立誓非她不娶，让军师去说媒，军师先期纳彩时自我介绍是五百年前的黄鼠狼，想必舜镗指的就是这个了。我说既然顺福是五百年前的黄鼠狼，那么谁又是铁板桥下的金钱豹呢？舜铨笑而不答。

我以后稍稍长大了些，脑子里也装了些男女的事情，才知道与俞菊笙演的《金钱豹》不同的是，我们家有三只金钱豹：老二、老三、老四——舜镈、舜镆、舜镗。这让一只黄鼠狼难以招架也是必然的了，只是让金钱豹们魂不守舍的美娇娘又是谁呢？

母亲说，除了黄四咪还能有谁！

黄四咪，人我没见过，但她的照片我们家有不少，都是老二给照的。新派儿老二不但玩枪还玩照相机，也常照些莫名其妙的照片，让人难解其衷。在老二的镜头里，不唯有肥狗阿利巨大的臀，还有厨子老王脸上长着寸长黑毛的肉瘤，格调之低让人不敢恭维。于是在狗臀与肉瘤之中常有黄四咪的笑靥在闪亮。

黄四咪是演文明戏的，也就是今天的话剧了。从照片上看，四咪弱眼横波，风韵无限，是属于那种增之太肥、减之太瘦的无可挑剔的美女。她与金家最初的相识当归结于警察顺福。当时顺福是个警察卒子，包管着东区三条胡同的治安。顺福是个脸儿热的人，走街串巷跟谁都熟，那日鬼使神差地串到斜街黄四咪的住处，恰逢一帮戏子在排戏，便坐那儿看了半日，喝了四咪两碗花茶。四咪在那出戏里演的是韦皇后，举手投足便带了一股皇后气派，把个顺福看得目瞪口呆，简直不知今夕是何年了。自此顺福无事常去斜街看排戏，渐渐地谁该说什么词、怎样动作便都已烂熟于心。

由警察变为话剧戏迷这也不能说不是个进步，渐渐地顺福说话也变得咬文嚼字儿起来，肚里也多了些韬略，长满疙瘩包的黑脸上也常抹些雪花膏之类的东西，用母亲的话说是比初来时瞅着顺溜儿多了。顺福也窥出，那些演戏的红男绿女看似奇装异服，实则都很穷，演太子那个小生，身上那套白布西装足足穿了半个月没见换样，女人的丝袜不少也跳了丝，悄悄用针缝了。这些人吃的也简单。俩大子儿买俩烧饼，熬一锅冬瓜汤，呼噜呼噜吃喝得也很香。久而久之，顺福对这些人竟同情、热爱得不得了了，特别是那个常给他茶喝的黄四咪，排戏的时候只要朝他瞄一眼，他立即头脑发蒙，腾云驾雾般地不知所措。

到金家来自然得将这感觉与跟他借枪的舜镈说，舜镈托顺福从中作伐结识黄四咪，那情景跟京戏里的金钱豹托黄鼠狼去做媒是一样的。戏里面金钱豹的四句定场诗非常有气势：

豹头环眼气轩昂，
红梅山前自为王。
洞中小妖千百对，
轰轰烈烈镇山冈。

或许是受此影响，老二舜镈与黄四咪的相见也被安排得非常有气势，非常有意境，很有金钱豹带着千百对小妖下山冈的劲头儿。那天舜镈约了黄四咪去北海划船，身边特意带了老三、老四和顺福当随从，以壮声势。老二西服革履，老三扛着照相机，老四背着暖水瓶，顺福则别着枪，几个人不伦不类地等在柳暗花明之中。一个小时以后，黄四咪才领着一位姓柳的女伴沿着绿荫款款走来。三位爷见了两个演文明戏的女明星，都如那“西朝王母驾回归，一见佳人魂魄飞”的金钱豹一样，笨拙得连话也说不利落了，反倒显得黄、柳二位女士很轻松自在。一队人呼啦啦上了小船，女士们在小船上优哉游哉地品着老四背着的冰镇酸梅汤，摆姿势任着老二左一张右一张地拍摄，又将纤纤玉指伸入碧波分开水流，真如那梅兰芳的洛神一般，“今日里众姐妹同戏川滨，众姐妹动无常若危若稳”。众姐妹兴致很高，她们一会儿要去琼岛，一会儿要去五龙亭，只苦了几位爷，抡着胳膊一通儿猛划，除了挣一身臭汗别无其他。

老二将黄四咪和她的女伴柳四咪引进金家的时候，已是几个月后。那时黄四咪的名声已在京师大噪，韦皇后妖冶轻盈、熠熠逼人的形象已通过小报记者展现给万千读者，追星族无计其数，以至黄四咪平时说话也如演戏一般，常常是高八度，拿腔拿调地使人一听便知是演话剧的。四咪来的那天老三、老四恰巧不在家，五百年前的黄鼠狼也正在局子里当值，金家当时只有老七舜铨在窗前作画，我的母亲在廊下缝制夹袄。舜镈将黄、柳两颗星星引到我母亲跟前介绍说，这两位是朋友剧社的台柱子，社会上红得发紫的大明星，一位是密斯黄，一位是密斯柳。母亲听了说，敢情是咪家的姐儿俩，难得都出落得仙女似的，像从天上掉下来的。舜镈听了说密斯是英文称呼，人家外国人都把名字放前头，姓氏搁后头，中国现在的新派儿也是这样。母亲问二位姑娘姓什么，舜镈说一姓黄、一姓柳。母亲恍然大悟地说，倒过来念就是黄四咪和柳四咪了，这两个名字倒是新鲜好听，比金家十几个“舜”好记。于是演文明戏的黄、柳明星在金家便被永远地喊作了黄四咪、柳四咪，直至今日。

柳四咪性格沉静，不好言语，来过几次就迷上了老七舜铨的画。另外哥儿几个也嫌她太冷，待人不活络，而把精力全集中在黄四咪身上，这倒成全了不善交际性喜淡泊的舜铨，成就了当时人们觉得还算是郎才女貌的佳话，当然后面还有故事。我现在要说的是老二、老三、老四围绕着黄四咪发生的事情。

二

应该说与黄四咪接触最多的还是老二舜镈。他上大三，还有半年大学就毕业了，课程都已学完，只是在家等文凭，闲散得恨不得去拆火车。黄四咪的出现于他只觉相见恨晚，一门心思都投在了黄四咪身上，好像天下除了黄四咪再没有别的女人了。与女明星交往是需要银子做基础、做铺垫的，所以家里的古玩字画动辄便无缘无故地消失。父亲发了几回大脾气，均无效果，不过谁都明白是怎么回事，只是不敢跟父亲说。

有一天，父亲在琉璃厂的隶古斋发现了我们家收藏的雍正时期的一件牙雕和一个匏器鼻烟壶摆在货架上，以珍品高价出售，问其由来，掌柜的跟父亲打哈哈，拒不直说。那时大宅门儿的公子哥儿偷家私出去卖是一种普遍的社会现象，掌柜的怎肯轻易将卖主端出，断了财源来路？父亲问不出所以然，便扯住掌柜的不依不饶起来。掌柜的心疼才上身的那件春绸大棉袄，于是便将警察顺福做了牺牲。

父亲一到家就着人叫来局子里的顺福，追查鼻烟壶的事。顺福的脾气很像东直门外驴窝子的那些驴，貌似憨厚老实，实则很有主意，驴脾气一上来谁也不认。父亲问不出结果，就把儿子们招集一处，逐个查询。父亲说，鼻烟壶价值本身在其次，首要的是不能惯金家子弟这种盗卖家私、无视祖宗遗物的败家毛病，“吾恐季孙之忧，不在颛臾，而在萧墙之内也”，这话简直再英明不过了，今天就是要在萧墙之内把事情弄个水落石出，这是关系到金家兴衰存亡的大事儿，我知道你们几个谁也脱不了干系，说吧，你们谁先招……

任凭父亲苦心劝诱几乎将嘴皮说破，大堂之上，金家众爷们儿自是无人认账。于是父亲又谈了些知耻近乎勇，只要承认了便可免予论处的话。众位兄长亦垂手而立，洗耳恭听，却无一人言语。

父亲自然知道几个儿子的弱点，当下采用孙子用间之计，扯出老三舜铼，施之以威，恫之以刑，一通儿逼供。老三胆小，便开始交代。说老二偷着将家里那个明代茶晶花瓶送给了黄四咪。老二说这是效仿老七，老七将花厅案上的均窑大红双耳瓶作为定情物给了柳四咪；接着老二又咬出老四偷着当了一对白铜雕花的紫漆鸟笼子和桃花雪洞鸟食罐。老四说老三也不是什么好鸟，将父亲赏给他的乾隆仿汉玉圭拿出去卖了换钱，请黄四咪在长安大戏院听了出戏。老三说卖玉圭是实，那是父亲给他的，他想怎么处理就怎么处理，不似有些人，偷偷摸摸不正大光明，自己拿了东西却让警察进古玩店出手。这一说老二的脸就挂不住了，反嘴又说老三和黄四咪去六国饭店开过房间……

瓜蔓所及，牵引愈多，贼咬一口，入骨三分，哥儿几个彻底撕破了脸面，一通儿混战。父亲的这一招可谓灵验，五间俱起，以逸待劳，不动声色地将儿子们那些鸡鸣狗盗之事了解得彻里彻外、清清楚楚。通过分析，父亲认为祸首当是老三，陪黄四咪听戏的是他，与黄四咪去六国饭店的还是他，便把他的媳妇、洙贝勒的大格格静蕴叫来一块儿听训，扫舜镇的脸面，以儆效尤。孰料老三媳妇却犯颜直谏，说父亲以偏概全，循名责实，抓了个老实的垫背，跑了真正的元凶；父既不慈，子便不孝，兄既不友，弟便不恭，金家兄弟间以后难免不恭不敬，亲情疏冷，事变百出，到那时便一切都无可奈何了。

果然，自父亲训话之后，最先出事的是顺福，他的枪丢了。按顺福的说法是老二借了他的枪和黄四咪去德胜门外打野兔子，兔子没打着，枪也没了。但老二却说枪是借了，可是回来就还了，是顺福自己从黄四咪手里接过去的。扯来扯去终是说不清楚。关于枪的疑案，解放后"文革"时作为专案又被提起，重点追查对象就是老二。那时老二、老三、老四和顺福都被关入牛棚，于是彼此之间又重现了昔日在父亲面前互相撕咬的场面，只不过这场撕咬是背靠背的，以写材料的形式互相揭发，于是枝节横生，又弄出许多意想不到的新奇来，这自然都是后话了。

总之，因了黄四咪，金家几个兄弟从此视若仇敌，谗口嗷嗷，大有割席分坐、夙世冤家的劲头儿。黄四咪在弟兄之间却游刃有余，周旋巧妙，或跟老二去什刹海溜冰，或陪着老三去开明戏院听戏，有时也跟老四逛逛京西妙峰山什么的。黄四咪手段的高明在于她让哥儿三个都认为她和自己是真心好，所以也都拿出真心来待她，仅她生日那天，金家的寿桃就送了三份。三个兄弟中，老三舜镇知书达理，行为上多少有些检点收敛，但他的媳妇静蕴却是个满不在乎的人，她认为丈夫捧女戏子乃"文明"之举，是在给金家撑脸，她丈夫就是把黄四咪娶进门来也不是什么大错，她娘家的父亲有福晋一个、侧福晋仨，收房的丫头又有三四个，妻妾再多，她的母亲照样是贝勒府说一不二的女主人，这才是家族兴旺的表现，就是在金家，小偏院里至今不是还住着一位祖父遗下的无人理睬的小妾吗？在她与舜镇的婚姻中，她的嫡妻位置是任何人也动摇不了的。这点她很有自信，所以她对于舜镇的所作所为，向来是睁只眼闭只眼，从无过多干预。

父亲曾有一段时间在南方工作，这就给了哥儿几个恣意放纵、自由驰骋的天地。那段时间他们与黄四咪的来往频繁而热烈，常有夜不归宿的事情发生。只要一聚首便是争吵，为黄四咪而争吵，于是就发生了摔碗的事情。据母亲回忆说，北平一解放，黄四咪就销声匿迹了，老四曾去斜街找过几次，那座大院早已换了主人，变作了军管会的办事处。后来哥儿三个都成了家，搬出去了，但逢年聚首的时候只要父亲不在，仗还是要开的，而且每回开仗都打得莫名其妙，谁也不将原委言透，似乎一切也不尽全是为了黄四咪。

三

战争在“文革”时期达到白热化程度。

那时亲戚们对金家都避之犹恐不及，连篇累牍的檄文，大轰大嗡的气势，搞得人神魂不安。

一天下午，天很冷，有风，顺福来了，穿着件黑棉袄，花白的头发蓬着，眼角仍旧烂着，胳膊上那个鲜亮的造反红袖箍让人十分触目惊心。母亲不知顺福所来何为，心里七上八下的没有准谱儿，但顺福一声“表姑”，却叫得我母亲差点掉下眼泪来。母亲让他快别这么叫，免得受牵连。顺福说他不怕，他是贫农，解放时划成分，他房无一间地无一垄，只有几个孩子跟一筐碗，连那虚胖的老婆也没能留住，他这样的人不当贫农谁当贫农？母亲提醒说他还做过伪警察。他说不碍事儿，政府有政策，旧社会的一般警察共产党不予追究，当过队长以上的才算事儿，他那时不过是最底下的小喽啰罢了。母亲说没事儿就好，接下来就张罗着为他做炸酱面。顺福说有日子没吃母亲烙的春饼了。母亲说春饼不是一半天能做出来的，什么时候那哥儿几个凑齐了给你们好好做一顿吃。

顺福听母亲提那哥儿几个，这才说明来意。原来他是找舜铸，让舜铸写个条子证明枪的确是丢了的事，要不他在造反派跟前说不清楚，就是他的贫农身份也保护不了他。母亲一听，当时脸色儿就变了，说金家成分高，这次运动受冲击是难免的，劝顺福不要雪上加霜再提什么枪的事。顺福说不是他要提，是事情逼到这一步了，那个一解放就没了影儿的黄四咪实际是个国民党特务，斜街那所大院，曾经是国民党东城党部，解放军刚一围城，黄四咪就随着党部撤到台湾去了，演文明戏不过是一种职业掩护。黄四咪在金家发展了老二、老三、老四三个三青团员，这是众人皆知的事情，现在共产党追查黄四咪的事儿，要过关的不只是他顺福，他实在算不得什么，按老四的话说，他不过是五百年前的黄鼠狼，要紧的是那几只见天儿跟黄四咪鬼混的金钱豹，他们要说清自己恐怕得费点儿精神。

顺福走后，母亲有些六神无主，天快黑的时候让我赶快将老二、老三、老四叫回来。看母亲那阴沉的脸色，我也体味到事情的严重，不敢耽搁，在北京东西南北一通猛跑，晚上十点来钟的时候才把那哥儿三个攒回金家老宅。应该说那是一次“反革命的串联”，是国民党向共产党负隅顽抗、订立攻守同盟的黑会，以我后来检查交代的话说，是我充当了国民党反动派的联络员，立场已经彻底站到阶级敌人一边去了。我至今认为以后对我的一切惩罚都不冤，亲情和政治相比，后者比前者更主要，但那时我却是真真地忘了政治。《四郎探母》杨延辉招赘番邦，等于投敌叛国，回来探望母亲，母子虽然相认，终归还是挨了一个大嘴巴，——不能因了亲情便使得一切都变得含混不清，这个道理该永远记着。

那天晚上，听了黄四咪的事，老二、老三、老四的脸都显得发青发绿，你看我，我看你，十分地无可奈何。舜锳胆小，自从知道要追查黄四咪的事就开始浑身发抖，衣裳索索的，连那椅子也跟着吱呀呀地响。舜铸不说话，绷着脸坐在那里只往嘴里灌酽茶，老四舜镗问他枪的事，他也不言语。在我的印象中，整整一个晚上，他没有说过一两句完整的话。我由此做出推断，这个老二大概摊的事儿最多。老四舜镗像只狼一样在屋里转来转去，从桌子到门，又从门到桌子，没有一刻儿停歇。母亲说，老四你别转了，你这么转我眼晕。舜镗这才坐下来，坐也只坐了一会儿，不到两分钟他又站起来开始转了。母亲看他的样子可怜，便说，早知今日何必当初呢？为这个黄四咪你们的父亲也给你们开过会，敲打过你们，竟没人听他一句话……

三个人都不言语。

夜已经很深了，起了风，后院那些树在风中发出呼呼的声响，院中立靠在墙上的洗衣服的盆被刮倒了，咣啷啷的一声，吓得人一震。舜镗说他要回去了，明天一大早还得上班。舜錤也说走。母亲没留他们。屋里只剩了舜镈，他说他想在家里住几天。母亲知道，他才离过婚，回去也是一个人，便让我在后院小屋为他安顿铺盖。

我一边铺床一边对舜镈说，二哥，你们真的参加过三青团呀？舜镈说，见他的鬼，我知道三青团是谁？我说，黄四咪值得你们哥儿三个这么费精气神儿，可见魅力之大，一定是个了不得的女人。舜镈说，我倒真没料到她是那边的人，她不像特务啊！我说，她要像特务，也不会当女特务了。舜镈说，黄四咪是个很随和的人，比那个姓柳的随和多了。我说，这话我信，能让顺福也为之倾心的女人足见心理学学得好，她能使自己适应各个层次，换句话说，她是受过训练的。舜镈说抛开政治来说，黄四咪还是个可人的女子，他这一辈子也就遇上黄四咪这样一个真正能让他动心的女性，偏偏还是个特务。那晚在小屋里，是舜镈跟我说话最多的一次，但总共归纳起来也不过七八句。他死以后，我仔细分析过这七八句话，竟寻不出他为年轻时的荒唐而懊悔的成分，寻不出成为以后诸多罪名的根据。他内心的深处，还是被那个黄四咪迷惑着，所以那枪的事，我也料定是他和黄四咪把顺福装进去了。

大字报、专案组随着萧萧的秋风而来，老二、老三、老四和顺福，都以极快速度进入了各自所属单位的专政队。顺福的贫农身份如纸做的保护伞，在急风暴雨中屁事不顶，他成了“阶级异己分子”，性质比原来就是坏人的金家哥仨更为严重。为此他很愤怒，为了证明造反派抓错了人，为了证明他是无产阶级的一员，他开始了全面彻底地揭发。不会写字的他，口头交代后只知在记录上按手印，按了多少印他已记不清了，因为他的记忆力很差。专案人员提出上午交代的与下午交代的相互矛盾，他也不管，一切都顺着办案人的提示与想法走。比如专案组的人让他回忆舜镈有无血债问题，他会不假思索地说有，而且有鼻子有眼地说舜镈与黄四咪借他的枪不是去德胜门外打兔子而是去打共产党，并且那枪至今私藏在舜镈处。人家问在斜街的大院里当年都有谁在排戏，他也会立即列举出一大堆平日向往已久又见不着的名人，如杨月楼、马连良什么的，他所提供的人有的在光绪年间就已作古，却又在国民党的党部出现，风马牛不相及，让人哭笑不得。

直接受顺福信马由缰之害的是金家老二、老三、老四。顺福说老二跟黄四咪拿枪打过共产党，而且有时间有地点有情节，老二便只得承认打过共产党，承认自己私自藏过枪，承认是三青团骨干，否则皮肉之苦是熬不过去的。高压之下必有冤鬼，老二又交代出老三在六国饭店与黄四咪会晤了国民党特务头子某某人。由于某某人的出现使案情变得更为重大而神秘，老三也由大棚群居而转为小间单练，一日三餐有专人伺候，常有“人物”级的领导来关心，生怕这条网中的大鱼脱钩而逃，当然目的是从这条鱼嘴里扯出更大的鱼来。老三怯弱的秉性使他对这一切不能正确理解，他认为这是人们对生命即将结束者的宽恕与怜悯，生命即将离去，其他也就不必太在乎了。在单间里，他挥挥洒洒地写了十余万字与黄四咪相识相知的经过，内中对黄四咪的倾慕思念之情尽溢字里行间。专案组逐字逐句对这十万字进行分析，摘出有关老三、老四及顺福的部分，作为弹药进行友邦支援，于是老四与黄四咪去妙峰山又成为重点击破的情节。老四说他与黄四咪去妙峰山是与共产党游击队秘密联络，但外调人回来说妙峰山压根儿就没有过共产党游击队，金舜镗的“游击队”不知所指为何。猛攻之下，老四只好交代是与黄四咪去妙峰山参加国民党三青团组织的东城青年春游野餐会，而不是去会什么共产党的游击队。将共产党的游击队与国民党三青团混为一谈，严重地混淆了阶级阵线，老四挨一顿臭揍是必然的。夜晚，老四痛定思痛，认为这顿皮肉之苦源自老三的揭发，老三不该把当年在父亲面前兜出来的老底儿又亮在外人面前，以他的苦痛换取自己一时的苟安。想到此，老四大呼：拿纸来，我要揭发！

案情因老四戏迷式的想象力，因他经常将戏曲与生活难以分清的头脑，变得热闹复杂，变得真伪莫辨。老四揭发顺福不但是五百年前的黄鼠狼，还是受蒋介石亲自指挥的、潜伏在东直门外以烧大碗为掩护的特务，他有十八般变化，他化装成的美女可以以假乱真；老四揭发老二舜镈也是奇人，不但会开飞机，有随时投奔台湾蒋匪帮的可能，还掌握着发报技术，能利用雷电传出无线电电波与全国的美蒋特务联系；老四说老三貌似胆怯实则贼胆包天，更有鼓上蚤时迁的飞檐走壁之术，多次盗窃国家机密不说，还配制毒药，毒死结发之妻静蕴，因为他的这些行径都被静蕴发现了……

“文革”中舜镗想象力的丰富完全超过了当今某些不入流作家胡编乱造的极限，或许也如体味创作的快感一样，舜镗在揭发中充分享受到了写作的愉快，从而愈发变得不可收拾，以致人们开始怀疑他的神经是否正常了。总之这场使造反派觉得越打越觉荒唐、越打越没味儿的战斗终于以一个集体联合批斗会的召开而匆匆收场。

批斗会是在金家旧宅举行的，连顺福也在内，挨斗者按各人的角色装扮好了，便开始挂牌登场。台下头站的都是抬头不见低头见的老街坊，都是金家哥儿几个曾在人家面前要“派”的基本群众。如今基本群众变成了基本观众，金家几位爷的威风彻底扫地了，特别是在房顶上使枪的老二，往日的意气风发早已荡然无存，一张脸惨白得像张纸，没有半点血色，身子晃晃悠悠的，随时有倒下去的可能。他们每个人依次交代了自己的罪行，所谓罪行就是他们彼此揭发的内容，造反派并没给增添一点儿枝叶。台下的街坊听得木然，许是这样的会参加得太多的缘故，9号院的罗大爷甚至说，这会开得没精神，金家的哥儿几个像瘟鸡，不如前几天斗一贯道白瘸子连喊带蹦的好看。大家也说没甚意思，想回家做饭，又碍着造反派的情面，只得在太阳地儿蹲了晒太阳，跟着造反派喊些口号，好容易盼着游街开始了，才觉着有了些希望。游街时，老二打头，老三、老四紧跟，顺福断后。老二和顺福背上像唱戏的武生一样各插了四面白旗，以便这支特务队伍的首尾有所呼应，四个人每人一面铜锣，那锣也是出自我们家的库房，是昔日弟兄们开戏用的家伙。依着造反派的规定，四个人要敲一声锣骂一句自己……

那天的北风刮得很猛，“特务之队”在风中走得很艰难。老二的脸色让人联想到僵尸，那腿只是在机械迈动，他已经没了自己；老三在机警沉着地应对指挥者发出号令的同时，注意将小堂锣打出了花样，让人想到了小丑出台的锣鼓点儿；老四咧着大嘴发出几声含混不清的吼，死劲儿敲击着大锣，大有装疯卖傻之势；顺福到底是警察出身，时刻没忘自己的管理角色，诉说自己罪行的时候仍忘不了低声吆喝前面三位步子走齐了，保持着队伍的一条直线。风吹得队伍首尾的小旗猎猎作响，队伍绕着破旧的金家宅院转了一圈又一圈，街坊们看得没劲儿，终于散了，最后只剩了三两个观众，多是半大孩子。“特务之队”仍在转着，因为造反派没有让他们停下来。我看着疲惫不堪的哥哥们，只想起“门户凋残宾客在”“西风吹尽王侯宅”这些很悲惨的句子。我遵照母亲的吩咐，将精力集中在排头的老二身上，母亲说其他几个问题不大，就怕老二吃不住劲儿，他的心气高，怕受不了这个。所以我和舜铨做好了准备，只要老二一倒下，我们俩立刻就过去把他架住……

那是金家兄弟最难忘的一次聚会，这一切真应了死鬼静蕴说的兄不友、弟不恭，亲情疏冷，事变百出的预言，只是没有想到结局会是这样的惨烈，这样的残酷。

当晚，老三、老四回去了，老二仍住在后院小屋里。母亲熬了一碗小米粥让我给他送过去。

我端着粥来到小屋，门开着，老二正在灯下呆坐。他的四周是沉沉的夜色，阴冷、寂寥。他的表情僵硬木然，眼睛已不会转动，一只手半握着，仍保持着白日握着铜锣的姿势，而在我看来，那手握着的只是虚空，是风。我将粥放在他的面前，想说什么却什么也说不出，词汇在此刻变得太苍白，语言也变得太无力，我只是目不转睛地看着他，看着我的哥哥。虽然无言，透过老二的神情我也能感受到他那微弱、绝望、受伤的灵魂在颤抖、哭泣。或许他不再逃避什么，不再怕什么，因为他已经经受了一切，体会了一切，他已经无所谓了。

风中裹挟着一股让人难以抵御的寒气，我闻到了血的腥气。

我说，二哥，喝点儿粥吧。

他没有言语，也没有看那粥。

许久，他用极轻的声音说：我想吃春饼。

听到“春饼”，我有种不祥的预感，那温馨的饼与这寒朔的风距离毕竟太遥远。我想，老二在想什么呢？这种时候要吃春饼，他大概……我不敢将这种感觉告诉母亲，在我心的深处，还怀着一丝侥幸。

其实那天晚上，他尽管人还在，灵魂已经离我们而去了。

…………

第二天清晨，老二舜铸以一根绳索，将自己的生命结束在后院的桑树上。我看见，舜铸的身体树叶一样地随着风荡来荡去，不明白他的身体怎会那样轻。——为了一个叫黄四咪的女人，为了一把不知下落的枪……

不值！

那碗粥还原封未动地搁在桌子上，已经彻底凉透了。

这是我亲眼看到的第一个远去的兄长，他的死最直接的原因是兄弟间的相煎，这实实是让人痛心的。舜铸生在老宅，长在老宅，将西去的起程点也选在了老宅，他对这座宅、这个家倾注了深深的爱，怀揣着家的气息，怀揣着满腔惆怅与不解，走了。四周都是风，萧萧的风从树上的舜铸身上吹过，又吹到我们身上。惶惶然的人，惶惶然的心，望着身似飘零树叶的舜铸，大家相对无言。我看到站立在一边的舜镆、舜镗那恐惧无助的眼神，真正读懂了兔死狐悲、唇亡齿寒的内涵。一阵酸楚由心底涌出，我又强迫自己将泪水咽下，努力地咽下。哭泣者只有母亲一人，操持者有我和舜铨，至于舜镆和舜镗，完全是傻了。

依着造反派的要求，舜铸尸体所盖的衾单必须写上“国民党特务金舜铸死有余辜”几个大字，操笔者便选中文人舜镆。舜镆与舜铸是同胞兄弟，同出于第二个母亲张氏，在牛棚里持笔揭发亲兄长时那种愤怒、敌忾，那种不共戴天，那种不将对方置于死地决不罢休的精神，此刻已完全被软弱、空虚、失落、悲伤所替代，那支被造反派蘸饱墨汁的笔竟重得使他拿不起来。在外人的胁迫下，老三拈着笔向着亲哥哥的尸体走过去。

老二舜铸静静地躺在小屋的土炕上，面色已变得像昔日骑在房脊上打鸟般的红润与活泛。当舜锳的笔在他所盖的衾单上颤抖着落下去的时候，我分明看见炕上那张脸竟露出了讥讽的笑。

大约老四舜镗也看到了死者奇怪的表情，他大叫一声歪在炕沿下，口吐白沫，人事不省。

老三舜锳在布单上勉强写完那几个字，丢了笔直向门外奔去。他这一走便是十几年，再没回过老宅。

四

我曾努力回忆过金家兄弟的再次聚会是什么时候，却怎么也想不起来。在我的印象中，好像自老二死后，老三、老四就再没碰过面。母亲不同意我的看法，她说怎么没碰过面，碰过的，在北新桥船板胡同的亲家那里，刚见面五分钟就打起来了，摔了人家的暖壶……

母亲的提醒终于使我想起，七十年代末老七舜铨娶亲那天发生的事情。舜铨娶的是北新桥的织袜女工李丽英，李丽英小舜铨近二十岁，貌丑又没文化，令舜铨十分勉强。舜铨之所以同意娶李丽英，完全是冲着母亲药石无效的病痛才答应下来的。舜铨原先的恋人是与黄四咪一同光顾我们家的柳四咪，可没待解放，柳四咪就嫁了军统少将老大舜铻，后来又移居台湾，给痴情的老七空留一个念想，空留一番惆怅。老七娶丽英的时候已年近五旬，女方说了，不嫌舜铨年龄大，只图一个老实本分，图一个世家子弟的名声。母亲觉着李家的黄花闺女嫁个半老的舜铨，又木讷，又没什么本事，只知拿几支笔在纸上涂抹颜色，李家姑娘实在是吃了亏，便有意将婚礼办得排场些，腾出花厅的西套间做新房，找棚匠将房间糊得四白落地，又请人打了大立柜和沙发，收拾得很像那么回事。舜铨性格内向，不愿抛头露面，这点儿新媳妇也能体谅，从彼此并不富裕的经济考虑，就决定喜宴在家里办，只请几位至亲，图个喜庆就行了。饭菜也不必准备过多，两桌足矣，届时让9号罗大爷在北京饭店当厨师的老儿子过来帮忙做几个菜，谢人家两条烟也算说得过去了。

一切安排妥当，跑腿送信儿的任务自然由我承担。走了几家亲戚，人家都欣然接受，除了给我母亲道喜以外还说了不少吉利话儿，我的心情也变得很愉快。

出乎意料，事情在老三舜镇那儿打了绊子。他说他不去参加婚礼并不是跟舜铨有什么过不去，而是东城的老宅他是永远不会再回去了，尤其是后院，那里树太多，阴气又重，给予人的不是安宁而是凶害，还劝我们快快搬家，说那宅子于病人很不利。我知道他是怵头老二自缢于彼，便说喜庆时，鞭炮一响，什么阴气也给冲了。老三仍不让步，他说他们单位的食堂也承办婚宴业务，他愿意为舜铨联系，若在食堂吃，什么心也不用操，吃饱了一抹嘴走人，省了多少事情。我说这事儿得跟家里商量，得跟亲家商量，不是你我能决定的。他听了把眼一瞪说，我是老七的哥哥，金家七个弟兄当中，在世的数我最长，难道还做不了老七的主？说着抓起电话就订饭。我一看事情不妙，赶紧就往外撤，走到楼梯口被老三抓住。老三说，饭订妥了，饭钱我出，算是我给老七添的份子。说着又拿出两盒人参来往我怀里塞，说让我给母亲带去。我说老太太没多少底气，哪儿架得住人参？还是您留着自个儿用吧。舜镇说这是去东北出差时特意给母亲买的，想让儿子金昶给送过去，偏巧金昶毕业考试，我来了正好带走。我说，您月月给妈寄钱，妈老念您的好儿，不如这样，人参我替妈拿走，喜宴还是在家吃吧。舜镇不干。说他与舜铨自小相投，让梨推枣，如埙如篪，该他花的一定要由他花，该他张罗的一定要他来张罗。我说，您这么办让我这送信儿的为难了。舜镇说这有什么为难的，该怎么说还怎么说，换个地方就行了。

出了老三家来到老四家，我刚一提舜镇要在单位食堂为舜铨办喜酒就遭到老四的反对，他说，谁娶媳妇？是老七，不是老三，凭什么在老三单位办喜酒？我说，三哥可是把宴席订了。老四干脆地说，不去！看来事情有些棘手，我说要不还是按着妈的想法，在家里办。原以为老四会答应，不料他更干脆地说，不去！两个不去把我撞到南墙，碰得说不出话来，挺好的一件事到了老三、老四这儿就变得这么别扭、各色，这么矫情、邪性，我真怀疑金家兄弟的神经是否健全，性格是否呈病态了。舜镗看了我为难的样子，正儿八经地说，我一闭眼就看见老二在树上吊着，心里就发紧，就喘不上气，这样的情况，你说我还能回那个家吗？不可能的！我说家您也不回，三哥那儿您也不去，七哥结婚请不来您。我怎么回去跟妈交差？老四想了想说他倒有个折中的办法，我问有什么折中的办法，老四就叫来他上中学的儿子三虎，让三虎在北京市地图上，在他和老三及老宅之间找出一等距离的点，说在那儿办婚礼。三虎的数学大概学得不怎么好，拿尺子，拿圆规，后来又找来线绳，在地图上横横竖竖地一通儿比画。我看了好气又好笑，转过脸不去理睬老四。我认为老四是在成心斗气，成心把事往黄里搅，将他与老三的矛盾转嫁给老七，哪里还有一点儿当哥哥的样子？实在让人敬重不起来。我又想到他在牛棚里那些戏剧式的"揭发"，什么"借着雷电发报""有蹿房越脊的本事"等等，便觉得他在地图上找这三点相交处就一点儿也不奇怪了。这样的生事只有金家老四才干得出来，别人谁也不行。只是难为了他的儿子，小小的中学生竟使抽象枯燥的数学在为叔叔选择结婚地点时派上了用场。许久，才听得小家伙如释重负地说，找着了。舜镗赶紧凑过去看，三虎用手指头点着那个点不敢撒开，生怕一撒手好不容易找出的点又丢了。见我也过去看，他才小心翼翼地挪开手指，用笔尖点着某处说，就是这儿，我是用垂线法求得的。我看那地点，竟是天坛的北墙根儿，心里就有点儿幸灾乐祸的劲儿，但看老四怎样决断。孰料舜镗毫不退让，他说北墙根儿就北墙根儿，科学把老七的婚礼安排到那里也是天意，天坛好，大哉乾元，万物资始，天地之道贞观者也，求也求不到的吉祥之地。我看着他那兴奋的样子，实在不愿再理这个半疯，他的疯劲儿一上来，也就无理可讲了，最好的办法就是离去。

舜铨和他未婚的小媳妇遇上了难题，他们不可能去老三单位的食堂，更不可能去天坛的北墙根儿，李家姑娘在未过门儿时便已领教了在大宅门儿当媳妇进退维谷的两难境地，不，应该说是三难境地。老三、老四都坚决地表示了不到老宅来，他们怕见那棵桑树，怕再触动那仍旧敏感的创痛。最后亲家母提出了一个"儿"全其美的办法，结婚的酒席在新媳妇的娘家举办。对这个不是办法的办法，母亲是一百个不乐意的，她说这不合规矩，金家的舜铨又不是入赘北新桥的李家，怎能让亲戚们去陌生的媳妇娘家去吃喜酒？舜铨倒是不在乎，他说在哪儿都一样，不过是个形式，依着他是连客也不请的。老三、老四在我的劝说下让了步，都说去李家不合章法，却又提不出共同能接受的地点来，只好点头应允。母亲见事已至此也不再说什么，叹了半天气，骂了半天老三、老四不是东西。

婚礼那天母亲没有出面，全是女方的娘家妈在忙活，看样子大有李家白捡个儿子的劲头儿。老四到得比较早，一看这倒插门的架势心里就犯病，碍着兄弟的大喜日子又不好发作，只好一人坐在那儿喝闷茶，谁也不理。李家人见来的这位黑塔似的四爷不苟言笑，也不敢招惹，只赔着小心伺候，生怕有所怠慢。既是在李家办事，娘家的亲戚就来了不少，小门小户的亲戚们围着舜铨调笑，言语自然也上不了什么档次，说不出老四那“大哉乾元”的高雅之语。老四心里越发堵得慌，正憋得没抓挠时，老三来了。老三在大面儿上较老四能顾得住，笑嘻嘻地跟大伙儿打招呼，还特意到亲家太太跟前去请安道喜，乐得李老太太一口一个“孩子”地叫。李家人不知道金家兄弟之间的事，理所当然地把老三安排到老四坐的房间来，让弟兄俩得便说话。

我对这一安排暗中叫苦，本能地预感到会发生事情，所以老三前脚进屋，我后脚就跟了进去。

果然战争已经开始了。老四说，那老娘们儿一口一个“孩子”，你还答应，她的岁数不准有你大，你掉价儿不掉价儿？老三说，我是冲着老七来的，她是老七的丈母娘，老吾老以及人之老，掉什么价儿！老四说，在装洋蒜方面我得服你，什么时候你都能做出人模狗样的假招子，受过黄四咪的真传，戏也是越演越精了。老三说，再真传能赶得上你吗？愣把三青团说成共产党，还说老二会开飞机！老四说，事出有因，查无实据。老三说，问题是事出无因，老二不但不会开飞机，他连坐也没坐过，我真纳闷儿你怎么会编得出来？老四说，我还纳闷儿你的那些坏点子是从哪儿来的呢！老三说，我揭发你的那些事都是有根有据的，说你跟黄四咪上了妙峰山就是上了妙峰山，并没添油加醋，是你自个儿又扯出什么三青团的。老四说，你别为自己开脱，没你老二也死不了，从根儿上说，是你在咱阿玛跟前儿率先揭发老二的，你不把他跟顺福的事儿亮出来也不会得罪顺福，不得罪顺福就不可能有后来的牛棚，所以罪魁祸首就是你！我说，祖宗们，有话咱们回家去说，别在人家家里较劲儿。不提家尚可，一提家，老四的疯劲儿就上来了，他说，那个家能回去吗？贼风飕飕，鬼影憧憧，老二的阴魂压根儿就没散。老三说，那是你心里有鬼。老四说，你心里没鬼你怎不回去？老三说，我没害老二，没往他身上栽赃。老四说，说这话你不亏心？人都死了你还往他身上写字，你还有人味儿吗？这一说，击到老三的最痛处，他一反常态，抄起身边的暖水瓶狠命朝地上砸去，借着那砰然而起的巨响咬牙切齿地说道，老四，以后我要再见你就像这个壶！老四说，话别说这么绝，咱哥儿俩还有一面之缘呢，那是在你的追悼会上……

李家的人已经围过来了，舜铨的几个小舅子脸上带有明显的不快。李家老太太说，刚才不是还好好儿的吗，大喜的日子，这是怎么了？我说是三哥没留神把壶碰倒了。舜錤也自觉失态了，赶紧打圆场说是不小心……李家老太太是精明人儿，一看这阵势就明白了，不紧不慢地说，金家是大家庭，治家有道，母慈子孝，我们就是冲着这个才把闺女给了的，俗话说福善之门和睦，以后的日子还长，将来丽英过去，你们哥儿几个还得多提携指点才是，她那不管不顾的脾气一上来就让人怵头，往后在一块儿，得互相包涵着点儿！老太太说的是她的闺女，点的却是金家的爷们儿，老三、老四都站在那里没言语。酒席上，老四只象征性地喝了一杯酒就走了，老三倒是一直陪到底，脸上虽不显山露水，心里的不平静是可想而知的。

母亲知道这一切，气得手直发抖，她说，老三、老四是给金家散德性呢，要是他们的亲妈还活着，能饶得了他们才怪！母亲说，记着，以后别让那两个东西碰面儿，咱们丢不起那人！我说，只两个还好说，至多摔个暖壶，要是东坝河的顺福再搅进来，这场乱仗不知要打出什么花样来呢！

母亲说，也怪，那只黄鼠狼自打“文革”以后怎就没了音信呢？

五

是改革开放以后的事了。有一天，舜镆的儿子金昶约我在北海仿膳吃饭，我就去了，席面上却意外地碰见了老四的儿子三虎和顺福的儿子德明。金昶在电影厂做编剧，讲起话来常常是妙语连珠，论黄数黑，给人一种聪明外露的感觉。曾经光着屁股在破絮里缩着的德明现在已一身名牌，西服革履地挺拔起来了。德明递过他的名片，名片很精美，散着甜腻腻的香气。金昶说德明是安提特陶艺公司的总经理，大款，这顿饭就是他特意请七姑爸爸的。我问安提特是不是中外合资，德明说不是，是他们几个爱好陶艺的哥们儿合资在门头沟办的厂子。我问为什么偏偏取了这么一个非常西化的名字。德明说当时三个人想不出好的厂名来，便一人翻一页字典，把第一眼看见的字联起来并做厂名，就出来了“安提特”这个很奇怪却又很顺口的名字。德明说，安提特好，安提特给他们的厂带来很大效益，大伙儿都说安提特有神气儿。我想告诉他安提特是希腊魔鬼 Atenagoras 的译音，那是一个大鬼，与撒旦同级别的大鬼，竟被顺福的儿子捡来了，看来父子两代烧窑都与鬼有着不解之缘。我问德明的陶艺公司都烧些什么。德明说烧大碗，烧有中国特色的大糙碗，土釉蓝花，写着“吉庆有余”的字样。我说，这样的碗也卖得出去？德明说，怎的卖不出？这样的碗只有中国有，这种返璞归真的乡土气息正是生活在高科技快节奏中的人们所怀念向往的，在国际市场很吃得开，人家一看就是中国的，假冒都冒不出。我真不敢小看昔日光着屁股在破棉花堆里滚的经理了，同是烧大碗，他和他的父亲已经有了根本的不同。德明请我吃饭，以往日的经验我感到，大凡这类人的饭都不是那么好吃的，葡萄美酒的背后绝不是单纯的友情。三虎有些腼腆地叫我姑爸爸，他和金昶还是依着旗人对姑奶奶的称呼叫我，这使我感到亲切。想起当年他用垂线法为老七在地图上寻找结婚地点的事，我突然觉得很好笑。三虎不好意思地说，姑爸爸您甭乐，我知道您想起什么来了。我说我想起你画地图的事儿来了。金昶就问怎么回事儿，我说了，金昶与德明都笑得直不起腰来。金昶说这倒是个好素材，可以用到电影里头去。

跟小辈们在一起总是愉快的，不知不觉中喝了不少酒。金昶说，姑爸爸您说，当年我爸他们跟黄四咪一块儿逛北海那是一种什么心情？我说，能有什么心情？公子哥儿捧女戏子，胡闹罢了。金昶说，我爸是胡闹，黄四咪可不是胡闹，她是国民党，带有发展组织任务的，所以“文革”才把金家老哥儿几个都装进去了。德明赶紧补充，还有我爸爸。我说，这些事儿，老辈儿都不提了，你们不要再翻腾，金家好不容易不打仗了，你们千万别再点火煽风。金昶说，干吗不翻腾？现在才是翻腾的时候。您想想，当初说我爸爸在六国饭店会见了国民党要人某某人，是谁牵的线儿？是黄四咪！这么看，那位黄四咪就该是咱们这边时刻不忘的统战对象，我爸爸既然有这关系干吗不充分利用？别人想跟台湾那边搭关系还搭不上呢。我问金昶怎么利用这关系。金昶说。凭着这，也该闹点儿政治资本，比如进个政协什么的。德明在一边敲边鼓说，男人就得参政，不参政的男人是窝囊男人。我刚想说他爸爸昔日当警察也算参过政，照样窝囊了一辈子，不料却听三虎说，我爸是货真价实的三青团，去妙峰山参加过活动。我说，参加过三青团的活动不见得就是三青团。三虎说，我爸当初都承认了，您还替他遮着干吗？德明说，关键人物是黄四咪。黄四咪临去台湾发展了这么多人，这些人“文革”也为她吃了不少苦，俗话说苦蒂甘瓜，咱们到今天总不能结个苦瓜。苦蒂苦瓜，真那样我们的亏吃大发了。我说，你们三个把话说明了，翻老账究竟是什么意思？金昶说，动员我爸爸，充分利用一切有利因素。我问，什么是有利因素？金昶说，只要承认与某某人有过来往，别人就得刮目相看。我说，你真相信有那事儿？那些高压之下的胡咬你们也当真？金昶说，不当真怎么能定案？我说，“文革”时定的案那也叫案？什么叫捕风捉影啊，那些不着边际的事儿就叫捕风捉影。德明说，有些人也想捕风捉影呢，问题是他们无风可捕，无影可捉。咱们以前既然为这个受过整，今天总得有个结果，现在的人都巴不得外头有关系，以前也没听说谁是什么，现在门户一开，好，吴三桂的三孙子、袁世凯的干儿子，什么都出来了，是与不是也无据可查，但谁也否定不了，否定不了自然有人另眼相看，自然也就有好处等着。

我问德明他爸爸对黄四咪这些事儿是怎么看的。德明说一提黄四咪他爸就哑巴了，不吐半句实情，他爸是叫“文革”整怕了，怕牵连，怕引火烧身，一点儿也不知道手里这张牌的价值。他今天找我的目的是让我劝劝他爸和那老哥儿几个，还是当年那些事儿，咱们也并不因形势变了而添什么加什么改什么，至少属于咱们的就应该给咱们。我问，什么是应该属于咱们的？三个人都不愿回答，似乎也不好回答。我说，你们可以直接去找你们的爸爸，他们能给你们一个说法。金昶说他爸说以往那些不堪回首的事儿都只因了两个字“年轻”，他爸说，“操千曲而后晓声，观千剑而后识器”，表面看起来老爷子是大彻大悟了，实际上是稀里糊涂。三虎说他爸爸近来只是玩儿鸟，也不是不关心台湾的事儿，所关心者无外乎是真的一国两制了那钱怎么算，整个儿一个小市民头脑。哪儿还有大宅门儿出来的气魄。

喝完了酒又划船，小船荡在悠悠绿水中，老三、老四和顺福的儿子轮番操桨，水晃船晃人也晃，就有些昏昏欲睡。蒙眬中我觉得时光好像倒退了几十年，小船上载的分明是另外一批人，那些人也在这汪水上挥动双桨，也看着那白塔、龙亭的缓缓移动……

历史的近似让人忽地猛醒，我赶紧坐直了身子。三虎脸上冒着细汗笑着对我说，姑爸爸一通好睡。我说，我睡着了吗？德明说，您都打呼噜了。我说，今天喝得是有些过量，你们三个把姑爸爸灌醉了。金昶说，这么说吃饭时候我们给您说的那些您都当酒话听了？我说，你们都说什么了，我怎么一点儿也记不起来了？金昶嘿了一声说，您真行，揣着明白装糊涂，真上道儿了！

我说我跟他们的爹一样，老了。

小哥仨觉得很丧气。

六

母亲的身体日差一日，灯尽欲眠时她常常披衣而坐，聆听窗外飒飒的风声，那神情分明已经走得远了。

有一天，母亲说，立春那天把老三、老四跟顺福叫来吧，我烙春饼给他们吃，这是顺福盼了多少年的。老七舜铨说，把他们凑在一块儿怕又要闹起来，咱们家已经没碗可摔了。母亲说，都七十的人了，能闹到什么份儿上？自老二一死就相互都不见面，难道还至死不见不成？趁着我还有一口气儿，这里还是个家，还有理由聚聚头，我一死，他们找谁去哇……

舜铨点头说也是。于是像当年搞“反革命串联”一样。我又从城东跑到城西，挨家去通知老三、老四和顺福，说母亲请他们立春那天来吃春饼。

母亲没生过儿子，但她为人善良随和，对金家的孩子各个从小就疼，所以很得孩子们的喜爱。当年，按规矩，小字辈儿的像叫张氏为二娘一样，都叫她三娘。可后来，老一辈儿的一个一个地走了，只剩下了母亲，母亲为金家扛了几十年的风风雨雨，不知不觉中，哥哥姐姐们也都管她叫妈了。妈还真想着他们，常常一个一个地跟我说起他们。

老三住在干面胡同，已经退休，在家里抱孙子。退休后的舜镆言语也不多，一看就是个安分守己、胆小怕事的人。他见了我第一句话就问后院那棵桑树锯了没有。我说早锯了，妈看着它伤心，就让七哥找人锯了。舜镆说还是老七孝顺，不似我们，一去不回头。又说“前不栽桑，后不栽柳”，后院栽什么不好，偏偏栽棵桑树，不合格局。我知道他由桑树想到了老二，便说，家里变化也很大，前头的房连大门都被拆了，盖了楼，咱家只留下后园的花厅和那间做堆房的小屋了，花厅老七两口儿住着，小屋妈住着，妈也是老得厉害了，病病歪歪的还念叨着你们，想着给你们烙春饼。舜镆听了眼圈有些红，说做儿子的举足出言，应该不忘父母，如今这大年纪却还让妈惦记，真是连畜生也不如，也早想回家看看，只是怕见着那棵树……我告诉了他请他立春回去，他马上问老四回不回。我说，回，妈想同时见见你们。

舜镆听了，久久没有说话。窗外有风，少时又增加了许多点滴的声音，玻璃上出现了水痕，下雨了。我感到这场借风而来的雨到得早了些。舜镆拉过一本书，随意地翻动着，我知道他是在掩饰他纷乱的心绪，思考着弟兄见面何以相对……我静静地等待着，等待着他说回还是不回。他没有回答，站起身踱到窗前，望着外面在风中摇晃的树枝对我说，我早已是土埋到脖子的人了，心固可使如死灰，残骨却依然肮脏人间，几十年悲欢顺逆，无不可告人或不足与外人言之事，却落得个兄弟反目，论根结，这一切都是为着什么呢？……我说三哥也不必沉湎于过去，时间的冲刷又何尝不是抚平伤痛的最好办法呢？妈盼着见到您，盼得望眼欲穿了，您该回去看看她老人家，目前金家几十口人，所剩的老辈儿就她一人了。老三说，谁说不是呢？是该回去看看了。我说，这回您见了四哥，千万别再吵。舜錤转过身来说，要吵得起来就好了……

我又去找老四。老四去年搬了家，住在城北德胜门，即老二当年与黄四咪打兔子的地方。今日的老四已非昔日的老四，他老虎一般的三个儿子都已长大成人，儿子们往他身后一站，势震山河，足压得住黄天霸、窦尔敦，使得任何人在金四爷跟前都不敢造次，所以舜铠也就变得十分地气壮，脸儿也仰了，肚儿也腆了，举着个鸟笼子大爷般地在街上遛。看我颠儿颠儿地跑来，他忙问妈是不是得了病，我说是妈叫他立春回去吃春饼。他听了回身对他的三个老虎儿子说，我妈叫我呢，让我回家吃饭，别看我七八十了，当了你们的爹，可在我妈眼里仍旧是儿子，是姥姥不疼、舅舅不爱的杠头。说完他自己也笑了。儿子们看着爹突然冒出的娇憨之态，也扑哧笑了。我心里却一阵发热，一股手足亲情油然而生，舜铠与舜錤一样，亦非我母亲所生，他对我母亲感情的真挚与依恋，实则也有对家的依恋，对老宅的依恋，对往事的依恋。或许这依恋也包含着黄四咪的一部分在其中，割也割不开，忘也忘不掉了。正因为难以忘怀，所以他二十几年没有回家，永不愿再踏进那使他肠断心碎的地方。

在老四家里落了座，四嫂问来日去吃春饼的可有老三，我说有。嫂子当下没说什么，半天才说，那疼我们是忘不了的。我只好搭讪说，古人雅量可师，唾面自干，亲兄弟之间，狗皮袜子似的，还论什么反正。老四说，这不睦由来已久了，也非全由“文革”而起，从偷着卖家底儿，互相栽赃到醋雨酸风地厮打争吵，家里的碗砸了大概也有百十来个了，金家有了这一帮不肖子弟，怕也是祖坟跑了风水，气数已尽了。老四说这些话的时候，他的三个儿子就在一边听着。我想，老四的话大半是说给他的儿子听的，可不嘛，老四也面临着我父亲当年面临的问题了。老四说，金家兄弟姐妹，三母一父，算起来十又有四，如今存活者也没有几个人。这仅存的几个还彼此淡漠，互不往来，简直是一般人家儿所不能理解的，若硬往一起凑，难免旧恨重提，如若那样，再聚也没什么意思。我说，老辈儿的恩怨该了就了吧，小辈儿们早混到一块儿去了，前几天三哥的儿子和三虎还请我吃了一顿饭呢。小的都如此了，老的何苦再僵着？再说了，看看妈总是应该的，她老人家想你是想得很呢。舜镗说那倒是，妈当初最疼的就是他，羊羔跪乳，乌鸦反哺，蛇雀有知，他竟不如，无论如何是该回家看看老妈的。四嫂突然说，看妈也不能与那狗屎老三同去，沾一身晦气。

老四眼一瞪说，老娘儿们家你懂什么！

后来，我又去东坝河找顺福。东直门外，热闹欢快的驴窝子早无处可寻，取而代之的是一排排汽车站，车站站牌的数量绝不低于昔日驮脚之驴的数量。寻找顺福的家费了不少周折，那些使人眼花缭乱的高楼汽车哪里还有半点萤飞狐窜、枯树荒冢的坝河影子？依着顺福儿子德明在北海给我留的地址，总算在一个小区的十五层楼上找到了顺福。顺福已俨然是个威严的老爷子了。我进去时，他正坐在阳台上抱着猫晒太阳，这座二十几层高的建筑就建在他当年的碗窑旧址上。他见了我说有几十年没吃过表姑烙的春饼了。我说我今天来就是为了吃春饼的事情。顺福说，你妈今天才想起请我吃春饼，其实那年我去你们家找舜镈说枪的事儿，表姑要是给我烙春饼把我的嘴堵住了，我也许就把什么都担了，偏偏她要给我吃炸酱面！炸酱面谁没吃过，既然你们金家跟我这么公事公办，我也只好公事公办了……

不跟儿子谈论往事的顺福见了我张口就是往事，可见这往事已在唇边徘徊很久了，见了我，由不得脱口而出。有风自西而来，扬起一片尘雾，尘雾在阳光下弥漫着，扑打着人的脸面。风声在高处显得分外响亮，有振聋发聩之势。顺福对我说，进屋吧，起风了。我说，这风邪，无缘无故就刮起来了。顺福说，楼高就显着风大，住平房那会儿哪儿见过这么大的风？我问他坝河这儿还有没有黄鼠狼，他指着下面车辆川流不息的三环路说，黄鼠狼这个词儿小辈儿们都快不知道是什么东西了，你还上哪儿找黄鼠狼去？我说，打解放以后好像就没看过《金钱豹》这出戏，《西游记》的戏看过《安天会》，看过《十八罗汉斗悟空》，怎的就见不着那个五百年前的黄鼠狼了呢？顺福夹着猫眨巴着眼睛看着我，那目光里满是狡黠。我说，戏里头金钱豹就擒，那黄鼠狼又哪儿去了呢？顺福说，丫头你别绕我，我还没糊涂呢，就你们金家那几位爷，哪个也不是省油的灯，一个赛着一个当情种，遇着黄四咪活该有此一劫，跟黄鼠狼有什么关系？我说，因了那场“革命”，老三、老四至今互不往来，其实也没什么事儿了，就是磨不开那面子。

顺福没接我的话茬儿，对我又像对他自己说，黄鼠狼实在也不是什么好东西……

无论老三、老四还是顺福，对以往的事情似乎都牢牢地记着，也似乎都彻底地忘了。他们对过去变得既不在乎又很计较，既超脱又很狭隘，纵然老三对他的儿子高谈什么“操千曲而后晓声”，而那声真由他自己唱起来的时候却依旧是分辨不清的陷入。老四看似豁达得不计前嫌，实则肚子里的肠子仍在千萦百绕，这从四嫂子决断的语气里可以看出。我总觉得这件事在哪儿别扭着，模模糊糊地理不清晰，至于子侄辈那些带有功利色彩的算计与设计，在老辈看来都是乳臭未干的瞎扯淡，至少我是这样认为的。

不能笼统地说谁对谁不对，也不能生硬地勉强谁该怎么做。

各有各的活法。

七

说是立春，却是隆冬的天气。

风又刮起来了，还是很冷，屋里生着炉子，炉子上烫着酒。母亲看着表，责备我不会办事儿，跑了三家，约了三个人，却没有一个落在实处，究竟来与不来，谁都没有准话儿。我说那三位，一个念着土埋脖子，一个念着蛇雀有知，还一个念着黄鼠狼，都是问非所答、言不由衷，让人揣摸不透。母亲说应该让舜铨去叫，我说让那书呆子出面他连答非所问也讨不来，他压根儿就找不着门儿。舜铨在案前一边画画，一边说那不见得，上个月他连卖豆汁儿的李麻子家那样难找的地方都找着了，更何况什么老三、老四。后来大家就都不说话，听着表在墙上嗒嗒地走，听着风在外面呼呼地吹。我听那风，似多部重奏，狂猛之中又夹着细微，夹着凄凄切切的如泣如诉，仿佛谁站在窗外娓娓诉说着什么，令人从内心发颤。

舜铨在吟“……风也萧萧，雨也萧萧，瘦尽灯花又一宵”，母亲问他说什么，他说在品画上的题款。母亲叹口气说，也不知来不来，这三个孽障啊！

快一点钟了才见舜镆慢慢腾腾地走进来。舜镆提着一盒点心，盒子上印着嫦娥奔月的图案，顶上还盖着一张红纸，老派儿的舜镆送礼也是老派儿的样式，亏得他还能在现代化的北京淘换到这些。母亲见老三进来，赶忙要下床，被舜镆抢上几步挡了。舜镆给母亲请了安，问遍了家里一切好，这才转身落座，接过我端上的茶，接受舜铨和我的问候。舜镆的一举一动渗透着旗人的礼数，渗透着从容不迫，渗透着大宅门儿的教养，这点为我所羡慕又不及。母亲问了他一些情况，他回答了，又说，等天暖和了接妈去我那儿住几天。母亲说她已是有今儿没明儿的人了，晚上脱了鞋早晨不知道还能不能穿上，在这有限的日子里就盼着能见见哥儿几个，了却当老家儿的一番挂念。舜镆说他不是不想回家，实在是怕……正说着，老四拎着鸟笼子从院门晃进来了，母亲见了赶紧嘱咐老三，你是哥哥，可千万别吵哇，凡事儿都让着点儿。舜镆看了我一眼，苦笑了一下。

看老四腆着肚子，晃着鸟笼，大大咧咧的样子，我不禁好笑，探望亲戚，尤其是探望母亲，哪有提鸟笼子的？这样的事也就是舜镗干得出来。老四进门，顺手把笼子往我怀里一撂，三两步奔到母亲床前，沉沉地叫了声妈，就把脑袋低下去了。妈攥着老四的手，只说老了，泪便噗噜噜落下来。母亲说，都在一个城里住着，这些年你们就不知道来看看我。这一说，老三、老四脸色都有些阴，就一齐往窗外看。

院子里的杂树仍有不少，干枯的枝干在西北风的摧撼下颤颤地晃动，发出瑟瑟絮语。昔日桑树的位置被母亲扣了一口大缸，那上面高高地码着过冬吃的白菜，往日的痕迹已经全没了。

老三、老四的脸似乎都有些失望，也都闪过一丝不易觉察的怅然。

老四的鸟在笼里扑扑棱棱的不老实。我夸笼子做工精巧，老四说这是老祖玩过的笼子，有年头儿了。老三接过笼子挂在铁丝上说，这笼子是土挡五道圈五十六根条，腻子底，铁抓钩，一看便是内务府造办处造就的大内用品，现今已极为罕见，以文物来说，笼子的价值高于鸟的价值。我想起母亲告诉我的，当年老二在父亲面前咬老四把一对白铜雕花紫漆鸟笼子偷出去当了以讨好黄四咪的事，想问是不是就是这只鸟笼，又怕犯了兄弟们的忌讳，只好忍住不说。舜镗见舜锟贬他的鸟，便说舜锟不识货，说他这只红子是花八百块买来的顺德产上品南路红子，去年夏天鸟贩逮的热红儿，是一茬毛。舜锟就说他的邻居也养了一只红子，颜色却有些发暗，叫的声音叽儿叽儿的，像小油鸡。舜镗说，发暗的红子灰地儿黑章，叫自在黑，黑子根本不是正经鸟，小孩儿才养它。你忘了，咱们小时候老阿玛从戒台寺给咱们弄回两只黑子来。叽儿叽儿地叫唤，差点没把猫给招来？舜锟说他还记得老二上房掏了几只黄嘴无毛的小家雀儿，搁在水磨细竹笼子里养着，那笼子是父亲花十二块大洋从太监手里买来的，让咱们养了老家贼，差点儿没把父亲气死！舜镗说，咱们那会儿也是真淘，哪家摊上咱们哥儿几个，算哪家倒了霉。正说着，笼里的鸟啾啾叫起来，舜镗立即打住了话头，全神贯注地听，直等到鸟唱完了才对老三说，听见没有，跟你街坊那只黑子叫得绝不一样，黑子只能叽儿叽儿叫单音，我这红子叫的是子母腔，时不常儿还能打嘟噜。舜锟就说，过去胡同东口那位正蓝旗的郝爷，为只鸟舍去一套三进四合院，简直走火入魔了。舜镗就说他现在为鸟也走火入魔了。他说人融到什么世界里就会变成什么，他常常半天儿半天儿不错眼珠地看着他的红子，就觉得自己也是一只鸟了，在笼子里跟他的红子一块儿吃食、喝水。舜锟说，你要变鸟只能变猫头鹰，变不了玲珑剔透的红子。舜镗说他们早晨遛鸟的伙伴里有个养画眉的老朱，老朱的鸟学脏了口，学了一嘴夜猫子叫，气得老朱连笼带鸟全扔了……

直到饭桌摆齐，老三、老四还在那里谈鸟，鸟的话题使他们彼此又成了兄弟，成了似乎不曾有过任何芥蒂的至亲手足。两个人都小心地回避着什么，好像谁也不愿提及那个时刻萦绕在心头、萦绕在嘴边的话题。我突然感到貌似粗笨的老四实则是个极其细腻聪明的人，他持鸟笼而来的举动本身，就是经过深思熟虑的，金家的爷都是有心计的爷。

母亲已做不动春饼，实际是我操作的一切。我将那饼做得空前绝后，卷饼的菜做了十几样。暖暖的酒，温温的情，旧宅老屋，环绕在母亲身边，兄弟们如孩提时代一般双手捧着卷饼撕咬，嘴流油，手流油，实在是一幅承欢膝下、伯歌季舞的家庭欢宴图。没有谁提到过去，也没有谁说到将来，品味的只是春饼，只是家的味道。

顺福一股风般地旋进来了，手里提着两摞碗，那碗用草绳细细地捆着，大约是他儿子公司里的产品。桌前的人都站起来，招呼顺福。顺福见了老三、老四，欲说什么，却嘴一咧扑通一下跪在母亲床前。母亲慌得让我和舜铨赶紧扯起他来。我和舜铨一左一右往起拽，哪里拽得动？

母亲说，顺福有话你说，别这么着，这方砖地又阴又潮，留神再坐下病。顺福抽泣半天仍是不说话。母亲说，我知道你想起了老二，人已经殁了，再伤心也是无益，他临死那天晚上要吃春饼，可那是什么时候啊，我没往心里去，到走……他也没吃上，什么时候想起这个来，什么时候我这心里就跟猫抓似的，我这个当妈的对不住他……顺福呜咽着说，表姑，我是只五百年前的黄鼠狼，您狠狠儿地打我吧……舜镗说，你甭瞎说，这都是我看完《金钱豹》拿你开心的话，谁也没认真，你别往心里去。顺福说，我要不是黄鼠狼我怎么干了那么多坏事呢！母亲说，谁说你干坏事啦，可别净自个儿跟自个儿过不去！顺福说，黄四咪是我给金家引来的……母亲说，黄四咪是你给老二引见的不假，也是老二不善自省，紧赶着往上扑。顺福说还不止这些，母亲让他站起来说，他说他说完再站起来。顺福说黄四咪是国民党完全是他的胡说，是他瞎编出来的，为的是给他丢枪做开脱，因为丢枪那件事国民党要追究，共产党也要追究，枪的散落，对哪个社会的治安都是隐患。他当时说黄四咪是国民党，是考虑共产党的专案组总不会查到台湾国民党党部去，这样他就掌握了主动，就脱了干系，不承想又扯出金家哥儿仨来。

我的心在往下沉，人生总是有许多想不到的事，做不到的梦。为了一支枪的下落，为了一顿春饼的遗憾，引出了一场绵延几十年的风波，将多少人推入尴尬难言、欲哭无泪、欲笑无情的境地。屋内一时出现了寂静，没有人说话，连那嗒嗒的钟声也听不到了，只有外面萧萧的风。半晌，舜锖颤着声问顺福，黄四咪的国民党特务是你瞎编的？顺福点头。母亲说，顺福你起来吧，编与不编，事情都了结了，发了霉的事儿，提它干什么！顺福说，不把话说透亮了我就永远没脸进这院子，也永远吃不上表姑烙的春饼；还有，那把枪其实没丢……是我把它卖了，卖给天桥演文武双簧的傻二愣子了，傻二愣子的叔伯兄弟在西山当土匪……顺福的话无异于给大家泼了一瓢水，使人从头凉到脚，我的脑袋一时木了。

老二舜铸，为这把枪背了一个大黑锅，金家三兄弟为特务黄四咪也背了一个大黑锅，几十年的恩怨全是由于顺福的瞎胡诌，这是怎么档子事儿啊！听了顺福的话，人人的脸上都很平静，但人人的心里都在上下翻腾。顺福望了望众人，赶紧把头低了，麻利地解开草绳捆着的碗，取出一个，双手递给身边的舜镗，嘴里喃喃地说，四哥，您摔吧，您摔完了，我……我儿子再给您烧……母亲在嘤嘤地哭泣，舜镗没有接碗。他转过身把脸直望着窗外。

院中大缸在风中扣着，群树在风中摇曳……

顺福将碗递给舜锖，舜锖摇摇头，一把搀起了顺福，说不出一句话。

我不知台湾的黄四咪现在正在干什么，也许此刻她正拥炉而坐，翻检着一本旧相册；也许她正偎着小孙孙唱着旧日的歌；也许她于百无聊赖中正孤寂地倚窗远眺；也许她在为数口之家的红盐白米而辛苦操劳……在她泛泛的青春生活中肯定有过无数的相识与相交，有的刻骨铭心，有的如过眼烟云。她或许还记得金家哥儿仨，或许压根儿就不记得那蜻蜓点水的一瞬，然而无论记得与不记得，她留在身后的却是四个男人的灾难，四个男人心灵的重压。她走了，走得轻轻松松，潇潇洒洒，如一阵风轻轻刮过，没留下任何印痕，然而与她相识过的人为这阵风所付出的艰难代价，却是几十年难以道清的。

静寂中，突然，舜镗呼喊着“二哥！——”扑出门去，扑向那口倒扣的大缸，后面紧紧跟着的是舜錤。两人来到院中，抱定那口缸就像抱定老二舜镈一般，再不松手。顺福端来一卷饼，在缸前祭了，说道，二哥，顺福兄弟给您赔不是来了，您好歹答应兄弟一声……四周寂如远古，连那风也停了。老三、老四泪眼环望，这里是家，是熟识的家，昔日的老树，黯淡的灰墙，风雨飘摇的小屋，残破不堪的花厅，陈迹依稀可寻，而兄弟间的挚爱亲情却再也收拢不起来了，沧桑几度的归客被陈迹挑破旧伤，只将那心底的泪抛出，毫无顾忌地抛出……

舜铨扶着母亲由屋里走出。母亲说，进去吧，外面风大。舜錤、舜镗似有不忍离去之意。母亲说，也不必难过了，谁也不是完人。“大羹必有淡味，至宝必有瑕疵，大简必有不至，良工必有不巧”，黄四咪也好，老二也好，你们几个也好，都按自己的活法儿在世上走了一遭，好着呢！

风在树间环绕，萧萧之声如吟唱，如凤鸣……

雨也萧萧

一

因为这场秋雨的提前到来，乱哄哄的拍摄现场不得不临时改辙，庭院外景改作内室花厅，黄昏舞剑变为拥炉清谈。是清谈便要加词儿，导演让道具寻找火炉的同时，一把拉住我，塞过一沓稿纸，让我临场发挥，务必写出些清谈的内容来。救场如救火，否则剧组这一日的劳务就打水漂了。我虽是该戏编剧，却终不能算剧组的人，按说本子一交也就完了差事，便推托说已买好明晨回西安的火车票，今晚无论如何得向在京城居住的老哥哥作别，没时间写戏。导演说，回陕西的事儿可早可晚，你的孩子也大了，并不是要等着回去喂奶，眼下齐心协力地帮我把这场戏挑过去才够哥们儿。不容我反驳，导演转身立马让剧务把车票退了，说什么时候走买当日的机票即可，误不了一两天工夫。

雨在院中的方砖地上打出了水花，那不紧不慢优哉游哉的架势，表明它三五天内绝不会停下来。瑟瑟秋风，将衣衫单薄的演员们冻得嘴唇发紫，有谁在廊下生起一堆火，大伙儿都围上去，争抢着将手伸向那怯怯的黄焰。任务是明摆着的，不接也得接，我只好在正厅的八仙桌前铺开导演递过来的皱巴巴的稿纸，拧开自来水笔，干起了这项额外的苦差。

清末保守派人物间的清谈，谈些什么呢？

眉头拧成了一个疙瘩。

外人大多以为编剧都是自来水龙头，只要一拧开，水就会源源不断而来，要什么有什么。其实哪里有这般容易，似这等临阵磨枪的现场硬憋，能写出什么好戏来才怪。

导演示意廊下烤火的人肃静，外面立时悄无声息，只有唰唰的雨声，单调得让人心里起腻。

我的思虑不能集中，纸上半天点不出一个字来。谈什么呢？当由君子言义不言利为切入口，由司马迁的《货殖列传》引申开去，扯出洋务运动及后来的新政立宪之争，抑或是谈那位又会打仗又会办工厂又能考古的奇人吴大澂……

水声淋淋，内心却不免诅咒这场恼人的雨。

正待下笔，有人从垂花门咚咚跑进，直奔正厅，寻到八仙桌前的我，扑通一声跪下，便将头在砖地上磕了。我有些蒙，正思量着是剧中哪个情节，却见来人满面泪痕地起身，又干脆利落地请了一个安，叫了一声“小姨！”便泣不成声。望着已不年轻的来人，我问他是谁，来人却说，我母亲殁了，今日上午殁的。

我问他母亲是谁，他说是金舜镅。

我浑身一阵战栗，这么说，来报丧的是失却音信多年的金家二格格的儿子沈继祖了，是我的亲外甥。

我的父亲，说是镇国将军，却从未领兵打仗，“将军”不过是皇家宗室的一个等级。父亲生前常常拿他的爵位开玩笑，戏谑地对子女们说，我这个将军呀，只会耍叉《喻天桥的狗熊》，跟《打渔杀家》里的教师爷好有一比，若让我上阵，我就带了你们这帮徒子徒孙们出去打，你们摇旗呐喊傻吆喝，一拥而上给我壮声势，撕咬抠抓，打他个到处开花……父亲说的徒子徒孙，是指我们十四个兄弟姐妹，我在其中是垫窝最小的一个。我迈进学校没几年，老爹爹便撒手而西了。父亲西去时已不是什么将军，而是一个酷爱考古、收藏古玩的鉴赏家。

舜镅在姐妹中排行老二，与三哥舜铻同属第二个母亲所生，人称金二格格的是也。我听说二格格是姐妹中长得最美的一个，深得父亲宠爱。父亲说她是王母娘娘身后撑伞的玉女下凡，美得人间难有；还说这样美的人儿偏让他捡着了，是他的福气，若皇上还在，二格格当是进宫当女官陪伴老太后的料。我也曾问过父亲，我是什么下凡？父亲拈着胡子想了半天说，你是秋后的拉秧西瓜，长得又丑又歪，最多不过是朝阳门外东岳庙神案前偷油的耗子……我是属耗子的，于是便认定父亲的推测没有错，我的本质是一只又丑又赖的耗子，贼眉鼠眼地在神案的灯碗、供果间溜达，伺机还要偷窃点什么，极不正大光明，与王母娘娘身后“满腼珠开妙相”的玉女自不可同日而语。

二格格舜镅虽然美貌，我却从未在金家的大院里见过，美貌的二格格生在金家，长在金家，却又神奇地从金家消失了，再不出现，这不能不让人遗憾。出于对美的向往，我问过我的母亲二格格去了哪里。关于二格格的去向，母亲缄口不谈。那时父亲还在，从父亲那张颜色变得颇为难看的脸上，我窥出，此事还是不问为好，再问下去会惹得老家儿不高兴。

舜镅的消失在我心中终归是个谜。

记不清是哪年了，只记得那年的锣鼓声非常多。有一天外面又有锣鼓，那咚咚锵的响声对一个小孩子来说有着太大的诱惑力，我跑出去看，被三哥舜铻拉回来。

舜锳大我三十多岁，老气横秋的模样，当时父亲到外地云游，不负责任地将家里一大摊子都扔给我母亲。别的哥哥早已离家，金家院里只剩下了老三和老七。老七平时什么事不管，只是闷着头画画，金家里里外外的事情多是老三张罗。老三舜锳和父亲接触最多，父亲对他也比较偏爱，有时候父亲得了什么好古玩，总是叫他来一块儿鉴赏，甚至还“赏”给他。所以在舜锳身上，父亲的影子最多，受的熏染也最重。父亲不在家主事，舜锳就在母亲们面前努力做个孝子，一举一动都合乎着世家出身的规矩。他的亲生母亲是父亲的第二个妻子，我们叫作二娘。二娘爱生气，二娘一生气，他就给他母亲跪着，低声下气的，好像天下的错事都是他干的。二娘临终的时候常常说胡话，常常指鹿为马，他便跟着以错就错，一点儿不以为怪。二娘说，屋里怎的飞进一只大花蛾子？他就跟真的似的，扑过来扑过去地逮，其实那是数九寒冬，哪里会有什么蛾子？

这装模作样的事也就是他做得出罢了。

他对我的母亲也极周到尽礼，从来不敢有丝毫怠慢。我的母亲生病了，是他亲自把药汤端到床前，当着母亲的面尝了，再递给母亲。我母亲的亲生女儿，在协和医院工作的六格格反倒显得冷淡，能回来看一眼，塞给母亲几片小白片儿就是极大关怀了。小白片儿怎抵儿子亲口尝的药管用？母亲常由衷地说，这个老三哪，是个孝顺儿子啊，我到老了只有靠他！

孝顺的儿子在同辈面前，会时不时露出一种和父亲一样的专制作风来，这点很不得人心。老二、老四都不吃他这一套，他们一见面就要吵，很少能见到他们和和美美地在一块儿说会儿话。我也不很喜欢老三，只要他一在家。我就全变了，仿佛是天上的神降临到我们家，再不敢院前院后疯跑，再不敢学着卖萝卜的老祁直着嗓子喊“萝卜赛梨！”再不敢把二娘的尖脚绣花鞋套在叭儿狗阿利的脚上，当然更不敢把老虎油（今称清凉油）抹在睡着的厨子老王眼皮上。老三一在家，我就变得出奇地安静、文雅，连说话也细声细气地捏着嗓子，为的是给他留下好印象，博几句夸奖。为什么要这样？我至今不明白，其实老三夸不夸奖我与我实在并无太大关系。慑于他在家中父亲一样的权威，我的心里对他充满了畏惧，但畏惧中又隐藏着说不出的亲切和眷恋。现在想来，这种感觉大约就是宋儒们提倡的“望之俨然，即之也温”的境界了。母亲常说我是投错了胎，本来该是街上的野小子，硬是走错了门儿，成了大宅门儿的小格格，禀性却没变，登梯爬高带上房，大逾闺阁常规。大约是水淹了金家祖坟，冲了后辈女脉，来了我这么个现世报。母亲还说，也亏了有舜镆镇着，他在家，耗子丫丫就变得温顺、和气、聪明、懂事了，真是一物降一物。

舜镆对我在家中因无聊而搞出的恶作剧从不说半句埋怨的话，也从不训斥我，跟我讲话时，他的声音是沉稳的、缓慢的，没有威严，只有庄重，这怕是我还能接受他的原因之一。“耗子丫丫”，是金家门里上上下下对我的称呼，没人叫我舜铭，也没人叫我七格格，连做饭的老王、打扫屋子的刘妈也管我叫耗子丫丫，母亲和二娘听了也并不责怪。我认为，自己之所以遭受这样的污辱，受到这样不公正的待遇，就是因为小，因为我是金家大门里唯一跑进跑出的小人儿。

有一天，我在瘫痪的二娘床前，问为什么要把这样难听的名字安在我的头上而不安在老王和刘妈们的头上。其时老三正在他母亲床前陪着他妈说话，他说，你不叫耗子丫丫谁叫耗子丫丫？金家就你这一只小耗子进进出出了。他这一说，床上的二娘就抹眼泪，说金家的女孩儿可不就剩了眼前这只耗子，她怕连外孙子叫姥姥那一天也等不到了。金家七个格格，她竟听不到一声姥姥的喊叫，怕也是命了。她见我仍呆立床前为耗子丫丫而迷惘，便对我说，名之耗子丫丫，乃盼你易长，这是你父亲的意思，你虽非我所出，也如亲生一样的。二娘是汉人，她是我们金家门里唯一缠足的女性，也是学问最大、教子最严的一位母亲。二娘的话我虽不能全懂，但也明白耗子丫丫的名分在我身上已如铁打江山一样不能更改了。既然如此，我也不想再费口舌，怏怏地出了西跨院，看见我的母亲正在东廊下摆弄刚买来的小油鸡，便走了过去。

母亲见我凑近，赶紧张开胳膊护着她那些叽叽叫的小黄团儿，好像此刻我由耗子变成了猫，随时会对那些鸡出击似的。其实我一点儿也不稀罕那些毛茸茸的东西，娇小软弱，围着小米团团转，远没有叭儿狗阿利随人心思。我对鸡的不屑一顾使母亲放了心，她腾出胳膊把我抱在她的膝上，问这半天不见我上哪儿淘去了。我说去二娘那里来着，二娘为没人管她叫姥姥而发愁。母亲说我不该惹二娘伤心，我说我又没招她，将来我生的孩子管她叫不叫姥姥我哪儿知道。母亲就不言语了，半天才说，二娘病着，家里的生计日艰一日，你父亲至今也不知在哪里野逛，靠舜镇那点儿薪水哪儿能撑得住这一大家子的开销？你再不要过去添乱了……我说，咱们不是可以卖鼻烟壶吗？前几天我还看见二娘给了您好几个让您去卖呢。母亲说，你丫头片子懂什么，下月连厨子老王也要辞了。我问为什么，母亲说养不起。我说，那您怎么养得起这些鸡？母亲把我一推说，玩儿去吧！说话不招人待见。当时刘妈正好在旁边洗衣裳，听了，说，七八岁讨狗嫌，连猫见了她都发怵，黄黄儿一听见她的脚步声就吓得哧溜一下钻了炕洞，敢情猫也怕耗子呢。我不愿听她们的编排，就到门口去看打鼓，可刚出门就被老三给抓回来了。

刘妈看见我被拽着胳膊往后院拖的狼狈样子，对老三说，小孩子都是爱热闹的，你这样拗她是何苦？老三说，一帮做买卖的在外头瞎折腾，让人看着假模假式的不正经。刘妈说，街口铺子新开张，总得有个响动才是。老三说，但凡挨着“商”字儿的，绝没什么好人。刘妈说，咱们金家倒是不经商，也不跟商人打交道，怎么样呢？轮到太太卖嫁妆、卖老爷的收藏过日子，外头人以为咱们的日子过得有多奢华，其实顿顿是白菜汤窝窝头，蒸俩带枣儿的给丫丫，还落三娘的埋怨，让小孩子跟着大人苦熬。

老三舜镇听到刘妈说这些，就松了我。刘妈帮我整理着衣裳对他说，静蕴死了有几年了，你也该为自己的事张罗张罗了，哪儿能老这么渗着？刘妈说的静蕴，是我去世的三嫂，洙贝勒的女儿，过门没两年，在金家没留下什么痕迹就死了，为三嫂的死，她娘家的人还来闹过，说是二娘太严厉，硬把个如花似玉的小媳妇给折磨死了，又说连自己亲女儿都容不得的人，自然容不得媳妇，安徽桐城的汉人到底跟旗人不同，重男轻女，不像满人家，宠女孩儿……见老三不说话，刘妈说，斜对门

9号罗太太前天过来。说起她的内侄女，女师毕业，跟你倒是挺相当。舜镆说，您甭说了。他们罗家是在隆福寺开绸缎庄的。商人都是重利忘义的，我母亲最看不上经商的，您千万别在我母亲跟前提这件事儿。刘妈说，像你娘那样咱们桐城世族出身的姑娘全中国也没几个，现在都什么年代了，还讲什么门第！眼瞅着你也是小四十的人了，还没个后……刘妈说着有点儿动情，就掏出绢子来擦眼睛。我想，这样的话只有刘妈敢说，因为她是二娘由安徽带来的，是在金家能当半个家的人物，甭说老三舜镆，连我母亲也不敢顶撞她。

也就是那天，刘妈提出了让老三去看看二格格的话，说怎么着也是一母同胞的手足，也不知二格格怎么样了。老三说他不去，他去了他母亲得气死，舜镅当初死心塌地地要嫁沈瑞方，任谁劝也不听，决绝的做法已经伤透了父母亲的心，由于舜镅的出走他母亲才一病不起，瘫痪在床，他不能再为病中的母亲心里添烦了，在母亲的心里，舜镅已经死了，永远不存在了。刘妈听了说，这事儿闹的，成了这样……你母亲的病倒是次要的，最难受的是你阿玛，最宠着的一个女儿为了婚姻跟他闹成这样，他受不了，那心是冷了，打那以后对你们也松了劲儿，还发了话，说就是他死了也不让二格格回来吊唁。你听听，这哪儿是当老人的该说的话？女儿倔，父亲更倔，这就是金家人的脾气，谁也改不了。

听了他们的谈话，我对二格格不能在金家出现多少有了些了解，但以一个孩子的心思仍想不透其中的原委，由此对二格格更为向往，因为她的倔强与我很有些相通的东西，彼此连着。

二娘的病越发沉重，家中卖东西的频率在加快，或是刘妈，或是我母亲，三五天便要夹着小包袱出去一趟。厨子老王已被打发回家，母亲开始下厨操持起一家的伙食。母亲蒸的窝头死硬，发糕也酸唧唧的让人提不起胃口。母亲偶尔给二娘做碗热汤面，还偷偷摸摸不让我看见，防贼一样地防着我。那面二娘每每吃两口就撂下筷子，推给母亲说，给丫丫吃了吧，那只小耗子……得加点儿料……母亲说，一只耗子，加什么料？小孩子家捎带着养活就行了。二娘说，吃不下了……我的寿数怕已经到了，这辈子命中该吃的饭已经够数了……母亲和刘妈听了就哭。二娘从此常常昏睡不醒，神志也渐渐恍惚，有时我趴在她的床前跟她说话，她也浑然不觉。

二

一个雨水绵绵的早晨，我在后花园的亭子里摆弄我的小布人儿。那小布人儿是母亲为我缝制的，肚子、胳膊和腿里塞的都是旧棉花，直挺挺的不能打弯。小布人儿的脸是老三给我画的，他说是照着他媳妇静蕴的脸画的，所以我的小布人儿有一张死人的脸。我的小布人儿眼睛很大很圆，白眼珠多黑眼珠少，鼻子是两个小墨点，嘴是铅笔头蘸了红印泥点上去的，怪诞得有点像八月十五供的兔儿爷。我把小布人儿看作我的孩子，用手绢把它包裹起来抱在怀里哄着，给它唱“小耗子上灯台，偷油吃下不来”。唱归唱，只要我一看见那张脸心里就别扭，不知它究竟是我的孩子还是老三的媳妇。

那天早晨的雨下得极没有名堂，我进亭子时太阳还在房脊上探头探脑地瞅我，转眼就成了雨，雨水顺着亭角淌下，流成了一条线，整个园子里都弥漫着烟雾一样的雨气。我怀里的“孩子”忽然变作了舜锜的媳妇，它挤眉弄眼地看着我，这使我害怕，我就一下子把它扔到雨地里，让冷雨去浇它。此时，我极希望母亲来接我，把我从这雨水围困的亭子里，从舜锜媳妇的搅扰下救出去。但母亲没有来，周围只是单调而枯燥的雨声，我陡然感到寂寞无比，且觉心空如洗，便一动不动地坐在亭子的地上，犹如老僧入定了。

这一定，就定了许久。后来我看见刘妈打着雨伞，来到后花园，东张西望地看了半天，我料定她是来找我的，因为已经入定，便懒得搭理她，单等着她找到我。孰料刘妈并没有找我的意思，她在假山那儿站了一会儿，便径直向园东的小角门走去……

小角门通向邻家的后花园，邻家过去是袁世凯的管家沈致善的产业。沈致善在袁家极得信任，所管的是账房、房产，包括置办姨太太和丫头诸多事务。我们家是 2 号，他们家是 1 号，彼此紧紧相连。论宅门，他们家的大门是黑的，没有高台阶，门与院墙相齐，有种克勤克俭的谦恭；我们家的门是红的，有高台阶，有上马石，大门闪进半间屋子，给人一种退后半步，引而不发的威严。刘妈说，大街门往里闪得越深，级别越高，那些小家小户的谁敢把大门往里盖？就是隔壁沈家，有钱怎么着？有钱也不行。我对街门的深浅没兴趣，所感兴趣的是后头的园子，论街门沈家没我们家气派，但论园子我们家却比人家差远了。沈家的园子里不唯有假山，还有木头的小楼，有鱼池，池上有石头桥，最可贵的是东墙槐树上还拴着一架秋千，随风荡呀荡的，极吸引人。

两家后花园留此门相通，缘起于我的大爷。那位大爷用祖母的话说是个不肖之子，他为袁世凯干事，跟隔壁的沈致善拜过把兄弟，为此清廷对我们家很有看法，皇太后隆裕曾把我的祖父叫进宫去，当面训斥，让我的祖父下不来台，回来后自愧教子无方，再不见人，说丢不起这面子。祖父去世前，就传授爵位之事上书宗人府，言传贤不传长，请朝廷将将军封号赐给四子，即我的父亲。大爷对祖父的做法毫不理会，依旧我行我素，与沈致善频频接触，后花园特意留的这个小角门为的是时常走动，往来方便。袁世凯称帝时大爷竟然还“荣获”了洪宪帝的“文虎勋章”，这一来就把祖母气死了。刘妈常说，这个小门是个祸害，没有它老太太不会死，二格格也不会出走，应该堵了才是。话是这么说，却迟迟没见行动，只是门上加了一把锁，长年不开，使得我打生下来就没机会到东边园子里去游玩过。

现在刘妈竟然冒着雨将小门打开，神出鬼没地到那边去了，不知搞的什么名堂。我满怀期待地等在亭子里，浮想联翩。我想，接下来该像戏文里演的那样，刘妈引进一个年轻美貌的落难公子，下面该是小姐花园赠金……只是这小姐，这小姐该是我呀……我的心开始咚咚跳起来，脸也憋得通红，想那公子来到亭中我当如何答对，没钱相赠，让刘妈去偷两个鼻烟壶倒是上好之策……

我正云山雾罩地想入非非，“芳心”大乱时，只见刘妈领着一个妇人和一个男孩偷偷摸摸地由角门进来了，那妇人用伞遮着脸，罩护着孩子，蹑手蹑脚地随在刘妈身后，奔西跨院去了，看来是冲着二娘屋去的。如果当时我知道随刘妈而来的是二格格舜镅，我一定会不顾雨幕，跟过去看个究竟，一睹美人之风采，以偿昔日之夙愿。可惜并没人给我介绍，这一错过竟与二格格失之交臂，终生不得相认。

过了一会儿，那个男孩子不堪寂寞，冒着雨跑到园子里来了，他先围着假山转了一圈，又蹲下来摸了摸梅树下湿漉漉的石凳，终于寻寻觅觅地朝凉亭走来。

我冲他喊，呔，你是谁？他发现了我，想躲，露出一副极心虚的神态。

我说，你过来！

他犹豫了一下，终归还是过来了。

看年龄，他比我大不了两三岁，穿的却是西服，质地不错，脚上是一双在当时尚不多见的小皮鞋。只那双小皮鞋便让我嫉妒，那是我从未穿过的东西。我只穿母亲做的红鞋，有时上面绣两只蝙蝠，有时绣两只小老鼠，布鞋与皮鞋相比，在气势上差得太远，所以我也不得不在语调上放缓和了些。

我问他是谁，他说他叫沈继祖。

我问，沈继祖是谁？

他显得有些不自在，似乎启齿艰难。突然话锋一转说，我知道你是谁，你是耗子丫丫。

呸，耗子丫丫是你叫的吗！我很恼，同时对他脚下皮鞋的崇拜之情也荡然无存。我说，你从哪儿来的？看你偷偷摸摸像个贼！他说他不是贼。我说，不是贼为什么不走正道儿，要溜后门？他一时语塞，翻着眼答不出话来，最后嗫嚅着说，我们家住西城……我们家有钱，不是贼……我想起刘妈的话，便说，你们家有钱，你们家的街门能退后半间，还有上马石吗？他想了想说他们家压根儿没有大街门。我说，没街门难道你们家院子连着大街？他说他们家的门是铁栅栏，站在院里就可以看见大街，站在他们家二楼阳台上也能看见大街。能看见大街的门又让我向往和嫉妒，特别是还有什么二楼阳台。我们家若有，我大可不必发愁因为贪恋街上的景致而被老三抓小鸡一样抓回来了。

对方看出我的神情，马上讨好地说，你们的院子大，树也很多，这些我们家没有。我说，当然，我们过去是皇上的亲戚呢，我爸爸还当过大将军……问及对方的爸爸，他有些闪烁其词，不作正面回答，后来被我逼问急了，才说，我妈不让说。我问他妈妈是谁，他说，老家儿的名讳不是小辈儿能叫的。我说，你总得有个来头儿吧，难道是从天上掉下来的？他说他应该管我叫小姨，他妈说过，金家的耗子丫丫是他小姨。

有人管我叫姨我当然很高兴，就想端出姨的派头。这时听见西跨院一阵吵嚷，是二娘的声音，声音很尖，也很高，我甚至怀疑病得连神志也不太清楚的二娘何以能发出这样大的声响，接着是东西摔在地上的声音和刘妈劝慰的声音。沈继祖也听到了这些，他的脸变得很苍白，显出一种由衷的恐惧与自卑，抱住亭柱惶惶地朝西跨院看，那副战战兢兢的神态让人可怜。我正想安慰他，却见刘妈打着伞匆匆跑过来对沈继祖说，大少爷快跟你妈走吧，二太太的痰上来了。

沈继祖一句话不说。赶紧跟刘妈走了。

我在后头喊，喂，你还来不来？

沈继祖连头也没回。

我追到西跨院时，只见那妇人正跪在雨地里泪流满面地向二娘的窗户磕头。妇人的衣服沾透了泥水，好像她已经完全不在乎了，她将头一下一下在地上点着，做得一丝不苟。这使我觉得她的礼行得认真而重要。磕完头，妇人抽抽泣泣地拉起她的儿子走出门去，沈继祖脚上那双小皮鞋，也毫无顾忌地踩在水洼中……

来到二娘房里，我看见刘妈正在给二娘摩挲胸口。二娘脸色青紫，艰难地大口喘着气。屋内地上，除了碎了的药碗以外，还扬散着不少票子。我的母亲也在跟前，她给二娘一勺一勺地喂白糖水，二娘喝了几口，情景好些了才说，一个冰神玉骨的女儿，即使嫁个讨饭的花子也不屈其倾城之貌，配此下流，实在污了世家名声，偏又在这个时候来寒碜我……她是成心要我死……母亲说，二格格也是一片孝心，知道家里钱紧，给您送过些来，也是做女儿的本分。您这么不给她脸，让她在孩子跟前怎样做人？二娘说，她怎样做人是她的事儿，她的儿子沈继祖继的是沈家的祖，与金家没关系。刘妈说，您怎么知道他不继金家……

我这才知道刚才来的是二格格，便很后悔没有多看她几眼。活生生让美人儿从眼皮底下跑了。二娘将金家的姑爷，也就是沈继祖的父亲归于“下流”，也给我留下了深刻印象。难怪沈继祖在我跟前不愿说他的父亲是谁，原来他的父亲是属于“下流”的，连讨饭的花子也不如。后来我几次仔细回忆二格格的面容，似乎除了满面泪痕之外就是那件跪在雨水里的湿袍子，再无其他。

二娘死了，将消息设法告诉了在外头的父亲，父亲因为战事相隔，滞留在西北，没有赶回来，办丧事时我也没再见到二格格。

办完丧事，刘妈打点行李准备回安徽老家去，老三送了她一枚金镶珠石云蝠帽饰，以慰其几十年在金家的辛苦操劳。这枚帽饰是慈禧赏给我祖母的物件，金色蝙蝠的头与尾各嵌了一颗圆而大的东珠。

这种珠子产在东北乌拉宁古塔的诸河中，采珠者于清水急流处采捞，百余蚌不见有一珠，得来十分不易。有珠的蚌要用纸包封，送至总管处，由将军与总管共同挑送，不足一分重，不够光亮圆润的仍然投入河中，以示严禁不敢自私。故清朝宫廷中使用的东珠粒粒是大而圆，没有皱皮的，以分量而定品级。不是皇亲显贵，没有资格佩戴东珠，亲王朝冠饰东珠九颗，郡王八颗，镇国公五颗，我祖父可戴四颗，祖母亦有诰封，也戴四颗。这帽饰原是镶在祖母朝冠上的一对，祖母去世时给了大娘、二娘一人一枚，老三拿他母亲的遗物转赠刘妈，足见对刘妈的看重。刘妈自然知道珠子的价值，死活不敢接，说蓬门小户，兜不住这么大的福分，遮不住宝物的光彩，既是二娘的东西还是给二格格留着吧，她不能要。

老三听刘妈又提起二格格，转身拂袖而去，临出门扔下一句话：她不来我娘也死不了！

屋里只丢下刘妈拿着帽饰站在那里发呆。她猛抬头，见我在桌前趴着，便说，我怎么能要这个？这不该是我的东西，拿回刘家，它得把我们压死。我说那么个小玩意儿怎能压死人。刘妈说她命薄，有了这个只能招祸……刘妈在房里转了几个圈，后来就用盒子把那亮闪闪的东西收了，对我说她不能拂了老三的面子。我说，那你就快带走吧。刘妈说，你以为我真敢带走？

三

时过境迁，我没想到四十余年后在电视剧拍摄现场，以这种方式与沈继祖再次相见。彼此都已有了一把年纪，再不是穿红布鞋与小皮鞋的孩子了，双方见面都有隔世之感。我向沈继祖的脚上望去，那双脚上已经没有什么小皮鞋，取而代之的是一双沾满黄泥的高鞠儿雨靴，靴上关键之处还像自行车带一样，贴着黄色的补丁。一条皱巴巴的裤子进进出出地塞在靴内，拖泥带水，显得零乱又匆忙。

演员们围过来，是为来人地道娴熟的满族请安姿势所吸引。这个剧需要请安的地方不少，但能将这个动作做得准确又自然的却没有一人。大多演员受了舞台与电影表演程式的影响，动作夸张又草率，别别扭扭的，如同没揉到的面。眼前突然出现了这样一个活样板，自然是请教的好机会，但是，沈继祖右臂上的黑纱阻止了他们，他们只好保持距离地站在那里，伺机再睹满人请安。

我说，真难为你了，还能记得这个。他说他母亲从小就告诉他，无论什么时候见了金家的长辈都要按旗人的规矩行礼，使金家上下的人都知道，金家的外孙是有教养、懂规矩的良家子弟。我说，眼下民国都过去快五十年了，谁还讲这些老理儿。沈继祖说他母亲的礼教极严，一向教育子孙们以敦厚谦让为处世美德，以爱家爱国为立身根本，他们兄妹几人不敢不听母亲的教诲。我问沈继祖何以能找到这里。他说是他母亲在病榻上看报纸的影视报道中有我的名字，便料定“金舜铭”是金家没见过面的七妹妹无疑。我说既然如此，为什么早不来找我？沈继祖说他母亲不让。我没料到，二格格与金家的隔阂有这样深，竟牵扯到了我这毫不相关的人。我说，其实我是见过你母亲的，那年也是下雨……沈继祖大概也回忆起了当时的情景，有些窘，说，是的……是我母亲没有注意到您罢了。我问二格格现在何处，沈继祖说就停在家里，灵堂已布置好，他的两个妹妹和妹夫们在守护着；又说，他想，她母亲毕竟是金家姑奶奶，去世以后如果有娘家人来送行，他母亲一定死可瞑目，否则一块儿心病老不得解。我说，二格格去了，这是件大事儿，我今夜陪你们去守灵，去之前得先告诉你的三舅舜錤一声。孰料，一提老三，沈继祖竟是一脸惊恐，他说，您千万别让舅舅来，我母亲说过，至死也不见舅舅，我不能背了她的意思。我说，人都殁了，那些恩恩怨怨也该结了，还要闹到什么时候呢？沈继祖还是劝我让舜錤不要来，不让金家在世的任何舅舅来，说免得让他母亲难堪。

这个沈继祖真是迂得可以。

沈继祖把家里的地址写给我就告辞了，我将他送到门外，替他拦了辆出租，他死活不坐，说还要到崇文门去买鲜花，他母亲硬朗时常去那里买花，那里有黄土岗的直销花店，在同仁医院对面。我说黄土岗的花店好像早没了，他说那也去看看，他母亲爱那儿的花。

我想，这个沈继祖迂虽迂，却是个感情细腻的孝子，眼下这样的儿子不多了。

沈继祖撑开伞走了，我看见那张黑布伞已褪了色，还有针线的痕迹，也看见他衣服的袖口被磨秃了边，那冒雨而行的步履已显出老态，与穿着西装皮鞋，在亭子里向我诉说“我们家有钱……”的沈继祖相比，此沈继祖已非彼沈继祖矣……

等沈继祖消失在人群中，我才想起竟忘了问他的情况，是啊，该问的太多，太多。

出了这样的事，导演只好准假。演职员们乐得清闲，家在北京的都回去了，外地的也相约了去逛商店，偌大拍摄场地只剩了我和导演两个人。导演用手叉着腰站在窗前看下雨，嘴里嘟嘟囔囔地抱怨开机那天没烧香，活该有此天劫，又说这大宅院的煞气太重，以后他再也不拍这样不瘟不火的戏了，要拍就拍武打片，火暴痛快，没有对话，拍不下去了就拉出几个来打一场……我说，你也不要说那样的话，干什么都有突发事件，大伙儿连着干了一个月，也该歇歇了，下雨未必就是坏事。导演说，你不管钱，自然不知经费的紧张，我现在是五内俱焚，一筹莫展。我说，你也别急，不就是几句词儿吗，今天晚上我把它弄出来，不误你明天早上的戏。导演说，今天晚上你不是去奔丧吗？我说，我搞不了不会托人吗？我的侄子是戏剧学院戏文系毕业的，我把大概情节一讲，他怎么也给你凑出来了。导演听了很高兴，问我的侄子是谁，我说是金昶，导演说他听说过这个名字，金昶写过不少戏，就催我快些回家去找金昶。

老三现在住在亚运村的高级公寓里，两个单元打通，曲里拐弯，房子不少，光厕所就有三个，所以我虽去过几次，终归也没闹清他家到底住了几间房。

几年前老三和他的儿子、媳妇儿挤在干面胡同的单位宿舍里，两室一厅，五十六平方米，祖孙三代，也是甚不方便，闹哄哄的让人静不下心来。自打舜铻再娶以后，便搬出了戏楼胡同的旧宅，跟家里的联系就少了，后来又有了儿子有了孙子，一年也难得见上一面。

那一年他添了孙子，我正巧也在北京，便去看他。干面胡同那个小小的单元里满满当当堆的全是书，他和他的老伴儿蜗居在北边小屋，将南面大房腾给正坐月子的儿媳住。我的到来自然使舜铻很高兴，他张罗着要请我去东来顺吃涮羊肉，我说随便吃点儿什么都行。老三说大老远儿回来了，不吃点儿京城风味怎算回了家……老三越热情，其夫人便越冷淡，话里话外地说在外头吃不如家里吃舒服、卫生，家里什么都是现成的，也不费什么事儿……后续的三嫂从家世到本人自然与商业无半点瓜葛，其父是中学教员，本人是文化馆的干部，小门小户出身有着小门小户的精细，不似金家子弟，动辄便是东来顺、萃华楼。老三仍坚持要去东来顺，嫂子劝阻不住，索性摊牌说，去东来顺四五个人没四百块下不来，有这四百块买回东西自己弄比什么不强，怎净想着花那冤枉钱？老三说，下馆子有下馆子的气氛，我请舜铭吃东来顺的涮锅子，吃的就是这名气，就是这陈旧，老阿玛在的时候隔三差五领着我们俩去东来顺，他并没带着我们上干面胡同的您这儿吃什么家常菜来。三嫂对我说，听听，你这个哥哥说话多噎人，想必你想得来，我跟他一块儿过受了他多少气。我说，三哥是心疼嫂子，怕嫂子受累。老三说，我怕谁受累也不怕她受累，她一天到晚小账算得精确到小数点以后几位，有天晚上十二点了还不睡，说是有笔账没对上，硬把我从被窝里拽出来帮她查账，查来查去，是忘了记一包甜面酱……

老三的话带有幽默成分在其中，但三嫂的脸面似乎有些挂不住了，说，谁能比得了你们金家，拿着玛瑙当抓子儿要，各个儿都是不识柴米价儿的公子哥儿，眼下咱们都是拿干薪水的，你就知道东来顺锅子好吃，可知道咱们月月的亏空是多少？这一说舜铁有点蔫儿，搭讪着说，也不是老去吃……我见状赶紧说去东来顺由我做东，又掏出五百元钱塞给嫂子，说是给刚出世的小侄孙的。三嫂哪里肯要，使劲推让，说她之所以说那些话是看姑爸爸不是外人，没别的意思。我说不是外人就更不用客气了。三嫂就把钱收了，说，客还是由你三哥请，哪儿有回北京了还让你掏钱的道理！

正说着，有文物部门来人，给老三送来六百元酬金，说是三百元是鉴定费，三百元是误餐补贴和车马费。老三说，不就是鉴定一个鼻烟壶嘛，是不是古月轩的上眼一看便一目了然，一两句话的事儿，怎还收钱！管文物的人说，搁您是一目了然的事儿，搁咱们就是一辈子钻不完的学问，知识也是财富，以前体现不出这一点，现在社会发展了，应该给知识以应有的价值体现。

老三还是不收，金昶就由屋里出来劝他爸爸把钱收下。舜铁把脸转向我，我说该收，劳动所得，理所当然。老三听了摇头，说他想不通。文物部门的人见状，就把钱交给金昶，让金昶代他父亲签了字。管文物的人走了以后，老三还为那钱犹豫，认为这钱收得不合适。金昶说，合适不合适不再细论，咱们就用它去东来顺请姑爸爸，都吃进肚了，眼不见心不想了。

大家都说好，一行人就奔了东来顺，六百块钱吃得很是舒畅。席间，老三用筷子由沸汤里捞出一箸颤巍巍的嫩羊肉，却忽然问我，你说那钱咱真该收？我被芝麻烧饼噎得说不出话，只好点点头。老三说，那些玩物丧志的本事竟也成了知识，可以用来换钱，认可了一个古月轩的鼻烟壶就换来这顿涮羊肉，我怎么觉得这里头有股商人的味道？三嫂说，什么商人？这叫知识产权，你本人就是个专利，文物鉴定的专利。

金家几十年上百年拿家底儿才培养出了你这么一个宝贝，那价值自然是不低的，六百块钱算什么，为了你这知识，金家成千上万的六百都出去了。三嫂的议论很奇特，也很新颖，我听了直想笑。金昶说，爸，您这思想得跟得上时代发展。按劳取酬，无可非议，您不要有什么不安，我们文艺界，请人审片给审片费，请人审稿要给审读费，更何况您这文物鉴定，一句话定真假的事儿，不是谁都能了断得了的。老三听了没说什么，直将那筷子羊肉蘸满了韭菜花填进嘴里去了。

这两年老三手头似乎宽裕了不少，在亚运村购了房，还装修了一番。用金昶的话说是，老佛爷睁眼了，我爸爸睡醒了。

这天我进门的时候，老三的确刚刚睡起，正坐在书房窗前喝茶。书房西墙的紫檀多宝槅上摆满了铜的、瓷的、漆的、玉的玩意儿，这些东西多不是我家旧物，是老三的儿子金昶从各处搜罗来的，真真假假，假假真真，让人说不清楚。老三身后的一幅中堂“老去无端玩古董，闲来随分种胡麻”倒是完完全全的真，那是民国时期父亲的挚友，中国史学家、古玩专家邓之诚送给父亲的，不知怎的，又被老三拾掇出来挂上了。见我进来，老三说，秋高气爽的北京，怎么会下起雨来了呢？这雨下得悲悲切切，跟程砚秋唱的《荒山泪》似的，让人听着心里发紧。我说，现在世界气候都反常了，谁也说不准什么时候该下雨什么时候不该下雨。老三说，住东城四合院的时候，下雨坐在亭子里听雨那是件乐事儿，现在是什么也听不着了。

想起舜锢去世的事，我无心谈论下雨，更不知如何向他开口，毕竟是手足，且又是一母同胞，不似我，还隔着一层。

厅里，他的孙子在哭闹，三嫂在百般哄劝抚慰。老三皱了皱眉说，现在的孩子，惯得没了形儿，咱们小时候哪敢这样？我说，兄弟姐妹当中，最各色的怕就是我和二姐姐了。老三说，你还罢了，舜锢倒是个逆时悖流的人物，平心而论，她这辈子坎坷颠踬，也是十分的不易。

我想，孔怀之亲，怜恤之情，人皆有之，长痛不如短痛，直截了当把事挑明了或许更好，便说，三哥，今天二姐姐的儿子来找过我，说她妈今天上午殁了。老三听了这话，手一抖，杯中的茶水泼洒在身上。我赶忙找布擦，老三挥挥手，接下来便靠在椅子上，许久没有说话，那嘴唇却在急剧地颤抖，切肤之痛已将他击中，使他难以自持，一霎时，我感到眼前白发苍苍的老三舜锳，亦如婴儿般软弱了。过了一会儿，老三无力地说，我早知道会有今天……命也如斯，难为她上路的时刻，偏还要受到风雨欺凌……

我告诉老三今天晚上我要过去为舜镅守灵。原以为他会不顾一切地跟我过去，以作兄妹的最后诀别，不料老三却说，你代我给她上两炷香，就说这些年……我……还惦记着她……我说，您不自个儿过去？老三摇摇头，那眼里分明有泪光在闪烁。我说，多少年了啊，连香港都回归了，何况一个二格格？时过境迁，回想前尘，不如一笑置之，何必那么认真？舜锳说，有些事你不懂，有些心态亦非语言能道出。往事无迹，聚散匆匆，泪眼将描易，愁肠写出难，不说也罢。

我不好再勉强，想到继祖说他母亲不让老三去的话，真闹不清一对至死也不相见的亲兄妹究竟是为了什么这般绝情。老人，趋向衰老的人大多有着怪癖的、让常人难以理解的捉摸不定的性格，过了春天，过了秋天，过了整整的五十多年了啊，无数的心思都消磨尽了，唯独这夙怨，怎的却愈积愈深了呢？我在金家兄妹中虽是老小，也已过知天命之年，路也走得不少了，眼也见得不少了，却怎的就看不透这一步？

老三说，世态炎凉，年华逝去，置身于市井之中，终难驱除自己身上沾染的俗气；然而厌恶俗气的同时又惊异于以往的古板守旧，苛求别人的同时又在放松着自己。检束身心，读书明理已离我远去。表面看来，我是愈老愈随和，实则是愈老愈泄气。我自己将自己的观念一一打破，无异于一口一口咬噬自己的心，心吃完了，就剩下了麻木……

我站在那里揣摩老三的话，闹不懂什么意思。

这时，金昶的儿子端着“机关枪”踢开门冲进屋来，向着四周一通猛“扫”，勒令老三和我做出中弹状态。老三乖巧而熟练地将头歪向一边，双手无力地垂下，看来这个动作他已做过无数次了，逼真得天衣无缝。望着他脸上条条的纹路与老人斑，我由心底产生出一种深深的怜悯和无奈，心中感叹，莫非这就是中国人推崇向往的含饴弄孙之佳境？

不解。

小崽子因为我的“不死”而恼怒，将枪掷出多远，一屁股坐在地上，全身扭动，撒泼耍赖。这种泼皮举动令人厌恶，我大吼一声：滚出去！一脚把枪踢出门外，整整一天的积郁都发泄在这一声吼上，竟震得墙上的挂轴哗哗直颤。

大概家中还没有谁这样对待过他，小崽子一愣，哭喊戛然而止，瞪着一双惊恐的眼睛不知所措地望望我又望望他的祖父。我以为老三会说什么，他却还歪在那里装死。我想，我当耗子丫丫那会儿他何曾对我这样过？若能以对孙子宽容之心的十分之一来宽容舜锢，也不会是这种结局。这倒真应了明代学者宋懋澄的禅语：“树外有天，天不限树，人竟不能于树外见天，以为天尽于树。”老三纵然读书万卷，学富五车，终未能跳出个人局限，满腹伦理为“机关枪”扫尽，实在是悲哀得很了。

三嫂进来将她的孙子抱走，对我的不满是显而易见的，在厨房里对她的媳妇说把孩子吓着了，连哭也不会了。

我再看“死去”的舜锳，闭眼斜在椅上仍无动静，只是一行清泪已由眼角溢出，正顺着脸颊缓缓下淌……

信息已经转达到，再没待下去的必要，天黑前我必须赶到城西的二格格家，我对老三说，要是没什么事儿我就去沈家了。老三正要说什么，金昶领着一个人进来了，说来者是某文物店的经理，让父亲帮着鉴定两件玉器。老三只好让我等一下，说他待会儿还有事儿交代，说罢接过来人递过的两个锦匣。

我于古玩是外行，但就以外行的眼光仍能看出来者掏出的是罕见之物。这是两块年代久远的古玉，一为玉璧，一为璜形玉佩。老三取过放大镜仔细查看玉的质地，又在灯前反复透照，说倒是有些年头的物件，接着又问来路。经理说，玉璧系陕西咸阳汉墓出土。走的是暗道儿，不作公开亮相；玉佩乃一广东大款在北京潘家园旧货文物市场购得，说是北宋时期陪葬，为清末古玩家吴大澂所收藏。老三就问金昶的看法如何。金昶说他看两件都是真的，无论是玉璧还是玉佩，从玉质、器型、纹饰、工艺诸方面都与时代特点相符，璧为水苍玉，有龙纹，阴刻细线，有跳刀，这是汉玉的重要标志。至于吴大澂曾收藏过的璜形玉佩，佩上的龙形头窄长，嘴的上下唇薄。眼细长，发向后飘，爪似鸡爪，具有典型宋代风格，加之佩上“土月流”的暗坎儿，更证实了清代玉器行鉴定的准确，这点现今一般造假也是造不出来的，说是吴大澂的收藏大概无误。最主要的是两件玉器均系出土文物，来自棺木，凡玉在土中，五百年体松受沁，故入土重出之玉无有不沾染颜色者。玉璧葬于陕西，西土者，燥土也，玉受土沁，颜色发黄，是为间黄；玉佩随尸而葬，浸泡尸血之中，故颜色发赤，是为枣皮红，乃血沁……

我对学戏剧出身的金昶不能不刮目相看了，这些娴熟老到的文物鉴定功夫绝非一日能及，金昶是活在今天，如若活在我父亲或是他父亲时代的金家，那足足是个赛过吴大澂、邓之诚的人物，就连那个在琉璃厂开古玩铺的沈继祖的父亲沈瑞方，也是望尘莫及的。经理对金昶的鉴定表示出由衷的钦佩，赞赏说若非天潢贵胄、见过世面的世家子弟，断不能有此见识，但终归还是要听听老爷子的，以老爷子的判断为准。

老三将两件文物审视了许久，才不紧不慢地说道，古玩这东西伴随而生的是文化，中国几十代人的精神，几千年的历史都在这小小的物件里包含着，三代鼎彝、汉玉佩件、秦砖汉瓦、象牙雕刻，哪一件玩意儿都跟人牵连着。古代邯郸大道，为贵族豪俊所标题；咸阳北坂，乃诸侯子女所麇集。就拿这件玉璧来说，出于咸阳古墓，当产于新疆和田。和田玉又称软玉，质地细密，色泽温润，汉人张骞通西域后，和田玉大量进入中原，集于长安、咸阳，为豪门权贵所喜爱、收藏，所以彼时玉璧，多为和田产。而此玉璧玉质较硬，质地近乎大理石，虽与某些汉代玉器质地近似，但黄中泛青，终有差距，非出于新疆和田，实出于陕西蓝田。

经理急切地说，出于蓝田又怎么样？

金昶说，您听我爸爸说。

老三说，宋应星《天工开物》曾说“所谓蓝田，即葱岭出玉之别名，而后也误以为西安之蓝田”，其实错了，陕西蓝田开采玉矿也是近几年才有的事儿，推不到汉朝去。今日蓝田之玉，青中泛绿，有条纹，无透明感，质硬而不易雕琢……经理听了沉不住气说，以您这意思。这块璧是当代人用蓝田玉仿造的？舜镁并不理会经理，继续说，以前我父亲收藏过一块湖北云梦大坟头出土的汉代玉璧，南方水多，璧边已沁成鸡骨白色，那质地与这个是绝不相同的。金昶说，这个璧是土沁，璧边发黄是自然的。老三说，土沁作假最易，用油炸、用火烤均可达到目的，最简便的办法是用雪茄水浸泡，使玉有沁。并使颜色透入玉理，与真色无异。但老天有眼，今日外面天色阴霾，雨水淅沥，这种天气，是识别假沁的最好时机。凡是假造的，天气阴雨时均颜色鲜艳，如染色花布遇水一般；真的则较为黯淡，无悬浮之色，旧北京玉器行专有“雨天辨玉”一说。以前门外门框胡同为总汇之地，逢有雨天，人们常将难以断决之玉送去辨真伪，我曾跟随家父去看过。

经理说，听了您的话我直冒冷汗，几万块钱，差点儿白白地扔出去上了别人的当。

金昶便有些得意，说，要不怎么是老爷子呢！这本事也是卖自家的东西卖出来的。金昶的话说得甚不受听，老三颇有不快。经理又拉住老三让鉴定玉佩的真假，老三恼恼地说，西贝！经理问“西贝”是什么。金昶说，西贝就是赝品，老北京古玩界的行话。经理指着玉佩说，假的？不可能！这可是吴大澂收藏过的有血沁的玉佩，不是陕西农民刚刨出来的“出土文物”。金昶就朝他父亲看，老三说，有“土月流”暗坎儿，标明了当时它百二十两银的价格。所以出于吴大澂的收藏也不会假。北京素称首善之区，辇毂之下珍宝多如牛毛，但焉知那个时代的人就不会造假？清代宫廷玉器制造专门有道“烧古”工艺，乾隆年间的一批仿古玉，不是题款，谁也辨不出是假货。这个佩上的血沁，干涩浮躁，非人血所浸。尸血阴冷污浊，沁出的颜色温静晦暗，这玉佩的血沁乃前人假做，将佩件植入活羊腿中，用线缝好，三五年取出，使玉上有血丝沁入，冒充传世古玉，人将此法所得之玉称为“羊玉”。你们用放大镜看那血丝，多浮于玉的中上层，深浸者少，没有千百年以上尸血所浸埋的效果。金昶与经理两个人看了，都说极是，经理感叹地说今日算见识了高人。这才叫明察秋毫，他是彻底服了……

经理离去时在桌上不动声色地留了两个信封，是那两件文物的鉴定费。我便知道，老三这一切都不是白干的。问题是别人收这钱不足为怪，老三收这钱倒是给人以“进步太快了”的感觉。

三嫂将钱飞快地收起，大概是拿到哪个房间点数去了。老三见我坐在那里发呆，便解释说，退休了，常有人找上门来，闲着也是闲着。我说，挣点儿外快是好事儿，三哥的思想也很开放了。老三的脸就有些红。后来，他取出一个盒子给我，让我给沈家带去，说这是舜锢的物件，让舜锢带走吧。我打开一看，竟是当年他送给刘妈的那枚金镶珠石云蝠帽饰。老三看到我疑惑的神态，便说，本是给了刘妈，刘妈走时硬留了下来，说还是舜锢承继是正理儿，毕竟是她母亲的东西。我想，刘妈到底没拿，果然是个仁义之人，遂将帽饰由盒内取出，手上竟沉甸甸地重。金质的蝙蝠熠熠生辉，两颗大东珠晶莹润泽，蝠翅上嵌的蓝珐琅色泽鲜艳，蝠身的毛羽细致精巧，非是宫廷作坊做不出这样巧夺天工的活计。我知道，家中旧存的古玩字画，在长年的生计贴补中已所剩无多，“文革”一场浩劫更将一切扫荡得干净又彻底，连仅存的两把硬木机凳也算作“封资修”在一片火光中化为灰烬，老三能将此帽饰保存下来，足见其心思之深远。他是担着风险为舜锢而保存的，可见二格格在他心底的位置是无人能替代的。

金昶送人回来，听说他父亲要把这枚帽饰给舜锢送过去，脸上有不满之色。舜锳说，这东西不是我的，是你祖母留给你二姑爸爸的。金昶说，他们家的人都不来要，您还上赶着给送，真是服务到家了。我告诉了金昶二格格已去世的消息，金昶说，那就更用不着再送过去了，我二姑爸爸三个孩子，都是啃死工资的穷酸，为这件宝贝还不知道怎么打呢！这也是咱们金家老祖先留下来的最后一点儿念想了，白白送给姓沈的不合适。老三说他母亲活着时候提过，这件东西给二格格，今天趁着二格格没走，把它送过去是正理儿。金昶就说他父亲空守着一句许诺未免太傻。

舜锳不理他，坚持让我将东西带走。我在门廊一边穿衣服一边跟金昶说了请他为电视剧补一场台词的事，原想他会答应，不料竟遭到一口拒绝。金昶说他自从下海在东华门开了文物商店以后，已有三四年没从事文字工作了，经商与写戏，完全是两种心态，他不可能在一个晚上就转换过来，所以，他犯不着为别人戏里的几句词儿花那么大精神费那么大功夫。我说。怎么会是为别人？你是在帮我，你的亲姑姑！再说，剧组也会给报酬的。金昶说他不稀罕那点儿酬劳，他只要卖出一件仿耀州古窑的瓷器去就能赚几千，比坐那儿憋戏词儿容易多了。我说，金昶你真是钱迷心窍了。金昶说，没钱是万万不能的，金家连老爷子都开窍了，您怎么还在犯迷糊？这时我听见三嫂小声嘟囔着什么，老三在里间对他老伴儿说：以后叫他别把这不三不四的人往我这儿领，掉我的价儿！

金昶对我说，听见没有，老爷子不高兴了，为什么，知道吗？我说，不知道。金昶说，老爷子嫌钱给得少了。金昶又说，您真以为刚才那两件玉是假的？我说，难道还是真的？金昶点点头，小声说，货真价实地真！老爷子故意把它说成假的，价儿就压下来了，出手的卖不上价儿去，急着抛出，就由我来收购，以假价买真货，姑爸爸，您说这样的买卖不赚什么赚？古人说衣食足而知礼义，这话不假，“穷且益坚”只能过瘾，“富且益奸”才能生存。

……我感到脚下的地在朝下陷，一种轰塌的感觉使我站立不稳。我用手扶住墙壁问金昶是不是地震了，金昶看了看头顶的灯，说没有。

四

我终于看到了沈继祖四十余年前说过的与墙一般齐的铁栅栏门。那门已经长满红锈，歪歪斜斜的，向一切来人诉说着它的沧桑。这栋小楼搁三四十年代或许还很摩登，但在今日足已显出它的过时与破败，特别是在这潇潇的秋雨中，更透露着它的潦倒与难耐的栖惶。愁暗的雨把院中的衰草打湿，枯败的树叶随着风在摇曳，尚未进门，我的心便已开始僵冷。秋雨中，我仿佛看见一个踌躇的妇人，看见她苍白的脸和酸痛的泪，看见她在满是泥水的地上缓缓地跪下去，跪下去……那是我的二姐舜锢，她在低泣，在申诉着一生屈辱的悲苦和有家不能归的酸辛……我打了一个寒噤，细看院中，却只有风和雨，湿冷之气似乎穿透衣服浸到皮肤上来了。我快步朝小楼走去，沈继祖和他的两个妹妹已迎在台阶上了。

两个女人已呈半老状态，见了我也请安，接着便捂住嘴哭。沈继祖低声说了什么，她们便强忍住悲痛，肩部猛烈地抽搐着。我拉住她们的手，她们也拉住我的手，彼此感到有情感在传递。一个说她是第一次见到母亲的姐妹，没想到竟这样年轻。一个说是亲戚却老没走动过，想想是她们做小辈儿的错。我随着沈继祖上楼，木梯已朽，发出吱吱呀呀的声音，让人的心随之发颤。

来到了卧室，我见到了睡在床上的二格格。从那次雨中相见至今，四十七年过去了。四十七年的时光她在我的记忆中是一片空白，只缩短为昨天和今天。灵床上那安然躺着的老妇人便是在雨中向着二娘窗户叩首的小媳妇，是我不曾细看的美人儿。这个美人儿在冷漠、凄伤中，在企图得到金家人谅解、接纳的等待中，默咽着人间的苦酒，一步一步走向无穷，那沉默的躯体里，容忍含蓄着人间的苦痛。这苦痛使我害怕，使我难以承受由灵床而腾起的、一下子向我逼压过来的怨气。我叫了一声“二姐！”热泪便夺眶而出……

老妇人一动不动地躺着，仍旧是一脸冷漠。

我将金镶珠石云蝠帽饰放在舜锢的枕边。金的闪烁与她凄冷的脸显出了明显的不谐调，我说是舜锠让我带给她的，依旧是不谐调。看来，她已经把金家毫不留恋地推开了，推得干净又彻底。

外面如泣如诉的雨声，分明是她发自内心的哀怨，令人惊心动魄。然而我知道，在她心的深处，又何曾有一刻忘了金家！她的根实际是扎在金家，扎在金家人生命的深处，纵然是从未交谈过的姐妹，那血的相连，心的沟通，并不因死的隔绝而断裂。填满胸臆的悲哀一时无从遏制，竟使我悲声大放，我是替一个委屈的生命在呐喊，在宣泄，非此不能平心头之怨，五十余年的积怨……

有孩子在牵我的手，是个面庞清丽的女孩儿，她叫我姨姥姥，用手帕为我擦泪。我想，这该是舜锢的外孙女了。孩子臂上的黑纱似乎有着太重的压力，使她越发显得单薄瘦弱。孩子后面站着她的母亲，就是对我说她第一次见到她母亲姐妹的那个女人。女人说她的母亲病是病得久了，死却并没受什么苦，昨晚睡下便没有醒来，在梦中跨越了生死界线，这不是谁都能修来的福分。我说是的。这期间，女孩子为她的姥姥去添香。女孩与女人的脸有着遗传的近似，女人的脸与床上老妇人的脸也有着遗传的近似，所以，我从女孩儿的脸上寻到了当年被我忽略掉的美貌。那是一种恬静端庄的美，是对男人不容置疑的征服。也正因为如此，二格格竟改变了沈家后代的命运，使他们与他们的父亲走上了截然不同的两条路。

院里荡起渺渺的烟，那烟由窗户飘进，缓缓向灵床漫去。床前环绕的白色菊花由于烟的浸入而变得模糊不清，那花大概是来自黄土岗的花店吧，是她的儿子上午执意买来的。墙上有照片，一双俊美的男女互相依偎着，背后的布景已经发黑发暗，看不清所以然，恰如这段门第悬殊的婚姻背后所衬托的阴影。

我望着墙上这帧发黄的照片，听着沈继祖的诉说，诉说他父亲和他母亲的故事。远处传来电报大楼悠悠的钟声。钟声将时光带得极远，极远……

五

溯始追源，一切当归咎于我的大爷——父亲的亲兄长。那年夏天，大爷领回家一个风流倜傥的年轻军官，那军官除英俊之外便是儒雅，星眸皓齿，美如冠玉，咔咔响的皮靴震得金家方砖地直打颤，惊动了各屋的女人。美军官的到来在金家女眷中引起了骚动。爱美之心人皆有之，那日大约除了二娘和在偏院离群索居的姨祖母以外，金家无论上下大小，甚至包括尚在蹒跚学步的二格格，女人们都以各种理由从后院花厅前走过了一遍，以获得“不期而遇”的可能，一瞻美男之风采。与美军官最为接近的是刘妈，她曾三次进去续水，所以她最有发言权。

提着水壶出来的刘妈来到二娘屋里，向二娘演义见到美军官的情景，说，天地竟造化出这样可人的男子，手指跟嫩葱儿似的，那手腕白亮绵软，细腻得如同羊脂玉，声音也轻柔脆亮，戏里头的俊小生赵云、吕布什么的跟他比，也只有落荒而逃的份儿……刘妈所说的也就是这些，她的视觉只敢停留在来客的腕部及一双手上，至于赛过吕布、赵云，都是她的想象。二娘说，老天爷生出这样的东西除了扰乱这个世界，没别的意图，谁碰上谁遭劫。

父亲气得在房内摔东西，说他大哥不该把这伤风败俗的尤物引进家来，出乖露丑于众子弟前。其实父亲也是耗子扛枪——窝里横罢了，他哪里有勇气跟他的大哥去对阵？那时候的大爷，是身后带马弁、出门坐汽车的要人。而我的父亲则什么也不是，空有个过期的将军头衔，皇上也退了位，没人认账。父亲不敢出面干涉的另一个原因是慑于来者的势头，美军官叫田桂卿，民国第十七混成旅旅长兼京汉线护路副司令。田桂卿原是唱小旦的，河南人，韶秀伶俐，性尤慧黠，被袁世凯看中，收为贴身仆从，昼夜不离左右。袁世凯虽有一妻九妾，唯独田桂卿有不能替代的用途，宠爱之余委以军权，成为“左膀”，乃袁世凯第一心腹之人。袁的“右臂”就是与我们家一墙之隔的沈致善了。一左一右，主外主内，是袁世凯须臾不可离的人物。后来这个田桂卿因三十万两银子为人收买，一夜之间变心，转而与讨伐袁世凯的人坐在一条凳子上，成为袁世凯的眼中钉肉中刺。袁世凯四面通缉田桂卿，指明如抓到田，即刻就地正法，足见痛恶之深。其时，田桂卿的小儿子正在沈家寄养，沈致善还算义气，将田家儿子更名沈瑞方，充作自己儿子抚养。田桂卿一去不回头，再无音信，沈致善后继乏人，巴不得田桂卿永不再来，遂把个沈瑞方当作亲生一般。沈瑞方继承了他父亲的美貌，也继承了沈致善的精明，初时也还从小角门过来跟金家的孩子们玩耍，久之，便读懂了金家人眼中的内容，知道了笑容背后那种俯视的不屑与探秘式的好奇，渐渐地，再不来了，一门心思读书，跟着养父做生意。我大爷去世时，那孩子还代替沈家来吊唁过，那时沈致善也已作古，沈瑞方已是沈家几处买卖、房产的主人，是一个精明年少的东家了。

沈瑞方怎么和二格格搞到一起去的，没人说得清楚，以刘妈的话说是那个小角门招的祸。但据沈继祖说，他父母的相识还是在大爷的葬礼上。那时高中毕业的二格格正在家中闲着，日子过得百无聊赖，此时美貌小生沈瑞方的出现，自然是一石击起千层浪。于是，一段古老又落于俗套的爱情故事在时光的复印机上又被复印了一遍。两家后园原本是为政治而连的通道却意外地承担了月老的角色，成为感情传递的方便之门。两人由热恋发展到谈婚论嫁，当沈家托人来求聘时，金家人简直目瞪口呆了。父亲前脚将媒人送出门去，后脚便关了街门，顺手抄起顶门杠直冲后院。二娘听了这个消息也把脑袋往墙上撞，说没想到她的女儿找了个相公的儿子做女婿，还是个经商的，这让她以后在金家怎么做人……

大家庭最厉害的传统就是不许荒腔走板，一旦不合板眼、规矩，就要施家法予以纠正，以挽回面子。那日二格格除挨了一顿揍以外便是在祖宗牌位前被罚跪。在此之后，父亲则紧锣密鼓托人为二格格物色婆家。婆家尚无下文，二格格却跑了，从小角门径直奔了沈家，投向了相公儿子商人沈瑞方的怀抱。父亲让老三去追，老三开了大街门照直向东，又被父亲呵斥回来，父亲说，从哪儿跑的给我从哪儿去追，这样丢人现眼的事儿还用劳神走正门吗？老三就又朝后花园跑，从角门进入沈家。父亲如一只发怒了的狮子，在角门前徘徊，一刻也停不下来。刘妈见了害怕，说，老爷上屋里等去吧，喝口茶，也得容三少爷有个劝说的工夫啊！父亲不听，仍在门前转。一会儿，老三回来了，还没张口，父亲便问，见着那个不要脸的东西啦？老三点点头，父亲问，她怎么说？老三说，舜锢执意要嫁，父亲何日答应她，她何日回家。父亲听了吼道，给我把这门锁了，只要她敢从前门迈进金家门槛儿一步，我就一门杠把她拍死！父亲这样宣告无疑将二格格置于了死地，后门进不得，前门要拍死，她只有一条道走到黑了。

应该说沈瑞方是个极有品位、极重情义的商人，他深知为了这桩婚事二格格所处环境的尴尬和所付出代价的昂贵，他在西城购置了一幢小楼，领着妻子远远地离开了沈家，又将沈家在戏楼胡同的房屋全部售出，从此与这里完全彻底地画了句号，再不回来，免得二格格触景伤情。

时间将一切都带走了，只留下了冷漠与隔阂。听了沈继祖娓娓的诉说，一些沉重的回忆锁住了我，使我悄悄感到了孤寂与压抑。窗前的圆椅空着，我想象得出，舜锢生前会常坐在那里，臂搭在扶手上，默默向窗外望着，想着金家，想着父母，日复一日……

那个可爱的孩子不知什么时候已经睡去，只剩下舜镅的女儿们默守在她们母亲的床头，一动不动，像两尊雕像。她们对我的到来谈不上欢迎与不欢迎，好像一切都极自然。沈继祖坐在我对面，看来是专门为陪我说话的。沈继祖说，她母亲走了，去另一个世界与他的父亲团聚去了，她的母亲与父亲是值得孩子们骄傲与效仿的一对恩爱夫妻，一生没有红过脸……我不由得联想到金家一对对“门当户对”的夫妻，努力计算出能“善始善终”的，竟如凤毛麟角。沈继祖说他现在在语言研究所当研究员，两个妹妹，一个是小学教师，一个是机械厂的工程师，他们严格遵循母亲不许经商的教导，远远地离开商界，对此，他们的父亲给予了支持，正因如此，在这纷繁迷乱的世界里，他们的心才保持了一份宁静，他和他们的母亲觉得活得很充实很惬意。从沈家三兄妹的职业，我推测得出他们的经济状况，这就是金昶揶揄的“都是啃死工资的穷酸”了。

富而不骄易，贫而无怨难。不以物喜，不以己悲，沈家兄妹的境界高我等一筹。

沈继祖告诉我，去年他和他母亲去亚运村看望过他的三舅舜锟，舜锟三舅不但没露面，连门也没让进，他的母亲是哭着离开的。

这个消息让我吃惊，与老三多次接触中并没听他谈过此事，就是今天，竟也守口如瓶，不露半点口风。这怕就是舜镅至死不见舜锟，连守灵也不让他来的理由了。哀莫大于心死，她的心是伤得太狠了。

我是不能原谅舜锟的了，拒孝悌于门外，置手足而不顾，何若绝情至此？以他下午与金昶的所为而论，实为好利之心所蛊惑，八十有七，尚浮躁若此……他厌恶商人的论调仍萦绕于耳，曾几何时，他自己竟变作了口中斥责过的奸商，且有过之无不及！古人说，世情恶衰歇，万事随转烛。有人能把握住自己的命运，有人就把握不住自己的命运。想及下午舜锟说的吃自己心的话，蓦地又让我心惊，霎时似乎明白了什么。

窗外，雨水潇潇。我企图从秋雨中得到证实，然而那雨除了予人寒冷、凄迷之外，便是默默无言。那两颗我所探求的心。想必也被冷雨打湿，与不解的浓雾相融相浸，随着死亡的逼近与来临渐渐地消泯无声。

我知道老三为什么不见舜锠了，那是羞愧，是汗颜无地的自责，是橘已为枳的感叹。我心中忽然觉着辛酸万分，眼泪一滴滴流在腮上。我的哥哥与姐姐，舜锠和舜锠——走了的，已然走了，走出了金家，走出了古城，走出了活着的生命；没走的，正轻轻地抛掷掉淡泊的天性，怀着背叛与内疚，悄无声息地存在着……

六

舜锠系一没有职业的家庭妇女，所以她的葬礼俭朴又清冷，除了沈家的几个孩子以外，金家方面只有我和金昶去了。

没有追悼会，便也没了让丧家计较的悼词和领导讲话。没有哀乐，也无人恸哭，只有梧桐叶上潇潇的雨声。沈家子弟恓恓惶惶围绕在他们母亲的遗体旁，与之作最后的告别。无泪的悲哀犹如无言的沉默，那痛是来自心底的。倒是金昶一把鼻涕一把眼泪地哭得很投入。我知道，沈继祖刚刚把那枚金镶珠石云蝠帽饰还给金昶了，说这样贵重的东西随他母亲化为灰烬未免可惜，母亲生前既未得到，死后也不必带去，既是金家祖上的东西，由金昶收存最为合适，沈家的子弟留之无用，只能徒引心伤。

一听这话，金昶的眼泪唰的一下就下来了。对金昶极到位的泪水我有多种理解：是为某种精神的感动，是为宝物失而复得的惊喜，是为自己趋时就势的得意，抑或是为心术不正的自责，只有他自己明白了。

望着有血缘关系连接的金、沈两家后代，望着安详闭目、缓缓滑向烈焰的舜锠，我不知道历史跟金家的兄妹开了一个怎样的玩笑。

瘦尽灯花又一宵

一

一过腊月二十三，母亲就会对我说，你该到镜儿胡同去了。

镜儿胡同是我最不愿意去的地方。

刘妈见我那难受的模样就开导我说，去吧，那边儿的老太太们盼着你呢，年货老王早给你备好了。

刘妈说的年货是指廊子上放着的一个大篮子，那里头有年糕、炖肉、蜜供和两只酱肘子。除了这些吃食之外，还有一挂通红的小鞭跟一副白底镶蓝边的春联，春联上有我父亲恭正的楷体，内容年年相同，都是“天恩春浩荡，文治日光华”。我对这副白联感到恐怖，提着它不像去拜年，倒像是去吊孝。母亲说我是少见多怪，说只有王爷府第才有资格贴白联，这是清朝的规矩；不但我们家贴不起白联，就是溥仪的老丈人郭布罗家，照样也贴不起白联，他们顶多算是皇亲，显贵的皇亲，还算不上宗室。母亲还说全北京能贴白联的人家没有几户，镜儿胡同 3 号能贴白联。镜儿胡同 3 号在京城就是很有脸面的人家了。我说我不明白为什么年年非得我和那些肘子、炖肉一起充作年货被送往镜儿胡同。我们家十四个孩子，当年货送礼的却不是老三、老四、老五……刘妈说，那边特意挑的丫丫啊，丫丫生日好，九月九日子时，命里占了三个阳，女孩儿男命，贵啊！我不知道我贵在哪里，反正在金家我是最不受待见的，因了我的小和淘，谁都可以叫我的小名，我前面的六个姐姐都很不错，长得也漂亮，到了我这儿就不是那么回事了。

刘妈跟我说非得我去，但和我的母亲就不这样说了。年根儿底下扫房那天，她帮我母亲擦拭落地罩，我听见她跟我母亲说，今年别让丫丫过去了，老王爷也死去多年了，那边就两个孤老太太，阴气太重，年年让孩子去冲，小丫头哪里禁得住！母亲叹了一口气说，这也是多少年的老例儿了，打丫丫三岁就抱过去过年，哪儿由得了我？刘妈说，认了个儿子留不住，跑了，也该着是命，任谁也难跟那两个老太太过到一块儿去。

别人过不到一块儿去，就该着我过到一块儿去？

腊月二十六是我动身的日子，这天一大早厨子老王就套好马车等在门口了。老王是厨子，但在我们家还兼任车夫的角色。我父亲有一辆带弹簧的马车，是醇王府换了汽车处理给我们的，里面有宽大的紫绒座，外面有玻璃的车灯和明亮的拉手，两匹马拉着，走起来又稳又轻，坐上去有种飘飘欲仙的感觉。这辆车只为父亲所用，连我母亲出门听戏也不让坐，父亲把它看作是权力的象征。父亲说我们家的孩子都不是老实孩子，我的几个哥哥没有马车出去还给他惹事儿，有了马车指不定会怎么着呢。父亲就特意嘱咐老王，平日把车管好了，金家除了他以外，谁也不许坐马车。但唯独腊月二十六这天我可以坐，这并不是我有多么高贵，而是要去镜儿胡同3号，父亲要为我们家撑面子，他不愿意我们在3号人的眼里，也就是在那两个老太太眼里显得太掉价儿了。每到临走，我都要吭吭叽叽地磨蹭，以拖延时间，母亲就说些好听的，许我回来可以跟着父亲吃三天小灶之类。父亲此时也会变得很温和，他嘱咐老王多绕些路，过金鳌玉栋桥，穿西四牌楼，奔鼓楼大街，绕一个大圈子再去镜儿胡同。父亲知道我喜欢这些景点，就特意交代老王这么绕。其实镜儿胡同跟我们所住的戏楼胡同是前后搭界的两条胡同，我们家的后门斜对着镜儿胡同3号的大门，要从里面走，用不了三分钟。但我非要坐车，父亲能容忍我，怕也是觉得大过年的把我发配出去对不起我，权作补偿吧。

我和那个大篮子一起被装进车里运往镜儿胡同，老王在前面赶车，我在紫绒座上歪着，马儿嗒嗒地朝前跑，我真希望这辆车没有终点，就这么永远地跑下去。

真不愿意到镜儿胡同去啊！

二

车一过铁狮子胡同，我的脸就开始阴了，老王也把马赶慢，回过头来看我，他知道我的心思。他嘱咐我千万别哭丧着脸，那样老太太们会不高兴，大年底下的，谁愿意接受一份不喜兴的年礼呢？我当然不敢哭。拐进镜儿胡同，巨大的红漆大门就闯进眼帘了。大门紧闭着，台阶很高，有上马石，因为长期无人走动，阶前已经长出了细细的草，上马石也被土掩埋了大半截。大门对面的八字砖雕影壁，早已是残旧不堪，让人看不出原先面目了。门前的两棵大槐树，在清冷的天幕下伸展着无叶的枝，就仿佛老太太们那干枯的胳膊。树上面落着许许多多的老鸹，老鸹们用阴鸷的小眼看着我和我的马。我恨它们那副幸灾乐祸的表情，朝它们喊：去！

没有一只理我。

老王去叫门，我在车里体味这最后的自由时光，一双眼时时向我们家的后门瞥去，以期发生什么可以逆转的奇迹。

我们家的后门轻轻地掩着，没有谁走出来。

敲门的老王和王府的大门相比显得很藐小，无论谁跟那门相比都会很藐小，不光是老王。

一种没落的威严将人紧紧地攫住。

这是札萨克多罗亲王的府第。

我舅爷的府第。

舅爷是我祖母的亲弟弟，名叫赫尔札布，蒙古科喇奉沁右旗的第八代亲王。舅爷的先祖乌拉那金是个勇猛善战的人，天聪二年归顺皇太极，跟随皇上南征北战，屡建战功。被封札萨克多罗亲王。据说，老王爷的力气大极了，他射出的箭穿透虎头又钉在树上，十几个人拔也拔不出来。老王爷一生射死过一百二十只老虎、三百头麋鹿、三百只狗熊，是个了不得的人物，至今王府里剔牙用的牙签还是当年老王爷射的老虎的胡须。蒙古封王，世袭罔替，理应代降一等，但朝廷对这个家族似乎有着太多的偏爱，恩宠有加，代代加封晋爵不断，到了赫尔札布已是八代，本应降为郡王，但是慈禧为了羁系渐为游离的蒙古，光绪二十九年特封十五岁的赫尔札布为亲王，赐乾清门行走，用紫缰，赏戴双眼花翎。

听说我的舅爷年轻时长得十分英俊，深得慈禧喜爱，慈禧不止一次对人说，在诸多蒙古王公中，数赫尔札布最为“英倜”，如此容光焕发实乃天地造化，是我大清不可多得的人物。舅爷每回进京朝觐，都要被太后留住多日。我祖母说，看老佛爷这架势，八成是要赐婚的。果然，光绪三十三年，慈禧将瑞郡王的六格格毕荥配与札萨克多罗亲王为福晋。满蒙联姻，按理，毕荥要随舅爷到蒙古科喇奉沁的王府去居住，但毕荥不愿离开京城，她说她没有“暮云空碛时驱马，秋日平原好射雕”

的兴致，说她不是王昭君，那茹毛饮血的腥膻之地也不是她能待的，瑞郡王心疼女儿，加之慈禧对舅爷的钟爱，所以，朝廷一改清代藩王不得在京建置府第的祖制，特准赫尔札布在京城镜儿胡同建造王府。其实，舅爷的真正府第在科喇奉沁大草原，听说那里的王府比北京的要大四倍，光是奴仆就有好几百。舅爷的领地水草肥美，骏马成群，是天堂一样的地方。舅爷自从娶了六格格，在京城建了府第，就回不了大草原了，他为此十分忧郁，多次找他的姐姐——我的祖母诉苦，祖母也没有办法，只好让他安心在北京住着。当时，朝廷让贝勒毓朗为总理，成立了京师贵胄法政学堂，以造就法政通才为宗旨，招收宗室子弟、蒙古王公、满汉世爵及子弟入学，舅爷就进入学堂学习，专攻大清律例和国际公法。舅爷在京城，性情抑郁，似乎过得并不愉快，毕业不几年，就患病故去了。

舅爷去世时除了留下福晋毕荥以外，还留下了侧福晋狼伊雁，这福晋与侧福晋，就是我的舅太太和舅姨太太了。满族人通常将奶奶呼为太太，舅太太在汉人来说就是舅奶奶的意思。若论婚约，当是舅姨太太在先，那还是老札萨克多罗亲王为舅爷定的。那舅姨太太的父亲是专管满文档案的内阁大学士，精通满文的学者狼士宣。光绪三十一年，清隶熙陵的隆恩殿突起大火，将整个大殿焚为平地，光绪大怒，认为是有关人员责任懈怠，玩忽职守所致，于是严惩了一大批有关人员。除值班章京①、守陵官员发配从军以外，充任内务部员外郎的狼士宣也在所难免。狼士宣全家被流放到东北安宁县，舅姨太太就是在那个时候离开京城的。因为狼家小姐获罪离京，所以，以后太后指婚，郡王格格外嫁藩王，并没有受到任何阻碍。世态炎凉，人们早把那个远在边陲的女子忘了。但舅爷没有忘，若干年后他上书朝廷，恳请将狼士宣一家召回北京。溥仪不准，舅爷再请，并将婚约之事禀明，溥仪这才批准只许狼家女儿狼伊雁回京，其余人等仍留安宁县垦荒，不得四处流走，也不得回京省亲。舅姨太太就这么着由东北来到了北京，她来了没两年，舅爷就

① 章京：清代凡都统、副都统以至各衙门办理文书的人员，多称章京。

去世了。

舅爷死时很年轻，没有后代，丧礼中一切孝子该做的便由我父亲替代，为此我父亲得到了科喇奉沁二百匹马、四十头骆驼和一大块荒地的赏赐。据说那块荒地底下有很丰富的金矿，但我们从没想过那些财产，也没法管理那些遥远的马和骆驼。父亲常拿它们开玩笑，有一次我为父亲倒洗脚水，竟然还得到了一头骆驼的奖赏。父亲把脚泡在温水里，舒服地闭着眼说，丫儿，咱们那些骆驼准下了不少崽儿了，得有四百头了吧？有年冬天，科喇奉沁来了个管家，对父亲说，我们家那四十头骆驼因为混入了野骆驼群，已经跑得一只也不剩了。父亲跟他说起马的事儿，果然过了不久，科喇奉沁就给送来两匹蒙古马，为我们家拉车用。那两匹马很漂亮，也很精神，就是没人缘，除了厨子老王以外，见谁踢谁。这两匹马大概是我们与科喇奉沁仅有的联系了，这以后，再也没有谁来过。我想，我们那两百匹马多半也和骆驼一样，成了野马了。

老王这时把门叫开了，田姑娘从门里探出半个身子，瞪着死鱼一样的眼睛看着我们。田姑娘有六十岁了，稀疏的花白头发梳着一条猪尾一样的细辫，还扎着红头绳，让人看了滑稽又可笑。田姑娘说。我想着就是小格格到了，老福晋早让我在这儿候着呢，估摸是这会儿该来了。说着，田姑娘走到车前张开胳膊要把我抱下来。我不愿意让田姑娘碰我，我觉得她身上老有股死人味。我从车上跳下来，朝门里走，田姑娘跟在我后面说，一年没见，格格又长高了。田姑娘年年见我都用很惊讶的口气说我长高了，依着她的惊讶，我应该是很高很高的了。

进了大门就是王府的正殿，又叫银安殿，殿有七间，两侧翼楼各九间，前墀有石栏环护，殿前的砖地上是一大片半人高的荒草。殿东西各有院落，西院老锁着，那里边有祖祠、佛楼、银库、戏台，我从没进去过；舅太太和舅姨太太住在东边，舅太太住东院正厅，舅姨太太住正厅东北的小偏院。

走到东院的垂花门口，老王搁下篮子再不能往里走了。里面属于内宅，内外有别，舅太太们的规矩大得很，都是些风烛残年的衰老女人了，却连三岁男童也要避讳，难免不让人感到有些自作多情、自我尊贵的味道。老王说，丫儿替我问老太太们好，说老太太们新年吉祥。我说，你这就要回去了吗？老王说，丫儿好好在这儿待着，别淘，别惹老太太们生气，我正月十六一准儿来接你。我说，你得早点儿来，一大早儿就来。老王说，你看见银安殿顶上的兽头了吧，太阳一照到那个小仙人儿身上我就到门口了。我说，要是阴天不出太阳你也得来。老王说，丫儿放心，老天爷就是下刀子，我也来。老王回去了。

我跟在田姑娘后头顺着抄手游廊来到里院。里院有厅房五间，东西各带套间，院内有两株西府海棠，靠南还有一架藤萝，春天的时候院里姹紫嫣红，一定好看，可现在却是光秃秃的一片狰狞。

三

田姑娘一挑棉门帘，将我推进屋去，我看见舅太太正坐在八仙桌前抽水烟。我赶忙趋前几步给舅太太请安，问舅太太好，问舅姨太太好，问表舅宝力格好，问舅太太的猴子三儿好，问舅姨太太的黄鸟好，问田姑娘好……大凡府里的活物我都要问到，并且问一样要请一个安，以示郑重。这一切都是事先在家反复排练好了的，安要请得大方自然，要直起直落，眼睛要看着被问候的对方，目光要柔和亲切，话音要响亮，吐字要清晰，所问的前后顺序一点儿不能乱。我在排练时几次将田姑娘搁在了猴子和黄鸟的前面，都遭到了母亲的纠正，于是我知道，田姑娘在舅太太们的眼里还不如猴和鸟。舅太太认真地听着我的问候，清癯冷峻的脸上饱含着威棱与傲慢，这些折腾人的繁文缛节于我是受罪，于她是消受，看得出她将这一切看得很重。舅太太的头顶上有“中德之和”的匾额，是光绪御笔。光绪的字和他的人一样，有着立不起来的单薄和软弱，虽然学的是王羲之，却是徒袭皮毛，未得精髓，给人一种木木讷讷的感觉，与康熙的刚健遒劲、乾隆的激越奔放不能同日而语。我不明白舅太太为什么要把这样的字挂在大厅，除了病态的悲苦憔悴以外并无观赏异趣，之所以挂它，多半是用来显示身份的。

舅太太也问了我家里的情况，还特意问了我们家老四舜镗，问他是不是还整日提笼架鸟熬大鹰。我说老四早不养鸟了，他现在正跟南城的赵胜子学撂跤呢。舅太太问赵胜子是不是旗人，我说大概是。舅太太哼了一声说，你舅爷是撂跤的好手，他是蒙古王爷，打小练的就是这些，他若活着，哪儿还轮得着老四去跟什么姓赵的学！

舅太太跟我说这些的时候，她的猴子三儿，就一动不动地坐在她的膝上，一双黄眼，滴溜溜地乱转，模样很讨厌。三儿是肃亲王的女儿金璧辉送给舅太太的，金璧辉还有个日本名字，叫川岛芳子。川岛芳子养了好几只猴子，三儿是其中之一。川岛芳子管舅太太叫姑太太，只要在北京，她就常到镜儿胡同走动。川岛芳子的丈夫也是蒙古王爷的后裔，据说与舅爷还搭了点儿亲戚关系。对于这桩并不和谐的婚姻，族里人都认为是个悲剧，只有舅太太觉得好得不能再好了，这是因为川岛芳子在她的姑太太跟前从来不提跟她丈夫合不来的事。她在舅太太跟前装得很乖巧，像个小女孩一样单纯，深得舅太太喜爱。后来，川岛芳子以汉奸罪被判处死刑，临刑前夕，将她最心爱的一只小猴三儿委托给舅太太抚养，以示安慰。川岛芳子说要是没有这些事儿，她会在以后的时间里，承欢舅太太膝下，为舅太太养老送终，现在看，一切都不可能了，她的心意就让三儿代替了……川岛死时，家族里委派一个老和尚去料理后事并收尸，行刑前，川岛芳子又再三交代了她的猴子的事情，和尚让川岛放心，说他一定把三儿亲手交到舅太太手里。行刑的时候，和尚在外头等着，再让他进去时，川岛芳子已经静静地躺在墙根儿了。和尚如约将猴子三儿送到了我的舅太太家来，三儿见到舅太太就像见到亲人一般，扑到舅太太身上，抱住脖颈儿再不撒手，一声一声哀哀地呜咽。和尚说猴子是通人性的灵物，要舅太太好好儿待承它。

我一看见舅太太膝上的猴子三儿，就想起了死鬼川岛芳子，身上就不由得发冷，就起鸡皮疙瘩。虽然我没见过肃亲王家的那位格格，可是她的大脾气、她的淫威、她的出格的举止，没少听家里人说起过。我喜欢小动物，却害怕三儿，连碰也不敢碰它，在我的眼中，它就是川岛的化身。

现在我毕恭毕敬地在八仙桌前垂手而立，视线刚好和三儿相对，三儿直视着我，它的表情很庄严，大有降贵纡尊的劲头儿。我赶紧将目光躲开了。舅太太的厅里很冷，寒气已将我的棉袄侵透。手脚已经失去知觉，清鼻涕开始在鼻腔内繁衍，但我不敢动，舅太太要的就是立如松的稳重，连她的猴子都在肃容上坐，我岂敢抓耳挠腮！所以，年年从舅太太这儿回去以后，我都要得一场重感冒，手脚上长出几个又痛又痒的红疙瘩，流水溃烂，不到春天不会痊愈。

舅太太夸赞了我有出息、懂规矩之后，说，咱们这样的人家儿不能跟普通百姓比，百姓的孩子只知一味娇惯，能有温饱就别无他求了，咱们的孩子还担承着江山社稷，所以咱们教育子女没别的招数，只有一个字：严。说我们的孩子是纨绔子弟，那是不明真相的外人无端妄说，说实在的，我们对孩子们的要求严极了，要是真如外人说的那样，我们醉生梦死，我们骄奢淫逸，那大清的江山甭说二百年，连二十年也维持不了。这样的话我常跟宝力格说，天将降大任于斯人也，必先苦其心志，劳其筋骨，我们虽然还谈不上饿其体肤，空乏其身，但在小处也是半点儿不能姑息的。宝力格初来时是匹草甸子里的野马，他没说我也知道他的心，他是嫌我们太严了。我说，不严哪能出人才？曾国藩该是一代人物了，他的祖父教育儿子的时候也常在稠人广坐之中，壮声呵斥，毫不宽假，有出息的人都是在“严”字上站起来的。

舅太太提到宝力格的时候我是不能插嘴的，这也是来时母亲的反复交代。宝力格的话题在镜儿胡同 3 号是一忌，舅太太能提，别人不能提；舅太太能说，别人不能说。看看把我训得差不多了，很大原因也是她累了，舅太太这才站起身拉着她的猴子向里间走去，进门时，她回过身来说，你也来吧，里边儿暖和。

西套间是舅太太的卧室，是整个王府里最温暖的地方，面积不大，十几平方米，通常人们把这儿叫作西暖阁。暖阁里没有明火，暖阁外面的廊下有地洞，阁内地面下有纵横交错的火道，这是在修建房屋的时候就建好了的，天冷时将燃着的炉子推进地洞，热气自然顺着火道迂回盘旋，暖阁的地是热的，房间里便也是热的了。王府里只有一间暖阁，所以就由舅太太住着。暖阁内临南窗的是一盘炕，上面有杏黄色的褥垫和四方的引枕，杏黄色是王爷用的颜色，是任何人不得僭越的。褥垫虽然残旧，色泽却依然明亮辉煌，有咄咄逼人之势。北面设床，床前有硬木雕花床罩，挂着五彩流苏的帐子，床上有嵌金玉如意。桌椅等家具一律是紫檀，多宝槅上摆放着玉石连缀起来的盆景和青铜小件。

房间里的这些陈设但凡老式家庭都能见到，我感兴趣的是西茶几上的那部电话机，电话我们家没有，所以我老想拿起来听听里面有谁在说话。舅太太窥出我的心思说，这个机子你不能动，它的另一头连着宫里，连着皇上，万一要是误了宫里的大事儿那可是大不敬的罪啊！我问皇上来过电话没有，舅太太说，皇上忙，不是万不得已的事情不会打电话，但是我们不能不候着。我想说皇上早让人赶出了紫禁城，跑得没影儿了，这电话的另一头连着鬼呢！想了想，终于没说，在人家住着得说些让人高兴的话，不能逆着来。

电话的上方挂着舅爷的照片，照片上的舅爷西装领带，目光炯炯，是个俊雅倜傥的男子，我把我的七个哥哥依次与舅爷比较，都嫌粗糙，都没有那般的生动与英俊。舅太太看我目不转睛地注视照片，就说，这是你舅爷在日本横滨照的，你舅爷游历过外洋，见多识广，比你们家那几位爷有出息。我说，那是，我那几个哥哥都很不争气，老让我阿玛操心，我阿玛常说哪天把他们都杀了，一个也不留。舅太太说，你以为你阿玛真肯下手杀？他那是疼他们，他把那几只狼放纵得没了人形儿，收都收不回来了。听说你们家的老大竟然还入了国民党，国民党是什么东西？国民党是大清的仇敌！你阿玛还不告他忤逆？你阿玛真是窝囊极了！我想说，您老太太不窝囊，您老太太都把儿子管跑了，还说什么呀！我们再不严，我们的儿子还都在呢……

猴子三儿坐在地上剥花生吃，见我瞅它，就朝我龇牙。舅太太说，你不要招三儿，三儿是我的孩子，除了不会说话，它什么都懂。我说，三儿不跑吗？舅太太的脸明显地沉下来，我知道触及了老太太的敏感部位，赶紧补充说，比如说上房、上树什么的。

舅太太说，三儿最听话不过，也是我调教出来了，我不发话，甭说上树，它连桌子也不敢上。我说，三儿不像只猴儿。舅太太说，三儿压根儿不是猴儿，它是个跟你一样的人。我明白了，我在这里的地位是和这只猴并齐的，就对三儿更没有好感。三儿似乎对我也没什么好印象，总是很警惕地用眼睛瞄着我。

舅太太从精美的饽饽盒里拿出一块萨其马给我吃，说是特意为我留的地安门桂英斋的奶油萨其马。桂英斋因离皇城近，点心很有宫廷风味，尤其萨其马，是选用内蒙古运来的奶油和面制成的，跟一般饽饽铺拿清油、白油做的味道截然不同，它的特点是柔软细腻、入口即化。舅太太的这块萨其马说是出自桂英斋却不知搁了有多少年头，一股难闻的哈喇味儿不说，还死硬，只一口，我的上牙膛就硌破了，再看手里的点心，只有一个白印儿。

舅太太说，你在你们家怕永远吃不上这么正宗的萨其马，你们家那么多孩子，你阿玛能给你们买点破白糖缸炉就是好的了，你能在我这儿吃独食也是你的福气。我说，舅太太说得对，没舅太太疼我，我永远吃不上这么有味道的点心。

这时田姑娘进来说，侧福晋听说小格格来了，让小格格过去呢。

我的身子刚暖和过来又得出去，心里老大不乐意。舅太太好像不愿意我在她的屋里多待，踱到南炕拉过抽烟的家什说，你去吧，我也得歇歇儿了。猴子三儿噌的一下子蹿到炕上，乖巧地将烟枪递到舅太太手里。我不知道猴子三儿会不会点烟泡，我不想看，觉得恶心。

四

我跟着田姑娘绕出垂花门向北院走，田姑娘边走边说舅姨太太的身子骨儿大不如去年，怕是过不了今年春天之类的话。

舅姨太太的房间里很暗，很重的霉味混杂着中药味，是股让人有些说不清道不明的味道。房内所有的窗户缝儿都用高丽纸糊着，更显得密不透风。透过窗户玻璃，能看见东墙根下的黑枣树在寒风里摇曳。这棵枣树壮大而茂盛，年年结枣，黑枣成熟落地，无人拾捡，年复一年，树下结了一层厚厚的痂。北屋窗下堆着很多炉灰，灰下面埋着茉莉花的枝，每到开春，舅姨太太都要将它们细心刨出，让它们发芽开花。舅姨太太房间的窗棂与一般的不同，精巧华丽，很像故宫丽景轩的窗棂，那上面雕着许多飞舞的小蝙蝠，栩栩如生，活泼可爱。

与那些蝙蝠相反，舅姨太太是个行动迟缓的人。我进门的时候她正在写毛笔字，精致的水墨刻印笺上有两行娟秀的行书：

吾不识青天高，黄地厚，
惟见月寒日暖，来煎人寿。

舅姨太太见我进来了，立即搁下手里的笔，投给我一个笑。我给舅姨太太请了安，将前面的程式又表演了一遍，舅姨太太就捂着嘴乐。她笑着对田姑娘说，这个丫丫，一门心思地吃，请安手里还攥着块萨其马。我说这是舅太太赏的，长者赐，少者贱者不敢辞，我得把它吃完了。舅姨太太说，你要啃完它得到明年，搁那儿吧，别难为你了。我巴不得与这块萨其马脱离关系，很痛快地把它搁在了屋外窗台上。舅姨太太说，你吃萨其马，萨其马是什么意思你知道吗？我说就是铺子里卖的点心罢了。舅姨太太说，你只知其一不知其二，萨其马是满语，意思是“狗奶子糖蘸”，写是这样写。说着舅姨太太在纸上写出了一串漂亮的满文。舅姨太太说，满文字母在词头、词中、词尾写法都不一样，我去年教你的词句还记得吗？我胡乱在纸上画了些圈点，舅姨太太歪着头看了半天说，天哪，你写的这是什么呀，鬼画符吗？在这上头你比宝力格差远了。我说宝力格会蒙文，蒙文跟满文很贴近，他自然要比我强。舅姨太太说，宝力格会说蒙古话不假，可他大字儿不识，他是从零开始的，他喜欢曲子，他抄了不少民间的曲儿，满、汉文都有了长足的进步。我说满文已经死了，现在没有谁用它说话了。舅姨太太说，你怎么能这样看呢？我们的老祖宗就是用这种语言说话的，等将来你死了以后，总要跟祖宗们见面，可你把祖先的语言都忘了，怎么给祖先请安呢？

我没想过自己死后会有这样的难堪，的确没想过。别人家的后代与祖先见面大概都不存在语言障碍问题，这样令后代头疼的事也只有我们满族才会出现，更具体说只有闲得无聊，能细细品味什么“……月寒日暖，来煎人寿”的舅姨太太才思虑得出。满文太难了，在我以后所学的语种中，哪种都比满文容易，所以，我对满文一直热爱不起来，尽管它是我祖先曾经使用过的语言。

舅姨太太说话的时候不停地喘，她的脸是肿着的，苍白得没有一点儿光泽。我听刘妈说过，“男怕穿靴，女怕戴帽”，是说男人腿肿，女人头肿，这样的病人大多预后不良，是活不了多长时间的征兆。舅姨太太眼见着戴了“帽”，大概寿命也是极其有限的了，明年我来，不知她还能不能在。

舅姨太太接下来问我，你每年还要给姨太太去上坟吗？我知道，与舅姨太太谈话的最终话题都会落在这上边，这也是惯例了。我说每年都去给姨太太上坟，年年不落。舅姨太太掐着指头说，算起来，你姨太太去世已经两年多了。我说是的，有两年多了。舅姨太太说，你的太太也是忒厉害，至死不能容纳人家，不就是出身不光彩吗？话说回来了，出身光彩的又有谁能轮得上给人做小？唉……舅姨太太说到的人物，是指我的祖母和不久前在我们家悲惨逝去的姨祖母，那位姨祖母是祖父由外面买来的妓女，在金家住了几十年，至死也没得到金家的接纳与认可。我每年来镜儿胡同，能问及这位妓女出身的姨太太的只有舅姨太太一人，这其中难免没有同病相怜的悲哀。我说，姨太太死的时候，我父亲还在坟地请了戏班子唱戏，热闹极啦。舅姨太太说，这我知道，你去年来就跟我说过这事儿。我说，我们家的姨太太很漂亮。比二格格舜锢还漂亮。舅姨太太说，你见过二格格？我说是听刘妈说的。舅姨太太笑着说，你姨太太再漂亮也是个半大老太太了，你们家把人关在小偏院儿里，一关几十年，多漂亮的人儿也让你们家揉搓完了，她自己要早早地走，也是她的造化……可怜的人哪！

我不想说姨太太的事。我们金家的人谁也不想说姨太太的事。姨太太在我们家实在是个无足轻重的角色，只有到了舅姨太太这儿，她似乎才变得无比重要起来。

我们在说话的时候，舅姨太太的黄鸟就标本一样地在笼里待着，蔫头蔫脑的不出一声。这只鸟是去年我们家老四用三十元的价格为舅姨太太买来的。舅姨太太说当初在东北旷野常听见鹰叫，回来以后再也没听过那苍凉的声音。老四就带着这只黄鸟每天上二闸，去福寿公主坟一带，那里清静，天上有鹰，让黄鸟压鹰叫。果然，这只鸟儿学了一口鹰鸣，这一下身价立即抬高，有人用三百块买，老四不卖。老四兴冲冲地把鸟给舅姨太太送来了，博舅姨太太高兴。谁想，不过一年，它什么也不会了。

晚饭我在舅太太屋里吃。

镜儿胡同3号没有电灯，晚上的一切活动都是在烛光里进行的。原先府里有灯，舅爷死后，有一天银安殿檐下直冒蓝火，大家以为是什么异兆，找人一看，原来是电线老化发生短路，险些酿成火灾。舅太太果断地决定，掐断电闸，从今往后，王府照明一律点蜡。王府里库存的蜡也很多，有一回我和田姑娘去西院库里取蜡，那些陈年的老蜡一箱箱封着，堆了两间屋，保存得极好。我想，不唯舅太太们点不完，大概到我死，也点不完其中的十分之一吧。王府里的蜡很粗，有二尺高，上头还铸有浮雕的游龙与祥云，精致而美丽。舅爷死了有年头了，王府的电一直没有接通，老太太们就一直在点蜡，点这种美而罕见的白蜡。

都说烛光里的晚餐温馨浪漫，那是指跟投缘的人，你要是跟个古板刁钻的老太太一起，那又是另一种风情了。

舅太太的饭食极少变化，烩酸菜粉、焖羊肉、炒疙瘩丝，所有的菜都软而烂，没有嚼头。镜儿胡同的三个老太太牙口都不好，吃不成硬东西，因此，我也得入乡随俗，跟着吃这泥一样的饭菜。菜很简单却不能随便伸筷子，我只能夹离我最近的烩酸菜粉。粉条很长，我的个子太矮，又不能站起，那样会显得下作和失礼，所以我就剩下了拿调羹舀汤喝的份儿。舅太太想起我了，会从她跟前的菜盘里夹一箸给我，不过很多时候她想不起我来，她平时一个人吃惯了，没有在饭桌上照顾别人的习惯。想当初，大小伙子宝力格也一定像我一样吃过这么难吃的饭，他的感觉不会比我好。听我母亲说，宝力格出走的前一天，因为在饭桌上吧唧嘴，挨了舅太太一个嘴巴，舅太太那一下也扇得太重了，宝力格的嘴磕在大理石面的饭桌上，磕掉了一颗门牙。第二天宝力格就走了，走的时候也没打招呼，谁也不知他到哪里去了，一走就是十几年，杳无音信。亲戚们认为老福晋太不能容人，甩巴掌把儿子扇跑了，这事做得有些忒过。宝力格的出走使我对他充满了崇敬，宝力格就是宝力格，不愧是大草原来的桀骜不驯的野马，就冲这饭菜，就冲这规矩，想走就敢走，真是洒脱极了。我就不行，我们家与王府斜对门，我竟然没有勇气从这里跑回去。

晚饭后的很长时间是陪着舅太太枯坐，舅太太不说话，我也不敢说话，墙上的舅爷就那么闷闷地看着我们。舅太太先是抽水烟，接下来就打瞌睡，头耷拉在胸前，姿势很难受的样子，有时还会发出鼾声。我不明白，老太太既然这么困了，干吗不躺到床上舒舒服服地摊开了睡呢？自找这份苦处不说，还要让我陪着。我没有打瞌睡的本事，就只有在凳子上干坐，很痛苦。三儿也打瞌睡，也打鼾，姿势也跟舅太太一样，它真是被训练出来了。有时候舅太太会突然睁开眼睛，用极清醒的声调说：你一定以为我睡着了，其实我只是闭闭眼罢了，我这一闭眼哪，几十年前的事情，几十年前的人，就全到眼前来了，清楚极了……

我想象不出来，在鼾声里会出现什么清晰的事情、什么清楚的人。

五

我睡在大厅的东套间，与舅太太隔了五间大房。这里原是舅爷的书房，房里有很多书，还有旧杂志，南面的书案上陈设着笔墨砚台以及笔架、帽架等等。桌角有台英文打字机，可能是舅爷生前用过的，在我的感觉里，这台打字机和西套间的电话有着不可言喻的同样的奇妙。西暖阁的电话我不可以动，东套间的打字机在没人的时候摸摸总是可以的。我的手指在那些圆键上依次敲过，连带着嵌着字母的小棍动作起来，发出嗒嗒的声音，敲出一溜儿尘土的气息。我很高兴，想象着敲打字机的不是我而是舅爷，一个年轻英倜、知书达理又会摞跤的王爷，我在其中充任红袖添香的角色，那感觉真是好极了。东套间墙上也有舅爷的照片，不是穿西装的小生，是穿着袍褂补服、戴着朝珠的王爷，与前者比，后者显得有些呆板、拘谨。我认为，这张照片应该挂在西套间，西套间那张照片应该挂在这里，这样才合格局，不知怎么却颠倒了。后来，我在穿朝服的舅爷的注视下翻看那些旧杂志，多是舅爷读法政学堂时的外国刊物，有趣的是杂志里的大部分男子都被人做了改变，或长了胡须，或梳起高髻，或戴上眼镜，或长出獠牙。我想，这不会是舅爷干的，堂堂王爷怎能有此荒唐之举？那么除了舅爷以外，在这里住过的就是宝力格了。这个小子白天被老太太们认真教育一天之后，也只有晚上这一会儿才属于他自己，能做这种恶作剧，足见那颗在大草原放荡惯了的心在被压抑被管束的苦闷之下，尚保有着怎样自由驰骋的活力。这使我又想起了我们家那两匹拉车的、脾气暴躁的蒙古马。

人过留名，雁过留声。我是小人儿，小人儿不留名能做到留痕也很不错，我决心为这些被改装过的人物再做一些锦上添花的工作，以备将来哪个小孩儿再有我和宝力格这样的境遇时不至于太孤单寂寞了。我拉开抽屉找笔，却找出了数张宝力格誊抄的曲词，那字写得狗爬一般，写得比我们家任何一位爷都差，汉字中夹着满文，还有不少红笔的圈点，大概是舅姨太太的批阅，其中好几张内容相同，记得是这么几句：

大清的景况（是）一落千丈，
提起他的吗法（就）忒不寻常。
伊尼哈拉本姓狼，
满汉翻译，进过三场，
革普他拉尼亚马尼亚拉好撒放，
当差最要强。

里面的满文我可以勉强拼出读音却不明白意思，宝力格能够将它们流利地记录下来，可见舅姨太太的话不错，在学习上他高我一筹，但谁又能说没有无可奈何的成分在其中呢？

田姑娘进来为我铺床，她说，格格睡吧，你听外院有老头咳嗽呢，狐仙都出来了，时候不早了。我说，我不怕狐仙，不就是老狐狸吗？哪个大宅门儿里没有几只狐狸？它们是家神，不害人，我还管我们家的狐仙叫二哥呢！田姑娘说，天底下有几个像格格这么胆儿大的，难怪格格命里有三个阳。就是那个宝少爷一人住这间屋子还害怕呢，他得点着灯睡，要不不敢闭眼，我跟他说你在野外什么没见过啊，在这院子里怕什么呢？他说他也不知道。老福晋怕他夜里点着灯睡走水，就把王爷的照片挂过来了，说王爷的一身正气，王爷的顶戴花翎，是可以避邪的。谁知宝少爷还是不敢睡，他每天临睡前都得把王爷的照片翻过去才敢钻被窝，这个事儿到今天我也没敢跟老福晋说。我说，舅爷英姿焕发，器宇轩昂，怎么会让宝力格害怕呢？田姑娘说，我也老琢磨这件事儿，思虑来思虑去，我想，八成……出在宝少爷身上。宝少爷本身就邪，你没见过他，你当然不知道他那神情，他的眼睛老是直的，老是心不在焉的模样儿，老没个笑脸儿，我一直怀疑他人进了王府，魂儿却让科喇奉沁的喇嘛扣住了。我说，会有这样的事儿吗？田姑娘说，怎么没有？王爷殁了以后，福晋们要过继个儿子撑门立户，当时不少宗室子弟都思谋着过来给福晋当儿子，好继承王府这偌大家当，福晋哪里敢沾？依福晋的意思，还是在王爷的封地挑个蒙古孩子，王爷是蒙古人，孩子是蒙古人的后代才是正理儿。消息一传出，科喇奉沁的贵族子弟争相竞选，最后由大喇嘛和大管家出面，挑出头人的儿子松拉嘎送来京城，让福晋过目。没想到两位福晋选儿子的时候没挑中喇嘛送来的世家子弟松拉嘎，而是挑中了大管家身后的奴才宝力格，原因是宝力格明眉朗目，长得很像去世的王爷，为这，喇嘛和管家都很不高兴，他们认为老福晋刚愎自用，我行我素，办事忒没谱儿。自那以后大喇嘛再没来过，大管家也再没来过。留下个宝力格也只留下个壳儿，把魂儿还带走了……

田姑娘走后，我很久睡不着，我想，宝力格被送进王府与我被送进王府真是如出一辙地近似，宝力格走了，我还留在这儿，原因在于宝力格是背水一战，我却有退路……

夜深了，风起了，树的影子在窗上摇动，天气变得越发地寒冷，冻得我难以入睡。棉被厚而硬，散发着呛人的樟木箱子味，使人越发地精神。外院传来夜猫子的凄厉哀鸣，顶棚上有老鼠在游戏。

……我听到橐橐的声响，是花盆底鞋的木底踩在方砖地上的声音，那声音先在厅内迂回，继而渐近，在门口停顿，最后进了东套间。我把身子往里缩了，细眯着眼观察动静。来人是舅太太，舅太太做旗装打扮，绾着旗髻，插着扁方，身着淡色长袍，款款向我走来。在家就听说过舅太太有秉烛夜游的习惯，加之朱子有训，即昏便息，关锁门户，必亲自检点，这本不足怪，却没想到老太太还要做这种装束，不人不鬼，极像是银安殿神牌上走下来的人物。我屏住气息装作熟睡，但看老太太做何举动。

舅太太在我的床边坐下来，俯下身静静地看着我，她看了很久，也很认真，她的鼻息吹在我的额上痒痒的，可我不敢睁眼也不敢动，任着她去看。我的心里很害怕，不知道她想干什么，我感到近在咫尺的这个老妇人远比外面咳嗽的狐仙要恐怖得多，可恶得多。后来我感到舅太太不是在看我，不是在看金家众多孩子中一个不起眼的小丫头，舅太太在想事，她的思路已经跑得很远，跑到我的想法所不能追及的地方。

太可怕了！

舅太太夜夜都来，这造成了我睡前的精神紧张。小小年纪便开始失眠了。严重的睡眠不足，使我神情憔悴。过罢年蔫蔫儿地回到自己家，母亲为我的状况感到担忧，感到不解，刘妈就会再一次说起她的王府阴邪太重的观点，劝阻母亲来年别把我往镜儿胡同送。母亲照旧是叹息。

宝力格大概与我有过共同的遭遇。

六

我在王府的一件很重要的工作是拔草。

前院银安殿前的草已经长疯了，我必须在大年三十前的几天里从大门到银安殿，再从银安殿到东院垂花门清出一条路来，为的是迎接舅爷回家。按北京的老风俗，三十晚上诸神下界，祖先的魂灵这时也要回家过年，三十的祭祖是过年极庄重的仪式。拔草是件力气活，特别是拔冬天的枯草，更非我这个小丫头所能胜任。北方的腊月，朔风猎猎，滴水成冰，连寒鸦也冻得没了踪影，这样的天气里只有我一个人在那空旷的大院里劳作，手上冒出了血花，身上沾满了蒺藜狗子，如此“苦其心志，劳其筋骨”，大概为贵族出身的舅太太所独创，是城里平民百姓人家的女儿所难经历所难理解的。也应该感谢那样的经历，在几十年以后我被下放农场改造的漫长生涯中，之所以并不觉得太苦，与幼时的经历不能说没有关系，后来所操的活计像银安殿前那样艰难的毕竟不多。我问过舅太太，拔草的活儿为什么不找外头的人来干，偏偏要让我干。舅太太说，这样才显得咱们的心诚啊，这样你舅爷才会高兴，你知道吗，清明上坟的时候从来都是子孙们亲手为祖宗修坟、添土的，没有谁到外边雇人。按说这个活儿应该是宝力格干的，宝力格不在，咱们总得找个临时替他的人，你的哥哥们都太浮，姐姐们又太娇，你最合适。

我原来是在替宝力格受罪。

在王府的大院里，在没我半人高的荒草中，我默默地劳作着。要不是怀着对墙上那位英武男人的倾慕，我想我决干不了这活计。手被蒺藜扎烂了，脸也让硬风吹出一条条皴裂，鼻子冻得通红，眼睛不断地淌泪，那情景，大概跟庙里受苦受难的小鬼儿差不多。

王府的大门沉沉地关着，将这荒草、这寂寥、这荒败、这寒天冻地结结实实地封锁起来。没人知道我现在在干什么，也没人亲切地把我揽在怀里，温暖地叫一声“丫丫呀——”偌大殿宇前只有我，一个命硬的我。抬头望，冬日的天空一晴如洗，天色蓝得发暗，让人怀疑那不是天，而是天以外的其他什么东西。发白的太阳照在银安殿绿色的琉璃瓦顶上，泛出同样的白光，那光与我嘴中呼出的哈气融在一起，使得隆冬的气氛变得更为坚冷肃杀，让人无法回避，无处躲藏。

拔草的工作不会白干，像我的父亲充当舅爷的儿子为舅爷摔盆、打幡就会得到马和骆驼一样，我也会得到舅太太的赏赐。舅太太有个楠木匣子，里面装满了金玉珠宝，是舅太太的陪嫁。闲了无事，舅太太就会把它们一件件取出来，摊在炕桌上让我挑选。我在当时是属于那种有眼不识金镶玉的角色，在那些令人眼花缭乱的东西中专拣闪光的拿。舅太太从一堆中拿出一个不圆不方的珠子给我，说这是传世的宝贝，我是木命，戴着它最合适。我真看不出这个乌里吧唧的珠子有什么特殊，在我的眼里，它和我玩的抓子儿没什么两样。后来我把它拿回家，父亲见了大吃一惊，说这是一颗避火珠，一共有两颗，一颗在宫里的藏书处文渊阁，一颗在瑞郡王手里，现在，本是瑞郡王六格格的舅太太把它赏给了我，足见对我的喜爱和器重，要好好保存着才是。母亲很珍重地将珠子收了，说这件宝贝只属于我一个人，将来我出门子的时候她会把它作为嫁妆让我带到婆家去。长大以后，这个珠子随着我到了陕西，在以后的日子里也并没有遇到什么与火有关的事情，于是它就一直是个很普通的石料珠子，我的孩子把它当作弹球玩耍，不知滚落何方，自此失去踪影。这都是题外话。

舅姨太太手里似乎没什么宝贝匣子之类，舅姨太太那儿只有书，我极少到她的屋里去，为的是回避那可怕的满文。这天早晨，田姑娘告诉我舅姨太太的黄鸟死了，我就跑过去看死去的黄鸟，以便回家将情景对老四细细学说。

舅姨太太正哭着为黄鸟写悼词，悼词的呜呼哀哉显示出她的悲痛。田姑娘给身体虚弱的舅姨太太端来藕粉，劝舅姨太太节哀。舅姨太太说，我留不住儿子，连只鸟也留不住，我往后是什么也没有了，活着还有什么意思？田姑娘说，您怎么能这么想，您有儿子啊，您对宝少爷的好处宝少爷自然明白，我看得出，他心里也有您，他走的前一天，捂着嘴在您的窗户外头站了足足有半个时辰。舅姨太太说，我要知道他有走的心思，怎么也不会让他一人回东套间。田姑娘说，宝少爷无论走到哪儿都会想着您，他初进王府的时候大字儿不识，在您的手底下只两年的工夫，满、汉文兼备，这恩德够他受用一辈子，他能忘得了您？舅姨太太悲切地说，我不是郡王的格格，也没有煊赫显贵的娘家，没有使用不尽的财宝，我是罪臣的女儿，除了宝力格我什么也没有，宝力格一走，把我的心都掏空了，我还能活几天？只怕到咽气的时候也见不到他了，这是件让我死不瞑目的事儿……我看着舅姨太太大而凸出的眼睛，就想，这样的眼，真见到宝力格了，也未必就能瞑目。

在舅姨太太的房间待了一会儿我就明白了，舅姨太太不是在哭鸟，是在哭她自己，跟黛玉葬花一样，她的悼鸟词也是在悼她自己。也是啊，舅姨太太除了写写悼鸟的词以外，还能干些什么呢？舅姨太太让我把鸟埋在黑枣树底下，说可怜这个小生命跟了她一年多，挨了不知多少药熏，受了不知多少凄苦，活活是受罪来了，往后她再不养什么鸟了。

可怜的舅姨太太。

七

三十晚上，我随着两位舅太太把舅爷的神牌由银安殿请回来，供奉在厅里，与神牌同时供奉的还有舅爷的札萨克多罗亲王封册。封册是银质镀金的四页金册，有小金环连接，像书页一样可以翻阅，上面镌刻着：

大清皇室札萨克多罗亲王赫尔札布
之藩封仍将代砺河山以垂永久

这是满、汉两种文字，文首有光绪的御玺。这个封册，舅爷死后本应交回宗人府去，爵号由王爷的儿子承袭时将打造新册发还，但舅爷去世时溥仪的小朝廷已经垮台，封册无处可交，只好由舅太太收藏了。这是名分和地位的象征，是札萨克多罗家几代人勇猛、忠诚的印证，但这一切却在舅爷的身后画了句号，这是舅太太最不能认可、最不能甘心的。她把希望寄托在由草原挑选来的、有着纯正蒙古血统的义子宝力格身上，当然，保留封号已不可能，但保留传统与辉煌则是她一代福晋的责任，她要将家族的力量、家族的精神赋予宝力格，正如封册上说的，要“代砺河山以垂永久”。

代替宝力格出现的是他的生辰八字。生辰八字写在一张黄纸上，压在亲王封册的下面，物与物的连接完成了一种象征性的接续，也就是说，儿子宝力格和他的亲王父亲，在年末的这一天相见于镜儿胡同3号家中。

吃过年夜饭就该守岁了，两个老太太在灯下寂寞地相对而坐，彼此无言。猴子三儿蜷缩在桌下打瞌睡，三儿的脖子上用红绳拴着几个铜钱，那是舅太太们给的压岁钱，意为用铜钱压住岁月，长生不老。我的脖子上也有铜钱，与三儿不同，作为价值的代偿还有几颗玛瑙。宝力格的八字上也有钱，她们也要压住他的岁月，将他永远留住。舅姨太太说，过了今天他就二十七了。舅太太说，不对，是二十八，宝力格是属猴的。舅姨太太说，我初次见到王爷时王爷也是二十八，这一晃儿，儿子竟也到了父亲的岁数，除夕是回家的日子，说不准今年他会回来。舅太太说，外面再好，哪儿有家好，特别是我们这样的人家儿，他在外头都看明白了，自然会回来。舅姨太太让田姑娘今夜不要睡觉，时刻留心着街门，等候着宝力格。田姑娘说这个不用吩咐，她一整夜都会候着的。舅太太又让我到外面去制造些响动，她说，王爷在的时候，过除夕人人都要放炮，一进子时爆竹声如轰雷击浪，彻夜不停，那是什么气势！到如今咱们再不济也不能如此冷清。我说，这该是宝力格舅舅的事儿。舅太太说，你就是宝力格舅舅。

我遵嘱来到院中“弄些响动”，鞭炮是由家自带来的那挂小鞭，母亲体恤我到底是个丫头，不敢将哥哥们放的“二踢脚”“老头花”一类的壮观之物拿到镜儿胡同来，拿来我也不敢放。我在廊下半天点燃一个小鞭，啪的一声，一瞬即逝，不惊人，更谈不上气魄，连自己也感到很没劲儿。这时西南方向的夜空泛起一片红光，转而又变绿，接着传来劈劈啪啪的爆响，那是我们家的孩子们在放焰火。我本来该是他们中的一员，却被弄到这儿充当了什么宝力格。我想，如果明年他们还让我来，我也要像宝力格一样：逃跑！

站在廊子上我向屋里望去，舅太太和舅姨太太仍旧在烛光里坐着，依旧是相对无言。她们默默地看着那个金光闪耀的封册和那张写有生辰八字的黄纸，正努力熬过这漫长的年夜。烛心在燃烧，三儿在睡觉，田姑娘已经离开，到前院守门去了。除夕之夜，王府内重门寂寂，屋宇沉沉，两个老妇人、一盏孤灯，构成了难言的风景。突然，摇曳不定的光焰变大变亮，放出了五彩的环，我看见舅太太和舅姨太太也随之兴奋、紧张，她们一动不动地看着那灯，大气儿也不敢出了。灯芯结了一个大灯花，又迸出一片明丽的光，继而火焰变小，变暗，变得奄奄一息、飘忽不定，随着光环的消逝，舅太太和舅姨太太也沉浸在昏暗之中，变得模糊不清了……

八

我没想到以后我竟然见到了宝力格。

那是建国初期，是老四的朋友对老四说他们单位的领导叫宝力格，是蒙古族，科喇奉沁人。一问年龄，正好也是属猴的，老四就把这件事又告诉了舅太太们。舅太太听了青着脸，半天不说话。舅姨太太倒是急得不行，抓住老四说，你怎么不把他拽回来啊，这孩子，到了家门口还不回来！舅太太让我和老四去看看宝力格，摸摸情况，探探他的态度，如有可能，最好还是劝他回来。我们临走，舅太太把舅爷的封册拿出来，让给宝力格带去。舅太太说，他认不认我这个娘是无所谓的，我算什么，我什么也不算，但是他给赫尔札布做了两年儿子，这是更改不了的，实在不回来也罢，把这个封册交给他，怎么说这也是一代朝廷的任命，即便是被推翻了的，它也存在过二百多年，这是任谁都得认可的事情，这是他父亲的东西，该他收着。老四不愿意拿，嫌沉。舅太太说，这是个机会，你以为宝力格还能再见你吗？老四只好拿了。舅姨太太喘息着追到垂花门，颤颤巍巍地说，你们哄也把他给我哄回来，我活不过明年了，临死前哪怕只见他一面我也心满意足了……在阳光里我更看清，舅姨太太的确病得很重，一双脚肿得连鞋也穿不进了，她不光戴了“帽”，连“靴”也穿了，活不过明年，这话不是妄说。

宝力格的住处在他办公楼的后面，是一间低矮的平房，老四跟人说我们是宝力格的亲戚，勤务员就把我们领到他的住处来了。勤务员说宝局长到食堂吃饭去了，让我们在他的房间里等一会儿，说局长很快就回来。我们才知道宝力格已经当上了局长。老四看了一眼周围的陈设说，连床整装被子也没有，还局长呢！这间小破屋，不如咱家的茅房大，放着王府不住，他这是何苦？我说，你以为王府是舒服地方吗？那地方连鸟儿都不想待。老四说，再怎么不好也比这儿强。我说，倒没想到共产党的官这样穷，穷得在卧室里接见咱们。老四说，你怎么能用“接见”这个词儿？你要搞清楚了宝力格是谁，咱们是谁。我说，宝力格是表舅，是局长，从哪方面来说他都压着咱们，怎么不能说接见？老四说，宝力格是共产党，共产党是人民的勤务兵，咱们正好是人民，共产党见人民不能说接见，得说“觐见”，你懂吗？我说，我更多的是把宝力格看成了舅舅而不是勤务兵……

我们正在抬杠，宝力格端着饭进来了，他的搪瓷盆里装了十几个包子。

我的第一个反映是，这人不是宝力格。

宝力格说他就是宝力格。

此人五短身材，黑红脸膛，高颧骨，细眼睛，粗犷有余，文雅不足，与照片上的舅爷比相差甚远。当初，舅太太们是冲着宝力格长得像舅爷才认他当儿子的，如果舅爷是这副模样，慈禧难道还会说他是天地间造化出的英倜人物吗？天潢贵胄的瑞郡王六格格还会心甘情愿地嫁他吗？

老四将来意说明，并将用黄绫子包着的封册交给了宝力格。宝力格没有理会我们的谈话，也没急着看那包袱，他说，食堂今天吃包子，大肉萝卜馅的，味道不错，听说亲戚来了，特意多买了几个。老四对萝卜馅持不屑态度，他说，我们吃过了，我们在前门“都一处”吃的三鲜烧卖。我知道老四又在胡诌了，其实从早晨到现在我们什么也没吃，他这样说是要以三鲜烧卖从气势上压倒萝卜馅包子。宝力格似乎根本没感觉到老四的青皮劲儿，依旧说，吃过了尝尝也好，我们也不是常吃的，你们正好赶上了，怎么能不尝尝呢？我看宝力格是真心，就接过一个。老四还是不吃，我知道，到只剩下我们两个人时他准会说我：没见过包子！

经过对包子的反复推让之后，宝力格才坐下来看那封册，我从桌子对面审视着他，想象着他与我有过的共同经历，受训斥、学满文、拔荒草、抵抗睡眠等等，但无论怎样，我也难把眼前这个矮黑汉子和印象中的宝力格结合起来。我想不出，能将萝卜馅包子视为美食的人会有怎样的王府生活经历。

这期间宝力格已经看完了封册，他把那几块金版包好交还给老四说，这是很珍贵的东西，是我们科喇奉沁王爷的册宝，我还是第一次见到，但我不是你们要找的那个宝力格。老四不说话，细眯着眼睛斜视着宝力格，那表情分明在警告对方不要跟他玩什么小儿科。宝力格说，科喇奉沁叫宝力格的男子很多，就像藏族的强巴很多一样，蒙古族的宝力格也很多，你们不妨再问问其他人。老四说，你敢肯定你和镜儿胡同没关系？宝力格说，我不知道镜儿胡同在哪里。老四说，你的忘性怎这样大？你在王府里住过两年呢！宝力格说，我是由科喇奉沁直接参加骑兵部队的，在内蒙古和西北打了十几年仗，解放后才到的北京。

宝局长大概没有胡说，他那两条“O”形的腿和走路晃肩的姿势足以证明他的出身和经历。我为局长不是我们要找的宝力格感到庆幸，心里松了口大气。突然，我想起了那些曲子，那是宝力格抄了无数遍的曲子，学过满文的宝力格对此应该有所记忆。我鬼使神差般念出前面两句，孰料，局长不假思索就把后面的接上了，而且不是念，是唱出来的。这回轮到我斜着眼睛看他了，我问他是在哪儿学的。宝力格哈哈笑起来，他说，这曲子还用学吗？东北、内蒙古一带的老百姓大多都会唱，这是段流传很广的牌子曲，名字叫《鸟枪诉功》。

我没话可说了。

一离开局长住处，老四就说宝力格在装孙子，说他打宝力格一进来就看出宝力格在跟我们玩花样、绕圈子。我问何以见得，老四说，他开始不正面回答我们的问题，却瞎扯什么包子的话，那是在掩饰，在寻找对策，这个宝力格狡猾得很。我说凭我的直觉，我感到这个人不是宝力格，宝力格要比他英俊潇洒多了。老四说我的直觉是个屁，女人就喜欢俊小生，天底下哪有那么多小白脸儿？又说，一个共产党的局长为几个萝卜馅包子而激动，小家子气！

九

我们将各自的感觉向舅太太们做了汇报，舅太太脸色很平静，她说，我料到会是这样的，我们的缘分也是尽了。舅太太再没说话，径直进了她的西套间，连那个黄绫的小包袱也忘了拿。舅姨太太则很仔细地询问宝力格的身高、长相、健康状况，特别还问到了那颗门牙。遗憾的是我和老四尽管跟宝力格闲扯了半天包子，谁也没想起论证他的牙来。老四说，牙不牙不是主要的，宝力格不会这么多年一直豁牙露齿。舅姨太太说那是。老四还说了宝力格会唱曲子的事，舅姨太太马上问宝力格将第三句是怎么唱的。我说他唱的是：伊尼哈拉本姓狼。舅姨太太说，如若这样，此人是宝力格无疑。我问为什么。舅姨太太说，这个曲子在东北流传过不假，但原词是"伊尼哈拉本姓常"，是我把姓"常"改成了姓"狼"，是我儿子他就会唱姓"狼"，不是我儿子他自然是唱姓"常"。经老太太这一说我倒糊涂了，听的时候竟没注意"狼"和"常"这一细微差别。但老四却坚持说宝力格唱的是姓狼。我认为老四其实什么也没听清楚，他不过是在顺着老太太说，故意把这个宝力格往就是那个宝力格身上引。果然舅姨太太上了他的套，舅姨太太说，宝力格现在是国家干部了，他哪儿能随便就回家？咱们家成分高，他理应避着一些才好。我知道他很好，他也得了我的信儿，这就行了，就是他回不来，我们娘儿俩的心也是通着的了。

舅太太却没有舅姨太太这般达观，她自此变得寡言少语，终日将自己关在西套间，加上猴子三儿的病故，舅太太真真是老了。我年底去看她的时候，她已不能起炕，西套间里脏乱不堪，舅太太本人也憔悴衰弱，衣服敝污，全不是当年威仪严整、奕奕逼人的王爷福晋了。我粗算了一下，前后不过两个月的工夫，两个月，舅太太的变化竟然这样大，这不能不让人吃惊。舅太太见了我也没有话，也没提去银安殿拔草的事，她的目光里满是冷漠，对物的冷漠，对人的冷漠，对生的冷漠。那部与宫里相通的电话机仍摆设在原处，已经尘封蛛网，舅爷的照片还挂在墙上，却已经变得脸朝里了，想必，舅太太和当年的宝力格一样，怕和舅爷相对。

舅太太死在腊月，孤寂地、无声无息地死了。死时没有人在跟前，只有头顶的一盏灯。

病病歪歪的舅姨太太却还活着，她活过了来年春天，又顽强地向下一个年头活去。最终。连田姑娘也没能熬过她，田姑娘死时，舅姨太太已经七十六岁。七十六岁的舅姨太太深居简出，如同世外闲人，没有任何欲望，不作任何奢想，只是惦念着她的儿子，想象着有朝一日她的儿子会突然推门而入……

其时，王府已为某出版社所用，舅姨太太仍旧住在小偏院里，由我们家的人时常过去照料。街道每月补助老太太八元生活费，将她划入鳏寡无依的“五保户”之列。舅姨太太却认为这笔钱是宝力格通过街道转给她的，她无论从哪方面说都算不得“无依”。她私下对我说宝力格自己不便出面，把钱换作另一种方式给她，她很能理解，这话她当然不能向外人说破，她得顾及儿子的前程，总之，她的宝力格是个孝顺儿子，他还在时刻想着他的妈。据我所知，街道补助的生活费是根据老太太没有生活来源又丧失劳动力而定，跟那个宝局长没有任何关系，那个宝局长早已调到外地去了。关于宝局长的调动，我和老四不约而同都没有跟舅姨太太说，老四从小就爱搞些歪门邪道的把戏，父亲说过，他是我们家的万恶之源。万恶之源的老四，现在把舅姨太太骗得一愣一愣的，他故意把他的朋友往老太太这儿领，挑着那个朋友讲他的领导宝力格的逸闻，朋友无心，老四却是有意，最过瘾的当然还是舅姨太太，她能从老四这儿间接得到儿子的信息，那种满足和幸福是难以言表的。我说老四这种不损人、不利己的做法真没太大意思，纯属吃饱了撑的。老四说，我怎么了？我干什么了？我跟朋友去舅姨太太那儿聊聊天，伤着谁了？碍着谁了？

我说，无聊！

十

岁月迁流，原以为老太太就是这般平平淡淡地了此余生，不料老树新枝，淡泊中的舅姨太太竟又有了柳暗花明的事情。文史部门听说镜儿胡同 3 号住了一位精通满文的蒙古王妃，特意前来拜访，聘为顾问，每年给酬金三百元。当时亲戚们对这一做法很不理解，蒙古王妃实在算不得什么，皇上的皇妃还在那里艰难地自食其力呢，活着的王爷也还有几位，哪里就轮得上这个七十多的老太太？于是有人就想到是不是真有个宝力格在暗中使劲儿。舅姨太太对此不置可否，别人问起多是一带而过。老太太的含糊其辞实际是种默认，一种幸福的默认，我看得出，不光舅姨太太希望别人那样认为，连她自己也有意地直往她儿子身上拉。我分析能让国家看重的不是老太太的身份，而是她的满文功底。老太太的祖先能“满汉翻译，进过三场”，足见家学之渊源，这一点儿是任何皇妃王爷们都不能比拟的，舅姨太太独此一份。自此以后，常见有大学问夹着满文老档坐着小车前来求教，来人毕恭毕敬，一口一个“狼老”，那情景真如见到了祖师爷一般。舅姨太太更是如鱼得水，以前教我学满文如同对牛弹琴，如今伯牙遇到子期，高山流水觅得知音，心里头就只剩下满文，把我们都忘了。久之，老太太学会了握手，见人再不请安；学会了拿着腔儿说普通话，嘴里时不时还要冒出一两个新名词，让人大吃一惊。老四对我说，咱们的舅姨太太要成精了，什么狼老啊，整个一个老狼！

被我们背后称为老狼的舅姨太太很得意地对我说，老了老了我托了儿子的福，这真是几十年来没有料到的，亏了当初宝力格从王府跑了参加了共产党，他要不跑，顶多跟你们家老四一个样儿，吃喝玩儿上门儿精，却没什么真本事，倒是成天能在我跟前，有什么用啊！看来儿子不用多，管用就行。我说，您老圣明，这话您跟我怎么说都行。千万别让老四听见，让他听见了准得跟您急。

舅姨太太在“儿子”的庇护下活得充实无比，心旷神怡。

“文革”中我们家所有人员都在劫难逃，常来舅姨太太家请教满文的那个大学问也进了牛棚，舅姨太太的小院里却是水波不兴的静。没有谁愿意冒风险碰这个年近九旬的老太太，她已经老得直不起腰了，随时都有倒下去的可能，正愁死了没人埋呢，何苦找那麻烦？更何况老太太还有一个从未出现过的、神秘莫测的儿子，谁能说清他是干什么的？那年月，说不清楚的事情太多。

随着“文革”的“深入”，三百元年俸停了，八元生活费也再没争取得来，舅姨太太处于退而无路的绝境。那天，舅姨太太带话来说让老四过去，老四正被造反派关着，走不脱，我就过去了。舅姨太太问，怎么是你来了，老四呢？我说老四不便出门？舅姨太太问怎么不便出门。我说他被剃了阴阳头。舅姨太太问何为阴阳头，我说就是左右各半。舅姨太太说，这倒是怪，怎么不剃成前后各半呢？要那样造反不就又造回大清了吗！我赶紧捂住老太太的嘴，叫她不要胡说。我说，老祖宗您再不要给我们家找事儿了，我们家已经再经不起任何折腾了。舅姨太太说，你们怕，我不怕，我的儿子是共产党，你看街上那么闹，他们就不敢到我这小院儿里来闹，外院儿出版社的大字报都贴满了，谁敢给我贴一张？我不便再说什么，就问她找老四有什么事儿。舅姨太太说让老四通过他的朋友给宝力格通个气儿，将她目前的窘况告诉她的儿子。我说，那个宝力格根本就不是您儿子，是老四哄您呢！老太太不相信。我说，宝局长十年前就调走了。老太太说，我不跟你说话，你还是给我找老四来，这件事儿我就认老四。我拿老太太的固执没办法，心里真把老四恨死了，当初是他系下的死扣，如今却要我来解，这么一想就觉得把老四关死、斗死也绝不冤枉。眼前我只好顺坡下，答应替舅姨太太去找儿子。

街道给我母亲下命令，让母亲把舅姨太太接到我们家来，其原因是街道对这个孤老太太也无能为力了，我们家多少与她沾了些亲戚关系，所以老太太理所当然该由我们家收容。母亲身体已经很差，几个儿子死的、走的、关的、管的，身边只剩下了我，接舅姨太太的任务非我莫属。

接舅姨太太那天，出版社的大院里站了好多人，出于好奇，谁都想目睹昔日王妃的容颜。那时西哈努克亲王和皇后莫尼克公主在中国电视、报纸上进进出出，几乎达到了家喻户晓的程度。那毕竟是外国的王爷、王妃，人们更想看看中国自己的土著，看看现成的札萨克多罗亲王王妃。这无可厚非，我当然不能阻挡人家看我的舅姨太太。

那天的太阳金光灿烂，我骑了一辆借来的平板车来到镜儿胡同 3 号，平板车进不了偏院，就停在昔日的垂花门口。我进院的时候舅姨太太早已收拾停当，抱着小包袱坐在院里的台阶上，看我进来。她朝我一笑，就像当年我攥着萨其马向她请安时她那一笑一样，不同的是现在她的嘴里一颗牙也没有了。望着衰老、单薄的老太太，我的鼻子忽然一阵发酸，说不出话来。周围景致依旧，东墙的枣树下埋着她的小黄鸟，北屋的檐下开着她每年要关照的茉莉花，窗棂上那些我们共同喜欢的小蝙蝠还在翩翩飞舞，这是舅姨太太住了六十多年的、从未离开过的小院……

舅姨太太见了我伤感的样子说，早就想着离开，总没有机会，这回好，终于走出去了。她看了看我又说，你是不是以为我会很留恋这里？错了，其实我压根儿就不属于这儿。我说，既然您不属于这儿，那咱们就走吧。舅姨太太却迟迟不挪步。我说，车是借的，咱们抓紧时间走吧。她说，我已经走不了了。我将舅姨太太背起，老太太却一把抓住门框不撒手。我说，您这是干什么呢？舅姨太太突然呜咽道，我就这么走了，将来宝力格到哪儿找我去呢？叶落归根，他总会回来啊！我说，宝力格回来总得找街道，街道会告诉他上哪儿找您。舅姨太太这才松了手。

我背着舅姨太太走出垂花门，围观者哄然一片。

衰老的王妃令人们失望，如同宝力格令我失望一样。

十一

舅姨太太住进我们家后，每晚照旧点蜡，她说她已不习惯电灯，灯光太晃眼，她看灯光总是有五彩的虹，不如烛光柔和。我们不知道这是青光眼的症状，以为她是随便说说，后来她的视力日差一日，以致一米以外看不清东西，我们才发现病情已经到了晚期。治了几次，医生说希望不大，只要不急性发作，只可维持现状，关键是病人要保持心情舒畅，避免忧虑和刺激。这些，我们可以努力做到，但是，舅姨太太做不到。舅姨太太在我们家永远有客居之感，她不愿意麻烦母亲，生活力求自理，甚至还要帮母亲干些家务。九十岁老人的能力，谁也不敢指望，我们劝她只要老老实实在房里待着，茶饭自然会送到她的手上，她仍是不安，一听到脚步声脸上立即堆出笑，以便让我们看到她的满足和感激，那情景让人心酸。

舅姨太太再也没有问过宝力格的事。

一天上午，我去给她送洗好的内衣，舅姨太太正趴在桌前，靠着那微弱的视力在艰难地写着什么，她太专心了，竟然没有发现我的到来。透过老人消瘦的肩，我看见她用铅笔在孩子们用过的练习本背面一行行地画着满文，前面已经写过不少，小小的本子只剩下了一半。我咳了一声，舅姨太太慌忙将本子合了，惊恐地问，是丫丫吗？看舅姨太太的表情，很像个做错了事又被人抓住的孩子，窘迫得有些不知所措，我后悔自己的举动使老人如此难堪，便揽着她的肩说，我看见您写的满文了，真好，您教我吧。舅姨太太说，老了，记性不行了，眼睛也看不见了，你真要学，将来让宝力格教吧。我说，真后悔小时候没跟您好好学，把大好的机会都错过了。舅姨太太说，凡事都有个缘分，那时候你跟满文的缘分还没到，不学不足为奇。说着她把小本子掖到褥子底下，又将单子抻平了，然后自己坐在了上面。我想，那上面一定记录了很重要的东西，跟她的经历有关，跟历史有关，也跟她的儿子宝力格有关。我把话往宝力格身上引，说，老四从牛棚出来些日子了，他去找过几回宝力格，没消息，老四说了，这事包在他身上了。舅姨太太的眼里有泪光在闪，她说，不必找了，我知道，宝力格现在也遇上了麻烦，这么大个运动，谁能躲得过呢，何况他还是个干部？我说，您放心，您娘儿俩早晚有见面的那一天。

舅姨太太摇摇头说，怕是难了。

舅姨太太终于熬到了“文革”结束，她将在床上度过她的百岁生日。双目失明的舅姨太太在生日的前两天实际已呈糊涂状态，一连三天，只喝了几口糖水再没进其他，大家都明白，老太太就是这一两天的事了，得赶紧做送老太太上路的准备。

就在母亲和她的儿媳妇们忙着为舅姨太太缝制老衣时，老四举着个汇款单一路喊着跑进后院，跌跌撞撞地奔进屋来，扑到舅姨太太床前大声说，老太太，您儿子宝力格给您寄钱来啦！

舅姨太太立即睁开了眼。

老四把汇款单递到老太太手里，老太太哆里哆嗦把单子使劲往眼前举，可惜，她什么也看不见。舅姨太太把脸转向老四，老四说，您听，我给您念：北京镜儿胡同3号狼伊雁母亲大人收，下款是内蒙古科喇奉沁右旗宝力格寄，不多不少整整五百块呢！大伙儿都觉得惊奇，都觉得这钱来得突然，但当着舅姨太太又不便说什么。舅姨太太将汇款单紧紧地攥在手里，再不松开。

我将老四拉到门外低声问，这是不是又是你玩儿的花活？老四跺着脚说，天地良心，打死我我也拿不出五百块钱来，这单子是出版社那边转来的，要我寄能寄到出版社去吗？

五百块在当时的确不是个小数，别说老四，就是我，也拿不出。

但是，鬼才相信这钱是宝力格寄来的。

舅姨太太相信。

三天水米未沾牙的老太太喝了几口米汤，她好像不糊涂了，神情简直爽朗极了，天已经很晚了还没有睡的意思。我坐在她的床头，她断断续续地说宝力格既然寄来了钱，过不了几天也会回来看她，说像她这样有福气的老太太全中国也没几个，她这一辈子知足极了。我说，您该睡了。舅姨太太说，天都黑了吗？我说，都快十二点了，家里的人都睡了。舅姨太太说，有这么晚了啊，我这眼睛看不见，也不知白天黑夜，耽误了你不少工夫，你也睡去吧。我将老太太的被子掖了掖，站起身说，您歇着，我走了，明儿一早来看您。舅姨太太说，记着把灯端走，我这眼睛要灯也没用了。

舅姨太太死了，很幸福地死了，终年一百岁整。

那五百块钱，正好发送了老太太。

十　二

前不久，社会上一度兴起满文热，我几次想进那学习班，却总抽不出时间，有几回都计划好了，又被别的事冲了，思来想去，就想起舅姨太太的话，还是缘分不到。我的丈夫对我要学满文极不理解，他说有那时间不如去学学烹饪，那样还实惠些。我说我学满文是要破译这个家族的一些秘密，比如舅姨太太死后我从她身底下抽出来的那个不起眼的小本子，上面的满文一定告诉了我们一件很要紧的事情。丈夫不以为然，他说，你们家的怪事太多，你们家的人活得太累，放着顺顺当当的汉文不用，偏要写什么满文，成心让人看不懂。

后来，我拿着本子找到学习班的老师，请他帮忙翻译，没想到老师竟是以前常来镜儿胡同3号找舅姨太太谈论满文的大学问。他看了舅姨太太留下的本子，一言不发，又还了我。我让他无论如何告诉我里面都说了些什么，老师站在窗前望着外面说，不知道也罢。我说，这是我们家老人留下的话语，我怎能“不知道也罢”？老师转过身对着我，我才发现他的眼里满是泪。他说，这是老太太写给她的儿子的。我问都写了些什么，老师说，老太太详细记录了她每天吃了些什么饭，你们给她买过什么零碎……这是一本流水账。我说，老太太记这个干什么？老师说，她让她儿子宝力格将来折价如数偿还。

…………

舅姨太太，您让我说什么好啊！

出版社办了一本文学刊物，编辑亚君跟我约稿子，他让我到编辑部去谈一谈，我再一次来到了镜儿胡同3号。走进大院，我看见银安殿已被改作了机关食堂，原本是神龛的地方变作了售饭窗口，幽暗的檀香气息已被葱花炝锅的香气所替代，再过两个小时就开饭了，这里将是出版社最热闹的地方。殿前平滑的水泥地面和那些停放的大小汽车，让人很难找到草的痕迹了，老鸹们也踪迹全无，瞬息间我体味到沧海桑田的变迁，没想到时间竟是这般短暂。

亚君的办公室就在偏院，枣树还在，茉莉花还在，这些在年轻编辑亚君的眼里就是树，就是花，和普通的树、普通的花一样。他那不在乎的神情和舅姨太太离开小院时那不在乎的神情没有任何区别，老的和小的在某种境界上达到了统一，所不能释怀的只有夹在中间的我。我想起了单位同事贾平凹说过的写文章的三个层次：山是山，水是水；山不是山，水不是水；山还是山，水还是水……

这正指的是年轻的编辑、我和舅姨太太。

亚君的办公室就是当年舅姨太太住过的老屋，他把我让进屋里说，这座老房光线太暗，屋里还老有一股药味儿，怎么也去不掉，讨厌极了，我们一年四季都得开着窗户。我抬头看那窗棂，可爱的小蝙蝠们仍在飞舞，我伸出手去触摸，彼此竟如老朋友一般熟悉。亚君说，这院里只有这些蝙蝠雕刻还有些艺术价值，其余都没什么特色，明年我们这儿就要拆了，要在这里盖十八层办公大楼，那时你再来看看，比现在要气派多了。

不知何事萦怀抱

一

春天，四格格的女儿夏樱找到我和老七舜铨，跟我们谈及了她母亲骨灰安葬的事，说夏家的人已经看好了两处公墓，一为京东窦家店奉安公墓，一为京西西山陵园。两处墓地各有利弊，条件不相上下：京东的交通方便，便于祭扫；京西的风景秀美，清丽静谧。各自的缺点在于：窦家店墓地过于杂乱，西有公路相交，东有河水干扰，平日嘈杂不说，夏日还难免有水患之虞；西山陵园不通公共汽车，所葬多为各界名人，名人大多有私家车，上趟陵园不为难事，但对无车又无权的夏家人来说就成了大问题，且墓地价格之昂贵，恐怕要夏家所有的孩子们拿出各自多年积蓄才凑得上数。夏樱说，她的母亲生前也是全国政协委员，是国内有名的建筑专家，葬于西山也是应该的，而葬于窦家店也未尝不可，那里似乎更贴近平民百姓，合乎她母亲生前的做派。问题是她母亲临终留下了话，身后骨灰的处理，以廖世基先生意见为准……

夏樱说，本来她母亲的骨灰埋也就埋了，并没什么难处，但他们不明白，为什么一向崇尚科学的母亲，到头来还要听什么讲风水的廖先生的……他们做不了主，依着老北京的习惯，是母亲的事儿就应该找姥姥家的人商量，所以她就来到戏楼胡同的老宅，请舅舅和老姨给个主意。

四格格金舜镡是我们的四姐，是金家的七个女孩儿之一，勤奋聪颖，曾留学于国外，获得过英国牛津大学的博士学位，回国后参与过人民大会堂的建造和故宫角楼、天安门城楼、旧东直门的修缮设计，是政协委员、劳动模范，也是我们十四个兄弟姐妹中最有出息的一个。

至于四格格提到的廖世基廖先生，是个只上过几年私塾，学问却“大”得不得了的建筑队普通干部，先管维修，后管劳保，打从一解放参加古建队直到退休，大概最终也没熬上正科长的位置。他的儿子廖大愚说他爸爸在建筑行干了几十年，一事无成，连点儿说得出来的业绩也没有，著名建筑的修缮工程参加了不少，但那功劳都记在了别人的账上，跟他父亲无关。

廖先生则说，怎能说没有关系呢？但凡建筑，都是有生命的，都是活的，每一座中国古代建筑，都有一个藏匿灵魂的所在，那个地点神秘极了，非行里人不能找到。建筑物有气则生，无气则死，生者以其气而存，这就是所谓的灵气，它是建筑的生命所在，也是建造者的生命凝聚，即为天人感应是也。天坛祈年殿是谁盖的？颐和园佛香阁又是谁建的？没人说得清。但这些建筑立于天地之间，它们存在一天便记着建筑者的名姓，记着那些人付出的血汗和艰难，它们自然也存在于建它们的工匠心中，所以彼此就都永远活着。

廖大愚越听越糊涂，只有眨眼的份儿。

廖先生说，古书上说得好，“太始生虚廓，虚廓生宇宙，宇宙生元气”，建筑和人其实是一样的，生死悠悠，一气系之。仰观天文，俯察地理，建筑行里的学问大了，不光是担水和泥，凿卯上梁。屋者，乃阴阳之枢纽，人伦之轨模，非夫博物明贤未能悟斯道也。这些道理你们可以去问金舜镡，她是大学问，她懂。

当然，从来也没有谁就建筑物的生与死、得气与失气的问题问过金舜镡，跟大科学家谈论风水，有点风马牛不相及，更何况忙碌的名人每天为国家的建筑业操心不已，不会对什么“阴阳之枢纽，人伦之轨模”一类虚幻无边的话题感兴趣。尽管廖先生常提到金舜镡，其实他与我四姐海平云鸟，聚散无常，见面的机会极其有限，有时我四姐在电视的屏幕上露了一面，第二天廖先生便会打来电话给我们家老七，说他昨天晚上在电视里见着金舜镡了，说看舜镡的气色不太好，让老七转告四格格，身体要紧。

廖先生小的时候常随着他的父亲到我们家来，有时候是为修房子，有时候是过来串门聊天。

那时候，廖家在北京开着隆盛木场，下面有八个分柜，专门应承宫里的土木活计，据说北京的五坛八庙、国子监、雍和宫、金鳌玉栋桥、四牌楼等，哪一样都跟廖家发生过关系。廖家的活计在全北京乃至全中国是一流的，廖家的银子之多在全北京乃至全中国也是一流的。光绪死后，修建陵墓，因国力衰竭，财源拮据，享殿周围的石刻栏板竟然全无着落。太后隆裕为此着急，建陵大臣也为此着急，再急也急不来银子，当时国势如江河日下，大清江山业已风雨飘摇，一切都是有今儿没明儿的事了，谁还顾得上死皇上坟地的栏板？这时候，廖先生的父亲，从自家拿出八十万两银子，解了朝廷的燃眉之急，才使原本就窝囊的皇上睡进了借钱建起的陵墓。朝廷要面子，建陵所欠廖家的款项，一直说“借”，但廖家人明白，这是笔有借无还的死账，廖家人永远也没指望着有还债的那一天。廖先生和他父亲来我们家，我父亲常戏谑地跟廖先生父亲开玩笑，说自己死了以后修坟怕也要向廖家借钱，八十万两用不了，八十两总还是要的，到时候还不上钱怎么办呢？还不上就把四格格给了廖家儿子做媳妇抵账。

谁都知道这是句玩笑话，谁都没有当真，包括年龄相当的四格格金舜镡与廖世基本人。父亲之所以提出用四格格抵账而不用其他人，是因为四格格与廖世基是北京第十七小学的四年级同学，更兼之四格格对“盖房子”有种特殊的兴趣。廖家柜上的施工队一进金家，金家上下的大小人等便都反感，那些沙子、石灰毕竟给人带来不便，尽管事先掌柜的已到各房里道了“添麻烦！”人们还是嫌讨厌。一逢修房，金家只有一人兴奋，就是四格格。四格格要从搭架子绑杉篙看起，一直看到画工端着色盘子往彩画合玺上描龙画凤，简直着了迷一般。这时候，随着父亲来金家的廖世基就成了现成的师傅。

四格格说，我们家的房檐上怎么没站着小人儿呢？廖世基说，那是你们家不够品级。四格格说，我们的舅太太家房上可是有小人儿呀！廖世基说，你们的舅太太家是蒙古王爷，王爷的银安殿上当然得有小人儿，天安门上的小人儿是十一个，你们舅太太家房上的是七个，东直门上的小人儿是五个。四格格问，那些小人儿都是些什么呢？廖世基说，头龙二凤三狮子，天马海马狻猊鱼，獬豸猴子和截兽。四格格说，这些物件一下都上了房，图的是什么呀？廖世基说，好看呗，避邪，镇水火，你想想，太和殿的房檐要是光秃秃地挑着，哪儿有现在这气派？

四格格说，我们家戏台的藻井，那一块块的小木头是怎么搭上去的呀？廖世基说，按口分呀，太和殿大不大，比你们家戏台大，上边只要给个二寸的口分，这太和殿就弄得了。这口分是什么呢？就是比例，咱们在学校里不是才学过的？四格格说，那这二寸的比例又是谁给的呢？廖世基说，鲁班爷给的呗。鲁班爷早就算好了，他不告诉咱们口分，咱们就干不了活儿。

四格格说，听说故宫角楼九梁八柱七十二条脊，从上到下没用一根钉子，那样式是按照鲁班的蝈蝈笼子盖起来的，真有这事儿呀？廖世基说，哪儿能没有钉子呢？少就是了。我们祖上修角楼的时候用的是河北获鹿铸钉厂的钉子，楼顶的爬梁，用的是金丝楠木，别小看那儿座楼，用料比三大殿还讲究。

四格格说，你懂得这么多，长大也跟你爸爸一样，盖房吧。廖世基说，我当然要盖房，这是我们的家传。四格格说，跟你爸爸说说，也收我这个徒弟，咱们一块儿盖太和殿。廖世基说，太和殿已经盖好四百年了，还用得着咱们盖？我想将来还是要出国留学，学建筑，外国人盖房的手艺也很不错，咱们把他们的活儿偷来不是更好？四格格说，上哪国去偷哇？廖世基毫不犹豫地说，上德国呀，德国的小楼盖得相当精彩，我爸爸跟德国人开的龙虎公司有交往，龙虎公司，知道吧？四格格摇摇头。廖世基说，连龙虎公司都不知道，你真行！告诉你吧，北大的红楼、帅府园的协和医院，都是龙虎公司盖的，看看人家的那份讲究，你绝不能说不好。四格格说，那咱们就去留学。我阿玛就是留学回来的，他没学建筑，他学的是古典文学。

一对四年级的小学生在金家大院里信马由缰的闲聊，无形中竟奠定了我们家四格格的人生道路。三十年代末当她走出国门去学建筑的时候，廖先生却因家境的衰落，成了日本人开的荣纪营造厂里的一名普通小工。四格格在颂年胡同日本人的建房场地上找见了小学同学廖世基，廖世基正在房底下和泥，听说四格格要走，小工廖世基脸上露出由衷的喜悦。他说，您替我好好学，那就跟我出去学是一样的，我在国内，您在国外，这就是中西合璧了，好事儿！四格格本想安慰正和泥的老同学几句，不料廖世基却说，国内建筑行的学问我一辈子怕也学不完，瓦、木、扎、石、土、油漆、彩画、糊，哪种技艺钻进去都是一门学问，就说我手底下这泥，当小工的九浆十八灰，样样都得和到家，这里头可有讲究呢……

四格格走了，逢年过节，时有贺年片由国外给廖世基寄来，廖世基却一次也没有回复过。他将四格格的信件一封封认真地保存好，没事就拿出来翻看，仿佛见到了四格格一般。到了年节，他也要郑重地穿了浆洗过的长衫，提着礼来金家看望我的父母，说些吉利话儿，说些房子上的事情，最终总要转到四格格身上来。只要我的父母讲到四格格在外头的情况，廖世基便很仔细地聆听，生怕漏掉什么细节，也不插话，进入了一种全身心投入的状态。

廖先生倾慕敬重我们家四格格这件事，在金、廖两家已经是不成秘密的秘密。四十年代末，四格格由国外回来，按部就班地找工作、嫁人、生子，也没见廖先生有什么特殊表示。我的哥哥们戏谑地说他是癞蛤蟆想吃天鹅肉，又不敢张嘴，我则认为是“爱惜芳心莫轻吐”。没人时跟四姐谈起我的看法，科学家说，你知道什么叫芳心？小小年纪，别的事儿不上心，偏偏爱对这样的问题伤神，没出息极了。吃与不吃，吐与不吐，跟你有什么关系？先把你的成绩单拿来让我看看。我当然不敢把我那个净是红字的小本在大学问面前展示，但在这件事上，我从廖先生的收敛与退缩中看到了他的自知之明，也就是知己知彼吧。廖先生常说，天道忌满，人事忌全。彼时虽不能令我理解，但现在看来，那实在是一种对人生悟透了的大境界。

残缺实际也是一种人生的美。

廖先生是个很不错、很善良的人，四格格对廖先生一直很敬重，无论在什么场合见了面，都要跟廖先生聊几句。往往这就使廖先生很激动，对人谈论的话题自然也离不开金舜镡和古代建筑，对行外人而言这些都是很枯燥、很专业的内容，人们既不了解中国古建行里那些深奥的营造法式，也不知道金舜镡为何许人也，这让廖先生不能释怀，很是悲哀。

至于我的子侄辈，对此颇有些不以为然。年轻人以为，这是一种追星行为，小姑娘们追刘德华、张学友，小伙子们追梅森、施瓦辛格，老头儿们追于魁智、耿其昌……所谓的追，就是一种喜爱，一种向往，一种崇拜，并没有什么实质性的内容在其中，谁的心里能没个星星儿呢？所以，廖先生倾慕金舜镡也就理所当然，没什么值得大惊小怪的了。对此事唯一挂心的是廖先生的老伴儿。这位大姐平时贤惠无比，但谁在她跟前一提金舜镡，她的表情立时就不自在，不唯对金舜镡，发展到对我们金家所有的人都抱以警惕，都没有好感，大有“恨屋及乌”的劲头儿。为此，我们家的人谁也不愿意上廖家去，尽管两家是多少代的世交了，到了廖先生这辈竟是走得远了。

我和老七的意思是，既然四格格提出了以廖先生的意见为准，骨灰安葬的事就还是应该跟他商量一下为好，一来是死者的心愿，二来两人毕竟是建筑行多年的朋友，或者是生前真有什么约定也未可知。

尊重死者是活人的义务。

舜铨给廖家打了电话，是廖大愚接的，大愚在那头冷冷地说廖老先生最近身体不好，没精神应酬杂事儿。老实的舜铨当下就没了话，他拿着电话问我怎么办。我说，你跟廖大愚用不着客气，实话实说。舜铨说，还是你来吧。我接过电话大声说，廖大愚，我是金舜铭。大愚一听大叫一声说，敢情是你呀，电影院现在正演你写的电影哪，我老说什么时候去摄影棚看看电影是怎么拍出来的，这回好，你无论如何得带我开开眼去。我说，看拍电影以后再说，让你爸爸接电话，我有重要的事情跟他说。大愚说有什么事情不妨跟他先说，他跟他爸爸是一样的。我就说了请他父亲帮着金舜镡挑选墓地的事。大愚说挑选墓地这样的小事用不着他爸爸出面，他本人就完全可以担当。我强调说是金舜镡本人的意思，金舜镡请的是廖世基，没有请廖大愚。大愚在电话那头沉默了一会儿，小声说他父亲的心脏最近不太好，身体也很差，这样的事情最好还是别让他爸爸知道……我想，大愚自然知道他父亲对我四姐的感情，他这样做，是真的怕他父亲知道了四格格的噩耗有什么三长两短，他是他爸爸的孝顺儿子。我见他为难，也有些犹疑，这时大愚说，这样吧，你过来，就说是为一个朋友选墓地。我说，这样也好，不知什么时候去合适？大愚说，现在就合适，现在他还不太忙。末了，大愚突然又说，其实你最好别来。

我问为什么。

大愚说，我怕你白跑一趟。

二

有必要讲述一下廖家的来龙去脉，讲一讲金、廖两家的关系。

廖世基的祖先精于堪舆之学，极受朝廷重视，明朝燕王朱棣在南京登基，打算将国都迁往北京，永乐三年，派礼部尚书赵江、江西风水术士廖云清等人北上，奠基京师。

根据中国“以土中治天下”的传统思想，京城应选不偏于东西南北的中央，选中央之法，按廖家人的说法是在夏至那天，用八尺竹竿立于日下，影达一尺五寸的地方，即为天下中央。古人认为，中央之地，天地之气和合，顺风雨之所调。总阴阳之所交，是天下为一的大吉之土。小时常听廖先生作如是之说，对此我深信不疑，认为北京就是他们家用大竹竿选出来的中国地域中心。稍大有了些地理知识，才发现北京并不在中国的地中央，从中国地图上来看，它靠东又偏北，地中之说似乎不妥。将此疑惑请教四格格金舜镡，洋派儿人物金舜镡说，这是古代中国在测量学上的一个误区，没有什么科学道理，用一尺五影子选出来的点也绝不止一处，而是从西向东一条线。我问她怎么找中国的中心，她说北京就是中心，政治文化的中心，再用不着找什么其他的中心。我认为，金舜镡没听懂我的意思，科学家也再没兴趣跟我谈什么“中心”的问题，去忙她的工作了。廖先生问过我请教的结果，我说金舜镡说了，北京就是中国的中心，我当然把“政治文化”省了，也没说“能测出一条线”“没有科学道理”的话。廖先生听了很高兴，兴奋地对我说，这叫“土圭日影法”，是中国测量学的精华，是集天文、地理、术数为一体的科学，你的四姐深谙其中奥妙，她不是个一般的人。

不知怎的，我却总觉得四格格有些浮躁，而廖家说得也不太准确。

再回过头来说廖家给北京定方位的事。

京城乃皇居宗庙的所在，是国家江山的象征，廖家祖先深知责任重大，用了数年时间，终于勘定下北京的基本方位，设计出了紫禁城的大概规模，所以，廖家先祖对于北京城来说，功不可没。

据说北京从前门到鼓楼这条著名的南北中轴线就是廖云清从天上“替”下来的，这事让廖家人一说就有点神乎其神，什么先祖为找正北，驾气上天，遇北斗金星，赐金鸭一只，返回人间，金鸭不留神从怀中飞蹿，扑棱棱拱出一条路，一量，就是北京南北中轴……我在儿童时代常常分不清现实与传说，就对那只拱出中轴的鸭子很向往，千方百计要一睹金鸭风采。我与廖先生的儿子大愚年龄不相上下，是小学同学，放学后常去他们家玩，大愚曾偷偷给我看过那只为我们大家找着了“北”的金鸭子。所谓金鸭子，不过是一个有点像鸭子的小木片，并不是金光灿灿的大鸭子，让人有些失望。后来，在古代建筑博物馆又见到了那个“鸭子”，说明写得很简单：“明代地平仪，俗名‘水鸭子’，廖世基先生捐赠。”水鸭子是一对，漂浮在水盆中，采用的是两点一线的简单原理。问及北京的“北”是不是这鸭子拱出来的，年轻的讲解员一笑，说这话不是没有来由，明代辨方位、找水平，凭的就是罗盘和水鸭子，夜静时用水鸭子抄下七星北斗的方位，固定住，然后封箱，派专人看守，即为找着了“北”，天明后选吉时开箱，根据测下的正北定中线，有了中线就有了北京的建设根本，有了主心骨。所以，“北”的学问不唯在中国建筑业，在为王建国上也是至关重要的，辨方正位，是匠人也是天子要时刻铭记的——“天子当阳而立，向明而治”，“生者南向，死者北首”，找着“北”，实在是件非同小可的事情。

可叹的是，金舜镡对这么重要的鸭子竟然一无所知，她说，“北”还用找吗？用指南针一看就看明白了，再省事不过了。我说，明朝时候用水鸭子，不用指南针，我在廖家还见过为北京找着了“北”的那只大金鸭子呢，有这么大。说着我用手比画了一个比真鸭子还要大的“鸭子”，我主要是不想让她跟我一样失望，这么一想，那鸭子当然是越大越好。四格格对我这个最小的妹妹大概也没办法了，她蹲下来看着我说，你的历史课学得肯定不好，指南针在宋朝时候就有了，是中国四大发明之一呀，你怎么会不知道？

我问她是明朝早还是宋朝早。

金舜镡瞥了我一眼，一句话没说走了。

自打明朝就为北京建设立下汗马功劳的廖家人，满人入关后更是受到重用，其先祖曾两次受顺治母亲孝庄皇太后和皇叔多尔衮派遣，随同钦天监官员去京东勘选陵地。不久，选中昌瑞山南坡大片向阳的秀丽山峦，即为今日东陵。

东陵北面主峰高耸，气势巍峨，万山奔涌，霞霭蒸蔚；左右有河水环绕，南面绿野如茵，紫气东来，一派锦绣。传说廖家先祖曾经陪着顺治皇上去过东陵，顺治骑马登上主峰，环顾四方，称陵区有“龙蟠凤翥”之势，为“乾坤聚秀之区，阴阳和会之所”，龙心大悦之余，摘下右手的玉扳指儿抛下山峦，定扳指落处即为他的万年吉地。随从们下山寻找，在山脚的草丛中觅得顺治的扳指，却见扳指套在一小木桩上，原来这小桩就是廖家先祖为皇上勘测的陵寝中心，金井所在，小桩就是风水家所点的“穴”。

有道是，“京都以朝殿为正穴，州郡以公厅为正穴，宅舍以中堂为正穴，坟墓以金井为正穴”。风水家们以点穴的准确与否来测定水平的高低，其细微程度往往有“失之毫厘，谬以千里”的说法，故而也有“三年寻龙，十年点穴”及“寻龙容易点穴难”之说。金井的位置在整座陵墓的中心，即棺床正中央，在墓主尸体的腰间部位，钻一圆形深井，内中有不竭之泉水，藏以死者生前喜爱之珍宝，一来镇墓，二来息壤。以风水说法，金井可沟通阴阳地气，为陵墓精神之所在，其位置的重要，不亚于太和殿的龙椅，是直接关系到江山社稷的核心部位。廖家先祖勘选的正穴与皇上的扳指儿落处不谋而合，除了说明是天意以外，也说明了廖家人的真才实学。为此，皇上回銮以后特赏赐廖家先祖光禄寺大夫之职。官居二品，蓝顶花翎。廖家一时是荣耀得很了。

否泰相承，祸福相依，风水也会逆转，祖坟也会跑气，所谓的得意都是一时的。据说，我们的老祖在道光八年曾救过廖家先祖一命，廖家人世代感激，都到了20世纪80年代了，廖先生见了我们家老七，提起来仍旧满口是“心中藏之，何日敢忘”一类言辞。

这一切当由廖先生的高老祖说起。廖家高老祖廖景昂，奉旨为道光皇帝在东陵勘点龙穴，当时参与此项工作的王公大臣不少，除庄亲王绵课以外，还有大学士戴元钧和尚书英和等人。一行人在东陵宝华峪寻得吉地，廖景昂慎重点穴，打下金井木桩，以斛覆盖，自此，此点一直到陵墓建成再不见日月星三光。将选址情况报之道光，皇上钦定于十月初十吉时动工。开工的第一道工序是挖掘金井，挖掘的深度一直要深入到地宫基底的水平，以判明墓地的地质情况和合适深度。

十月初十那天，各大员到齐，行典礼祭告山神、后土、司工诸神。一番仪式之后，工匠的铁铲便要直落龙穴了。这时，大学士戴元钧突然说，且慢，不可贸然行之，穴中恐有水沙。众人看那周围，昊然潮润松软，一股山泉由左绕来，钻入地下，竟不知所终。庄亲王是建陵主事，见状亲自做主将陵寝前移五丈，以避开水沙。廖景昂在一旁虽缄口不语，却脸色大变。工役们破土开挖地宫基槽，改址后的基槽一路深入，果然土质干硬，取四方一寸土，派人称量，为九两三钱。以土质而论，九两以上为吉土，五七两为中吉，三四两为凶地，于是有人便责言廖景昂点穴不准，有失察之罪，将奏章上报皇上，道光却按下不提，意欲陵墓竣工再作论处。道光皇帝的陵寝修建历时七年，七年中，虽皇帝屡次有“国家定制，登基后选建万年吉地，总以地臻全美为重，不在宫殿壮丽以侈观瞻”之类以节俭为要的谕示，但陵墓的耗资依然惊人，不在历代天子以下。道光七年，陵墓建成，将已故的孝穆皇后安葬于此，皇帝也亲临地宫验看，见建筑坚实细密，处处不违祖制而又匠心独到，十分高兴，给所有参与陵建人员以赏赐。在加官晋爵的热闹中，独廖家高老祖廖景昂不求恩典，唯以勘察不准而谢罪。时值道光高兴，对廖景昂的罪过不予追究，也不予赏赐，一件弥天大罪就这样一带而过了。廖家人在冷汗之余也并未怎样高兴起来。

第二年，道光皇帝出京狩猎，途经东陵，想起自己的陵寝来，便去看看。孰料，将地宫的石门一打开，一股污水哗哗而出，细观，整座地宫已成水乡泽国，皇后的梓宫浸泡于水中，遍生霉迹，那些陪葬的木箱，也腐烂糟朽，诸多物品散落漂浮水中。道光一见，大怒，着人测探水深，计近二尺，已漫过停放棺木的宝床之上。至于那口棺下的金井，则已成了地地道道的井，竟成了水之源泉，这无休止的浑汤，就是从那个眼里涌出来的。也亏了皇上第二年便想着来验看，若再等三年五载，地宫怕已经变成水晶宫了。

接下来是一次历史上有记载的大问罪与大株连：尚书英和拟斩；庄亲王已故，他的四个儿子皆被革爵；近百人被杀、被抄、被发配宁古塔。这中间，首当其冲的就是廖景昂——廖本人及亲族被处以极刑，押至死牢，待秋后处斩，财产全部没收。这场因“选陵不慎”造成的欺君事件，沸沸扬扬闹了近半年才算平息。

皇上盛怒之后，不得不面对严酷之现实。很明显，东陵宝华峪陵寝已不宜再用，而再勘新址，一时难寻堪舆之人。加之朝廷上下，为陵寝之事人人自危，个个忐忑，真真闹得道光帝是下不来台阶了。这时，我的高祖上奏章给皇帝，言明选择新陵址的迫切与必要，又阐明当初廖景昂谢罪有因，他点的穴位是被庄亲王挪动过了的，所以，廖的罪不在勘察不准，而在未能监守；皇上现在急于用人，着廖戴罪为圣上选择新的万年吉地，一来皇上恩德无量，二来廖景昂必定会小心从事，想必不会再出什么差错了。道光为了自己的利益，乐得顺水推舟，从狱中提出廖景昂，让他以勘址赎罪，他的家属则依旧作为人质扣押，以最终新陵选择的结果来决定是斩是留。后来，廖景昂在易州西陵的龙泉峪为道光选得新址，是为慕陵，使本该葬在东陵的道光葬在了西陵，打乱了清朝皇帝东西陵隔代而葬的惯例，这也是后人一直迷惑的道光皇帝葬西陵而皇后埋东陵的原因。

事后，廖景昂为感谢我家高祖的救命之恩，领着妻小扯着绳索来金家致谢，意为结草衔环、变牛做马，也难报金家恩德。

大难不死的风水先生，将我们的宅院做过一番细细研究之后，在后花园西北，花厅之南，掘地数尺，掬土细观了一番，建议在此地盖一间土屋。高祖照办，数日土屋盖成，不用砖瓦，全部用土夯起，顶棚铺苇抹灰，其简其陋，为京师所少见，且朝向不北不南，斜门摺角，各色碍眼，与园内众多亭台很不谐调，极像一匆匆闯入锦绣堆中的叫花子。依着廖景昂的意思，还在土屋的西墙盘了一盘土炕。只这盘炕也盘得蹊跷，大凡民间的土炕。一般坐落于屋的南北，东西盘炕则不合规制，更何况西墙为满人的神圣之地，供奉神灵，祭奠祖先，全在这个地方，至今故宫坤宁宫的西墙上还设着爱新觉罗们的牌位和萨满教的神龛，那是个得罪不得的方位。廖景昂此时却让我们的高祖在癸酉日住进小屋，就睡在西墙下，说这里是园中的绝佳之地。高祖惶惶不敢照办。风水先生说，王爷但睡无妨，有了这屋、这炕，郡王家至少可保百年无祸星相侵，若无此屋，来年便有灭顶之灾。高祖问，何以见得？廖景昂说，郡王世代出入宫禁，难道还不明白伴君如伴虎的道理？高祖请以明示。廖景昂说，天机不可泄露，不问也罢。高祖说，你既然能算出灾祸，觅出逃避之法，为何就没算出自己的宝华峪之难来，别是信口胡言吧？廖景昂说，岂能算不出？马逢丙戊鼠逢壬，刑冲破害祸无尽，祖上泄露天机太甚，晚辈该着有此一劫，避是避不开的。高祖说，我们的祖先也没有泄露天机，能有什么劫难？你今日让我睡西墙，明显地是违背祖制，让上边知道了罪过不轻，倘若明年有灭顶之灾，这睡西墙怕就是祸之源首了。廖景昂说，非也，王爷之祸不在西，而在南。高祖问，南边何处？廖景昂说，就在园中。

高祖一听，非同小可，赶紧将廖景昂请进小书房，施以大礼，恳请风水先生明示。廖景昂说，以王爷对在下的恩德，数代不能回报，为恩人禳灾祛祸当是本分，王爷就不要再问了吧。高祖说，你不说明，我就不睡那小屋，府里房屋上百，轩敞壮阔，高峨华美，何独钟于区区土房？廖景昂说，王爷的灾就应在这高峨华美上。王爷没听说过四川阆中锯山垭的故事吗？高祖说，愿意请教。廖景昂说，唐太宗贞观年间，有望气者言于太宗，说观天文，见西南千里外有王气蒸腾。太宗命袁天罡寻测，袁天罡由长安直奔阆中，果见山灵水秀，王气迂回。袁天罡观风流，看月晕，察石质，辨气味，寻山来自何处，水源于何方，终于找出聚气之势在蟠龙山右鞍，当下令人锯断石脉，水流如血。高祖说，袁天罡切断龙脉为的是保全大唐江山的稳固，想这大清江山无论怎么颠倒，也是我们爱新觉罗家的，难道还怕在我们自家出王气不成？廖景昂说，王爷轻声，只怕这里出的不是王气而是煞气。高祖说，你不要故意耸人听闻，我行为端正，一身正气，压得住任何魑魅魍魉，还怕什么煞气！

廖景昂问府内戏楼起于何时，高祖说三年前四月。廖景昂说，这就对了，王爷动土营建戏楼正好是太岁在寅之年，月建在申，而又在寅位、申位动土，就殃及了酉位和卯位居住的人，察府上王爷与福晋，恰住于酉、卯二位，首当其冲，这就犯了太岁头上动土的禁忌了。所以府内恶气之聚，当在南面所盖戏楼那个五蝠捧寿的藻井上。我观其精致，不在大内建筑之下，根据清朝典制，九间堂殿为天子所有，七间而为王爷，王公以下屋舍不得重拱藻井，僭越礼制，罪不当赦。高祖一听，倒吸一口冷气说，家中戏楼那个藻井的确为大内戴顶子的走工霍六儿所凿，原是为宫里“云荟亭”所备，后来亭改了轩，这个藻井就一直丢在霍六儿的作坊里，被我买了来，想的是一个为玩乐而建的戏台，不是什么正经建筑，哪里还要那么多的讲究，盖也就盖了。廖景昂说，我夜观天象，见紫微发暗，煞气北侵，事发当在明年三月。高祖说，要是这样，明日我就派人把那楼拆了，省得惹事。廖景昂说，那样反倒欲盖弥彰，张扬得天下人都知道了，君子处否塞之时，应该退避三舍，俭德避难。今日这土屋，就是为此而盖，屋在艮位，正好可以压制寅位戏楼，且屋底根基牢固，所坐之土细而不松，润而不燥，明而不暗，为上佳之土，挖时王爷没见，三尺以下，浮土尽时，土色已变，五色兼备，细腻滋润，是得气之土？这也是王爷祖上荫庇，德高望重，该有的天佑地护。王爷依我所说，住进去，自然可除罪避煞，修福祈福，并且日后子孙贫富贵贱、贤愚寿夭，尽系于此。高祖说，小小土屋果真会有如此神通？廖景昂说，一念常惺，能避去神弓鬼矢，纤尘不染，可解开地网天罗；郡王住土屋，常持四字——勤、谨、和、缓，福寿当是绵延不尽的。

由此，我们的高祖就住进了后花园那座破破烂烂的土屋，直到在那里寿终正寝。

或许是压根儿就没人注意过我们家戏楼顶棚上那个雕刻精美却又属于犯上作乱的藻井，或许是真应了风水先生以艮压寅的说头儿，百十年内我们家世代昌吉，没有发生过被满门抄斩这样听起来就很可怕的事情。高祖过后是我的老祖，他老人家虽按礼制承爵代降一等，已没有了辉煌的郡王之衔，也仍是个贝勒。贝勒老祖不住后园小屋，这位老祖是个彻底的唯物主义者，他老人家说，吾辈既读圣贤书，所言所行，必取于五经四书而后定，而五经四书中实无谈风水者；又说，君子有三畏，畏天命、畏大人、畏圣人之言，没有说畏风水的。那座吉祥的小屋在老祖不信邪的前提下就空了下来，变作了堆放杂物的堆房。后来，我们家不少人都在那里住过，我的姨太太、舅姨太太、我母亲、我的二哥舜镈都是在那个小屋故去的，老七舜铨也在那座小屋住到最后。金家房屋上百，大概只有这间屋子最有人气儿，最能容人，想必风水先生没有妄说。小屋一直到二十世纪末被拆除，成了我们金家一片屋宇中留守到最后的建筑。

这些当然都是后话了。

三

我来到廖家的时候，见廖家的正屋里已经坐了两位客人，一问，都说是请廖大师给予点拨指导的。沙发上的两个人很自觉地挤了挤，给我让出了一块儿地方，我坐了，心里却感叹廖先生老年仍不得闲，老了老了，被人尊为“大师”，专家门诊一样地被人“围攻”，料不是一件好事。也想不通，搞建筑的廖先生，什么时候竟成了这玄学的大师。

我问旁边的人可知道大师的儿子廖大愚在哪里。其中一个小胡子指了指关着房门的套间，小声说，大愚大师正在为冯老板纠偏。我才知道被称为“大师”的是廖大愚，而不是他的父亲。数年未见，我的同学已经混到了“师”级水平，这真是出乎意料。我问小胡子什么是纠偏。小胡子说，就是练功练出了偏差，需要请师傅给予纠正。我问怎的叫偏差。小胡子说，偏差的表现因人而异，比如这个冯老板，就是嗓子痒痒，不断地咳嗽，止也止不住。

我说，那怕是气管炎，需要上医院。

坐在右面一个长得有点像海狸鼠的人说，像冯老板这样只是咳嗽的还是轻的，前几天来过一个姓李的娘儿们。几个人按不住，只是要打人，见谁打谁。我说那是癔病，大概跟练气功没关系。“海狸鼠”说，怎的没关系？硬是让廖大师给治好了，大师的功力非同一般。我想，自己从小跟廖大愚一块儿长大，从没听说过他还有这等本事，尚记得上了四年级的廖大愚连三位数乘法也算不清楚，也没见有什么特异功能出来帮他，该不及格照样不及格。想了想，为了顾及大师颜面，终是没有出口。

小胡子看出我的疑惑说，世间的真人从不露相，大凡有本事的人，外表都装得很窝囊，比如济公、李铁拐什么的。“海狸鼠”说，有些事情不服不行，南方某大城市，有个叫“白莎丽”的五星级宾馆，生意突然一下骤减，主观方面找了许多原因都不奏效，就专程来请廖大师帮忙去查明原因，于是大师就去了。到那儿一看，见马路对面的银行门口新添了一对张着血盆大口的铜狮子，正对着宾馆的大楼，他说毛病就出在狮子身上，银行那对狮子对宾馆威胁太大，得让他们搬了。宾馆的人就去找银行的人交涉，银行的人当然不搬，说花很多钱弄来的装饰，怎能说搬就搬，再说了，那是他们这个银行系统统一的标志，不能因某些人的无稽之谈就撤了，这样无理的要求以后再不要来提了。大师听了这个情况以后说，事到如今也只好施此下策了。他让宾馆通过关系弄来两门小炮，架在楼顶，炮口就对着那两只狮子。架炮的当天，宾馆就接待了一个由日本来的四十个人的大旅游团……

我听了一乐。

小胡子说，您别不信，廖大师的功底是祖上真传，他们家以前一直是在宫里给皇上当差的，皇上要有什么大事决策，先得问问廖家，廖家不点头，皇上就不敢轻举妄动。廖家的老爷子现在是受国家重点保护的人，上知天文，下知地理，还可以预测未来，国外有个诺查丹玛斯，写了几句模棱两可、不明不白的歪诗就被誉为大预言家，说什么“魇鬼的大王起于中部”“红色的海洋翻卷而来”，这些你猜我猜他也猜的屁话，没意思，猜着了是他说得准，猜不着是你没本事，总之，变着法儿地把人往糊涂里绕。那个“诺查”跟廖老爷子相比简直不能提，人家廖老爷子断事可不是含糊其辞的，人家丁是丁，卯是卯，绝不拖泥带水。廖大师本人也称得上是家学渊源、有真才实学的高人了，在中国的国防部、安全部都是挂了号的。我说，就差个公安部了，在那儿挂了号，离进去的日子也就不远了！这般神奇，以前竟没有发掘出来。小胡子说，这也是改革开放的结果，环境宽松了，各样潜在功能也就被发现了，中国人有十二亿，十二亿人中出几个大师级人物是必然的。

“海狸鼠”说，一看你就是新来的，革命不分先后，练功不论早晚，只要有慧根，“入境”就很快。

我说我是来找廖家老爷子的。

小胡子说老爷子可不好见，他来过十几回了，只见过老爷子一个背影，还是隔着后院的小门偶然见到的，小门里头有部队派来的人专门为老爷子站岗，闲杂人等不得靠近，他那天见老爷子虽然隔着几十米，还是个背影，可他竟然被老爷子发出来的强大气场冲得浑身发热，连闹了几年的肩周炎也好了。我问小胡子找大师有什么事，小胡子说他女儿今年要办到日本留学，学校通知书下来了，入管局的在留资格认定却迟迟不见动静，他让大师来帮着促进促进。我说据我所知，廖大愚在外交方面怕没这么大面子，他连日本话也不会说。“海狸鼠”说，大师可以预测，也可以发功。我问向谁发功，小胡子说向日本外务省发功。我说做这等费力气的事儿，大师料不会白干。于是两人就都有些讳莫如深，哼哼唧唧不做直接回答。末了，小胡子说，大师的境界是很高的，济世救民，从来不谈报酬二字，大师越是这样，我们心里越是不落忍，有时候就略微表示点儿心意。我看那两人并没带着“略表心意”的东西，就直截了当地问他们求一次大师，价值几何。小胡子和“海狸鼠”不再说话，那表情明显在说，你这个人，太俗！……

僵了一会儿，我说我还是要去看看老爷子，那两个人也不再费精神阻拦。出了门，我听见“海狸鼠”在身后不无担忧地说，这女的张口就是钱，真是可悲极了。

离了那半神话半人间的场地，离了那些神神道道的人，我溜溜达达向后院走去。一股浓郁的香味扑面而来，直拂人的脸面，我才发现院里的丁香树上结满了花蕾。廖家的院子里栽满了丁香树，本来院子就不大，让这些树一占，就没了太多的活动地方。丁香花有一股难以说清的特殊芬芳，那芬芳直沁入人的心脾，让人迷迷糊糊呈半醺状态。我们家的丁香树一旦开花，整院的香便让人无法招架，让人有种难以抗拒的兴奋。记得有一回老七在树底下写生，半张纸没描完，人便心慌恶心，母亲说这是“花醉”，是让香味儿熏的。我想，只一棵树便这样的厉害，廖家一院子树，一院子花香，不知要“醉”成什么样了呢！

这些丁香树是1958年北京号召种树时种的，已经有四十年了，作为观赏花木来说，当然是老树，很珍贵的老树。街道的人说过，这些树虽然长在廖家院子里，所有权却是国家的，谁也不许乱砍滥伐，北京现在什么都不缺，就是缺树。北京的树比人还珍贵。谁也没想到这几棵树会受到如此重视，当年居委会发放了那么多树苗，四十年后还存活并达到相当级别的，也就是廖家这几棵。

四十年前，我还是个学生，一个星期天，听说街道发放树苗，让大家拿回去栽种，我便跑去帮忙。树苗很多，乱糟糟地堆在一起，也说不清是什么树，领树苗的人也寥寥无几。那时候的人还没有什么环保意识，大家嫌在自家院里栽树碍事，懒得往家领。街道负责发树苗的人见我很热情，乐得把事情推给我，自己回家了，让我站在胡同里跟那一堆看不出眉眼的树苗一块儿发呆。廖先生来了，我让他拿一棵回去种，他说他是火命，克木，栽什么死什么。我说他是迷信，他说不是迷信是事实，他就是曾经连仙人球那样皮实的东西也给养干了。我们正聊着，偏巧金舜镡坐着小车回家，见情景下了车，先跟廖先生说了点子有关故宫太和殿琉璃瓦的话，又挑了一棵长了几片小细叶的树苗，说是响应号召，拿回去栽在院子里。

那天，四格格前脚刚走，廖先生后脚就把树苗里凡是有小细叶的都抱走了，再不提什么火克木的茬儿。从那以后，我们家的庭院里长起了一棵开紫花的丁香树，廖家的小院里长成了一片茂盛的丁香林，也都是开紫花的。“深挖洞，广积粮”的时候，我们家的丁香树因为挖防空洞，伤了根，死了，而廖家的树还全部活着，春天的时候一片锦簇，夏天的时候一片绿荫。没有人将廖家的树和我们家的树联系起来，也没人将廖家那些树和金舜镡联系起来，知道内情的只有我。

现在，我们家的树和金舜镡都不在了，廖家的树还很茂盛地活着。

绕过这些树，我来到了通向后院的小角门。门微微掩着，我轻轻敲了敲，里面有女人问是谁，我说是我，来找廖先生的。女人大声说廖先生在前面。不在这儿，就没了声息。我推开门来到院里，里面并没有小胡子说的站岗的军队，也根本就不可能有军队，传说和事实之间永远存在着很大差距。廖先生刚刚洗完了脚，正坐在院里的藤椅上一边看报一边让他的胖老伴儿给他剪脚指甲。见我进来，胖老伴儿直起身子不客气地呵斥道，你这人怎么闯到私人宅院来啦，去！去！我们这儿不批阴阳八字儿!! 廖先生见了我则明显地吃了一惊，张着嘴，哦了半天，没说出一句话。我想他大概把我当作了我的四姐金舜镡。廖先生想站起来，终是费了很大劲儿，没能成功。胖老伴儿说，给你剪指甲，你老动什么？回头再剪了你的肉！又转身对我说，跟你说过了，你找的人在前院儿，不在这儿。

廖先生说，舜镡她不常来。

胖老伴儿听了，紧盯了我两眼，又搭讪着说，是金……哪……脸上显得有些不自在。

我连忙说我不是金舜镡，我是金舜铭，舜镡是女孩儿里的老四，我是老七，我们俩差着近三十岁呢。就这样，我也没见那老太太的脸色开朗多少，看来，这坛子陈年老醋是酸得很了。

廖先生点着手里的报纸说，您来得正好，您得在政协会上呼吁一下，歌年胡同的成王府不能拆。我说，什么成王府啊？廖先生说，就是1954年咱们修过的那座王府，后来当了幼儿园的那座……胖老伴儿在一边说，得，这回可逮着说的对象了，在报上看到了要拓宽小街的报道，就想到了成王府，整天没完没了，就是这档子事儿。

廖先生对老伴儿说，你别愣着，还不给舜镡倒茶？又补充道，我床头的小柜里有双熏茉莉，你拿那个薄胎的景德镇小盖碗沏。胖老伴儿进去了，又出来了，拿了个搪瓷缸子，没有茉莉双熏，就着院里小桌上的大茶缸倒了半碗茶递给我，然后就坐在我对面再不动窝了。

没容我开口，廖先生接着说，拆了王府盖商厦，这怕不合适，您得跟他们说，无论如何把方案改了，现在不改，往后哭都来不及。胖老伴儿插嘴说，人家香港人就是看上拓宽后的小街风水好，才把地方选在那儿的，你操那么多心干什么？你又不是市长！你就真是市长，怕也不能由着你一个人说了算。廖先生说，扩建小街就得拆成王府前面的大殿，成王府是北京王爷府第建筑的精华，五间琉璃瓦的府门，瓦、木、油等活儿都规矩地道，且不说那银安殿、那丹墀的石工，就说它那四进院子的工料就各不相同，风格各异，我修过中院儿，那座正房，光柱础就二尺五见方，山墙下肩及坎墙都用城砖干摆，台阶五层，举架高大，面阔一丈，进深两丈四，内里金砖墁地，楠木雕花碧纱橱，上有暗楼，两明一暗的格局，屋里还有戏台；东院屋子是筒瓦卷棚式，两卷前廊后厦，特别是后园里冷梅亭的彩画，就是宫里的工艺也没法儿和它相比。舜镡您还记得不，当年我们一边检修，您一边画图记录，是您说的，全中国空前绝后的府第只此一座了。空前绝后，空前绝后呀！不说建造，光是修缮就费了我们多大的工啊！现如今说拆就拆，也不想想，拆了就没了，谁要看看我们老祖先的精活儿，上哪儿看去！

廖先生越说越激动，嘴唇发颤，头也不由自主地摇晃起来，我真担心老爷子因为一口气上不来，弯回去。胖老伴儿说，喝水喝水，一说这事儿你就跟上了弦似的，谁也劝不住。廖先生说，这不舜镡来了吗，她比我有身份，说话比我管用，通过她找政府，告诉他们，中国古建的精华都在成王府呢，它跟故宫不同，故宫是辉煌，它是端庄，这是两种建筑风格，缺一不可，咱们国家既然能保留故宫，就能保留成王府，舜镈您说对不对？

我只好应酬着点点头。

廖先生高兴地说，我猜您就能跟我想到一块儿，这些玩意儿，都在咱们心里装着呢。说着廖先生用手指在报纸上比画着画了一个图，对我解释说他算计过了，要拓宽街道，成王府怎么躲也躲不开，所以新街必须改道，要不就得绕一个弯儿。我看不懂那虚空的、并不存在的图，有些茫然。胖老伴儿揶揄说，您倒好，拿手指头一指就给一条街改了向，您行，您比城市规划设计师还来得快。廖先生说，街道什么时候都可以建，可祖宗那些玩意儿呢，拆了就永远没有了，一座古建群比一座商厦更值钱。老伴儿说，这钱也没装到你的口袋里，瞎操心。廖先生说，故宫也在你的口袋里？胖老伴儿说，你这是跟我抬杠，你就好好儿在家歇着吧，外头的事儿你甭掺和，你也掺和不进去。廖先生说，我是要保住乾隆年间那群高精尖建筑，王府多了，拆哪个都行，唯独这个成王府不行，这是清代建筑的顶峰。我要写个报告，让政协委员给我递上去，上边知道我的意图，才能改变方案，光凭嘴说怕不行。老伴儿说，你管得太多，你是谁呀！廖先生说，我是廖世基。老伴儿无可奈何地摇了摇脑袋。这神情我似曾见过，见过……

廖先生依着老伴儿很认真地喝了几口水，大约也是累了，靠在藤椅上不再说话，似乎无论我是金舜镈还是金舜铭都已无关紧要，都已不在他眼前。他的神情很是有些忧郁，那无言的苍白与冷漠，使我想起，我通常见到的廖先生从来都是这个样子，刚才那副模样实在是有些反常。

我们与廖先生在一个胡同里住着，是多年的街坊，彼此知根知底。三十多年前，廖先生给我的印象就很独特，他走路永远是低着头，顺着墙根儿捯着小碎步，脸上露着谦卑，露着谨小慎微，似乎从来也没有过伸展开的时候。作为我们这条街道的重点管制对象，廖先生曾经活得很窝囊，他所在的古建队在那个时候被编入第×建筑兵团。每日给他的任务就是提着铁桶往古代建筑的彩画合玺上刷大白。那些彩画不是才子佳人就是神仙鬼怪，即便是花鸟风景，也不在无产阶级思想范畴之内，这些“四旧”的存在，于中国革命、世界革命是大大的不利，当在消灭之列。消灭这些古画对廖先生来说大概不是个愉快的工作，他变得更加沉默忧郁，神情竟也有些恍惚了。有一天，廖先生在胡同里与正扫大街的老七舜铨相遇，舜铨那天的装扮很有特点，头顶半边是刮得发青的头皮，半边是画家的长发，这使他的身份一目了然。舜铨黑衣的后背，像小人书里清军下层军士的衣服，前头一块圆白写着“兵”，后头一块圆白写着“勇”一样，也缝着一块污脏的布，上面大大地写了个“鬼”字，看上去有些惊心动魄。

那时天色微亮，胡同里没有一个人，革命者都在为革命而酣睡，这才使得身上标着“鬼”的老七和提着白灰桶顺墙溜的廖先生有了短暂的交流。廖先生说，七爷，您还好……老七说，还好，您呢？廖先生说，凑合。老七说，咱们就算是有造化的了，好好儿活着吧。老七说这话是有缘由的。不久前，在戏楼胡同才开过我们家的批斗会，开完会的当天夜里，我们的老二就用一根绳在后花园的小屋前结束了自己的生命，这样的事，在戏楼胡同的老街坊当中到底有些触目惊心。大家都为老二的轻生而惋惜，也为金家的爷们儿们捏了一把汗。廖先生说，世事迭至，如风吹水，万态皆有，自个儿的心首先不能乱了。老七笑笑没说什么，转过身去让廖先生看自己背上“鬼”字的书法如何。廖先生说，古拙遒劲，没有多年临《礼器碑》的功底不能达到这个层次。老七问廖先生在干什么。廖先生说他不能跟老七比，他是在造孽，古建筑上那么些百十年的画让他几刷子给抹没了，当初画这些画的工匠在阴间指不定怎么骂他呢，积怨甚多，下边有他倒霉的时候。街上有人开始走动了，廖先生在离开之前显出了一种欲说还休的犹豫，老七见状，知道廖先生的心思，低声说，舜镡那边没事儿，她公公是中央级的老干部，造反派要动她怕是不太容易。廖先生听了，似乎有所释怀，提着灰桶走了。

不想，廖先生说自己要倒霉的话竟然很快就应验了，导火线是一包很不起眼的黄土，拉线的是他的儿子廖大愚。

民国时期，虽然没有皇上了，但皇家的宗庙陵寝仍旧受到民国政府的保护，廖家祖父曾奉溥仪之命，为其勘选吉地。这位廖家祖父当时竟鬼使神差，莫名其妙地带上了小儿子廖世基，这实在是让人有些不知其衷，可能也是老先生认为这是中国最后一次为“皇上”选择龙穴了，有些实际经验和见识也只有在此时才能传授给后代的缘故吧。

廖先生随其父在西陵为溥仪选得吉地，立下志桩。其父回来向溥仪奏报说，龙穴开创，土质甚佳，择选吉日，以待动工。溥仪很高兴，让廖先生父亲从实地包来一包“金井吉土”，亲自验看。后来，这包黄绫包的吉土就一直在廖家保存着，以便在将来溥仪大葬时将土再度捧入地宫，覆于金井之内。这对廖家祖父来说也是风水先生应尽的职责。谁想那陵墓一拖就是几十年，不但溥仪自己跑得没了踪影，连东陵西陵也数次被盗，荒废得一塌糊涂。廖家祖父死后，将土给了儿子廖世基，说受人之托，忠人之事，虽然这包土已无井可覆，终是溥仪的东西，得机会还是交给他为要。

“文革”中，本来廖家有土这件事没人知道，也是廖大愚革命得不行，破“四旧”从自己做起，从家庭做起。背着他爸爸把土交出去了，以博革命派夸奖。替皇上保存着陵墓里的土，在当时算是件了不得的大事，很快就被上纲上线，升到了阶级斗争的高度。溥仪本人在“文革”时受到周总理的直接保护，得以安然无恙，而廖先生却不然，他在劫难逃了。尽管廖先生一再强调他跟他父亲为那个逊了位的皇上看陵墓时只有七岁，什么也不懂，但将封建的陵土保留至今这件事本身就是罪证。用不着再做任何解释了。

为了这包土，由街道和廖先生单位共同主持开了一个规模不小的斗争会，将廖先生斗得很惨，也打得很惨。

斗争廖先生的会场就设在我们家大门口，因为这里地方宽敞，有高台阶可以当台子，还有影壁可以挡风。斗争会上，那包土被当众打开，红卫兵强迫廖世基当着大家的面将土吃下去。廖世基只吃一口就很勉强，于是就有人拧着他的两只胳膊，抓住他的头发，使之仰起脸，像给小孩子喂药一样，把土往嘴里灌。廖先生大声求饶，有个矮个子的女红卫兵就扇他的嘴巴，没两下，廖先生的嘴和鼻子就出了血，土和血混在一起，搞得惨不忍睹，不少人低着头不敢看。廖先生在我们这条胡同里虽然没有朋友，可也没有仇人，他无声无息地活着，对谁都客客气气，是个不惹是非的老好人，所以斗争会上真正动手的都是外来人。外来的红卫兵们大概已经成了打人专业户，熟练而狠毒，他们用钉了掌的靴子专往廖先生的腰上踹，踹得廖先生小便失禁，躺在地上豆大的汗珠往下滚，一个劲儿吸凉气。

这情景是想立功的廖大愚所始料不及的。大愚当时躲在我们家的街门后头，吓得直哭，他不敢看他父亲挨打的场面，却又挂念他的父亲，就让我一趟趟跑出跑进，把外面的情况告诉给他。我母亲见到了忙忙碌碌的我，训斥说我不懂事，又在门后头拽出了后悔得痛不欲生的大愚，对他说就是天塌地陷也要跟着他父亲，这才是儿子该尽的职责，躲在门后头不敢出去，比陷他父亲于水火更可恶，更不能让人饶恕。在震天动地的口号声中，廖先生的老伴儿也被押解上台，奉命将那块溥仪的黄绫缝到廖先生的身后。绫子上描了一个大大的“神”字，意为“牛鬼蛇神”之一，不知谁突然觉得不妥，又跑上台去，在那“神”的上面加上了一个“蛇”字，这样一来，那块绫子就变得鬼画符般地热闹了。廖先生的老伴儿强忍着眼泪，哆嗦着，在廖先生后背穿针引线，大约是心里觉得凄苦，又怕扎了丈夫皮肉，头无可奈何地摇晃着，半天竟缝不了几针。铜头皮带带着呼哨连连抡下，廖先生老伴儿的胳膊上顿时伤痕累累……

廖先生已不能支持，瘫倒在地，任凭红卫兵踢打，再无反应，连哼也不哼了。廖先生老伴儿扑在廖先生身上，用身体抵挡着如雨的皮鞭，仰起脸向四周苦苦哀求：手下留人！

廖大愚还是躲在我们家的门后头，哭泣着不敢出去。这时门外有汽车响，有高昂热烈的口号，人群中一阵骚乱，我跑出去，看见正从汽车上押下来挂着木牌的四格格金舜镡。我吓了一跳，不顾一切地挤到前面，发现四格格脖子上吊着的压根儿不是木牌，而是工地上和水泥用的铁板，板上大字滴墨如血："特务＋反动技术权威"，豁然入目，一条钢丝勒进四格格的皮肉，充分显示出那块牌子的分量。口号声中，四格格被押上台阶，站在廖先生的旁边。有红卫兵过来，照着四格格的头脸一通儿猛抽，四格格那张清秀的脸立时变了模样，几缕鲜血顺着面颊淌下。有人拿出从廖家抄出的四格格在国外曾经给廖先生写的信件，作为罪状将双方连在一起，不容分说，口号加拳脚更为猛烈地袭来……

四格格站在众人之上，任凭推搡打骂，脸上只是出奇的平静，不呻吟，更不讨饶，仿佛眼前一切都与她无关。四格格的做派很快激怒了红卫兵，斗争的重心一下子由廖先生转向了后来的四格格。几个人将她推倒，按在地上，用推子将那满头秀发推了个精光，随着那些乌黑头发的落地。我的心也在一阵阵颤抖，我的姐姐啊，她何以能忍受这样的污辱！

这时，倒在地上近乎昏迷的廖先生不知受了什么力量支撑，竟然摇摇晃晃地站了起来，甚至推开了要来扶他的老伴儿，极为艰难地与四格格并肩而立。

四格格仍是一脸平静。

廖先生在平静之外又多了些悲壮。

那天，廖先生是让他的儿子背回家的。

廖先生被开除公职，在家一病不起，小便长期带血，完全丧失了劳动能力。廖大愚从此对他的"蛇神"父亲孝顺异常，以致后来顶着"违反上山下乡"的罪名，坚决不去东北，不去陕西，不去云南，不去内蒙古。他在北京给人打小工，抹抹房顶，盖个小房，成了社会闲散人员。很长时间里，廖家的日子过得相当清苦，廖大愚也是在近四十岁的时候才说上媳妇的。

廖先生的老伴儿对与廖先生共患难的金舜镈一直耿耿于怀，实在是没有道理。倘若没有后来金舜镈为廖先生的上下奔走，没有她"修建纪念堂老建筑工人必不可少"的建议，没有她对抢救频遭破坏的中国古代建筑和保护古建人才的呼吁，对廖先生的起用，怕是遥遥无期的事情。以廖先生那种"雨打梨花深闭门"的孤寂与清高，以他那种"福莫长于无祸”的懦弱和胆怯，靠他自己去找有关部门要求平反昭雪，是门儿也没有的。而那些繁杂、那些央求、那些诸多的说不清道不明，只凭了金舜镗两个电话就全解决了。

转眼到了退休年龄。廖先生因在北平一解放时就由金舜镗介绍参加了建筑队，依着政策，连科长也没混上的他，最终竟成了全国解放前参加革命的老干部，工资百分之百照发，享受离休干部的一切待遇，这对廖先生来说更是捡来的福分。但是，生活中的事往往与人们的初衷相违，金舜镗越是帮忙，廖先生老伴儿越是有看法，虽然喜怒不形于色是中国人悠久的教养，但廖家太太在胡同里碰见我们金家人的那种别扭，谁也看得出那是对我们发自内心的讨厌。是啊，全国那么多冤假错案，金舜镗为什么不帮别人，偏偏要帮廖先生？

我实在为我们家的四格格委屈极了。

现在，为四格格的事来求助于廖先生，当着老太太的面，让人难以启齿。当然，这对死者来说已无关紧要，或许她压根儿就不以为然，但对活人来说难免尴尬。正在犹疑时，廖大愚从前院匆匆进来了，对我说，我猜你就直接到这儿来了。我说，大师还用猜吗？算也该算出来了，真没想到你现在这么红火。大愚显得很不好意思，搭讪着说，也是没法子的事儿，别人找上你了，你说什么他都信，摆也摆不脱，这就叫牛套上轭了……廖先生说，这都是他自找的，他是巴不得呢！大愚说，还不是跟您学的，没您的旗号我也到不了今天。廖先生说，我什么时候像你这样了，我一辈子本分老实，没做过亏心事儿，不像你，终日地坑蒙拐骗。大愚说，您这话说得有点儿损，您说我骗谁了？是别人来找的我，不是我上赶着去找别人……

我不想听廖家爷儿俩的拌嘴，就直接说了朋友托找墓地的话。廖先生听了半天没有说话，只是望着西边的天空发愣。我顺着他的目光看去，西边天空是一片凄艳的晚霞，那是如今的北京难得见到的景色。廖先生沉默了许久说，从你一进门，我就算计着该是这件事儿了。不是你来求我，是运数走到这一步了，这是早晚的事儿。听口气，好像廖先生又已经明白我不是金舜镗了，不过他既然没有点明，我也不便说破，我说了两处坟地的情况，还说了死者孩子们的倾向。廖先生叹了口气说，现今的人为先人选择墓地多想的是自己，指山为龙，以形为腾，或喻家代昌吉，或喻门族衰微，其实这都是歪曲了风水的原意了。看风察水，应以奉亲为计，勿以富贵为谋；选择墓地的标准，要使神灵安，说到底是心灵安罢了。我问，谁的心灵安？是生者还是死者？廖先生说。当然是死者，墓地都是活人选的，活人喜欢哪儿就埋哪儿，不管死者的意思，人若能按照自己的意思而葬，那真是一种几世修来的福气，可惜，这样的人不多。我问，西山怎么样？廖先生说，不怎么样。西山虽然草木繁茂，苍烟若浮，从气势上来说还差得远，土香而不腻，石润而不明。虽藏风得水却不聚气。石为山之骨，土为山之肉，水为山之血脉，草木为山之皮毛。西山没有老硬石骨做体，根枝终迫于狭窄，还是土肉居多，比起昆仑山来，实在是没名堂极了。我说：那您说，墓地选在哪里好呢？廖先生说，这得容我想想，一时怕说不出来。

这时，大愚身上的电话响了，他很夸张地接电话。电话是他的一个熟人打来的，意思是要到南方去发展，征求大师意见。大愚说，不可，您是属猪的，亥的正位应该在西北，您往西北发展当是正向。对方在电话里说，已经跟人签好合同，怕是不好改了。大愚说，既然这样您找我就不是商量了，而是告诉我上南方工作去。您临走之前我送您一句话吧，木亥生，酉旺，午死。午在正南，酉在西北，您自己掂量吧。那人在电话里开始犹疑不决，因了大师几句话，去南边的决心大大动摇了……

大愚打电话时廖先生也在掐着指头算。大愚一撂下电话，廖先生就说，你怎的满嘴胡说？木亥生，卯旺，未死。此人去西北未见得有利，好端端的你阻拦人家做什么？大愚说，都往南边儿跑，南边儿已经人满为患了，去了也只能是给人家打打工，能有什么出息？目前国家经济发展重点向西北转移，要想创业，去西北当是正理儿。廖先生说，你那算的是国家，跟这个人没有一点儿关系。大愚说，先得看国家，才能论个人，这个道理您活了几十年难道还没活明白吗？分析社会因素，分析自然因素，才能从中做出有利于个人的选择，才是真算家，您的那些机械死板的推算，早过时了。廖先生结结巴巴地说，我死板，可我不胡吹海哨，不把白的说成黑的，不装神弄鬼地入什么腚（定）……你收了人家多少钱别当我不知道，德者，本也；财者，末也，天不容伪，你白日欺人，难逃清夜之愧报！廖先生老伴儿狠狠地瞪了大愚一眼说，吃完饭刚说消停一会儿，你又招他！廖大愚说，您也看见了，是我招的吗？是他自己要掺和进来的。廖先生说，人家要上南方去，你凭什么拦着？南方山紫水明，土润天青，是出才子、养精英的地方，明朝二百多状元、榜眼、探花，人家江南就占了一多半，“东南才赋地，江浙人文薮”，咱们的祖先就是打南边儿过来的，什么叫物华天宝、人杰地灵啊，南方就是！

廖大愚再不顶撞，也不接茬儿，由着他父亲去说。

话锋正健的廖先生突然把话题一转说，我饿了。老伴儿一听乐了，说，就是火化食也没这么快，碗泡在水池子里还没来得及刷呢，这儿就又饿了。廖先生说，我打前天早晨到现在，水米还未沾牙呢！老伴说，你说这话也不亏心，刚才炸酱面吃了一大碗，撂下饭碗就要吃点心，一块大月饼咬了两口就扔这儿了，你看看，这是谁啃的？你还说两天水米没沾牙！廖先生说，我什么时候吃过月饼？今天是四月二十，不是八月十五。大愚从屋里拿出药来，让廖先生吃药。大愚说，亏得舜铭不是外人，要不人家听了这话非得说我虐待老人不可，我这当儿子的是有嘴也说不清了。胖老伴儿对我说，撂下饭碗就要吃月饼，您想想能吃得下去吗？我们也不好拦着，就这还老跟街坊们说几天几天没吃饭了呢……那老太太说着眼圈就有点儿红，想必是平日受了不少委屈。我想说几句安慰的话也没说出，眼看着廖先生就着儿子的手乖乖儿把药吃了，吃完还张大了嘴让儿子看，表示药的确已经完全咽下去了。看着廖先生这孩子般的举动，我想起了“文革”他吃土的情景，从这潜意识的举动里，我感到哪里出了毛病。

我发现廖先生手里那张扩建小街的报纸是六年前的。

我已经不指望从廖先生这儿得到什么有益的指示了，这情景大概就是四格格金舜镡本人也是没有料到的。我决定离去，廖大愚将我送出门，临走，廖先生在我身后说，你问的那件事儿，容我想想再定……

廖大愚说，真难为了老爷子，这么半天了还记着这个茬儿呢……

我看见院里的丁香快开了。

四

连着下了两天雨，天、地、人都变得湿漉漉的有些模糊不清。都说春雨贵如油，但当春雨真的来了，并且没完没了的时候，又让人烦，让人从心里腻歪。

天快黑了，我随剧组乘车路过东直门立交桥，竟在马路边意外地发现了廖先生。当时他站在路沿下，打着一把破旧的塑料伞，凝神颐志，似乎在思考什么。汽车来来往往，水柱溅起，击在廖先生的身上，他也浑然不觉。剧组的司机说，这老头儿，怎的在路边儿上犯傻！我说，你停车吧，这是我的一个老街坊。

司机停了车，我跑过去，将廖先生拉上便说道，大下雨的，您怎么在这儿啊？廖先生看见我，很高兴地说，是舜镡哪，您刚开完会？我知道，眼前这位老爷子又认错了人。我说，您坐车跟我回家吧。廖先生有些惶恐地说，不了，您忙，我是闲人，别误了您的正事儿。我说我的正事儿就是送他回家。廖先生问成王府的事情我在政协会上提出了没有。我只好说提了。廖先生说，提了就好，只要政协提出了，政府就得重视，就得有下文，推土机就不敢轻易地开进歌年胡同。

我再次拉廖先生回家，廖先生说他还要在这待会儿，反正回去也没什么事儿。

廖先生再不理我，又去看那雨。

商店门口看自行车的老太太走过来对我说，这个老头儿是你们家的人哪，他在这儿可是站了大半天儿了，问他话也不言语，不错眼珠地看着那个广告牌子，广告牌儿有什么好看的，值得他这样？我找了把伞给他，挺大岁数，别淋病了。我向那位好心的老太太道了谢，又看了看雨中的广告牌，那是个很普通的电脑广告，没有什么特殊之处，灯光下，广告图画泛出蓝绿的色彩，在烟雾一样的雨气里飘散着。

廖先生说，您也在看它吗？我说，是的，我在看那个电脑广告。廖先生说。那儿是东直门城楼。我听了就使劲朝广告牌那边看，企图从上边和周围找出城楼的痕迹来。广告的背景是无尽的高楼和凄凄的雨，我无法安置廖先生记忆中的那座城楼，不禁有些气馁。廖先生则无限赞叹地说，多壮观的城楼啊！这是明朝建北京盖的第一个城楼，是样城哪！我随口说道，就是一个普通的城楼罢了，这样的城楼其他城市还有……廖先生说，这城楼跟别的可不一样，北京八座城楼，无可替代，各有时辰，各有堂奥，各有阴阳，各有色气。城门是一城之门户，是通正气之穴，有息库之异。东直门，城门朝正东，震位属木，五季占春，五色为青，五气为风，五化为生，是座最有朝气的城楼，每天太阳一出来，首先就照到了东直门，它是北京最先承受日阳的地方，这就是中国建筑的气运。你看故宫三大殿，坐北朝南，方方正正地往那儿一蹲，任你再大的建筑，尖的、扁的、圆的、高的、矮的，谁也压不过它去，为什么？建筑的气势在那儿摆着呢，这就是中国！廖先生说这话的时候，我看见他的眼里，没有立交桥，没有广告牌，没有夜色也没有雨水，只有一座城楼，一座已经在北京市民眼里消失，却依然在廖先生眼里存在着的城，那座城楼在晴丽的和风下，立在朝阳之中。

廖先生活在他的记忆里。

果然，廖先生问我，还记得咱们一块儿修东直门的事儿吗？……我说，我没修过东直门，您跟我四姐修东直门那会儿我还小，只记得城楼子上搭满了杉篙，一车一车往外运渣土。廖先生说，咱们刚接东直门这个活儿的时候，一见那情景谁都倒吸了一口凉气，楼基沉陷，立柱糟烂，榫头拔出，墙体开裂，整座城楼向北倾斜，咱们不是修旧，是抢险哪！说着廖先生又去看那广告牌，我不知廖先生记忆中的东直门是旧还是新，我还是劝他回家。司机不耐烦地张望，说是违章停车，最好不要遇上巡逻的警察。廖先生却不想上车，看着大广告牌不忍分别，我说，东直门早拆啦，您不是不知道，您不是还参与过拆它吗？廖先生说，我怎么能参与拆它？我参与过修它，解放初是我和您一块儿修过的，落地重修，咱们整整花了一年半时间……

我只好让司机先回去，我说我得把老先生送回家去。司机就走了。

雨越下越大，我和廖先生站在雨地里，顶着那把破雨伞，共同欣赏着那座并不存在的城。

雨水漫过我的脚面，污浊的水混着不远处自由市场的杂物，淙淙地从眼前流过，马路上的油渍在灯光的照耀下反射出五颜六色的光彩，扑朔迷离，让人有一种捕捉不到的恐惧和虚无。

看见脚下流动的雨水，廖先生说，您瞧，这水都往东南流，就是东直门不在了，它也往东南流。我说。那边有下水道，廖先生说，西北也有下水道。它怎么不往那边流？我说不出话来了。廖先生说，西边有昆仑山哪，有昆仑山就造成了中国西高东低的地势，就有了西北为天门，东南为地户的说法，中国的河水才差不多一律地自西向东流。这用风水学的看法是天不足西北，地不满东南，您能说这是迷信吗？我说，不，这是绝对的科学。廖先生说，当然是科学，风水学在建筑上是须臾不可缺的学问，整个北京也是西北高东南低，这是依着昆仑山势而走的，并非人有意为之，最明显的是故宫紫禁城的金水河，从故宫西北角乾方天门的位置流入宫中，西经武英殿，向东，流过太和门，经文华殿出于东南巽方地户，这实际是一条中国河流走向的模型。当初刚盖起东直门的时候，站在鼓楼那边往东瞅，怎么瞅东直门的飞檐都是西北高、东南低，这是应着咱们中国的地势哪，不是设计的毛病。眼看就到了交工的日子，这一边高一边低的城楼怎么向皇上交差呢？谁也没有办法了。正为难的时候，人群里走出个小工，说他有办法，就见那个小工攀上城楼，将身子倒挂在西北角的飞檐上，下边看的人很多，都说这个小工不要命了，乱哄哄中，小工没了影儿，有人忽然说，西北角不翘了！大伙儿才知道是鲁班爷显圣了，小工是鲁班的化身，他老人家硬用身子把城楼角压平了……我说，这是传说，应该划入北京民间故事。廖先生说。怎么能是传说？咱们解放初修东直门时就证实了这一点。我说，证实了鲁班用身子压平了翘起的楼檐？廖先生说，是的。

我说，回家后您好好给我说说东直门西北角的事儿，我很想听。廖先生说，这都是您亲身经过的事儿，还用我说吗？我说，这么多年了，我早忘了。廖先生奇怪地看着我，自言自语地说，……怎么会忘？……怎么会忘？……我想，老爷子出来看东直门，家里人肯定不知道，八成儿是偷着跑出来的，这会儿廖家的人不定怎么着急呢！我揽着廖先生往回走，廖先生却执拗地不挪脚步，双方在无言中僵持。雨水顺着破伞哗哗地往下淌，我的衣服几乎全湿透了。

天边有几声闷雷。

我打了个冷战。

廖先生说他还没有吃饭。我问他没吃什么饭，他说从早晨到现在还没有吃过东西。我想起前不久在廖家看到的那个被啃过的大月饼，就说，是真的吗？廖先生说是真的，他真的没吃过。望着廖先生诚挚坦然的神情，我不能怀疑他的说法，是的，在这凄冷的雨夜，我不能够拒绝一个老人要吃饭的请求。

我领着廖先生来到就近的一个饭铺，上了二楼。廖先生找了一个靠窗的位子率先坐了，我才发现，他的一双脚原来竟是光着的。我问廖先生鞋在哪里，他茫然地看看脚又抬起头看看我，像是在问我，是呀，鞋在哪儿呢？

饭店老板看着浑身精湿、顺着头发滴水的我和没有穿鞋的廖先生，看着我们那把破得可以扔进垃圾堆的烂雨伞，有些迟疑。我说，你这儿有什么热乎的尽管往上端，你没见吗，这位老先生冻坏了。老板说，热乎的只有酸菜鱼，我说，酸菜鱼是什么东西？换一种实惠的。老板说，您要吃实惠的，出门往西过两条胡同，小街口有卖卤煮火烧的，两块钱一大碗，便宜。廖先生说，我要吃芝麻烧饼夹酱羊肉，月盛斋用老汤煮出来的酱羊肉。老板顺水推舟地说，吃月盛斋的酱羊肉您得奔前门，出门坐 106 路无轨，一会儿就到。我说，我们哪儿也不去，我们就在你这儿吃。

商量的结果是上一个什锦火锅，两大盘三鲜水饺，应廖先生要求，另添了小干炸丸子和大肉包子，这种不伦不类的吃法使那个老板一边吩咐厨房一边哧哧地笑。我明白，到现在他也没闹清我们这两个吃客是怎么回事。

对廖先生“从早晨到现在还没有吃过东西”的话我是不信的，所以，我做好了给饭店剩一桌子的准备，到时候，饭店的老板怕还有乐子看呢。我将廖家的电话给了老板，托他往老爷子家打个电话，告知老爷子的所在。老板看了我的名字。一下瞪大了眼睛，指着电视里正播放的电视剧说，这个是您写的！我说正是。老板态度一下变了，脸色通红说，敢情是您哪，您怎么不早说是您呢？您这个戏我们天天看，没想到您今天就站在我们跟前儿了……您跟那位老先生，是不是在排演什么戏呢？我说，要排戏你怕也是其中一个少不了的角色。老板说要真是这样，他的饭店就出了名了。

坐在饭店的窗前，仍旧能够看见外头的电脑广告，也就是说，昔日的东直门仍旧在我们的视野之中，我要换个桌子，廖先生说这儿就最好，不用换了。在等着上饭的时候，廖先生对我说，老祖宗在修建东直门的时候并没有预算出东南地基的下沉，歇山式大屋顶刚度大，重量也大，特别是挂瓦以后，那重量更加速了东南地基沉降，所以修北墙时就发现柱顶斜了二尺，三分之二的榫头都拔出来了。您记得不，当时依您的意思是照原样插上，您说东直门城楼是东西对称的砖木结构，有围墙但不承重，承重的是东西中三排立柱，北面墙里的立柱实际就是浮搁着的。我说，从理论上说，您没错，可是您忘了明朝那个鲁班的故事了，鲁班为什么不压东南角，不压东北角，偏偏要压西北角呢？这就是地势使然了。纵然是民间传说，它也有传说的道理。修复古建，单单只是一个“修”不成，还要察山、察水、察地形，使建筑与环境达到一种平衡，这就是“天人合一”，就是“人法地，地法天，天法道，道法自然”。而这一切所依，是以昆仑为准的，天下山脉，祖于昆仑，昆仑山为天下第一山，是帝之下都，万神之所在，天之中柱也！要辨山向水脉，建筑设计就得认宗，认的就是昆仑山……

在这杂乱的汽车来往中，在这淅沥的雨声中，在一个小饭店的二楼，听着廖先生有关中国古建与昆仑山的议论，我感到了一种不为尘世左右的超然。一种囊括天地万物的大境界。世有“悲歌可以当哭，远望可以当归”的说法，而这和缓的诉说，这雨中的凝望，不正与其有异曲同工之妙吗？没人相信，这思辨清晰、记忆准确、用典精辟的语言，竟出自一个记不清自己吃了几顿饭、辨不清金舜镡和金舜铭的老人，不可思议……

饭菜很快上来了，廖先生迫不及待地抄起筷子，将刚出锅的热丸子一个接一个地往嘴里填，滚烫的丸子在他的嘴里艰难地倒来倒去，烫得他眼泪都快出来了。我将盘子往我跟前拉了拉说，您慢慢儿吃，还有很多……廖先生不客气地又将盘子拽了过去，向着下一个焦黄圆润的丸子伸出了筷子……我不能赞美廖先生的吃相，也很难将刚才大谈“万神之所在，天之中柱也”的儒雅和现今的饕餮相联系。人，有时候实在是很难用三言两语能说得清楚的。对此，最直接的解释是，廖先生饿坏了，他的确是从早晨就没有吃饭，他没有胡说。

一盘炸丸子和一盘饺子见底以后，廖先生吃饭的速度明显降下来。他打了个嗝儿对我说，我知道您是科学家，是大学问，您的祖先是皇族，黄带子，其实我也不是胡吃闷睡的庸俗之辈。有皇上那会儿，风水先生排在上九流的第四位，在师爷、大夫的后头，几千年的经验能沿袭下来，自有它沿袭的道理。中国的风水不全是迷信，它里头也有科学，是研究人与自然关系的科学，顺其自然，尊重自然，这其中风水先生扮演着规划设计师的角色，这话我可记得还是您说的呢……

我当然不记得我曾经有过这样的言论，想必是我那位四姐与廖先生有过这方面的沟通。我问他东直门北墙的柱子到最后是怎么处理的，他很奇怪地看着我说，您怎会连这个也记不得了？为这个咱们改了老祖宗的章程，用了新办法，扩大了榫头与柱子的接触面，改浮搁而变为插进柱础，再用1:2:3:4的水泥、土、沙、石灰加固柱基，那个东直门哪，就是经历八级地震也倒不了。是您说的，东直门从修建到今天是四百年，等再过四百年，经咱们手修过的东直门还要周周正正地立在北京，立在后辈人的眼前，到那时候咱们都不在了，但咱们的活儿还在，还在经受着时间的检验，后人的检验，这真是件挺有意思的事情。廖先生突然变得很不好意思，好像做错了什么，说，您还让我就东直门地基的沉降分析和处理办法写过一篇文章，登在建筑杂志上，那篇文章“文革”让人抄了去……可惜了的……

我这才知道廖先生原来还有过文章发表，并不只是个当不上科长的小干部。廖先生回忆起这些时，尽管对文章被抄了去有些惋惜，但那美好与温馨，仍是毫无掩饰地溢于言表，那是一种充实，一种认可，一种舒畅，一种与老朋友共同经历又共享的愉悦……我不愿意破坏廖先生这种感觉，无形中在他面前扮演着另一个人的角色。

精诚由衷，可以感人至深。

向窗外看，外面雨色迷蒙，透过玻璃的水汽，我看到了那座“经历八级地震也不会倒”的城楼……

廖大愚噔噔地攀上楼梯，在这春寒料峭的雨夜跑得满头大汗，足见其焦虑、急切。紧接着上来的是廖先生的胖老伴儿，她夹着件大棉袄，跑得气喘吁吁，脸色煞白。

廖大愚见了他父亲，劈头一句就是：全家人找了您一天了！您倒好，在这儿下馆子！

老伴儿一见廖先生，一把拉住，眼泪唰地流了下来，喃喃地说：可找着了……你这是干什么呀你？真有个闪失怎么得了！

廖大愚没好气儿地对他父亲说，您再这么着可不行，能把一家子急死！廖先生大概自知理亏，嗫嚅着说，我是在和舜镈聊东直门的事情……廖大愚说，什么金舜镈，您看清楚了，她是金舜铭，金舜镈死了！上月死的，您没看报吗？上头有金舜镈的照片，画着大黑框子！想必廖大愚也是气得很了，竟将这本应避讳的事情在他父亲跟前一股脑儿端出。

廖先生用浑浊的眼将我仔细看了一会儿，嘴唇动了动，似乎想起了什么，也似乎什么没想起来，坐在椅子上半张着嘴，眼神有些发直，突然显出了一副傻相。激动中的廖大愚还在不容人插话地说个不停，他说上午他妈跑到前院，当着不少人说他爸爸不见了，有的人当时就要看看大师怎么通过特异功能找到老爷子去向。廖大愚说，这不是出我的丑吗？我知道他跑哪儿去了！发动群众找吧，派出所、公安局、急救中心，能想到的地方都找过了，就差给 110 打电话了。

我想，亏得廖大愚没拨110，否则大师找父亲还要动用警察，那面子实在是挂不住的。

胖老伴儿一边给廖先生换衣服，一边说她参加“传销学习班”回来，没见着老爷子，也没太在意，料想这下雨天也不会上哪儿去。等到她换好衣服做了半截儿饭，才发现家里一直没见老爷子，赶紧将炒了一半的菜撤了火，四处去找，找了几条胡同都没有，急得不行，不得已才到前院找儿子。大愚听到这儿就埋怨他妈不该去参加什么传销班，说那些搞传销的都是坑人的，专坑熟人，什么上线下线，通通扯淡。老太太说，你那些阴阳八卦就不是扯淡啦？爸爸是你爸爸，又不是我爸爸，我这一天天够不易的了，得看孩子似的看着他，一不留神就走了……说着就开始抹眼泪。

看来廖先生这种不打招呼的出走已经不是第一次了，廖大愚烦躁地说，以后把后院的门加锁，省得老提心吊胆！老太太想了想，无可奈何地说，实在不行也只有这样了……

我想象着廖先生被锁在小院里的情景，一种凄凉与沉重由胸臆间泛起，命运的悲惨和可怜使我感到活着的无奈与身不由己，难道人老了都将遭此下场吗？廖大愚窥出我的心思，解释说，外人不知，看着跟好人一般，其实病得厉害了。我问是什么病，廖大愚说是脑萎缩，也就是老年性痴呆。没法治。我想，廖大愚的论断不是很准确，廖先生的大脑某一部分是萎缩了，但某一部分却是活跃的，而且充实灵动，常人所不能及。

看到廖先生光着的脚，廖大愚赶紧脱下自己的鞋套在他父亲的脚上。这使我很感动，虽然成了大师，虽然要将他的父亲锁在小院里，但毕竟是个孝顺儿子。

廖先生一直傻愣愣地坐着，那眼神透过玻璃，不知伸展到了什么地方……那些往事都已升华散尽，凝成了看不见的纯净气体，连发酵的能力也失去了。眼前这些人，窗外那些景，包括那个广告幻化的东直门都不存在了，只剩下一片空落的苍白，白得让人窒息，空得让人心疼……

五

夏家子女们决定将他们的母亲葬于西山。

安葬四格格那天，我和舜铨也去了。天下着雨。春雨细润，山路精湿。墓地坐落在西山东麓，透过稀疏的松枝可以看见玉泉山秀丽的宝塔和昆明湖闪亮的湖水，不远处有音乐家王洛宾的墓，有文学家金寄水的墓，四格格长眠在这里，当不会寂寞。看来，夏家孩子选择墓地也是颇费了一番心思，尽了心意的。

一切安置妥当，正要砌封墓穴时，只见一人打着雨伞，顺山路踯躅而来。待那人走近，大家才看清是廖大愚。大愚捧着一捧紫丁香花，说是应他父亲之命，来为四格格送行的。舜铨说，这么大的雨，实在不想惊动别人，只是来了几个至亲……廖大愚说他本来不知道，是他父亲今天一大早就让他来的……夏家的孩子们对大愚表示出了显而易见的冷淡，这让我和舜铨有些尴尬。

舜铨说了不少感激他父亲的话。

我则一直在思索那个萎缩了的大脑是如何推算出今日安葬的。

廖大愚怀里的花沾着细密的水珠，散发出幽幽的清香，突出了墓地的冷寂，让人感到了留恋与哀伤，那是一种发自心的深处的绝望和难以道出的酸涩，是一种只可意会不可言传的理解和默契。望着墓碑前的花团锦簇，大愚不好意思地说，花是自家院子里摘的。他们的院子里没别的花。只有紫丁香，紫丁香是四格格生前喜欢的花。夏家的孩子们谁也不知道他们的母亲曾经喜欢过什么紫丁香，大愚说是他爸爸告诉他的。大家都觉着对这些突如其来的花朵不便再说什么，喜欢也罢不喜欢也罢，一切都已经成为过去，不可追溯了。廖大愚将一枝丁香丢进即将封严的墓穴，那湿润的淡紫的花儿轻轻地覆盖在四格格那朴素的骨灰盒上。我的心一阵悸动，认为廖大愚这有意无意之举实在属于鬼使神差，料也不是他父亲告诉他要这样做的。

当然，这样很好。

廖大愚把怀里剩下的花围着墓碑撒了一圈，朴实无华的丁香和墓前那些美丽的花卉相比，显出了难以伸展的羞怯，显出了谨小慎微的不安……淡泊相处，可以维持久远，丈夫重知己，不为别的，就为那故旧的离去，为那相知相通的情愫，为那深处埋藏的无穷尽走进这难耐的尴尬，走进这细雨尘烟，以慰藉死寂的魂灵和自己长久的沉默。

丁香依旧，良友难逢。

……我感到了沉重。

下山的时候，廖大愚悄悄对我说，他父亲从东直门回来就病了，现在每天靠点滴维持，人虚弱得连话也不想说了。父亲好着的时候，他老嫌父亲唠叨，不知饥饱，没完没了地吃，如今想想很是后悔。他巴不得父亲能再说、再吃。然而一切似乎都不可逆转，父亲的生命大概不会很长了。

我无言，回望那些紫丁香，已不可见。

分手时，廖大愚说：我父亲让我告诉你，你“朋友”的骨灰应该撒在昆仑山。

昆仑山……

（原出版单位：北京出版社 1999 年 10 月第 1 版）

西去的骑手

红 柯

第一部

一

1934 年正月，塬上的儿子娃娃跟着尕[1]司令马仲英打进新疆，将迪化城[2]团团围住。这是他们第二次远征新疆，三十六师兵强马壮，锐不可当。尕司令骑着大灰马，一马当先，骑手们成扇形紧随其后。

飞机场和电台被三十六师占领，迪化城指日可待。尕司令下令暂缓攻城，等候盛世才举城投降。这时，侦察人员报告，苏联边防军应盛世才邀请，从霍尔果斯攻入伊犁，抄了陆军第十一师张培元师长的后路。张培元将军在果子沟自杀。祸不单行，三十六师派往塔城的联络分队在额敏河畔全军覆没，只跑回来一群河州战马，大家心里一紧：无法与苏联方面取得联系，与伊犁陆军第八师合击盛世才的计划顿成泡影。另一路苏军顿河骑兵师从塔城攻入新疆，直扑迪化，在头屯河与三十六师相遇。幕僚们提议：明智的办法是撤回哈密，以静观其变。尕司令血红的眼睛盯着望远镜。

“我马仲英可以跟盛世才演《三国演义》，苏联人插手干什么？驴槽多个马嘴，摆开阵势让他们退出国境。”

三十六师全线摆开，白马旅紧跟尕司令身后，越过白雪覆盖的头屯河河滩，黑马旅，青马旅，成两翼展开，大地微微颤动。顿河马和顿河哥萨克越来越近，哥萨克骑兵师长是布琼尼元帅的部下。骑兵师在莫斯

---

① 尕：西北方言，小的意思。

② 迪化，即乌鲁木齐。

科郊外与白军作战，布琼尼一刀将白军师长劈于马下，那是顿河哥萨克最辉煌的日子。骑兵师军纪太差，内战结束后被调往中亚。这是他们第二次出国作战，第一次他们进入波兰兵临华沙，这次斯大林叫他们帮盛世才打土匪。

进入中国好几百公里不见老百姓，牧民们知道大鼻子来了，远远躲开。迪化城出现在望远镜里，城里安安静静，没有硝烟和枪炮声。这时，望远镜里出现身穿黑色军装的骑兵，领头的军官二十来岁，是个中将。哥萨克们叫起来：

“中国军队的司令官是个娃娃。”

娃娃司令纵马疾驰，黄尘拔地而起，仿佛大地心中的怒气。哥萨克兵潮水般涌过来。双方隔八百米。参谋长吴应祺请求向苏联提出严正抗议，吴应祺毕业于苏联基辅军校懂俄语。尕司令摆摆手：“现在是战刀说话的时候，中共的朋友若不方便可以退出战列。”中共的朋友手按刀柄，没人怯阵。

太阳垂落下来，冰凉无比，战刀开始在鞘中喘息。哥萨克骑兵师长告诉部下：“他们不是土匪，他们是正规骑兵。”师长带马出列，停在队伍前边二百米处，战刀出鞘，竖在胸前，马头刀锋与他的鼻尖成一条直线。第一师师长用俄语大声喝道：“三十六师师长，三十六师师长。”

大灰马驮着尕司令向哥萨克冲过去。他扯下白手套，手伸进坚硬的风里，谁也搞不清他把手伸进寒风是什么意思。他在风中抓住了一种比战刀更坚硬更锋利的东西，那是一把无形的刀。尕司令的手像活鱼从波浪里跳出来。大漠空旷辽阔。

当古老的大海朝我们迸溅涌动时，我采撷了爱慕的露珠。

战马交错，两位师长交手的动作迅如闪电；尕司令没拔战刀，而是从马靴里摸出河州短刀，刀子小鸟归巢一般撞进对方的喉咙。顿河骑兵第一师师长僵硬在马背上，双腿立镫，腰板挺直，脑袋翻在肩窝里，眼瞳又大又湿翻滚出辽阔的海浪。顿河马驮着死者从骑手们跟前缓缓而过，死者与尕司令交手的一瞬间，把战刀换到左手从左边进攻。这是哥萨克们的拿手好戏，右手出刀，两马交错时突然转向对方左侧，对手往往措手不及，被劈于马下。

双方骑手迅速靠拢，马蹄轰轰，刀锋相撞，好多骑手坠落了，战马拖着他们消失在阳光深处。十几个回合后，大部分哥萨克落在地上，有的坠在马镫上被战马拖着跑，像农民在耙地。

三十六师主力退出战列，由一一四旅对付残敌。一一四旅全是新兵，几次冲锋后大半骑手阵亡。尕司令继续下攻击令。哥萨克兵放弃长条阵，紧靠军旗拼死抵抗。一一四旅只剩下二百多人，旅长扔掉战刀，吼着没有歌词的河州花儿，嗨嗨呀呀徒手破阵，身后的骑手纷纷扔掉战刀，狂呼乱叫猛攻顿河第一师的最后防线。他们藏身于马肚底下，用马靴里的河州刀捅对方的喉咙。哥萨克们用低沉的喉音唱起古老的顿河战歌：

我们光荣的土地不用犁铧耕耘……
我们的土地用马蹄来耕耘
光荣的土地上播种的是哥萨克的头颅
静静的顿河上装饰着守寡的青年妇人
到处是孤儿
静静的顿河，我们的父亲
父母的眼泪随着你的波浪翻滚……

骑兵第一师的军旗周围躺着七千多名哥萨克兵。两名受重伤的哥萨克爬到电台跟前，参谋长吴应祺举枪就打，尕司令下了他的枪。参谋长说：“他们在求援，援军马上就到。”尕司令说：“西北军我们都打败了，哥萨克算什么。”尕司令命令副师长马虎山带两个旅收拾苏联人的援军，自己率主力向迪化移动。

援军来了，来了整整一个装甲师，由五十架飞机掩护冲向三十六师。

骑手们纷纷下马，依山迎战。坦克装甲车排在山脚向山上开炮，轰炸机低空投弹，骑手跟岩石碎在一起，战马驮着他们的灵魂跑进天山。

马虎山被炸成重伤，官兵们拼命抵抗，苏军装甲部队被挡在干涸的河床。挂满炸药和手榴弹的三十六师官兵从雪堆里从干芦苇里爬出来，扑向坦克装甲车。装甲车可以一次炸毁，坦克则纹丝不动，有时被炸翻，这个庞然大物跟蛤蟆一样吐着黑烟又翻过来继续进攻。三十六师的官兵跟猎犬一样，几个人围一辆坦克，爬上去，揭开盖子往里跳，一声沉闷的巨响，坦克就变成软柿子。

“撕破卵子淌黄水，坦克，日塌①你，日塌你！”

骑手们像碰上了女人，这么丰满的俄罗斯大肚子娘儿们，一下子激起他们的雄性之力，挂一身炸弹去辉煌呀！连毛带肉给你塞上，整个人给你塞上，日塌你挨屎的。坦克跟娘儿们一样，哪经得儿子娃娃这么折腾，噗吱吱软成一摊泥。

高傲的俄罗斯军人哪受得了如此屈辱。夜幕降临，苏军六百多小伙子们挂满炸弹提上转盘机枪，去进行一次悲壮的突袭。政委同志用彼得大帝②，用斯大林给他们鼓劲，士兵们激昂得如同烈马，他们来自库尔斯克来自梁赞黑土地，他们不是哥萨克，哥萨克骑兵已经被砍倒在头屯河干涸的河滩上。古老的俄罗斯不能遭受任何失败。一个中尉情不自禁唱起俄罗斯古歌《伊戈尔远征记》：

龙卷风挟着乌云来了，
上帝给伊戈尔指路——回到俄罗斯故土去，
从波洛夫草原出逃。
夜已深，一片漆黑。
伊戈尔窜身芦丛，
野凫般浮到水面，
狼也似奔跑……

① 日塌：西北方言，消灭的意思。
② 彼得大帝：俄罗斯帝国的创始人。

六百壮士越过头屯河再也没有回来，连一点儿声响都没有。指挥官和政委彻底放弃了任何突袭计划。连坦克装甲车也不出动了。

天亮以后，坦克排列成一条线，万炮齐鸣。飞机可以从容不迫飞过去进行低空扫射，投弹。三十六师挂满炸弹的勇士们在地上破口大骂。

“婊子你下来，你在天上放骚哩，你在天上撩花兜兜哩，你连个婊子都不如，挨不起啦你滚啊！”机关炮打碎了勇士的脑壳，嘴巴和舌头落在地上，嘴巴和舌头还在骂。

“婊子你下来，你飞鸡哩你飞你娘个腿，你丢你俄罗斯先人哩。”

血染红大地，在炮火的烘烤下很快变黑，发出焦煳味。

头屯河大战最激烈的时候，盛世才的部队趴在城头看得目瞪口呆，骑兵与飞机坦克装甲车交战，上演二十世纪战争史上最惨烈的一幕：战刀寒光闪闪，骑手被炮火击中，落马，战刀在空中飞翔尖叫。

迪化城中有一座火焰般的红山，迪化守军全都上了红山，用望远镜用肉眼遥望头屯河，战马与飞机坦克血战两天两夜，从天亮打到黄昏，太阳的血染红大漠，始终不见苏军的步兵和骑兵出列。

红山嘴上的东北义勇军摩拳擦掌，这是他们第二次目睹战争奇观。1931 年 9 月 18 日夜，日军偷袭沈阳北大营，关东军敢死队刚冲进去，与北大营巡逻队相遇，双方立即开火，相互倒下一大片，关东军开始退却，子弹不相信武士道。北大营驻军数次报告远在北平的张学良，张学良下令不许抵抗，旅长王以哲在话筒里叫起来：“副总司令，双方已经交火，北大营都是我们的子弟兵啊。”

“把枪锁起来，把枪栓收到军官手里。”

王以哲在两天前就从日军朋友那里得到情报，关东军 9 月 18 日夜将攻占沈阳城，王以哲把这个情报报告给张学良时，遭到张的痛斥。王以哲不能再挨副总司令的训斥了，少帅的命令发向北大营，得到认真彻底的执行。从德国意大利进口的世界最先进的武器，顷刻被收起来，锁进仓库，给对方给全世界以示中国军人的诚意和善良。剽悍的东北汉子眨眼间从狼变成羊，手无寸铁，吹号起床。

关东军从炮火的恐惧中清醒过来，哟西哟西，关东军可以从容不迫按陆军操典行事了，先是排枪扫射，继而拼刺，试验一下野战训练的本领过硬不过硬。有些营房的东北军正在起床，因为大家接到刀枪入库的命令，以为和平了，再睡一会儿，可远处传来的叫声令人怀疑，空气中弥漫着极大的恐怖，太阳蔫头耷脑一脸的冷汗，大家手脚不怎么麻利，兵离了刀枪就像没魂似的。日本大兵胆子壮起来啦，哇哇哇喊叫着冲进来，见人就捅呀，一个短冲锋，就是几百号几百号的东北大汉，挑到刺刀尖上。军官们最过瘾啦，抡圆了弯刀，噗噗噗砍雪人似的，一路砍过来，成堆成堆的人全贴地啦。血水打滑，军靴底子上有马刺针都打滑，血水太厚太腻，总能把武士们滑趴下，不能昂首阔步地前进让人气恨恨的，手里的刀就狠起来啦，越砍越狠。

五十万装备精良的东北军被打毛了，不听副总司令的，血性汉子跟上马占山在江桥血战日军天野师团，打了整整一个月，天野师团损失殆尽。从朝鲜调来的两个师团投入战斗，马占山孤军难以抵抗，败退满洲里，依国际惯例放下武器，避难第三国。苏军边防军以军人最高的礼仪向马占山和他的义勇军致敬，然后是西伯利亚到中亚腹地的大行军，数万义勇军携带家属在茫茫雪原中跋涉八个月，从冬天走进冬天，多少病弱的生命埋葬在西伯利亚！

回到新疆，他们的老乡盛督办正等着他们呐。他们又拿起枪，镇守东疆。盛督办纪律严明，指挥有方，奖罚分明。大家感慨万千，要是盛督办守东北，小日本非把血流干不可。东北汉子一下子热血沸腾了。跟他们对阵的三十六师更是了不得呀，根本不是传说中的恶魔，谣言和传闻在三十六师的前边就源源不断从口里涌向迪化，许许多多的惨案把新疆人吓坏了。可进入东疆的三十六师，军纪非常好，让人怀疑是左宗棠征西来了，老人们还能想起左大帅的湘军，能打硬仗，灭了阿古柏，硬是把老毛子从伊犁逼出去了。三十六师面貌一新，锐不可当。红色哥萨克一个整师横尸头屯河，红军只能用飞机坦克进攻。

红山嘴上的东北老兵说：“小日本也没这么凶啊，顶多上几架小飞机，几辆装甲车，打冲锋的还是大活人呀，苏联人咋个连人都不露一下呢。”

“小鼻子大鼻子都是欺负咱中国人，咱们冲下去帮三十六师干。”

东北老兵们哗啦站起一大片，外围全是盛督办的军校生，军校生是铁杆队伍。

“咋啦，咋啦，想造反呀，这是新疆不是你们东北，在这不许胡闹。”

军官们开导东北老兵：“边陲地区，听长官的没错，盛督办这么办自有这么办的道理，盛督办不是不抵抗将军，不要以为马仲英是英雄，盛督办也是英雄，你们刚来不懂这个，你们慢慢就懂啦。”盛督办的军官理论水平绝对高，他把上司的意图领会得相当好。

“咱们把东北弄丢了，再把大西北弄丢了，全国人民咋看我们？马仲英是条汉子，马仲英是项羽，咱盛督办呢就是高祖刘邦，君子斗智不斗勇。”

大家的热血慢慢凉下来，待在红山嘴上作壁上观。

部下及民众的情绪盛世才是很清楚的，何况他只是临时督办，南京国民政府还没有正式任命呢。马仲英的三十六师与伊犁陆军第八师是国军，国军与苏军激战是捍卫国家主权。盛世才马上组织一个庞大的和谈代表团，各民族各阶层都有。三十六师主力在头屯河与苏军激战，另一个骑兵旅遥控迪化城。

马仲英在战火中接见迪化和谈代表，师部直属特务营纵马而来，军容整肃，代表们暗暗吃惊，三十六师锐气丝毫未减。马仲英侃侃而谈，口气强硬，一边摆弄苏式转盘机枪一边跟代表们说：“去告诉盛世才，举城投降，条件嘛，由我来定，军队全归我，我可以考虑让他当省主席。边防督办他不能做，边防督办是掌兵的，他应该学金树仁，做省主席。”

马仲英很客气，用苏联罐头和饼干招待大家，还特意捎给盛世才两筒苏联饼干。

盛世才接到马仲英的礼品，脸上的肉直跳，当他听到马仲英的和谈条件时，他笑了，“要么咋叫他尕司令呢，他的条件可以考虑。”部下急了：“交出兵权可就完了。”“政权才是一切。”部下还是想不通，从蒋介石到各路诸侯，谁不抓兵权呢。盛世才微微一笑：“执行吧，你们以后就会明白。”“对外边怎么说?”“就这么说，大张旗鼓地说，让人人都知道。”

和谈的内容传遍迪化城。没有人怀疑盛世才的诚意。连马仲英也感到意外，幕僚们也不相信盛世才这么痛快。“他可是一条老狐狸，他能满足一个省主席了?”幕僚们见多识广，他们从事地下活动也都是搞暴动，搞兵运，一直盯着军队。包括像吴应祺这样的留学生，也识不透盛世才的真实意图。迪化方面很诚恳，请三十六师派人到迪化商谈具体事宜。

参谋长吴应祺和政治部主任杨波清代表马仲英进入迪化城。会议室里竟然有两名苏联高级军官，苏联驻迪化总领事也在座。盛世才受不了杨波清和吴应祺嘲弄的眼神，盛世才咳嗽两声说：“盛某早在日本留学的时候就向往社会主义，立志打倒列强军阀铲除黑暗势力。苏联是社会主义革命的大本营，在新疆搞革命一定要有苏联同志的帮助。”

杨波清说：“有这样帮助的吗？你连金树仁都不如，金树仁下台的时候还知道不依仗外国势力坐天下。”

“金树仁是反动军阀，我是革命者，全世界无产阶级联合起来。”

盛世才一口气背出许多社会主义口号。杨波清笑了：“我们三十六师在肃州四个县城写满了这样的口号。”

“三十六师是国民党的军队。”

“是国民政府的编制，可它是西北民众的武装，政工人员全是共产党员，你没想到吧。”

让盛世才更没想到的是吴应祺会俄语，吴应祺直接跟苏联领事和军官交谈，谁也不知道他们谈什么。杨波清也听不懂。盛世才心里很紧张，脸上淡淡的。

秘书懂俄语，休息的时候，秘书把详情告诉盛世才；吴应祺的主要目的是告诉苏方，马仲英是个革命者，三十六师对苏联是友好的，进攻迪化时三十六师曾派小分队赴塔城边境与苏边防军联系过。“苏方什么态度?”盛世才最关心这个，秘书让督办放心，苏联军方对哥萨克骑兵师的惨败极为恼火，一定要消灭三十六师，一个也不剩，红军的血不能白流。“督办你放心吧，三十六师全是共产党也没用，都打红眼啦，苏联要三十六师退出战场，后退五十公里，吴应祺要苏军先撤，撤出国境线。”“你听清楚了?”“一点儿没错，我听得清清楚楚。”

盛世才太紧张了，回到家里还皱着眉头，夫人邱毓芳问：“苏联出兵了你还担心什么?”“马仲英竟然要苏军撤出去，他是不是疯了?他派来的谈判代表在苏联留过学，是个共产党，一方面要跟苏联合作，一方面却要苏联撤兵。”

“你要是马仲英你会怎么办?”

“这是千载难逢的机会啊，他们派往塔城边卡的联络分队被我们截住了，他们无法与苏联取得联系，没想到三十六师有那么多中共人员，竟然有苏联留学生，差一点儿坏事。”

“他们没有谈成嘛。”

“我紧张呀，我不明白马仲英为什么放弃这个机会?”

“你现在关心的事情不是马仲英，是这个谈判代表，这个人太危险了，千万不要让他与苏联人再接触。”

“他们谈崩了，苏军一定要消失三十六师。”

“你就这么相信苏联人?现在他们打红了眼，等他们不打了，这些中共分子的话就会起作用，那咱可就惨了。”

盛世才马上召来警务处长，把马仲英的代表关起来，不要告诉苏联顾问。

“现在你可以放心了。”

盛世才的心只放了一会儿，就悬起来啦。夫人生气了，“你又怎么啦，这饭还吃不吃?”

“我就是不明白马仲英为什么放弃成功的机会?”

“我知道你想什么，宁可失败也要轰轰烈烈，做个气壮山河的英雄!”

“我们来到大漠不就是为了做英雄吗？”

“你怎么有这种想法？我当初喜欢上你就因为你身上有我们关东人的英雄气概。”

“我现在是不是有点那个？”

“更成熟更狡猾更阴险啦我亲爱的丈夫，马仲英是草原上的鹰，你就是一只荒原上的老狼，狼更适合大漠。”

“谢谢你夫人，你总是给我力量。”

“骑上你的快马到外边去吧，军队需要你鼓舞士气。”

红山顶上的省军官兵被一阵暴雨般的马蹄声所吸引，他们的长官骑着大白马冲上西大桥，桥下是白浪翻滚的乌鲁木齐河，源自天山冰川的寒冷的大河。咆哮的冰河和暴雨般的马蹄声一下子把大家的注意力从头屯河的战火中吸引过来。马仲英围攻迪化时，先头部队一度攻入城内，在西大桥与省军激战，最精锐的军校学生兵被冲垮了，西大桥上全是马仲英的骑兵，在欢呼胜利，而不是乘胜追击，向西大街以西猛攻，再攻一点点，迪化城就完了；根本不需要大部队，三十六师的先头搜索部队就可以拿下迪化。省军最清楚他们的危险，连最能干的军官都放弃了抵抗的打算，全军崩溃，逃到红山顶上。大家被眼前的景象吓呆了，他们的长官盛世才带着十几名卫士狂风般冲上西大桥，给狂欢中的三十六师骑兵以致命的一击。最先反应过来的是东北义勇军，一个营的东北军呼啦冲上去，紧追猛打，把这一小股骑兵逐出城外。现在大家又看到了西大桥，他们的长官骑着大白马威风凛凛地冲上桥头，冰河雪峰与骏马所构成的景象使大家为之一振。长官没有带部队，身后只有两个卫兵，疾风般穿过西大桥向郊外驰去。大家都以为长官是去观察敌情，要准备反攻了，谁也没想到是远方的炮火在吸引着他们的长官，长官比他们更好奇，他们可以爬到红山上尽情地观赏战争奇观，长官就不能这么随便。

郊外已经没有三十六师的部队了，那个白马旅刚刚撤走，投入头屯河战场，种种迹象表明，三十六师已经到了最后关头。苏军被挡在头屯河已经一个礼拜了，炸弹和炮声响彻大地。盛世才跃马天山顶上，战火一下子从声音变成画面，头屯河根本不是河，全是冰块和血肉之躯。那是中亚大地罕见的严寒之冬，炮火耕耘之下，冰雪竟然不化，壮士的热血全都凝结在躯体上，跟红宝石一样闪闪发亮。多么奇怪的场面，坦克装甲车排列在河的西岸，万炮齐鸣就是不敢发动冲锋，只有空军，黑压压的一大群轰炸机反复盘旋着投放炸弹，打机关炮。低矮的山冈上不时冲出一个骑兵，像是从地缝里蹦出来的，在马背上举着机枪朝飞机扫射，飞机一下子蹿上高空，马上有一群飞机从四面八方围上来，，机关炮的火网把那个骑兵连人带马吞噬掉了。

盛世才和他的卫兵全看呆了，盛世才几乎是脱口而出："他们应该把阵地构筑在天山大峡谷，飞机坦克就会失去大半作用，这么矮的山，简直是开玩笑。"

语言黯然失色的时候，就意味着一个巨大的无法回避的现实：头屯河之战把马仲英的军事生涯推向了高峰。天山顶上，寒风刺骨，盛世才竟然冒出一身热汗。

回到迪化，盛世才做的第一件事就是召见吴应祺。盛世才非常坦率，老狐狸的坦率总让人感到奇怪。

"盛先生还有兴致去欣赏战争奇观?"

"不谈战争，谈谈马仲英，这个人太不可思议了。"

"勾起了盛先生美好的回忆?"

"是美好的回忆!"

"盛先生是从西伯利亚大铁路进入新疆的。"

"是这条路，去新疆都走这条路。"

"左宗棠以后就很少有人从丝绸古道去新疆了，这就是盛先生和马仲英的不同。"

"你是基辅军校毕业的，你们三十六师怎么能把阵地建在头屯河，那里都是低矮的山包，把战场摆在天山大峡谷，飞机坦克就会失去作用。"

"山地作战骑兵也会失去作用。"

"你们想进攻?"

"军人必须进攻，即使面对飞机坦克也要进攻。"

“用兵之道要灵活机动。”

“你是不是太灵活了？你如果亲临头屯河战场你就不会说这种话，骑兵把空军和坦克部队挡在一条干涸的小河边寸步难行，世界军事史上有这种先例吗？”

“我刚从头屯河回来。”

“去那里需要勇气。我给你讲一个更精彩的故事，知道马仲英怎样刀劈顿河骑兵师师长吗？大家都盯着马仲英怎样把刀子塞进哥萨克的喉咙，很少有人听见他嘴里发出的声音，一种很庄严很悲壮的生命的誓言：当古老的大海向我们涌动迸溅时，我采撷了爱慕的露珠。”

盛世才叫起来：“古老的大海，戈壁沙漠是大海？”

“白山黑水，林海雪原也是大海。”

“你去过东北？”

“你忘了我是基辅军校毕业的，从满洲里坐火车，穿越西伯利亚，黑土地的林涛就永远留在我的记忆里了。后来到大西北，我又看到黄土高原的深沟大壑，没有水，却都用水做地名，一碗水，喊叫水，马莲井，清水①，一直到梦想中的大海，久久地翻滚在人们的血液里，当他们捍卫自己的生命时，刀锋就变成波浪，一浪连着一浪，铺天盖地势不可当。”

二

最先激起这股波浪的是左宗棠，大清王朝的最后一位铁血将军，率领精悍的湘军，在剿灭太平天国之后，挥师西北，势如破竹，陕西回民义军白彦虎率部远走新疆退入俄国，甘肃回民义军退守河州大河家。谁也没想到大军压境之际，回军首领马占鳌能举兵反攻，用黑虎掏心战术掏掉湘军十营。太子山麓大夏河畔就这样被血水浇灌成沃野，黄土滋儿滋儿，仿佛痛饮甘霖。左帅站在河州高高的旱塬上目瞪口呆。

马占鳌率得胜之军投降，成了左宗棠的部将，随军远征新疆，剿灭

① 一碗水、喊叫水、马莲井、清水：都是甘肃、宁夏干旱地区的地名。

阿古柏。马占鳌的子侄们封官晋爵，这就是后来的西北五马[①]的开始。后来，八国联军打北京，骁勇凶悍的蒙古王爷僧格林沁被捻军打死在山东，湘军淮军溃不成军，河州马家军奉旨进京，用叉子枪顶住洋鬼子的大炮机关枪，护送光绪皇帝和西太后逃出北京，“西巡”古长安。

负责护驾“西巡”的七老太爷马海渊，成为西军最有威望的军人。

大阿訇应七老太爷邀请来到西宁。宁海军的武备学校设在这里，学生全是马家军的军官子弟。宁海镇镇守使的官职是马麒花钱买的。同族中的马福祥中了武举，靠功名做了宁夏镇镇守使，算是改门换户，马福祥的儿子马鸿逵就一直看不起马步芳，逢人就说：“马子香[②]跟我比不成，我是宦家之后，他的先人是土匪。”马氏家族一直忌讳土匪出身，清政府垮台，民国初立，正好是改换门庭的时候。侄儿马步英看不起伯父的做法。“土匪就土匪，刘邦朱元璋哪个不是土匪。”他父亲马宝在宁海军当营长，儿子的话把马营长吓一跳，“娃娃不敢胡说，伯父是为大家好。”

“为他还是为大家?”

“对长辈不许这样!”马营长还特意叮咛儿子，“不要跟堂兄争高低，能让就让。”

“我不能让到沟里去!”

“你这我儿[③]，人没长大哩心先长大啦，大得没边边啦。”

马营长操心的事还是发生了。

那时，马仲英上武备小学，堂兄马步芳、马步青上武备中学。马仲英当时的名字叫马步英，与堂兄闹翻后改名为马仲英。

兄弟几个端坐在厅堂里静候贵客来临。这里来过德国和日本的教官，洋教官对大西北回民的尚武精神非常钦佩，认为它可以跟大和武士道和日耳曼条顿骑士团相媲美。日本教官告诉他的德国同事：这荒凉的土塬产生过中国历史上最强盛的汉唐王朝，中国的重心南移后再也没强

---

① 西北五马：马安良、马福祥、马麒、马麟、马廷襄。

② 马步芳：字子香。

③ 你这我儿：西北方言，第二人称，常做口头禅。

大过。德国教官说：这里坚硬的黄土跟我们北欧的冰雪一样，能产生军人气魄。

兄弟几个都在猜测贵客是哪一国人？在他们的印象中，德国和日本的军人是最优秀的。他们的长辈一身戎装陪大阿訇走进来，娃娃们起身致礼。宁海镇镇守使马麒告诉娃娃们：大阿訇要看你们的功夫，看看谁是儿子娃娃。

马麒希望自己的儿子马步芳或马步青能被大阿訇看中，可大阿訇的目光停在侄儿马步英脸上。七老太爷手捻白须，眯着眼睛一声不吭。七老太爷的关公眼常年眯着，一旦睁开便电闪雷鸣石破天惊。

马步芳、马步英操起河州刀，刀尖对着刀尖，像两条豹子搅在一起，杀得难解难分。

第一局平手，第二局刚开始，年幼的马步英主动进攻，不给堂兄以喘息之机，像汹涌的海浪连续向堂兄的要害部位劈去，动作准确有力配合紧密。马步芳虽然截住了左右两边的进攻，却暴露了自己的门户，以致对方的刀口横在自己的脖根，急得嘴唇发青。比试结束，马步芳还呆在原地。镇守使说："步英比你小，可刀法比你强。"马步芳说："刀有枪厉害吗？"镇守使啪啪抽儿子几个耳光，儿子嘴角流血，血水中有一颗被打脱的牙齿。镇守使说："咽下去。"马步芳咕噜咕噜连血带牙咽进肚里。镇守使说："军人的魂魄胆略全在刀上，练好刀法才能领兵。"镇守使拔刀在那里嘿嘿哈哈给娃娃们表演一番，娃娃们大开眼界。镇守使摸摸侄儿的光脑壳："步英才是乖娃娃。"镇守使把佩带的河州刀奖给小侄儿。

镇守使的意图很明显，侄儿马步英已经得到他的奖赏，大阿訇也应该对马步芳马步青有所表示。七老太爷的眼睛睁开了，眼冒血光，瞳人红如玫瑰，镶在如此狭峭的眼睛里令人不寒而栗。七老太爷用这种目光把镇守使严严实实罩起来，镇守使像被人点了穴位，眼睁睁看着七老太爷和大阿訇走进经堂。

大阿訇说："马步芳马步青将掌握宁海军，可儿子娃娃是马步英。"

七老太爷说："河州能出一匹骏马，我老汉高兴。"

大阿訇说："我要带他进祁连山神马谷住三年，让他见识一下祁连山。往后他在宁海军就难以立足了。"

"宁海军待不住咱不靠宁海军，塬上有的是儿子娃娃。"

"祁连山能给娃避祸，可娃就变成野马啦，野马注定要流浪荒野。"

"民国了，血脖子该扬眉吐气了。"

"娃娃确实是乖娃娃，刀法跟海水一样，一浪接一浪。经书《热什哈尔》里说的大海就是那种样子。"

大阿訇带马步英进祁连山神马谷。

宁海军秋操演习时，马步芳勇冠三军，镇守使把心爱的东洋刀奖给他。马步芳还没忘记那次比刀失败，他大声对台下官兵说："河州刀是土匪用的家伙，军人应该挂这个。"

那时，中国军界流行东洋刀。

三

那时，北洋和民国的将领纷纷到日本国学军事，挎东洋刀。

盛世才也离开辽东故乡，到日本军事学院深造。他不是来挎东洋刀的，他渴望成为真正的军人。

盛世才跨海东渡时带着叔父的日记本。叔父年轻时去西伯利亚为沙皇修铁路，在西伯利亚荒漠苦战三年，修通了欧亚大陆桥。火车从彼得堡呜一声直开哈尔滨。后来是日俄战争，大鼻子和小鼻子干起来，把东北变成火海。叔父留在西伯利亚。十月革命，叔父跟中国劳工一起组织中国兵团，杀出西伯利亚，大败邓尼金和高尔察克，以后又转战南俄草原。他们的首领受到列宁接见。叔父就这样成为少年盛世才的偶像。那时，张作霖已在东北崭露头角，盛世才要投张作霖。叔父说："要带兵就得上军校，有文化的人带兵才能干大事。"好多同学进了张大帅的东北讲武堂当小排长小连长。叔父告诉他：最好的军事学院在国外，在那里才能学到真正的本领。

叔父临死前把日记本交给他。日记是叔父的战友写的，其实是一本散乱的战地笔记。少年盛世才在辽东大地的木屋里，借着松明子的光亮读那遥远的故事。他读到斯大林的名字，读到布琼尼，伏罗希洛夫。盛世才被斯大林的名字吸引住了，尽管报纸上常常见到这个名字，但从这本杂乱的战地笔记中读出来却别有意味。一种神秘的东西把他与斯大林连在一起，后来斯大林支持他当上新疆边防督办，他在辽阔的西北边疆轰轰烈烈干了十多年。

十七岁那年，他没法再待在东北了，一个非常遥远而辽阔的疆域冥冥中出现在他的梦幻里，那是属于他的世界。大草甸子和大森林再也遮挡不住他狂乱的目光了，他登上山冈，遥望北方，那是成吉思汗建功立业的地方，蒙古大军从那里出发征服了全世界。可现实生活没法证实他的梦想。他反复查看地图，新疆在他眼中一扫而过，没留下任何印象。地图上的热点地区与他无缘啊。他的梦想充满了强悍的生命力却无处落身。他的脑袋快成孕妇的肚子了，他已经听见了新生命的声音，他已经领悟到从古至今伟大人物的某些特征：那就是必须给你的生命找到辽阔而自由的空间。成吉思汗的疆域就是用战马和弓箭开拓出来的，在这块大野上叱咤风云的还有契丹女真和努尔哈赤。

他显露出前所未有的聪明和机警，浑浊呆滞的眼睛突然间也变清澈了。寺里的方丈说：那是前世的灵光落在了他身上。

他惊恐万状，在大野上疯跑。关东自古便是龙气很足的地方，大小兴安岭长白山横空出世，黑龙江松花江乌苏里江一泻千里，耶律阿保机、完颜阿骨打、成吉思汗、努尔哈赤跃马扬鞭呼啸其间，这些豪杰就是他生命的前世灵光。

开学那天，军界有名的战术家原田中将来校讲课，全体学员起立致敬。原田中将一眼发现队列中的盛世才，原田中将询问了他的姓名和籍贯，说："中国学生大多数是学成后发财，而盛先生是为了建功立业来日本求学。"

那天，原田将军讲了许多令人激动的话。原田将军说："日清战争时我在满洲作战，我们在大兴安岭遭到猎户袭击，师团主力损失殆尽。关东人的剽悍不下于成吉思汗，盛君来自辽东，大概是那些猎手的后代吧。”

盛世才激动得发抖。下课后，日本同学拍他的肩膀：“盛君不要紧张，将军赞扬你才说这样的话。”日本同学说：“我们日本人跟你们中国人不一样，我们给打败过我们的西方列强修建塑像，你们中国人不可能这么干。”

“原田将军不认识我，怎么能知道我的志向？”

“军人的志向在脸上写着，这是原田将军的格言。蒋介石、蔡锷、吴禄贞就是原田将军第一堂课发现的。盛君你很幸运，能得到原田将军的夸奖。”

四

父亲马宝因病退职，按马家军的规矩，营长职位由儿子马步英顶替。马步英告别大阿訇，骑着大灰马，走进宁海军大营。

堂兄马步芳已经当了旅长。

旅长叫他等候安排。他这个营长跟兵差不多，每天自己遛马喂料，很辛苦，不像个军官。可马营长军装整洁，靴子很亮。

冬天到了，下雪前父亲捎话让他回去。他单人单骑，连个护兵都没有，他在野地里转到天黑，才进庄子。

父亲告诉他：“按宁海军的规矩，下雪后要空手围猎。比刀子你占了上风，围猎是集体活动，小心吃亏。”

“三四年前的事情，谁还记这个。”

“你娃年轻你不懂世道人心，你伯父给娃铺路呀，把你这凉[1]侄儿当黑虎星，过几天围猎你千万要当心。要么你别去啦，在屋里歇几天。”

阿娘门帘一揭出来了：“我养的是儿子不是女子，好男儿空手打天下，不指望你大，还不指望自己吗！”阿娘说完拧身就走。

父亲忽站地上：“你大这辈子给你娃没留下啥家业，你大干不出凉

① 凉：西北方言，傻的意思。

天动地的事情，你大还有一口气，给你娃当个垫脚石没一点儿麻达。”

退职军官马宝在西宁的大营里很一般，在庄子百姓里还是有威望的。他招呼相邻十几个庄子的精干小伙，骑上大马，到野地去围猎。这是河州人古老的传统。不管汉人回民都爱冒这个险。按老规矩下雪后野鸡野兔好抓。既然马营长想冒更大的风险，大家都是热血汉子，齐声叫好，骑上马，一群接一群拥到野地里。先是纵马疾驰，把草窝里的野鸡野兔赶出来。河州地区深沟大壑纵横，崖又高又陡，烈汉子骑上烈马直突突从陡崖上冲下去，又从崖根纵马而上，直上直下，越跑劲越大，心越狂，跟打鼓一样。马蹄子把大地擂得咚咚响，心脏把人的胸腔擂得咚咚响，野鸡野兔惊惶万状，拼命往旮旯里钻，往大地的裤裆里钻。那都是地形极其险要的地方。千百年来，生活在河州地区的野物都练出来啦，一有动静，反应极为灵敏，落脚的地方很巧妙，用铁钩子掏都掏不出来。飞驰而来的骑手在一刹那间要探身下去，捕获野物，几乎是奋不顾身，是沟是崖，是刀山火海，啥都不顾了，直往上扑。多少壮士猎物到手，人成了残废。更多的人相撞在一起，马死或人亡，血光冲天，现出男人的一身豪气！河州人每年冬天都要玩一次命。正在飞窜的猎物尚有勇力，是不能抓的，一定要让猎物精疲力竭，隐藏得严严实实，骑手才能去抢去夺。

马步英的鞍子上挂满了猎物，大家拥着他回家。

父亲空手而归，空手的不是父亲一个，有许多人，大家垂头丧气，跟在胜者的后边。

回到家里，邻里街坊，家族亲人全聚在马步英屋里，大声谈笑。父亲躲在冷房子里长吁短叹。

第二天，马步英坐在上房的小炕桌前，阿娘端上茶饭，从今往后，他就是一家之主。

他要回部队，他走到院子里，喊一声：“大，我走啦。”

他就走了。他知道河州人的规矩，他不能抬头看父亲一眼，出了门，他眼泪一下就下来了。

军队围猎更残酷。上了猎场就不分长官士兵了，谁厉害谁是王。宁海军最精悍的几个军官死缠着马步英。那匹神奇的大灰马配合着主人，把迎面冲来的壮汉和烈马撞翻，一连撞翻五个，有两个当场断气。马步芳冲上来，坐骑被大灰马踢跪下，一下子把马步芳摔出几十米远。马步芳打个滚起来，腿有点瘸。幸好抓获的猎物跟马步英一样多。

这远远不能平息马步芳的愤怒，他叫来心腹："把大灰马给废了。"

夜深人静的时候，大灰马倒在马厩里，草料里有一种奇怪的东西，即使很出色的马也难以辨认出来，一下子就把它放倒了。

一群汉子把马搬到车上，拉到野外，旅长说过了："撇得远远的，撇到青海湖喂鱼去。"

一伙人把车拉到西宁城外，简直像拉一座山。长官的命令顶一万座山。心腹们不敢懈怠，掏银圆买蒙古人的好马，几匹好马拉上车。青海湖越来越近，心腹一心想把事情办圆满，竟然不用鞭子，黑下心，用刀捅蒙古马的后臀，他要连马带骨头撂进湖里。蒙古马喷着血，连吼带叫跳进去，水溅得很高，刮大风都刮不起这么高的浪，浪头跟山一样，一上一下，把马给吞了。心腹满心欢喜，报告旅长时说得很详细，旅长不停地拍他脊背。

秋操那天，旅长把兵带到青海湖边，打靶劈刺，大家干劲十足。压轴戏在后边，是军官们表演。马营长的坐骑比大家差一大截，大家想看他热闹。旅长知道他刀法好，偏不叫他比刀，偏要他试试马上功夫。马营长请示旅长，要做祷告，那正是午祷的时候，旅长不好反对，准许他祈祷。

马营长离开队伍，走到湖边的沙滩上，盘腿坐在那里。奇迹就这样出现了，大灰马从青纯的大海上喷薄而出，它的光芒超过了太阳；太阳薄得跟纸一样，跟娃娃们玩的风筝一样。官兵们把旅长撂到一边，呼啦全过去了，全都跪在海水里。海底全是马骨头，千年万年了，骨架不散，依然保持着奔跑的姿势。老兵们说：那是古代英雄骑过的马。汉朝的卫青、霍去病、李广、窦宪，唐朝的李靖、薛仁贵、哥舒翰，全都到过这里，西夏王李元昊，李自成的部下也来过。青海湖里全是他们流的血，经过千年万年，发酵成一片青纯。官兵们眼睁睁看着马骨长出肉，长出筋络和血；它的皮毛竟然是灰色的，跟蒙了灰尘的白雪一样，跟祁连山的雪峰一样，从头到脚散发着苍凉和悲怆。大灰马吁吁叫着从海水里奔过来，卧在马营长身边，把马营长驮起来向靶场跑去。马营长空着两只手，大家以为他要拔那些木桩，可木桩全都断了，马营长手里有锋刃的利光，快得像风，忽倏一闪，木桩就断了。后来大家才发现马营长拿的是一尺五寸的河州短刀。

旅长心事重重，回去找镇守使，镇守使也感到事情不妙，千万不能让他带兵，他有了兵就麻烦了。镇守使想不出什么高招，骑马去找马步英的父亲马宝。马宝在家赋闲，跟镇守使是同宗兄弟。镇守使打半天哈哈，打锣听音，马宝说："步英是你侄儿，又是个下属，不用问我，让步芳安排算了；十四岁的小娃娃，顶职当营长带不带兵无所谓。"有了这句话，镇守使安心了，以年纪小为由让马营长当光杆司令，只领饷不带兵。

父亲把底细告诉他，他竟然不生气："我的兵刚从空气变成水，我给他们上色，等他们有了血，大西北全是我的兵。"

父亲说："从古到今，兵全在营里，你胡说八道什么？"

儿子说："这是我在神马谷中看到的，山谷里全是马骨头。山风那么大，吹不垮；夏天雪水跟海一样，也淹不了它们；它们全是生前奔跑的姿势，它们活着的时候驮的全是古代的英雄。壮士身托黄沙，可他们的战马全到了山里。大阿訇说，战马不是空着身来的，它们驮来了英雄的魂魄。魂魄不散，战马就不会倒。神马谷的骨头全是奔驰状态。"

父亲说："你是个娃娃，能当营长就不错了。"

马步英脱下军装，一声不吭出去了。他赶着自家的羊上了北塬，塬上那么荒凉，羊群找不到草，那是黄土裂口子的地方，羊群找到草根，跟钓鱼一样一根一根把它们钓上来，吃得很仔细。后来，他翻过大梁，往祁连山里走。那里很少去牧人，那里草很高，可那是豹子出没的地方。马步英硬是把羊赶到那里，羊见了草也不吃。不是草不好吃，而是深草里卧着豹子。豹子跟大火一样，又亮又猛。马步英没带刀子没带枪，他掂两块石头，跟原始人一样。他和豹子在深草里搏斗。羊全趴在地上，像躲飞机上的炸弹。豹子的呜呜声全在天上，山谷容纳不下它的吼声，它就把它威风凛凛的声音放到天上，它的声音跟鹞子一样，翻得又快又猛。后来鹞子不见了，天上静静的一片瓦蓝。马步英从深草里走出来，身上全是伤，血又黏又亮跟树脂一样；他肩上扛着死豹子，豹子脑袋不见了，脖腔里塞一块尖石头。羊开始动弹，开始吃草，羊到底是羊，那么好的草，吃得斯斯文文，可眨眼间它们肚子就大了，奶子又红又亮。马步英把豹子扛回来，乡党们吓得吐舌头，乡党们想不通石头是咋塞进去的。马步英说：石头长翅膀，膀子一扇，就把豹子头拍碎了，石头在里边垒了窝。

有一天，鹞子从塬顶飞下来抓小鸡，马步英撂一块碎石片，齐茬茬把鹞子翅膀打掉一半，鹞子飞不起来，连颠带跑，跟小脚老太太一样，弄得鹞子兀鹫这类猛禽全躲到山里不敢出来。后来，他又用石子打狼，打野鸡野兔。百步以外，狡兔跟风一样，猎枪都没法打，他胳膊一扬，石子长了眼睛似的，死追不放，硬是把野兔追上了，叭一声打碎半个脑壳。老年人说：这娃跟邓艾、石勒一样，能飞石击人，塬上的土坷垃都能当兵器使，日后塬上的儿子娃娃都是他的兵。

消息传到军营，旅长马步芳很紧张。官兵们议论纷纷，弄不好要出事。镇守使马麒当机立断，新设一个营，传令马步英走马上任。那一营兵全是老弱病残，枪是破枪，马是驽马。

镇守使在军官会议上故意让儿子马步芳宣布这个决定，大家都怪怪地看马步英。镇守使情绪很好，话很多，语重心长，老汉说着说着就说到他们当年护送光绪王和西太后“西狩”西安的往事，这是老汉一生最荣耀的一件事，“过黄河时我亲手撑舵，风急浪高，船在浪尖上打秋千，太后老佛爷就坐在轿里，上岸时我一个人抬起一根轿杠。”宁海镇的军官们照例议论一番，流露出极羡慕的神情和惊叹。侄儿马步英鼻子一哼，“给那老婆娘抬一回轿还好意思卖派①。”镇守使脸拉下来了，“尕侄儿嘀咕啥哩？”

---

① 卖派：炫耀。

“亲阿大，你护送西太后时节就二十出头嘛，血气方刚的英雄汉嘛，为啥不一刀劈了那老婆娘保光绪王呢？”

大家全吓白了脸。

尕侄儿就笑，“西太后逛西安时节，于右任①是个念书的娃娃，就敢上书陕西巡抚，要巡抚趁机兵谏，诛杀太后保光绪王，你老阿大还不如人家念书的陕西娃么！”

镇守使被噎得翻白眼，再也不提那段光荣历史了。

马营长请了长假，回神马谷见大阿訇。大阿訇知道他被埋在乌云里，看不到银月的光辉，大阿訇说：“先知用手一指，乌云散开，月亮就出来了。那是大海潮动迸溅的最佳时刻。先知让有作为的人到沙漠里去，那些干燥的沙子就是生命的露珠。先知的子民来到旱塬，在世界最荒凉的地方住下来；越是荒凉干燥的地方，生命的露珠越鲜烈烁亮。”

马营长二话没说就回去了。出操时他把队伍拉进沙漠，三天三夜不见踪影，镇守使以为他上山为寇了。第三天晚夕，他带队伍回到军营，旅长吓一跳，三百人只剩下二三十个，旅长问：其他人呢？马营长说：喂沙子了。旅长再问，他就说他是汉将李广，逮不住匈奴走了冤枉路。下次出操，他还把队伍往沙漠里带；三十个人进去，出来剩下七个人了。旅长说：步英你当班长算了，七个人刚好一个班。马步英不吭声。旅长问那七个兵：不怕马营长要了你们的小命？那七个大冷熊齐茬茬吼叫：命牢不怕要，越要越值钱。

那七个兵成了马营长的铁杆队伍。马营长又带他们进了几次沙漠，从青海进去打甘肃出来。人们把他们叫金刚真身。

五

留学生学西洋剑者居多。那是一种高雅的技艺，将来回国可以交游于上流社会。

盛世才潜心学习日本刀。日本刀是弯的，又窄又长又软活，可以缠

---

① 于右任：陕西反清义士，靖国军司令，国民政府考试院院长，后在台湾去世。

在腰间。没有高超的技艺，别说进攻，舞都舞不起来。刚开始他吃尽了苦头，刀子常常砍在自己身上，伤痕累累。日本教官很严厉，动作稍有闪失，耳光随之即来，而且扇得货真价实。

结业那天，教官在讲台上向盛世才连连鞠躬，教官说：“盛君是一个中国人，学日本刀的劲头实在令人钦佩，我们日本人要向他学习。现在请盛君给大家讲几句话。”

盛世才啪立正，向教官致礼：“我之所以学日本刀原因有二，一是日本刀长于实战没有花架子，刀法朴实凶猛；二是日本刀最能体现军人的气魄。柔而刚烈，这是军人最高的素质。”

教官说：“盛君说下去，你有好多话，我教你的时候就感觉到了。”

盛世才说：“我是满洲人，日本军界有句话叫作宁可失去本土，也不放弃满洲。日俄战争期间，俄国人和日本人在我的家乡投入几十万大军互相拼杀。作为中国人我不会忘记国耻。我的祖先越王勾践卧薪尝胆，雪耻国仇，我正是怀着洗刷国耻的决心到日本来的。”

盛世才说：“原田将军曾讲过，他在辽东不曾遇过中国军队的有力抵抗，却见识了东北的猎手。我们东北真正的英雄是红胡子。红胡子常常把对手打翻捆在树上，扒开衣服用刀剜出心脏，拌着白雪大口嚼咽，血水沾满胡须。红胡子就是这样和敌人干的，他们比军队有力量。”

盛世才说：“我在东京帝国大学校园里，听过日本国会议员的讲演。议员先生说，中国地域辽阔土壤肥沃，气候温和，雨水丰沛，大和民族应该开发那里，为日本夺取一块优越的生存空间。日本政界的意见与军界不谋而合，中日两国交战是不可避免的。诸位，我盛某东渡扶桑是为了拯救我的国家，也是为了日本军队进攻中国时能遇到真正的对手。”

教官和学员们围上来拍他肩膀：“盛君，你是好样的，跟你这样的中国人在一起真高兴呀。”

那时，日本陆军中的少壮派军人成立了不少秘密组织，他们倾慕本国的神道以及纯粹的日本精神。士官生以参加这些组织为最高荣誉。士官生太田黑要给大家引见中国人盛世才，大家一时不知所措。军校来的人一致认为，这个中国人具有真正武士的气质。大家为之一惊。

士官生说："大家不要以为中国被我们打败过，中国有不少英雄嘛。"

大家表示愿意结识这位中国人。盛世才一出现，武士们击着剑唱起日本古歌：

执矛望明月，
何时照骸骨。
追随白鸟翱天去，
空留骸骨在人间。

盛世才被异国武士的歌声煽起来了，武士们说："盛君热血沸腾了。""盛君，我们闻到你血液的香味了。"武士们拔出刀子，刀口在动，刀口仿佛大海里的铁锚，将沉入武士的躯体，在流出鲜血的地方，凝结着生命的纯洁与美。

盛世才说："很遗憾，中国军界没有贵国这样的组织，权力人物全是军阀。军队下层不乏热血男儿，一旦他们青云直上，就血管干涸脸色发黄，成为不中用的家伙。"大家都说：中国自古出英雄，请盛君讲讲中国的英雄。盛世才就给大家介绍中国东北的盖世英雄，讲女真人的祖先完颜阿骨打如何崛起于长白山，以血气之勇凭数千人击败几十万辽军，从辽东直扑中原灭了北宋。成吉思汗崛起于大漠之后，女真人归隐山林，经过数百年休养生息，又出现一个大英雄努尔哈赤。努尔哈赤不读圣贤书，只读《三国演义》。《三国演义》大家知道吧，那是我们中国人的英雄史诗，跟英国的《贝奥武甫》，西班牙的《熙德之歌》，法兰西的《罗兰之歌》，俄罗斯的《伊戈尔远征记》一样崇尚血气之勇，又有我们中国人的智慧，是智慧之书又是英雄之书。可惜中国的读书人都不读这部书，不登大雅之堂。努尔哈赤把《三国演义》带回东北，给八旗将领人手一册，作为民族复兴的宝典和用兵方略。辽东一战，六万多长于野战的八旗兵一鼓作气击溃二十万装备精良的明军，开始入主中原。满洲人在中国开创了一个伟大的时代。

日本武士们忍不住叫起来：“你这样的中国人太少见了，到日本来留学的中国人都是反清分子，都痛恨清王朝呀。”

盛世才告诉他们：那是以前的事情，现在民国了，清政府也是我们中国呀，如果努尔哈赤再世，不要说甲午日清战争，就是中英鸦片战争也绝不会发生的。

“乱世出英雄，中国要出大英雄了。”

“绝对不是北洋军阀。”

“蒋介石怎么样?”

盛世才神色诡秘，日本武士们摸不透他的心思，士官生就岔开话题，谈古代的英雄，我们喜欢中国古代的英雄，“盛君你城府太深了，你心中隐藏着另一位大英雄你为什么不说出来，我们日本人是很崇拜英雄的。”

“辽国被金灭了以后，辽国皇帝都丧失了斗志，皇族耶律大石带二百个家兵远征一万里，从辽东直扑西域，大败阿拉伯帝国建立西辽王朝，我就是辽东人，我做梦都能听见二百壮士征西域的马蹄声。”

“大家注意到没有，盛君对那些报仇雪耻的英雄情有独钟。”

“报仇雪耻是几代中国人的梦想，我们东北人更激烈，东北夹在日俄两个帝国之间，重压之下必有勇夫，血性男儿都是胯下一匹马手中一杆枪，血染红胡子，不枉活一场。”

武士们情不自禁叫起来：“红胡子，好样的红胡子，盛君大概是唯一一个出国留洋的红胡子吧。”盛世才哈哈大笑，连喝十几下清酒，放在跟前的清酒都是用小木勺舀着喝，喝一下要停好半天，大家被盛世才的豪饮吓坏了。士官生嘿嘿笑，“喝得好喝得好，盛君露出了英雄本色，真人不露相，太难得了!”

盛世才说：“胡子有他们自己的规矩，他们蔑视政府和法律。胡子的规矩是在拼杀中用血凝成的，大家都要遵守，首领也不得例外。而政府的法律是官僚们为欺压穷人制定的，有钱有势就可以使法律失效。”

武士们感谢军校的人带来这样的朋友，让他们大开眼界。中国人盛世才所讲的红胡子气概与武士道不谋而合。这些故事充满异国情调，很适合年轻人的心理。

盛世才回国后，在粤军中混过，给张作霖当过团长，他是郭松龄派出去的，不可能有出头的机会。张大帅的部队胡子气太重，玩命可以，打正规战稀里哗啦。盛世才神情灰暗，对朋友说："日本有武士道，武士道把死亡和流血看作是生命的一种荣耀，看作是人生的一种道行。中国武道始终在民间，上不了台面。"

那年，老帅死在皇姑屯，少帅除掉大帅府总参议杨宇霆，总揽东北大权；军校生压过了绿林出身的老军人，那正是盛世才崭露头角的好机会。盛世才跟少帅谈了几分钟就出来了，他发现少帅弄不成事，是个永远也长不大的娃娃。

盛世才离开东北，赴南京找出路。蒋介石翻了他的档案，感到不放心。汤恩伯说："日本陆大对他很器重，把他与吴禄贞、蒋百里相提并论。"蒋介石说："既然是个干才，就让他当师长吧。"汤恩伯说："他是东北人，让他去张学良部工作，他能为中央效力的。"

"让他来见我。"

会见只用了五分钟。蒋介石改变了主意："他不能去东北，他血气太旺，他会把张学良赶下台。"汤恩伯说："赶走张学良，东北军就可以改编为中央军了。"蒋介石笑："恩伯，你自比曹孟德，可你小看了盛世才，他会把东北军变成自己的军队，当张作霖第二。"蒋介石说："对有才干的人我们尽量发挥他的才干，同时要遏制他的野心。盛世才是个野心勃勃的人，让他远离权力中心，他还是很不错的。"

盛世才被任命为总参谋部作战科科长，整天跟地图打交道。

同僚们很羡慕他，他们奋斗半辈子才挤进总部机关，他刚出校门就当科长。他用鼻腔笑道："当科长有什么好羡慕的，吴禄贞一出校门就当师长。"师长是带兵官可以独立作战。大家噢一声合上嘴巴。他们当初也是怀将相之才奔南京来的，如今白白胖胖，军人所具有的粗犷和剽悍早已消失殆尽，有人跟他们谈军人的光荣与梦想，他们黯然神伤。

到了升迁的时候，盛世才还当科长，处长局长的位子全让那些平庸之辈占了。有人偷偷告诉他："刚来总部的人总司令都要亲自召见，总司令的眼睛是杆秤啊。你是日本陆大的高才生，当科长最多半年，不是师长就是军长。"

"我当科长都两年了。"

"你跟汤恩伯胡宗南他们不一样，你不是久居人下之人。"

总司令问情报人员："盛科长忙什么？"

"他在看《曾胡用兵方略》《国防新论》。"

"很好很好，说明他开始脱胎换骨了。"

"他是共党吗？"

"不仅仅对共党脱胎换骨，对留学生和旧军人也要脱胎换骨，使他们一心一意忠于领袖。盛世才这个人，既有东北红胡子的劲头又有日本武士道的道行，这些都符合我们黄埔精神。他应该学习汤恩伯，汤恩伯是江南人，很机灵，北方军人太倔强太野蛮太感情用事太英雄主义。"总司令对北方军人没好印象。总司令说："盛世才我们还是要用的，中日迟早要开仗，到那时再让他带兵吧。"

总司令生性倔强，做事干脆从不拖泥带水，却在盛世才身上打了折扣。大家由此而断定盛世才是个厉害角色，至少在陈诚、胡宗南他们之上。大家都有崇拜英雄的心理，有人把这些情况告诉盛世才，盛世才说："总司令不会叫我带兵的，做一辈子幕僚算了，我都心灰意冷了。"同僚说："盛科长是个真正的军人，不会心灰意冷的。"

"你真这么看？"

"大家都这么看，总司令也这么看。"

"其实我已经不是真正的军人了，我徒有其名。"

"你越是这样，别人越相信你，大家以为你是卧薪尝胆的勾践。"

"我都不相信自己，别人信我什么？凭什么信我？"

"凭你的形象，你在日本陆军大学求学时，就很成功地为自己树立了标准的军人形象。别人只看你的形象，并不看你本人。"

"这是政客行径，不是军人。"

"盛科长才开窍啊，纯粹的军人是不存在的。黄埔学生好几万，成功者有几个是纯粹的军人？”

盛世才说：“日本人至今保持着武士道的真髓，明治维新引进西方军事体制和兵器，有识之士成立神风连，竭力维护日本刀的荣誉，军界一直把刀作为军人的魂魄。技术的改进没有削弱武士的纯粹精神。”

“技术就是一切。”

盛世才目瞪口呆。

“他们说技术就是一切！”

盛世才在家里咆哮，从墙上取下东洋刀，他要折断军人之魂。他折出一把血，刀子是软的，是湿的，跟一根甘蔗一样，散出甜丝丝的芳香。垫在刀刃上的是夫人邱毓芳的一双白手，手指破裂，鲜血直流。夫人忘了自己受伤的手。用纱布擦丈夫身上的血，血把丈夫的军服弄湿了。盛世才跟木头一样瞪着眼睛，看夫人忙这忙那，好像夫人在干家务，在擦桌椅、擦窗户。夫人叫他换衣服，他就换衣服，换一身新军装。“叫我看看。”他就左转右转让夫人看。他狂躁的心静下来，他眼睛里的光跳跃着：“我把你砍伤了。”“这把刀沾过你的血，这回又沾我的血，这才是名副其实的好刀。”

盛世才学东洋刀时吃了不少苦头，伤痕累累才有所收效。邱毓芳攥着日本弯刀，告诫她的丈夫：“军人任何时候都不能毁坏武器呀。”夫人把刀擦亮，上油，入鞘，挂在墙上。

“人家的夫人都在学钢琴，我没这个兴致。”

“我们可以去听音乐会。”

“南京的音乐不适合一个军人。夜深人静的时候，月光照进屋子，照到墙上，那把刀就会发出清脆的声音，一种很纯的钢的声音。”

他少年时梦寐以求的理想就是去日本陆军大学学习。有这种理想的人太多了。他们家是辽东的小地主。父亲愿意卖地供他去日本。他不想以这种方式东渡日本。他投东北军郭松龄部当兵，郭很赏识他。他的军人气质不但赢得上司和同僚的好感，而且赢得了郭的干女儿邱毓芳的一颗芳心。盛世才是结过婚的人，妻子病故。邱毓芳正在上中学。盛世才曾到中学看过学生的演出，他不知道台上的那个让男人们怦然心动的少女是郭松龄将军的干女儿。盛世才的喜悦之情藏在心里，表情是很淡漠的。当有一天，郭松龄出面要为他做媒时，他也只是点点头。一个小军官还能有什么要求呢？当邱毓芳出现在他面前时，他就显得有些慌乱。他接过少女递上的茶水，整个人是硬的。婚后他从未对妻子流露过自己的志向。他比邱毓芳大十多岁，早过了夸夸其谈的年龄。前妻是个贤惠的女人，很温顺地侍候他，很少说话。他不习惯对女人谈什么雄心壮志。邱毓芳是个新潮的女性，受过教育。婚后不到半年，小妻子就斩钉截铁地说："干爹要改造东北军，要选派军官到日本去。"他的心猛跳，一匹马在里边狂奔，他快喘不过气了。"收拾一下，我们现在就去干爹家。"东北女人干脆利落，给丈夫换上一身戎装，靴子擦得锃亮。盛世才永远也忘不了那个傍晚，娇小姐出身的邱毓芳跪在地上，那么认真细致地给他的靴子上油，用刷子刷用布条打。热血奔涌，他跟一匹穿越在茫茫草原的马一样，喷着粗气，邱毓芳站起来时，他的粗气喷到邱毓芳脸上，她用手挡一下，手背顶着脸笑，就像个孩子。

事情很顺利，妻子与丈夫一起出国。妻子怕丈夫寂寞，在寓所潜心日本饮食，很快能做出地道的日本菜。因为丈夫从外边回来很不经意地说了一句："日本饭简单，却有营养，中国菜太铺张了。"不久，灾难降临。郭松龄组织东北国民军反戈一击，进攻张作霖失败被杀。盛世才的学费中断。他们夫妇陷入绝境。那是一段很清苦的日子。到处奔波，渴望得到国内的支持以完成学业。正赶上国内的反日浪潮，留日学生分成两派，爱国派和逍遥派，盛世才手持大棒大喊，谁敢妥协先吃我一棒！声嘶力竭，好像在自己的国家一样，对日本警察大声呵斥。邱毓芳在人群里流下眼泪，她不敢相信贫困潦倒的丈夫爱国热情如此强烈。真不知道他们是怎么熬过来的。邱毓芳给人洗过衣服，看过铺子，最体面的工作是给日本夜校讲授汉语。她不但供丈夫完成了学业，自己也在一所大学进修两年，学习社会学和经济学。

"想想当初在日本，那么困难我们都挺过来了，你现在什么都不缺，缺的就是机会，有作为的人不怕没有机会。"

有一天，他喝醉了。南京这地方很容易让人醉倒。秦淮河上，桨声灯影，几杯酒下去，盛世才的舌头就大了，他根本不知道自己在说什么。

“我讨厌南京。”

同僚们很吃惊，都不吭声望着他。

“南京是个大妓院，军人待在这里统统都会烂掉。”

“盛科长你喝多了。”

“你嫌我说多了吧，无所谓，反正我不会在南京待下去的，我要去西藏，我要去新疆，给部落首长当幕僚，在边陲线上训练一支劲旅，绝不是南京这种样子的草包军队，跟棉花一样软绵绵的军队，那也叫军队？你、你、还有你，一个一个吃得白白胖胖，跟猪一样，只会在长官跟前哼哼，不知道怎么上刺刀怎么拉枪栓，真可怜那些子弹啊，黄澄澄的金子一样的子弹啊。”

盛世才在众人的惊讶中，掏出手枪，取出子弹，卸下弹头，跟吃炒面一样将里边的火药全吞吃掉了。勃朗宁手枪的八粒子弹，全吃下去了。一粒子弹一大口酒。

“怎么样？花生米佐餐好味道啊，好味道！”

谁也没在意盛科长的话，一个醉汉的话不就是胡言乱语嘛。

这时候新疆省主席金树仁的代表鲁效祖到南京来延揽人才，支援边疆建设。新疆地处边陲，强邻环伺，急需军事人才。大家这才想起盛科长曾说过什么。盛世才自己也打个激灵，新疆招聘人才的消息首都各大报头条登着哩，中央对新疆也很重视呀，要不能上头条吗？可你也不想想大漠雪山戈壁之可怕，南京城里大家议论一番，连新闻记者也懒得去西域采访，不要说是去生活去创业。大家只知道林则徐禁鸦片，让皇上给流放到新疆去了。那里自古是流放地呀。

盛世才的心跳得别儿别儿的，他的记忆一下子清晰起来，他的那些狂言是很麻烦的。他给夫人说个大概，邱毓芳也傻了。谁不知道总司令对盛世才特别关照呢。邱毓芳真急了，急得直揪头发，看丈夫时满眼幽怨，盛世才恨不得把舌头撅下来。

“本来这是个机会呀，丈夫！”

“新疆太苦，我怕你受不了。”

“就是地狱我也跟你下呀，何况那里生活着几百万人，我们就生活不下去？林则徐流放新疆，不是还有个降旨扫长毛的机会吗？”

“总司令会放我一马的。”

“但愿如此。”

邱毓芳从来没有对丈夫生过气，这回她再也按捺不住了，一连几天讽刺挖苦，盛世才脸上的肉突突直跳。

盛科长瘦了一大圈。能不瘦吗？夫人越闹越凶，女人再贤惠遇上这种事也会没完没了的。盛科长继续往下瘦，那双炯炯有神的大眼睛显得更大了，目光中多了些忧郁，双眉紧锁，眼神忧郁，在南京总部出出进进，大家都不由自主地看盛科长一眼。大家基本上都知道盛科长的故事，酒后吐真言，要出阳关，金树仁主席立马派人来请，去做现代班超，多好的事情呀。有人就对上峰说：“让人家盛科长去嘛，去新疆又不是去北平上海当封疆大吏。”上峰笑笑不吭声。总司令不吭声谁敢吭声。

盛世才要去新疆的消息传到总司令那里，同时也传遍了南京城。总司令呼地站起来：“值得这么大惊小怪吗？一个小小的科长去边疆服务也是为国家效力嘛，很正常嘛。”

陈诚说：“要削平北方军阀，就不能丢掉盛世才，有点可惜了，他是很优秀的军人，应该留在总部，或者中央军里。”

“整个南京沸沸扬扬，不放他走，好像我蒋某人不支持边疆建设。”

“另选一个人也行啊，黄埔学员有的是。”

“他们都不行，他们会在戈壁滩上销声匿迹，盛世才跟他们不一样，盛世才是日本陆大高才生，据说在东京还热衷于社会主义，有左派思想，新疆与苏俄相邻，张学良比不上他，金树仁更差。”

“这种阴鸷之人，非总司令驾驭不可。”

“大家为什么对他这么感兴趣？”

“他的夫人很了不起，坚决支持丈夫去西域做现代班超。”

“她可要独守空房喽。”

“她跟丈夫一起去新疆。”

“有这种女人？”

南京的妇女界闹翻了天，她们把邱毓芳比作俄罗斯十二月党人的妻子。

“娘希匹，我是沙皇吗？我流放盛世才了吗？赶快想个稳妥的办法，平息这件事。”

“学生想好了，盛世才一生的抱负就是当将军，他现在是上校，我们可以给他升一级，给个师长干，有兵权的师长，他会满意的。”

“让他到江西去剿匪吧。”

“我们哪儿也不去，就去新疆，”邱毓芳跟个将军一样，大手一挥，“我们已经答应金主席了，我这几天翻地图查资料，西域太神秘了，刘曼卿[①]能独身闯西藏，我们是两个人不能闯新疆吗？”

“陈诚可是亲口对我讲的，正规师的师长。”盛世才很不甘心。

邱毓芳声嘶力竭：“你的志向就是一个师长吗？”

“夫人你想想啊，我一直给人当幕僚，做梦都想带兵，师长可是独当一面的司令官呀。”

邱毓芳冷笑，“活人要有志气，把你搁冷板凳上这么多年，现在才想起来用你，姑奶奶我不稀罕，没有这个鸟师长我兴许会留下来。给个师长大爷我偏要远走高飞，叫新疆方面看看，我盛世才是放弃了将军的位子到大西北来的。”

盛世才还在嘟囔，夫人不客气了：“你咋像个娘儿一样，你再嘟囔小心我拿大耳光子贴你。”

六

马营长比大家都小，大家都听他的，把他当自己的首领。他们唱那

---

① 刘曼卿：1930年孤身一人闯西藏，恢复了中央政府与西藏地方的直接联系，成为轰动一时的巾帼英雄。

首黄土旱塬的悲怆的花儿：

花儿本是心上的花儿，
不唱了由不得个家（自己）；
刀刀儿拿来头割下，
不死还这个唱法。

古歌的旋律掠过黄土黄沙黄草黄风，掠过滔滔的黄河和无垠的蓝天，跌宕起伏，呈现着一种朴素而鲜烈的美。

马营长说："命苦的汉子才唱花儿，跟我马仲英干事要流血掉脑袋。"

弟兄们把手纷纷摞在他手上，好多手摞在一起跟城垛一样。弟兄们说："你是我们的尕司令，我们跟你干。"

尕司令这个称呼就这样叫开了。

那年春天，塬上儿子娃娃都闻到自己骨头的芳香。老人们大叫：娃娃们要反了。

那年春天，塬上的女娃娃小小年纪就显露出少女的天颜。河冰刚刚消散，柳枝依然黑着，野草依然是枯黄色，女娃娃已经艳若夭桃。她们很小的时候就由父母做主许配人家。她们是有主的人。

那年春天，儿子娃娃的骨头长硬了，像灌浆的麦穗，显出钢刀的锋利，眉毛长成了一把刀，嘴角长成了一把刀，整个人寒光闪闪，唤醒了少女夭桃般的梦幻。

父亲告诉女儿："本该等你十六岁再送婆家，你男人要开杀戒，得提前过门。"少女沉默不语，她十四岁，懂事了。母亲利利索索收拾嫁妆。父亲说："你男人对你动刀子你不要躲闪你是他妻子，你的血是属于他的，他用刀子喝你的血就算跟你过了一辈子。"少女脸色苍白，血全聚在胸口，鼓鼓囊囊绾成了花苞。父亲说："男人杀你的时候，你要望着他。在妻子的注视下能拔出刀子的都是血性汉子。"父亲说："记牢！"少女说："记住了。"父亲拍拍女儿的头，然后到窑外晒太阳，就像干完一桩轻松活。

那年春天，儿子娃娃们穿上黑衣黑裤，去岳丈家行大礼。定亲后每年都要拜见岳父岳母，只有行大礼时才跟未婚妻见面。少女端上茶，递给未婚夫时互相撩一眼，对方的品貌由这短暂的一瞬间来判断。这一辈子的幸福迅如闪电，双方都使出生命全部的悟性来解读这短短的一瞬。

回家路上，小伙子和父母侧耳倾听。要是塬上没有歌儿响起，男人的一生免不了是荒凉的。因为少女情不遂愿，嫁给他是父命难违，幽怨是两个人的。丈夫的钢刀快而不柔，与对手拼杀时随时都会折为两截。丈夫只能用半截钢刀去浴血奋战。那半截钢刀便是男人残缺不全的人生。

回家路上，父母会把儿子丢在沟里，叫儿子再等等。父母是过来人，知道花儿是荒原的生命之所在。花儿萦回飘转，儿子的生命才有光亮。

大多男人体验到的是孤独。沟梁上除了飕飕飞窜的冷风啥也没有，更不要说那艳若桃花的女子了。你赢不到女子的歌声只能怨你自己。你遭受孤独的同时还要照顾战马和钢刀。没有女子之爱的骑手是石头中的石头。他们没有生命的春天，破阵时最先倒下的往往是他们。他们带着残损的生命去破阵，敌人的兵刃就会从残缺的地方给他致命一击。歌手是这样唱他们的：

雨点儿落在石头上，
雪花儿飘在了水上；
相思病得在心肺上，
血痂儿结在了嘴上。

嘉峪关出去黄沙滩，
河里的水，
好像是玻璃的镜子；
白费了心思枉费劲，
尕妹的心，
好像是钢刀的刃子。

这首古歌最早没有歌词。歌手们唱了好多世纪，唱不出确定的词来排解骑手的孤独和悲怆。那是一种真正的孤独，真主给了他女人，他却无力从身上抽出那根肋骨。他冲向敌阵时没有铠甲，他去拼杀时后背是敞开的；他是那么易于受到伤害。没有女人之爱的骑手跟没有淬火的钢刀一样易于折裂。女人是上天降给骑手的清水。骑手没喝到水，却要去横越大戈壁，这样，他的血液便少了一半；别人是血水，他必须是血块。

歌手们只能唱出一些断断续续的曲调，谁也无法捕捉曲调的内容。

那年春天，尕司令去行大礼，看见未婚妻时，他暗暗吃惊，心中陡然响起那支《白牡丹令》：

白牡丹者赛雪哩，
红牡丹红者破哩。

塬上的甜瓜（者）实在甜，
戈壁上开下的牡丹；

想了想尕妹心里酸，
独个儿活下可怜！

回家时父母把他丢在沟里，母亲对儿子充满信心：“我儿不会受孤单的。”

父母放心地走了。一只红雀落在树上，尕司令挥手飞石，红雀落下，血渍斑斑，如灿烂的桃花。塬那边传来女子的歌声：

自从那日你走了，
悠悠沉沉魂丢了。

撩见旁人撩不见你，
背转身儿泪花花滴。

侧愣愣睡觉仰面听，
听见哥哥的骆驼铃。
听见路上驼铃响，
扫炕铺毡换衣裳。

要吃长面妹妹给你擀，
要喝酽茶妹妹给你端。

做不上好嘛做不了赖，
妹妹给你做双可脚的鞋。

尕司令翻过土塬，在路边的石头上看到一双新鞋袜。没过门的媳妇胆子再大，也不会跟自己男人见面的。尕司令刚赶回原路，又听见女子在塬那边唱歌，那曲调把黄土深沟粉刷得静穆辉煌：

焦头筷子泥糊糊碗，
心思对了妹妹我不嫌。

宁叫他皇帝江山乱，
不叫咱俩的关系断。

怀抱上人头手提刀，
舍上性命与你交。
你死我亡心扯断，
妹子不死不叫你受孤单。

那女子过门没几天，尕司令就拉起队伍四处飘荡。炮声在她心里引起久远的回响，马蹄声喊杀声，悠扬的军号，常常从梦中突如其来，她一次一次惊醒于黑暗中，整个身子冻得冰凉。北塬寒气凝重，她热血奔涌，连个喷嚏都没打过。

炮声消失了，丈夫音信全无。准确地说，丈夫从来没有给她捎过任何音信。河州男人的心啊比铁都硬。听到的全是马仲英的死讯。她根本不相信这种死亡，她口气坚决告诉大家：那是谣言，不要相信谣言。家里人从恐慌中镇定下来。对他们来说，不相信灾难是最明智的办法。不久远方战事又起，尕司令又活过来啦。她的判断得到证实。相信一个永生的生命是妻子对丈夫的一种忠诚。

数年后，舅舅接她去很遥远的地方跟丈夫见面，骑着小毛驴走了好几天，来到祁连山的尽头。丈夫在这里操练军队，准备远征新疆。她这才明白舅舅良苦用心。古来征战几人回。舅舅要外甥给马家留下一点儿骨血。那次出行，其悲壮如同孟姜女千里寻夫。

这个强悍的男人与她共度一个礼拜的日子，就一去不回了。他们彼此都明白这个意思，漫长的一生浓缩到六七天之内，生命呈现出奇异的光彩。窗外是古代匈奴人反复歌唱过的胭脂山，是六畜兴旺的大草地。一个礼拜的时辰，她用女人的细心和热血非常清晰非常清晰地记住了丈夫的一切，音容笑貌以及纵马飞驰的雄姿。另一个新生命，丈夫的另一个影子将在她身上诞生！这是一种生命的誓言。是窗前那雄壮无比的山峰所证实了的。她心中涌动着大海般的浪涛。可她的声音很轻很小，她低声问丈夫：

“那是什么山呀？”

“祁连山，连着天，就叫祁连山，也连着咱河州的太子山。”

她要证实这座山，她一定要证实这座山！她问丈夫身边的人，那是个汉人，一脸斯文，一看就是有大学问的人。丈夫说：“让他给你谈，他是俄国留学回来的，学问大。”那个学问大的先生告诉她：“这是古代匈奴人的故乡，汉朝有个大将军叫霍去病，带兵远征西域，把匈奴赶到了欧洲，欧洲最古老的帝国罗马帝国让匈奴人给挤垮了。这就叫狗撵①兔。”

“我们河州不叫狗撵兔，叫马撵兔。”

“我媳妇厉害吧？知道马撵兔，告诉你洋学生，我十二岁时节骑上

---

① 撵：追赶。

大马，河州地方撵兔撵野鸡就没有人能胜过我，我年年赢，一直赢到十七岁上，拉队伍打冯玉祥。”

那正是太阳下山的时候，祁连山沐浴在血海之中。远山传来饱满的马群的嘶叫。

她小声说：“匈奴人离开祁连山很难受啊。”

洋学生随口吟了一首古歌谣：

失我胭脂山，
使我妇女无颜色！
失我祁连山，
使我六畜不繁息。

她回到河州老家，不久就有了身孕，女人的辉煌岁月来临了。她精心养育着丈夫的骨血，孩子虎头虎脑，活脱脱一个小尕司令。一个可爱的孩子，一个能干的女人，整个宅院呈现着兴旺和生机。穆斯林的女人是不抛头露面的。从老人们的交谈中她知道：马步芳马步青做了大官，发了大财，那是河州回民六百年来最大的财富。人们谈起马步青的东公馆、马步芳的宅院就像谈北京的皇宫一样。

据说，马步芳当了青海省长后，衣锦还乡，打马仲英家门前过，马仲英的宅子不高不大，但很整洁，砖木土石中有一股子不可轻视的气势，屋顶的烟囱升起一炷青烟，笔直的烟直上云霄。马步芳不由自主叫起来：“他们家烟囱还在冒烟呀！”手下兵将拥过来：“长官，拿炮轰，把他灭了，他把咱可害扎了。”马步芳摸摸胡子，把激烈的情绪压下去，口气淡淡的：“把我看成啥人了，我咋能欺负寡妇娃娃么，我又不是袁世凯。”

河州人都说是尕司令血脉旺，烟囱壮，把马步芳熏黑了。

东公馆也好，西公馆也好，再高的门楼都没烟囱里的烟高么。

过了好几年，从新疆逃回来一群尕司令的兵，河州城的回民汉人都跑到城墙上，跑到大夏河边的千年古渡口古桥头去看啊。城西的大道上，烟尘高高扬起，马蹄声越来越碎。战马，一群战马，都是西域的草原马，焉耆马，伊犁马，驮着一群衣衫破烂的汉子奔向河州古城。

异乡的骏马不能让人小看了它们的主人，它们扬起前蹄，打出优雅至极的吐噜，然后轻轻地走进城门。发呆的河州人如梦方醒喊叫着去找他们的儿子，他们的兄弟和亲人。

喝了三炮台热茶。这些老兵清醒过来，反反复复地诉说着："大沙漠那个大呀，世界上最大的沙漠，老维子说那沙漠是进得去出不来，咱三十六师进去出来了好几回，老毛子的飞机跟老鸦一样，遮天蔽日呀，在头顶上嗒嗒嗒嗒，机枪子弹比㞗还粗，跟胡萝卜一样，嗒嗒嗒嗒，坦克，装甲车，盛世才的东北骑兵，天上地上四面围追堵截，炮弹子弹跟下白雨一样，嗒嗒嗒嗒，我们硬是从大沙漠里跑出来，跑进阿尔金山，顺着祁连山，长长的祁连山呀跑了整整二十年。"

这些伤痕累累的老兵带着一身的光辉回到河州。河州人的意识里，一个男人一辈子一定要活出这么一身光辉。跟炭火一样，跟天上的日头一样。尕司令的兵把几百年来人们心目中根深蒂固的光辉给改变了。过去，河州汉子总是赤手空拳走四方，十年八载，骑着高头大马，带回许许多多东西，大家就把他当好汉，最让人看不起的是空手而归。

人们瞪大双眼，惊讶得说不出话，心中涌动着大海般的热血，嘴拙得就是挣扎不出一句话。孩子们多聪明，孩子们从老兵的肩胛骨上掰下一块闪闪发亮的金属：

"我的爷爷，金子疙瘩埋在骨头里啦！"

那是一块弹片，苏联飞机的炸弹留在身上的纪念品。人们呀！——叫起来。孩子们从老兵的腮上屁股上拔出粗壮的子弹头，跟孩子的鸡鸡那么大。

"这是啥东西，这是子弹吗？"

老兵们说："这是苏联的水连珠步枪子弹。"

大家都笑了，"苏联人把子弹造得这么大就是为日你尻子呀！"

老兵们就这样成了英雄好汉。最惹人眼的是那些西域来的骏马，在河州的山川大沟里奔跑，长鬃飘拂，叫声悠扬，老人们情不自禁叫起来："这就是汉朝皇帝要找的天马呀。"

马步芳马步青的兵将看见这些马，老远站住，低下头，都是穿军装扛钢枪的军人，把兵当到这个份上太有意思了。

马步芳也见过几回伊犁马，羡慕得不得了。后来从新疆逃难到青海的哈萨克人给他送来伊犁名马，他骑上转几圈，转着转着就在马背上发呆。

"挨尿的马仲英呀，你娃这辈子把威风可是要扎了。"

马步芳吐几口干唾沫，回到办公室查地图，日本人绘制的五十万分之一的军用地图，天山南北尽收眼前。跃马天山的梦想只能留在脑壳里，白手套在手里轻轻地拍打着。

尕司令的消息是卫兵带回来的。只回来一个卫兵，没骑马，拄着一根枣棍，是沙漠里的沙枣树杈。走到大夏河边，没人的地方，赤条条地下去洗身上，跟剥了层皮一样，从河里上来一个新崭崭的人。坐地上望天呢，望了一顿饭的工夫，好像吃了天上的云。心满意足，抖开羊皮袋子，换上一身新军装，一个干净利落的尕司令的卫兵，腰上别着一把奇怪的手枪。

他直直走到尕司令家。

尕司令的夫人在里屋待着，她隔着门帘听得清清楚楚：丈夫去了苏联，下落不明，队伍被打散了。卫兵只管跟老人谈话，没看见里屋门帘里边的人。卫兵说："苏联人心瞎①着哩，尕司令怕是活不成啦。"卫兵交给老人一样东西。说了几句安慰话就走了。

她不知道自己是咋走出去的，婆媳互相望一眼，就动手解那件东西，一层一层裹在羊皮里，羊皮软得跟绸缎一样，最后一层果然是绸缎，和田地方出产的名贵绸缎，解开绸缎，里边是一块玉佩，跟一团月光一样，像从月亮的心里掏出来的月精，在大白天里都能现出亮光。婆婆说："这是和田的玉石，你男人给你留下的宝贝，你收下吧。"老人平静得跟水一样，和田的月光玉把光打到老人脸上，老人说："这是前

---

① 瞎：西北方言，音 hā，坏、黑的意思。

定的事情，谁也没办法，留下这么一个宝贝也是咱的一个想望。”

她开始收拾东西，到了晚上，安顿全家吃好喝好，她把她的主意告诉老人：“阿娘我走呀，我把屋里安顿好啦，我伺候不成你老人家啦，往后屋里的事情就托给老三媳妇啦。”

老人惊讶得说不出话，媳妇要做的这件事太大了，老人心里清楚媳妇要做啥，老人还是惊讶得不得了。

媳妇从容大方，跟个将军一样：“我男人我知道，我男人没死，我寻他去呀，孟姜女能寻到长城，我就能寻到昆仑山。”

“娃娃呀，从古到今，出阳关走西域都是男人里的男人呀。”老人揪住面纱捂住脸，“娃娃呀，你男人的卫兵都回来啦，他本人没回来，你还不明白吗。”

媳妇不说话，媳妇给孩子喂奶。孩子已经两岁啦，早断奶啦，孩子的记忆里还有这么一对热奶头，孩子咬住他阿娘的热奶头，不知世上发生了啥大事情，眼睛睁得圆圆的望阿娘的脸。

媳妇这么抱着孩子坐了一整夜，孩子睡得很熟，天色发亮，天从东方一点一点走近，往西方走。她把睡梦里的孩子放到被窝。她在天光落下来之前，把院落扫净，洒上清水，做好早饭，给老人请个安，夹上个小包袱就出去了。

老人实在是迈不动她那双腿，老人知道娃娃走到那面坡上了，知道娃娃爬上那条沟了，河州的深沟大壑男人走得，女人也走得。媳妇小小的身影一起一落，河州城就远了，老人的耳朵反倒清晰起来，老人隐隐糊糊听见沟梁上回旋起来一个女子的声音，河州地方的乖女子都能唱这么个调调子：

怀抱上人头手提上刀，
舍上性命与你交。
你死我亡心扯断，
妹子不死不叫你受孤单。

佩着月光玉的女子历尽艰险，一直走到玉的产地和田，居住在昆仑山与塔克拉玛干沙漠之间的小村庄里，孤身一人，守着一个干净整洁的黄泥屋子。没有人知道她的身份。当地的老人只记得她曾是一个美丽的女子，空手来到这里，给人捻羊毛，做鞋帽度日，后来置了屋子。一个孤身女子，严守妇道，美丽红润，直到高龄，丰韵犹存，当地的维吾尔人、汉人、回民都说她是心中有神的人。人们还知道她的丈夫活着，在遥远的异国他乡，由于种种原因回不到故乡。一个如此热爱丈夫的女人，很容易被和田人所敬重。人们想象着她的丈夫，那一定是个男人里的男人，一个魅力无穷的汉子。

她的口音是河州口音，和田人很熟悉遥远的河州，民国以来的新疆，从杨增新到金树仁到马仲英都是从河州地方来的，可谁也把她跟马仲英想不到一起去。她微笑着任凭大家去猜测。她身上活着两个人，这就是她的幸福所在，也是她跟大家的区别。她偶尔也跟大家谈起河州，她说那是她娘家，女人对娘家的记忆总是有限的，一个好女人在出嫁以后跟河流汇入大海一样，总是慢慢地融入丈夫的生命。

“你是我们和田人。”

“我在和田活了几十年了，我肯定是个和田人，因为我丈夫是和田人。”

“你丈夫是干什么的？”

“他是个了不起的工匠。”

她吃了一惊，叱咤风云的尕司令一下子变成了采玉石的手艺人，跟淘金客和跑生意的驮夫一样，走西口的男人都是这种角色。她相信丈夫找到月光玉的时候肯定被美丽的群山打动了，高高的昆仑山，寸草不生，冰雪覆盖，连绵起伏的群山只产美玉和安宁，血性男儿来到这里都会收心的。和田人是那么平和，不管男女老少眼神里都闪烁着世所罕见的宁静，在太阳底下流动着清凉的月光，这就是和田人。穿越死亡之海的人来到这里，就身不由己地渴望月光之夜，渴望月光的洗礼。塔克拉玛干里既有高僧的足迹又有伊斯兰圣徒的麻扎①。美玉在群山顶上闪闪发亮，连太阳也要收敛其光芒，跟个熟睡的婴儿一样漂浮在大漠上空。

丈夫一生渴望荒漠里的大海，大海就在这里。从河州高原奔突而起的血性汉子们，一路冲杀，就是为了这么一片安宁平和的土地。

她唱了一首《白牡丹令》，在河州女人的梦想里，女人的情爱会变成戈壁上的牡丹。她肯定是河州第一个来到戈壁沙漠的女子，她唱完《白牡丹令》，她就不是河州人了，她开始和田的生活。在和田人的宅院里，有高大的白杨，有火红的玫瑰。她第一次看到玫瑰时，忍不住拉紧盖头，那么热烈的一簇红花，怒放在太阳底下，毫不掩饰它们的美丽，凭女人的细心她直感到这里是黄土的故乡，粗粝的黄土有一千丈一万丈，也是大风从昆仑山下吹过去的，瞧一眼沙石里生长的玫瑰，泼辣的玫瑰与静谧的玉石，多么奇妙的结合！我的丈夫，我给你唱和田玫瑰。她唱出很地道的南疆民歌，在维吾尔歌曲的热烈中夹杂着黄土高原的静穆和神秘，她竟然唱出了祁连山；祁连山里也有玫瑰花，这是她做梦也想不到的。

七

在祁连山的深处，有个神马谷，那是骏马的归宿之地，马的灵骨化成一片沃土，生长出如血的玫瑰。女人所吟唱的玫瑰绝不是梦幻，是真实的存在。她的丈夫跟着大阿訇来到这里时也大吃一惊，荒山野岭中的玫瑰园，很容易让人怀疑整个世界的荒谬。丈夫那时只有十几岁，竟然从鲜花中闻到一股呛人的血腥味。大阿訇告诉他："那是你的血，血注定要归于大海，在入海之前血必将散发芳香。"

"可我的血没有芳香。"

"那你就去泅渡苦海，苦海的波涛可以去掉血液的异味生发出生命的芳香。"

"老人家的话不像是穆斯林，倒像个高僧。"

---

① 麻扎：伊斯兰教徒的墓地。

“真主也讲仁爱，没有博大的爱慕，生命还不如一粒露珠。”

“我很想做玫瑰花上的露珠。”

“你可以拥有这本书了，这是生命之书。”

她的丈夫马仲英打开《热什哈尔》，首句是这样描述生命的：当古老的大海朝我们迸溅涌动时，我采撷了爱慕的露珠。在那一天，黄土不再干燥，荒山野岭不再让人绝望，岁月之河随风而逝又随风而来，生命不再与时间偕亡，回旋于深沟大壑中的沉痛悲壮和苍凉顷刻间充满滚烫的诗意……就是这个少年，孤独的荒原骑手，在这一天变得从容不迫，目光冷峻，他不再叫马步英，他的弟弟也把名字改了，他们兄弟从这个血腥的家族中脱离出来，反叛之路近在眼前。

早晨出操，马步芳喝令马步英出列，连喝三声没动静。值日官说：“马步英马步杰改名了，他想做马家军老大。”马步芳又喝一声：“马仲英出列。”马仲英出列立正敬礼，报告全营官兵人数。

马步芳开始训话，训到最后，朝前排士兵一顿耳光，然后命令马仲英照他的样子干。

马仲英毫不犹豫，扇七兄弟耳光，扇得货真价实。

弟弟马仲杰问他：为什么不给马步芳一点儿颜色看？马仲英说：“他是师长，军人以服从命令为天职。我带头违抗军令，以后怎么带兵？”在武备小学时，他就是一名优秀军人了。马仲英说：“违背自己的意志也得服从命令。”

马步芳似乎洞察了他的心思，发往十一营的命令不按马家军的规矩办，而马仲英一一照办。马仲英说：“他在摧残我的意志，经常违背自己的意志就会变成一条狗。”

大灰马把他驮进峡谷，眼看就要融入野马群了，他大吃一惊，拉紧马缰。大灰马昏头昏脑紧追不放，那些野马裂开一个缺口，迎接大灰马。他不能再犹豫了，短刀哗地插进马臀，大灰马打着吐噜放慢步子，刀刃开始痛饮马血，发热变软融化；所有的钢刀都熬不过血液。

马仲英把遭遇野马群的情景讲给大家听，大家忧心忡忡：“马家军不容咱，以后只怕当野马了。”“马步芳只要骡子不要马，咱当野马专咬他。”

尕司令和大灰马回到兵营，宁海军官兵一拥而上，他们认出这是传说中的神马。大灰马轻轻跑起来，四蹄如铁，眼含神光，鬃毛飘逸，威风凛凛。大家纷纷拔出河州短刀向尕司令致敬。

马步芳在司令部里看得清清楚楚，宁海军万余官兵没有抽军刀没有行军礼，而是用古老的骑手礼仪向马仲英致敬。军刀是长官的，河州短刀是骑手自己的。吹号时，骑手没有唱军歌，他们唱那支淳朴悲凉的好汉歌：

四股子麻绳背扎下，
老爷的大堂上吊下；
钢刀子拿来头割下，
不死时就这个闹法！

马步芳吩咐亲信盯紧马仲英，亲信们说他没犯军纪不好弄。马步芳大叫：“给我盯紧一点儿。”

亲信们紧紧跟在马仲英后边，一直跟到雪山深处。他们回来报告马步芳：“马营长在观天象。”

“他是诸葛亮？”

“马营长什么都看，上自天文下至地理，好像那里边藏着什么秘密。”

“他难道是先知？”

“他确实有先知那种罕见的真诚。”

“他真诚别人就虚伪啦。”

马步芳蹁腿上了马，夸夸夸向群山跑去，亲信们跟在后边。在群山深处，他们看见了尕司令。那里开满红红的玫瑰，马步芳轻声叫起来。

群山上空有个声音在回荡：“瞧那旷野的玫瑰花，它们不用辛劳，也不用纺织，帝王们就是穿上龙袍也比不上一朵玫瑰。”

马步芳叫起来：“如此粗糙的地方竟然长出玫瑰花，真不可思议。”过了一会儿，他又说：

“马仲英造反你们咋办？”

“我们听军长调遣。”

“有你们这句话，我就放心了。”

马步芳和他的亲信赶到山下时，野地里的玫瑰花全都凋落了，谁也不知道马仲英去了什么地方？

只要是生长玫瑰花的地方，人们都能看到尕司令那张感人至深的面孔。他孤独地骑在马背上，周围是无边无际的黑暗。他日复一日去冰川里冒险，不带一个卫兵，甚至连最亲的兄弟也不带。他独自一人徜徉在冰山里，仿佛万年不化的冰层中关着他天仙般温柔的灵魂。那幼嫩的精灵从坚冰和岩石的断面横射而出，使人感到那精灵的坚定，倔强和不可动摇。在那震撼人心的面孔上，有一种沉默的痛苦，一种沉默而怨恨的痛苦；他的嘴角翘着像衔着钢刀，对噬咬自己心灵的东西不屑一顾——这些东西只是平庸之辈，他比这些折磨和扼杀自己的东西更伟大。他在反抗这个世界，毕生都在反抗。他的感情全化作了愤怒，一种难以平息的愤怒、冷漠、深沉、默默无声，就像神的表情那样！还有他那双眼睛，那里边充满惊讶和疑惑，仿佛在问：“这世界怎么了？”

这是一张十七岁少年的脸。

马步芳叫起来：“没人强迫你，是你自己要沉默。”马步芳回头看他的亲信，“我让他当营长，以后还可以升旅长升师长，他自己鬼迷心窍，放着大官他不做，他要当土匪。”

亲信们说：“咱是军人咱不是骑手，当骑手是儿子娃娃的一个梦。”

北塬干旱而荒凉，儿子娃娃渴望成为疾驰如飞的骑手。跟刀融为一体，月亮就从那里升起来。马刀上的明亮。到处都是马刀上的月亮。马步芳吓坏了，赶快找亲阿大马麒，“他要反了，他把名字都改了。”马麒也看到了塬上明晃晃的月亮，马麒就难受，“月亮落在刀子上可不是个好兆头啊！”

“他是个黑虎星，趁早把他解决了，省得以后咱遭殃。”

“十几岁个尕娃娃，他能翻起多大浪。”

“那不吉利的月亮照谁哩？”

父子俩站在月光地里，东张西望，看不出个所以然①。

八

第二天，从宁夏传来消息，冯玉祥的军队要开往西北。马家军的首领绥远都统马福祥被冯玉祥调任为西北边防会办，做冯玉祥的助手，绥远都统换成冯军的师长李鸣钟。冯军刘郁芬部已经进入宁夏。

马麒叫起来：“冯玉祥不是在北京吗，跑大西北干什么？”

幕僚说：“老冯善变，捅了吴佩孚一刀子，把曹锟都赶走了，老冯成了革命党，把军队改成国民军，迎接孙中山，段祺瑞吴佩孚张作霖合起来打老冯，给老冯一个西北边防督办，老冯就到咱西北抢地盘来了。”

“全西北都归他管呀？”

“中央政府任命的，谁不听话他就收拾谁，他的兵歪②得很。”

坏消息一个接一个，马福祥的两个儿子马鸿逵马鸿宾乖乖地听从冯玉祥改编，当了个师长。冯的大将刘郁芬开进兰州，把甘肃陆军第一师师长李长清活埋，改编了李长清的军队，陇东陇南四镇军队不堪一击。国民军收拾完宁夏陕西陇东陇南后，挥兵河州凉州肃州甘州③，战斧一下子搁在马家军的脖子上。马家兄弟血誓联手反击冯玉祥。可他们谁也不是儿子娃娃，他们没有反抗的勇气。自马占鳌降左宗棠以后，马家军格外珍惜头上的红顶子，他们不再习惯于反抗。马家兄弟畏首畏尾，战和不定。

马步芳说：“冯玉祥治军不在左宗棠之下，何必硬碰硬，最好让第三者发难，咱从中斡旋，坐收渔人之利。”马麒在马步芳脑袋上弹一

---

① 所以然：西北方言，什么缘故、原因。

② 歪：西北方言，厉害、能干的意思。

③ 甘州即张掖，肃州即酒泉，凉州即武威。

下，“我的儿哇，红瓤西瓜熟透了。”马步芳说：“咱马家老先人当年投靠左宗棠，就因为有白彦虎①这个二百五。”

马麒说：“这回恐怕没谁敢当二百五了，国民军是最硬棒的队伍。”

马步芳说：“马仲英就是二百五，不用芭蕉扇，吹一口气就能烧起来。”

“你敢肯定?”

“不信你试试。”

“凉侄儿最忌讳啥话?”

“最怕说他不是儿子娃娃。”

当时西北连年大旱，民不聊生，甘肃督军刘郁芬只知催粮逼款，征兵服役，不管老百姓的死活。

1928 年春天，在宁海军宴会上，镇守使马麒祝酒词刚说两句，胡子就抖成一团火，“国民军要吃掉咱马家军，要把甘肃全都吃掉；我们老了，当不成儿子娃娃了。”

马廷襄说：“陕西有名的刀客郭坚被冯玉祥骗去喝酒，老郭没到酒桌跟前就被机枪搅成马蜂窝。”军官们轰一声乱了，马廷襄说：“老郭没带刀没带枪，一身白府绸衫一把檀香扇，老郭还想跟冯玉祥比书法呢。”

军官们骂开了：“狗日的冯玉祥，刀对刀枪对枪明干么，人家老郭是刀客，冯玉祥不是个东西，儿子娃娃不干这号缺德事。”

马麒说：“还有哩，冯玉祥在西北要学兵，每县一千元，每个兵老百姓要花上二三百元，还要地亩款，富户款，老百姓都恨死了。有血性的汉子能引个头杀杀老冯的威风，大家没有不响应的。”

少壮派军人身上黑血翻滚，尤其是十一营营长马仲英，三营营长马腾，眼瞳里刺啦刺啦蓝光闪射，火焰汹涌势如海水，年老的镇守使看呆了，“咱们在祁连山下扎根六百余年，该出出一匹好马了。”镇守使走

---

① 白彦虎：清朝末年陕西回民起义领袖。

到小侄儿跟前，向他敬酒，马仲英和马腾忙站起来，不知所措。马家军没有老人向小辈敬酒的规矩，宁海军所有的军官张大嘴巴，大家被这种空前的荣耀震撼了，都盯着马仲英马腾，马仲英跨前一步，“小侄儿受用不起，该敬酒的是我。”马麒说：“年轻人里边没几个儿子娃娃，你好好干吧。冯玉祥盼着咱马家完蛋，咱有人哩！”

马仲英很激动，饭后单独找镇守使借兵造反，镇守使先一怔，“尕侄儿，刘郁芬歪得很，惹不成，你能惹你就惹，惹不成就算啦，就乖乖待兵营里当你的营长，阿大又没赶你嘛。”马仲英鼻子一哼，“不要你的兵，带上你的宁海军给国民军当孙子，侄儿我一条胳膊就能当旗杆用。”马仲英拔下手枪拍在桌子上，“你的枪你收好。”

九

七兄弟聚在西宁南梢门外名叫尕店的小铺，马仲英说：“脱离伯父自创大业的机会到了，黑马来了，就看咱敢不敢骑！成吉思汗的骑手都备有两匹马，一匹驮着骑手，另一匹驮着骑手的命运。”

七个儿子娃①忽站起来，走到马跟前抽出刀子，扑轰，扑轰！插进战马圆实的后臀，战马一声长啸，抖断缰绳冲出城门，黄尘拔地而起。战马驮着他们的命去了远方。

骑手出征前要放一次空马，空马驮着鞍子和钢刀，在旷野奔驰七天七夜，再回到骑手身边。

马鞍子太荒凉了，骑手都活不长。

七兄弟全都进入迷幻状态，老板按时送来干粮和水。第七天，年龄最小的马仲杰说：“我的血响起来了，跟河水一样。”尕司令说：“那是你到了最后的海洋，骑手的血都要流到那里。”

店老板跑进来说：“你们的马回来了。”

战马驮着钢刀穿城而过，来到尕店。七兄弟见到了刀柄，刀刃被战马的血液化掉了。他们不知道战马去了什么地方，但那里一定有沙漠戈

---

① 马仲英起义时的主要骨干：弟弟马仲杰、姐夫马虎山、宁海军军官马仪等。

壁雪山草原；风沙和阳光会把骑手的命磨成飞快的锋刃。

他们回到军营，值日官知道他们不是兵了，战马把他们的命驮走了，他们已成为真正的骑手。值日官没有执行军事条例。

那是个阴暗潮湿的下午，官兵们没有心思打牌，他们张开嘴巴，惊讶得说不出话。他们看见了屋外雨地里的战马，战马的后臀浑圆坚实，刀痕跟嘴巴一样丰润；刀痕刚咽下一把刀子。

有人说："马营长从来没服过军长。"

这话把大家给提醒了，大家感觉到自己裤裆里空荡荡；有人在那里抓一下，鸡巴还在，但那货软溜溜像根绳子。

有人说："马营长顶撞军长是为练他们的锤子。"

有人说："马营长的鸡巴跟蒜锤一样是石头的。"

士兵们委屈得鼻子发酸，有人说："咱不是儿子娃娃了，咱叫人给骗了。"

那正是春天，草青水绿，风和日丽，战马褪去憔悴的老毛，个个膘肥体壮，澎湃的生命力像春水般泛滥，到处闪动着雌雄二性的阴阳风火。雄伟的公马嘶声若龙，英俊的母马长鸣如凤。春情勃勃，生命的繁衍方能进入高潮，而士兵们神色忧郁，压抑得难以忍受。

老兵们说："长官把咱们的底气放跑了。"年轻人不信，憋憋气一试，肛门松松的憋不住气。肛门只能堵住粪便。有人不小心，连气带粪漏下来，把屋子弄得很臭，大家打开窗户。春天的太阳又白又嫩，像块豆腐。

有人说："太阳没有骨头了，咱要骨头做啥。"

有人说："咱当不成骑手了。"

主麻日（星期五），宁海军的军官们上西宁东关礼拜寺做礼拜。马仲英吐了些血，就对大家说我有病不能礼拜，就退出寺外，直奔尕店，跟七兄弟会合。他们骑上马，穿城而过，将沿途电话线割了。

"尕司令去哪？"

"到循化，过黄河。"

“那里太险。”

“听说过撒拉汉子的誓言吗，割了头也要走到黄河边喝一口黄河水。”

从西宁往循化，有许多大山，七兄弟和他的马不怕高山一路狂奔啊。一天一夜，天明时，从远方奔来一团亮光，亮得出奇的一团光啊。

“看到了吗，那里就是黄河。”

谁都知道那不是天上的光，那是一条大河在群山里闪烁。他们奔过去，他们快飞起来了。马也看见那神奇的白光，马低头窜啊，马跟长了翅膀似的。他们闻到了黄河特有的那股带有胎液味的清香。黄河出雪山草地，还是个婴儿，在群山里很清澈地奔流着。七兄弟就跟婴儿一样扑到水边，念了经，然后从容不迫地撩起黄河水痛饮啊，嘴里不停地啊啊叫着，自己把自己喝大了，喝成一条壮汉，站起来摸摸脖子，那颗脑袋还在，他们比传说里的无头汉子强多了，他们的脑袋还在。

他们抬头就看见积石山，赤褐色巨石垒起来的一座大山，黄河在大峡谷里开始吼叫。这里有禹王庙，据说是大禹王的巨斧劈开一道口子，黄河出积石直扑大海。

“上山，到山上去。”

他们把马放在山下，爬到积石山顶。

“这里是大禹王的神迹所在，有他老先人襄助，咱一定能成功。”

七兄弟从山顶上可以见山下的积石镇，循化县衙就在积石镇上。山的另一侧是河的左岸，是大河家。一队国民军牵着牲畜从大河家方向往循化县城走。他们是一支运输队，押送着枪支弹药，刚走到黄河大峡谷的深处，黄河浪震得人头皮发麻，山上响枪，根本听不见枪响，子弹好像是从河浪里卷出来的，飞溅到士兵的身上，他们全都湿了，是那种鲜红鲜红的湿，就好像是黄河的巨浪把他们拍破了一样，另一些士兵惊叫：“我的爷呀，黄河决堤啦。”那是几个河南兵，没跑几步就栽倒在河边。

七兄弟夺了运输队，就赶到循化县城。尕司令骑着马在城外狂奔尖叫，跟老鹰一样。县长说：“谁在外边捣蛋哩。”县长上城墙上一看，就笑了："谁家的尕娃娃，小心从马上摔下来。"尕娃娃叫县长开门，县长说："我拧你耳朵，看你听话不听话。"县长喊几个警察下去把娃捉上来，好好管教管教。警察和尕娃一搭个进来了，警察的枪在尕娃身上挎着，警察蔫头耷脑，县长跳起来，尕娃用枪指他呢，他不能不跳。

"县老爷，把钥匙给我。"

尕娃司令缴了警察的枪，开监放出牢犯，开仓放粮。

最先响应的是撒拉回民，来了五百人，大家跪下，"没个头人反不成，你带上我们扫官灭汉！"尕司令一听就燥下了，脸抽成黑地达，大手一挥发布命令：

我们起兵造反打国民军，
汉人你一个逗①不成，
杀官劫兵抢富汉，
与你穷人莫相干，
我们要当英雄汉，
穷人贵贱不要犯，
阿一个杀下汉民的老百姓，
一个人哈十个人抵命。

尕司令的命令写成帖子，立马传遍积石山太子山。

积石山周围的穷汉呼啦过来一大帮。财主们气得乱叫唤，"土匪贼娃子抢人哩，赶紧跑。"财主们往河州城里跑，跟牲口一样边跑边叫唤："我的爷爷，回民出了李瞎子②，李瞎子过来了，不得了。"

"我就是李瞎子。"尕司令骑着高头大马，挥着鞭子，大声嚷嚷："你们大伙看么，我瞎不瞎？我不瞎，是这挨尿的世道瞎啦。"

尕司令随口编了一曲花儿：

---

① 逗：动、招惹的意思。

② 李瞎子：即李自成，明末李自成部曾远征积石山太子山一带。

骑大马来背钢枪，
富户门前要粮饷，
大姑娘捎在马上。

那匹又高又大的马，相传是从青海湖里奔出来的，浑身银灰比银子还要纯，没有一根杂毛。尕司令到循化县下了警察的枪，身边跟的就不是七兄弟了，是几百号硬棒小伙，有回民有汉人有撒拉啥人都有。大家血热得很，黄河峡谷的索道被毁了，黄河刚从雪山下来，冰凉的水渗骨头。撒拉汉子不怯冰冷的黄河水，撒拉汉子用羊皮筏子渡黄河，险要处他们就下到水里拖着皮筏子。尕司令不下马，也不上皮筏子，尕司令夹着马往后退，退到山根脚，就让马跑快，跑成一股风，马就看不见黄河了，黄河一浪高过一浪，马把它们当成石头堆堆，马扬起蹄子踩上去，扑轰扑轰，马在破黄河阵，岸上的人叫起来："嘿，封神榜，黄河阵，尕司令破黄河阵哩，姜子牙帮咱来了。"尕司令端坐在马背上，稳得很，腰板直直的，肩头稍微晃一下。大伙儿就说："这就叫将军不下马，过个河么，能把尕司令难住嘛。"大伙儿心急，等不得羊皮筏子啦。大伙儿扒下衣服捆起来，背在背上，把枪往脖子上一套，身上光溜溜的，精尻子往黄河里跳，跟鱼一样，憋足劲一声不吭，下去一个又一个，岸上的人都这么下去了。

对岸是甘肃省的大河家。大河家的保安人和汉民围在河滩看稀罕。尕司令夺循化县的消息早传到大河家，大河家的财主们跑了，穷汉们不怕，围在河滩上攥紧锤头挽起袖子跟尕司令干呀。一个尕老汉、尕尕的一个干老汉，在河滩上扯嗓子唱起来，唱的是保安人的刀子。从河州到青海以至藏区，最好的刀子是大河家保安人的刀子。尕司令在西宁武备学校时就喜欢上这种刀子。尕司令有一把保安腰刀，他把保安刀当作真正的河州刀。

相传有个叫波日季的保安青年，打刀子的手艺举世无双、他打刀子不是为了挣钱而是专门接济穷人。财主们受不了啦，劝波日季不要白白给穷人钱，波日季不干，财主就雇杀手砍掉波日季的右手，波日季成了残废。为了纪念好汉波日季，保安人在刀子上刻下一把手的图案，这种刀叫波日季刀，也叫一把手刀。

尕司令歪得很
七个兵，夺了循化城
开仓放粮救穷人
财主把你当土匪
穷人喊你一把手

“一把手！一把手！”

河滩上全是一把手，跟天上打雷一样，把尕司令弄得很激动，尕司令勒紧马缰大声吆喝：“我尕司令是西北民众的尕司令，我尕司令就用这把尕刀刀杀军阀杀财主，让穷人过上太平日子。”

尕司令的队伍成了几千人的大军，尕司令成立执法队，号令全军，“杀一回民一人抵命，杀一汉民十人抵命”，严禁民族仇杀。

大军到刘家集，先拿马家军的老窝开刀，收了绥远都统马福祥马鸿逵父子的庄园，枪支归队伍，粮草归百姓。住在乩藏的马麒的族人哇呜一声跑了，老先人积攒几辈子的家产被抢得光光的。

消息传到西宁，马麒气得直跳，“这瞎熊把我害扎了，这活活一个李瞎子嘛，咱马家出土匪贼娃子了，咱愧对老先人呀。”老马麒胡子乱抖抖。

马步芳说：“当初就该把他除了。”

“让你阿大落个残害子侄的恶名？”

“他是土匪他不是咱马家人，你也不要把他当侄儿，你没见过侄儿吗，咱马家又不缺人。”

马步芳第一次在阿大跟前要了威风。阿大不计较，阿大到底是阿大，阿大捻着胡子想心思哩。

马步芳说：“等他翅膀没硬起，折断，迟了就来不及啦。”

马麒说：“让他娃先打冯玉祥，土匪终归是土匪。”

“打下河州城，就收不住摊子了。”

“他能攻下河州?”

“攻下河州就能称王称霸，阿大呀你想好了。”

“娃呀你甭怕他，阿大有法子哩，叫他娃死活进不了河州城。”

“把他阿大交给国民军，看他娃咋办?”

“能成么，这是好法子，咱不出面，咱叫国民军出面。”

尕司令的父亲叫国民军抓到兰州给枪毙了。

尕司令的队伍没乱阵脚，整整齐齐往河州城开拔，执法队骑着高头大马来回窜，谁要扰民，枭首示众。

消息传到西宁，马麒马步芳父子慌了神。

“杀父之仇都能忍，这挨𡲰的想干啥？你说他想干啥?”

老阿大问儿子，儿子马步芳眼都不眨，“外贼头翻天还想干啥？把咱马家军跟冯玉祥一锅煮了，他好重搭台子重唱戏么。”

“他能把冯玉祥煮了？日本人都怕冯玉祥哩。”

“他眼里还有谁，莫说日本人，德国人、英国人、美国人八国联军都放不到他娃眼睛里，娃眼窝大，我早早就看清楚了，娃眼窝子又深又大。”

老马麒捻胡子，花白胡子捻成线绳，绽开又捻，捻了三遍，大腿一拍，“哈哈哈哈，娃呀莫怕，阿大想出好法子。几千人打不了河州城，起码得万把人，司令嘛，虽说是个嘴上没毛的尕司令，统上一万二万个兵也就像司令啦。”

“阿大?”

阿大摆摆手，“把咱营盘里的土匪兵打发过去么，把山上的土匪叫下来么，把牢里的犯人放出去么，叫他们跟上尕司令发横财去。”

“阿大呀，他夺循化县就这么干的。”

“循化县长给我说了，娃脑子不笨，牢房是打开了，娃不要歹人，只要好人。他开牢跟咱开牢不一样么。”

“阿大呀，还是你老人家厉害。”

“这叫顺水推舟，顺坡赶驴，跟风扬碌碡。”

马步芳不住地点头。

马麒说："人身上啥最大？尿大不如胆大，胆大不如头大，遇事多用脑子，天大的难事咱都能解决。"

十

河州以及岷洮陇南陇东的好汉们纷纷投奔尕司令，西宁的军队也大批大批哗变而来。队伍一下子成了上万人的大军，尕司令一声号令，地动山摇，整个太子山和北塬都在欢呼"尕司令尕司令"。十七岁的娃娃尕司令，骑上大灰马，带上一队虎背熊腰的卫兵，歪得不得了。这些西北汉子满脑子的《杨家将》《金沙滩》《三国演义》《薛仁贵征西》，他们举着枪，有枪的人不到十分之一，大多数人拿着刀子长矛棍棒，跟唱花儿会一样，军营热闹非凡。大家既是有血性的儿子娃娃，又是唱花儿的好把式①，大家再也不唱那些悲凉的砍头血身子的花儿，大家当英雄呀，就唱慷慨激昂的《杨家将》，唱《杨家将》的还都是岷洮地区的杨氏后人，这里的汉人自称杨家将后代，这里有二郎山，有穆桂英的点将台，有杨六郎庙和三关口，连藏族酋长也都姓杨，回族也姓杨，那是个充满英雄气息的大姓，一曲《杨家将》，你就成了这里最受欢迎的人：

石崖头上抱凤凰，鹰落紫荆树上；
杨家唱了唱宋王，
我俩人对着唱上。
杨大郎模样赛宋王，身替了宋王死了；
红脸模样大眼睛，
活不成，活活的想死你了。
……
千里的大路上红旗绕，辕门上斩宗保哩；
明白②的尕妹妹领的个教，相思病怎么好哩。

---

① 把式：西北方言，技艺高超的人。
② 明白：西北方言，聪明的意思。

长寿山出下的灵芝草，五曲山出下的紫草；
六郎的儿子杨宗保，穆桂英搂上着睡了。
穆桂英大雨里招亲哩，活拿个杨宗保哩；
你死时陪你着去死哩！不死时陪着你老哩？
前门上挂的红灯笼，后门上要挂个匾哩；
杨宗保绑在辕门上，穆桂英为谁反哩？
乱箭射死的杨七郎，背绑在悬标的杆上；
你死了不要喝迷魂汤，回转到阳间的世上。
六郎的妈妈佘太君，手拄的龙头拐棍；
哪一年六月水成冰，阿哥们才忘你们。

满山遍野的“扎刀令腔①”，唱起来高而尖，好像在人身上猛扎一刀，疼痛难忍的喊叫声。大家唱红了脖子唱红了脸，唱得青筋暴起眼冒血光。尕司令骑在马上，马都激动了，热血“扑通扑通”翻浪呢，身上筋肉突突跳哩，尕司令吊一声高腔，唱《三国》唱《千里走单骑》：

曹操气得大抖呢，张辽哭得牛吼呢。
把关公怎么丢手呢，关公单骑就走呢！
第一关是东岭关，守关将军在里面。
孙秀把关把着呢，手提双枪耍着呢。
关公接战一回合，刀起孙秀朵脑②落。
……
第四关是荥阳关，王桢守关在里边。
关公四关接战了，王桢吓得脉乱了。
被关公把头斩断了，身子叫马踏烂了……

① 扎刀令腔：西北花儿的一种曲调。
② 朵脑：西北方言，指脑袋。

尕司令的高腔把大家听呆了，一万人的队伍，鸦雀儿无声。“呼啦啦”一个大个儿卫兵打出一杆旗，这是他们的军旗，跟鹞子一样在天上翻身子，卫兵一把抓住旗穗穗，大家看清了旗上的字，斗大的一行好书法“黑虎吸冯军”。尕司令在西宁当营长时，民间就传说他是个黑虎星。这是老百姓从《封神榜》里的黑虎编排出来的，气马麒马步芳父子呢。国民军开到甘肃省，要粮要款，马麒马步芳屁都不敢放，西宁兵营里几万兵马，静悄悄的，只出来尕司令一行七个人。七个好汉起兵造反，尕司令就成了传说里的黑虎星。黑虎专歪人，前马步芳后冯玉祥。

黑色大旗在太子山下大夏河畔“哗哗”飘展，尕司令和他的兵也都是黑衣黑裤，西北百姓从古到今就爱穿黑衣黑裤，盖的宅子也是黑门扇黑柱子，金黄峭拔的高原行走着古拙质朴的黑色生命，相传周秦的大军就是黑色军服，秦太子扶苏曾率大军北扫匈奴至河州，秦长城也延伸到洮河岸边，那青黑色的群山因扶苏的缘故叫作太子山。黑虎吸冯军浩浩荡荡沿太子山猛进，西北大山里的黑虎——猛虎下山，不吃你，吸你，跟吸一锅烟一样，把你吸下去吐出来，气吞八荒，勇不可当。

消息传到西宁，马麒坐不住了，“气这么盛？吃人呀！”

探子回报：“不是吃人，是吸，黑虎吸冯军，谁也没见过这么可笑的队伍，黑虎吸冯军，老百姓都说尕司令人歪，队伍歪，打出的旗号歪得没边边。”

马麒声音小小的，“他娃能歪到啥程度？”

马步芳说：“我不知道。”

马麒声音越来越小，“他娃能歪到阿搭①去？”

马步芳说：“我不知道。”

探子叫起来，“我知道我知道，尕司令啊要歪到大海里去，我听他唱《千里走单骑》。我就站在他背后，他唱完后边喝水边嘀咕，古老的大海，他爱慕那大海，他迟早要去海里边。”

---

① 阿搭：方言，哪里的意思。

马步芳拉开军事地图，大海在东边，在天边边，马步芳说："他是不是疯了，给他娃安翅膀叫他飞他都飞不到海边，他去海边死呀!"

马麒早年做过脚户走四川下宁夏去内蒙古见过大世面，"娃呀，蒙古人把戈壁里的湖不叫湖叫海，海子，咱青海湖就是个大海子，他谋咱的青海呢。"

马步芳跳起来，"阿大好眼力，他娃拿下河州就回头吃咱青海。"

探子说："不对不对，尕司令的帖子上说得明明白白，先打河州的赵席聘，再打兰州的刘郁芬，最后吸吞冯玉祥。"

"我的爷爷，他娃拿下兰州城，把大西北都吸吞了，还用打青海吗，咱投降都来不及。"老马麒气急败坏，不停地拍大腿，"娃娃，快告诉阿大，他要找的那个海是阿门①回事？青海在他娃眼里顶多是个涝池，他到底想干啥？"

马步芳说："他是海量，把全世界都想吸到肚子里。"老阿大说："他总不能吸石头沙子么？"马步芳赶快给亲大大鼓上一把劲，"石头沙子把他塞死！雷把他击死！大炮把他轰死！飞机扔炸弹把他炸死。"

马步芳刚刚从图片上看到飞机，他就想象着那种最新式的武器，跟鸡下蛋一样下一大堆炸弹，把死对头炸死、炸烂。父子两个咬牙切齿唾沫飞溅，终于在飞机上达成共识，飞机就是飞机，叫飞机炸你挨㞗的黑虎星。

谁也没想到这奇妙的咒语好多年后会变成现实。

十一

1934 年正月，在天山北麓头屯河战场。

苏联人的飞机越来越多，又来了二十架，总共七十架大型轰炸机轮番轰炸。第八天，三十六师终于垮了，白马旅断后，主力绕过迪化城进入天山。白马旅拼到最后一兵一卒，连最后一匹战马，失去骑手的空马也被飞机截住了。那是头屯河边的一块台地，愤怒的白马不离开台地，

① 阿门：方言，怎么的意思。

不停地站立，前蹄伸向天空嘶叫着，在爆炸声中马的嘶叫饱满潮润悠扬而高贵。马在欢叫声里四蹄变成白色的翅膀，马在腾飞，在上升，垂直上升；太阳，那颗古老而新鲜的太阳，终于被马蹄敲响了，钟声浩荡，庄严而神圣的青铜声！亚洲腹地古老的声音，被这最后的飞马驮到苍穹之顶，炸弹再也找不到它了，连它的影子也没有了，辽阔的天幕上，马静静地走着，甩着漂亮的尾巴俯视那些可笑的飞机。飞机跟苍蝇一样嗡嗡地盘旋着，它们比苍蝇更恶心，苍蝇寻找污秽，而飞机制造污秽。连那块台地也被炸平了。

在河谷的拐弯处，摆放着六百具苏军突击队员的尸体，整整齐齐脸上盖着一小块白布，脖子上有一道勒痕。简直不可思议，六百名特种兵，没放一枪，连刀子都没来得及拔出来，就被勒死了，死得那么安详，压根就没怎么反抗，跟宿营似的整整齐齐躺在一起，三十六师以军人的礼仪把他们安置在远离炮火的地方。“够了！”苏军指挥官一声大吼，所有的官兵都离开死者，指挥官大叫，“这些亚洲人，野蛮人，毫不留情地杀死他们，一个也不要放过！”指挥官亲自驾上坦克，冲向雪地上的尸体，那些三十六师阵亡官兵被坦克压碎，所有的坦克装甲车从尸体上压过去。失去抵抗力的三十六师伤兵被捆在坦克装甲车上，疯狂的装甲部队拼命追赶，还是追不上三十六师。空军就顺利多了。

三十六师四列纵队整整齐齐，进入后峡。苏军的飞机被天山冰峰挡一下，再次扑上去时，先朝山路上的三十六师扫射，投弹。地面上的军队不但不乱，反而喊起一二一，一二一，飞行员以为是省军，就往回飞。追击部队远在百里以外，飞行员得到通知，前边急行军的就是三十六师。炸弹跟白雨一样落下来。没人躲闪，炸死算尿！许多没头的官兵直突突立在群山的环抱里，飞机只好绕着圈反复轰炸，跟削平一座山头一样，一点一点把他们削下去，直到看不见。

有几架飞机专门寻找尕司令，大群大群的炸弹呼啸而来。苏军指挥官从望远镜里看见马仲英和他的参谋变成一片火海，便向边防军司令部发报：三十六师溃逃南疆，师长马仲英被炮火击中。

战报同时发往迪化苏联领事馆，领事马上通知盛世才。盛世才不相信。领事说："飞机投弹五分钟，机关炮把地面犁了几遍，他能钻到地心里去?"

"他会死而复生。"

"你的恐惧心理太严重了，放松一下，你要明白，马仲英败了，他在逃命，一个逃命的英雄是不可怕的。"

盛世才命令他的装甲分队加速前进，盯住三十六师，"对匪首马仲英活要见人死要见尸。"总领事笑，"这就是中国人所谓的斩草除根。"

盛世才告诉总领事："我们中国人从古就讲究留得青山在，不怕没柴烧，君子报仇十年不晚，东山再起，死灰复燃，一个人只要有三寸气在，就能扭转乾坤。"

"噢哟，多么可怕的复仇精神，我完全理解督办的心情。"

迪化新政府已不是金树仁当主席时的烂摊子了，甚至连那个精明能干的第一任边防督办杨增新也比不上新政府。新政府全是进步青年，思想活跃，在军事之外，更注重宣传和教育。新政府的政工人员成功地策反了马仲英的盟友和加尼牙孜·阿吉和虎王尧乐博斯。

三十六师刚进入天山，就遭到尧乐博斯哈密军队的袭击，在飞机坦克追击下逃命的三十六师跟一头受伤的猛兽一样，被拦路的小猎狗激怒了，吼叫着扑上去，不到一个小时就把哈密军队打垮了。从激战的场面来看，没有发现马仲英，马仲英和他的大灰马太醒目了，但也没有发现担架或者哀悼的迹象。盛世才几乎要相信马仲英死亡了，三十六师虽败，但尚有实力，群龙无首，收编他们就是了。

盛世才过了一个安宁之日。仅仅一天一夜，他什么也没干，倒床就睡，他的弦绷得太紧啦，稍一松懈就一松到底，漫无边际地沉下去，一片漆黑，闷头往下沉，跟无底洞一样，他正在飞速下坠，无底洞有了底，他大叫叫不出声，他被人猛烈地摇醒，是夫人邱毓芬，有重要情报，机要参谋就在客厅等着。盛世才不顾一切冲出去，看电文。三十六师在铁门关与和加尼牙孜血战一天一夜，双方死伤惨重，激战最关键的时候马仲英和他的大灰马出现在阵地上，三十六师士气大振，一鼓作气攻克天山最险要的雄关铁门关，和加尼牙孜的部队损失数千人马，逃向尤都鲁斯大草原。这只猛禽又浮出了水面。铁门关之战跟头屯河之战一样将会传遍天山南北，传遍整个中亚细亚。从古到今，破铁门关者只有清朝的左宗棠和这个娃娃司令马仲英。中亚有两个铁门关，一个在新疆，另一个在乌兹别克，据说当年马其顿王亚历山大大帝征服世界时在铁门关前遭到惨败，马其顿军队进攻的狂潮终于平息下来。盛世才慢慢地品味着这场出色的战役，他简直难以容忍自己的脑袋，想什么问题都想得那么精辟那么透彻。也只有他这种军事专家才能体会到铁门关之战的深远影响。在这块尚武的土地上，一场气壮山河的大战就意味着一切。在盛世才心潮起伏的时间里，夫人和参谋悄悄地站在一旁，盛世才终于平静下来，“给我电话，接苏联领事馆。”总领事已经知道铁门关之战。盛世才说：“马仲英活着，亲自指挥这场战斗。”总领事说：“我也要告诉你一个好消息，三十六师已经被强大的红军赶出天山，平坦的塔里木盆地没有任何屏障，飞机和装甲部队将大显身手，古老而神秘的塔里木马上要变成屠场，变成墓地，多么辽阔的墓地呀！”

天山南麓塔里木盆地边缘，古城库尔勒，与城池相连的是闻名中亚的大海子博斯腾湖，大草原一般辽阔无垠的芦苇包围着滚滚波涛，很容易被人看成大海，鸟儿都飞不过去的辽阔水域。长途征战的三十六师官兵伫立在潮润的海风里，一场荡涤灵魂的沐浴，默默地祈祷。追击而来的苏军装甲部队被这景象惊呆了，飞机坦克的轰鸣声根本不存在。

“他们在干什么？”

“他们在祈求真主安拉。”

“谁也襄助不了他们，该死的野蛮人，飞机坦克要好好教训他们。”

苏军官兵的谈论很快被打断了，是那些被俘的三十六师伤兵，俘虏从晕目中苏醒，苏醒后的生命平静而安详，“大海朝我们涌动，我们爱慕大海。”

“去爱慕死亡吧！”一名苏军军官拔出军枪，顶在俘虏的脑门上，俘虏失去了一条腿，双手被捆在炮塔上，他的神情矜持而孤傲，他根本不看军官和那把枪，他眼瞳里很平静地展开了整个博斯腾湖，他脸上露出微笑，一下子把军官惹火了，“你爱慕的是死亡！”“死亡是最深邃最古老的大海。”枪响了，挨枪的人仅仅偏了一下脑袋，好像故意抛掉了另一半脑袋，剩下的这一半酣然入睡，根本不理这个疯子。疯子又放一枪，竟然打偏了，连打三枪，都没打着。上司及时制止了他的疯狂，不能在中国人面前露出蠢相。上司开始另一种方式的蠢相，他一定要让自己的官兵亲手教训中国人，跟一个勇士一样。不能光靠飞机坦克装甲车，俄罗斯有的是小伙子。

骑兵一直在后边跟着，现在赶上来了。每个骑兵前面带一个三十六师的俘虏，枪顶着俘虏的后心。骑兵列队向前，逼近三十六师。三十六师阵地上没有动静。第一排枪响之后，一百多俘虏栽倒在血泊里，另外三百多俘虏喊着扑向马蹄子，扑向马背上的骑兵。三十六师阵地上机枪猛烈扫射，青马旅跃出战壕，暴雨般的子弹击落大批骑手，那匹大灰马最先冲上去，冲进苏军骑兵部队，更多的三十六师骑手冲上来，真正的骑兵之战拉开序幕，在坦克装甲车前边展开激战，不到一小时，红色骑兵团全被砍倒了。

坦克装甲车愣了片刻，在等飞机。飞机很快过来了。飞机盯着大灰马。大灰马很快跑远了。

在博斯腾湖南边，塔克拉玛干沙漠横在眼前，无路可逃。维吾尔人告诉大家这是死亡之海，进去出不来。尕司令勒紧马缰，马要冲进大沙漠，尕司令得问清楚塔克拉玛干到底有多大？维吾尔汉子指指天指指地，天有多么大死亡之海就有多大，地有多大，死亡之海就有多大。尕司令放心了，“弟兄们，我们从河州起兵找的就是这条路，儿子娃娃跟我上啊。”三十六师官兵以战斗队形冲进死亡之海。

尾随而来的飞机盘旋一下，请示后方指挥官，指挥官大叫，“骑兵能去你们不能去吗？冲进去，狠狠地打。”飞机坦克很快就追了上来。

飞机果然有大用场，骑兵能摆脱坦克装甲车，却摆脱不了飞机。飞机放开手脚低空飞行，专打大灰马和马背上的尕司令，所有的飞机都认识尕司令，这个傲慢的家伙，炸弹和机关炮老逮不住他。现在四架飞机从四个方向围上来，织起一张火网跟捕鱼一样撒出去，罩住了大灰马，大灰马栽倒了，机关炮打出一团血光，炸弹紧随其后，大灰马被炸没了。硝烟慢慢散尽，在远方失去骏马的骑手甩开双腿狂奔，飞机大吃一惊，绕圈子冲上去。还是四架，很快就到了骑手的头顶，弹雨泼下去，在骑手的腿脚间溅起一团团白烟，这个家伙跟羚羊一样敏捷灵活，又窜出去了。飞机俯冲盘旋，火网撒下去，方圆几百米，硝烟弥漫，这个家伙正爬一道沙梁呢，飞行员连他的领章都看清楚了，接着是他的面孔，一张英武漂亮的面孔，一个佩剑的美男子，竟然是个美男子，长眠在死亡之海吧！飞行员按下按钮，炸弹跟鸟群一样飞向金黄的沙梁，沙浪翻滚散开，沙漠换了个样子，跟一张大床换了床单一样，所有的痕迹全被抹平了。塔克拉玛干，真正的大海，比海更真实更神秘。飞行员给上司的报告简洁明了，"我亲手埋葬了马仲英！"

十　二

1934 年春天，塔克拉玛干大沙漠被飞机坦克打破宁静的那一年，也是瑞典探险家斯文·赫定[①]先生最后一次中国之行。赫定先生用五十年时间五次深入中亚腹地，寻找罗布泊的准确位置。他的一切融入这片土地。当他意识到英国和俄国要夺取这块土地时，他向国民政府建议，尽快修筑内地到新疆的国防公路，重新开通古丝绸之路。赫定先生受国民政府委托，以七十岁高龄最后一次进疆进行勘察活动。

在哈密吐鲁番，赫定勘察队受到马仲英的热情接待。

当勘察队抵达库尔勒时，到处都是溃兵，人们都在谈论马仲英的死亡，苏联飞机撒下的传单跟雪片一样飞舞。溃兵沿天山往库车奔跑。赫定问这些士兵："你们已经没有指挥官了，为什么不回甘肃老家去？"

"我们的司令是马仲英。"

"马仲英已经死了。"

"胡说哩，苏联人跟盛世才一个裤裆里放屁，他们说尕司令死，尕司令就死呀？没那么容易！"

一拨士兵又一拨士兵，他们口气坚定，根本不相信尕司令会死。这

---

① 斯文·赫定（1865—1952）：瑞典探险家。

些壮健红润的甘肃小伙子，毫无失败后的沮丧和绝望，像去赶庙会，从沙漠深处返回大路，那条沿天山南麓伸向库车的丝绸古道跟河流一样汇聚着越来越多的三十六师士兵。他们把赫定先生称作尕司令的洋朋友。在哈密城外的戈壁滩上，赫定和他的勘察队竟然发现尕司令和士兵在一起踢足球，偏远的中亚大漠竟然有足球！洋朋友喜出望外，两个瑞典小伙子技痒难忍，加入其中，兴奋得跟马一样嗷嗷直叫，那么辽阔的足球场！球门就在地平线上，太阳守在那里左晃右晃。对准太阳——射门！一场球下来，大家就成了朋友。当大家听说这位七旬高龄的老人从少年时代就向往中国，数次进入死亡之海，穿越欧亚大陆，尕司令佩服得五体投地，亲手泡上三炮台茶端给这位瑞典老人。老人用洋点心请客，老人发现这个娃娃司令是个严格的穆斯林，不喝酒不抽烟，只吃少量饼干和牛肉，饮食很节制。清瘦修长却体格剽悍，一个标准的斯巴达式的古典武士。

“什么是斯巴达?”

老人一时找不到合适的语言，干脆用《三国演义》里的马超来解释，“将军就像反西凉的白袍将军马超。”

“哈哈哈，马超，马仲英，好好好！就是马超。你简直就是我的父亲，我父亲要活到你这年龄我就安然了。”

“你父亲去世了?”

“叫国民军给害了。”

“对不起，我引起你的悲伤。”

“我不悲伤，这有啥悲伤的，人的生死都是前定的。”

尕司令仰起脑袋吼了两声河州花儿：

丢下个尕妹子走西口，
离河州又过个兰州；
血泪债装在了心里头，
儿子娃要报个冤仇。

唱红了脖子唱红了脸，尕司令扒下军装，皮带里扎着白衬衣，带上一帮小伙子冲上戈壁滩，一个射门，足球跟炮弹一样“轰”一下把太阳击落！大地上漫开一大摊红红的血。辉煌的大漠黄昏。

“他还是个孩子，我的小儿子跟他一样大。”

老人泪花闪闪。一定是上帝伸出奇妙的大手，在北欧童话般的森林王国和中亚荒凉的土地之间画了一道线。老人又拦住一群士兵，“你们的指挥官死了，快去找他的尸体，给他举行葬礼。”

“尕司令死不了，能死也就不是尕司令了，老爷爷你是尕司令的洋朋友，你就不该信这破传单。”

“可你们进去的是死亡之海。”

“我们出来进去好几回了，飞机撵不上，我们从这边进去，从那边出来跟喝凉水一样。”赫定先生快晕了，赫定进去过好几次，每次都要经历死亡的劫难，连他自己都不相信是怎么活着出来的，这些士兵跟小孩捉迷藏一样兴致勃勃面无惧色，赫定小声问他们，“你们吃什么？”

“吃四脚蛇①。”“吃胡杨。”

“沙漠没有水，你们喝什么？”“喝马尿喝人尿咂人身上的汗。”

现在老人相信尕司令没有死，无法战胜的死亡，简直就是神话。

最后一个走出死亡之海的是尕司令，老天有眼，一场暴风，把他从沙层里吹出来，耳朵鼻子里的沙子也被吹净了。“洗了个沙子澡，跟磨刀石一样，把人磨得闪光哩。”

从库尔勒逃往库车的路上，马仲英终于坐上了汽车。“我在南京坐过汽车，到西北一直骑马，大戈壁需要汽车，有飞机更好。”赫定对马仲英的乐观劲感到吃惊，“你在逃命，将军。”“我在逃，我还会起来，我起来不止一次了。”

马仲英给赫定讲他大战冯玉祥横越东疆戈壁。“太不可思议了，一只水壶一袋炒面。”“要没有苏联人帮助，盛世才绝对赢不了，我还会起来的。”马仲英看见了天山，其实他们一直是沿山脚走的，“我们就

① 四脚蛇：即蜥蜴。

是看着天山急行军的。”

马仲英给老人谈他的计划，在他那个雄心勃勃的蓝图里，他要联合斯大林、墨索里尼、希特勒，必要的话还可以考虑英国和法国。老人听明白了，在这个伟大蓝图里，主角理所当然是他马仲英，一切都得听从马仲英指挥。老人忍不住拍他的肩膀，“孩子，你太可爱了，年轻就是好啊。”

在库车，碰到从伊犁逃亡的张培元的残部，这些在严寒、风暴和穷困交迫的情况下，翻越天山的伊犁士兵，听到了尕司令那令人神往的讲演：

“同胞们，朋友们！欢迎你们到我的军队里来！我们要在一起打垮那些依然敢于阻止我们前进的敌人。你们在北军领导人的手下，除了饥饿、痛苦和奴役外，什么也得不到。你们听说过甘肃的尕司令吧？我就是尕司令！把这些地方所有民族联合成一个伟大领地的是我。我要在你们的支持和帮助下，为整个人民的幸福而工作。我保证给你们自由，康乐，使你们一切绰绰有余。我们将在一起，把这个地区组织起来，使它成为一个伟大的强有力的富有声望的地方。”

伊犁军队恢复了斗志，被编成步兵师，三十六师壮大了一倍，一支大军又出现在塔里木大地，马仲英重新崛起。

苏联总领事走进盛世才的办公室。有关马仲英死亡的电文有好几份，总领事手里这份最新的电文是马仲英复活的消息，真不知道军方指挥官如何口授这些电文的？盛世才手里也有一份情报，比总领事的电文更详细更生动，那个情报员混在三十六师队伍中倾听了马仲英讲演的全过程，情报的字里行间还保留着马仲英讲话时的某种气势。总领事就是弄不明白，马仲英残部是从库尔勒南边进入塔克拉玛干大沙漠的，飞机装甲车追击了一天一夜，几十万平方公里的大沙漠，比法国还要大的地域，就是一支大军渴也渴死了，怎么可能从库车冒出来？

盛世才说：“他碰上了斯文·赫定勘察队，搭勘察队的汽车到达库车。”总领事大声咆哮：“赫定是英国间谍，他支持马仲英，他们都是帝国主义分子，要坚决消灭他们！”

“赫定是国民政府聘请的专家，是勘察公路建设的。”

“什么，在新疆修公路？”

“是国防公路，日本侵占我国东北，中央要把西北作为战略后方。”

“那更应该消灭他们，不能让他们的阴谋得逞。”

“这不是阴谋，这是国防建设，我们还是研究一下如何对付马仲英吧，马仲英不灭，我们都不得安宁。”

苏军和新疆部队分两路扑向库车。

三十六师没有动静，谁也摸不清他们下一个目标是什么地方。马仲英派一个骑兵排护送赫定先生。赫定老人对这个神话般的年轻人太感兴趣了，他一定要多待一天，听年轻人讲河湟事变。尕司令就把作战计划推迟一天，跟老人长谈，当他讲到大战西北军名将吉鸿昌时，老人叫起来，“你跟吉鸿昌打过仗？两个勇士搏斗太有意思了，阿喀琉斯与阿加门农，令人可怕的愤怒。不过孩子我要告诉你，按照我们北欧人的习惯，强大的对手遭到不幸也是你的不幸。”

“什么意思？”

“我相信你是个真正的勇士，你一定会伤心的，你的对手吉鸿昌将军成了政府通缉的要犯，随时都可能被杀掉。”

“这不是开玩笑吧？”

“不是开玩笑孩子，你的祖国危在旦夕，日本人侵占东北，已经越过古老的长城，向华北挺进，政府一味退让，冯玉祥将军在察哈尔组织抗日同盟军，吉鸿昌是最能干的一员大将，一举攻克多伦，把日本人赶出蒙古草原，轰动全世界。中央军竟然与日本军队联手进攻抗日同盟军，冯玉祥上了泰山，抗日同盟军解散，只剩下吉鸿昌和方振武孤军作战。他们一直攻到北平城下，进入八国联军当年划定的非武装区，遭到日本空军和最精锐的第八师团猛烈的攻击，中央军东北军背后夹击。吉将军竟然以一个师与二十万大军血战两个月，他亲自率大刀队消灭日军一个联队，日本人如果没有飞机和坦克的优势，很可能会被吉将军赶出华北。他的残部被堵在长城脚下，被中央军缴械，吉将军只身逃到天津，日本特务和国民党特务正在追杀他。我的勘察队路过北平时，听到老百姓很悲伤地唱一支歌谣：抗日同盟一百天，轰轰烈烈化灰烟。在北平这座古城，数十年前发生的也是轰轰烈烈一百天，吉鸿昌将军有可能走谭嗣同的路。”

“谭嗣同是谁？”

“你们中国的英雄，一个具有军人气质的读书人，维新运动失败后，他的同伴全都逃了，他放弃逃跑，发誓要以热血唤醒民众，复兴你们的国家。”

“吉鸿昌，狗日的吉鸿昌，他超过我了。”

“你妒忌他。”

“不是一点点，我们回民有句话，血性男儿要活出一身辉煌，瞧他多辉煌，从头到脚满身的辉煌！在蒙古草原啖[①]日本人，在长城底下啖日本人，差点夺了北京城，好像全中国人都死光了，就他吉鸿昌一个能成，全世界都知道就他一个抗日哩。”

“世界各大通讯社都报道了吉将军抗战的消息，一个古老而伟大的民族是不可征服的。”

“河湟事变快结束时，我收到吉鸿昌的信函和照片，按中国军人的习惯，照片是名片，是交朋友用的，我不服气，他能赢我是他武器好，我一直不服气，就没理识[②]他。”

“你想结识他？”

“劳您大驾给我照个相，你回内地找机会把我的相片送给他，凭我尕司令的相片他吉鸿昌不用在租界里东躲西藏，他往清真寺里躲，往甘肃宁夏躲，只要到了甘肃宁夏，谁也害不了他。”

照相机照了两次，一个是马仲英骑着大马，一个是很自信地背着手站在库车的原野上。赫定要给自己留一张。其实两张相片都归他了。他

---

① 啖：西北方言，狠吃狠打的意思。

② 理识：结识、理睬的意思。

在勘察国防公路的同时最后一次进入死亡之海，终于找到了罗布泊——那个移动的古老的大泽，追寻了半个世纪的古泽终于在他七十岁这一年找到了。赫定返回内地时，吉鸿昌刚刚被枪决，被何应钦将军秘密杀害于天桥监狱。中国的报纸不敢披露真相，吉将军的夫人把详情告诉外国记者，英国《泰晤士报》报道了吉将军血战日寇，以及被捕后被严刑拷打从容就义的全过程。赫定先生遥望新疆，喃喃自语："吉鸿昌死了，孩子但愿你能战胜死亡，你这么年轻，生机勃勃，死神不会找你麻烦的。"

我活着，我将永生！

老人惊讶万分。从大地深处，从苍穹顶上传来滚滚声浪……

当古老的大海朝我们涌动迸溅时，我采撷了爱慕的露珠。

第二部

一

刚开始尕司令根本不知道他真正的对手是吉鸿昌，他压根就不知道世界上有这么一个人。他眼里的头号敌人是甘肃督军刘郁芬，刘郁芬杀了他的父亲，刘郁芬的师长赵席聘坐镇河州城，尕司令先打河州收拾赵席聘，再攻兰州杀刘郁芬。

1928 年春，尕司令带着数万之众的"黑虎吸冯军"围攻河州。尕司令下令，"电线杆子都砍完，叫他赵席聘电话通不成。"河州与兰州的通讯中断。

河州城里的国民军一个营出城作战，手里的快枪还没来得拉枪栓，尕司令的兵"哗啦啦"跟暴雨一样砍砍砍，杀杀杀，一营的国民军眨眼间给日塌完了。城里的大兵再也不敢出来了，城头上架起大炮，朝城下黑压压的人群轰击，尕司令的兵倒下一大片。尕司令领上"黑虎吸冯军"撤离城墙根，一直上了北塬，钻进深沟不见影儿了。

国民军都是来自河南河北山东大平原的硬汉子，是当时中国野战能力最强的军队，被十七岁的娃娃司令带着乌合之众堵在城里，心里很不是滋味。有个邵营长硬得很，一定要带兵上北塬去撵土匪兵。“我不信马仲英是什么黑虎星，他硬还是我硬？”不等上司发话，邵营长带上队伍冲出城，一溜烟上了北塬，打眼一望，黄土塬一个接一个，波浪起伏跟海一样，邵营长在华北平原上长大，看半天看不出这些黄土疙瘩有什么名堂，从塬顶的台地往两下里裂出一条条老虎金钱豹一样的大沟大壑，很能满足一个热血军人的豪气。邵营长带上队伍钻进一条大沟，几小时的急行军，出了沟口有个庄子，估计马仲英这个黑虎星躲在庄子里。邵营长就把庄子围了，刚围住，庄子里冲出几百人跟国民军混成在一起。邵营长抡起鬼头刀杀红了眼，杀着杀着，他跟前没兵了，他自己也不动了，血淌干啦，大刀跟拐棍一样拄在手里，扑通倒地上。

守城的赵席聘再也不派兵出城了，“尕娃娃确确实实是个黑虎星，硬得很。”赵席聘给兰州刘督军写一封信，派卫士趁黑破阵搬救兵，信写得十万火急，“河州城里只剩下三营兵，援军要快，迟了，城就叫黑虎星吞了。”西门炮声一响，东门飞出一匹烈马，朝兰州方向奔去。

尕司令的兵完全可以堵住这个国民军，尕司令不让堵，“闪开闪开，他是去兰州搬兵的。”大家举枪要打，“司令灭了他，从古到今哪有给搬兵的人让路的？”尕司令黑下脸，“你没长眼睛吗，你往旗杆上看，上边写的啥？黑虎吸冯军，连刘郁芬都没吸来，还想吸冯玉祥？”大家都比尕司令年长几岁，这个顽蛮可爱的娃娃天真烂漫地教训大家，“让他搬救兵嘛，把国民军全都搬到城里边，城里塞得满满的，咱往里攻才有意思。核桃吃着香，硬面锅盔有味道。”

刘郁芬发来了一个旅，旅长赵仲华感到很奇怪，进入河州地面，赵旅长严阵以待，提防土匪伏击，四野里静悄悄的，赵旅长顺利开进河州城。赵旅长问守城长官赵席聘：“太平世界哪来的土匪？”

“你不要急，时候一到你就知道了。”

一夜无事，官兵们吃好喝好，浑身是劲。

天刚明，城外一声炮响，接着是暴雨般的马蹄声和脚步声，赵旅长以为回到了古代，简直是演三国。

塬上塬下全是骑手们刚健的身影和明晃晃的马刀。尕司令下达攻击令。黑马旅青马旅向北塬猛扑，攻破北塬，包围西城，北塬头的国民军无法立足，放弃阵地，退入城内。国民军旅长赵仲华率大刀队反攻，骑手们一拥而上，那些中弹的骑手仍然紧夹着马腹，僵立在旷野上，战刀在手里闪闪发亮，子弹抖落在伤口里，像黄豆一样被嚼得嘎嘣响。后边的骑手擎着亮晃晃的马刀，一直冲到机枪跟前，把机枪手劈为两半。

国民军毫不惊慌，伸手从背上摘下大刀，跟骑手们砍在一起。刀来刀往，铁器发出猛兽般的吼声；好多汉子倒下去了，身上裂开的口子又长又深，就像高原上的深沟大壑，马刀一下子把里边照亮了。

生命凝固在坚硬的骨头上。

赵仲华旅长跟他的士兵躺在一起。

赵旅长本来可以突围出来。赵旅长刚下火线，就听不见枪声了，就看见尕司令的骑手们收起枪，擎着火炬一般的河州刀一声不吭拥上来；国民军的卫兵也把枪扔掉，从背上摘下大刀。已经站在火线之外的赵旅长纵身一跳，又回去了。赵旅长最早是学兵队的武术教练，来自华北大平原，那里的原野跟大刀片子一样宽阔结实，燕赵自古多悲凉慷慨之士，赵旅长从背上摘大刀的一瞬间就仿佛置身于那萧萧的劲风中，仿佛置身于寒声四起的易水河畔。“此地别燕丹，壮士发冲冠。昔日人已没，今日水犹寒。”

卫兵们跟尕司令的骑手一对一全倒下了，大刀和柳叶刀深深地扎进对方的身体，刀口吃进很深，一直到刀柄；刀刃开始在血液中游动像滚滚波涛中矫健的白鱼，后来刀刃被血水吞没。赵旅长的身边全是尸体，赵旅长望着塬上的回民骑手，等他们过来，他们盯着他，没有进攻的意思。赵旅长全身放松了。大刀和柳叶河州刀像秋天的庄稼，红透在壮士的胸膛上。

赵旅长的身边全是尸体，赵旅长再也收拢不了它们，轰一声倒在地上，跟卫兵和骑手们躺在一起。紧挨他的是两名尕司令的营长，都是二十出头的小伙子，赵旅长很高兴跟小伙子躺在一起去迎接死亡。

刘郁芬的参谋长余嘉培等政工人员，住在镇守使马廷贤的将军府公馆，由国民军二十六师工兵营防守。尕司令重兵进攻将军府，志在生擒余嘉培。城内国民军由赵旅长率部增援将军府，赵旅长阵亡，增援无望。余嘉培孤守将军府。骑手们一队一队开上去，一去不回。太阳偏西，进攻毫无进展，尕司令下令火烧将军府。起火后，国民军一边抵抗一边挖墙，一百多名卫兵掩护余嘉培撤进河州城。来不及撤退的官兵全被烧死，精良的武器，也被烧毁不能再用。骑手们烧毁将军府后，继续放火，把城外的汉族寺庙万寿观、宝觉寺也烧了。国民军以牙还牙、烧毁了河州最有名的回教建筑“八坊”。

逃进城里的余嘉培向兰州求援。5 月 25 日，十一师师长佟麟阁、二十五师师长戴靖宇率部抵达河州。尕司令下令全军撤退。

“这回咱们咥①锅盔。”河州城外一望无际的黄土高原，跟扣在大地上的厚锅盔一样，让尕司令的马鞭子这么一指，锅盔就熟了，焦黄焦黄的，散散地敷着一层芝麻，香喷喷的。尕司令说：“咱蹲在野地啖锅盔。”大军“呼啦啦”钻进地缝缝。

佟麟阁和戴靖宇从两路进军河州。戴靖宇的二十五师中了埋伏，数万人马从沟沟壑壑里杀出来，跟洪水一样，戴将军的队伍展不开，尕司令的骑手就冲进二十五师司令部，戴将军胸膛挨了一刀，幸亏没伤着心脏，拣了一条命，拼死突围，算是进了河州城。

佟麟阁十一师顺利入河州。佟麟阁是名将，不怕土匪，休整一天，就杀出河州城，分三路向尕司令进攻。

相传尕司令起兵时，七老太爷不答应，怕孙子吃亏，明眼人都能看出来，最终得便宜的是马麒马步芳父子。阿爷骑上白青马去劝孙子，“你的队伍十个人没有一杆枪，阿门对抗冯玉祥?”尕司令一听怒气冲，双眼“咔”的瞪成了武行僧，“阿爷，母鸡叫鸣驴耕地，婆娘当家娃受气，造反离不了年轻的，你们老颟董②害怕了回家去。”阿爷一看劝不

---

① 咥：西北方言，音 dié，吃、打的意思。

② 颟董：西北方言，糊涂的意思。

成，尕孙子的反心大得很，“要打你就往狠里打，阿爷给你帮上些白青马，尕孙子你年轻你先上，阿爷攒上些精神当上一回老黄忠。”

河州城的炮声引来了阿爷马海渊和一大帮老兵，他们当年随董福祥的甘军入京救驾，打过八国联军。

佟麟阁师长号令全军：让回民见识见识咱西北军大刀的厉害。官兵们收枪摘刀，旋风一般紧随他们的师长。黄尘遮天蔽日。

老兵们大叫：“娃娃们让开。”三百多胡须发白的老汉随马海渊杀下北塬。马海渊双腿夹紧马腹直奔佟麟阁，刀口相撞，佟师长吸口冷气，马海渊说：“老汉我再年轻十岁，定把你娃娃生擒活拿在马鞍上。”卫兵从侧面猛刺老汉的左肘，老汉身子一拧夹住马刀，伸手一拍，卫兵立马断气，轻塌塌落在地上。

佟师长下令后撤，老汉们也退到塬上。

炮声传到西宁，传到甘州凉州，西军宁海军官兵整连整营哗变投奔尕司令。那正是夏天，太阳在塬顶显得又红又大，儿子娃娃们的脖子全都粗了红了；他们骑着快马，擎着火炬般亮晃晃的战刀向河州飞驰。尕司令把他们编为青马旅黑马旅白马旅红马旅。所有的骑手全是黑布军装，马队格调纯一，轮换上阵，换下杀红了眼的老兵。老兵们防守北塬观战。娃娃们一队一队开上去，回来的时候马队显得很空旷，活着的骑手全成了血人。血迹把整个北塬全笼罩了，战马也成了红的，汗珠在血迹上滚动像玫瑰花上的晨露。

当古老的大海朝我们涌动迸溅时，我采撷了爱慕的露珠。

骑手们疾驰如飞，一去不回。战刀闯进他们的躯体，搅起汹涌澎湃的潮汐，血液就这样在战刀的呼啸中纯净了。他们就这样把一辈子的光阴浓缩在一个夏天用完了。那个夏天热得要命，战刀的光超越了头顶的太阳和胸中的生命之火，他们什么都不顾了，他们失控了，在太阳之外在生命之外，把自己活活地撕裂，血液爆炸似的扑轰一声喷涌而出。

骑手们从西宁甘州凉州潮水般涌过来，骑手们从天水清水骆驼裊，从所有以水起名的地方涌过来。明晃晃的马刀填满了大沟小沟，溢上了旱塬，旱塬全潮湿了，全是潮水般的刀影。

佟麟阁师顶不住了，塬上塬下，大沟小沟全是明晃晃的马刀。佟将军瞧着手里的鬼头刀发呆，连马仲英的面都没见，就这么退下去？带一把空刀回去算怎么回事，至少应该跟马仲英战上几个回合。

佟将军带着遗憾离开大西北。后来在华北，在长城喜峰口，佟将军率领大刀队夜袭日寇，斩敌三千多，砍出一曲名扬天下的《大刀进行曲》，手中的鬼头刀才安然入鞘。“七七”抗战爆发，佟将军在日军飞机的轰炸中壮烈殉国。这是后话。

1928 年夏天，国民军十一师在佟麟阁手里快要垮掉了，刘郁芬再次向冯玉祥告急，点名吉鸿昌来平叛。

二

这是吉鸿昌第二次入甘。刘郁芬初到兰州时被陇南陇东四镇大军围困，兰州危急，各机关打点好行李准备逃难。远在内蒙古河套的吉鸿昌率铁军十九师的一个旅，几千里强行军，一举击溃叛军彻底扫平陇东陇南诸镇，然后赴北平陆军大学学习。甘肃烽烟又起，吉鸿昌接任十一师师长。

十一师在河州屡战屡败，士气低落。吉鸿昌用他那一套带兵方法整训十一师，了解马仲英的作战特点。

1928 年秋，马仲英与甘州马廷襄联合，兵力达八万之众，第三次围攻河州。有消息说冯玉祥的大将吉鸿昌领着十一师又从定西开过来了。十一师跟马仲英交过手，尽吃败仗，大家都看不起十一师，换个吉鸿昌当师长你们这些蔫娃就成赵子龙啦？换上冯玉祥也不行！尕司令鼻子一哼，没理识。他们很快就尝到了吉鸿昌的厉害。

吉鸿昌不进河州城，吉鸿昌领着一师人马从北路开进莲花堡，兵分两路，一路上谢家坡，一路上康家湾。老将马海渊对孙子马仲英说：“老冯的钢全在吉鸿昌这把刀上，把吉鸿昌打下去，你娃娃就长大了。”

马海渊说："娃娃下去吧，老汉我给你守摊子。"

尕司令下了北塬，把指挥部设在三角堡。吉鸿昌的部队坚守阵地，士兵们军容整肃，任凭骑手们猛烈进攻，他们岿然不动，吉鸿昌掌握了尕司令的作战特点，攻击时一拥而上，败阵时四下逃窜，没有强有力的组织。吉鸿昌刻意设置火力封锁网，像一道火墙，那些一拥而上的河州骑手很难冲过去。八万大军像被卡住喉咙的烈马，不肯退让，流血不止，搏击愈猛。骑手们每村必夺，有些阵地被骑手们占领了，有些阵地牢牢地控制在吉鸿昌手里，而吉鸿昌的主力一直打到三角堡。塬上的老兵急了，往下冲，被吉鸿昌的炮队轰退了。

吉鸿昌打仗很讲究，他放弃了多余的阵地守住了关键部位，尕司令被钳形战术紧紧锁住。

"锁住就锁住，咱拧成铁磙子往坡下滚。"

尕司令的兵五六百人一堆儿，变成黑虎往下冲。连放两个黑虎团。

三角堡底下全是黑压压的国民军，国民军官兵摘下大刀，等候进攻的信号。吉鸿昌没有动用他的大刀队，他命令炮兵开火。师直属炮兵营猛烈开火，大小钢炮迫击炮一齐砸向三角堡重台塬，一千多骑手死在炮火中。炮火轰击后，国民军大刀队呼啦一下冲上三角堡。受伤的骑手拔刀自尽，被围困的骑手跳入深井。

尕司令提上刀往上冲，卫兵们围住他，"哪有司令打头阵？你去冲锋司令部咋办呀？""司令部让空着，插上旗杆子就是一个司令部，你们都跟我走，卫士队不卫我了，卫咱队伍的好名声，走！"尕司令手里的刀子一挥，骑上大灰马冲出司令部，身后跟着一帮子小伙子。半面坡已让国民军占领，突然又从崖顶的庄子里冲出一群黑虎吸冯军，凭那匹大灰马国民军就认出谁来了。

"黑虎星，黑虎星出来啦！"

一道道火网撒出去，倒下一大片骑手，而那匹大灰马往前一窜，就把火网撕破了。尕司令把刀别在腰上，端着一杆马枪，马往前一跳，马枪就吼叫一声，国民军队伍里就栽倒一个人。那些铁杆卫兵不惧炮火，跟着尕司令边冲边打，弹无虚发。趴在工事里的国民军一个劲往血泊里栽。吉鸿昌的火网越织越密，尕司令和他的卫队始终在半坡打转转。“我要是有十挺机关枪，我撕烂吉鸿昌的裤裆。”尕司令怒火冲天，根本不理识冷枪冷弹，“狗日的吉鸿昌你出来老子看见你啦，端个望远镜，装个千里眼，远山变成近山，你照谁呢，你照你爷呢!”心里正骂着哩，国民军阵地上出来一个身披黑大氅的将军。

“吉鸿昌吉鸿昌。”

大家都看见了吉鸿昌。就是这个人，跟刀子一样就戳到交弦处①。把八万人的黑虎吸冯军给锁在北塬上。河州的骑手连打枪都忘了，伸长脖子看吉鸿昌。吉鸿昌也是黑脸大汉子，再披个黑大氅随风招展。“狗日的吉鸿昌，把咱的军旗披身上啦。”响了一阵枪，那个吉鸿昌动都没动，压根就不理识冷枪冷弹，傲慢得很，手里连枪都不拿，也不拿刀子，就戴个白手套，举起来在半空那么一举，后边的国民军跟放开铁绳的狼狗一样呜儿呜儿叫着往上冲。尕司令的手也是这么一举，身后也是黑压压一群兵将，两下里拼在一起，跟拧麻绳一样越拧越紧。

骑手向西宁马麒求救，宁海军官兵挤在大操场上，遥望河州，河州那边传来隆隆炮声。马步青马步芳也坐不住了，向镇守使求战。马步芳说：“这一仗打赢了，老冯就没脸在西北待了，吉鸿昌是老冯的王牌啊。”镇守使望望儿子没吭声，儿子说：“河州战役马仲英出尽了风头，他快成西北王了。”马麒说：“你想当英雄，好哇，爸问你一句，楚汉相争你说谁是英雄?”“当然是刘邦了。”“放屁！灭秦的是西楚霸王项羽，项羽才是真正的英雄。娃娃你还嫩啊；爷叫你多看史书，你没看进去么。”马步芳的脖子不粗了，脸不红了。镇守使说：“冷静下来就好，娃娃你记住，自古都是英雄打天下，小人坐天下。仲英侄儿确实有项羽之勇。他真要打败国民军，下一步就该打咱了。”镇守使质问儿子：“想当英雄还是想当小人?”儿子不好意思，笑笑出去了。镇守使下令：集合队伍向河州开拔。大军浩浩荡荡开向甘肃，在离河州三十里处停下。马麒这才告诉儿子：“娃娃，咱跟老冯一起打马仲英。”儿子不知

① 交弦处：西北方言，指关键部位。

所措，马麒说：“老冯兵多，吉鸿昌打头阵，后边还有刘兆祥刘郁芬。老冯本人还没有来甘肃哩，他要来甘肃可不得了哇。”马步芳说：“马仲英何必死缠吉鸿昌呢?”马麒大笑：“他想学老先人马占鳌，胜了吉鸿昌再投冯玉祥。他娃娃太嫩，咱爷们先投老冯，合起来揍他。”两个儿子恍然大悟，马麒说：“开窍就好，往后就靠你自己了，我不带兵了。”

宁海军出现在北塬头上，尕司令的部队为之一振，以为援兵到了。尕司令向卫队下令，全部出击，打败吉鸿昌。吉鸿昌也发现了北塬上出现的军队，吉鸿昌以为是刘郁芬派来的援军，吉鸿昌志在全歼马仲英，他向各旅下达攻击令。这时，前沿阵地打来电话，告诉他开过来的是宁海军。参谋长急了。当时的情形就像滑铁卢大战，拿破仑跟惠灵顿打得精疲力竭，谁的援兵先到谁就能战胜对方。远方战尘高扬，拿破仑相信那是自己的援兵，拿破仑把皇家近卫营投入战斗，然而来的不是格鲁希，而是布吕歇尔元帅的德意志军队。

1928 年秋天，在河州三角堡，面对突然出现的宁海军，吉鸿昌毫不惊慌，毅然下达攻击令。参谋长说：“宁海军打咱们怎么办?”“马麒不会这么干，马步青马步芳不会向着马仲英，马仲英是个疯子。”“他们真联手打咱们，可就惨了。”“冯总司令正等着他们这一手，他们全都反了，冯总司令会把他们连窝端。”

前沿阵地报告：三十里铺发现马麒马鸿宾的部队。三角堡阵地上，回民骑手喜出望外，狂呼大喊冲下来，吉鸿昌说：“命令各旅，全力进攻三角堡。”参谋长犹豫不决：“马麒马鸿宾怎么办?”“置之不理，全力打垮马仲英。”

吉鸿昌帅所属各旅集中火力猛攻三角堡。好多骑手被炮火击中，战马来不及躲闪也死在炮火下。三角堡的房屋全被炸毁，骑手们从瓦碴堆里钻出来，沉着射击。枪弹挡不住潮水般的国民军，国民军冲上三角堡。骑手们拔出刀子，国民军停止射击从背上摘下大刀，将三角堡指挥部团团围住。

枪声停止了，全是钢刀的拼杀声。吉鸿昌到这个关头才用他的大刀队。大刀队每人一把短枪一把鬼头刀，头扎白毛巾，穿红上衣黑裤子，活活一群古典武士，雄赳赳开上来，个个身手不凡。河州骑手遇上对手啦。大片大片的骑手倒在血泊里，指挥部逐渐暴露出来，那杆“黑虎吸冯军”的大旗还竖在院子里，卫兵们拼死抵抗。院墙“轰”一声倒了，尕司令把军旗插在大灰马的鞍子上，顺手给马一鞭子，马就跳进沟里。

尕司令带卫队上了重台塬。那是一块绝地，一面陡坡，三面绝崖。国民军那些如狼似虎的红衣大刀队被撇到坡底下。枪又响了起来。

吉鸿昌正用望远镜看着。吉师长全身痉挛，他从少年忧郁而刚劲的脸上看到一种熟识的东西。吉师长心想：我怎么会出现在这个人身上？少年军官脸上所散射的灵光确实是他。国民军狙击手用三八步枪向少年射击，子弹全打偏了，营长扇狙击手一耳光，营长抓起步枪三枪均未打中，吉师长问怎么回事？狙击手说：他的眼睛像老鹰，没人敢跟他对视。营长说：正面打不上，从侧面打保证要他的命。吉师长抓起步枪，他和少年瞳光撞在一起，他们都感到眩晕，少年伸手摸自己的太阳穴，吉师长也伸手摁那地方。步枪掉在地上，属下以为自己的首领换了枪。吉师长越出战壕，站在土台上，身披黑色大氅，威风凛凛；塬顶上大灰马也潇洒地来回走动，少年拔出手枪朝吉师长连发三枪，距离太远，子弹飞不到一半就坠落了。从弹头的孤线上可以判断出死亡过于沉重。骑手们给少年送来马步枪，少年用马枪朝头顶的太阳开火，子弹在阳光深处爆裂。少年对他的骑手说：“这人是个血性汉子，从正面杀不了他。”骑手们要从侧面对吉师长下手，少年不让，少年说：“那不是咱干的，叫别人干吧。”少年说：“他跟我一样，谁也从正面伤不了他。”

1933 年轰轰烈烈的察北抗战失败，吉鸿昌逃到天津法租界避难，处在特务的严密监视下，吉将军也不在乎特务的恫吓，反而更活跃了，四处活动，联络西北军老朋友和各界人士，组织“中国人民反法西斯大同盟”。抗日英雄又成了社会活动家。南京当局再次下令通缉吉鸿昌，并密令军统局不惜一切手段秘密刺杀吉鸿昌。暗杀任务由军统北平站站长陈恭澍负责，这便是轰动中外的“国民饭店事件”。吉将军住天津法租界国民饭店，特务侦察得清清楚楚，靠暖气坐的那位穿白褂子的人就是吉鸿昌，看准后，特务出去发暗号，一群枪手拥到门口，几支手枪同时开火，打死的却是另一个人。吉将军临时上厕所，把死神堵在门外。暗杀失败，干脆来明的，由租界当局出面，把凶手从后门放走，把受伤的吉将军逮捕移交国民党。蒋介石密令，将吉鸿昌在天津就地处决。国民党河北省政府主席于学忠不忍杀害抗日英雄，便电告蒋介石“我不便执行，可否送往别处执行。”

处决抗日英雄的重任，就当之无愧地落在了北平军分会主任何应钦将军的肩上，何将军刚刚与日军联手剿灭了冯玉祥吉鸿昌的抗日同盟军，何将军的另一大杰作就是在二十九军宋哲元佟麟阁长城抗战击退日军之后，与日本签订《何梅协定》，把华北直接置于日军的攻击范围内。由何将军来处置吉鸿昌是棋逢对手。死亡是一种艺术。吉鸿昌刚进北平军分会，值班上校递上一份写有“立即处决”的电文让他看。吉鸿昌若无其事，“赶快收回去吧！我不是三岁小孩，想给我下马威吗?”

走向刑场时，吉将军以手指为笔，以大地为纸，写诗一首：恨不抗日死，留作今日羞。国破尚如此，我何惜此头！

临刑时，吉鸿昌要坐椅子上死。“我为抗日而死，死得光明正大，不能跪，也不能倒在地上。”行刑者悄悄绕到他身后，他猛然回头，“这不行！我为抗日而死，不能在背后挨枪。”行刑者颤抖起来，死神首先把行刑者打垮了，“那您该怎么办?”吉鸿昌厉声说：“你在我眼前开枪，我要亲眼看着你们怎样打死我！”

面对吉鸿昌圆圆的瞳光无法射击。要让花生米大的子弹头去完成一次真正的死亡太艰难了。监斩官打电话请示何应钦，何将军不愧为黄埔元老，老将军一语道破天机：“远距离射击嘛，干吗要用手枪。”新换的枪手在几百米外用步枪射击，枪手们果然摆脱了吉将军的瞳光，子弹从眉心呼啸而过。那是一次真正的死亡。

枪声之后，是漫长的沉默，华北静悄悄的，天津静悄悄的，英国路透社北平专电发出一点点声音，“这位愤懑不平的吉鸿昌将军就义的时候态度从容。”

在一个宁静的黄昏，何将军乘车去塘沽会见日本人梅津美治郎。宾主握手寒暄时，梅津美治郎好生奇怪：这位华北军政大员的手这么软和，这么软和的手也能杀人？梅津美治郎问：“吉鸿昌骁勇善战，何将军如何杀掉这员虎将的?”何应钦说：“西北军都是些粗人，中国古人有句话叫以柔克刚。”梅津美治郎在何应钦白嫩的手上摸一下说：“噢，以柔克刚，以柔克刚。我想起中国古人的一句名言：腰中三尺剑，尽斩风流鬼。”1945 年 9 月，在湖南芷江，主持日军投降仪式的中国军队首席代表竟然也是这位何将军。在投降书上签字的日本军人很不服气，中国有那么多优秀军人，怎么派一位太监式的将军来签字？何将军说：“七七事变前，在塘沽我与贵国的梅津美治郎会谈，他对我的印象跟诸位一样。中国有句古话叫此一时也彼一时也。”日军代表说：“很遗憾，我在战场上没见过你，倒听说你杀过不少中国军人，比如吉鸿昌。”何应钦很不高兴，“败军之将何以言勇，注意你的身份。”日本人啪一个立正。何应钦松一口气，说：“吉鸿昌是党国的叛逆，罪不容恕。中国人把他当英雄，你们日本人也把他当英雄，他是你们的敌人，我杀了你们的敌人你们反而责备我，这算什么道理?”

可死亡是不讲道理的。

1928 年夏天在河州北塬，马仲英和吉鸿昌同时感觉到了死亡。吉鸿昌说：“古时候两军对阵，上阵的将军互报名姓前先要用眼睛照一下，是死是活这一照就决定了。”

吉鸿昌与马仲英没有交手，他们的眼睛在望远镜里照一下，就冒出鲜烈的血光，塬顶全红透了……壮士的血汩汩流淌，被兵刃撕开的脑袋和肢体仿佛大地的果子。

尕司令身边只剩下五个卫兵。吉鸿昌下令大刀队往上冲，活捉马仲英。大刀队爬陡坡，上来一个被砍一个，上来的大刀队越来越多。一个腿上受伤的河州骑兵满地打滚，奋力往崖下滚，大家好像开了窍，一个接一个，五个卫兵全跳下去。尕司令抬腿中踢倒两个扑上来的国民军，边往崖边走边吆喝着：“挨尿的看亮清，这是黑虎星脱身哩，不是跳崖自杀。”尕司令纵身一跃，跟鹞子翻身一样就不见了。

他飞了！他飞了！

国民军黑压压一大片爬崖顶往下看，下边死人压死人，哈哈，尕司令栽死啦！

吉鸿昌亲眼看见马仲英跳崖自杀。吉将军凝固在望远镜里，好半天才咕噜出一句话：“真是条血汉子，可惜了。”李参谋说：“他刚刚十七岁，都叫他尕司令。”吉鸿昌很吃惊：“十七岁的娃娃敢打冯玉祥，这娃娃了不得。”李参谋说：“师长当兵时不是也顶撞过冯大帅吗？”当年，冯玉祥驻军河南，在部队里推行基督教，会操时，一个愣头青出列责问冯玉祥：“基督教是洋教，我是中国人我不信洋教。”把大家吓了一跳。冯玉祥不但不责备，反而赞扬小伙子有胆有量敢顶他冯玉祥，这个愣头青就是吉鸿昌，从此他以“吉大胆”闻名全军。那时他正好十九岁，“我十九岁跟冯大帅顶嘴，这小子十七岁，竟能一呼百应，力敌万人。”吉鸿昌扼腕叹息：“这小子跟我有缘分。”李参谋说：“师长话不吉利哟，马仲英死了，你跟他有啥缘分？”“生当作人杰，死亦为鬼雄，让我钦佩的人死了也是厉鬼。”

马仲英战死的消息传到宁海军那里，马麒马麟马步芳们长出一口气，大家有好多话要说，张开嘴巴嘴里没味，扫兴得厉害。门口站岗的卫兵不咸不淡地说：“尕司令死啦。”马步芳说：“你再说一遍？”卫兵说：“马仲英死了。”“马仲英是土匪，造反的都是土匪，我们是官兵，怎么能把土匪叫司令。”卫兵立正连称是是是。

士兵们披挂整齐，下巴勾在马鞍上，遥望炮火连天的三角堡，骑手与国民军正在那里血战。长官在坐山观虎斗。有些士兵沉醉于炮声，沉醉于儿子娃娃的骑手梦而难以自拔，他们跨上战马举着战刀，跑出兵营，跑到警戒线时，长官下令开火，炮兵营的小钢炮大吼一声，把那些兵炸上天空，战刀在空中飞翔如鸟，如折翅的鹰，坠落在地上。不再有人敢闯这个风险。大家在兵营里老老实实地待着，出神地望着河州城，大家在看《下河东》在看《金沙滩》在看《李陵碑》；老杨业敢撞李陵碑，他们不敢；勇敢者跟尕司令打国民军去了，勇敢者被小钢炮炸死在警戒线上。兵营里剩下的全是懦夫全是没有血性的胆小鬼。长官开导他们：胆子小的人聪明，有血性只会干傻事。大家都是老实人，老实人都听长官的；尽管大家心里钦佩尕司令，但那是心里边的事，跟外边的世界不沾边。长官说："这就对了，叛逆分子走光了好哇，剩下的都是咱马家军的铁杆兵。"

各路大军追击尕司令的残部，那杆"黑虎吸冯军"的大旗驮在马背上，大灰马跟狂风一样，从这条沟跑进那条沟。马在寻找主人。马越过大夏河，越过洮河，往临潭岷县藏区奔逃。攻不下河州城就向藏区里进，尕司令的魂跑进藏区了，大灰马往哪儿跑，被击溃的骑手们就紧随其后。

西北战局被吉鸿昌扭转过来，十一师由弱变强，成为一支劲旅，主动出击追歼残敌。河州地面太平了。刘郁芬亲临河州，要嘉奖吉鸿昌，要给冯玉祥报捷。吉鸿昌不相信马仲英会死。刘郁芬说："大家都亲眼看见他跳崖了，你也看见了嘛。"吉鸿昌说："他的马还在，驮着军旗到处跑，弄不好又要出事。"刘郁芬说："马仲英就是活着，也是一匹野马了。"吉鸿昌说："马仲英小时候在祁连山里待过，那里有个神马谷，马通人性，主人真的死了，马就会尥蹄子乱咬乱叫。"吉鸿昌一番话把一帮子粗犷的军人说得直瞪眼睛。刘郁芬说："老弟呀，原来你是个细心人嘛，马仲英这个黑虎星遇上你这个打虎英雄算他娃倒霉，他娃要冯玉祥要刘郁芬要赵席聘的命偏偏漏了个吉鸿昌，带兵的人都知道任何一个漏洞都会要自己的命。从今往后，西北的军事就全归你老弟处理，我给你担着，你想咋弄就咋弄。"

吉鸿昌要带上十一师进藏区，刘郁芬就以甘肃督军名义给甘南各部土司下令，一切听从吉鸿昌调遣。

吉鸿昌带上队伍浩浩荡荡开向甘南。那帮子参谋人员就对刘郁芬说："给吉鸿昌的权是不是太大了？"刘郁芬说："马仲英一呼百应是个恶物，咱西北军除了吉鸿昌谁也斗不过马仲英嘛。"

“吉鸿昌平时就目中无人，平了西北，就更了不起了。”

“你们年轻，你们没见过当年剿白狼①，那时咱西北军还是北洋政府的混成旅，二十万北洋大军围剿白狼，尽吃败仗，咱冯总司令也败了几阵，心里窝火。刚好在河南招了一批新兵，里边有吉鸿昌，个子大力气大，就让他当班长。这家伙一上火线不知深浅，带着十来个人，光着上身抡着大刀往上冲，一口气砍倒白狼最厉害的几员大将，那次战役白狼被彻底打垮，吉鸿昌勇冠三军，冯总司令把他从班长提成营长，白狼就是个回民、河南回民，从甘南藏区往陕西流窜时被吉鸿昌堵住，全军覆没。”这帮年轻的参谋再也不吭声了。

三

大灰马驮着军旗跑遍了河州的村村寨寨，那些逃散的骑手又被煽动起来，大灰马一马当先，土门关进入藏区。这是河州回民起义失败后的必经之路，进则占河州城，败则入藏区，进入群山草原大野间，积聚力量恢复元气，再伺机反攻。

大峡谷里汇聚了二万多人马，大家静悄悄地等待着。大家都以为尕司令早早躲在这里，大家都盯着密林和河道，谁也没有朝土门关那边看。那杆军旗已经从大灰马身上取下来，插在山坡上。大灰马累坏了，静静地站在草地上站了很久，开始吃草，吃饱后就轻轻跑起来。大家以为大灰马去河边饮水，谁也没注意。

第二天天刚亮，土门关那边大道上响起暴雨般的马蹄声，尕司令精神抖擞端坐在马背上，哨兵在山顶上首先发现尕司令，大家从睡梦中惊醒，然后欢呼，尕司令跟疾风一般跃上山坡，勒住大灰马，一脸的兴奋，朝大家挥手。大军开始骚动，跟洪流一样沿着山谷往卓尼岷县一带前进。

卓尼岷县是杨积庆土司的地盘，杨土司从兰州刘郁芬那里得到消息，马仲英的残部窜入藏区。杨土司传令藏兵严阵以待。

---

① 白狼即白朗，民国初年农民起义领袖，席卷河南、陕西、甘肃。

有好几百身带叉子枪的藏兵。在山上放枪，藏兵枪法很准，一连射中好几个骑手。尕司令命令骑手向后退，他自己单人单骑走过去。藏兵放了一枪，打在石崖上，轰下一块巨石。尕司令的马轻轻跑起来，藏兵的叉子枪乒乓乒乓猛烈射击，都没有打中。射空的子弹响声清脆，它们击在岩石和青树上，树木和石头嗡儿嗡儿像牛皮鼓的鼓点。大灰马伴着鼓点一直跑到藏兵跟前，吁一声长嘶，前蹄腾空，鬃毛飘散，马背上的尕司令像振翅的兀鹰，从碧天上落下来，藏兵哇一声打马逃命。

骑手们冲到卓尼，杨土司在他的城堡上用望远镜观察。大队骑手从山谷深处跑出来，一直跑到城墙底下。骑手中一位少年带马而出叫杨土司睁大眼睛。杨土司身边的藏兵叭叭放枪，城下的少年将军纹丝不动，问杨土司看清没有？藏兵说：“我们一百条枪打他，没打死他。”藏兵能在黑夜里凭声音击中对手，杨土司不相信。藏兵又开始放枪，枪响后，少年和他的大灰马还在城下的草地上。

杨土司说：“我还以为是他的替身呢，他真没死。”

让骑手们吃惊的事情发生了，杨土司不是骑着马，而是步行走出城堡，不带一兵一卒，操着两杆七九步枪，边走边开火，每响一枪，大军里就有人从马背上栽下来。大军不动，失去骑手的马自己跑掉，长嘶狂奔，追亡人的魂魄去了。只有前排的人开枪，开枪的人在枪响之后就丢了命。丢得干净利索，令人心动。总有人接替死者。杨土司开枪的姿势太漂亮了。他有这种功夫：一手操一杆七九步枪，枪托在腿上一顶，胳膊夹住枪杆，腾出手拉一下枪栓，退出弹壳，推上子弹，动作很快，交叉开火。有十个骑手命归西天。打完枪里的子弹，杨土司就撇下枪，拔出腰刀大踏步向前进。迎面奔来两名骑手，被腰刀砍翻，血水泼了满满一地，也溅红了杨土司的脸。砍第三个骑手时，刀刃都弯了，热血给烫的。弯刀捅进第三个骑手的身体，就像白鱼进了大海，汹涌的波涛让杨土司吃惊。如此精粹的藏刀杀过数不尽的猛兽，砍百号人不成问题，这究竟是什么样的血肉之躯？是传说中的护法金刚吗！还是格萨尔王①的

① 格萨尔王：藏族神话史诗中的英雄。

魔法？杨土司大声吆喝：“你是格萨尔吗？我要跟格萨尔王大战三百回合。”

尕司令在阵前听得清清楚楚要大战三百回合，尕司令腾棱一下在马鞍上立起来，两眼放光，侧过身向大家：“杨土司吆喝啥呢？”

“叫阵呢，跟演三国一样要大战三百回合。”

“噢哟哟哟哟……”尕司令仰天长啸，发出长长的骏马的啸叫，连声称：“好好好！”挨尿的杨积庆，爷爷敬你是个人，你真真是我爷哩。”尕司令扑通从马背上跳下来，他满脑子的三国水浒隋唐演义，瓦岗寨三十六好汉，罗成薛仁贵，他不知道格萨尔王，他感觉很新鲜，他怕丢了这么好的机会，他差不多是连颠带跑奔过去。

“我就是你说的那个王，我就是你说的那个王。”

两个人扑轰一声打在一起，火星四射，是刀口撞出来的。刀口咬刀口，很快就成了锯牙成了老刀子，两个人热血沸腾，就把老刀子撇下，伸出锤头（拳头），咚！咚！跟打牛皮鼓一样，往死里捶。连捶带打。两个人很快就成了豹子成了狼，喉咙里发出恶狠狠的声音，嗯——嗯——嗯拉得又瓷又长，一直拉到地底下，脚底忽闪忽闪裂缝缝，惊得大家往后退，往后退，退到山坡坡上，找有大石头的地方，伸长脖子往山下看，看两个好汉一会儿变成豹子一会变成狼，一会儿变成老虎狮子，一会儿变成黑熊。跑散的藏兵又回来了，紧紧地聚在杨土司的后边。整个人群鸦雀无声，只有眼眶格铮铮响，射出去的光芒跟电光一样。

“嘿，马超！”

“嘿，格萨尔！”

哗！哗！衣服撕成碎片落地上，很快亮出一身好肉，靴子也踢掉了。

“白狼！”

“白狼！”

两边阵上打雷般吼叫，好像谁先喊出白狼，谁家主公就是白狼一样，从中原地界窜出一伙好汉，打败几十万北洋大军，窜到河州和安多藏区，在洮河大夏河歇一口气，又沿黄河呼啸而下，他们的首领就叫白狼。据说白狼被官军剿灭了。这是十几年前的事情。一个英雄跟猫一样有九条命。谁能相信英雄能死呢。有人就喊起来：

“我们的白狼！我们的白狼！”

对方阵上马上回应：

“我们的白狼！我们的白狼！”

两边喊声合在一起，比打雷还要厉害。那地方是山区，苍天低低地弯下来，弯着弯着就轰隆一声破了，滚下大团大团的冰雹，当地人叫下冷子。冷子跟炸弹一样在地上砸出一个又一个坑坑，密密麻麻，石头都被砸开了缝。两个混战中的好汉差点被砸晕，脑壳上起了发面疙瘩，充血的红疙瘩，身上全是青伤。两个好汉不打了，你拍我一下我拍你一下，老天爷插了一杠子，再打下去就没意思了。砸伤了好多人。

杨土司后来死了，死得很悲壮。红军长征途经安多藏区，杨土司以几十万公斤的粮食接济大难中的红军。自离开江南大地，这支饥饿的大军第一次吃饱了肚子，一鼓作气击溃甘军鲁大昌，马不停蹄吃掉胡宗南一个整编师，从容进入陕北。蒋介石对杨土司恨之入骨，密令鲁大昌想尽一切办法除掉杨土司。

当时由宁海军投过来的韩进禄旅，军纪不严，官兵冲进杨土司所辖禅定寺，一把火烧了这座大寺，自明朝以来所藏的各种绝版经卷化为灰烬。尕司令大怒，要韩旅长执行战场纪律，韩旅长大叫：“我的兵谁敢动，烧几间房子又没伤人命。”

“你不动手我动手呀。”

尕司令把韩旅长的掌旗官从马背上揪下来，拔出河州短刀，脖项里一旋，脑袋被卸下来，丢到地上。

“砍你的掌旗官等于砍你的头，念你是一旅之长，先饶你一回，再有违犯军纪者，不要再脏我的手，也不要污了兵器，就用裤带把自己勒死。”

韩旅长只敢鼓眼睛，不敢言语。那一旅人马是打西宁投来的，都听韩旅长调遣。尕司令一走开，大家就嚷嚷：“河州城没打下，窜到藏区当和尚当圣人，咱成孔圣人了，日他的，原本指望着来发横财哩。”大家这么一嚷嚷，把韩旅长给弄臊尿子了。韩旅长就问大家："想不想发财，嗯？"

"想么，都想疯了。"

大家拍胸膛，里边装着一颗发大财的心。

"旅长，咱听你的，你说咋弄咱就咋弄。"

韩旅长马鞭子往东方一指："从古到今，宁往东挪一寸，不往西走一步，我今儿个就领大家去好地方。"

地图打开，甘肃省最富庶的地方在陇东天水。"去天水，去天水。"韩旅长跟尕司令分道扬镳，去天水当土匪，民国土匪多，不是我一个，韩旅长号令全军：抢，抢光，抢他狗日的，穷人、富人一起抢。天水城变成了地狱。几年后，陕军杨虎城派兵西征，剿灭了这一支悍匪，富庶的天水大地变得跟月球一样荒凉，大家还以为到了新疆大戈壁。

尕司令勒住马缰问队伍："谁还想当土匪，赶快走，韩旅长没走远，我不拦你。"队伍里又少了一些人。队伍还有八九千人。尕司令说："烂人走开，走远，我不稀罕，那些烂脏人。"尕司令连问三遍，没人走开。他以为队伍这下子干净了，他就放下心。

队伍开到了夏河。老远望见群山环抱着拉卜楞寺，这是安多藏区的中心，是嘉木祥五世与黄氏家族的地盘。寺庙的金顶闪闪发亮，河水穿城而过，市面繁华，跟天堂一般。尕司令有言在先，多少颗贪婪的心猛跳着，强忍着，嘴巴里干涩涩的。老远看见几个回族长者走过来，长者是来乞求尕司令的，禅定寺毁于兵灾，夏河人心惶惶。民国五年，马麒曾纵兵掳掠夏河古城，五千和尚正在寺内诵经，大火冲天，和尚不动，有小沙弥逃出，被马麒乱枪打死。夏河人对马家军的残暴记忆犹新。黄正清兄弟执掌夏河政权以后，创办夏河中小学校和技术学校，免费培养各族儿童，对汉回各族也一视同仁。生活在夏河的汉藏回各族和睦融洽确实是乱世的一片世外桃源。回族长者再三乞求尕司令不要带兵进夏河县城，"黄司令是菩萨司令，人家把兵撤到后山去了，城里不设防，人家平时很善待咱回民，尕司令你千万不敢把队伍开进去。"尕司令端起望远镜往城里看，竟然看到一座清真寺。"嘉木祥活佛在欧拉草原避宁海军哩，不敢回拉卜楞寺，咱回民要修清真寺，人家黄司令没挡，还特批了一块风水宝地，靠着河边。”

尕司令就派了一个团去给拉卜楞寺站岗。“老阿爷惹下的乱子，咱补补心，好好站几天岗，叫人家藏民看看，咱也是个人。”那一团骑兵整整齐齐开上去，河边担水的喇嘛吓得乱窜，大兵顺白墙围一圈，战马放到河边草地上，大兵背朝寺院，面朝群山，夏河人才知道这是些护兵，是护寺的。都长出一口气。

尕司令一个人，谁都没带，连马都没骑，取下刀，取下枪，空着手，往后山走。后山响了几枪，一枪从他耳朵边擦过去，一枪从胳膊底下飞过去跟鸟儿一样，衣服紧了一下，又一枪落在脚尖底下，像在地上钉铁桩子。就响了这么几枪。从山后边转出一匹白马，跟一朵白云一样，比银子白比银子亮，马背上一个高大魁梧的少年，精精神神，尕司令不由得眨一下眼。那个少年军人跳下马，马也不跟他，马只管自己吃草。两个少年军人走近，扒下白手套。

“黄正清。”

“马仲英。”

“兰州有命令，让我截击叛军，城里不是打仗的地方，要打咱在野地里打，最好挑个不毛之地打，你看咱这地方，到处是草木，伤不得草木，你说咱咋打呀？”

“不打不行吗？”

“不行咱就喝酒。”

边说边走，走到后山坡上，藏兵布满好几座山，真打起来输赢难说。从那些藏兵的神态上可以看出黄正清是个啥人。

“咱是带兵的，就在野地里喝。”

“能成么。”

端上来的竟然是红葡萄酒，外国货。

“咱办了个技术学校，教师都是从内地大城市聘请的，还有留过洋的，我一心想在咱大西北办个葡萄酒厂，东北通化就有葡萄酒厂。咱西北人太暴烈，喝西凤酒，跟吃炸药一样，甜酒绵软，开开洋荤。”

尕司令不住地点头，呷一口酒含嘴里，感觉就像噙一块冰糖甜兮兮的。

“穆斯林不喝酒不吃烟，你没事吧。”

“没事，红酒跟白酒不一样，白酒打死我都不喝。”

上的是羊羔子肉，鲜嫩清爽，很合尕司令的口味。尕司令吃得很斯文。

黄司令就笑，“你的威名跟你本人反差太大了。”

“我又不是老虎又不是狼。”

“你确实跟马家军不一样。”

“马家军是马家军，我是我，咋能一样？”

“河州离夏河这么近咱们竟然不认识。”

“现在不是认识了吗！”

“我交了一个很好的朋友，你应该认识他一下，他是西北军的大官，你正在打西北军，我这么说话你不介意吧。”

“我又不是娃娃。”

“他是国民党里的共产党，叫宣侠父，在日本、俄国留过学，给我们安多藏区办过许多好事情。”

尕司令头一次听说共产党，国民军里竟然有这样的奇人。

黄正清说：“他确实是个奇人，马麒杀我们多少人，我们到北京告状都不顶用，国民军开到兰州，我们想碰碰运气，给宣先生一说，宣先生二话不说，带两个卫兵到欧拉草原，待了五十多天呀，安慰嘉木祥活佛。召开部落王公大会，要我们藏民自立自强，团结起来，办教育，组织武装力量，一百个马麒都不敢欺负你。从古到今，中央哪个大官到过我的安多草原呀，黄河南岸一百个酋长给宣先生银子，宣先生不收，黄河北岸一百个酋长给银子，也不收。我们藏民的习惯，不收礼等于看不起我们。宣先生只好收了一部分银子，到兰州后组织一个藏民文化促进会，把马麒的罪状告到国民政府，让于右任院长直接给西宁镇下命令。马家军欺压我们好几十年了，终于给赶走了。人们提起西军马家军就跟深夜谈鬼一样，畏惧得瑟瑟颤抖。据说西军所到之处，沿途村落，人民逃避一空，大地顿成荒漠啊。你跟西北军开战，马麒马麟心里乐。”

“他们痴心妄想。”

“但愿你能在征战中改造出一支为民众办事的好队伍，这么流窜下去不是个办法。”

“我要弄一块地盘，为民众办好事。”

穆斯林是反对偶像崇拜的，尕司令把马和刀枪交给卫兵，轻手轻脚去见大喇嘛，尕司令对韩进禄火烧禅定寺的行为道歉，大喇嘛说：“你斩了他的掌旗官跟他分手了，他的罪过不该你来承担。”尕司令说：“当年西楚霸王入关中，火烧阿房宫，把到手的江山烧个一干二净，实在可惜呀。”大喇嘛问：“司令贵庚多少?”“十七岁。”“果然少年英雄，项羽二十四岁起兵，你比他年轻多了。”尕司令说：“刘秀十二走南阳，比我更年轻啊。”大喇嘛不言刘秀只谈项羽：“项王则夜起饮帐中，有美人名虞，常幸从，骏马名骓，常骑之，于是项王乃悲歌慷慨，自为诗曰：力拔山兮气盖世！时不利兮骓不逝！骓不逝兮可奈何！虞兮虞兮奈若何！”尕司令两颊发白，像竖在地上的战刀，刀刃闪射白光。大喇嘛视而不见，吩咐小喇嘛将走马锦缎送给尕司令。

大喇嘛说：“走马渡苦海，锦缎御风寒，司令多保重。”

走出好远，尕司令还在自言自语：“难道我会步项羽的后尘?”

部下说：“项羽火烧阿房宫，坑杀降卒，司令没烧拉卜楞寺，大喇嘛还送走马锦缎哩。”

尕司令号令全军，不许放火，不许杀降兵。

尕司令骑上大喇嘛送的黄骠马，马鞍上铺着锦缎垫子，黄骠马一扬蹄子好像把他带进太空，马直立着，哪匹马也立不了这么久，这里本来离天就很近，现在整个苍穹跟一顶灰蓝色的毡呢帽子一样扣在他头上。他心头一惊：“战争就是大喇嘛说的苦海!”

兰州，那座向往已久的古城在眼前一闪，一个大胆的设想成熟了。尕司令在马背上发布命令：“追赶韩进禄旅向天水方向移动，做出进攻陕西的样子，声东击西，让韩进禄作咱们的先锋，咱虚晃一枪，取狄道①的粮草进军兰州，活捉刘郁芬，让吉鸿昌在兰州城下哭鼻子吧！”大家还在发呆，尕司令大笑，“韩进禄这个土匪，就知道去抢劫天水，狄道也是个富庶地方，可我告诉你们咱是一支义军，不是土匪，咱是去狄道征粮草，谁抢东西我收拾谁。”

吉鸿昌的部队像跟屁虫一样被尕司令牵着鼻子满山转。官军剿匪从来都是这样子，甘南山区的各族百姓见过白狼当年怎样斗官军，百姓就笑吉鸿昌，胆子大的把歌谣都编出来了，“吉鸿昌吉鸿昌，河州城里当大王，甘南山里捉迷藏。”吉鸿昌不但不生气，还大叫好，好，唱得好。山民们胆子更大了，故意逗吉鸿昌，“将军，马仲英跳崖了，你还追啥呢，他又没往这里跳。”

“白狼来过这里，我找白狼哩。”

“白狼在这打败过冯玉祥。”

山民们全都哈哈大笑，国民军官兵都臊了，手都伸向脖子后边的鬼头刀了，吉鸿昌牛眼睛一瞪，大家把手缩回去，吉鸿昌大声说：“当兵吃粮，应差事哩。”谁也不知道这是当年破白狼的英雄。白狼在甘南要尽了威风，窜入陕西秦岭山区，刚要入关中称王称霸的时候，遭到吉鸿昌的突然袭击。山民们不知道这些远方的故事，他们只相信身边发生的事情。

吉鸿昌在夏河卓尼驻上一支部队，修桥铺路，安置难民，对回民特别关照。战乱一起，民族仇杀的事情就避免不了，吉鸿昌的部队一个地方挨着一个地方做安置工作，追随尕司令的回民越来越少，回民们就说，冯玉祥瞎了眼，把刘郁芬换成吉鸿昌，省得老百姓受罪遭难。吉鸿昌的主力昼伏夜出，悄悄地埋伏在狄道口，狄道县城只留当地保安团。白狼大军当年从这里直扑兰州，官军以为白狼要攻兰州，全都聚在兰州，白狼在狄道兜了个圈子，掉头东下，陕西告急，西安暴露在白狼跟前，举国震惊。这回尕司令的意图又被吉鸿昌识破。马仲英如果占领狄

---

① 狄道：今甘肃临潭县。

道，可以补充更多的兵力和粮草，进可攻兰州，兰州不下，可绕过兰州，直扑宁夏，富饶的宁夏对马仲英来讲简直是天堂。吉鸿昌第一次援甘时路过宁夏，知道宁夏的战略意义。白狼当年是声西击东，马仲英是声东击西。

“黑虎吸冯军”开到狄道，城头全是装备极差的保安团，没有正规军防守，尕司令把攻城任务交给副司令，“一个保安团，你去解决一下，破了城不许胡来。”尕司令累了，尕司令去睡觉。

副司令带上队伍往城里攻，这些保安团死硬，虽说没重武器，都是些破步枪和几挺机关枪，枪打得也不紧，弟兄们就是冲不上去，因为城上的射击太准了，一枪一个，都是排子枪，响一下，都要倒一大片人。把副司令给打毛了，耍开二杆子了，扒下上衣，抡起一柄牧民铡草的大铡刀，带上敢死队，啊呀呀冲上去，城上的射击一下子就紧了，步枪机关枪从不同角度往下打，织起一道火力网，把敢死队打倒在城墙底下，副司令腿上挨了一枪，不撤，直直站着，城上又响一枪，大铡刀就咣啷一声落到地上，又是一枪，副司令“呜哇”吐出一股子血水，直到把血吐完，“扑通”栽倒地上。大军的士气一下子落了几丈。

尕司令一听恶气翻，“蔫头黄瓜用不成，瘸三拐四的上不了城，吐血吐了几升升，还折了我多少人。”尕司令立在坡上下命令，“城北有个土墩墩，它比城墙高十分，队伍撤到城北头，扎好军营再攻城。弟兄们好好睡一觉，攒足精神破狄道，晌午端一定能成功，要打就打吉鸿昌，地方保安团咱不弄。”狄道城北的高坡上，“呼啦啦”躺下几万人，卧的卧，睡的睡，尕司令还真想念吉鸿昌，同样都是国民军，刘郁芬躲在兰州不离城，赵席聘缩在河州城里耍威风，佟麟阁、戴靖宇，败了一阵又一阵，突然来了吉鸿昌，能打硬仗还能收买人心，尕司令越想气越大，大声问他手下的兵，“你们说，到底谁是黑虎星。”河州的回民哈哈笑，“你两个都是黑虎星，阎王爷见了都躲哩。”尕司令坐在石头上咬牙切齿：“有他没我，有我没他，下一回碰上，决不手软。”弟弟马仲杰说：“马步芳欺负咱那么多年，你都没咬过牙么。”“马步芳他不配，我跟英雄斗，我不跟乌龟王八蛋斗，马步芳算个什么东西。”马仲杰就说："给我一支人马，我去破城。"尕司令就笑了，"兄弟呀，你可是尕司令的兄弟，一个保安团算个鸟，叫别人去弄，以后碰上硬仗，哥给你机会。"

日入中天，吹号起兵，看着雄壮的大军往山下开拔，尕司令很伤感，"去打保安团，老虎吃糕点，算个啥事嘛？"尕司令一抖缰绳到了城底下，勒马大叫："吉鸿昌！吉鸿昌！你咋不来？"

城头上哈哈一阵大笑，真的出来一个吉鸿昌，城下的大军噢一声惊呆了，只有尕司令欣喜若狂，马鞭子朝上一举，拧过头对大家大喊："吉鸿昌在这搭，冲啊捉吉鸿昌。"城头上的吉鸿昌微微一笑，那只戴白手套的手往上一举，枪炮齐鸣，城头城外一齐开火，无数道火网撒出去。

尕司令精神抖擞，一下子从萎靡中摆脱出来，自从跳下高崖四处奔逃，就一直这么软不拉叽，炮火一激尕司令又成了一条好汉，在埋伏圈里左冲右杀，越来越欢，十面埋伏有八面埋伏被撕开口子，突围出击。尕司令还记着对弟弟的诺言，把队伍交给十二岁的弟弟。这才是正儿八经的娃娃司令，一脸稚气，挎着小马枪，骑上高头大马，"弟兄们跟老子上！"一马当先冲上去，队伍跟鞭子一样被这个十几岁的小娃甩出去。

"兄弟，我的好兄弟，一声老子哥就知道你能行。"

马仲杰冲到关口跟前，子弹跟暴雨一样。山坡上孤零零立着一棵青枫树，又高又大跟天地间的柱子一样，马仲杰噌噌往树上爬，一眨眼就变成一只小松鼠蹿上树尖，那支小马枪跟鸟儿一样在树顶上欢叫，叫了九下，山口上的机枪就被噎住了，山下的队伍冲上去。很快就到最后一道防线。山上全是国民军的大刀队，这都是精通武术的中原大汉，鬼头刀舞得呼呼生风。大军再冲不过去了。

吉鸿昌纵马而来，从背上取下鬼头刀，"马仲英看清楚了，这是老子当年斩白狼的大刀，十多年没用过了，你娃娃好福气呀。"尕司令两眼放光，兴致勃勃冲上去，刀刀相合，火星飞溅，十几个回合，不管谁的战刀都取不了对方的首级。取不了算尿！人各回各营，重振旗鼓再战。

这次惨败，马仲英几乎全军覆没，冲出去数百人，往大山里逃去。

吉鸿昌志在活捉马仲英。一支精悍的大刀队咬住尕司令不放，很快就把尕司令逼到绝境。身后是雪山大河洮河，几里外就寒气逼人。尕司令骑的是大喇嘛送的黄骠马，黄骠马啊黄骠马，冰河就是人间苦海吧？尕司令纵马一跃，连人带马沉入河底。两岸的国民军和藏民都看见了，雄狮一样的尕司令从山崖上跳入滔滔大河。藏民们不由自主诵经超度亡灵。滔滔冰河，不要说人，就是山中猛兽掉进河里也会被冻僵淹死。人们很快找到了黄骠马的尸体，在水流平缓的地方被沙滩挡住了，细心的人发现马脖子被咬开一道口子，马血被咂干了。马是通神灵的，尕司令喝了马血升天了。

国民军不相信藏民神神道道的故事。马仲英的部下被淹死了上千人，全被冻僵后呛死。马仲英的残部从狄道往岷县逃窜。吉鸿昌紧追不舍，从狄道到岷县数百里之地，各族仇杀，村庄变成废墟，吉鸿昌严禁所部冲击回民，连刘郁芬分摊给各县的杂税都免去一半。部下劝吉鸿昌："咱打仗不要管这些，刘司令会生气的。"

"老百姓造反都是逼出来的，你们没发现马仲英队伍里回汉都有，汉民不爱闹事也跟着闹，回民刚烈，一有压迫就造反，想制伏马仲英，就要安抚老百姓。"

在夏河县，吉鸿昌与黄正清相遇。夏河境内，太平无事，马仲英军队在此秋毫无犯。吉鸿昌就对部下说："可见马仲英是讲道理的。"黄正清说："我把兵撤了，县城不设防，拉卜楞寺在此，怎么能打仗？兰州的刘大人如果像宣侠父先生待我们藏民一样待回民，就不会引起事变。"吉鸿昌认识宣侠父，一个带兵的将官，一个搞政工的文官，交往不深。黄正清以为他们是好朋友，都是西北军，都关心老百姓。黄正清口无遮拦，连宣侠父是共产党都抖出来了。西北军搞清党早把共产党请出去了，蒋介石是杀，西北军一律送走。吉鸿昌没想到宣侠父在藏区这么得人心，后悔没交这个朋友。后来他们再次相逢，彻夜长谈，宣侠父成为吉鸿昌的入党介绍人。黄正清一直在夏河县当红色王爷，直到

1949 年与挺进西北的彭德怀大军会合。这是后话。

1928 年秋末，吉鸿昌在甘南大破马仲英，凯旋入兰州。他在各地的所作所为早就传到刘郁芬耳里，西北军许多高级将领也不满吉鸿昌的做法。吉鸿昌浑然不觉。这员大将还有用场，刘郁芬劝大家忍一忍。不久有消息传来，一匹神马带着马仲英的残部往青海流窜。刘郁芬问吉鸿昌怎么回事？吉鸿昌说："马仲英又活了。"

"他不是跳河了吗，连马都淹死了，他能活着，洮河是不是倒流？"

"这个人非同寻常，刘司令，赶快向青海发命令，让各县组织起来，防匪自卫。"

"这史无前例呀，你吉大胆也胆子太大了。"

"实话给你说吧，河州和甘南就用这办法，马仲英为什么专扑青海呢，他在河州甘南站不住脚啊。"

刘郁芬不再理吉鸿昌，给孙连仲安树德这些西北军老将下命令："马仲英已成强弩之末，一定要在青海彻底消灭他们。"

尕司令一直被河水冲到下游，河州无法立足，他沿途召集残部钻进南山。那匹神奇的大灰马在主人上岸的时候就感应到什么，从黄河上游孟达峡一路狂奔，一天一夜后终于找到主人。孟达峡谷地汇聚着好几千人马，尕司令抓住马耳朵，往马嘴里塞一把豌豆："马呀马，你的兵比我的还多呀，你就当副司令吧。"大灰马兴得炮蹄子。尕司令大声说："我不是开玩笑，它已经当两回副司令了，你们以后要听它指挥。"

大军一直在荒山野岭驰骋，大家议论纷纷。尕司令的姐夫马虎山能征惯战，打起仗跟豹子一样，那些绿林出身的骑手就给马虎山点火："这么下去不行，尕司令想当唐僧，咱就一辈子跟他吃素。""挨尿的黄正清给他使了啥法术，把他给迷惑住了。""咱得想个办法。"马虎山咳嗽一声："你们说的啥我可没听见。"马虎山骑上马，踢夸踢夸走开。"他不会告咱去吧。""他也是馋人，嘴上不说心里咚咚哩，我听见啦，心在胸腔里跟马蹄子一样，夏河县那么多金子银子，可惜了。""尕司令迟早要改造咱，咱先改造改造他。"

1929 年春天，大军开到湟源，百姓死难三千，湟源变成瓦碴滩。

大军开到永登，百姓死难三千，永登变成瓦碴滩。

大军开到民勤，百姓死难四千，民勤变成瓦碴滩。

尕司令和他的执法队枪毙好几十人，大军跟潮水决堤一样拦不住。就跟国民军硬拼，一拼就倒下去一大片，狗日的一伙土匪，爷爷叫你喂子弹，尕司令眼睛都红了。尕司令跑进塔尔寺，向大活佛请罪，大活佛说大地要淌血，谁也没办法，我知道你为何而来，光有恨没有爱不是真正的伊斯兰。

大灰马在寺外嘶鸣，马鞍上的战刀在铜鞘里发出沉闷的吼声。

骑手进来报告，国民军孙连仲①的部队开过来了。尕司令向活佛施礼："在佛祖圣地大开杀戒，活佛不见怪吧？"活佛说："苦海无边，你去泅渡吧。"尕司令出去时，骑手们跟国民军接上火。那一仗，骑手们解决了国民军一个团。孙仲连从西宁亲自带大部队来攻，骑手们消失在巴丹吉林沙漠里，孙连仲望着拔地而起的黄尘发呆，参谋长说："这小子就像一股风，来去无定，旋起旋仆。"孙连仲说："命令部队坚守城池，不要进沙漠。通报上讲马仲英死了三次，一个人死三次你能相信他死了吗？"参谋长说："马步芳对我讲过，只要马仲英不占地盘，他就成不了气候，他就会当一辈子流寇。"

四

那年冬天，盛世才离开六朝古都南京，回到老家辽东。蒋总司令手下的作战科长，在乡亲们眼里是非常荣耀的。盛世才一点儿也不荣耀，他淡淡地说："作战科长是坐冷板凳的。"老同学说："蒋介石留学日本军校。你也留学日本军校，蒋介石早先做孙大总统参谋部作战科长，你也做蒋总裁的作战科长，可见这是一条成功之路。""一条路上只走一个人，我不想步别人的后尘，我不干科长了，我准备去新疆找出路。"

亲友们为之一震。盛世才告别故乡，骑着大马走了。他得走八十里地去县城搭汽车。亲友们送了一程又一程，盛世才打马前行，头也不

① 孙连仲：西北军将领。

回；那情景有点像浪迹天涯的江湖义士，一身的慷慨悲凉。

在沈阳，他朝拜前清皇陵，努尔哈赤就躺在这里，面南背北，遥望中原。关东大地王气很足，辽金清曾崛起于白山黑水，驰骋于大江南北，以至中亚腹地。辽被金取代后，辽国大将耶律大石率辽国遗民西迁中亚，在巴尔喀什湖周围建立西辽，长达八十余年。盛世才要去的新疆曾经是西辽的一部分。他必须乘火车穿越西伯利亚，从塔城进入新疆。这条路线是耶律大石当年走过的。耶律大石是带着亡国之痛离开辽东，漂泊万里去开闯契丹人的基业。他盛世才东渡日本学来一身本领投奔蒋介石，科长这条冷板凳击碎了他的金陵春梦。他内心的痛楚不下于耶律大石。盛世才在东陵站了很久，故国的无数英雄豪杰就这样从眼前飞驰而过，他们消失在祖国的历史长河中。

他正扼腕叹息，有人在他身后说："长太息以掩涕兮，哀人生之多艰。汉高祖之嗟叹乎，楚霸王之嗟叹？"那人是他的日本同学崛城雄。崛城雄倾慕中国古典文化，毕业后被军部派到中国东北关东军司令部任职。崛城雄说："你不是给蒋总司令当作战科长么，回东北干什么，有特殊使命？"

"真有特殊使命也轮不上我。"

"所以盛君在帝王的陵前发浩然之气。"

"崛城君真会开玩笑，我有什么浩然之气，一肚子鸟气罢了，"盛世才说，"南京的差事我不干了。"

"那是一份好差事啊，在总司令身边工作，对我们日本人来说是千载难逢的好机会。"

"日本有武道，中国只有帝王术。中国宋朝有个王安石，宁可去边地小县当县令，也不愿在京城当侍郎。我准备去新疆。"

"好多同学等着中国开战跟你对阵呢，你跑到新疆不是叫大家失望吗，当年你可是军校的高才生啊。"

"中日两国真要打起来，我不会沉默的。"

"在遥远的新疆跟我们交战？"

"日本军部一直把辽东视为帝国的生命线，辽东曾是辽国的故地，辽国灭亡以后，辽国的大将耶律大石率部西征，在中亚腹地建立西辽，因此新疆也是辽国的故地。”“我明白了，盛君凭吊的不是努尔哈赤是耶律大石，盛君去新疆是为了卷土重来，东山再起，盛君会成功的。咱们聚一聚为你饯行。”

崛城雄把盛世才请到一家日本餐馆，吃生鱼片喝清酒。崛城雄说：“盛君在首脑机关工作，中原大战给中国带来难以消除的后遗症，这情况盛君不会不知道吧？”

“内战的结局便是中国北方防务空虚，关东军可以趁机在东北动手。”

“张学良有五十万军队，关东军只有二万多人。”

“中国北方最强大的军队是冯玉祥的西北军，而西北军在这场内战中瓦解了，五十万装备精良的东北军固然庞大，可它的统帅张学良的军事才能不足以指挥这支大军。这些情况关东军司令部肯定考虑到了。”

“军部的情况一点儿也瞒不了盛君啊。”

盛世才冷笑。

崛城雄说：“蒋介石也是日本留学生，军部的意图同样瞒不过他。”

盛世才说：“日本是个统一的国家，天皇有无上的权威，中国四分五裂，蒋介石既要扫平军阀完成国家统一，又要填补帝制灭亡后的权威，还要应付帝国主义，辽东这颗棋子他鞭长莫及。面对日本进攻，他会收缩兵力，避其锋芒，在中原与日本交手。所以，关东军很快会在东北动手的，我估计关东军已经开始制订这项计划了，到时候只要打个小借口就可以向北大营开火。”

“关东军确实有这个计划。盛君如此坦率，就不怕关东军暗算你吗？”

“因为这是不可避免的，我去告诉张学良，张学良会把我当疯子，关东军杀我有什么用呢？再说有你崛城君在，我不会出事的。”

“为什么？”

“崛城君首先是个武士，其次才是军人。”

“承蒙盛君如此看待我，说来惭愧呀。武士与军人本来是一体的，自从西洋新式武器传入日本，象征军魂的日本刀，日见式微，军界上层与财界金融界沆瀣一气，日本故有的武士精神首先从首脑机关受到侵蚀。日清战争，日本军队凭着武士道打败中国，日俄战争，武士道精神发展到顶峰，参加过那场大战的老兵至今怀念东乡元帅和乃木希典大将。在旅顺203高地上，倒下了八万日本军人，乃木的两个儿子也死在那里，战争结束后，天皇向乃木询问战争情况，天皇丝毫没有责怪他，给他颁发了勋章。那场大战以后，武士道精神逐渐失去它的意义，仅仅剩下一种形式。今天，在军部很难找到东乡和乃木那样的统帅了，武道与军道相分离，这是日本军人的悲哀。日本已经很难恢复纯粹的武士道精神。除非来一次惨败，失败有时候也是一条拯救之道啊。盛君刚才诉说耶律大石复国的壮举，确实令人感动。希望盛君在中亚腹地重振武道，盛君成功了，这也是我们日本的骄傲。”

“我在日本求过学，原田先生对我的教诲令人难以忘怀。”

“原田先生是汉高祖刘邦的后代。”

“是吗？”

“东汉末年，曹操篡权，汉献帝的族人为了躲避战祸，远渡日本，天皇陛下赐给他们封地和贵族的爵位，改刘姓为原田氏。原田家族在日本势力不小呢。所以原田先生对中国留学生有特殊的感情。”

“他确实是个了不起的军人。”

“如今的日本跟中国一个样，不学会投机是很难找到晋身之道的。”

“我明白崛城君为什么来辽东了，你是被排挤出来的，对吧？唔，我原以为受冷落的就我一个人呢。我跟着蒋介石在南京坐了几年冷板凳，英雄无用武之地，我远走新疆实在是迫不得已。”

“新疆自古就是英雄豪杰驰骋的地方，盛君一定能成功。”

崛城雄从腰间取下盒子枪赠给盛世才：

“龟在我们日本是神物，这把手枪是日本的新产品，叫王八盒子，盛君佩带它做个吉祥物吧。”

盛世才在崛城雄手上打了一下，把手枪收起来。

“有神物襄助，我一定能成功。”

这年冬天，盛世才从满洲里乘上国际列车，进入西伯利亚。在漫长的铁路线上，盛世才第一次对妻子诉说自己早年的宏愿，白山黑水，大平原，剽悍与血性之美，古代的关外英雄，辽金蒙元和满洲八旗。对于一个知识女性来说，最迷人的时刻莫过于倾听一个野心勃勃的男人滔滔不绝地谈自己的心里话。这个男人不是别的什么人，是自己挚爱着的丈夫，是在缓缓行驶的列车上，北方，大地之北的泰加森林带，白雪，贝加尔湖的巨浪，苏武牧羊的传说。读过许多书的邱毓芳一句话都不说，她手托下巴，披着华贵的大披巾默默地看着丈夫。丈夫情绪高涨，在许许多多的关东豪杰中，丈夫最终选择耶律大石，丈夫觉得自己就是当年的耶律大石。金灭辽，耶律大石怀着复国的梦想，穿越西伯利亚和蒙古大漠。“耶律大石手下只有二百壮士，就能横扫西域，大败阿拉伯大军，在遥远的海押立和撒马尔罕建立西辽帝国，在伊斯兰教最兴盛的时候，把中原文化揳进中亚腹地，后来的伊斯兰学者和历史学家总想躲开西辽帝国，那个庞大的帝国千百年来压得阿拉伯学者们喘不过气。这太痛快了！这才是英雄所为！”

“我想我的前世一定是个契丹少女。”

盛世才差点说出叔叔的战地笔记，不知为什么，他的舌头顶不起那个秘密，那一定是个很可怕的秘密。他离开故乡，投军之前，把那本战地笔记烧了。他相信它的每一页每一个字都牢牢地刻在他脑子里了。他将去投军，对一个十七八岁的青年来说，这是一个大胆而诱人的举动，他还未动身就感觉到自己是个真正的军人了。他就像个了不起的军人一样，一把火烧掉自己的秘密和誓言。他觉得叔叔的战地笔记是一种誓言。一个男子汉大丈夫的誓言。辽东，夹在两个帝国主义之间的沃野，一个野心勃勃的少年把梦想与誓言投进大火。他就不再是少年了。他奔向北大荒。

一个契丹少女的梦想肯定是耶律大石。

他始终没有对妻子说出那本战地日记。

等我们老了

坐在火炉边

一起回忆西伯利亚
回忆中亚细亚草原
回忆那条大铁路
那条大铁路
从东往西
从西往东
下边垫的都是骨头
都是中国劳工的骨头

盛世才猛然坐起，妻子已经睡了，他也睡了，他盖着大衣，大衣被揭一边，列车跟摇篮一样轻轻晃着，大地辽阔宽厚的手在摇这个大篮子。他忽然感到沮丧和悲怆。做了好多年劳工的叔叔一笔一画记下了激烈的战斗，却没有记载修路的生活。他就奔驰在这条中国劳工修筑的大铁路上，叔叔不记它是因为大铁路无法忘记，而冲锋陷阵的壮烈场面总会沦为过眼烟云。他的鼻子酸酸的，他悲怆吗？他为谁而悲怆？他又睡着了。他睡了很久很久，他睡得多沉啊，一直沉到地心又被一股神力驮上去。他看见太阳在列车后边奔跑，好像列车拖着的一个大火球。跟做梦一样，太阳这个大火球追上列车的时候又灭了。天总是黑不踏实，天蓝汪汪的，大地无限地辽阔着，很可怕地辽阔着，列车无比忧伤，好像扑进坟墓，大地总要把所有的东西收进去，包括人的誓言和梦想。

妻子说了一句梦话，他看啊看啊看好半天。好多年以后，他确实写了本书，叫《牧边琐记》，是他到台湾以后写的。他在新疆执政十一年，杀人如麻，他的政府廉洁高效，他调离新疆时，上缴给国库的黄金白银把蒋介石吓了一跳。尽管告他的人很多，蒋介石只认钱，一个边疆省区上缴中央的黄金白银比江浙两省还多，所有咒骂声都被巨大的财政收入隔挡开了。到台湾写《牧边琐记》时他才发现自己不过是一个打工仔，给老蒋挣了很多很多钱。在新疆的十一年，也是跟斯大林友好合作的十一年。苏联政府得到的实惠更多，差不多也是一条西伯利亚大铁路了。“我是一个劳工。”“我是一个打工仔。”他就是这种双重角色。

《牧边琐记》里没有写这些，他也没有对夫人讲；一个男人总要把一些话埋在心底，带进坟墓的。

他未来的对手马仲英正驰骋在青海、宁夏、甘肃一带，与国民军血战。华北的报纸上登有马仲英部的活动情况。据报纸介绍国民军在边都口受挫，死伤惨重。盛世才不由大吃一惊，冯玉祥的部队长于野战善打硬仗，报纸的标题是“七条枪吊民伐罪，尕司令不愧伏波后裔”。到新疆后，盛世才问当地回民：“百家姓里没尕姓么?”回民说：“尕是年轻的意思。”盛世才又问尕司令是谁，当时马仲英没来新疆，新疆的回民也不知道尕司令是谁，大概是回民土匪吧。盛世才又吃一惊：“西北的土匪这么凶，敢拉杆子跟冯玉祥打。”关东红胡子不少，却不曾听说有谁拉杆子打张作霖的。盛世才想起《三国演义》中马超的西凉兵，打得曹丞相丢盔卸甲，狼狈逃窜。这里民风强悍，与关东相比有过之而无不及，这里果然是干事业的好地方。金陵古城留给他的晦气一扫而光。

从塔城到迪化是千里大戈壁，绿洲跟汪洋里的小岛一样，车子从小块绿洲边擦过，漂荡在无边无际的石头堆里，很平坦很辽阔的石头大地。

按道理西伯利亚更辽阔更大，泰加森林遮天蔽日，远远没有新疆戈壁给人如此强烈的感觉。感觉中的新疆非常之大。盛世才好几次从车子上站起来挥手，不停地挥，“太壮观了，太平洋也不过如此。”

天山山脉越来越近，盛世才指着山下的开阔地，不容置疑地告诉妻子：“看到没有，那是薛仁贵当年弯弓射箭的地方，连射三箭，三员大将应声落马，几十万大军伏地而降，部下挥戈呐喊：将军三箭定天山，壮士挥戈入汉关。”

大漠和群山合拢，绾起一个疙瘩，把迪化城围起来，天山最险峻的主峰，博格达峰与妖魔山竖在城郊，城中央挺着一座红山，源自天山冰川的一条河穿城而过，河水冰冷湍急跟冷飕飕的剑刃一样。

“冰河入梦，险峰为枕，六朝粉黛之地哪能跟这座城相比。”

盛世才轻声告诉邱毓芳：“夫人，这座城是一位美人，她的美跟你如此相似，我一直找不到一个恰当的词来形容夫人的美，这座城就是你，我的夫人。”盛世才轻轻地拍着邱毓芳的肩头，博格达峰与妖魔山同时看着邱毓芳：“那两座山都在看我。”

“夫人不要紧张，是你在看它。”

“它从石头缝里看我，这么厉害的眼睛，我从来没有让人这么看过我。”

“不是人是山，是天山的主峰在看你呀我的夫人。”

当时，盛世才是迪化最高的军事人才，省主席金树仁问他有何打算？盛世才愿意去最艰苦的地方工作。金树仁说：“迪化就已经很艰苦了，你留迪化工作。边疆军事落后，军事人才奇缺，我任你为军校总教官，兼省军参谋主任。”盛世才立正致礼。人们发现盛世才腰间挂着一支奇怪的手枪。盛世才说：“这是日本造的盒子枪，叫王八盒子，是我的日本同窗送的。”

第二天，军校学员也目睹了这支奇怪的手枪。迪化城在议论这支王八盒子枪。盛世才打马而过，双眼炯炯有神，脸盘上一圈黑胡须，威风凛凛。那正是隆冬季节，巡夜的更夫发现黎明时分，盛世才来到河边，砸开坚冰，用冰水冲洗身体。不久，军校的学员也开始在野外用冰水冲洗身体。据盛世才介绍，这是日本军校士官生的基本功。崇尚武道的学员很喜欢冰水浴与刀术。盛教官成为他们心目中理想的军人。

金树仁了解这些情况后说：“只要不给他兵权，他教些学生对我们有好处。”幕僚们说：“蒋介石当年就是从办军校起家的。”金树仁说：“军校校长是我，盛世才只是个总教官么。盛世才怎么能跟蒋委员长相提并论？”

军校学员对盛世才说：“以老师的水平应该担任新疆军事首脑，金主席分明是让你坐冷板凳么。”盛世才沉默不语，学员们越说越气愤。盛世才突然说：“以后不许议论长官，我是金主席请来的，军校是军人的摇篮，当教官有什么不好，嗯？你们如此放肆，不是害我吗？”学员们把这种不满搁在心里，一搁就是三四年。三四年以后，他们都是省军的骨干力量了，哈密发生民变，省军连连败北，许多高级将领不能上阵指挥，全迪化只有盛世才一人可以支撑局面，金树仁只好任盛世才为东路总指挥，率部出征。盛世才平生第一次执掌兵权，手下军官大多是当年的军校学员。部下效力，盛指挥有方，捷报频传，盛世才脱颖而出。

那是几年以后的事情。而在民国十九年至二十二年，盛世才却陷在绝境中。金树仁跟蒋介石一样，给他一个空头衔，丝毫也不重用。与南京不同的是，他可以在军校学生中培育自己的势力。只要保持这种优势，他就以静待变。那些年，盛世才的日子清苦而耐人寻味。在迪化人眼里，他始终是个精力充沛、野心勃勃的军人。这里民风淳朴，一点儿没有南京的肃杀阴阳之气。盛世才已忘记了在南京时对黑夜的恐惧。军校学员们谈起新疆政治腐败，盛世才就感到无比高兴。

五

远在河西的马仲英也了解到新疆政治腐败。马仲英冥冥之中感觉到他和骑手们的使命在新疆。

巴丹吉林沙漠沿河西走廊一直伸向中亚。骑手们在沙漠里几出几进，好不容易进入富庶的河西走廊，谁也不想再到沙漠里去。尽管他们知道雪山与沙漠是骑手的摇篮，可一旦失去枪支与战刀，他们就很难振作起来。

那些日子，马仲英忧心如焚，他盼着国民军来进攻，这样可以鼓动部下向新疆开拔，他们无法战胜安逸和休闲。

那年，千里河西，风平浪静，静得令人怀疑，毫无黄钟毁弃瓦釜雷鸣的乱世景象，反倒有点世外桃源的意味。飞驰的骑手在这里显得一点儿也不真实，百姓们种田赶集，对军队毫无兴趣，连骑手们都感到自己是多余的。骑手们叫起来：去年这里刚打仗呀。永昌、民勤和武威血流成河。百姓们说：那是好久前的事了，国民军走了。骑手们茫然若失，兵灾刚过去半年，人们就忘得一干二净。百姓们说："老百姓过日子，过了今天想明天，到了明天想后天，以前的事没人想。"骑手们惊恐异常，他们发现了比战刀更锋利更坚硬的东西——时间。骑手们说："咱离开河州快一年了，河州乡党早把咱给忘了。”

那是个无比残酷的季节，平静的旷野松弛了骑手们的筋骨，悄无声息的岁月之河吞噬了骑手们的神志。骑手们叫起来：河西乡党忘了咱，不能让河州乡党忘了咱。马仲英说：“河州早有防备，回不去。”

“去宁夏，宁夏是回民窝，回宁夏去，咱不做孤魂野鬼。”

大军越来越像一支土匪，把这样的军队带到宁夏会是什么样子？尕司令下令先整训一下再说。大家以为要练兵，号声一响，又是巴丹吉林大沙漠，尕司令都进去了，谁敢不从。大灰马知道主人的心思，带着大军在沙漠里兜圈子，有泉水的地方全被绕过去了。开始有人倒下，太阳一晃就是一团火，赤白赤白的火，太阳的火焰很快变成纯白，一片闪光的纯白跟舌头一样从天空伸下来舔这些沙漠上的露珠，有人尖叫，尕司令上去就是一鞭子，“叫什么叫！沙漠都过不去还想去宁夏？”倒下的人越来越多，连马也倒下了，生命的火焰从尸体上升起，融进太阳。在死亡与磨难之后，人们的目光变得更凶狠更残酷。队伍里的绿林好汉太多了，这些人匪性难改。再这么折腾下去，太阳和沙漠会把他们全吃光。太阳把大家都晒疯了。

不能直扑宁夏，大军绕道阿拉善蒙古地区，从贺兰山进宁夏。这次进军神不知鬼不觉，谁也不相信能从沙漠里冒出一支大军。尕司令先派人潜入银川打探虚实。省城驻军外出训练未归，只有一个团守银川。省主席门致中是个贪官，只知弄钱，不理政务正是进攻的好机会。

大军开到即被攻克，省主席门致中带手枪营从银川南门突围，军长王衡之阵亡。骑手们旗开得胜，纵马奔驰，一片欢腾。王衡之是副将，主将门致中跑了。尕司令高兴不起来。更让他伤心的是，军队入城，匪性又起，杀掠不断。银川仓促失陷，军政机关职员大多未逃出，躲在百姓家里，被搜出后就地杀害。

银川为省会所在，一告陷落，西北震动。刘郁芬又起用吉鸿昌，命其率队进剿。

两个月后，吉鸿昌部队从兰州杀来，骑手们拼死抵抗，好几个旅长战死，骑手们撤出银川，退到石嘴山。

五月初，尕司令指挥部队二次围攻宁夏，吉鸿昌部队从四门冲出来，与尕司令一起起兵的马仪师长当场阵亡，骑手们死伤惨重，全线溃退。吉鸿昌带着大刀队在战场上寻找马仲英的尸体，有人把马仪抬过来，马仪酷似马仲英。吉鸿昌在尸体旁站了很久，说："死在我手里，是你娃娃的运气。"

骑手们进入沙漠摆脱追兵，沙漠很快到头了，骑手们发现沙漠这么狭小，有经验的骑手说："是咱们心太急了，心太急跑天上天也是小的。"

骑手们在沙漠里跑了五天五夜，沙漠的尽头出现了无边无际的旷野。旷野平坦安谧。骑手们又跑到了世外桃源。这里全是蒙古人，原来他们到了河套平原。蒙古人说：冬天快到了。你们会被冻死的。骑手们又是放枪又是乱叫，旷野无边无际，全是灰黄的枯草。骑手们沮丧至极，朝天放枪朝地放枪，放完枪就散伙了。剩下的七百多骑手是从河州带出来的。当初他们有一万多人，好多人战死了。

荒原一下子收割了好几万颗结实的脑袋，战刀插在沙土里像成熟的谷穗，弯弯垂下去。没有能理解金黄的沙土会长出金黄的小米。单单有阳光和水是不够的，还需要儿子娃娃的血来显示泥土鲜烈淳朴的美。好久以前，苏菲导师就告诉我们谷米里边的秘密：日月的精华和山川的灵气就隐藏在谷米里边，谷米喂养我们完全是为了我们身上流动的血液，因为血液是天空和大地的自然延伸；真主把他的灵魂灌入人体是为了让人保持天空和大地的纯真。光有谷米是不够的，大地必须有真主的花园，花园里的玫瑰是儿子娃娃的血液。不是所有的男人都能成为儿子娃娃；有些男人堕落有些男人污染了自己的灵魂丧失了血的纯真。

生命像沙子，风吹着它们流动，它们就这样意识到自己的美妙，于是荒原变成大海。

……

那年冬天，骑手们走出巴丹吉林沙漠就不想动了。大家对新疆不感兴趣，新疆比甘肃更荒凉。

尕司令说："那里有世界上最大的沙漠，海洋就在那里。"

骑手们太累了，他们一点儿也想象不出沙漠里的生命之海；他们太累了，他们的瞳光开始发暗。

他们就像一群老狼，蹲在后套的大草滩上，一边舔伤口，一边盯着银川，富饶的宁夏对他们太有诱惑力了，那里稍有风吹草动他们就会扑上去。

吉鸿昌进银川后与省主席门致中发生矛盾。吉鸿昌认为宁夏资源丰富，应制订计划好好开发，不能一味向地方征税，加重老百姓的负担。门致中思想守旧，一切按旧规办事，正忙着操办迎娶前清端王的二孙女。

吉鸿昌毫不客气讽刺门致中：平时只知道弄钱，战时疏忽防守，城失将逃，给老百姓带来劫难，有何颜面再见宁夏父老。门致中愤而离职去向冯玉祥告状。刘郁芬只好让吉鸿昌代理宁夏主席，冯玉祥知道后默许。

吉鸿昌刚攻克宁夏时，省城回民几乎逃光。一个警察枪杀了一个没有来得及逃跑的无辜回民，吉鸿昌立即将这个警察正法，并发告示，保护回民。回民才渐渐回城返乡，社会秩序逐渐安定下来。大批政工人员到回民聚居地方召开群众大会，宣传回汉一家。吉鸿昌亲自书写“回汉一家”大字匾挂在银川市中心钟鼓楼上，还身着回族服装，与阿訇握手合影，经常出入清真寺，召集全省回教阿訇大会，凡民间擅长武术者不分回汉，予以嘉奖。当地回民十分感念吉鸿昌，称他为“吉回民”。他还打算建设好宁夏后，马上率部进军新疆，开发整个大西北，亲手绘一幅西北屯垦图。消息传到宋哲元、刘郁芬、孙良诚这些西北军将领耳中，他们大叫吉鸿昌“犯上作乱”“吉鸿昌赤化”，一齐去找冯玉祥告状。

吉鸿昌在宁夏的所作所为传到尕司令那里，尕司令忽然想起起兵之初，夺循化县、过黄河峡时他也提出回汉一家，他也杀富济贫，他越想越气，“狗日的吉鸿昌，你是人还是鬼，你把我撵走你就来这一手啊。”

这时，来了一位老阿訇，是替吉鸿昌送信的，还附了一张吉鸿昌的相片，想跟尕司令交朋友，一起合作建设宁夏。尕司令反复看吉鸿昌的相片，马仲英吉鸿昌、吉鸿昌马仲英、骏马钢刀、钢刀骏马，两个人影子反复重叠，分不出彼此。老阿訇以为尕司令动心了，就说：宁夏回民都把吉鸿昌叫吉回民。

尕司令跳起来，“他是回民？他是回民我是啥？”

老阿訇也是刚烈汉子，“你个㞞娃娃你算啥？我宁夏回民不欢迎你，你给我宁夏做过啥好事？你说说看，你娃张不开嘴。”老阿訇从尕司令手里夺下照片，连信也夺回去，临走时说：“人家吉将军敬你是英雄，才交结你，吉将军的日子不好过，一帮帮瞎熊天天咬他，排斥他，他在西北军里也受气呢。蒋介石消息灵，派人送来委任状，吉将军当场把委任状撕了，对南京来的人说：去你娘的，我只要老百姓承认，谁要你委任?！你尕司令撑破天就敢反冯玉祥，吉将军连蒋介石都不放眼里，你娃年纪轻，你娃慢慢思量吧。”老阿訇气昂昂走了。

挨了一顿骂，尕司令汗都出来了，精神也上来了。尕司令把大家召集起来开会，尕司令说：“事情弄到这种地步，唯一的办法就是招安，我和仲杰去内地找机会，大家暂时归顺吉鸿昌，接受他的改编，吉鸿昌不会为难大家的。等我和仲杰混出眉眼，我再通知大家，弟兄们，我们还会东山再起的。”

大家坐一搭吃个饭，就分手了。队伍往宁夏开，马仲英兄弟往黄河边走。那条大河越来越宽，沙漠草原天空无限苍凉悲壮，猛然一声花儿，一腔带血的花儿响起：

尕司令，
年纪轻，
老子说话你不听……

六

马仲英兄弟在北平待了好几年，没有什么出路，就到了山东。

马鸿逵的部队驻守山东济宁，部队有不少马仲英的旧部。骑手们见到他们的首领，纷纷打听河湟故乡的战事。马仲英告诉他们：国民军把我们挤出河州，国民军也离开西北，甘肃成了马步芳的天下。这些骑手们都是围攻河州失败后被马鸿宾收编的。马仲英问马鸿逵："你不怕我找麻烦吗?"马鸿逵说："咱们是同族兄弟，一家人不说两家话。"

马鸿逵把马仲英介绍给十五路军的官兵，数万官兵拔出佩刀向他致礼，马仲英大受感动。马鸿逵说："冯玉祥跟蒋总司令搞僵了，南京对你很器重，总司令多次向我提出要见你。你快去南京，这是个好机会。"

西军老将马福祥也在南京，马福祥陪马仲英马仲杰去拜见蒋介石。蒋介石把他们打量半天说："果然少年英雄，见到你们兄弟我很高兴。"蒋介石问他们年龄，马仲英十九岁，马仲杰十七岁，蒋介石对陪宴的黄埔将领说："他们兄弟比你们强。小小年纪，统领数万人马驰骋大西北，冯玉祥的几员虎将都败在他们兄弟手下，不简单啊。中央很快要解决西北问题，西北军治军练兵很有一套，善打硬仗，大家对西北军存在惊恐心理，可以跟马仲英好好谈谈。"马仲英介绍河湟事变的经过，黄埔将领开始还拿得住，听到最后不由得抽冷气。马仲英兄弟离开后，何应钦说："不谈倒好，一谈反而渲染了恐怖气氛。"刘峙说："阎锡山好打，冯玉祥扎手啊。"蒋介石说："马仲英马仲杰我们要好好培养，中央需要这样的人才。敬之你安排一下可以让他们直接当师长。"

何应钦说好好，马上动身去办。陈诚说："老头子真是异想天开，敬之喜欢不长胡须的军人，马仲英有马超之勇，他能真心给办?你们猜他找谁去了?"大家都说敬之去中央军校给马仲英兄弟办入学手续去了。陈诚说："你们错了，他找马福祥去了。"众人诧异，陈诚说："马福祥不会容忍马仲英兄弟成为中央军去危及自己的子侄。马福祥会把这事给搅黄。"大家说："老头子不会上当的。"陈诚说："马福祥身后有西北五马，老头子不会为马仲英得罪老五马小五马。"大家说："敬之这样干又是何必呢?"陈诚说："给你们说了么，敬之不喜欢长胡须的军人。"大家怪声怪气："太监不长胡子。"陈诚说："敬之也不长胡子。"

何应钦找马福祥一鼓捣，马福祥叫苦不迭，一边电传西北马步芳一边找蒋介石。蒋介石知道个中原委，瞥了何应钦一眼，爽快地答应了马福祥的请求。马仲英兄弟上军校之事作罢，改派他们返回马鸿逵部队。

马仲英兄弟离开南京时，蒋介石给他们赠送了中正剑，蒋介石说："他们兄弟俩虽不是黄埔毕业，但我把他们当黄埔生看待，希望你们回到西北后收抚旧部，为中央效力，根据情况给你们编制。"

马仲英兄弟回到马鸿逵部队。

北伐革命打倒了北洋军阀，新军阀的矛盾日益激化，蒋介石以英美及强大的江浙财团作后盾，打败湖南的唐生智和桂系李宗仁白崇禧，挥兵河南，直逼山西阎锡山和西北冯玉祥，阎冯联手讨蒋。这就是民国历史上最大的一次军阀中原大战，1930 年，百万大军云集陇海铁路沿线。

战斗力最强的冯玉祥部长期驻守贫困的西北地区，财力严重不足，冯玉祥治军极严，高级将军也很俭朴，与各路诸侯交往，高级将领就显得太老土，很难抗拒物质诱惑。韩复榘石友三最先投蒋。西北军内部矛盾重重，最骁勇的悍将吉鸿昌竟然被诸将合谋夺去兵权，囚禁起来。冯玉祥从山西太原赶回来后，才把吉鸿昌救出来，先把他安排在副官处，为了平息众将的愤怒，把吉鸿昌从军长降为师长，率最精悍的十一师出战。

陕军原属西北军，杨虎城守西安八个月迎接冯玉祥。冯玉祥进西安城，调杨虎城到三原喝西北风，将钟楼上的金钟据为己有，诱杀陕军名将郭坚；陕军趁这机会要敲打冯玉祥。马鸿逵也被蒋介石改编为十五路军，被蒋介石安插在山东彰德一带。

开战前夕，十五路军官兵一致认为马仲英会做他们的前敌总指挥，他们可以像真正的骑手那样，跟着首领驰骋疆场。马仲英在西北荒原太出名了，在他的麾下作战是一种荣耀。作战会议上马鸿逵宣布马仲英担任十五路军总参议，全军上下发出一片嘘声。大家只学麻雀叫，马家军上下森严，大家绝对地服从长官命令。

在陇海线上，马仲英骑着大灰马，平原辽阔无限，西北军官兵认出了大灰马和马背上的骑手，他们在河州在宁夏在青海跟马仲英打过仗。他们朝天放枪，马仲英也拔刀向他们致意。大灰马越过铁路，在两军壕堑之间的开阔地带纵横驰骋。陇海线已经不通车了，钢轨在阳光下发出蓝光。大灰马和骑手所到之处赢得西北军官兵一片呼声。中央军莫名其妙，打电话质问马鸿逵："马仲英是不是投降了西北军，西北军向他鸣枪致敬。"马鸿逵说："马仲英跟他们交过手，不打不相识，他们认识。"

马仲英回来后，马鸿逵说："中央军对你很生气。他们原以为你打败过西北军，你一出现可以杀杀西北军的锐气，没想到反而激起了西北军的好战情绪。这些中央军，吃得好，穿得好，装备好，就是胆子小，我看这仗打起来很麻烦。你到马全良旅去帮他一把，你指挥一个旅不成问题。"

马仲英离开总部，到马全良旅。马全良说："你带过几万人马，我这只有四千多人，我以为你不会来我这。"

"这么大的仗我还没打过，见识一下。"

大战开始后，西北军后撤八百里。蒋军步步进逼。陈诚指挥的蒋军主力越过壕堑，纵深突击，被西北军吉鸿昌部截住，血战三天三夜，陈诚所部几次被围，死伤累累。只因陈部装备优良，机枪火力极猛，方得突围撤退。吉鸿昌紧追不舍，陈诚节节败退，被逼进死角。这时只见一匹高头大马驮着铁塔一样的壮汉，赤裸上身，明晃晃的鬼头刀横在胸前，一马当先呼啸而来。"吉鸿昌！吉鸿昌！""大刀队！大刀队！"蒋军尖声狂叫，乱了阵脚。1929 年 10 月冯玉祥第一次反蒋，蒋军尝过吉鸿昌大刀队的厉害，对阵的不是陈诚部队，是汤恩伯的部队，只见潼关城门一开，吉鸿昌率两千多人的大刀队旋风般冲出来，蒋军自恃武器好，都笑冯玉祥土老帽，都二十世纪飞机大炮机关枪的时代了，还来《三国演义》冷兵器。蒋军官兵有耐心，准备近打。等瞧见大刀队凶神恶煞的样子，已经来不及了，冷兵器白刃战的效果比火炮火枪强多了。恐怖心理蔓延很快。陈诚不一样，陈诚十八军是蒋军王牌里的王牌。吉鸿昌一上来并没有用大刀，枪炮对阵，蒋军火力极猛，全德国装备，吉鸿昌部队几次包围，都抵不住密集的自动火器。

此时，马仲英用望远镜看得清清楚楚，那些火网让他想起在河州城外的惨败，吉鸿昌就用这种密集的火网对付马仲英的，现在吉鸿昌也被火网给封住了，蒋军的火网让马仲英大开眼界，这才叫现代自动火器。这么好的武器，装备还是让吉鸿昌逼退几百里，逼进死角。马仲英冲进司令部要马全良给他一支部队，“吉鸿昌过来啦，我去收拾吉鸿昌！”马全良也很激动，连说好好好。参谋长挤眼睛，马全良也没感觉到，参谋长干脆把马全良叫出去，参谋长已经挂通了总部的电话，参谋长说：“旅长，你最好请示一下马长官。”马全良只好请示马鸿逵，马鸿逵一顿臭骂，“你还嫌马仲英名气不大，让他在中原大地要大娃娃[①]，让他闻名世界呀？你给我看住他！出了差错我卸你的狗腿！”马全良龇牙咧嘴走过来，到底是个老实人，说话支支吾吾，马仲英就笑，“不为难你，不为难你，算了算了。”马仲英端上望远镜出去了，眼睛都红了，“把他娘给日的，儿子娃娃淌血不淌泪，就这么容易让我淌眼泪呀。”马仲英端起望远镜，看吉鸿昌要威风。不看不生气，一看一肚气，吉鸿昌你算个人吗？跟我马仲英打了一年仗，也没见你赤膊上阵，打中央军你就脱衣服，露你那一身肉！

两千多赤膊横刀的大刀队冲上来了，大刀片子寒光闪闪，太阳躲到云层深处，圆圆的苍穹下全是战刀的影子，蒋军被砍得东倒西歪，互相枕藉。他们的手脚被砍掉了，有些腹部背部被刀刃拉开，露出脊椎和内脏，凉风一下子吹进身体，生命之火猝然暗淡下去。他们不是一下子就死的，而且受到疼痛的打击，痛苦地扭曲着身体，当他们用手指挖地时指甲全崩裂了，当他们抱着树根用牙齿啃咬咬光了树皮，而牙齿和舌头全烂掉了，他们把自己搞得遍体鳞伤，血肉模糊，死亡姗姗来迟，直到他们脸上丧失人的模样，变得狰狞可怖，死亡才肯收留他们。

陈诚一败涂地，带几个卫士逃命。蒋军全线震撼，狂风般的吉鸿昌

---

① 要大娃娃：西北方言，要威风、逞英雄的意思。

所向披靡，西北狼闯入羊群，中央军鬼哭狼嚎一口气从洛阳跑到郑州，又从郑州跑到开封，蒋介石被困在开封城，城外的中央军全被吉鸿昌打跑了。蒋军另一支主力胡宗南和关麟征奋力救驾，掩护蒋介石后撤至商丘柳河火车站，刚上火车，吉鸿昌就杀过来了，蒋军一见白晃晃的大刀就手脚发软，等着挨刀。蒋介石差一点儿被擒，全仗蒋公从容刚烈，往外一看，西北军如狼似虎已经近在眼前，跑也没用，骑兵快得跟风一样，蒋公反而不慌了，返回车厢，里边空荡荡黑乎乎的，蒋公独坐沉思，外边自己的部队被砍得鬼哭狼嚎，他毫不动心，西北军的骑兵用大刀背敲打车窗“蒋介石出来！”蒋公也不恐慌，有个骑兵把脑袋都伸进来了，车厢空荡荡，谁会注意车厢尽头角落里的一个老头子呢。“蒋介石跑啦，弟兄们追呀！”骑兵大刀队向车站外杀去。蒋公脱险。蒋军遭此痛击，对西北军产生严重的恐惧心理，士气低落，固守阵地不敢出击。蒋介石对顾祝同、陈诚大加训斥，“我革命军人之精神，竟如此不振?”蒋介石怒不可遏，就骂娘希匹，中央军就是打不过杂牌军。陈布雷说：“关西自古出勇将。战国时，六国百万之师叩关攻秦，秦人开关延敌，六国之师逡巡不敢进。”老头子又要骂娘希匹，陈布雷说：“楚汉相争，楚霸王追得刘邦连躲的地方都没有，最后刘邦反而得了天下，大丈夫斗智不斗勇。”蒋介石恍然大悟，即派人去东北拉张学良，封张学良为海陆空副总司令，并控制华北。陈布雷说这是刘邦收韩信的法子。蒋介石又派人从中央银行提取现款，收买西北军高级将领，陈布雷说这是刘邦收陈平收彭越的法子。

中央军吃败仗的时候，马鸿逵和杨虎城的部队却守住了阵地，并迂回反击，西北军时时感到侧面的威胁。

马仲英指挥的马全良旅越过陇海线进入安徽，这是陇海线津浦线的三角地带。马仲英建议部队停止前进，以静观其变。马全良说：“这里有中央军四个师，西北军啃不动。”马仲英说：“三角地带是死角，西北军野战能力强，完全可以吃掉这几个师。”马全良犹豫不决，马仲英说：“河湟战役，我们马家军凭的是戈壁沙漠，很少正面跟西北军交手，平心而论，西北军是块硬骨头，蒋总司令要啃它不容易。”

马仲英是总部派来的总参议，没有实际用兵权。先头部队进入亳县与蒋军主力合会。蒋介石又调集大批精锐部队在陇海线发动反攻，与西北军决战。中央五个主力师连同地方部队向西北军发起猛攻。蒋介石乘坐铁甲车沿铁路线督战。蒋军吸取教训，高度警觉提防吉鸿昌大刀队。西北军高树勋孙良诚佟麟阁三面反击，郑大章骑兵师旋风一般横扫中央军侧面，吉鸿昌部正面突破，中央军一下子损失三个主力师，指挥部被冲得七零八落。

蒋军赶快收缩兵力，由进攻转入防守。这回大刀队又出现了，不是白天，是晚上，每人一支匣子枪一把鬼头刀，头扎白毛巾，穿红色上衣，袒右臂，拂晓前摸进蒋军营地，杀声大作，蒋军惊慌失措，丢下武器只顾逃命，大刀队四面出击，追击几十里。

战场上全是被大刀片子削掉的脑袋，像摔碎的西瓜，被斩首的官兵有五千多人，两万多官兵被砍成残废。

马全良旅在侧面，与吉鸿昌一交手就被吃掉一个团，立即后撤，避免了全军覆没的命运。蒋介石指挥军队仓皇南移，深沟高垒，任凭西北军百般辱骂，决不迎战。马仲英说：“中央军真没用，这么好的枪炮，给咱马家军装备一半就能打败西北军。”马全良说：“这仗是打败了。”

相持一个月，战局发生了奇妙的变化，总部突然宣布：张学良拥护中央。二十万东北军进入华北，中原大战胜利结束。马仲英叫起来：“这不是开玩笑吗？就这样赢了？这也算胜利？”马全良笑：“这是政治，懂吗？蒋总司令釜底抽薪，西北军受得了吗？”马仲英像青蛙张了张嘴巴，说不出话。马全良说：“西北军那些干净漂亮的胜仗可以在军史上大书特书，可谋天下者只有蒋总司令啊。”马仲英说：“这样谋天下，顶个屎用。”“能谋天下的人不但顶屎用，而且是大家伙，大拿[①]。”马仲英说：“想不透，想不透。”马全良说：“你是真君子，不抽烟不喝酒不沾女人，你想想坐天下的有几个是真君子？”马仲英说：“蒋总司令不喝酒连茶也不喝。”

---

① 大拿：西北方言，大老板的意思。

“可他玩女人呀，蒋介石玩女人很有一套呢，女人把这叫作幸福，而且女人都喜欢让他玩。不会玩女人可以当英雄，但绝对做不了皇帝。”

中原大战结束，马仲英回到十五路军总部。马鸿逵问他感觉如何，他说：“中原大战跟河湟事变一样，胜者无所得，冯玉祥与我半斤八两。”

“中央胜了么，江山还是蒋总司令的，怎么说胜者无所得？”

“中央军连连败北，突然赢了，这叫打仗吗？简直是开玩笑！”

司令部的参谋人员都笑了：“西北军是能打仗，可他们是叛逆，中央大权在蒋介石手里，蒋介石可以封官，可以出钱，有了这两样，西北军打的胜仗再多也等于零。这就叫政治。”说话的参谋叫张雅韶，另一位叫吴应祺。马鸿逵说：“他们都是中共人员，很有才华。”马仲英说：“他们都是政府的通缉犯，你不怕惹上麻烦？”马鸿逵说：“地方部队都潜伏着中共人员。这些人都是难得的人才，他们可以应付各种复杂的局面。蒋介石跟冯玉祥一样，总想法子瓦解咱马家军，多一个朋友多一条路，你跟他们多谈谈。”

马仲英在甘南夏河听黄正清介绍过共产党，印象很深。马仲英在河湟一带的反冯运动吴应祺张雅韶了若指掌。吴应祺毕业于苏联基辅军校，张雅韶毕业于黄埔六期。他们俩参加渭华暴动①失败后与党组织失去联系，便投奔马鸿逵的部队。洗澡时马仲英发现他俩身上伤痕累累，马仲英说：“你们出生入死就为你们的组织？”“为老百姓。你尕司令当初反冯玉祥不也是为老百姓吗？”“不全是这样，我想摆脱马步芳兄弟的控制，自创大业，当时国民军横征暴敛，民心可用，我趁机起事。开始老百姓都支持我，人也多了枪也多了，不过后来我们的官兵素质太差，经常骚扰百姓，老百姓就不支持我们了。”

---

① 渭华暴动：大革命失败后，中共陕西地下党组织的一次武装暴动，失败后余部退入陕北。

真正打动马仲英的是吴应祺对蒋介石的分析，马仲英问吴应祺西北军为什么那么傲慢，不把蒋介石放在眼里？吴应祺告诉他，刚开始冯玉祥很看重蒋介石，他们结拜为干兄弟，蒋介石搞清党，冯玉祥也跟着盟弟搞清党，打完共产党接着北伐。北伐军到山东济南时，日本军队就想试一下蒋介石的虚实，日军几千人向中央军几万人挑衅，蒋一味忍让，西北军要打，蒋不让西北军到胶东，蒋派外交公使去交涉，日本兵把国民政府的外交特使割鼻割耳，活活钉死在墙上，并袭击中央军，中央军一触即溃，死伤数千人，这就是济南事件。西北军一直以日本为假想敌，曾在大沽口跟日军发生炮战，中央军在济南的所作所为让西北军大失所望。马仲英大叫，"蒋总司令怎么这样？"

吴应祺说："蒋为人精明，擅长权术，哪路军阀都不是他的对手，可精通权术的人只能当政客不能当大国领袖，他没有雄才大略，没有豪迈的气度和魄力，他驾驭不了这个伟大的时代。面对列强怎么能示弱呢？不要说冯玉祥，小民百姓也会小看了他。"

马仲英本人作风很好，能吃苦，爱学习，没有不良嗜好。十五路军驻守的山东济宁，文化相当发达，马仲英在这里一方面交结中共朋友，一方面阅读大量书刊。回想河湟战役的种种失误，不禁发出阵阵感叹。吴应祺说："你当年的经历就像古罗马的斯巴达克。"

吴应祺说："斯巴达克率领角斗士抗击罗马大军，罗马的好多军团被打败。斯巴达克迅速崛起，变得无比强大令人生畏；但他对形势却有一种清醒的认识，因为他还不能指望推翻罗马的统治，就开始把队伍带向阿尔卑斯山。他认为大家必须翻过山岭回到各自的家乡，一部分人回色雷斯，另一部分人回高卢。可是他的部下自以为人数众多而盲目自信，不听他的命令，继续在意大利各处骚扰劫掠。骄横狂妄而脱离斯巴达主力的日耳曼人被罗马军队歼灭。罗马大军把斯巴达克围在海边三角地带，斯巴达克回师反击，大败罗马人。这次胜利却断送了斯巴达克，因为他的部下都出言狂妄，不愿再回避战斗，也不再听从首领的命令。这正是敌人求之不得的。"民国十九年，在边都口击败国民军主力后，马仲英进入河西，打算攻入新疆，没有人支持他。这样，他们失去了进军新疆的好机会。吴应祺说：“你的部下军纪太坏，兵匪不分，屠戮百姓。”马仲英问：“这是为什么?”“他们一辈子守在家门口，他们如果听从你的指挥，进行一次远征就好了，大军远征不仅仅是争地盘，重要的是部队能得到锻炼。”吴应祺说，“在河套平原，大军压境时，你的部下背叛了你，你只剩下七百多名老兵。”马仲英说：“斯巴达克是不是也有过这种遭遇?”“他就是这样死的，角斗士们不听命令，意气用事，与罗马大军混战，斯巴达克看到他必须亲自出战，首先，他让人把战马牵到跟前，他拔出剑，声称，如果得胜，他将从敌人那里得到很多良马，如果失败，他就不再需要任何马了。说完他把马刺死，然后冒着飞矢，越过遍地的伤员，直向罗马统帅克拉苏杀去。他杀死了迎面奔来的两名百夫长，却没有达到目标。最后，他的同伴都逃跑了，他独力奋战，在敌人的重重包围下，他被砍倒时还抵抗不止。”

马仲英沉默好久，说：“很早以前我就渴望着一次远征，穿过中亚荒漠一直到大海……那是骑手最后的海洋。”

吴应祺说：“听说你喝过马血，不是用刀而是用牙咬。”

马仲英说：“马血里有海洋的气息，从那里我看见了宽阔的入海口。”

吴应祺说：“你应该回西北召集旧部，重振旗鼓。寄人篱下不是长久之计。”

马仲英说：“我这次来内地最大的收获，就是交了你们这些中共朋友，我还会东山再起，我要改造我的部队，你们要来帮助我。”

吴应祺说：“我们的工作就是组织民众反抗黑暗的社会。”

“多带些朋友多带些书，我知道的革命道理太少啦，我能不能加入你们的组织?”

马仲英加入了共青团。这两个与组织失去联系的共产党员也只能把马仲英发展为团员。

马仲英潜回宁夏。

七

宁夏省主席马鸿宾得到消息，即派人前往欢迎，马仲英向银川各界表示，这次回来收抚旧部，遣散回家，使其安居乐业。大家松了一口气。马鸿宾让马仲英担任宁夏部队的教导队长，选拔下级军官受训。

马仲英生活简朴，与学员同甘共苦，采用西北军的训练方法，配以河湟战役和中原大战的实例，学员领会很快。好多学员表示愿意听马仲英调遣。马鸿宾闻讯大惊。马仲英为了避人耳目，整个冬天，天天去郊外放鹰抓兔，有时外出很远。

春天快到时，马仲英带着忠于自己的学员离开银川，潜伏在中卫黄河渡口。

马鸿宾的部队四处搜索，毫无踪影，查了一下，跟尕司令走的仅仅七个人。

“带七个兵还想弄事呢。”马鸿宾可以放心地喝茶了，噗儿噗儿，茶越烫越有味道。

参谋长不放心，“当年夺循化县尕司令就带七个兵。”

“本事大让他夺么，只要他不夺咱宁夏，管屎他哩。他是马步芳的仇人，又不是我马鸿宾的仇人。”

“那咱把兵撤了。”

“看你笨的，总得给马步芳个面子么，尕司令是个咬屎的大三，不要让人家说咱闲话。”

马鸿宾喝一口换个杯子，卫兵不停地给他上烫茶。

参谋长说：“烫嘴哩。”

马鸿宾说：“我也不知道烫谁哩，让它烫么！”

尕司令潜入河西走廊，骑上大马，一夜间走了千里路，直扑甘州。他的旧部二千多人被马步芳收编在这里，编成一个旅，旅长马谦也是尕司令的老部下。

马谦一见尕司令，嘴张得跟一眼窑一样，眼巴巴看着尕司令走进窑里，马谦站也不是坐也不是。尕司令说：“你是旅长，我是光杆司令，我到你跟前混饭来了。”马谦这才想起来叫司令，赶紧唤人摆席给老长官接风。宴席上一口一个老长官。几个团长都是马谦的亲戚，也跟着马谦一口一个老长官。尕司令说：“你别怕，我不当司令，我跟大家见个面叙叙旧，轰轰烈烈干了一场，出去了好几年，想弟兄们呀！”门口挤满了老兵，黑压压一大片，不出声，眼睛在暗地里放着亮光，尕司令撇下热腾腾的宴席走进那团亮光里。

马谦连夜晚派人去西宁给马步芳报信，马步芳大叫：“他不是在宁夏吗？就是长了翅膀也飞不了这么快！”马步芳给来人下命令：“回去告诉马谦，旅长不是擀面杖，想当官就当得下狠心，把马仲英灭了，灭得死死的。”

马步芳派了最精锐的骑兵团，约好时间，协助马谦灭马仲英。那一团人马潜伏在山窝里，只要马谦发个信号，眨眼就能杀进甘州城。

一连好几天平平静静。

星期四晚上洗澡，军官先洗。马谦邀上老长官还有参谋长、副官。尕司令只带他的小兄弟马仲杰，十几岁个碎娃。

洗到一半，澡堂响了一枪，尕司令从热水里出来一看，是朝他开枪，是马谦旅长开的枪。马旅长不知啥时候穿好衣服，提着二把盒子，离尕司令近近的，举起手枪搂一家伙，又搂一家伙，估计死得差不多了。谁也没想到尕司令精身子，跟一条大鱼一样凌空而起扑上去。马旅长双手攥住枪，搂一下又一下，搂着搂着枪就不响了，尕司令立在他跟前，二把盒子扫射的是澡堂的后墙，是一面石头砌的厚墙。尕司令给马谦一脚，马谦扑通跪在地上，“挨尿的心太狠，哪有这么打枪的，两只手把枪捏死啦，你配当军人吗。”尕司令唾马谦一脸。

第一声枪响，城外那一团骑兵就冲进来，在街巷里全被马刀砍死了，血流出城门洞。几匹空马性烈如火，翻过祁连山，回到宁海军的大营里。

马步芳赶快调集大军，全青海的兵倾巢出动。连马步青的那个骑兵军也调上去了，数万大军分两路出山丹和边都口合击甘州。

马仲英最精锐的步兵旅由马仲杰率领攻占肃州，仅仅两天，大半个河西走廊十几县落入马仲英之手。

大战开始前，马步芳对阿哥马步青说：“老祖宗的家业眼看要毁于一旦，阿哥呀，咱是亲兄弟，咱要拼上命把马仲英打下去，他活着，咱就活不安然。”

“他就是老虎咱也不怕，咱兵多将广，他才几个人？不怕他。”

数万大军开上去。被堵在祁连山最险要的地方红水沟。红水沟淌着一条小河，水跟血一样，因为土是红的，石头也是红的。这是前定下的流血的地方。狗日的马仲英呀，你真会挑地方，这么大一座祁连山你偏把爷爷我堵在喉咙眼。

大军一个整团一个整团开上去，死人倒浪浪，把红水沟快要填满啦。

山上枪不响了，马刀一闪一闪跟镜子一样，把人的五脏六腑全照出来了。马步芳拔出手枪，朝天开三枪：“弟兄们冲呀，敌人没子弹啦。”被马刀赶下坡的士兵愣愣地看他们的长官，以军人的习惯，对方跟你拼刀子你就不好意思子弹上膛。他们的长官一马当先，开了一枪，又开了一枪，连打倒两个马仲英的兵。山下的宁海军乒乒乓乓放起枪。

这已经是两天两夜以后了。这也是宁海军青马旅黑马旅损失殆尽之后，调来的援军，由马步芳亲自带领杀上红水沟。机枪夸夸夸夸叫个不停。

“就打马仲英。”

“长官，打死啦。”

“你看清楚了？”

“二百发子弹，跟下白雨一样下到他身上啦，他肯定湿啦。”

“找他的尸首，我要攮他几个窟窿。”

搜索队在死人堆里乱折腾，死的都是硬硬邦邦好小伙，日他妈个个都像马仲英。许多尸首被马步芳卸开了，喷了满身血。阿哥马步青稍微冷静些。

“兄弟呀，人死了就算啦，人家笑话哩。”

“我要让他死得踏踏实实。”

“死踏实啦兄弟。”

“我不踏实，我眼皮老跳。”

“你太紧张。”

“不是紧张是警觉，人警觉点好，不吃亏。”

马步青摇摇头一笑。

搜索部队报告，马仲英残部向肃州撤退。

“一个不剩，杀光。”

马步青挡住他疯狂的弟弟，“肃州快到新疆啦，就不追啦。”

“不成，全杀光。”

“兄弟你杀红眼啦，你也不清醒清醒，咱把主力开到肃州就不怕兰州和陇东的军队抄咱后路。”

阿兄的话把马步芳吓一跳。赶快收兵回营。

回西宁后，马步芳哄阿兄去兰州看戏。马步青是个戏迷，听上一曲秦腔，魂都走了。阿兄的兵权一点一点让兄弟给夺光了。阿兄发觉时已来不及了，就在河州城里修一座蝴蝶楼，重金从兰州买一个秦腔名旦做姨太太，在蝴蝶楼给他一个人唱大戏。

马仲杰带残部退回肃州，元气大伤，仅剩数百人。大家四处打探寻找，没有尕司令的消息。马仲杰不相信哥哥会死，他指挥部队照常训练。

一个礼拜后，从戈壁滩上走来一个血人。阳光照射下，血人的身上有一团可怕的光芒。血干在身上，还那么鲜艳，跟裹一层红绸一样。马仲杰大叫：“哥，哥，我哥活着，哈哈，我哥活着。”

尕司令从死人堆里爬出来，在祁连山走了三天，在戈壁上走了三天，绕个大圈，从嘉峪关外走回来了。

“我走到马鬃山，那么威风的一座山，石头一缕儿一缕儿在天底下闪亮哩，像风在吹马鬃哩。”大家谁也没见过这么一座山。“马鬃山前边连着昌马儿山，日他妈昌马儿山，那么好一个地方，马能不昌吗?”尕司令说着说着就睡着了。

马仲英守住了嘉峪关以及周围四座县城，马步芳的大军三面包围着他。马步芳日夜盼望马仲英溃散。他好收编马仲英的残部。据情报人员报告，马仲英准备进军新疆。马步芳说：“民国十九年他准备打新疆，他的下属都不愿意，他的兵都是河州回民，离不开故土。”

情报人员说："马仲英招了好多汉民，还有内地大城市来的读书人。"

马步芳说："幸亏动手早，晚一步就麻烦了。"

马步芳命令情报人员密切注意马仲英的动向，又派人去新疆联络金树仁，夹击马仲英。大漠之中如瓮中捉鳖，马仲英插翅难逃。

八

这是个凶年。马仲英濒临绝境时，盛世才在迪化城也面临绝境。

盛世才在迪化城名声大振，军校学员以结识盛教官为荣。省府举行联席会议，人们翘首以待，希望盛世才能担任师长一类的职务，独当一面，而省主席金树仁宣布盛世才治军有方，擢升为军政厅参议。人们看见盛教官纵马扬鞭，向郊外飞驰，那真是一匹好马，乌溜闪亮。郊外的哈萨克牧人说："黑马，黑马，黑马找骑手去了。"牧人们发现马背上有一位骑手。

骑手和黑马离开草原，在戈壁上飞驰，戈壁上的红石头像泡胀的牛皮制成的空心大鼓，四野八荒响起来，大鼓发出一种低低的，阴沉的声音，像是野兽的怒吼和粗暴刺耳的雷鸣。后来，黑马驰进沙土地带，马蹄踏裂地表，在深深的沙滩上腾起一阵暴风骤雨般的尘雾，好多次骑手勒住缰绳，马蹄腾空整个马直立在荒原上，发出咴咴的嘶叫，像要吞吃肥大的太阳，缰绳一松开，黑马平窜出来，窜到妖魔山上。盛世才从山顶俯视迪化全城，山谷里吐出团团黑雾。

盛世才是长子，父亲年迈，他就长兄为父了，他把父母亲四个弟弟一个妹妹还有岳丈一家全接到新疆，看样子要扎根边疆了。他的军衔还是上校，在省政府做上校参议，在军校兼职，两份薪水维持夫妇俩还可以，维持老老少少这么一大摊就很困难。这里不比日本，在日本，邱毓芳还可以出去找事做，中国的官太太是不能出门挣钱的。日子很清苦。

同僚提醒他到上边走动走动，放一任县长，什么都有啦。新疆前任总督杨增新常常劝诫属下做官要有良心，不能太贪，杨增新的口头禅就是：西出阳关无好人，来的都是发洋财的贪吏，杨增新尽最大力气把属下们的贪欲降到最低线。你不能让大家不贪啊，这叫有限贪污法则。多明智一老头，硬是让肖耀南给杀了。金树仁主席上台，很直爽。金主席是甘肃河州人，河州正在打仗呢，马仲英拉杆子打冯玉祥，打得天昏地暗，河州难民就跑到新疆投靠金主席。金主席热爱家乡，更爱老乡，大骂冯玉祥我日你妈欺负我们河州人。金主席有义务有责任为乡党排忧解难，尽量满足乡党们的各种要求。从温饱到职业安排，到各个要害部门的位子。金主席管不过来了，叫兄弟管，金老二掌握衙门只有一个标准，会不会河州话，一口流利的河州话就能进衙门当个科员、科长，或者排长、连长。社会上就有“一口河州话，就能把盒子枪挎”的说法。

金主席的官很好做，好做得让人不做一做官就好像你不是人一样，除非你是一匹马。

同僚们很不客气把话说到盛世才面上，盛世才心里冷笑，“我盛某平生宏愿就是铲除军阀铲除贪官污吏解民倒悬，新疆未来的政府将是一个清廉高效的政府。”盛世才相信他能开出一片光明的天地。他不禁热血沸腾，大家不知盛先生怎么啦，粗脖子红脸的，急吼吼奔出办公室。

“肯定是吃羊肉又吃西瓜，肚子胀，奔茅房，茅房肚子一块儿遭殃。”

盛世才奔到街上，才平静下来，他的自制力很好，脑子再热也能压下来。他还觉得自己不行，这样冲动不行。他走得很慢，他彻底放松了。他看见金老二金老四骑着大马在街上奔驰，小贩们吓得乱躲，他也躲一边，他彻底平静了。

回到家里他又忍不住了，四弟五弟还有妹妹刚放学回来，静静做功课。弟妹们是很听话的，都是学校里的尖子。可他还是对弟弟们吼起来：“你几个听着，你们谁要是以后有一丁点金家兄弟的样子，我非杀了你们不可。”

“你又中什么邪啦，”邱毓芳把丈夫拉到房子里，“你把他们吓坏了，你看你的脸都歪啦，你要吃人呀。”

“我要杀人，我一定要杀很多很多的人，把那些王八蛋们全杀掉，毓芳你记着，我以后当了省主席你提醒我，盛世才你不是什么狗屁主席，你是清道夫，你的使命是清扫这个肮脏的世界，你给我脸上吐唾沫，像越王勾践那样。”

“你也不用对兄弟们发火呀。”

“金主席会毁在他那帮亲兄弟手里的。”

盛世才主掌新疆以后，真的把四弟给杀了，不是因为四弟腐化堕落，而是四弟太革命。这是当初他们谁也没想到的。

盛世才在军队的声望超过省主席金树仁。连伊犁塔城阿勒泰的边防军也在谈论盛教官。部队的高级将领纷纷来迪化拜见金树仁，大家一致认为：盛某不除，他们难以驾驭部下。盛世才是鲁效祖招聘来的，金树仁问鲁效祖的意见，鲁效祖说：“我们当初招聘人家，是看重人家的才能，军校学员崇拜他，说明他训练得法，确实有一套。”

司令官们说：“下级军官只知道有盛世才，不知道有长官，还要我们这些人做什么?”

金树仁说：“赶人家走外边会笑话，当初只想让他把部队整顿一下，像个样子就行了。”

司令官们说：“蒋介石都不敢重用他，可见他有多么危险。”

鲁效祖说：“蒋介石也没杀他呀。”

金树仁说：“我们也没给他多大权力，不就是军校教官吗；军政厅参议也是个空架子么。哎，你们怎么就不动动脑筋呢，人家超过你们，你们就知道找我瞎吵吵，你们这些人真没用。”

大家拍拍脑袋，肩膀上都有个挺大的家伙，大家回去动脑筋。

鲁效祖很为难，回府后打电话叫盛世才，盛世才匆匆赶来，鲁效祖叮咛他注意安全。

当天晚上，盛世才卧室遭枪手袭击，床板被手提机关枪打成碎片，盛世才在书桌底下躺着，幸免于难。

傍晚，盛世才骑马去郊外溜圈，沙枣丛里射来一箭，扎进马的后臀，马颠起来。围观的人发出惊叫，这种情形，骑手会被颠落在地上，被马蹄踩成烂泥。只见马背上的骑手拉紧缰绳马蹄腾空，骑手从靴子里摸出短刀，从马后颈窝切下去，马头落在地上，马蹄深深插进地层马血发出吼声。骑手下马后马的僵尸凝然不动，骑手转到前面，朝马的胸膛又捅一刀，剖开厚厚的胸壁，马的心脏在冷风中一下子变硬了变成了石头。马尸轰然倒下，灰尘高高扬起，一直到苍穹深处消失。沙枣丛里的射手站起来，走到盛世才跟前，射手扔掉弓箭，拔刀在手："如果我输了，像杀那匹马一样杀掉我。"盛世才用的是日本刀法，射手的刀被击落地上，盛世才收起刀子，用柔道把对手盘在地上，盘了差不多一个时辰，对手全身发抖，脸色发白，围观的人说："这是猫追老鼠，盘软了再吃。"

那正是腊月天气，射手的血全缩回心脏了，盛世才把他捆在白杨树上，盛世才说："马是军人的魂魄，很遗憾我不能用杀马的办法杀你。你不配与马为伍。"盛世才用关东胡子宰活人的法子宰了他。盛世才扒开他的衣服，用雪刷他的胸口，刷湿后把刀子塞进去，用掌在后心一拍，心跳出来，盛世才连雪带心吞下去，唇上的胡须结了一层冰碴，完全是一个真正的红胡子。

那场面，迪化城的人全看到了。不再有杀手露面，他们不敢接这活。

策划谋杀行动的司令官们又聚在金树仁家里，金树仁说："军队有啥动静？"

司令官们异口同声："少壮派快把盛世才吹成拿破仑了。"

金树仁说："现在想给他找个罪名都不好找了，这样一来，人家会怀疑我们是谋杀案的策划者。"

司令官们一筹莫展。

金树仁说："这种时候。任何意外事件都能成全盛世才。你们想想，新疆最近会不会出乱子。"

大家首先从政府的法令条文中寻找漏洞，全都无懈可击，所有的条文都能证明金主席无比英明。

大家度过了一个安静的夜晚。

第二天东疆传来急电，哈密维吾尔人造反，反对改土归流。省政府一片混乱，只有少数官员心里清楚，盛世才一显身手的机会到了。

金树仁与司令官们决定派重兵进剿。朱瑞墀师长熊发友师长杜国治旅长率一万多省军开往哈密，暴动的农民败出哈密城，省军大获全胜。东疆战役没有动用军校学员，竟然获胜，金树仁和他的下属们高兴坏了。

盛世才虚惊一场。迪化城在庆祝东疆战役的胜利，金主席给出征将士颁发奖品，军乐队吹洋号敲洋鼓，盛世才也被邀请到主席台上就座。

盛世才绝望到极点。

省军的胜利非常短暂。逃进山里的起义军残部在和加尼牙孜·阿吉的率领下又壮大起来。这时，哈密王府虎王尧乐博斯带着一部分王府护兵也起义了。整个东疆陷入一片混乱。迪化派去的部队大败而回。伊犁的马队上去也败回来了。迪化城无兵可派，只有军校几百名学员可以一用。整师整旅的老牌子部队都顶不住，将军们想看盛世才的笑话，几百名学生兵顶个蛋，让这位孤傲的留学生见识一下战争吧。据说盛世才还没带过兵呢。

跟军校学员一起开赴前线的还有一个团的警察。

盛世才被任命为东路军参谋长，鲁效祖任总指挥，盛世才是鲁效祖介绍来的，他们做搭档正好。邱毓芳恨恨地说："金树仁真不是玩意儿，这种时候还不给你放权，参谋长还是幕僚呀，给人当一辈子幕僚这不是欺负人吗？不去，不稀罕妈拉巴子的参谋长。"

这回盛世才可没听夫人的。

"拿破仑当年为了政权，把一支大军留在埃及，只身逃回巴黎。为什么？因为他建立过战功，巴黎需要一位铁腕人物。迪化同样需要铁腕人物，需要战功和胜利安定人心。"

盛世才从墙上取下东洋刀，战马在外边嘶鸣，他飞身上马，扬蹄而去。邱毓芳脸色苍白，这么苍白！她很久以后才发觉丈夫已经出征打仗去了。磨炼了这么多年不就是为了这一天吗，这是什么样的一天呀，战马把丈夫从她身边带走了，她的心越抽越紧，她呼地站起来，像被马蹄子踩了一下，她对着镜子稍稍打扮一下，去看望老人，一大家子就靠她支撑了。

大战在山脚展开。盛世才把军校学生摆在第一线，那一团警察由总指挥鲁效祖掌握摆在后方，若是败了，军校学生兵一个也逃不了，鲁效祖可以从容撤退。

盛世才一马当先发起冲锋，他很快把部队甩在后边，单人单骑冲上去。迎面而来的铁塔般的壮汉连同坐骑被东洋刀劈为两半，马的半拉身子落在地上，马蹄子还立着，骑手的脑袋在地上翻滚。盛世才一口气砍翻八个壮汉，再也没有人敢上来拼刀子了。对方开始放枪。他们胆怯了。子弹打穿衣服，流弹从头发里擦过去，血从鬓角流淌下来，耀眼夺目就像戴了一个面具。“血，血。”敌人在叫，盛世才冲上去，从容不迫，日本刀在他手里跟鞭子一样运用自如，发出嚓嚓、格铮格铮的声音，刀锋在筋肉与骨头上的声音是不同的。刀锋贴着骨缝走，中刀的人惊讶万分，嘴巴和眼睛要么睁好大，要么紧紧闭着，冰凉飞快的刀锋跟鸟儿一样欢叫。他已经忘了腰间的王八盒子。后来他从卫兵手里抓过一支步枪，敌人已经崩溃逃窜，军校学员杀得性起，喊起号子。一直在后方山冈上观望的那一团警察终于激起沉睡的雄性之力，冲上来投入战斗。

和加尼牙孜和虎王尧乐博斯全垮了，垮得一塌糊涂。

盛世才半跪在土丘上，卫兵给他压子弹，两杆步枪换着打，弹无虚发，顺着弹道，摆开长长一溜人，变硬变僵成为尸体。

盛世才收起枪，枪口冒着青烟，有一股呛人的硫黄味，他闻着硝烟的气息就兴奋无比。

鲁效祖过来哈哈大笑：“打得好哇打得好，老盛，你放手指挥吧。”

那一团警察全交给盛世才了。

又打几仗，暴动的农民全被赶进山里。官军缴获甚丰，士兵们在羊肠子里发现黄金，盛世才当场分给大家，论功行赏。他自己分文未取。归来时，一团人马加上军校学生已经成为一支劲旅。迪化人狂欢东疆大捷，盛世才表情淡漠，这些人能欢呼你也能打倒你。他拉紧马缰，跟在鲁效祖后边。鲁效祖不交兵权，这支劲旅就是他的后盾。

九

自冯玉祥东下以后，甘肃又形成割据局面。陕西杨虎城派军长孙蔚如攻占兰州，控制陇东陇南，河西一带由马步芳控制。杨虎城向南京请求任孙蔚如为甘肃省主席。蒋介石识破杨虎城独霸西北的意图，只宣布孙蔚如为甘肃宣慰使，准许马步芳驻军河西。

孙蔚如为了抗衡马步芳，派人与马仲英联络，并转给杨虎城向蒋介石申请，改编马仲英部队。蒋介石满口答应："杨虎城很狡猾，可他没想到中央了解马仲英。"

马仲英部被改编为新编第三十六师。

马仲英将所部五千余人进行整编。以马仲杰马虎山为旅长，马占祥马生贵为步兵团长，马如龙为骑兵团长，另编手枪机枪工兵特务四个直属营。杨虎城派来的中央党员杨波清任三十六师政训处长。

政训处和政治部全是中共朋友。还有一个军事参谋部，五花八门什么人都有，有土耳其的陆军中将，有各地投奔而来的冒险分子，尕司令太好奇了，来者不拒。

尕司令用西北军的练兵办法操练士兵。西北军也就是国民军，是当时中国最长于野战的军队，从冯玉祥吉鸿昌佟麟阁这些高级将领到普通士兵，都有一身过硬的武术刀术和拼刺功夫。尕司令在中原大战中真正体会到西北军的战斗力。据说，西北军在大沽口与日军对峙，冯玉祥下令齐步走，口令一出，一千多人的团队很悲壮地走进大海，日军一下子被震住了，中国竟然有这么硬的军队。"我就要练出这么一支军队。"尕司令依西北军的体制，挑选最优秀的士兵组成学兵队，自己亲自训练。学兵队各民族都有，回汉撒拉东乡，只要是血性汉子都要。因为有中共朋友的大力宣传，酒泉周围的四个县掌握在三十六师手里，大街小巷到处是标语，革命口号让这偏远的一隅面貌一新，马仲英自任甘青宁联军总司令，旗号是"三行省苛政猛虎，七条枪吊民伐罪"。其革命热情比 1926 年、1927 年的大革命还要激烈。中共的朋友们离开组织太久，只言片语知道中央在南方建立了武装和根据地。他们依托马仲英在遥远的大西北也拥有了一支武装和一块儿地盘。这块地盘稍微扩展就能进入新疆，与伟大的苏联连成一片，世界将是赤旗飞扬的世界呀。他们相信他们能改造马仲英，把他改造成中国的夏伯阳，中国的莱奋生。他们给马仲英介绍《毁灭》和《夏伯阳》。张雅韶和吴应祺在苏联时看过电影《夏伯阳》。尕司令听得很入迷，突然蹦出一句："哥萨克骑兵这么厉害，我们跟他干一仗，跟打西北军一样。"

"他们是苏联红军，支援全世界的革命，不可能跟我们打仗。"

尕司令大笑，"你们白上军校啦，军人的交情是打出来的。"

"都二十世纪了，你还满脑子的《三国演义》。"

"不要看不起《三国演义》。"马仲英鞭子一挥，指着操场龙腾虎跃的小伙子们说："他们血管里翻腾的就是张飞马超就是八丈蛇矛青龙偃月刀，我马仲英凭什么当司令，凭的就是马超之勇，凭的就是反西凉打得他曹孟德丢盔卸甲脱袍割胡子。"

马仲英提上鞭子到操场去训练士兵，队列训练早已结束，士兵们进行单杠越野训练。最要命的是跳墙，一队队士兵走上古长城，一声口令，奋勇而下，不少人趴在地上，很久以后挣扎着起来，第二次、第三次，直到稳稳落地，一阵小跑去拼刺。

有一天凌晨，学兵队悄悄摸进马虎山马占林马黑鹰的团队，三个凶悍的绿林好汉骑兵团，被几百人的学兵队解除武装，集中在大操场。大家大眼瞪小眼，揉着发麻的手腕和胳膊肘。他们的团长马虎山马占林马黑鹰垂头丧气站在土台子上听尕司令讲话。三个歪人服服帖帖，交出兵权，表示愿意听尕司令发落。三个歪人一时间成了闲人。三个精锐骑兵团由学兵队接管，开始严酷的整军训练。

"这伙挨尿的能打仗，缺的是笼头，是铁嚼子，把牙口给勒住勒紧。"

尕司令毫不手软，对他姐夫马虎山更不客气，稍息，立正！马虎山骑马骑成了罗圈腿，咋都站不直，尕司令上去就是一马鞭子，又是一脚。马虎山抱住肚子，慢慢往下弯，弯到地上又慢慢弹起来。

"你这笨牛，再来！再来！"

马虎山一遍接一遍，咬着牙，气恨恨地站直了。

“你肚子胀，是你吃得太多，屙上几回就没事啦。”

大家轰一声笑了。半年多的强化训练把五千号人马训成了铁胳膊铁腿铁脑瓜。古城酒泉，当年卫青霍去病马踏匈奴的血性之搏，兵马欢腾，千里大漠在无限荒凉中显露出悲壮和生机。这支生机勃勃的部队吸引着千里河西的进步青年，而且都是念过几天书，对动乱黑暗的世道不满的有为青年，许多与组织失去联络的中共党员从陇东陇南陇西，甚至从陕西，来投奔三十六师。早在山东时，张雅韶吴应祺就介绍马仲英加入少共——共青团。只要打进新疆，他们就有把握把马仲英培养成中国的夏伯阳，大西北的红军司令。

马仲英拥有一批思想进步才华横溢的政治军事人才。但部队的带兵官还是绿林英雄马虎山，有才干的幕僚起的作用不大，幕僚的话他听不进去。幕僚们便对他讲十月革命，讲中山学院讲伏龙芝军事学院基辅军校，那些学校培养的都是世界的叛逆者。他的家族从老五马到小五马都是西北望族，只有他一个叛逆者，他反抗伯父堂兄的羁绊，反抗冯玉祥的欺压。他对幕僚们谈关里爷的遭遇，谈血脖子一代接一代的反抗。“太平军和捻军，在中原在江南血气很旺，到西北就不行了，这里大旱，没有水，水全在自己的命里，只有儿子娃娃才能活下去。你们的革命要在西北扎下根，没有这血不成。”

那些受过高等教育的幕僚难以理解这块土地，也难以理解神秘的哲学。

“沙石和清水是一样的，只有去过最后海洋的人才会有这样的眼光，群山和沙漠就是这样存在的。”

幕僚们像惊讶的孩子，像在听天书。但他们是真诚的。他们说：“我们观念上有差别，我们能为三十六师工作而感到高兴。”马仲英说：“这我相信，杨虎城冯玉祥能用你们，说明你们是够朋友的。”

大灰马把他驮到荒滩上，斜阳落在他的背上，像箭囊。

放羊的老回民说：“当年瘸子拔都就是这样子。”

幕僚说：“他是个好骑手，好军人，按西北人的说法是了不起的儿子娃娃，可他太年轻了。”

1931 年夏天，新疆哈密的和加尼牙孜·阿吉和虎王尧乐博斯武装反抗金树仁的压迫，无奈势单力薄，难以抵抗省军的进攻，他们联名邀请尕司令进疆助战，平分金树仁的江山。他们谁也没有注意盛世才。当时嘉峪关以东整个河西走廊落入马步芳之手，马步芳为自身安全，也希望尕司令进军新疆。三十六师里那些公开不公开的中共党员一下子兴奋起来，他们与党组织失去联络很久了，到了新疆就能去苏联。自民国以来，新疆一直孤悬塞外，中央政府鞭长莫及，南京方面也电告马仲英进军新疆。整个三十六师处于亢奋状态。

傍晚，红红的太阳被祁连山吞到肚子里，山嘴嘴血溜溜个红呀，天顶上青苍苍的。大道上由远而近一个男人，后边一头驴，驴背上驮着一个小媳妇，俊得让人眼睛痛，眼眶骨骼铮铮裂开一道缝。

“尕司令的女人，尕司令的女人。”

“你嘴臭，是夫人。”

“夫人，对，是夫人。”

牵牲口的男人是尕司令的舅舅。舅舅喝两缸子热茶。

“你这我儿，进新疆呀你进么，进去了是活是死就说不来了，你甭叫老人操心么。国民军把你大给害了，你不能叫马家绝后么，你给人家媳妇把事办了，人家媳妇往后守寡呀也好守么。”

媳妇脸红红的，头都不敢抬。尕司令把她娶进门，就撇下她，去打冯玉祥，打得鸡飞狗跳天昏地暗，差不多把她给忘了。

舅舅咳嗽一声，“我不打扰你们，你们抓紧时间把事办好办稳当，我出去呀。”舅舅拉上门就出去了。

整整一个星期，事情办完了。尕司令精神得很。舅舅笑：“这挨㞞的年轻，身体好，我还操心你打不成仗哩。”

“我日金树仁去呀。”

“娃呀，金树仁是咱河州乡党哩，手下留点情。”

“知道知道。”

“就怕你不知道，你娃年轻，做事没轻重，到了新疆可不敢胡来。”

他舅回呀，他舅的任务就是给马家留下点血脉。尕司令要派兵护送，他舅不要。

“怕我把你媳妇遗失了。”

“甘州凉州都是马步芳的地盘。”

“马步芳咋啦？他娃敢骚情我把他㞗割了，他娃敢惹你可不敢惹我，我是谁？我是尕司令他舅。”

他舅牵上驴回呀，尕司令能让他舅牵驴吗？尕司令让人牵来两匹马，他舅一个他媳妇一个。“人能骑马吗？”

“马仲英的女人么，不骑骡子不骑驴，就骑马，高头大马。”

尕司令夹起女人，跟农民丢麦捆一样把女人丢到马背上。马高高跳起来，女人长叫一声，就不叫了，女人抓紧缰绳，又松开，马奔上山冈，祁连山红通通的，把女人也照红了。女人拧过身看丈夫一眼，一抖缰绳，踢夸踢夸向东方奔去。

队伍里的老兵唱起花儿，地地道道的尕司令队伍里的花儿：

山坡坡哟溜溜儿长，
红红的牡丹开在嘴上。

钢枪快枪都扛上，
大姑娘捎在马鞍上。

十

本来计划让团长马世明带兵去新疆。部队集合整装待发，马仲英给大家讲话，他问士兵们：“金树仁怕不怕？”

“不怕。”士兵们吼。

“还有大戈壁大沙漠，比咱甘肃的旱塬还要荒凉怕不怕？”

“不怕。”士兵们越吼越凶。都是十八九岁的愣头小伙，天不怕地不怕。

“马步芳日你娘，害得老子走新疆……”

马仲英的尕劲就上来了，他跟着士兵一起吼。

“老子还是尕司令，老子不老，老子领着弟兄们跃马天山，跃到山尖尖上，让金树仁尿裤裆。”

士兵们轰一声笑了，跟地雷一样。尕司令就爱这种大嗡声，士兵放一个很响的屁他都要表扬一番：“这小伙，屁眼跟大炮一样。”参谋提醒地：是马世明去新疆不是你。

“不成，头茬面应该留给本司令，马世明马世明。”

马世明喊：“到！”“马世明你狗日的不能占这个便宜，我去新疆呀，你给我当助手。”

马世明成了副司令。三十六师的部队，从连长到师长都叫司令。

尕司令开始挑兵，他嫌人多，打金树仁用不了一个团，半个团就够了。一千多小伙子站在大操场，每人挨尕司令一铁拳，打趔趄的都退后一步。尕司令挑出五百名精壮小伙，携带轻武器，开始他的新疆之行。

那正是炎热的夏季，从肃州到哈密的千里之地，全是大戈壁。黑石头无边无际，看不见一棵树，连枯木都没有，戈壁滩上一尘不染，石头滚烫。部队就像在烙铁上行走。尕司令不停地催着大家，他跟士兵一样斜挎着一杆来复枪，胯下一支驳壳手枪，跟儿马一样一跳一跃。荒凉的戈壁就像脚下的跷跷板，他在前边一路领先，大家紧跟在后边。五百个精壮小伙，跟轻捷迅猛的狂飙一样穿行在大漠深处。

一口气急行军一百多公里，他们看到野骆驼。他们进入大漠连一只蚂蚁都没看到，连沙漠里常有的蜥蜴都没有。他们朝野骆驼奔去，野骆驼在吃东西，他们要看看野骆驼吃啥东西？该不是吃石头吧！野骆驼见人就跑，士兵们“哗”全举起枪，枪栓拉动如同暴雨，枪口黑幽幽一声不吭盯着野骆驼，枪比他们还喜欢野骆驼。他们看到了野骆驼的食物，甘肃宁夏的西北边也有沙漠，沙漠里长着骆驼刺，生长在沙窝子里，多少有些水分。这里的骆驼刺跟一团火一样，长在石头缝里，石头滚烫，骆驼刺更烫，尖刺上像是要喷火。大家扒开根，根下全是沙石，散着热气。尕司令说：“看它的叶子，嘴长在叶子上。”叶片跟纽扣一样又圆又光，上边挡太阳，下边吸水分。从空气里吸。士兵们叫起来：“吸汗哩，咱身上的汗都叫它吸了。”“咱离开肃州它就开始吸了。”

大家感到饿，端起葫芦水壶一人只喝一口水，尕司令说了，一顿饭一口水。润润嗓子，就吃锅盔炒面饼子。有人带了鸡蛋，听人说过新疆热天沙子里能煮鸡蛋。带鸡蛋的人就扒一个坑，埋上鸡蛋，过十分钟鸡蛋果然熟了。尕司令吃了一个，太香，噎得人翻白眼。吃饭休息十五分钟，尕司令说走，大手一挥，大家一拥而上，戈壁滩一大片一大片往下掉，跟踏烂的席子一样。日头在天上转圈圈。长长的一队人马，跟刀子一样，从肃州的西端到新疆的东边划一道口子，大戈壁被截成两半。天山就是这样出现的，当碎裂的戈壁漂移时一股神力一下子把大地掀到天上，全是大块大块的石头，石头顶着雪帽跟银盔一样闪闪发亮。有人叫起来：“祁连山，祁连山跟着我们。”

祁连山在甘肃与新疆交界处消失了，跟一群狂暴的野马一样，在天尽头扬起一绺褐色的长鬃。他们向南边望，只看见天尽头的褐色石阵，跟马脊背一样。谁也没想到这是一群潜行的山脉，与他们遥相呼应，猛然出现在他们面前，已经不是原来的模样了，雪峰和冰川闪烁银光，山谷一片幽蓝，跟枪管子上的烤蓝一样，那些没用过的新枪就是这种光泽。

“这么新的山，我的爷爷！”

“跟新媳妇一样。”

“怪不得叫新疆，新疆日他妈就是新。”

“马世明你这我儿想吃头茬面。”

马世明嘿嘿笑：“你尕司令的命令么，我又没抢。”

“没抢你回去，去咱甘省吃洋芋吃炒面去。”

“我不去。”

马世明挨了一脚还是不去。尕司令跟他耍哩，尕司令跟谁都能耍，这么一耍，大家不累了，耍耍闹闹比啥都解乏。大家又说又笑，戈壁滩上的石头跟马脊背一样噗溜噗溜往前窜。在天山脚下急行军，越行越急，群山一起一伏跟人赛跑哩。长长的队伍也是一起一伏，队伍跟山一样，山肩上扛着宝剑似的冰峰，士兵肩上晃动着刺刀和枪管子，他们在追一样东西。山也在追一样东西。

“山追啥？”

“山追金树仁哩，追上就把他老东西颠下马鞍子。”

“山上有马鞍子？”

“山上有马鞍子。”

“谁腿上有劲谁就能骑。”

大家都抬起头看山，这么美的山，谁都想骑。

“那五百个瓜熊①亏死了。”

“挨不起尕司令那一拳么，挨不起就提着裤子走。”

他们从来没有见过这么雄奇的山脉。这很符合他们的浪漫心理，他们一次次仰望那高傲威严的山峰。

“它就像个将军。”

“当将军就要到这搭来当。”

“薛仁贵征西就是这搭。”

“快看，前边有个樊梨花。”

“是穆桂英。”

他们就这样急行军三天三夜，走了四百多公里，穿越大漠，突然出现在哈密以东的绿洲上，全疆震惊。这简直是鹞鹰的速度。数千年来这条用兵绝境都是半个月的时间。省军原想以逸待劳，尕司令的五百壮汉根本不疲劳，欢实得跟马驹一样，就像踢一场足球。大家经常跟尕司令踢足球，尕司令在南京待两个月，学会了踢足球，带了几只，有空就踢。大戈壁平平坦坦，尕司令一路踢踏过来，一个射门，就破了哈密的门户黄卢冈。驻守黄卢冈的一团省军没招儿，散伙了。省军又派两个团在西耀泉阻击，数千人马占据有利地形，枪炮齐鸣。那五百名壮汉从洼地里一口气冲到山顶，连气都不喘，抡刀就砍，手里的枪不紧不慢，弹无虚发，跟铁锤钉钉子一样，钉倒一大片。省军的枪炮就这样被压下去

① 瓜熊：西北方言，即傻瓜。

了，那些不紧不慢的枪声一下子拉长了，子弹在追击逃敌。省军的枪炮彻底哑了；大炮丢在阵地上，枪还拖着，没心思打枪了。徒步也好，骑马也好，漫山遍野全是受惊的败兵，跟黄蜂一样全是喘息声和杂乱的脚步声，不断有人栽倒，也有绝望至极一屁股坐倒不起的人，歪着脑袋伸着腿，跟干枯的树一样。两团人马就这样溃散了。尕司令收缴的武器堆一座小山，大家换上好枪，余下的武器掩藏起来，肃州的大部队缺武器。

镇西守军不战而降。尕司令多了一千人。和加尼牙孜·阿吉跟尕司令在瞭墩会师，维吾尔部队编成一个团。阿吉跟尕司令合影，就像父子两个，大胡子司令和一脸稚气的娃娃司令。不要说打仗，光那急行军就把和加尼牙孜·阿吉给震了！“那个地方，野骆驼都要跑十天八天，你们三天就过来了，太了不起了。”

阿吉很高兴，哈密起义后，一直被省军堵在山里，到处躲，快要顶不住了。尕司令跟狂风一样呼啦一下把哈密吹干净了。阿吉哈哈大笑。

“咱们打迪化去，抓金树仁这个老混蛋。”

尕司令告诉阿吉：金树仁已经尿裤裆了，他一定要派大军到哈密来晒裤子。

在迪化坐了好多年冷板凳的盛世才开始执掌兵权，再糊涂的主子也不敢给这种家臣一丝权力。盛世才仍然是东路军参谋长，协助鲁效祖迎击马仲英。快到哈密时，盛世才建议沿山布防，守住主要关口，寻找战机。旅长杜治国根本不把尕司令放在眼里，“没毛的娃娃么，跟大人调皮捣蛋，我给他娃上一课。我不打他娃。我扯他耳朵吓唬他，只要他娃流眼泪，我就放他娃回甘省吃炒面吃洋芋蛋。”

“冯玉祥不是娃娃吧，西北军五万人马才把他压下去。”

“老盛尻子松，多吃点花生，花生补尻子哩。”杜旅长带着他手下五千人马浩浩荡荡杀向瞭墩。找不见尕司令。

“娃躲起来啦，到底是个娃娃么，新疆不是甘肃，戈壁滩就把你娃吓住了。”

杜旅长在平坦坦的野地扎营，不扯娃耳朵把娃赶回甘肃也行！

半夜三更娃来了，来了五百个娃，把大营掀个底朝天，火光、枪声、战马的嘶叫。杜旅长刚出帐篷就被流弹击中，躺在地上哼哼唧唧，两个卫兵守着。五千人部队眨眼不见人影。尕司令手下一个连长跑过来问这是谁？卫兵说是我们旅长。杜旅长还有气，尕司令的连长一心想着立功，就割下杜旅长的首级，押着两个卫兵去见尕司令。尕司令听完报告，拍两个卫兵肩膀，“难得你两个有心人，长官没白带你们。”

队伍集合起来，尕司令叫连长把事情重说一遍，连长刚说完，尕司令就一刀卸下他的首级扔到地上。

“呸！我嫌恶心。”

杜治国全军覆没。盛世才却要大举进攻。鲁效祖是个文人，早已吓破胆，无心再战。

“你是军事专家，你给我想办法撤退，只要能脱身就是胜利。”

“骄兵必败，马仲英做梦也想不到我们会进攻。”

“你看我的腿在干什么？”

鲁效祖司令的腿跟蛇一样摇曳不止。盛世才不能不考虑这个问题，他当年在南京混不下去的时候，鲁效祖介绍他来新疆，他不能坐上热板凳忘了老朋友。他只能放弃这次机会，他以参谋长的名义下令焚毁七角井军火库，大军趁机撤至奇台。尕司令难以探测省军虚实没有追击。

金树仁又从伊犁调来陆军第八师，仍以盛世才为参谋长，迎击马仲英。鲁效祖不敢出战，盛世才率部迎击马仲英。

盛世才的部队有好几千白俄大兵，全是剽悍的哥萨克。尕司令看见哥萨克明晃晃的马刀就两眼放光。他不想打仗了，跟金树仁打仗太没意思了，比打西北军差远了，比横穿大戈壁差得更远。他要打道回府时，冲来一群威风凛凛的哥萨克兵，他又觉得新疆有意思了。他砍倒两个哥萨克兵，兴奋得直叫，兵就应该这样子，经打经砍，筋道。他嘴嘿嘿叫着号子，刀锋相撞，火花四溅。那个哥萨克活着回去了，哥萨克兵抖着缰绳，吃惊地看着尕司令，眼中一片茫然。很少有人从尕司令刀下活着回去。尕司令一带缰绳猛冲过去，第八师和白俄大军全垮了。盛世才收缩兵力，缩进奇台城，马仲英率部猛攻，城上拼死抵抗。火力交叉织起一道火墙。马仲英太熟悉这种打法了，“城上指挥官是谁?”和加尼牙孜阿吉说：“东路军的参谋长盛世才。”

“是干什么的?”

“不清楚。”

哈密的维吾尔人只知道金树仁，金树仁的手下全是河州人，一口河州话可以把盒子枪挂。

“见老乡两眼泪汪汪，盛世才也是河州老乡？河州城里出这样的能人，莫非我马仲英眼睛瞎了。”

马仲英不相信盛世才是河州人，河州除了汉民就是回民，盛世才这样的河州汉民太叫人吃惊了。马仲英派人去抓活口，最好是军官。特务营派人很快抓一条活口，是省军的一个连长，军校学生兵，盛世才的铁杆兵。盛世才原来是东北人，日本留学生。马仲英“腾棱”一下来了精神，“哈哈，老子来对地方啦，金树仁手下有这么一个宝贝，金树仁这老尻子才有味道。先弄盛世才，再弄金树仁。”马仲英等不及了，大叫。“盛世才盛世才你出来。”盛世才乖得很，盛世才在城头闪一下，马仲英还没看清楚就听见城门一响，盛世才骑着高头大马领着一群骑兵冲过来，别人都举着马刀，盛世才举着奇形怪状的弯弯刀，马步芳身上挎的就是这种洋刀。马仲英朝盛世才一指，“捉住他，把弯弯刀夺下，折断!”两个马仲英的兵冲上去，只见盛世才的弯弯刀轻轻一晃，两个骑兵连人带马一起栽倒，人头跟马头一齐滚。马仲英大吼一声冲上去，战马交错，刀锋相撞，彼此的膂力一下子清楚了，两人跟猛兽一样往后退，谁也不敢小看对方，下一个回合两人再也不使牛力气了，用技术取对方的要害。乒乓十几个回合，不分胜负。盛世才的卫兵都是军校老学员，心目中只有恩师没有金树仁，更容不下马仲英，一个卫兵大吼着从侧面冲上去保护老师，死在马仲英刀下，栽下马时突然不顾一切抱住马仲英坐骑的前蹄，另一铁蹄踏碎了这个忠勇卫士的脑袋，失去头颅的卫士一下子僵硬在马蹄上，马跪倒在地下，一下子把马仲英摔出去。马仲英就地打滚，一个鲤鱼打挺站起来。双方再也不玩古典式拼杀了，手里的枪不由自主响起来，一群卫兵挡住子弹掩护盛世才进城，那些骁勇的白俄大兵把守城门，城门还开着。马仲英来不及上马，朝城门奔去，白俄兵朝他乒乓开枪，他撕开枪弹的火网，打个趔趄，流弹击中右脚，尕司令成了瘸子，他一瘸一拐砍倒冲上来的哥萨克兵，他追着砍，把城门口的守军全砍光了，幸好大门关着，否则这只瘸狼会冲进去。

这只瘸狼根本不在乎子弹，他在弹雨中奔来奔去，拖着受伤的腿，不断地砍啊、射击啊，不断有人从城上掉下去。大家连看他的勇气都没有了。

尕司令流血过多，一瘸一拐从东疆绿洲消失了。

那个凶悍的影子还徘徊在天山上空。人们就像看到曾经活跃在中亚腹地的瘸子帖木儿①，马仲英就是另一个帖木儿。瘸子帖木儿。

尕司令撤到半路就听到这个光荣的称号，他太喜欢这个地方了，这个荒蛮之地，出产沙子石头暴风冰雪，也出产世所罕见的英雄豪杰。他在汉唐以及左宗棠走过的那条宽敞的官道上竖了许多木牌，上边写着：马仲英部于5月23日开走，将来还要回来。马世明留下来跟和加尼牙孜·阿吉一起战斗。尕司令说：“这么好一块地方留给你狗日的，你不要嫌金树仁老。你就日他尻子，把老尻子日烂，日不烂我不回来。”

马世明下保证。尕司令不听这些，尕司令要他的行动，要他日烂金树仁。

尕司令带五百人出嘉峪关，给马世明留二百人，回甘州时已经是四千人的大军和八千支枪。

十一

马世明放弃平川，进入天山。几百人的队伍，加上快马，在山里窜来窜去，几次差点攻进迪化。金树仁不得安然。盛世才能打仗，金树仁不得不用盛世才。马世明闹得越欢，盛世才的官越大，盛世才升为东路

---

① 帖木儿：中亚突厥人，自称成吉思汗继承人，曾威震欧亚，建立帖木儿帝国，明朝时欲征服中原，于途中神秘死去。

总指挥，金树仁把吐鲁番、哈密全交给盛世才了。盛世才带兵收复了东疆失地。马世明又窜到迪化郊外专劫省军粮草。

最厉害的一次，马世明的部队冲到红山脚下，守城的省军连招架之势都没有，盛世才从哈密及时赶到才保住了迪化。和加尼牙孜与尧乐博斯在哈密吐鲁番的大山里死死地拖住盛世才，马世明与之呼应，全新疆只有盛世才一个人能带兵周旋。

省主席金树仁的两个弟弟把持军政大权，把新疆搞得乌烟瘴气，又胆小如鼠不敢出城作战。天山南北怨声载道。这时，大批东北义勇军抗日失败后退入苏联，从塔城边入境云集迪化，省军中的白俄大兵无法忍受金家兄弟的傲慢无礼，也蠢蠢欲动。1933 年 4 月 12 日，金树仁手下的陶明樾、李笑天、陈中联合白俄大兵发动政变，杀掉金树仁的两个弟弟。金树仁在卫队的保护下退守迪化城最险要的红山要塞，双方僵持着。

东北义勇军因为是路过客军，只想安全返回内地，无意插手地方事务。手握重兵的盛世才成为举足轻重的力量。盛军开到迪化郊外的一炮成功①不再前进坐山观虎斗。城内政变部队不再害怕盛世才，放开手脚猛攻红山，金树仁只好突围而去。省府大权空缺，各方组成的临时政府邀请盛世才入城。政变发动者陶明樾、李笑天、陈中想大权独揽，但资历、声望和实力都无法与盛世才相比，盛的副官首先发言，提议由东北军旅长郑润成担任临时督办，郑旅长表示我们是客军我们要回内地不干不干。郑旅长希望老乡盛世才掌权，可以得到帮助，政变所依靠的部队白俄首领大声咆哮：我们只想过和平安宁的生活，有能力保护我们新疆的只有盛将军，不要再争论了，如果没有盛将军到处征战，迪化早陷落啦。盛世才不动声色而定迪化，就任临时边防督办。政变的发动者陶明樾三人只好忍气吞声，至少给我们省主席、秘书长或者师长、城防司令干干吧？盛世才公布的领导班子里，陶明樾只得到副秘书长职务，李笑

---

① 一炮成功：今乌鲁木齐市郊区，左宗棠收复新疆时，其大将刘锦棠在此地架起大炮，还未开炮阿古柏政权就垮了，故名一炮成功。

天会开飞机，就给航空处长，黄埔军校的高才生陈中年轻气盛剽悍有为，盛世才就让他当东路军参谋长，协助总指挥去剿灭马世明。这三个人气得直跳，又无可奈何。新疆军政大权落入盛世才之手，盛开始放手改革弊政，迪化城的气象为之一新。盛世才就把4月12日这一天定为革命节日，“四一二政变”成为“四一二革命”。

谁都看见金树仁的狼狈相，金树仁跑到乌苏，苏联人就找他，答应帮他反攻迪化夺回江山。金树仁系好裤子，多少有点尊严，“我不能仰仗洋人的力量坐江山”。老汉衣冠整齐，假道苏联回国。马世明给尕司令捎信：司令快来，金树仁挨不起了，提着裤子跑啦。

远在甘肃嘉峪关的马仲英接到消息大叫：“马世明锤子硬，两年工夫终于把金树仁的尻子给日烂了。盛世才是个硬核桃，咱去砸盛世才！”

1933年夏天，马仲英率新编三十六师一万人马，再次进疆。这次行动隐秘而迅速，一万人的大军在戈壁里急行军，迪化方面毫无察觉。三十六师一个月内连克哈密吐鲁番，一下子冲到最险要的重镇——奇台。

马仲英的弟弟马仲杰担任步兵旅长，看到骑兵旅连连获胜，小伙子急了，要用他的步兵旅攻奇台。马仲英就答应了。奇台是东疆重镇，守军四千人大多都是骁勇善战的白俄哥萨克。

攻坚战打了五天五夜，部队冲进去又退出来，七进七出。马仲杰亲自带敢死队上阵，攻进东城门，那里正好是白俄大兵的机枪阵地，子弹暴雨般扫过来，冲在最前边的马仲杰顿时成了血人，直挺挺站着，来复枪垂到地上。趁弟弟未倒下，马仲英大吼一声，窜上去，一大群士兵紧随身后，从马仲杰身边疾步而过。马仲杰撕开的口子一下被拉开了，整个奇台城碎裂了。狂暴的马仲英跃上机枪阵地，跟切西瓜一样把所有的机枪手全都切开，尸体上的脑壳子冒白汽，跟热馒头一样。战斗已经停止了，马仲杰还挺着，血都淌干了，马仲英带着哭腔：

“兄弟你已血脖子了，你歇哕。”

兄弟不歇，兄弟还在赶路哩。

马仲英端起机枪朝白俄军官“突突突”猛射，射倒二十七个，马仲杰才倒下。

兄弟葬在天山脚下金黄的草滩上，那是骏马的天堂，“兄弟你天天听马叫唤，你想骑就骑。”

马仲英睡了三天，又活蹦乱跳精神抖擞起来。他对幕僚杨波清说：“兄弟阵亡，精神不好，杀那么多白俄军官，省军会拼死抵抗的。”

杨波清说：“我们的对手是个老狐狸，远非金树仁可比。”

“先把他打软再说。”

奇台失陷，全疆震动。

盛世才正忙着巩固政权呢，金树仁时代的权贵们不服气，天山南北的各路诸侯更是虎视眈眈，马仲英又刮起一场风暴，迪化新政府危在旦夕。盛世才毅然出征，率军校学生迎战马仲英。

一连三战，打得盛世才落花流水，龟缩迪化。伊犁张培元站在马仲英一边，和加尼牙孜的维吾尔部队也在马仲英一边，三十六师的先头部队越过天山，控制了塔里木，整个新疆除迪化周围全在马仲英手中。

三十六师另一支三百人的分队直扑塔城，联络苏联的力量，要在新疆打开局面非借助苏联不可。

做完这一切以后，马仲英的主力大军开始逼近迪化。这一次不是马世明的乌合之众围攻迪化，是一万多人的精锐之师。伊犁张培元的第八师正日夜兼程向迪化杀来。

迪化几乎没有能够野战的部队了，马仲英跟啃骨头一样把他们啃得干干净净，人们想不起来迪化还有什么军队。省军的劲旅白俄大兵，因为不是主人，会在这种江山易主的时刻保持中立的。仅有的部队就是假道苏联归国的东北抗日义勇军，他们肯不肯出兵很难说。

盛世才硬着头皮出门迎战，他终于说动了东北老乡义勇军，也说动了白俄大兵。盛世才亲自上阵。那正是炎热的七月天，马仲英的部队全身白色单衣，在大漠急行军。两军在紫泥泉接火。打到黄昏，盛军招架不住，跟以往的战争一样，部队溃散了。盛世才和几个卫兵躲在一个破房子里不敢动。外边三十六师的骑兵来回奔驰，打听盛世才，大喊活捉盛世才。一群骑兵冲过来问："盛世才在哪？出来！出来不出来？"卫兵指指那边，说往那儿跑了。骑兵打马去追。那是盛世才一生最惊险的一次。突然气温降至零下三十度，冰雹砸来，接着狂风四起，搅着飞雪。三十六师的官兵全被冻僵了，耐力好的看不清对方，互相开火，自己人跟自己人打到天亮，只好撤出战场，盛军备有皮衣，脱险。

这就是紫泥泉大战。七月飞雪，史所罕见。

盛军在达坂城一带与三十六师对峙。盛世才悄悄返回迪化。后院起火，陶明樾、李笑天、陈中赶金树仁下台，却上来个盛世才，他们趁盛马交战之际，再政变一次，还没等他们动手，盛世才突然从前线返回，将三人枪毙在督办公署的院子里。在场的官员全吓瘫了，其中包括南京政府派来接收整个新疆政权的干部班子。房顶架着机枪，中央大员仓皇而逃。南京很快公布盛世才担任新疆边防督办的任命。

这几个月太重要了，政权抓到手。截击马仲英派往塔城的联络分队，盛世才如法炮制，亲自与苏联领事会谈。他在日本留学时翻阅的社会主义书籍有了用场，他很快就跟领事成了同志。红军从伊犁抄张培元的老窝，张培元的主力在迪化途中。另一路红军从塔城入境直扑迪化。

1934 年正月，红色骑兵军的一个师在迪化郊外头屯河与马仲英交战，全军覆没。苏军的装甲摩托化部队和空军开过来，炸弹跟雨点一样落到三十六师阵地上。三十六师溃败了。

第三部

一

1934 年春天，遭到惨败的马仲英和他的三十六师在塔里木大漠又奇迹般复活。盛世才的部队和苏联红军分两路包抄过来。

辽阔的南疆自清朝末年一直是英俄角逐的势力范围，两国在喀什葛尔设有领事馆，沙俄垮台，英国势力大增。当盛世才的迪化新政府倾向苏俄时，英国人急了，英国驻喀什葛尔总领事倾全力支持新疆的各种分裂势力发动叛乱，成立“东土耳其伊斯兰共和国”，完全是十九世纪末阿古柏叛乱的翻版；那也是英国人策划的结果，阿古柏割据新疆达十余年，后来被左宗棠的大军消灭。英国人的打算很周密，马仲英所部大多数官兵是虔诚的伊斯兰教徒，就像当年陕西回民义军白彦虎一样，在左宗棠的追击下，远逃新疆，与阿古柏合作，阿古柏被消灭，白彦虎率五千陕西回民越过国界避难俄罗斯。白彦虎临终前对部属说：“有机会跟公家和解，回到老家去吧，拍拍西安城的门环，那就是我的口唤①了。”英国人很自信，马仲英一定会跟他们合作，英国总领事主动派人到库车来迎接马仲英。“这确实是一次机会，”马仲英在军官会议上说，“可咱是新编三十六师，是堂堂民国军人，英国人是什么东西？从鸦片战争就欺负咱中国，咱老先人在北京打过八国联军，咱对得起先人，咱打了苏联打英国，打英国人的走狗。”这话是当着英国领事的秘书说的。库车的老辈回民也劝尕司令不要胡来，新疆这地方，咱回民起先跟着人家造反打公家，赶走公家人家接着收拾咱。三十六师后有追兵前有强敌，马仲英亲自指挥主力部队猛攻喀什葛尔，激战四天四夜，“东土耳其伊斯兰国”覆灭。可笑的是这个短命的国家其国旗以星月为标志，星月之上是中华民国国徽。三十六师官兵无不惊叹马仲英判断的准确，幸亏没有上英国人的当。

三十六师政治部的蔡雪村是中共党员，留苏学生，他向马仲英建议，尽快与喀什葛尔苏联领事馆取得联系，与苏联合作，为三十六师谋求新的前途，“现在是分秒必争，追兵马上就到。最想消灭我们的不是苏联人是盛世才。”马仲英对官兵们说：“大家看到了，英国人是骗人的，苏联人帮盛世才，盛世才才有力量打败我们，我们跟苏联人合作，才能在新疆打开新局面。”蔡雪村的联络工作很顺利，苏联红军在库车与喀什葛尔之间停下来，接着后撤。

盛世才接到前线指挥官刘斌的报告，都快气疯了，“不要理苏联

---

① 口唤，即遗嘱。

人，飞速前进，拿下喀什葛尔，一定要拿下喀什葛尔!”

刘斌率领东北骑兵团和新疆最精锐的装甲分队配合苏军，连连获胜，盛世才把新疆军队几乎全交给他了，他很激动，他接到盛世才的电报，他不顾苏联顾问的反对，率部大胆进击。骑兵抄近路绕喀什葛尔南边向北进攻，装甲分队由北而南，正面突击。盛世才的学生军也开往前线增援，航空队的十几架飞机配合装甲分队。盛世才带着精干的参谋班子与苏联方面讨价还价，南疆的战斗直接影响新疆未来的格局。

喀什葛尔的战斗异常激烈，双方打成了拉锯战，打了整整一个礼拜。迪化的谈判有了眉目，在苏联的调解下，马仲英就任南疆司令，划和田绿洲为三十六师防区。南疆重镇喀什最终交给盛世才，这是谈判的焦点，盛世才绝不让出喀什。马仲英得到了一个南疆司令的空号衔，刘斌为盛世才立下汗马功劳，担任喀什警备司令。

马仲英对飞机佩服得五体投地，他对坦克装甲车不怎么感兴趣，三十六师的好汉炸毁了多少坦克装甲车，就是对付不了飞机，飞机日他妈太厉害了，老子非学会飞机不可。这是马仲英跟苏联谈判的主要条件，让我开飞机，其他都好说。蔡雪村等一帮子中共幕僚一再提醒他要分盛世才的权力，要苏联先装备三十六师。苏联领事瞧着这个可爱的大孩子，耸耸肩，“蔡雪村，你不要劝了，司令官喜欢飞机，就让他开吧，我们苏联有的是飞机，不过开飞机要受专门训练。”“那就训练我吧。”尕司令已经等不及了，总领事拍他的肩膀，“你得出国，到苏联到基辅到莫斯科去。”“我以为到天上去呢，飞机上天，飞行员肯定住在天上，跟孙悟空一样。”

谈判很顺利，三十六师万余官兵集中起来，尕司令亲自挑选二百四十名精壮的小伙子。尕司令站在昆仑山下和田的大地上，仰望无比辽阔的蓝天，他在想象他未来的空军部队，二百四十个河州好汉，每人一架战机，二百四十架庞大的机群，有战斗机、有轰炸机，跟鸟群一样欢叫着飞翔着。蔡雪村笑着说：“司令，还有侦察机呢。”“不用侦察机，这么厉害的家伙跟老鹰一样，老鹰翅膀一扬就能抓兔抓老狐狸，把狼都能抓住，根本不需要侦察，谁见过一只老鹰偷偷摸摸搞侦察，另一只老鹰去捕抓。”蔡雪村被训得一愣一愣的。

三十六师由马仲英的姐夫马虎山代理师长，马仲英带着一大帮青年去苏联学飞机。

新疆终于迎来了和平。盛世才亲自制定六大政策，清除卖淫嫖娼赌博和鸦片，整顿吏治，对贪污腐败决不手软，处决了一批专员县长。同时给公务人员建立专门的服务社，保障他们生活无虞，公务人员只能兢兢业业认真工作。干部选拔更是别具一格，一个小学教员只要能干就可以直接当局长当厅长。新疆一片兴旺景象。与内地的腐败低效率形成极大的反差。盛世才访问苏联归来，自信心大增，因为苏联只对少数高级干部实行特别供应，占绝大多数的中层干部生活就比较紧张，老百姓更差。新疆的公家服务社面对所有公勤人员。

从南疆撤退的苏军坦克部队在哈密留下一个坦克团，余部撤回。这个坦克团跟钉子一样扎在新疆通往内地的门户上。协助盛世才的是苏联顾问和联共党员，联共党员都是中国留学生，可他们听莫斯科的，不受中共领导。出于自身的利益，盛世才邀请延安中共派干部来新疆工作，但苏联只准中共党员在新疆工作不许发展组织。当时的中国，除延安以外迪化是最进步的地方，吸引着全国的有为青年和进步人士。

借鉴苏联大清洗的经验，新疆的大清洗也开始了，首当其冲的是英国日本等帝国主义国家派来的特务、封建王公、金树仁时代的旧官吏，全被一网打尽。这也是盛世才发动的唯一一次大快人心的清洗工作。盛世才的威望空前高涨。他的敌人马仲英还在苏联，那支令人望而生畏的三十六师还在和田绿洲。

他的敌人太多了，根本不敢细想，越想心里越发毛。

二

青年军官尹清波，1929 年投奔马仲英抗击冯玉祥的国民军。那时，甘青宁一带的进步青年都向往尕司令的队伍。北塬的汉人，撒拉人，东乡人纷纷投奔尕司令。

后来，尹清波作为三十六师的幕僚随马仲英来到新疆，最先在马世明的先头部队作战，奇台战役中，他投奔盛世才。

他认为盛世才是真正的革命者。盛世才欣赏他的才干，让他指挥军队保卫迪化。迪化解围后，他升任团长，率部追击马仲英至喀什，成为盛世才最信任的高级军事干部。

那是他最辉煌的日子。他独当一面，在遥远的南疆重镇喀什与三十六师对峙。三十六师官兵对他刮目相看。当初他在三十六师时很一般的，连他自己也不知道他有什么才干。他告诉那些前来看望他的三十六师老朋友：我的才干是盛督办发现的，盛督办是真正的革命军人，制定六大政策，八大宣言，成立反帝军。我们的军歌就是督办本人写的。督办手下的将领都是从下边直接提拔的，拿破仑当年就是从士兵和下级军官中直接提拔元帅。盛督办是古今少有的革命领袖。

三十六师不乏渴望进步、倾心革命的分子，他们当初跟马仲英起事就是打军阀救百姓，他们一下子喜欢上盛世才了。

那时，新疆的阳光很灿烂。盛督办被埋没太久了，刚刚从洼地里升起来，与战尘累累的马仲英相比较，盛世才光彩照人，魅力无穷。

新疆反帝军团长尹清波，每天天不亮起床，指挥全团官兵操练。

太阳出来时，他们已经操练完毕。一千多名官兵在团长的口令声中挺胸收腹，气守丹田，双拳紧握，眼瞳潮湿，凝视那颗在昆仑山顶奔驰的太阳。

在这庄严的时刻，尹团长向官兵们讲述自己在督办身边工作的情景，“督办每天天不亮起床，天很黑了还不吃饭。奇台战役，我们打败了和加尼牙孜，截获了和加尼牙孜装在羊肠子里的黄金。督办把这些金子，当场分给大家，每人一份。”

尹清波出身贫寒，现有文化是在困苦的生活中自学而来的，他有一个信念：人人都应平等，互不剥削，互不利用。那是个充满理想和信念的年代，人们向往进步，渴望革命，并身体力行。

尹团长讲完话时，太阳正好离开茫茫的山谷，在蔚蓝的天空驰骋。

官兵们列队去吃早饭，尹团长还要独自待一阵。太阳从昆仑山起飞后，徐徐上升，天空开始展现它的辽阔与深邃。那最深处是一片清纯的蓝色，太阳就落入那片蓝色，太阳在那里放光，就像眼瞳在眼睛里放光一样。尹团长每看到一次太阳的瞳孔，他的灵魂都要得到一次升华。那是人生的最高境界，天上的雷电穿胸而过，那种痉挛与战栗超过任何形式的战争。尹团长不是一般的军人，他告诉官兵们："真正的军人，不但要经受炮火的洗礼，还要经受伟大人格的洗礼。"尹团长用低沉的嗓音告诉大家："跟随盛督办征战的日子里，我就像拿破仑手下戴熊皮高帽的近卫兵，那是军人最辉煌的时刻。"

官兵们经常听尹团长讲这样的话，这样的话就像古典音乐，每一次弹奏，大家的感受都是全新的。尹团长每天都要看南疆的太阳。这地方一年四季很少有阴天，尹团长很喜欢这地方。这里延绵的群山和无垠的戈壁沙漠全是给军人准备的，尤其是烁亮的太阳。勤务兵说："报告团长，你为什么不把那段经历写成文章呢？蒋总司令当年就写过《孙大总统蒙难记》。"粤军总司令陈炯明发动叛乱，孙中山登永丰舰避难，蒋介石一直跟随左右。后来蒋把这段经历写成一本小册子《孙大总统蒙难记》，由孙中山亲自作序出版。达坂城战役时，盛世才全军覆没，仅有几个卫兵跟随盛世才逃回迪化。尹团长就在其中。那几位卫兵先后战死，尹团长便成了唯一的生存者。经勤务兵点拨，尹团长很快写了一篇《盛督办东疆历险记》，迪化《反帝战线》头版头条发表此文。盛督办很高兴，视察南疆时接见了尹团长，并且合影留念。这样，尹团长对太阳的感受又深了一层。

盛督办离开喀什的第二天，正值盛夏季节，尹团长指挥官兵操练完毕，凝神屏息，遥望昆仑山顶。太阳从山谷中飞驰而来，光华四射，尹团长的眼睛一下子黑了。他看见太阳深处有一块黑斑，黑斑逐渐扩大，大得无边无际。尹团长魂飞魄散。他大叫一声之后，睁不开眼睛，视线模糊，瞳光散淡，太阳苍老不堪。他不敢相信自己的眼睛。大家都说他有眼病，需要治疗。请示迪化督办公署后，尹团长回迪化城治疗眼疾。

那时迪化人才济济，汇集着许多优秀知识分子。医生全是德国留学生。

医生告诉尹团长："不能长时间看太阳，太阳固然明亮，看久了就会走向明亮的反面，出现黑暗。"

尹团长问："这是为什么？"

医生说："新疆日照时间长，空气清净，透明度好，阳光对人的刺激强度大，特别是夏天，待在戈壁滩上，没有眼镜根本不行，烈日烘烤下，眼睛就像草叶上的露珠，一晒就干。"

"你怎么能把人的眼睛比作露珠？"

"别说眼睛，连人的生命也像露珠，曹操的诗中就有：对酒当歌，人生几何，譬如朝露，去日苦多。露珠无法躲避烈日的暴晒。"

尹团长说："为什么要躲避呢，这是露珠的幸运，如果它不接受阳光，就会被尘灰吞没。你们文人太软弱了，生命终归要消失在时光中，你总不能抱怨吧。"

"可时光是无情的，生命的消失是痛苦的。"

"你没凝视过太阳，你无法体会那庄严的时刻，"尹团长说，"阳光深处，是天空的眼瞳。"

医生叫起来："你说太阳是天空的眼瞳？"

"宇宙的神光全凝聚在那眼瞳里。"

"噢！你看到了太阳的黑暗。"

"你说什么，太阳有黑暗？"

"你看到了太阳的眼瞳，而眼瞳都是黑的嘛。"

"我向往光明，才看太阳，怎么会看到黑暗？"

"你看得时间太长了，你看得太深了，你看到了别人看不到的东西。"

"真没想到，我会得这种病。"

"不是你病了，就是太阳病了。"

军人尹清波没有反驳，也没有说文人软弱，他整天待在医院后面的大院子里。

这里长满白杨树、桦树，它们的树皮清朗洁白。人们从窗户向他打招呼，窗户真多啊，哪儿都是病房，他们都是真正的病人。他算什么病人，他的眼睛已经恢复正常，整个世界在他的眼前，轮廓分明，一清二白。

他请求出院，重返部队。医生说：“明天复查。”尹团长一夜未眠，他想南疆的日子，想昆仑山上飞驰的太阳和塔什库尔干清凉的风。

天不亮医生就来叫他，他好久没有这么早起床了。他随医生登上楼顶。月亮正在熄灭，市区的平房呈现出一片幽蓝，仿佛童话世界。太阳出来的时候，医生告诉他：“一般人跟太阳对视最多十六秒钟，你远远超过这个界限。你是两个小时。”

太阳八点半出来，到十点钟时，尹团长“呀！”大叫一声，眼睛发黑。医生说：“你看到什么啦？”

“太阳破了，里边冒黑水，天是不是下雨了？”

他的眼瞳像点燃的导火索蓝光闪射。

医生说：“蓝光是最纯净的光。”

“那白光呢？”

“光线混入尘灰就显出白色，”医生说，“太空是蔚蓝色，那是宇宙的原色。”

“太空没有黑色？”

“太空没有黑光，黑光在太阳深处。太阳只需要我们看到它的光明，你却异想天开，闯入它的禁区。”

“我是忠诚的。”

“光有忠诚是不够的，还需要明智，”医生说，“你不能出院。”

“我以后瞧太阳，绝不超过三分钟，我跟大家一样还不行吗？”

“生命是一次性，不可能进入过去。”

尹团长还要争，医生说：“我跟你一样，也在接受治疗。”两个陌生人在下边等着，医生跟他们进了一间大房子。尹团长穿过又黑又长的走廊，他看见好多大房子。房子里的人都在埋头工作，整理材料抄抄写写，互不搭话。他们穿着和他一样的衣服。“四一二革命”后，新疆各部门公务人员全心全意扑在工作上。尹团长没想到连医院也是一片繁忙景象，跟军营一样。

有一天，门外有人喊他："尹清波会客。""我是病人，谁要看我，让他自己进来。"叫他的人耐不住了，"你见不见，不见我赶他走。"尹团长跟那人穿过大院子，那人指指白房子，"一刻钟，放快一点儿。"

尹团长一进白房子，他老婆在里边。他老婆问他身体咋样，他说挺棒，老婆取出几件衬衣，还有吃的。老婆问他："他们打你没有？""他们打我干什么。"

"没挨打就好，要放在金树仁的监狱里，你非掉几层皮不可。""你说这是监狱？"

"你没犯法公家能抓你吗？大家都知道你犯法了，五尺高的汉子，好汉做事好汉当，以前你可不是这样子。"

尹团长回房子躺一会儿，不甘心就这么当犯人。他找到病房，往外看，门诊那里看病的人很多，什么人都有。尹团长实在看不出外边的世界跟这里有什么区别。当他打算出去时，立即有人把他拦住。那是过道里的一道门，门里的人不许他出去。过道那边的自由人都看他，他们以为他是住院的病人。他明白了，这里进来容易出去难。

他等候审讯，审讯的时候总会把问题说清楚。尹团长安心睡一觉。看守说，他是新监狱最早的犯人。尹团长说，经过宣判才算犯人，我不算犯人。看守们笑，笑得莫名其妙。

不久，他见到了许多老熟人，他们都是"四一二革命"后为盛世才打天下的功臣。

盛世才任东路指挥时，没有军队，富全旅长把他的部队交给了盛世才，盛世才有了实权。"四一二革命"时，东北军将领郑润成掌握迪化城最精锐的东北义勇军，他支持盛世才当边防督办。刘斌师长、杨树棠团长，曾率部打败马仲英和张培元。

这些人陆陆续续全进来了。这些人跟尹团长一样忠于盛世才。除郑润成外，其他将领都是盛世才一手提拔上来的，盛世才从他们身上发掘出连他们自己也不知晓的才干，他们一下子达到人生最辉煌的顶峰。每个人都有激动人心的经历。看守们说："你们他妈的当了一回英雄也值了，我们能干什么，只能当看守。"大家笑，"盛督办知人善任，让你们当看门狗。”看守们也笑，“你们在战场上挺威风，到最后还得落我们手里。”大家说：“这叫虎落平川被狗欺。”

日子很快就拉长了，像二胡的弦，揪人心肠。大家再也没有兴致谈自己虎啸山林的壮举了。他们等候审讯，审讯时总会把问题说清楚。大家都以为这是一场误会，盛世才总不能把自己的心腹爱将关一辈子吧。看守们说：“你们都是心腹爱将？在督办肚子里待过？”大家频频点头，看守们说：“那你们就是督办肚子里的蛔虫，督办得把你屙出来。”大家对看守肃然起敬，看守像个哲学家，“不把蛔虫屙出来，肚子疼啊。”“盛督办是革命领袖，我们向往革命才追随他出生入死啊。”“关键是你们钻到人家肚子里去了。”

大家的脑袋都垂下去，据说葵花就是这样忠于太阳的，它的花瓣是依照阳光的形象来塑造的。不用看守提醒，大家都感觉到问题的严重。因为葵花最终把阳光变成了黑的。葵花子密如黑蚁。

最先服罪的是尹清波团长。

我看见阳光深处冒黑水，阳光跟柏油一样。一千多官兵都说阳光灿烂，偏偏我看到了太阳的黑暗。

看守问：“为什么？”尹清波说：“医生告诉我，太阳不能看得太久，我天天看，一看就是两三个小时。”

看守说：“你这么看还能看不出毛病？你这人真是的。”

“我要是看一会儿就不会出问题。”

“别开脱自己啦，你还是军人呢。”

看守带尹团长到院子里，尹团长说：“你真会开玩笑，等天亮再让我看太阳。”

看守告诉他，现在是正午十二点，“你把晌午当半夜，太阳在你眼里成煤球了，成灰渣了。”

看守问牢里的人：“谁还出去看太阳？”

大家不敢吭声，因为尹团长出去时大家都看见牢房外边比屋子里还要黑，钟表上的指针却是正午十二点。刘斌将军说：“死不足惜，我只是遗憾自己，刚开始建功立业就身陷囹圄。”“四一二革命”以来，新疆所有的战争都是刘斌师长指挥的。他是省军前敌总司令，苏联顾问称他是真正的中国军人。刘斌说：“我在张学良手下默默无闻，盛督办知人善任使我成为真正的军人。我们东北军官兵在盛督办手下才摆脱了丧师失地的屈辱，恢复了军人的尊严。我们在哈密打败尧乐博斯，在乌苏打败张培元，几千公里急行军追击马仲英。”刘将军叫起来：“让我再听一次军号声。”

军号声果然响起来，囚犯们一下子恢复了军人的天性，列队报数，开始唱军歌，就是那支有名的新疆反帝军军歌：反帝军反帝军铁的意志铁的心高举反帝旗奋勇前进哪怕帝国主义凶猛和残暴敌不过我们的血肉长城……看守们冲过来，用大头棒把他们击倒摆平。军号声依然在响，看守们耳贴地面，他们听明白了，军号声是从大地深处传来的。

看守们打电话报告督办公署，公安管理处的人马上赶来。军号军歌令人不寒而栗。公安管理处的苏联顾问说：“这些人不能再留了，快把材料赶出来。”

看守们用冷水浇那些被打晕的人，天快亮时，所有的人都被浇醒了。他们醒来后，个个惊喜异常。看守说：“还想听军号？”他们说：“军号是我们的灵魂，真过瘾啊。”“军营里还没听够？”“以前是给军阀当炮灰，自从跟了盛督办，咱成了革命军人，军号声才有了实际意义。”看守说：“我明白了，你们这脾性跟马戏团的马一样，听见锣鼓响就要尥蹄子。”看守说：“这下麻烦大了。”

大家问为什么。

看守说：“我知道你们都是反帝军的英雄，可有些罪行自己感觉不出来。盛督办能发现你们的才干，也就能发现你们的罪恶。”

他们当初并不知道自己有什么才干，盛世才一提拔，他们就有才干了。

看守说：“盛督办比你们自己更了解你们。”

他们当初给金树仁张学良当兵时，听见军号响不是尿裤子就是发疯发狂，弄得人鬼不像。跟着盛督办，他们一下子有了军人的尊严。

看守说：“花无百日红，人无百日好，就在你们开始起反心的时候，盛督办及时挽救了你们。”

大家张大嘴巴，难以接受。

看守说：“这种挽救是痛苦的，可人就这么复杂。要不诸葛亮能挥泪斩马谡吗？马谡忠了一辈子，最后犯了大罪，要是早斩了他，也不至于失街亭。盛督办就高明在这里，把腐烂的地方及时剪掉，最大限度地保持一个人的完整。”

大家释然，“有滋有味活几天，比活一百年强。”

看守听了很高兴。大家说看守了不起，他们从来没见过这么有水平的看守，比教授还有水平。

看守说：“算你们猜对了，我就是教授，清华大学文学院教授。”

看守曾留学英法德三国，学习最先进的实验心理学和弗洛伊德心理学。他的学生都是中国现代派文学的中坚力量，比如新感觉派小说家刘呐鸥、穆时英。

“民国二十四年，我在上海读了杜重远写的《盛世才与新新疆》，我被震撼了，我没想到在遥远的中亚腹地会有一个新世界。那里充满光明，充满生命。作家茅盾、画家鲁少飞、电影明星赵丹、新闻记者萨空了都被这本书打动了。我们离开上海，来到迪化，创办新疆学院。苏联顾问说我的专业适合对付罪犯，盛督办就派我当看守。”

看守腰间的钥匙像士兵的子弹带，看守说：“我喜欢这个工作，陌生而又新奇，新世界果然魅力无穷。跟你们打交道，比跟清华大学那些小布尔乔亚有意思。”

看守活了九十多岁，一直活到 1975 年。因为他精通外文，便调到资料室搞翻译，翻译美国人写的《纳粹第三帝国兴亡史》。书中有这样的记载：纳粹党刚兴起时支持者全是流氓无赖街痞恶棍。后来德国知识界也卷了进去。德国知识界从 19 世纪 80 年代起一直领先于全世界，柏林是世界最大的文化中心之一。知识界刚开始对纳粹运动不感兴趣，甚至不屑一顾。偶然听一次希特勒的讲演，他们就被这位狂人的天才所征服，短短几分钟便改变了他们的人生观。老看守想起 30 年代，在上海读《盛世才与新新疆》的情景，那种灵魂的震撼刻骨铭心，永志难忘，那种震撼就像少女在大街上碰到梦中的白马王子，那是无条件的全身心的向往。

那时成千上万的优秀分子，离开繁华的大都市来到新疆，他们在遥远而荒凉的中亚戈壁上寻找新世界。那时新疆确实是中国最先进的省区。

那里的阳光又深又纯，打动了所有的人。

尹清波告诉大家，马仲英少年时代就向往新疆，说这里的沙漠是骑手们最后的海洋。

看守说："塔克拉玛干曾经是海洋，后来消失了，马仲英是在寻找早已消失的神马。"看守说："回民尚马，马是他们的灵魂。马仲英进疆时正好发生'四一二革命'，说明他已经感觉到这里是新世界的所在。"看守说："马仲英虽然去了苏联，可他的最后归宿在这里。"

尹清波说："在新世界里死而无憾。"

尹清波问大家，大家都说死而无憾。大家一点儿也不像囚犯，新世界里阳光灿烂。

三

这天夜里，公安管理处主任李溥霖来看望大家。李溥霖是东北抗日义勇军李杜将军的义子。李杜、马占山、孙炳文等人路过新疆回内地时，把部队交给盛世才，盛世才把公安管理处的重任交给李溥霖。李溥霖告诉大家，他是代表盛督办来看望大家的，诸位为创建新新疆立下汗马功劳，没有诸位的浴血奋战，就没有今天的大好局面。

刘斌将军说："送我到前线去，我要打马仲英。"刘斌曾一手驾装甲车一手打机关枪，

打死二百多名三十六师的骑兵，威震天山南北。他的装甲分队从库尔勒直插喀什葛尔。盛世才用唐朝大将薛仁贵的诗嘉奖他：将军三箭定天山，壮士挥戈入汉关。

李溥霖说："马仲英在苏联病死了，三十六师马虎山叛乱，也被苏联红军剿灭干净了。"

这已经是1939年冬天了，大家在监狱里就迟钝呆滞，总觉不到岁月的流逝。

李溥霖说："老刘你想哪儿去了，你是个现代军人嘛，怎么能向往这些冷兵器。"

"那些骑手都是向我冲锋时被打倒的，他们的战刀砍在钢板上，刀子再长一点儿我就身首异处了。他们向我挥刀子，因为我腰间挂着指挥刀，我没有勇气拼刀子，我不敢看他们血红的眼睛。"

尹清波说："回民都向往血脖子，流血和死是一种荣耀。"

刘斌说："所以冷兵器最能体现军人的勇气，我羡慕那些骑手，他们有战刀和马。"

李溥霖说："可你打败了他们，历史只承认成功者。"

"他们用勇气打败我们，他们并没有失败。"

李溥霖说："刘师长说得太多了。"

刘斌说："人之将死，其言也善。"

李溥霖说："你很聪明，我就不多说了。大家有什么要求可以提出来。"

刘师长说："我们反对金树仁的黑暗统治，参加'四一二革命'，我们不能死在黑夜里。"

李溥霖答应给他们拉电灯。

"不要电灯我们要火。"

李溥霖答应囚徒们的要求。囚徒们从雪地里扒出好多木棍，看守们都没想到院子里会藏这么多东西。囚徒用木棒造反可不得了。李溥霖不停地摸手枪。后来他发现囚徒们把木棍堆起来，并没有反抗的意图。

那些木棍跟他们的身份相吻合，以军阶大小堆起来。开始他们就知道自己的结局了。木棍垒起来就是一堆好柴火。

刘师长的在最顶上。

刘师长说："干柴遇烈火，一点就着，感谢盛督办对我们的提携。"

东北军的一名排长将火把扔在柴堆上，那些木棒开始碎裂，裂缝喷出火焰。

木柴在树林里生长的时候靠的是泥土和雪水，它们压根没想到自己蕴藏有火焰。

苏联顾问问李溥霖："点火干什么？"

李溥霖说："木棒是他们的替身，他们让灵魂先死，受刑时就不难受了。"

苏联顾问说："你们中国人很怪。"

囚徒们失魂落魄，注视着自己的毁灭。

材料都是二号监狱里的工犯加工好的。二号监狱关的都是高级知识分子，这些人加工的材料天衣无缝，囚徒签字如画龙点睛。囚徒们醉心于篝火，六神无主，很快就签上自己的大名。

最先烧完的是刘师长，刘师长走进黑房子，行刑人员用绳子勒五秒钟，再把他挂到后墙的铁钩上。每烧完一根柴棒，就勒一个。勒完以后挂起来慢慢死掉。

那天夜里，四百多木棒垒起的篝火，一直燃到太阳出来，太阳都被烧扁了。

每勒一个囚徒，监狱上空就发出一阵风吹电线似的嗡嗡嗡声。那些声音像鸟儿落在天穹深处。因为囚徒一个接一个，天亮以后，人们发现那些鸟儿整整齐齐排在蓝天上，像成群的大雁排着队，排出大大的人字。

尹团长的木棒最后一个烧完，按军阶他在刘师长郑旅长之后，下边还有许多营长连长排长……可他那根木棒真神了，一直燃到天亮。尹清波说："我是从马仲英部队投奔过来的。"阳光哗啦啦落下来，像秋天的杨树叶子，阳光冰凉而沉重，落在地上竟然没有弹起一点儿，据说金子掉在地上就是这样。盛督办把他们烧成了金子。

篝火熄灭后灰烬被风卷进雪里，那是仅有的一点儿痕迹。卡车把他们的尸体拉到六道弯，那里有个大土坑，像大地的伤口；伤口不流血，黑乎乎的尸体把坑填满了，接着是沙石。沙石愈合了大地的伤口。干完这一切，还不到十二点。中亚腹地的冬天，寒冰不拒绝太阳，阳光大片大片往下落，落下来全变白了，连太阳的模样也是白煞煞的。公安管理处的人没心思烤火，爬上车回去了。

李溥霖和苏联顾问坐小车去督办公署。苏联顾问说他很钦佩中国人的聪明，干什么事都天衣无缝。

李溥霖说："盛督办英明伟大。"

苏联顾问说："斯大林更英明更伟大。"

李溥霖说："那当然。你们是我们的老师嘛。"心里骂：妈拉巴子钦佩咱的鼻子没你们的大。

苏联顾问说："莫斯科大审判你知道吗?"

李溥霖说："那是你们内务部的功劳，挖出那么多阴谋分子。"

苏联顾问说："我们有些工作没做好，比如加米涅夫、季诺维耶夫，很顽固，我们费了很大劲都没有奏效。中央书记叶若夫只好另辟蹊径，以政治名义要求他们两人帮助党摧毁托洛茨基及其匪徒。最后把斯大林都请出来了，斯大林跟加米涅夫、季诺维耶夫进行了面对面的谈判。他们才答应为党的利益放弃抗拒，接受指控。"

上世纪三十年代发生在莫斯科的那场大审判，布哈林、加米涅夫、季诺维耶夫这些老布尔什维克纷纷放弃为自己辩护的权利，竞相与法庭主动配合，大搞自我控诉，那种强烈的舞台效果打动了无数善良的群众，就连当时旁听的美国总统特使也不例外。叶若夫就这样在从肉体上杀害布哈林等人之前，已经残杀了他们的灵魂。

李溥霖说："那堆篝火烧毁了他们的灵魂，勒他们时他们都伸出了脖子。"

苏联顾问说："你们是青出于蓝而胜于蓝，盛督办不用出面就把一切都办好了。"

李溥霖说："我担心他们乱喊乱叫，中国的土匪上法场时要唱戏文，他们只放了一堆火。"

李溥霖小时经常在老家关东看法场砍头的场面。他很喜欢那种踔厉激扬的气氛。他经手的这场大屠杀，四百多号视死如归的军人连个呵欠都没打就被解决光了，从屠场到坟场，弥漫着一种阴郁的气息，一种令人透不过气的窒息。

李溥霖说："妈拉巴子，一代不如一代，大清朝时用刀砍，嚓！血喷二丈远，到了民国用枪打，用炸子炸，把个大脑壳炸没了，还不如放炮。"

李溥霖吐口唾沫，"不吭不哈用绳子勒，没意思。"

盛督办表扬了李溥霖。

李溥霖说："刘师长很有意思，他羡慕马仲英的骑兵，骑大马拿大刀比坦克飞机威风。"

盛督办说："他一直跟三十六师作战，受马匪的影响很深，本督办及时法办他，就是防止他成为另一个马仲英。"

"他不是打败三十六师了吗?"

"三十六师都是真正的军人，刘师长跟他们打过仗，这叫不打不成交。"

"马仲英也算英雄?"

"你说呢?"

"我从小不念书，宁肯挨枪子也不认字，义父说我没出息。"

"你很能干。"

"干柴遇烈火，一点就着，谢谢督办栽培。"

四

按计划，马仲英和他的二百四十名骨干军官从安集延坐火车直达莫斯科。苏联中亚地区边防军司令部对这个中国娃娃司令太感兴趣了，司令员一定要见见这个娃娃司令。宴会上，司令员情不自禁地端起酒杯，"少年尼奇拉，我可以告诉你，头屯河战役的指挥官是我，军人的交情是打出来的。"蔡雪村当翻译，蔡雪村告诉马仲英尼奇拉是俄语将军的意思，马仲英很喜欢这个词，对少年就不感兴趣了，他大声说："我已经二十三岁了，娃娃司令的时代已经结束了。"司令和苏军军官全都笑了："在我们俄罗斯，二十五岁的青年还可以称少年少女。"

对马仲英最感兴趣的是布琼尼元帅。布琼尼的哥萨克骑兵什么时候打过败仗？元帅曾当着斯大林的面大声咆哮，要亲自带兵去教训这个乳臭未干的中国小孩，顺便把新疆拿过来。斯大林端着那只有名的黑烟斗，笑眯眯的，只有布琼尼可以在斯大林跟前这么“放肆”，他们的交情在内战时期就很深了。斯大林说：“布琼尼同志，你怎么也像个孩子，一点儿委屈都受不了。”

“红色骑兵军是苏维埃政权的柱石！”

“我理解元帅同志的心情。”

有个叫巴别尔的作家在小说《骑兵军》里为了表现主人公的内在美，写了不少骑兵战士的残忍和阴暗面。布琼尼一下子火了，在《真理报》上向巴别尔发难。高尔基挺身而出，告诉布琼尼，这是一部罕见的杰作，不是对骑兵军的诽谤而是艺术上的赞美。官司打到斯大林那里，斯大林只能处之以微笑。

斯大林太了解他的元帅了，红色哥萨克就是他的亲儿子。元帅的愤怒很短暂，因为马仲英不但打败了哥萨克骑兵，而且把强大的装甲部队也阻挡在头屯河西岸，坦克装甲车被炸毁了许多。布琼尼元帅跟许多苏军高级将领一起去观看从中国拖运回来的坦克残骸，布琼尼对那个中国娃娃司令的仇恨顷刻间化为乌有，而且产生一种莫名其妙的兴奋，那简直是狂喜！骑兵！伟大的骑兵！永远是不可战胜的，只有荒漠和草原上的汉子才能欣赏一匹骏马的美与高贵！国防部长杜哈切夫斯基元帅望着被骑兵炸毁的坦克，心情很沉重。这正是布琼尼元帅所希望看到的。杜哈切夫斯基早在内战时期就与布琼尼发生矛盾，他们一起打垮白军，把入侵的波兰军队赶出国界，并进军华沙，全世界为之震惊，欧洲报纸把杜哈切夫斯基称为“红色拿破仑”。确切地说，杜哈切夫斯基元帅的声望远远超过布琼尼，甚至让斯大林都感到不安。杜哈切夫斯基在军队的影响根深蒂固。红军最初由托洛茨基组织起来，杜哈切夫斯基就是创建人之一。杜哈切夫斯基完全是个职业军人，对政治不感兴趣，也不敏感。他是二战前世界上少数几个热衷于坦克战立体战的探索者之一，当英法德几国处于理论探讨阶段时，杜哈切夫斯基已经开始立体战军事演习，装甲兵与航空兵结合将引起一场军事革命。布琼尼是斯大林的有力支持者，布琼尼在国防会议上公开指责国防部长杜哈切夫斯基：坦克装甲车是资产阶级军事理论，而骑兵代表无产阶级。双方僵持不下。这时，从中国新疆传来装甲部队受挫的消息，布琼尼元帅兴高采烈了，终于有了一个骑兵打败装甲部队的战例，更多的是数千年来蔓延在辽阔草原的古典式的骑兵神话。

可以想象马仲英一行在莫斯科受到欢迎的热烈场面，布琼尼元帅就像见到老朋友一样拥抱马仲英，用拳头砸这个剽悍的中国小伙子。斯大林咳嗽两声："布琼尼同志，你的情绪波动太大了。"元帅露出草原牧民才有的那种憨厚质朴的笑。

马仲英日夜想念着飞机，他们被安排去布琼尼元帅的骑兵部队。那真是现代化武器与古典式骑兵的完美结合，马背上配有轻机枪和小钢炮，在旋风般的冲锋中发射暴雨般的子弹和炮弹。马仲英技痒难忍，布琼尼元帅慷慨大方像个国王，"孩子们——"哥萨克兵全都扬起脑袋，连马都无限崇敬地望着元帅，元帅抱着马仲英大声说："顿河的孩子们，他就是第一个打败哥萨克骑兵的英雄马——仲——英！"元帅首先鼓掌，整个草原发出暴雨般的掌声和跺脚声；骑手在战场上兵刃相见是一回事，到草原上来做客又是另一回事，血腥和友谊奇妙地结合在一起。马仲英的愿望得到满足，哥萨克们微笑着希望远方的英雄能选中自己的马，那将是多么大的荣耀！马仲英却一溜小跑奔向河边的马群，他早已看中马群里的灰色马。灰色马，就是灰色马，《圣经》里所说的灰色马上骑着死亡，一个穆斯林是不信这个的。那匹顿河草原的灰色马是标准的骏马，长长的脖子，小巧结实的脑袋，后臀圆得像大车轮子，光那圆圆的闪闪发亮的后臀就能激起男人的雄性之力；可它的毛色让人害怕！信奉东正教的哥萨克们总是远远躲开它，那是一种阴森森的美。这个中国穆斯林对它情有独钟，连马鞍子都不要就翻身上去了，贴着顿河疾风般奔跑。哥萨克们都叫起来。顿河两岸常常出现陡坡和悬崖，会把骑手的脖子摔断。谁也不敢贴着河岸纵马疾驰。元帅命令快去追，一群哥萨克兵消失在原野上。

两个时辰后，马仲英和大灰马贴着河岸回来了，从身上的尘土可以看出大灰马翻越了多少悬崖和陡坡；更让人吃惊的是马仲英手里提着两只野兔，野兔浑身发抖黑眼睛亮晶晶的。元帅哈哈大笑：“我年轻的时候也能纵马抓兔，最优秀的哥萨克才有这种本领。”

马仲英说：“我们河州人每年都要纵马抓兔，小孩都会这个。”

“河州什么意思？”元帅感到好奇。

马仲英说：“就是黄河第一州。”

“噢，就是河的大儿子。”元帅很聪明。

马仲英终于如愿以偿，甚至比愿望更圆满，他们参观了飞机制造厂。那么大一座工厂，跟一座城市一样，一座航天工业城市在生产飞机。在航天城里他们碰到另一拨中国人，是盛世才派来学习飞机制造的，盛世才要在迪化建工厂造飞机。马仲英就觉得这个盛世才很不简单，在那么落后的地方造飞机，简直是神话。马仲英去过北平南京，中国的大城市除了热热闹闹几乎没有现代工业。这些工业神话让他大开眼界。他瞧着蓝天就心里发急，好像辽阔天空是他家的院子。

在飞行学校检查身体，一半人不合格，马仲英就想回新疆再换一批人，“我有一万多人，不够还可以招，中国有的是人。”校方告诉他：“几十万人里才能挑出几个飞行员，你带来二百四十个人，能挑出一半已经是个奇迹了。知道一百二十名飞行员是什么概念吗，那是一个完整的空军师。”“哈哈一个师，我还是师长，你们听见没有，要好好地学，咱们三十六师成空军师啦，留在国内的弟兄给咱们做地勤工作吧。”

理论课之后，要用大量时间做准备开教练机。每个教练带一个学员，马仲英被教练员带两次以后，自己就驾机飞上蓝天，连翻几个筋斗，把指挥中心的人吓一跳。“这个中国人胆子太大了。”“他是骑兵，他以为在天上放马呢。”

马仲英驾机起飞的照片刊登在苏联报纸上，很快落到盛世才的办公桌上，盛督办百感交集。文字部分介绍三十六师一百二十名学员的学习情况。一百二十架战机装备起来的三十六师将是什么样子？盛世才连想都不敢想，他马上喊来秘书，让秘书通知苏联总领事：苏新合作开发可可托海锡矿的协议必须上报南京国民政府，新疆边防督办公署没有权利签订这样的协议。这份协议在抽屉里搁了一个月了，其条款让盛世才大伤脑筋，那简直是袁世凯当年跟日本人签订二十一条卖国条约！

因为苏联和盛世才的特殊关系，迪化总领事理所当然享有与斯大林直接通话的权利。总领事告诉斯大林：马仲英开飞机这件事对盛刺激很大，许多合作项目有可能中止。斯大林很冷静，“盛世才是一只老狐狸，需要一些刺激。”

斯大林很快受到了另一种刺激，那些三十六师的中国飞行员掌握飞机的速度比苏联飞行员快一倍。“这怎么可能？他们几乎是文盲。”斯大林皱起眉头。

秘书有更详细的报告，秘书告诉斯大林，这些中国人记忆力惊人，“简直是一群猛兽闯进菜园子，什么东西都能咽下去都能消化掉，飞行学校的考核成绩让人受不了，苏维埃国家的学员全被抛到后边，我们的教师情绪很大，斯大林同志，这是很伤尊严的。”斯大林已经不抽烟了，黑烟斗端在手里跟小手枪一样，“教师同志们是有道理的，让他们自己解决这个问题吧。”秘书说：“还有一件事一定要报告斯大林同志，在飞行表演中马仲英把我们的空军英雄伏陀比扬诺夫①都比下去了，马仲英成为飞行员心目中的英雄。”斯大林又噙上那只黑烟斗。秘书退出去，克格勃头子叶若夫马上进去，斯大林说：“应该设法消除马仲英的影响。”

这是一个很含糊的指示，叶若夫思索半天才拿定主意。

几天以后，马仲英得到一次飞行机会。据说是对他的特别照顾，其他中国学员已经没有重上蓝天的机会了。叶若夫特意安排在航空兵飞行训练这一天，杜哈切夫斯基元帅要来观看这场训练，让马仲英的战机栽在国防部长面前是很有意思的。国防部长杜哈切夫斯基看见这位中国骑兵英雄，就走过去询问头屯河战役的情况，元帅根本不相信骑兵决定未来战争这种神话。马仲英坦率地告诉元帅：“坦克装甲车都不可怕，我们怕的是飞机，我们之所以能取胜是因为坦克进攻的时候飞机就飞走了。”元帅大声对他的部下说：“听见没有，装甲兵和航空兵协同作战

---

① 伏陀比扬诺夫：苏联空军英雄，曾驾机飞越北极。

就能取胜。”

马仲英驾上战机跃入蓝天，动作迅猛犀利，杜哈切夫斯基喃喃自语：“真是好样的，飞机在他手里就跟马刀一样闪闪发亮。”将军们都感到吃惊，苏联最有名的两位元帅，以飞机和骑兵为标志。在飞机元帅跟前千万不要提骑兵，包括马刀马鞭子马枪；在骑兵元帅跟前不要提飞机，包括飞机投掷的炸弹。飞机元帅盯着万里蓝天，情不自禁地喊起来：“多么好的飞机呀，简直是一匹骏马！”

一个很悲壮的声音从苍穹飘下来……那是灰色马，灰色马，一匹灰色马。

在《圣经》里上帝把死亡作为出色的骑手，骑着灰色马跑呀跑呀……上帝的灰色马为什么跑得那么快？它在追击马仲英的同时追上了杜哈切夫斯基元帅。这位出色的坦克战奠基人，不但引起斯大林的猜忌，更让希特勒嫉妒，德国展开强大的情报战，不久斯大林就杀掉了杜哈切夫斯基。

希特勒可以大胆地进攻苏联了，布琼尼元帅指挥一百万勇敢的哥萨克骑兵迎击德国古德里安的装甲狂潮；苏军五个集团军全军覆没，六十七万人被击毙，三十三万人被俘，布琼尼元帅痛不欲生，被斯大林派来的直升机强行拉走，古德里安在这次人类历史上最大的合围战基辅会战中登上战争艺术的顶峰。古德里安给希特勒的报告中写道：“我坐在坦克里原想跟真正的对手作一番殊死较量，碰到的却是骑着顿河马的堂吉诃德，我朝思暮想的坦克战之父杜哈切夫斯基元帅为什么死得那么早？”

连杜哈切夫斯基本人也想不到骑着灰色马的死神会来纠缠他，他揉一下眼睛，他明明看到天上有一匹灰色马，真的是灰色马，杜哈切夫斯基命令指挥中心赶快让马仲英跳伞，飞机要出事了！叶若夫吓坏了，以为杜哈切夫斯基元帅发现了克格勃的阴谋，职业军人是很讨厌秘密警察的。指挥中心无法指挥，战机在空中乱窜，变成了一匹野马，再有几分钟飞行员就会晕过去。跳伞也没用，伞是打不开的。那架失灵的战机歪歪扭扭滑向涅瓦河上空，然后栽下去，沉了好半天才轰一声爆炸。

马仲英是两天以后返回军营的。他死亡的消息早已上报斯大林。迪化总领事刚接到马仲英死亡的电报，紧接着就是马仲英死而复生的电报。总领事已经习惯了这一套，他告诉盛世才：你不要对我们产生什么怀疑，马仲英这个人你是知道的，死亡总绕着他，谁也没办法。盛世才在开发锡矿的协议上签字，“我盛某人对苏联可是诚心诚意的。”总领事也不含糊，“我们一定满足你的愿望。”

盛世才知道这是斯大林不信任他，用马仲英来牵制他，他不能坐以待毙。他派去的特工人员渗透到三十六师各个部门，进行分化瓦解，使马仲英不能遥控自己的军队。马仲英从苏联派回来的代理师长已无法行使权力，三十六师被匪性十足毫无远见的马虎山掌握着。盛世才需要的就是这种效果。三十六师是一群狮子，由马虎山这头笨熊带着正合他的心意。自然界优者生存的规律并不适合人类。斯大林在英雄与小人之间选择了小人。当一切成为历史时，盛世才方明白斯大林的良苦用心。他从延安来的中共干部那里了解到，斯大林对中共领袖们也是如此安置；斯大林喜欢书呆子王明，王明的信徒差点丧失中共的全部家当；斯大林喜欢张国焘，张国焘在长征路上搞分裂；斯大林喜欢工人出身的向忠发，向忠发担任中共总书记时在上海包房间养妓女。被捕后，妓女拒不招供，向忠发自己把自己招了，周恩来说他连婊子都不如。盛世才完全明白斯大林的用意了，因为他不再是一个真正的军人。他无法忍受斯大林给他的耻辱。我不可能成为真正的军人了，绝不允许真正的军人存在，他们的存在是对我的羞辱。他杀掉替他打天下的郑润成刘斌等高级将领。对羁留国外的马仲英更是恨之入骨。马仲英被扣在苏联，三十六师群龙无首，军队被马虎山掌握，在省方特工人员挑拨下，马虎山铤而走险率部叛乱，给盛世才提供了机会。盛世才再次向苏军求援。苏军坦克部队分两路进入中国，围歼三十六师。被省方特工策反过来的三十六师官兵尝到了另外一种滋味。他们是变节者，盛督办不让变节者上前线，上前线太危险。变节者说：打仗咱不怕，弄刀弄枪是咱的看家本领。盛督办说：枪林弹雨是英雄干的事情，你们干不了。变节者说：咱当过马仲英的枪手，咱不给马仲英干了，咱给盛督办干。盛督办说：枪手都是儿子娃娃啊。变节者说：咱就是儿子娃娃么，河州儿子娃娃全跟尕司令到新疆来了，河州没儿子娃娃了。变节者说到这里忽然不说话了。盛督办怪怪地笑，笑得他们不好意思。“儿子娃娃都死了，你们还活着么。”盛督办没让他们上火线，让他们跟着省军和苏联边防军，在和田喀什搜捕三十六师残部。这是一种比死亡更严厉的惩罚。“这种工作别人干不了，只有你们才能胜任，你们是死里逃生的人，怕什么？婊子卖身，一次是卖，十次百次也是卖。”盛督办说这话时恶狠狠的。盛督办被斯大林如此这般炮制过，跟他们相比是五十步笑一百步。盛督办跟他们一样渴望死亡。

他不断地制造冤案，有十多万人被屠杀；他操纵如此巨大的死亡，自己却与真正的死亡无缘。既然生命与死亡是对等的，死亡就可以人为地加以破坏。盛督办就这样发现了人类生命的奥秘，并成为杰出的死亡大师。死亡不是简单的掉脑袋吃枪子，死亡是一门艺术。死者被处决之前，不但承认全部预定好的罪行，而且不遗余力地给亲友身上栽赃，丧失生命中一切珍贵的东西。经过死前的加工处理，死囚们再也没有勇气在刑场上慷慨激昂，视死如归了。盛督办把死亡改变了，死亡就是死亡，死亡没有意义。

斯大林搞大清洗时就很注意这个问题，斯大林没有让政敌成为十二月党人或普希金，斯大林成功地控制了死亡的进程。当是时也，爱因斯坦的理论将被应用到军事上，原子弹的蘑菇云将对生命进行脱水处理。科学家们使物质释放出前所未有的能量，政治家们不但使人的生命丧失意义，而且使人的死亡变得丑陋无比。

原子弹在比基尼岛试验成功那一年，盛督办离开新疆，赴重庆就任民国政府的农林部长，成为民国的功臣受到蒋总裁的接见。

“听说你发明了一套处理死囚的方法，很管用。戴笠抓来的共党分子个个硬得像石头，死到临头，又是唱《国际歌》，又是喊口号，讨厌死了。”

“处决之前让他们自行堕落。”

“共党分子不吃这一套。”

“要在生活上心理上让他们堕落，让他们男女同牢，最好是朋友的妻子或长辈，天长日久，就会发生男女关系。”

“盛先生不愧是人中之杰，马仲英骁勇善战，碰到你手里能不倒霉吗?”

“马仲英是斯大林杀的，我没杀他，”盛世才说，“这是我一生最遗憾的一件事，我把三十六师全都干掉了，偏偏漏掉了马仲英。”

“斯大林替你除了心腹大患，你遗憾什么呢?”

“斯大林给他的死亡是货真价实的。”

蒋介石给弄糊涂了，“枪毙就枪毙，哪来这么多名堂，娘希匹。”

三十六师被肢解后，马仲英困在莫斯科。盛世才请求苏方将马仲英转交他处理，斯大林不答应，斯大林说：“盛世才曾经是个杰出的有血性的军人，他知道血性对人的重要，他想用马仲英的血来救自己，我们不能满足他那残酷的要求。让马仲英像一个英雄那样去死吧。”

叶若夫给马仲英准备好毒药。死亡突然降临，马仲英毫无防范。

那天，他在克里木半岛，鞑靼人问他：

“骑手，你从哪里来?”

“甘肃河州。”

鞑靼人让马仲英看他们的马群，马群中有一匹大灰马，马脖子上的疤痕呈月牙形。

鞑靼人说：“那弯月是拔都汗咬的，拔都汗咬开以后月亮就不落了。”

鞑靼人说：“我们的英雄都在古代，现在没了。”

马仲英说：“金帐汗国和青帐汗国是骑手用马鞍子垒起来的，有马就有好骑手。”

克里木半岛上全是鞑靼人的马群，他在青海时就感受到马血涌动的那种强劲的冲力；马血跟大陆外边的海洋是连在一起的。

鞑靼人说：“克里木最先是我们汗王的名字，克里木汗和他的骑手消失后，这地方才有了名字。骑手们在大洋之间的陆地上驰骋了好几个世纪，他们困倦了，克里木汗把他们带到黑海，黑海就是骑手们最后的海洋。”

海洋里奔流的是全是战马和骑手的血。

河州骑手的血在青海湖里，他们的骨头在祁连山在神马谷。马仲英说：“在我们老家，湖是青的山是白的。”

鞑靼人说：“你要是从大洋那边跑到这边，血就变稠了，海水就会发黑。”

克里木半岛像马嘴深深扎进黑海里，海水如同高高的牧草发出哗哗的响声。

鞑靼人说：“明天我们就要离开这里，斯大林不信任我们鞑靼人，要把我们迁到西伯利亚。”

马仲英说：“谁能把克里木这个名字搬走？”

鞑靼人说：“马群不上路，那匹大灰马是头马，谁也套不住它，明天要是套不住，军队就会朝它开枪。”鞑靼人说：“我不想让它挨子弹，实在不行我用刀子宰它，把它放进黑海。”

鞑靼人把马群赶来了，大灰马独自在海边奔跑；家马就是这样沦落为野马的。

马仲英打算明天去找那个鞑靼人，请求他把大灰马送给自己，死亡却赶在他的愿望之前。他回到旅馆，苏方军医要给他检查身体，他跟医生去医院。医生告诉他，他患有传染病需要住院治疗。吃过药后，躺到病床上，他真感到自己病了，护士告诉他这是伤寒，弄不好就会丢掉性命。尽管他意识到死亡在迎接他，他还是没在意，他想那还疯狂的大灰马，死的时候应该骑在马背上，让大灰马把他驮到黑海里去。既然没有力量找到大洋，那么就像疾风和闪电一样消失。

马仲英做好了死的准备。而那比死亡更卑劣的毒药已经发作了。疼得他满床打滚。克格勃特工人员准备拍照，回莫斯科交差。但马仲英竟打败了死亡，从窗户跳出去。楼道里铃声大作，这是克格勃秘密处决危险分子的特定房间。

马仲英穿过草坪和铁丝网，进入森林。特工们追上来开枪，在他背上钻好多黑洞，黑洞里冒出血泡，秘密警察紧紧围上来，斯大林有指示，这个人需要用药，不能用子弹。用药可以使他悄悄死去，用枪弹就不同了，枪弹属于军人。让这个人以军人身份死亡不符合斯大林的意图，因为这个人在迪化跟苏联军队打过仗，打败了布琼尼的骑兵师。实际情形是，马仲英独自一人在克里木半岛与苏军作战，这是斯大林难以接受的。自克里木汗以后，俄罗斯人成功地取代了金帐汗国和青帐汗国，东方骑手纵横中亚与东欧的局面再也不会出现了。

追击马仲英的部队迅速增加，保安部队的摩托车封锁了通往港口的交通要道，空军侦察机低空飞行，哥萨克骑兵在草原和群山之间巡逻。

马仲英大声喘息着，他快要吐血了，他离海岸边还有好几十公里，他倒在岩石上，北斗七星在闪闪发亮，变成一把钢刀。这时，大灰马来到他身边，卧在地上，他爬上马背，马轻轻跑起来。这是大灰马最后的日子，天亮后，主人就要宰它，然后主人离开家园迁往遥远而荒凉的西伯利亚。

追兵到达时，大灰马驮着它的骑手跃入黑海。骑手没有咬开马脖子，药性大发骑手开始吐血。血落在马鬃上，威风凛凛。后来马消失了，骑手继续向黑海深处滑行，水面裂开很深很宽的沟，就像一艘巨轮开过去一样。后来骑手也消失了，骑手消失时吐完了所有的血，海浪轻轻一抖，血就均匀了，看不见了。骑手的血和骨头就是这样消失的。

这一天，鞑靼人全部被迁往西伯利亚。黑海岸边再也看不见东方骑手了，而那伸进大海的半岛依然叫作克里木，海浪像马鬃一样簌簌响着。

苏联领事向盛世才保证：马仲英这回死定了，连人带马葬身黑海。

“他哪来的马？”

“克里木是鞑靼人的牧场，鞑靼人的大灰马把他驮进黑海。”

“鞑靼人是成吉思汗的后代，这里头有问题，他没有死。”

“你这么怕他？”

“死神都奈何不了他，我能安心吗？”

必须研究马仲英如何从死亡中脱身？

监狱里有许多高级知识分子，有许多三十六师被俘人员，他们日夜奋战，赶写出一份内容翔实的材料：材料的结论令人发怵，河湟事变中，屡次将死亡带给马仲英的只有西北军名将吉鸿昌，而吉鸿昌几年前就被何应钦枪毙了。

这是一种无法战胜的死亡，谁也驾驭不了。巨大的威胁跟云影一样罩在督办心头。

对马仲英的死，盛督办耿耿于怀。

领事说："毁灭一个人的灵魂，只能在他活着的时候，他死了，什么都来不及了。人创造生命的同时也创造死亡，人最可贵的不是生命，而是介于生与死之间的创造精神。"

"那么失败呢？"

"失败也是一种创造。我们审判布哈林、季诺维耶夫、加米涅夫，并且枪毙了他们，但我们没有枪毙托洛茨基。他是个军人，打过仗，红军是他组织起来的。

"布哈林这些人是知识分子，知识分子的灵魂在脑袋里边，可以让它出窍；而军人的灵魂是战马和钢刀，让他们跟武器分开就行了。"

"你在军队待过？"

"我曾经是个军人。跟你一样又从政了，这是我们的不幸。"

总领事跟他碰杯。他把伏特加喝下去，送总领事上车。外面阳光很亮，盛世才一身戎装，重返屋里时他在镜子里发现了这身戎装，上面挂着短剑盒子枪，加上浓密的黑胡须和大眼睛，是个很优秀的军人呀！盛世才问卫兵："领事的话你们听见了？"

卫兵说："领事吃不到葡萄就说葡萄是酸的。"

卫兵说："我给张学良站过岗，少帅整个花花公子，比起督办差远了。"

"那马仲英呢？"

"马仲英是厉害，可他死了，队伍也散了，成了戏文里的人物。"

卫兵的话扯远了，盛世才一下子没了兴致，沉着脸走进二号监狱，提审杨波清和吴应祺。这两个人曾作为马仲英的代表来迪化和谈，和谈破裂，被扣押在监。

盛世才问他们对马仲英的失败有什么想法。他们说："跟苏联红军交战的时候，马仲英就知道自己要失败。"

盛世才说："他驰骋西北四省，是为了寻找失败吗？他派人与苏联领事联系，又作何解释？"

他们说："中原大战时马仲英就开始接受革命思想并且加入共青团，他谋求苏联支持，不是让他们派军队来。冯玉祥是中央任命的边防督办，马仲英尚能揭竿而起，跟西北军周旋，外国军队擅自进入中国，马仲英当然不能袖手旁观。以一师之众与大国抗衡，他注定要失败。"

吴应祺跟随马仲英时间最长，盛世才盯着他，他也盯着盛世才的佩剑和短枪，他说："这次失败跟以往不同，打冯玉祥打马步芳时他年方十七岁，少年得志，志在必得，进入新疆以后，他一下子看清了命运的轮廓。这种悲惨的结局不是他一个人，而是他那一类人。这类人注定要失败。"

"为什么？"

"因为他们太强大了。"

"你是基辅军校的毕业生，受过高等教育，不懂达尔文的进化论吗？物竞天择，适者生存。"

"那是自然法则，人类社会正好相反。老子说：天之道损有余而奉不足，人之道损不足而奉有余。所以，马仲英驰骋西北四省力挫群雄之后，便意识到他梦寐以求的最后海洋是在真主的花园里，那是骑手的归宿。"

"马仲英最终还是去了苏联嘛。"

"他是去寻求真诚的帮助，不是去投靠。"

吴应祺一直瞅着盛世才的佩剑和手枪。

吴应祺说："你那支枪能打响吗？"

"该响的时候就会响，"盛世才说，"能屈能伸也算真豪杰。"

杨波清说："现在是盛督办伸的时候了。其实你应该早点提审我们。"

"你很聪明。"

"我们身上有督办的秘密。"

"什么意思?"

"从我们口中你可以重温一下军人的梦想。"

那是1939年冬天。

那年希特勒德国进攻波兰，苏军从东线进攻。波兰在历史上曾三次被德国和俄国瓜分。历史有着惊人的相似：1905年日俄在东北决战；1934年，日军进攻华北，苏军秘密进入西北。德苏夹击波兰的消息登在《大公报》上，盛世才看得很详细。

报道介绍说，华沙陷落时。英勇的波兰骑兵直扑德军坦克，用马刀砍钢板，被坦克履带碾得粉碎。苏德大军所经之处，战死的波兰官兵被坦克压平在地面上，飞行员可以从空中看见，手持马刀的士兵与大地融为一体。

卫兵们说："波兰人傻帽儿，跟马仲英的兵一样，坦克车开过来转身跑哇，马比坦克跑得快。"

盛世才厉声喝道："坦克开过来能跑吗?"

士兵不敢吭声。日军坦克进沈阳的时候，他们的统帅跑得飞快，日本人赶都赶不上。卫兵说："我们没跑，我们跟马占山在临江消灭了鬼子一个师团。"

盛世才说："波兰是小国，我们是弱国，弱小国家的军人应该这样!"

卫兵们又把报纸看一遍。马仲英与苏军交战的时候，他们在红山嘴上看得清清楚楚：三十六师官兵被坦克碾碎，被炸弹送上天空，残肢断臂像鹰在天空飞了好久。

五

1938年正月，迪化郊外出现一支马队，为首的青年军官策马飞驰，离开队伍好远。城上的守军叫起来："尕司令，尕司令打过来啦。"步枪机关枪乒乒乓乓打起来，装甲分队出城迎战，航空队的飞机盘旋扫射。盛督办亲临前线，把指挥部设在城头上，指挥省军奋力反击。

激战两小时，听不到马仲英的回击声，飞机低空飞行用无线电向盛报告，郊外的部队不是马匪是自己人。督办问他们从哪里来，回答说是从塔城入境的中国军队。督办急了，"打，打死他们。"督办告诉左右："马仲英中毒后下落不明，苏联人没找到他的尸体，说他骑马跑进大海，马会凫水，他又回来了。"

指挥部的参谋们架起望远镜仔细观察，他们看到的确实是马仲英。马仲英骑着大灰马，拿着一柄马刀，在城下跑来跑去，对飞蝗般的子弹视若无睹。老兵们说，尕司令跟西北军打仗的时候就这样子，不避枪弹。

后来，大家的枪都打不响了，大家往下看，马仲英就在墙头下站着，问大家咋回事？大家的脖子挺得好长，空荡荡的嘴巴里甩出细软的舌头，仿佛被绞绳勒了半宿。马仲英要督办出来回话。督办掸掸军帽上的灰尘，梳梳大背头，佩剑和王八盒子一尘不染，督办以标准的军人姿势踏上城头，"你来得正好，听说你死了，我不相信，我找你四年了，这次定叫你万劫不复。"

城下的马仲英叫起来："大哥你不认识我了，我是老四世骐。"

大灰马上的盛世骐脱下军帽，亮出跟大哥盛世才一样的大背头。卫兵们仔细看，果然是盛督办的四弟盛世骐。盛世骐二十多岁，戴上军帽和白手套，再骑这么一匹大灰马，跟马仲英一般无二。

老兵们说："盛旅长把我们吓坏了。"

盛世骐大笑。他刚从苏联学习回来，从塔城入境。

督办说："你怎么骑这种马，马仲英就骑这种马。"

盛世骐说："这是阿拉木图的鞑靼骑手送的，鞑靼人曾经是中国人，以前他们可以到新疆来，现在不行了，他们的马可是回到天山了。"

盛世骐担任机械化旅旅长，却很少开装甲车，他在装甲学院开坦克开腻了，他喜欢纵马驰骋。大灰马跑成一团风时，他拔出马刀劈木桩，刀法凶猛漂亮，出鞘和劈杀一气呵成，几乎看不见动作，白光一闪，木桩拦腰而断，或者斜倾而裂。

盛旅长从来不带卫兵，他经常一个人策马而行，深入到天山腹地。回来时马鞍上总是挂一只鹰，鹰跟活的一样，就像马身上漂亮的图案。直到有一天，苍鹰躲过子弹，尖利的嘴啄他的额头咂他的血。喝足之后，展翅跃入蓝天，把他的血带到太阳的深处。伤口愈合后，那块疤痕上露出白净的骨头，有牙齿那么大，藏在黑黑的头发里边，跟鹰眼睛一模一样，让人感到不寒而栗。

盛旅长的血被鹰喝过之后，他还到山里去，不过他不打鹰了，马鞍上挂的不是猞猁就是棕熊。到了秋天，盛旅长把马牵到河边，不让它喝水。他给马喂苹果吃，一大桶苹果吃得干干净净，马打出的吐噜芳香无比。盛旅长跃上马背，向草原深处跑去，牧草迷蒙，浑圆坚挺的马臀跟它吃掉的苹果一样芳香无比。

那些跟马仲英打过仗的老兵说："尕司令就这样子，手下的兵个个是石头。苏联红军用飞机坦克啃他们都费劲儿。"

有人说："盛旅长是不是马仲英的替身？苏联人阴着哩，什么事做不出来？"

谣言传得很快，迪化城都知道了。盛旅长所到之处总有无数双眼睛盯着，大灰马靠近他们时，他们的眼睛和嘴巴全都张开，放出神光发出惊叫，大灰马消失后，他们以为是在做梦。

督办公署召开会议专门讨论这个问题，盛世骐说："用不着讨论，我不戴军帽就是了。"盛世骐摘下军帽，果然是活脱脱一个盛督办，省府要员们大开眼界，大家说："戴上帽子戴上帽子让我们瞧瞧。"盛旅长戴上帽子又骇然一个马仲英再生。在座的甘肃籍官员说："就你这样子，现在回河州去，保证能带一师人马出来。"

盛旅长表示为了与马仲英有所区别，从此不再戴军帽。

大家说："夏天好说，冬天咋办？"

盛旅长说："古时候的将军冬不着裘夏不撑伞，革命军人不戴军帽冻不死。”

盛旅长光着脑袋在雪地里站一个小时，威风凛凛，毫不懈怠。苏联顾问对他也赞不绝口。

有一段时间，大家都替他捏把汗。这些年，稍对督办有威胁的人不管是有家的还是无家的，全被清除掉了。

盛督办说：“大家不要怀疑老四的忠诚，他是真正的革命青年。”

大家都感到不好意思。

盛督办说：“我从东京帝国军事学院毕业的时候，他刚刚考上这所学校，他学的是骑兵科，日本的骑兵相当厉害。骑兵在新疆是大有作为的。”

公署官员头一回听督办赞扬别人，而且感情真挚诚恳。人家是亲兄弟，手足之情不用掩饰。

好长时间，公署官员发现督办在远处深情地注视他的四弟，人们从督办的脸上读到一个人的回忆，人们听见督办哼起军歌，那是日俄战争时，日本海军官兵唱的歌曲。督办的脸庞以及周围的空间一下子变成浩渺无涯的蓝色海洋。哈萨克族官员沙里福汗也忍不住唱起来：我曾架鹰出猎，我也曾跨马疾驰如流星，我乌黑的头发布满霜雪，如同满月的脸庞今在何方？我虚度了年华，如今泪流满面的悔恨。唉，青春呀青春我未能抓住你，让你逃去。

沙里福汗吟唱的是维吾尔族经典《福乐智慧》。督办就是在这个时候清醒的。

督办看见他的青春和热血在别人身上燃烧，那么他呢？真正的他早已消失。死亡静悄悄地不知不觉地取代了生命。他的胸膛里端坐的是何人？盛督办就这样恢复如初。清醒后的督办是吓人的。沙里福汗当天晚上就被处以死刑。

有一天晚上，督办梦见自己被吊在半空，绞绳悬在苍穹顶上，督办四肢发抖，老婆邱毓芳问他凶手是谁？督办说就是我自己。老婆说：“我知道你要杀谁了。”

老婆说：“你要杀老四。”

“我们是亲兄弟，我把新疆人杀完了也杀不到自己人头上。”

“别人不了解你，我还不了解你吗？老四迟早要死在你手上。”老婆又说，“这是你的劫数，信不信由你。”

1941 年，希特勒打进苏联，兵临莫斯科城下，这是督办摆脱苏联控制的好机会。督办借国民政府的力量向苏联施加压力，斯大林召回他的苏联顾问。驻扎在哈密的苏军坦克部队，随时都有可能与省军发生冲突。督办命令机械化旅在迪塔公路沿线布防。旅长盛世骐曾在莫斯科红军大学进修学习，信仰马列主义，是个真正的共产党人，他难以接受兄长盛世才诡秘的权变手腕。

老四质问大哥：“六大政策是你亲手制定的，你又要亲手毁掉？”

大哥告诉他：“亲俄联共是迫不得已，新疆局面复杂，不能不随机应变。”

大哥告诉他：“政治家没有永远的敌人也没有永远的朋友。”

“国民党如此腐败，你也把他们当朋友？”老四说，“我不当旅长，要干你一个人干。”

大哥态度和缓，言语恭逊，规劝四弟改变政治态度，他说：“德、日、意三国形成同盟，抗日绝无胜利希望，国民党不能救中国，共产党也不能救中国。我们应当适应潮流，当前局势不稳，已到紧要关头，念手足情谊，必须风雨同舟！”

老四说：“这次世界大战，西方有斯大林，东方有毛泽东，法西斯虽然疯狂一时，将来一定覆灭。军人以战斗为天职，失败当与国土偕亡。你执意胡闹我宁愿带老母去讨饭，绝不走投降毁灭之路。”

老婆邱毓芳说：“你的劫数到了。”

盛督办说：“撤他的职就行了，不一定杀他。”

老婆说：“少壮派崇拜他呀，当年你当教官时军校学员怎么崇拜你你忘了？金树仁干瞪眼没办法。老四当了那么多年旅长，你动他就不怕引起兵变？”

督办双手放在老婆肩上，大美人邱毓芳的肩膀每一次都能给督办以力量。前两次阴谋暴动的设计就是在美人的肩上获得灵感。

每次大清洗都很巧妙地设计成反革命分子阴谋暴动，第一次阴谋暴动案的对象是帝国主义间谍分子和封建王公旧官僚，第二次阴谋暴动案打击的对象是替盛督办打江山的功臣和以杜重远为首的进步文化人。

第三次阴谋暴动案设计目的是反共。中共党员不同于苏联来的联共党员，联共部分党员生活腐化，毫无威信。而延安来的中共人士作风朴实，效率极高，毛泽民担任财政厅厅长，林基路主持新疆学院教务工作。他们在各族群众中的影响迅速扩大。盛督办找黄火青、林基路、李云扬谈话，“新疆封建色彩浓厚，情况特殊，不能搬延安的那一套，你们犯了‘左’倾冒进错误。六大政策就是共产主义，不需要从延安带来的共产主义。”林基路被调往南疆，上任不久，库车面貌焕然一新，共产党的高风亮节为各族人民所敬仰。第三次阴谋暴动案的炮制工作再次受阻。

盛督办心烦意乱时便想到邱毓芳美妙无比的肩膀，美人的肩膀越摸越圆。督办说：“我想听你的声音。”

“真想听啊？”美人邱毓芳已经进入妙境，她的声音有如天籁之音，“我们让东北军打马仲英，马仲英败了，东北军的官兵反而向往当骑手。”

督办小声说：“他们被清除掉了。”

邱毓芳说：“我们派四弟去莫斯科学习，做做样子给斯大林看，四弟反而成了货真价实的共产党。共产党是个人服从组织，为了主义不顾及家庭。你首先把四弟当作共产党，其次他才是你兄弟。”

共产党——四弟，中间果然有一道绝缘体，盛督办想通了。第三次阴谋暴动案就从四弟开始。

1942 年 3 月 29 日，盛世骐在家里与参谋处参谋陈文范闲谈，盛督办带着卫士长和卫士走进来，陈参谋躲到厨房里。卫士长在门外放哨，盛督办和卫士走进卧室，枪响之后，督办带卫士长和卫士走出院子。陈参谋返回参谋处，被卫士长看见，当晚被捕。

被捕的还有盛世骐的妻子陈秀英。捕网所及，所有留苏学生，与苏方关系较密切的军校毕业生，中共人员，盛世骐的部下机械化旅参谋长团长等全部被捕。

按预先设计，盛世骐的妻子陈秀英与外人私通，陈秀英勾结情夫谋杀亲夫。

督办给斯大林的文件中写道："陈秀英与外人发生肉体关系（督办在肉体与关系之间用红笔加性交两字），盛世骐被杀是国民党反动派在新疆进行反苏反共反六大政策的阴谋活动。"给蒋介石的文件中说："盛世骐被刺，是共产党在新疆的阴谋。"蒋介石立即派特务头子董显光带审判团到新疆。

督办向董显光保证：一定要使中共在新疆的负责人叛变或脱党。

五花八门的刑具无所不用其极，刑具下传来林基路的《囚徒歌》：黑暗吞噬着有为的躯体，镣铐锁断了自由的双翅，囚徒，新的囚徒！坚定信念，贞守立场！砍头枪毙告老还乡严刑拷打便饭家常，设计方案没有成功，林基路、毛泽民等人被秘密处死。

下一步的关键人物是四弟盛世骐的妻子陈秀英。如果当着中央审判团的面，来一个隔帐对质，证明陈秀英与共产党通奸是真的，盛世骐被共产党暗杀是真的。

那么这场阴谋暴动案当然也就是真的了。

陈秀英被关在小东梁天主教堂137号。几次刑讯，她早已皮开肉绽体无完肤，可收效不大。盛督办只好请夫人邱毓芳出马。

邱毓芳来到137号说："四婶，你不是想孩子吗？你招了就给你送来，也可以放你回家。"慈母恋子比刑讯难熬，陈秀英承认与肖某某有过暧昧关系，但跟共产党绝无瓜葛。盛世骐的小儿子被送到137号，母子团聚了。邱毓芳说："四婶，你既然承认与肖能……那么，与共产党不能……这圆不了场啊！只要答应与某某某通奸是真，你提什么条件都可以答应你。只要你与某某某对质，对质时又不用见本人，问你时只答应一个有，那一切问题都可迎刃而解。为了孩子，四婶你还是答应吧！"

陈秀英破口大骂："放屁！这种事只能出在你们邱家。孩子我不要了，告诉你，我根本不认识那个姓肖的。"

整个方案归于失败。

……太阳出来的时候，四婶看到了死亡，死亡穿着黑色的大氅，威风凛凛，不可一世。四婶说了几句话，说完就死了。

督办问行刑人员："她说什么了？"

"她说她看见了死亡。"

督办说："死亡很潇洒死亡是她的白马王子。"

行刑人员说："她还问死亡为什么不骑马？死亡很尴尬。她说真正的死亡在马背上，不骑马的死亡是假的。"

她丈夫不喜欢开坦克，整天待在马背上，马是他的灵魂。

第三次阴谋暴动案从设计到收场全部落空。

自民国二十三年东花园枪毙陈中、李笑天、陶明樾开始，督办以清除托派的名义干掉大批军政要员赶走联共人员，以清除汉奸的名义干掉杜重远惩治茅盾、赵丹、鲁一飞，欺骗中共，玩弄共产国际和国民党中央，每次都能弄假成真。这次却栽在一个女人手里。邱毓芳劝慰丈夫："猴儿也有打盹的时候，三齐王韩信连兵百万，战必胜，攻必克，不也栽在吕后手里。"

督办一声浩叹："我愁啊。"督办指着文件上"性交"两字，"给她塞个灯泡只能出出气，没有证词，还是圆不了场。"督办说，"孔子说唯小人与女子难养也，女人最难弄。"

六

大清洗并没有影响各项工作的开展。公务人员提心吊胆，兢兢业业，恪尽职守，各级官员早已成为惊弓之鸟，认真负责，讲究实效。财政收入逐年增加，内地省区的贪污腐败、吸毒、纳妾、赌博等旧习气在新疆得以清除。"建设西北，收复东北"的标语遍布迪化各条大街。

督办还跟以前一样，事必躬亲，平易近人。督办亲自给反帝训练班、军官学校、卫士队上课，亲自接待来访，公余时间跟卫士打篮球。吐鲁番的葡萄熟的时候，督办把当地行署给他送的葡萄分赠给干部们，干部们受宠若惊，他们吃下去的是果子，吐出来的是赤胆忠心。

邱毓芳劝督办注意身体。老婆越劝督办越来劲。他血气亏损、脾胃虚弱，见荤就吐。肉吃不成了。他的血性就这样消失了。他无法承受任何一个人的忠诚。

老婆的劝告不顶用。督办需要更多的忠诚，他既然在女人身上失败了，他就要加倍得到男人们的贞操。这是政治家与嫖客的区别。

那些日子，督办不相信自己的血性会消失，他精力充沛，能吃能睡，每餐必有大肉，越肥越好。医生提出忠告，邱毓芳要医生说实话，医生说这是回光返照。

邱毓芳大吃一惊，“督办会死吗?”

医生说：“督办没有生命危险，危险的是督办的气血会严重亏损。”

邱毓芳松一口气，“他五十多岁的人了，哪能像小伙子。”

医生曾留学德国，学贯中西，对中西医均有独到的研究。医生说：“五十岁是政治家的黄金时期，何况督办是军人政治家。”

那天，督办参加军校毕业典礼，与学员们一起会餐。学员代表向督办祝词，第一道菜是督办最喜欢吃的扣肉。督办给同桌学员每人分一条红色大肥肉。扣肉肥而不腻，小伙子们一啖而光。督办刚把肉条子吞在嘴里就眼冒金星，恶心难忍。

众目睽睽之下，督办强行把大肥肉吞下去，肠胃抽搐痉挛，肉条子像一只大白蛆，肥壮结实，大白蛆每动一下，督办的心里就涌起一股黑水。

学员们惊慌失措，把督办送进医院。督办不敢张嘴，嘴巴像一道防波堤，督办不能把黑水吐在众人面前。大家偏偏不忍离开督办一步，群情激昂，显示他们对领袖的忠诚和热爱。直到邱毓芳出现，大家才恋恋不舍走出病房。

邱毓芳把痰盂端来，痰盂很快就满了。督办大口喘气像从绞绳上放下来的吊死鬼，面孔枯黄，血色全无。

邱毓芳说：“让你悠着点儿你不听，医生早就说过你血气亏损，脾胃虚弱。”

“医生还说什么?”

“要忌荤腥。”

督办叫起来：“堂堂军人哪能不吃肉。”

叫过之后，督办只得面对现实，青春和血性早已消失，成为一种记忆。

七

能不能吃肉，这是问题的核心。难道我就这样完了吗？督办站在阳台遥望天山，心如刀绞。督办跨上战马，检阅威武的大军，两眼发黑。更要命的还有一架架战机，从迪化郊外起飞，到内地去参战。武汉大会战、兰州空战、杭州空战，新疆航空队捷报频传，被击落的日本零式战机运到迪化，各族民众大饱眼福啊，新疆人把飞机叫铁老鸦，帝国主义的铁老鸦被打成一堆废铁，新疆人扬眉吐气，全世界的帝国主义都是小小的，新疆人用小拇指比喻帝国主义。新疆反帝军反的就是帝国主义。督办的理想似乎变成了现实。可问题的核心不是这个。

肉不仅是肉，肉是一种哲学是一种精神。

这种事情一般开始得很早，发现就要晚多了。从事情的隐秘程度可以推断嘛。

督办在这种时候头脑还这么冷静，他自己也感到奇怪。还有强大的好奇心，他看见司机小陈进去了，夫人邱毓芳很快也进去了。他完全可以叫一队人马围上去抓活的。这个念头过于大胆，稍一闪，就被否决，督办冷静着呢。督办抽一支烟，他不明白他还等什么。他更弄不明白的是他这么好奇，他甚至有点兴奋。

他绕到后院，从山墙那边的小门进去，后院长满粗壮的白杨，粗壮得让人不可思议，地皮似乎都有被揭起来的危险，他轻手轻脚，跟一只轻巧的鼠一样，他可以感觉到，土层下边粗壮绵长而苍劲的根块。

窗户越来越近，没拉窗帘，竟然没拉窗帘！这绝对是一种军人似的气派，白天不拉窗帘，一种很有谋略的幽会呀！督办没有勇气站起来，督办蹲在窗台底下，倾听里边的声音，就像贴着贝壳倾听大海的波涛一样。多么年轻的声音！小陈就是个年轻人嘛，关键是邱毓芳，邱毓芳跟个少女似的，督办太熟悉这种女性的声音了。已经有好多年没有听过这种青春气息的声音了。督办就像在听一个歌剧，直到闭幕收场。观众久久不愿离开剧场。

汽车发动机响起来，司机小陈开上车走了。

督办站起来，腿脚发麻。

夫人邱毓芳红光满面，问督办："你看我气色怎么样？"督办脸色阴沉，嘴里嘟囔一句谁也听不懂的话。妒火开始燃烧，督办生气呀！这种事能不生气吗？更可气的是妒火迟迟不来，等奸夫淫妇散开了，你他妈的噗儿噗儿燃起来啦，还是那么冒着烟，死不拉叽的星星之火，完全没有燎原之势！算啦，不等啦。我总能等到下一次。

这种事一旦开了头就没个完。

督办咽下一口白米饭。新疆大米好吃呀，油质大，比东北大米好吃，甚至超过日本大米。

机会又来了。又是他妈的嘎斯车，斯大林支援新疆的都是这种嘎斯车，卡车、小轿车都是这牌子。年轻人以开车为荣。开小嘎斯的小陈就更牛皮啦。小陈开车去哈萨克大草原，牧民们吓坏了，问小陈："这什么东西呀，眼睛这么大，又不吃草，放屁这么臭！"小陈把这个笑话带回迪化，邱毓芳笑得肚子疼。女人肚子疼准没好事。督办估计就是那个笑话把司机小陈跟夫人连在了一起。该死的嘎斯车，司机小陈总是把摇把甩几下，塞进去，弓着身子使劲摇啊，狠狠几下，小汽车就吼起来啦，车屁股喷出一股黑烟，看见是烟，邱毓芳就笑，捂着肚子笑。

"小陈，小陈，你这坏蛋！"

坏蛋小陈听不见。邱毓芳就跑到阳台上。

"小陈，小陈，你把车开过来，开过来呀。"

小陈就把车开过来。

"你把车灭了。"

小陈就把车灭了。

"你打开呀。"

小陈就把车打开。小陈发动车的姿势很好看，弓着身，马步，挺腰，长臂一摆，车子就欢叫起来。这回邱毓芳没笑，邱毓芳咬着嘴唇，直直地看下边……不能再笑啦。

督办蹲在窗户下边都没有听到夫人的笑话，空气里弥漫着一种绝望和疼痛，一种少女似的软弱的亢奋。

督办眼睛湿蒙蒙的，跟大漠很不协调，在中亚腹地，要么冰雪，要么烈日熊熊，长风怒号，湿蒙蒙的景象极为罕见。

督办总是热血沸腾，怒发冲冠，提上马刀奔向后花园，他把方案想好了，一个铁血军人办这事不需要别人帮忙，一把刀足够了。他劲很足，栅栏一跃而过，跟一头雪豹一样，他喜欢把自己想象成一头雪豹。等抵达窗户底下时，雪豹变成小兔子，马刀跟拐杖似的拿在手里。督办的耳朵不争气，听见那种声音就沉醉在里边难以自拔。后来他用棉花塞耳朵，刀也不要了，提上手枪，顶上火。这才是一次真正的偷袭，偷袭从来都是这样，口衔枚，足缠棉，悄无声息，跟天兵似的从天而降。耳朵不再沉醉，可他的直觉把一切都毁了，在离窗户一公尺的地方，他身上的毛细血管一下子清澈起来，每个细胞都显得十分饱满圆润，生命如此辉煌，一种看不见的光芒从心中升起。督办从手枪里退出一粒一粒子弹，跟娃娃的小鸡鸡一样明亮的子弹，谁能相信它会爆炸，会去毁灭一对男女的生命。

督办扒开耳朵里的棉球，耳朵跟鸟儿一样开始欢叫。准确的说法是夫人和司机小陈。小陈太了不起啦。督办没有嫉恨，胸中只有钦佩。夫人好久没有这么快乐过了。夫人一直有偏头疼的毛病。十九世纪的欧洲贵妇人都得这种富贵病，南京的民国要员夫人也得这种病。督办执掌新疆不久，邱毓芳理所当然头也疼起来啦。迪化的俄国医生，英国医生，以及后来红色苏联的高级大夫都治不好邱夫人的偏头疼。

督办感到惭愧。督办竟然拿枪去对付夫人。督办把枪收起来。

夫人好像知道督办要说什么，夫人赶到他身边。

“亲爱的，告诉你一个天大的喜讯，医生给我找到了灵丹妙药。”

“有药就好，有药就好。”

督办多聪明，督办更钦佩夫人的智慧，把男欢女爱称之为药。他怎么就想不到这一点呢？迪化有的是俊男壮男，有身份有地位。夫人跟司机搞，司机什么角色，还不是仆人吗？督办有一颗博学的大脑，据说土耳其帝国的后宫里，贵夫人裸体从来不避男仆，仆人是奴隶。督办从执政那天起就已经跟芸芸众生拉开了距离，这种地位的悬殊，女人更敏感。夫人一直微笑着看着他，他拉起夫人的手，轻轻拍着。“哪个国家的医术都比不上中医啊，中医跟我们的饮食文化一样，无所不能无所不包，天上飞的地上爬的水里游的都能入药。”

邱毓芳又回到督办的怀抱，已经步入中年的邱毓芳跟妙龄少女一样让督办亢奋。一月之中，小陈客串几次，邱夫人容光焕发，如沐春风。

督办看小陈咋看都像一棵大人参，长白山老山参。督办哈哈大笑，小陈也笑，小陈不知道自己笑什么。小陈心里发虚。督办绝对不会害他。他心虚什么呢？邱夫人比小陈更了解小陈，邱夫人说：“小陈，你做点生意吧。”小陈一下子就有了思想，邱夫人真是伟大，轻轻一点，司机小陈就开了窍。小陈兼职经营部队的被服厂，银子哗哗流过来，小陈腰板硬了，心里踏实，事办得有板有眼，邱夫人嘴刁着呢。

有一次去重庆开会，蒋委员长已经不把盛世才当外人了，经常在家里宴请盛世才夫妇。这次去做客，蒋氏夫妇郁郁寡欢。

新疆驻重庆办事处的人已经给盛世才提供了最新情报。蒋夫人美龄跟美国参议员詹姆斯有了绯闻。蒋夫人为神圣的抗战赴美演讲，其风采倾倒整个美利坚，其中包括参议员詹姆斯。詹姆斯总是找机会到重庆来，如此三番五次，蒋夫人难以招架，就在一家医院筑起爱情的小巢。委员长多精明一个人！老感觉不对劲，夫人的生命辽阔了许多许多。这种事戴笠也只能睁一只眼闭一只眼。委员长气急败坏手持汤姆式冲锋枪奔到医院，一对情人刚刚撤离战场，委员长娘希匹，突突突扫射，把那张可恶的床打散了架。全重庆都知道了。两口子谁也不理谁，僵持着。日寇正在疯狂地进攻，委员长没心思上班，大家急呀！可谁都没胆量去劝。

督办和邱毓芳恰好从西域赶来，陈诚陈布雷刻意安排这个宴会。大家都替盛世才夫妇捏把汗。

督办一见面就三言两语说到中医的好处，邱毓芳极力应和，委员长两口子对他们的偏方有了兴趣，督办轻轻一句长白山老山参就暗示了一切，委员长茅塞顿开。

“娘希匹，不就是一根西洋参吗?”

两个夫人一齐抗议男人的无耻，嬉笑着到内屋去说女人的悄悄话。

委员长感慨万千：“新疆这些年你收获很大呀。治国如烹小鲜，你这个‘人参理论’很重要，对搞政治的人来说太重要了，对战后国家重建有很好的指导意义。要跟欧美打交道，中国的老传统远远不够，我们的干部思想僵化，跟不上时代潮流，我很着急呀。”

“卑职不才，只能谈一点点跟苏联打交道的经验。”

“你太谦虚啦，我们的干部都像你这样，中国的事情就好办了。”雨过天晴，委员长两口子恩爱如初，委员长情不自禁地喊起来：“达令，你太迷人了。”

“我不年轻了，我这年龄的女人靠的不是青春，而是保养。”

“对对，要保养好，要一流的保养。”

隔二见三，夫人就去跟詹姆斯保养上一回。当初把幽会的地点选在医院完全是无意的呀，还是邱毓芳说得好，“身体会自己选择的，相信身体吧。”

国民政府的大员们再也不敢小看盛督办了，遥远的新疆不但为内地输送援华物资，而且送来了治国之道和养生术。当然，这个秘密仅限于少数高层人士。这已经够了，督办很满足了。想想当年在南京坐冷板凳，恍如隔世。

心满意足的日子非常短暂。邱毓芳眼皮老跳。她把这个凶兆告诉督办，督办开始不当回事，女人总是神经质，疑神疑鬼，无中生有。可夫人的英明有目共睹，多少突如其来的险境是在夫人的点拨下化险为夷的。督办的眼皮也跳起来啦。

督办坐在办公室，整整一个上午没有一个人来找他。再坚持一会儿，楼道响起脚步声，督办一下子来了精神。按照不成文的规定，任何人进督办办公室都要敲三次门，进门后后退着走几步再转身，汇报完毕，也是后退着出门，至门外才能转身。督办的抽屉里有一把手枪，子弹上膛，督办听下属汇报时，一只手捏在枪柄上。高大的办公桌挡住半拉身子，下属是不知道这些玄机的。

督办的手刚抓住枪柄，那人就推门而入。是妹妹盛世同，迪化城最漂亮的姑娘，也是督办从小就喜欢的娇妹。督办差点扣动扳机。

“不好好上学，跑督办公署干什么?”

“我都二十岁了，还上高中呀。”

“那就上新疆学院吧。”

“哥，你故意装糊涂呀，新疆学院的课我去年就自修完了。”

“那就去苏联留学。”

大哥把小妹当掌上明珠，那只握枪的手也松开了，非常宽厚地笑着，露出白亮的牙齿。小妹毫不忌讳，脑袋凑到大哥耳边不说话脸先红起来，热烘烘的像木炭一样。

“苏联不就是中山学院吗，有什么好老师。哥，我告诉你呀，反帝救国会的王先生是个才子，听他讲课简直是一种艺术享受，杜院长都比不上他。”

“杜重远是汉奸，是汪精卫的奸细，能跟王先生比吗？王先生是联共的理论家，又不是专职教师。”

“就不能请他到咱们家讲课吗?”

“给你当家庭教师?”

“你也可以听呀，大嫂，弟弟，克勤克俭两小侄都听呀，这么好的老师，别人争取不到呢。”

少女盛世同就像团熊熊烈火，大哥无法招架，“你这个妹子呀，全新疆谁敢给我这样。”

“我是追求进步，不可以吗?”

“请到家里就不好了，在王先生工作不紧张的时候，你抽空去请教请教，时间也不能太长。”

“你答应啦?”

“我堂堂督办我是小孩子吗?”

大哥拨通王先生办公室电话，说了两句，盛世同这才满意了。

眼皮不跳了。督办大惑不解，明明是凶兆嘛。督办做梦也想不到凶兆会落到妹妹头上。邱毓芳问得很详细，越问眼皮跳得越厉害。

“小妹爱上王先生了吧？”女人总是从感情出发考虑世界上的一切。

“王先生快四十岁了，才华横溢，一表人才，典型的江南才子，经历又那么复杂，恐怕孩子都一大群了吧？”

“你不懂女人，女人喜欢上一个人，是不会在乎这些的。”

“王先生是联共，联共也好，中共也好，都是一些特殊的人，他们只为革命和信仰，根本就没有私人感情的空间。”

“我说不过你，我的眼皮跳得这么厉害究竟为什么？”

“我怎么不跳呢，我跳了一整天，小妹一闹，一下子就安静了，没事了。”

“你别大意，你们盛家人都是一根筋，老四不是个例子吗？去一趟苏联，就成了铁杆共产党。”“世同是个姑娘，姑娘总是浪漫一些，碰一鼻子灰，哭几把就没事了。”

联共党员王寿成，真实姓名俞秀松，中共最早的领袖之一。曾留学日本，后到苏联中山学院，王明崭露头角以前，俞秀松就直言不讳揭露其投机的本质，王明怀恨在心。连王明自己都不相信，自己年纪轻轻，刚来中山学院，在班上第一次发言，就让俞秀松洞察得清清楚楚，我真有那么坏吗？随着权力的增长，王明越发觉得俞秀松的可怕。老资历的联共中坚分子俞秀松被发配苏联远东地区，由于出色的才华和业绩，俞秀松又重新崛起，出席远东地区党的代表大会。王明又下狠手，把俞秀松投入监狱！借大清洗之机灭口。俞秀松严谨而雄辩的申诉连克格勃也不得不承认，此人是一个坚定的革命者。盛世才执掌新疆，联俄联共，俞秀松化名王寿成到新疆主持反帝救国会的工作。

儒雅的江南才子，坚毅的革命者，在偏远的迪化城显得格外醒目。在此之前，迪化人已经领略过内地大都市的文化名人，如杜重远、茅盾、萨空了、赵丹等等，其风采全让俞秀松、林基路这些革命者比下去了。俞秀松在反帝救国会第一次讲演，四个小时，观众忘记了欢呼忘记了鼓掌，很久很久，散场了，走到大街上，才一下子进入兴奋状态。少女盛世同就是在那一天，瞪大了双眼，又慢慢眯起来，瞳光变得犀利无比，又柔弱得可怕。成长在冰雪大漠的北国少女率真而执着。不管她任何时候到王先生办公室，王先生总是抽出时间给她讲课，从社会发展史、黑格尔哲学、马恩列斯、联共布党史、世界史、中国史、苏俄文学、中国新文学，甚至连音乐绘画、自然科学、最新的化学物理蚕丝工业都讲到了。

“蚕丝，你连蚕丝也懂啊。”

“我是浙江人，我们老家是鱼米之乡丝绸之乡，我在日本学的就是蚕丝专业。

“日本明治维新以后，蚕丝工业超过了中国，新疆是丝绸古道，左宗棠征西把江南的蚕桑带到新疆，可惜产量不高。维吾尔人很聪明，和田喀什的丝绸质量非常好，比江南的产品还好，蚕丝业在新疆很有发展前途。”

王先生拿出江南的丝绸和新疆的相比较。

“你用手摸，手感是不一样的，新疆丝绸光滑中有韧性，有毛织品的厚重，江南丝绸就显得过于华丽，不够庄重。”

“你来新疆才几年呀，老新疆几辈子都不懂这些。”

“这是一个神奇的地方，我在莫斯科动身之前还有顾虑，中国的文人从古代就把西域描绘得很荒凉很可怕，中国的文人都是厌世的，都是弱女心态。梁启超说中国自古情长女儿多，风云男儿少，西域大漠需要的就是风云男儿、热血男儿。”

“你骨子里是个北方汉子。”

更让盛世同吃惊的是王先生竟敢在太岁头上动土，拿督办的老岳父邱宗瑞开刀。邱宗瑞是迪化警备司令，在迪化城最繁华的地段强占民宅，大兴土木，修建私人林苑，俨然封建皇帝。俞秀松在《新疆日报》予以揭露，并挟舆论之威，查办了邱宗瑞，全疆轰动。

“王先生你太了不起了，我大哥都不敢惹他这位老岳父，我大嫂都气疯了。”

“你恨我吗？邱司令是你家的亲人。”

“革命者要大义灭亲，你把我看成什么人了。”“那你就不应该什么了不起呀了不起，革命者秉公办事，职责而已，否则就是失职，罪不容恕。六大政策是督办亲自制定的，是新疆发展的基本政策。”

原来是五大政策，反帝、亲苏、清廉、和平、建设，俞秀松来后加上“民平”，成为六大政策。

“民国赶走了皇帝，崛起的是四大家族，民众所遭受的苦难远远超过清政府，新疆的未来绝不允许新的封建势力。”

“我大哥就是这样干的，‘四一二革命’，新疆的封建王公被消灭光了。”

俞秀松不能再说什么了。这个单纯的姑娘哪能看透她的督办大哥，这个人的政治手腕之高明世所罕见，重庆、延安、莫斯科，督办左右逢源游刃有余。多少有才华有思想的人都被督办所蒙蔽。以新的封建势力代替旧的封建势力，以革命做幌子，其利润何以万计！天下事无奇不有。狡诈的盛世才，竟有这么单纯善良而美丽的妹妹，还有他的四弟，一旦接受进步思想，就成为真正的革命者，这是督办本人难以预料的。

督办本人更没有料到，他心爱的妹妹盛世同跟铁杆共产党职业革命家俞秀松会产生千古罕见的爱情故事。一切出乎督办的意料。俞秀松忙于革命，直到三十七岁这年才萌动男女之情。毕竟不是少年时光了，坚毅的革命者把激情紧锁在心中。

有一次，盛世同翻老师的书架，从一本珍贵的精装本里发现一张照片，首先映入眼帘的是一行潇洒的钢笔字：我的挚爱，愿在愁苦中与你永生。姑娘紧张万分，以千钧之力在翻这张照片，好像濒临毁灭的边缘，照片上的女子不是别人正是少女盛世同。

这是斯大林所关注的婚姻，苏联驻迪化总领事做媒，亲自找盛世才谈话，盛督办坚决反对。

“我妹妹年纪尚小。”

“斯大林都知道了，这是苏新关系的新篇章，你要认真考虑啊。”

督办不好再坚持了，何况妹妹是出自真情。督办只能在床上，对夫人邱毓芳谈心里话。

“小妹完了，她会恨死我的。”

邱毓芳冷笑，“都什么年代了，还来《梁山伯与祝英台》那一套。”

“小妹不懂政治啊。”

“二十岁大姑娘了，又不是小孩子。”

政治是很残酷的，1937 年，督办出于自身的政治目的，开始大清洗，俞秀松首当其冲被捕入狱。他这种要犯，只能由莫斯科处理。俞秀松知道等待他的是什么！他多次坐牢总能化险为夷，而这次不同。王明与康生途经迪化时与盛督办做了政治交易，诬陷俞秀松是托派。临上飞机前，俞秀松对送行的妻子说：“我们不能一起革命、生活一辈子，不知何时才能见面。你要记住，为革命献身是光荣的。”

1939 年俞秀松死于苏联克格勃总部卢比扬卡广场。

盛世同听不到这声枪响。她痴情不改，等待着丈夫归来。她恨自己的哥哥，兄妹从此恩断义绝，她改随母姓，取名安志洁。安志洁带着母亲离开迪化，到俞秀松的老家浙江诸暨居住，安志洁从此开始长达半个世纪的寻夫生涯。

小妹把督办的心搅乱了。母亲坚决跟妹妹走。督办的亲人越来越少，脾气坏得可怕。岳丈的小老婆跟人私通，督办以最罕见的酷刑处死这个淫妇，据说是用马鬃一根一根勒其阴部让其活活疼死的。行刑时，邱毓芳津津有味地在旁边看着，回来讲给督办听。

“亲爱的，我是不是有点像苏妲己？”

“你真会给自己作比喻。”

“妲己有什么不好，我发现那些看守就这么看我。”

“他们活腻了。”

“他们这么想又没说出来。”“想也不能这么想，想比做更可怕。”

督办开始琢磨让人不能胡思乱想的法子。可能有点走火入魔，有一天督办拉肚子，督办吃的水是老父亲亲自从水磨沟拉来的最洁净的泉水。督办亲自审问，老父亲反复申辩：“我是你爸爸，我怎么能害你？我连这个想法都没有。”老头还是挨了一顿鞭子。因为在监牢里审，墙上挂满了刑具，督办又那么激动，又是那么一种气氛，鬼使神差，督办就毫不客气抓起鞭子抡了一气，打得老头子哭爹喊娘满地乱滚。

肚子拉了半个月，把很雄壮很威武的督办拉成了麻秆。日他奶奶的，小妹乱其心，老父伤其肚，好汉不敌三泡屎，督办那个气呀。邱毓芳日夜守在床边，督办神志清醒后第一句话就是："还是夫人待我好，妈拉巴子的，自己人都不是东西。"督办算是把小妹彻底给忘了。邱毓芳流着泪，"我什么都不想，我只要你早点康复。"

八

肉还是吃着。迪化有的是高级大夫。督办康复后，不但吃大肥肉，连生肉都吃。督办让人把生猪肉切碎调上汁当凉菜。督办说，日本人喜欢吃生肉，海鲜都是生吃，所以日本有最精粹的武士道。

督办脱下病号服，换上军装扎上武装带，挂上佩剑和手枪，精神抖擞去上班。

督办跟往常一样，总是第一个进公署大楼。督办的马靴在楼板上响过之后，各厅各处的领导陆续进楼。新疆革命以后，领导们身先士卒，早起晚归已成风气。准时上班的是公务员。

按惯例，没人找督办汇报工作，督办亲自到各办公室听取下属们的意见和建议。

这一天，督办先去的是公安管理处。李溥霖、李英奇、惠大山这些特务头儿"哗"站起来，向督办问好。督办跟大家握手，握手之后，督办把手放在嘴上，眼睛发直。大家说督办怎么啦？督办看大家的手，大家的手白白净净，督办说："手还在就好。"督办丢下大家离开公署大楼，走到僻静处，督办蹲在地上哇哇大吐，越吐越恶心。

回家漱口三遍，喉咙里响几个嗝。医生说肚子里空了，不会再吐了。督办平静下来，问医生："我们握过手，他们手上没毒吧？"

医生说："没问题也有问题。"

"这话怎么讲？"

"几年前，喀什前线有个叫尹清波的团长，他的眼睛可以跟太阳对视达好几个小时。太阳亮到极致就黑了。我给他治过眼病，很不好治。”

尹清波是省军第一个看到黑太阳的高级军官，对军方的清洗就是从尹清波开始的。

督办明白了，“你是说公安管理处也会出现军队那种情况？”

医生不吭声，一门心思擦药瓶子。

邱毓芳说：“这种情况在军队里出现过，在苏联顾问联共人员身上出现过，在你的老朋友杜重远身上出现过，在延安来的中共身上出现过，为什么不能出现在公安管理处呢？”

督办看天花板，不说话。

邱毓芳说：“有意也罢无意也罢，效果是一样的，你的感觉能欺骗你吗？”

督办走出屋子。

新疆环境险恶复杂，支撑新疆局面的不是军队不是公教行政而是特务组织。

督办很慎重。

督办骑着大黑马离开迪化，来到南山。这里驻扎着一个营，全是东北老兵。

老兵们泪流满面。

督办问他们哭什么？老兵们说：“迪化城已经没有东北军了。”

督办说：“我就是东北军呀。”

老兵们指给他看南山底下，山下的原野上掩埋着好几万尸体。他们都是大清洗中被处死的，他们当中大多数是东北军军官。活下来的都是这些老兵。老兵们驻守在野外和边境线上。

老兵们剁羊肉洗胡萝卜剥皮芽子，用抓饭招待督办。

老兵们一边做一边生吃胡萝卜。

督办说：“胡萝卜用大油大肉炖烂才有营养。”

老兵们说：“营养太多不好，好多年不打仗了，吃生萝卜刮刮肚子里的油，人就精神了。”

督办经不住诱惑，吃了一根，跟吃果子一样爽口。督办感慨万千，“都知道喝茶去腻，没想到生萝卜比茶还好。”

老兵们说：“督办在迪化城里油腻东西吃多了，油腻太多伤脾胃，清淡东西才养人。”

老兵们说：“督办该刮刮肚子里的油。”

大清洗落在特务们头上，大特务头子李英奇、惠大山被打入死牢。特务们大喊大叫，用匕首在胳膊上钻洞，血喷得老高。特务们唯一的长处就是对主子忠诚。

忠诚这玩意儿不能太多，多了就会变成主子身上的痈疽。督办把这场清洗当作减肥运动。警务处和公安管理处大换血后，老资格的特务全死了，但督办身上并没有长出腱子肉。

医生说：“油脂在身上堆积太久，骨头的造血功能会受到损伤。”

督办说：“血液不是由肝管吗，跟骨头有什么关系？”督办忌讳骨头这个字眼。马仲英的骑兵把骨头当马刀，督办被三十六师打怕了。医生不知内情，照说不误，“五脏六腑是筋肉的精华，而筋肉是从骨头里长出来的。”督办脸色发白，医生似有所悟，忙住嘴。

督办问警务处长：“死牢清洗完了没有？”

“还有一个。”

“为什么不干掉？”

“他有机密情况要报告督办本人。”

最后一名死囚是和田公安局长惠大山。

惠大山最早是三十六师马仲英的部下，马仲英去苏联，省方向三十六师搞渗透，惠大山被发展为内线。三十六师溃灭后，惠大山因功升任和田公安局长。他手里保存着马仲英的录音资料。警务处按他提供的线索，在迪化郊外的石墙里找到录音片。

督办让大家出去放哨，不许任何人来打扰。

督办待在暗室里，打开机子，刺刺啦啦一长串噪音之后是大片空白，马仲英咳嗽一下清嗓子，督办跳到墙角，在马仲英的声音出来之前督办的手准确有力地按在开关上，摁了好久，直到马仲英断气……督办又试着开了几次，每次都在马仲英的咳嗽声中中断，督办的手迅如猛禽，完全是一种自卫本能。

倾听骑手的声音需要勇气！

当古老的大海朝我们涌动迸溅时，我采撷了爱慕的露珠。

“这是马仲英的声音？”

“是他的声音，是他从经书上看的。”

“是他的还是经书的？说清楚点！”

“因为是经书，信仰它的人把它也当自己的声音。”

“你看过那书吗？”

“没有，我只是听说过，知道有这么一本经书，叫《热什哈尔》，译成汉语就是露珠。”

“对酒当歌，人生几何？譬如朝露，去日苦多。马仲英轰轰烈烈一场就为这个？”

“他少年得志，喜欢瞬间的辉煌。”

“惠大山，你很聪明，你不喜欢瞬间辉煌，对不对？”

“对！对！”

“你放心，我不杀你。”

惠大山是死牢中唯一的活口。

九

三十六师败退南疆以后，马仲英与苏联取得谅解，带幕僚和数百名骨干军官赴苏联学习。

督办深知马部坚锐，省军根本不是他们的对手。督办改变策略，派遣特务人员向三十六师渗透，同时命令南疆各县公安局对三十六师进行瓦解工作。

三十六师最优秀的骨干军官大多去了苏联，所以瓦解工作搞得相当成功。三十六师各旅团营连排都有省方内线。半年后，督办开始接到内线们的报告，内线们认为剿灭三十六师的条件已经成熟。惠大山就是这个时候被督办发现的。

督办收到的情报中只有惠大山持异议。惠大山认为三十六师元气大伤，但元气尚存，一旦爆发战争，他们固有的骁勇剽悍会被重新唤醒。三十六师都是驰骋西北数省的老兵，善于野战攻坚。惠大山信中说：民国二十年，西北军打败马仲英后，乘胜追击，追到边都口，被受伤的马仲英反咬一口，损失惨重。民国二十三年，苏军在头屯河惨败又是一例。惠大山最后写道：虎死威不倒。

督办立即召见惠大山。惠大山向督办建议，用美人换马之计瓦解三十六师。当年大清皇帝打不过太平军，就用美人换马之计瓦解了许多太平军的强兵猛将。

督办说：“这个办法好，我们可以考虑派漂亮娘儿们去。”

惠大山说不用派女的要派男的。

督办吃一惊。

惠大山说：三十六师官兵大多是绿林出身，匪性难改，马仲英在的时候他们尚能收敛，马仲英一走，他们会一发而不可收。

督办说：“你这人很有头脑。”

惠大山受到鼓励，才思敏捷，“派往三十六师防区的地方官吏要年轻有为思想进步，他们可以用一身正气来吸引三十六师的进步青年。马仲英自称是西北革命青年，督办的六大政策也是革命的，这样可以取得政治上的优势。派往三十六师内部的特工人员最好是地痞流氓花花公子，让这些人给三十六师官兵开开眼。南疆有的是美女，有的是富豪，让他们去抢去夺。”

迪化以及北疆各地的流氓恶棍，被委以重任，潜入和田、库车、喀什，他们很快成为三十六师代师长马虎山的座上客。谈到荒唐事，马虎山便想起当年在河州一口气破六个少女之身的辉煌经历。

晚上，马师长带上亲信卫兵换上便衣戴上面罩，窜入富豪家里打劫。白天在街市上相中的漂亮女人，晚上用麻袋扛回司令部，马师长用过后再让部下们用，既新鲜又刺激。

这时，马仲英的电报来了，催马虎山等人去苏联学习。马师长尝到了人生的乐趣，对电报置之不理。马仲英重新任命代理师长回国接收兵权，马虎山抗命不从，把新师长孤立起来。全师官兵纷纷效法马虎山，白天是兵夜里是匪。两年后，即 1936 年秋天，三十六师已千疮百孔，破烂不堪。

督办已经摸清了斯大林的脾气，斯大林不会放马仲英回国的。消灭三十六师的时机已经成熟。按照预定方案，撤掉维吾尔族马木提师长的职务，促使马木提叛乱，把三十六师卷进去。

叛乱爆发前一个礼拜，马生贵旅长从苏联带回电影机和留声机。全师官兵观看苏联电影《夏伯阳》，看完电影后听马仲英的录音讲话。

天开始下雨，数千名官兵站在雨中听尕司令的声音。咳嗽声之后，骑手们听到了尕司令的声音："亲爱的共患难的弟兄们，让我首先慰问大家辛苦。很遗憾我不能同大家见面，所以利用录音向大家讲话。我讲的有三点：第一，我在这里无时无刻不为三十六师前途着急，我们已经走上光明正大的革命道路，希望大家把防区管理好，以实现我们多年来领导民众奋斗牺牲的志愿。第二，三十六师有了光明的前途，三十六师要打回河州，帮助桑梓的父老兄弟姐妹摆脱旧势力的压迫。第三，大家应该注意中国目前的形势，外患日益逼近，内政日益腐败，卖国贼无耻地出卖祖国，日本帝国主义毫无忌惮侵占我国领土，西北地区也到了危急关头。我们要准备抗战！消极就要当亡国奴！同志们，本师长不久归来，领导大家走真正的光明之路。"

"用我们的骏马！""用我们的战刀！""用我们的血和骨头！"

官兵们有的低头不语，有的痛哭流涕。

哗！——数千把战刀举起来，旷野白煞煞仿佛天神降下的阵阵闪电。马仲英用他的声音唤起了骑手们的强悍与光荣。

当时，惠大山把这些情况密报迪化，督办没在意，苏联顾问也没把它当一回事，好多人都没把它当一回事。当惠大山亲自到迪化找督办时，督办似有所动，密令三十六师内线想方设法消除马仲英的影响。

内线们了解到，马虎山在肃州整军时挨过马仲英的骂，内线们便把马虎山烧起来。马虎山集合全师官兵，又把马仲英录音讲话放一遍，官兵们依然泪流满面。

马虎山叫起来："老兵哭还可以，新兵连马仲英的屁都没闻过，哭什么呢？"

官兵们沉默不语，眼冒血光。全体上下都知道要打仗了。省方的内线人员没见过这阵势。马虎山告诉他们说："嗬嗬，马仲英他娘的还真管用啊，离开队伍好几年了，几句话就把大家煽起来了。"马虎山说："三十六师打仗就凭这股血脖子劲。"

血先从眼瞳里冒，最后是脑壳子，北塬冷娃多，砍头只当风吹帽。

内线们脸色发白，跟他们的伟大领袖盛世才一样苍白。

战斗打响后，省军连连败北，连军校学员都上了前线。三十六师前锋直逼库尔勒，过了铁门关和干沟就可以拿下迪化。督办再次向苏联求救，苏军装甲师越过边境，一路抄三十六师后路，一路直抵喀什，把三十六师拦腰砍断。

马虎山见大势已去，毙掉参谋长，带上数万两黄金逃往印度。

省方内线大肆破坏，苏军坦克飞机狂轰滥炸，三十六师官兵各自为战，拼死抵抗。

抵抗持续整整两个月，战线逐渐缩短。

督办乘飞机亲临前线，督办俯视那些驰骋拼杀的骑手，骑手们奋力冲向坦克，把马刀抛向低空飞行的苏军飞机。

马仲英的筋肉依然在旷野上抽动。

战线缩进孤城和田，马生贵旅长投降，而三十六师的阵地上依然枪声不断，马刀的白光依然在闪。

军官们归顺了，骑手们还在拼杀还在呐喊，连旷野的沙石也有了声音，你听，那是大海的声音！大海消失了，大海的骨头还在！苏联人和督办亲眼看到了塔克拉玛干荒漠上坚如岩石的死亡，他们被死亡的高贵震撼了。因为塔克拉玛干曾经是海洋，海洋消失以后，海洋的声音还在，岩石还在呼吸，高地之风就从这呼吸里诞生，高地之风深长悠远强劲有力！哗！——数千把马刀举起来，旷野白煞煞仿佛天神降下的阵阵闪电。听！你听呀！尕司令用他的声音重新唤起骑手们的强悍与光荣。

用我们的骏马！用我们的战刀！用我们的血和骨头！太阳，青铜声，以及神圣的高地之风在骑手的胸膛上发誓要给他以生命，任何阴险的势力也无法得逞了。只有从荒漠上旋起旋伏的黄尘和露珠发出的银辉，只有倔强的野玫瑰在那里闪耀显形，并向苍天宣告：我活着！我活着必定战胜死亡！……在那一天，在塔克拉玛干，死亡之海变成了真境花园。

……最后一名骑手被坦克压碎了。

监狱空了，那巨大的材料加工厂还在转动，炮制极为翔实的材料。许多苏联顾问被卷进去。必须有斯大林的指示，必须由苏联方面复查。叶若夫和贝利亚都来过迪化，找不出任何破绽。迪化郊外的墓地堆起一层苏联顾问的尸体。后来连斯大林都不相信了，因为不管是联共还是克格勃，谁也不敢去迪化。斯大林召见贝利亚，“到底是怎么回事？俄罗斯人的血还要流多少？”贝利亚出了一头冷汗，“中国人掌握了一种更厉害的秘密武器。”

“他们能超过捷尔任斯基？”

“盛世才有十大博士。”

“不是早就靠边站了吗？他的警察系统都在我们手里呀。”

“这就是中国人狡猾的地方，他们心照不宣，不需要任何机构却能形成一个自己的系统，你根本琢磨不透这些家伙。”

斯大林不吭气了，摸着那只有名的黑烟斗，一股子一股子冒黑烟。

贝利亚说：“跟干掉三十六师一样，出兵干掉他。”

“我们正在跟希特勒作战，盛世才很会找机会。”

秘密驻扎在哈密的苏军坦克部队撤出去了，途经迪化时，督办命令最精锐的机械化旅严阵以待，随时开战。独山子的油矿也被省军接管了。国民党军队开进哈密。

国民党的特务、政工人员进入迪化。那座材料加工厂很快把他们卷进去，变成一份份翔实的材料，陈果夫亲自来迪化，也不顶事，复查不出什么东西，只能执行枪决。陈果夫脸色苍白飞回重庆。

那巨大的机器把国民党铁杆特务都卷进去了。“娘希匹，跟中央斗法呀！”

蒋介石气恨恨的，这回被卷进去的不是中统，是天子门生，是戴笠手中的王牌特务，在盛世才的大牢里全成了共党分子。“娘希匹，盛世才太不把中央当回事了。”

谁也没想到蒋夫人美龄能去遥远的迪化。

“夫人，你这是何必呢？戴笠去就行了。”

“你忘了当年邱毓芳随夫远征迪化的情景吗？南京妇女界把她当成民国的巾帼英雄了，我还真想去领略一下西域风光呢。”

特务们见了第一夫人如同见了亲娘，号啕大哭，纷纷翻供。案子结不了，无法收场。重庆与迪化僵持着。

督办从来都是先发制人，给蒋委员长递上一份辞呈。重庆反应极快，接受辞呈，任吴忠信为新疆省主席，撤销边防督办这一特殊的机构，调任盛世才为国民政府农林部长。各大报最先报道这一消息。

跟苏联关系闹僵了，这是迟早的事。据最新情报，斯大林欲置盛世才于死地，把盛世才当年秘密参加联共的党证以及各种秘密协定副本全部提供给蒋介石。斯大林端着他那只大烟斗等着看盛世才的热闹，看盛世才在重庆怎样以叛国罪被处死。

“怎么办？我们怎么办？”邱毓芳慌了，女人再厉害遇上大风大浪还是不行。

盛世才头一昂，“去重庆。”

“去自投罗网？”

“去当农林部长。”

夫人还要说什么，被丈夫拒绝了。丈夫披挂整齐去牢房处理最后一批死囚，就是那帮翻供的军统分子。军统分子这回真害怕了，他们以为盛世才要投苏联，腿肚子真抖起来啦，被杀两个以后，其他人快傻了，看守让干什么就干什么。蒋夫人再次被请上大堂，她再也听不到囚犯翻供的声音了，眼睁睁看着他们一个个被拉出去枪毙。

去重庆的不光是盛世才和夫人邱毓芳，还有两千多骆驼和五十辆卡车运载的黄金白银，还有关防大印。自辛亥革命以后，中央政府亲自任命的新疆省主席第一次赴迪化上任，从盛世才手里接过这枚大印。国民政府也第一次收到这个边疆省区数十万两黄金的国税。重庆轰动。

“娘希匹，盛世才总是能搞出些名堂，不但上缴财政部五十万两黄金，还给吴忠信留下好几万两黄金的积余，哪个封疆大吏有这本事?”

有委员长这句话，所有的过节全都烟消云散。

邱毓芳紧紧抓住丈夫的胳膊。

“我现在才松一口气。”

盛世才说：“勇往直前，才不会受制于人。”

塔克拉玛干不是死亡之海。当最后一名骑手被坦克压碎时，所有的沙子跟马鬃一样唰唰抖起来。沙丘连着沙丘，沙丘越来越高，沙丘奔跑起来，一身的金黄，金光灿烂，直追太阳。太阳往高空里退缩，天空更加辽阔。金色的野马群狂叫着逼着群山往后退，昆仑山和天山让出一条通天大道，马群的洪流向西向西一直向西，把群山也裹挟进去了；起自帕米尔高原的群山一下子跃到马背上，很雄壮地起伏着。越来越多的群山跃上马背，越来越多的沙子和牧草跟马鬃一样抖动起来，起自帕米尔高原的群山在高加索被黑海挡住了，不管多么迅猛的马群总会被海水挡住。

黑海绝不是骑手的葬身之地。

黑海在那一天刚刚吞下一名骑手，连骑手的大灰马也被吞下去了。海浪从那一天开始发出马鬃一样的唰唰声，海浪从那一天开始被骑手的血染上一层奇异的光芒。海涛汹涌澎湃，扑向陆地，陆地发出愤怒的吼声。陆地在下沉，跟一艘破船一样发出嘎吱声，跟桅杆一样高耸着的群山已经变成更汹涌的波涛，呼啸着冲过来。陆地彻底垮了，破裂的碎片漂浮在滚滚波涛上，很快被冲向浅滩，大海辽阔而平坦，在平坦中很威猛地起伏着，很难看到浪谷，更多的是不断挺起来的台地一样辽阔的海水。

海水是灰蓝色的，海水烁亮鲜美。

骑手又回到烁亮的露珠里，回到祁连山神马谷。那是多么绝望的一粒露珠！无边无际的旱塬和光秃秃的群山寸草不生，唯一安慰他的只有天空。他站在山崖上仰望高空望了好多年。

当古老的大海朝我们涌动迸溅时，我采撷了爱慕的露珠。

（原出版单位：江苏文艺出版社 2009 年 9 月第 1 版）